mare

Bernhard Kegel

EIN TIEFER FALL

Roman

mare

Die Deutsche Nationalbibliothek verzeichnet
diese Publikation in der Deutschen Nationalbibliografie;
detaillierte bibliografische Daten sind im Internet unter
http://dnb.ddb.de abrufbar.

2. Auflage 2012

Lektorat Ingrid Grimm, Berlin
Typografie Farnschläder & Mahlstedt, Hamburg
Schrift Minion Pro
Druck und Bindung CPI Clausen & Bosse, Leck
Printed in Germany
ISBN 978-3-86648-165-7

www.mare.de

FSC www.fsc.org
MIX
Papier aus verantwortungsvollen Quellen
FSC® C083411

»Dreinstolpern war nie meine Art, eine ernste Sache in Angriff zu nehmen; vielmehr habe ich stets dafür gehalten, dass ich gerade mit dem äußerstem, der gemeinen Menge unglaubhaftesten Wagemut kühlste Besonnenheit und zarteste Vorsicht zu verbinden habe, damit das Ende nicht Niederlage, Schande und Gelächter sei, und bin gut damit gefahren. …

Ja, der Glaube an mein Glück und dass ich ein Vorzugskind des Himmels sei, ist in meinem Innersten stets lebendig geblieben, und ich kann sagen, dass er im ganzen nicht Lügen gestraft worden ist.«

Thomas Mann,
Bekenntnisse des Hochstaplers Felix Krull

»Niemand kann sich wünschen, dass Betrügereien im Namen der Wissenschaft unterbunden werden, denn diese Art der Fälschung ist nur die Kehrseite der Genialität.«

Federico Di Trocchio

PROLOG

Eine tief hängende Wolkendecke lag über dem Campus. Windböen trieben das erste Laub vor sich her. Mondlose Dunkelheit. Nur auf der Leibnizstraße, am Botanischen Garten und entlang der gepflasterten Wege, die durch das parkartige Gelände führten, schufen Straßenlaternen kleine Inseln der Helligkeit. Während der warmen Jahreszeit wurden sie zur tödlichen Falle für unzählige lichtverliebte Insekten. In dieser kalten Oktobernacht gab es hier jedoch weder Kleingetier noch Menschen.

Vom Sportforum kommend, wo er mit mäßigem Erfolg einige Mülleimer inspiziert hatte, trottete allerdings, wie nahezu jede Nacht um diese Zeit, ein Fuchs den Schwarzen Weg entlang, offensichtlich das einzige lebende Wesen weit und breit. Auf den Bürgersteigen war niemand zu sehen, der Musäusplatz zwischen der Mensa und den Fakultätenblöcken verlassen, die angrenzenden Parkplätze leer, sogar die Enten und Möwen waren verschwunden. Ihr Tummelplatz, der »See der Biologen«, wäre in dieser dunklen Nacht nur ein von Sträuchern und Bäumen gesäumtes schwarzes Loch in der Grünfläche des Campus gewesen, wenn in dem dahinter aufragenden Hochhausturm nicht noch hinter zwei Fenstern Licht gebrannt und sich in seinem Wasser gespiegelt hätte.

Dass auf dem Campus bis tief in die Nacht gearbeitet wurde, war nichts Ungewöhnliches, ob in den physikalischen Instituten, bei den Germanisten oder, wie heute, im Biologiezentrum. Wer auf einen geregelten Arbeitstag pochte, hatte in der Wissenschaft nichts verloren. Im Stundenabstand mussten in Labors Versuche kontrolliert, Proben entnommen und Messapparaturen abgelesen werden, an Schreibtischen wurde über Veröffentlichungen und Vorträgen gebrütet. Die Wege des Fuchses kreuzten sich daher gelegentlich mit denen erschöpfter Forscher, die zu nachtschlafender Zeit mit gesenktem Kopf ihr Auto ansteuerten, was ihn weder von seinen nächtlichen Patrouillengängen abhielt noch dazu veranlasste, eine andere Route einzuschlagen. In der Regel waren es die Menschen, die sich bei diesen nächtlichen Begegnungen überrascht zeigten. Der Fuchs hatte sein Gegenüber meist schon frühzeitig bemerkt. Es war ein erfahrenes Tier, das mit fast sieben Jahren ein für Stadtfüchse biblisches Alter erreicht hatte.

Nicht einmal das, was sich vor Jahren auf dem ehemaligen Parkplatz am Biologiezentrum abgespielt hatte, hatte ihn vertreiben können. Quasi über Nacht – aus Sicht des damals noch jungen Fuchses, der die Tage in seinem Versteck verschlief – waren massive Metallgitter aus dem Boden gewachsen und hatten ihm den direkten Weg aus seinem Gehölz neben dem Botanischen Garten zum Campusgelände versperrt. Wochenlang hatte die Erde gebebt. Monströse Maschinen hatten sich in den Boden gewühlt und eine tiefe Grube ausgehoben, aus der langsam ein merkwürdig geformter rundlicher Betonbau in die Höhe gewachsen war. Der Fuchs suchte sich daraufhin zwar einen ruhigeren Schlafplatz in der Laubenkolonie hinter dem Botanischen Garten, seine nächtlichen Touren aber änderten sich kaum. Statt quer über den Parkplatz lief er nun um den Bauzaun herum und seit ein paar Wochen direkt am Eingang des kürzlich eingeweihten neuen Gebäudes vorbei.

Das Tier hatte die nächste Station seines Weges, die großen Abfalltonnen auf der Rückseite der Mensa II, fast erreicht, als plötzlich ungewöhnliche Geräusche zu hören waren, gedämpfte Schreie, ein Poltern, als würden schwere Dinge zu Boden fallen, das Klirren von Glas. Sie kamen aus großer Höhe, aus den oberen Stockwerken des Biologiezentrums.

Der Fuchs spitzte die Ohren, verharrte für einen Moment unbeweglich an Ort und Stelle und schnupperte in die Nacht. Natürlich hatte er keine Ahnung, dass die Geräusche Teil einer Kette von Ereignissen waren, die die Stadt Kiel, ihre Universität und zahllose Wissenschaftler in aller Welt über Wochen in Atem halten sollte und in der ihm eine kleine, aber nicht unwichtige Rolle zugedacht war. Für den Fuchs ging es in diesem Moment einzig und allein darum, wie das seltsame Gepolter einzuschätzen war. Sollte er auf seinen Abstecher zu den Mensaabfällen verzichten oder ihn verschieben? Meistens war dort nicht viel zu holen. Ausgerechnet an einem Ort, wo Essensgerüche eine für Füchse geradezu schmerzhafte Intensität erreichen konnten, achteten die Menschen peinlich auf Sauberkeit. Aber es hatte schon Ausnahmen gegeben, Deckel, die nicht ganz geschlossen waren und ihm Gelegenheit zu denkwürdigen Festmählern boten, Ausnahmen, die jede Mühe und jedes Risiko wert waren. Außerdem konnte er hier ab und zu eine fette Ratte erwischen. Der Fuchs verharrte, minutenlang. Bis wieder Stille eingekehrt war.

Gerade als er seinen Weg wie gewohnt fortsetzen wollte, fuhren im obersten Stock des Hauses plötzlich zwei Rollos in die Höhe und gaben einen erst schmalen, dann immer breiter werdenden hellen Lichtstreifen frei. Kurz darauf erschien an einem der Fenster eine mit einem weißen Laborkittel bekleidete menschliche Gestalt. Ihre Hand ruhte auf dem Fenstergriff, doch sie blieb zunächst reglos und schien nur nach draußen in die Dunkelheit zu starren. Kurz darauf zerriss ein Krachen die nächtliche Stille, so laut, dass es bis hinunter auf den Schwarzen

Weg zu hören war. Jemand rüttelte heftig an einem Fenster, das schon lange nicht mehr geöffnet worden war.

Der Fuchs hatte mit gesträubten Nackenhaaren ausgeharrt, doch als sich der große Fensterflügel endlich mit einem lauten Quietschen nach innen bewegte, reichte es ihm. Sein Weg würde ihn dicht am Ort des Geschehens vorbeiführen. Er fiel in leichten Trab und lief, immer schneller werdend, zum Mensaparkplatz und weiter bis zum Biologiezentrum. Das helle Licht brannte noch immer, er vermied es aber, nach oben zu schauen. Das Fahrrad, das an einem der vielen den Weg zum Eingang säumenden Stahlbögen angeschlossen war, beachtete er nicht, genauso wenig wie die beiden Pkws die hinter dem Biologiezentrum parkten. Er wollte nur noch weg von hier. Und da alles, was nach dem Öffnen des Fensters geschah, völlig geräuschlos vor sich ging, sah er auch den in diesem Moment aus dem zwölften Stock herabstürzenden menschlichen Körper nicht. Er hörte nur den dumpfen Laut, als etwas hinter ihm auf ein Dach des Flachbaus aufschlug, zuckte zusammen, schoss ein paar Meter nach vorne, wandte sich schließlich mit zitternden Flanken um und blickte nach oben zur Dachkante. Wenige Meter dahinter ragte der Hochhausturm empor. Das Fenster, an dem die Gestalt gestanden hatte, war offen, der dazugehörige Raum nach wie vor hell erleuchtet. Davon abgesehen war nichts Ungewöhnliches zu erkennen.

Doch Sekunden nach dem Aufprall kroch ein beunruhigender Geruch auf ihn zu, der von Sekunde zu Sekunde stärker wurde. Er kam vom Dach und es roch nach Mensch und immer intensiver nach Blut.

Gleichzeitig hörte er ein seltsames Geräusch in der Dunkelheit. Ein papiernes Etwas flatterte wie ein riesiger Schmetterling vom Himmel und blieb nur wenige Meter vor ihm auf dem Boden liegen. Er zögerte einen Moment, doch bald siegten

Neugier und Zorn über die nicht enden wollende Kette von Belästigungen, die ihm die menschlichen Bewohner dieser Stadt zumuteten. Er lief hin, schnupperte daran, biss wütend in das blau-weiße Ding hinein, schüttelte es knurrend, rannte damit am Eingang des nagelneuen Zentrums für Molekulare Biowissenschaften vorbei zum Botanischen Garten und verschwand irgendwo im Gebüsch.

1

Hermann Pauli schreckte hoch, verschlafen und alarmiert zugleich. Ein reales Ereignis oder ein Traum – er erinnerte sich dunkel, intensiv geträumt zu haben –, irgendetwas hatte dazu geführt, dass eine hohe Dosis Adrenalin durch seine Gefäße raste und er nun desorientiert und mit weit aufgerissenen Augen um sich blickte, als habe er im Schlaf den eisigen Atem des Leibhaftigen im Nacken gespürt. Aber er sah nur die vertrauten Umrisse von Bücherregalen und Sammlungsschränken, das Mikroskop auf seinem Tisch in der Ecke und die Fensterfront dahinter, die über die gesamte Breite des Zimmers ging, und beruhigte sich. Er war im Institut, in seinem Arbeitszimmer hoch über dem Campus der Universität, seinem Lebensmittelpunkt seit vielen Jahren, und er war mit dem Kopf auf den Unterarmen am Schreibtisch eingeschlafen, wie er es von Studenten kannte, die in seiner Vorlesung am Montagmorgen mit den Nachwirkungen eines durchfeierten Wochenendes zu kämpfen hatten. Kein Grund zur Aufregung.

Doch ein ebenso unwirkliches wie hartnäckiges Gefühl der Bedrohung blieb. Vermutlich war er jetzt allein im Haus. Als er nach dem Abendessen zurück ins Institut gekommen war, hatte zwar im obersten Stock schräg über seinen eigenen Räumen noch Licht gebrannt, im »Forschungsolymp der Christian-Albrechts-Universität«, wie eine Zeitung erst kürzlich wieder getitelt hatte. Frank Moebus und seine Mitarbeiter waren fast immer die Letzten, die im Biologiezentrum das Licht löschten. Mittlerweile dürfte aber auch in diesem Labor Ruhe eingekehrt sein.

Hermann presste die Augenlider zusammen und streckte sich. Wie lange hatte er geschlafen? Er berührte die Leertaste, um den Rechner aufzuwecken, und blickte auf den großen Computerbildschirm, wo oben rechts die Uhrzeit stand. Höchstens zwanzig Minuten, schätzte er. Es war kurz nach Mitternacht, genau 0 Uhr 12. Geisterstunde.

Was hatte ihn geweckt? Hatte er etwas gehört? Er schloss die Augen. Es war, als schwebte der Nachhall noch im Raum, eine gespensterhafte Erinnerung an irgendein lautes Geräusch, an eine grobe Verletzung der Nachtruhe dieses Hauses, in dem es tagsüber zu Semesterzeiten summte wie in einem Bienenstaat. Aber außer dem Lüftergeräusch seines Rechners war nichts zu hören und Hermann konnte sich weder an den Inhalt seines Traums erinnern noch daran, ob da ein Geräusch gewesen war. Wahrscheinlich hatte nur sein innerer Wecker geklingelt, eine Stimme der Vernunft, die ihm zuflüsterte, dass es höchste Zeit war, nach Hause und ins Bett zu gehen. In wenigen Stunden musste er im Hörsaal stehen und eine halbe Hundertschaft Studenten für sein Fach begeistern.

Neben einem Fenster mit elektronenmikroskopischen Aufnahmen verschiedener Tintenfischaugen präsentierte der Bildschirm den kümmerlichen Ertrag dieses Abends. Die wenigen Textzeilen, die er geschrieben hatte, erinnerten ihn daran, dass er mit seiner Arbeit nicht sehr weit gekommen war.

Dabei war er schwer im Verzug und hatte sich viel vorgenommen. Sein Kollege Raymond Holmes legte ein Arbeitstempo vor, mit dem er kaum mithalten konnte. Schneller als erwartet hatte der Neuseeländer seine Hausaufgaben gemacht und aus dem fernen Wellington einige detaillierte Artbeschreibungen gemailt, die Hermann am Nachmittag ausgedruckt und später beim Italiener mit fettigen Pizzastücken in der Hand gelesen hatte. Natürlich kannte er die Tiere und ihre Anatomie, die Ray nun in allen Einzelheiten beschrieb, er hatte sie schließlich selbst gefunden. Doch viele Einzelheiten waren auch für ihn neu, weil sie ihm damals am Strand bei seiner ersten, notgedrungen oberflächlichen Untersuchung entgangen waren. Außerdem wartete das Manuskript mit einer großen Überraschung auf. Ray hatte eine der neuen Kalmararten, ein besonderes Tier, dessen sterbliche Überreste damals für Tage Hermanns Campingkühlschrank blockiert hatten, nach seinem Entdecker *Mastigoteuthis paulii* genannt, eine nette Geste seines Kollegen und eine große Ehre dazu. Falls die Gutachter nichts einzuwenden hatten, würde Rays Arbeit demnächst in einer traditionsreichen britischen Fachzeitschrift erscheinen, den *Philosophical Transactions of the Royal Society*, der zweitältesten Fachzeitschrift der Welt – die Franzosen hatten es im Jahr 1665 geschafft, ihr *Journal des Sçavans* noch ein paar Monate früher herauszubringen.

Normalerweise druckten die *Transactions* keine Artbeschreibungen, eine notwendige, aber nicht nur für Laien überaus langweilige Form wissenschaftlicher Prosa, mit der weder für die Herausgeber noch für die Autoren große Meriten zu ernten waren, doch die Hysterie um den Roten, einen Kolosskalmar von enormer Größe, hatte Hermanns sensationelle Funde in Neuseeland überall in der Welt in die Schlagzeilen gebracht. Vielleicht spielte für die Briten auch die alte Verbundenheit mit der ehemaligen Kolonie eine Rolle. Die Redakteure hatten schon im Vorfeld großes Interesse an ihrem Material bezeugt. Sie planten ein Themenheft zur Tiefseebiologie, dessen Herzstück seine Entdeckungen auf der neuseeländischen Südinsel bilden sollten. Dazu gehörten Rays Beschreibungen der neuen Kalmararten genauso wie die Arbeiten über ihre Leuchtorgane und Augen, die Hermann und seine Arbeitsgruppe beizusteuern planten. Offenbar wollten die Briten sichergehen, dass in diesem Fall weder *Science* noch *Nature* zum Zuge kamen, die beiden konkurrierenden Flaggschiffe der internationalen Wissenschaftsjournale.

Er sah sich also unter Zugzwang und an diesem Abend hatte er endlich ein wenig Boden gutmachen wollen. Doch dann hatte er den verhängnisvollen Entschluss gefasst, seine Tochter anzurufen, und was als kurzer Gruß und Lebenszeichen gedacht war, entwickelte sich unversehens zum abendfüllenden Krisengespräch. Ausgerechnet heute musste ihm Marion unter Tränen eröffnen, dass sie ihren Freund verlassen und mit ihrem kleinen Sohn nach Kiel zurückkehren werde, lieber heute als morgen. Sie habe ihn nicht beunruhigen wollen, aber irgendwann müsse er es ja erfahren. Aus der gemeinsamen Wohnung sei sie bereits ausgezogen und lebe seit Tagen bei einer Freundin. Ihr Entschluss sei unwiderruflich. Das alles traf ihn nicht unvorbereitet. Marions Expartner war von Anfang an ein rotes Tuch für ihn gewesen und er hatte schon seit geraumer Zeit befürchtet, dass es so weit kommen könnte. Brigitte würde sich im Grabe umdrehen. Ihrer über alles geliebten Tochter stand nun ein aufreibendes Leben als alleinerziehende Mutter bevor. An konzentrierte Arbeit war nach dieser Nachricht nicht mehr zu denken gewesen.

Hermann seufzte. Hätte er sie etwa abwürgen sollen, seine einzige Tochter, nur damit er ein paar Zeilen mehr in den Computer tippen konnte? Es ging ihr schlecht. Er hatte sich geschworen, dass die Zeiten, in denen ihm seine Arbeit über alles ging und ihn ein derart – aus welchem Grund auch immer – unproduktiv verbrachter Abend zur Weißglut getrieben hätte, vorbei waren. Dennoch ärgerte er sich über Marion, und das nicht zum ersten Mal. Sie hatte seinerzeit alle Warnungen von Eltern und Freunden in den Wind geschlagen und war Hals über Kopf zu diesem glutäugigen Aikido-Lehrer nach München gezogen, den sie erst kurz zuvor auf irgendeinem Wochenendworkshop kennengelernt hatte. Sie war leicht zu beeinflussen und so dauerte es nicht lange, bis dessen aus allen möglichen und unmöglichen esoterischen Quellen zusammengeklaubtes Weltbild massiv auf Marion abzufärben begann. Solange Brigitte noch lebte, hielt sie den Kontakt nach München aufrecht. Hermann hatte zu große Probleme damit, dass seine eigene Tochter, die Tochter eines Naturwissenschaftlers, nur noch von Haupt- und Nebenchakren, von Energiekanälen, Yin und Yang, von Schutzengeln, Seelenwanderung und Handauflegen redete. Eine Zeit lang lief nahezu jedes Gespräch zwischen Vater und Tochter Gefahr, in einen handfesten Streit zu münden. Erst als es nach der Geburt des Babys in Marions Beziehung zu kriseln begann, besserte sich ihr Verhältnis.

Hermann überflog, was er geschrieben hatte, immerhin eine halbe Seite. Er befand sie sogar für brauchbar, brachte kleinere Korrekturen an, speicherte den Text und begann, die zahlreichen Papiere auf seinem Schreibtisch zu ordnen. Dabei fiel ihm plötzlich sein abrupt unterbrochener Traum wieder ein. Es war ein schöner Traum gewesen, zumindest hatte er schön begonnen, mit einer wissenschaftlichen Entdeckung. Worin die bestand, war ihm im Traum nicht klar geworden, aber es war seine Entdeckung, erinnerte er sich lächelnd, und sie war mit einem wunderbaren Gefühl des Stolzes und der Zufriedenheit verbunden gewesen. Eigentlich erstaunlich nach dieser Hiobsbotschaft.

Vielleicht lag es daran, dass ihn der Schlaf an seinem Institutsschreibtisch überrascht hatte, mitten in der Arbeit. Er konnte sich jedenfalls nicht erinnern, im heimischen Schlafzimmer jemals so realistisch und aufregend von seiner Arbeit geträumt zu haben. Vielleicht sollte ich häufiger im Institut schlafen, dachte er und lachte laut.

Der Traum hatte allerdings eine unerfreuliche Wendung genommen. Er sollte vor einem großen und bedeutenden Auditorium über seine Entdeckung berichten und auf dem Weg in den Vortragssaal hatte er aus unerfindlichen Gründen Angst davor gehabt, regelrecht Panik. Er erinnerte sich genau an das beklemmende Gefühl. Als wäre er auf dem Weg zu seiner eigenen Hinrichtung. Hatte ihn dieser seltsame Traum geweckt? Wovor hatte er Angst gehabt? Dass sich seine großartige Entdeckung in Luft auflösen könnte? Dass er die CD mit der Präsentation verlegt oder vergessen …

Ein Geräusch ließ ihn herumfahren. Was war das? Er starrte in Richtung Tür, lauschte mit angehaltenem Atem in die nächtliche Stille. War das Geräusch von draußen oder aus dem Haus gekommen? Das merkwürdige Gefühl der Bedrohung, das er nach dem Aufwachen verspürt hatte, war wieder da, stärker als zuvor. Kurz entschlossen ging er zur Tür, riss sie, energischer als nötig, auf und blickte nach rechts und links den beleuchteten Flur entlang. Nichts. Oder doch? Ein Sammelsurium leiser Geräusche, ein Rauschen und Glucksen, er war sich aber nicht sicher, ob es sie nicht schon immer gegeben hatte. Er hatte nie darauf geachtet. Vielleicht waren es die Heizungsrohre, fiel ihm ein. Nachdem es ungewöhnlich früh kalt geworden war, hatte der Hausmeister vor wenigen Tagen die Heizung angestellt.

Er trat kopfschüttelnd zurück ins Zimmer und schloss die Tür. War er derart überreizt? Heute würde er sicher nichts mehr zustande bringen. Rasch schrieb er noch eine kurze Mail an Ray, in der er sich dafür bedankte, dass ein Peitschenschnurkalmar nun für immer seinen Namen tragen würde. Dann schaltete er den Computer aus, griff nach seiner Jacke, die auf einem Kleiderständer neben der Tür hing, und trat ans Fenster. Glücklicherweise regnete es nicht, die Straßen und Wege des tief unter ihm liegenden Universitätsgeländes schienen trocken zu sein.

Er würde sich also schnellstens auf sein Fahrrad schwingen und durch die schlafende Stadt nach Hause radeln, sein alltägliches Fitnessprogramm, das er nach seiner Rückkehr aus Neuseeland und dem Umzug in die Innenstadt aufgenommen hatte und an dem er bei nahezu jedem Wetter eisern festhielt.

Hermann war nicht besonders schreckhaft, kaum aber hatte er die Tür zu seinem Büro abgeschlossen, ließ ihn ein Knacken zusammenzucken. Wieder lauschte er und wieder hörte er nur dieses leise Rauschen und Gluckern.

Er hatte das Institut schon oft spät verlassen – die Atmosphäre des menschenleeren Zentrums inspirierte ihn zu konzentrierter Arbeit und seit Brigittes Tod gab es niemanden, der zu Hause auf ihn wartete –, doch noch nie hatte er diese seit Jahren vertraute Umgebung als derart unwirklich erlebt, ja, unheimlich. Während er an den verschlossenen Türen von Mitarbeiterbüros und Laborräumen vorbeilief und seine Schritte durch den schmalen Flur schallten, ärgerte er sich über die vertane Zeit, darüber, dass er eingeschlafen war, und über diesen idiotischen Traum, der ihn noch immer gefangen hielt, sodass er sich vorkam wie in einem billigen Horrorstreifen. Nichts anderes konnte der Grund für seine merkwürdige Stimmung sein. Er war müde und mittlerweile auch schlecht gelaunt.

Etwa auf halbem Weg zum Treppenhaus traf ihn plötzlich etwas im Gesicht. Er blieb wie angewurzelt stehen. Sein Herz klopfte. Zögernd strich er sich mit der Hand über die Wange und rieb dann seine Fingerkuppen aneinander. Sie waren feucht. Er hob die Hand und roch daran. Oben an der niedrigen weißen Decke war auf den ersten Blick nichts zu erkennen, aber dann traf ihn ein weiterer Tropfen und er trat rasch zur Seite. Das Geräusch, das seine Schuhsohle dabei verursachte, ließ ihn nach unten schauen. Er hatte in einer kleinen Wasserlache gestanden. Wieder legte er den Kopf in den Nacken, und jetzt entdeckte er einen Fleck, der etwas dunkler als seine Umgebung war und feucht glänzte. Es tropfte aus der Decke.

Seine erste Reaktion war Erleichterung. Auf seine Sinne war Verlass. Er hatte sich die Geräusche nicht eingebildet. In der Decke waren sicher allerlei Kabel und Rohre verlegt und eines davon musste undicht sein. Sollte er den Hausmeister oder den technischen Dienst alarmieren? Vielleicht waren die Tropfen nur der Anfang. Nein, er würde sie morgen früh anrufen, gleich nach dem Aufstehen. Noch wirkte das Leck nicht so bedrohlich, dass er die Verantwortlichen mitten in der Nacht aus dem Schlaf reißen müsste.

Er fluchte. Ausgerechnet ihm passierte so etwas, ausgerechnet heute. Er zögerte noch einen Moment, dann lief er weiter, die Augen auf den Boden gerichtet, um nach weiteren Wasserlachen Ausschau zu halten. Als er die Tür zum dunklen Treppenhaus erreichte, entspannte er sich etwas. Es war wirklich nur ein kleines lokales Leck, eine defekte Dichtung wahrscheinlich. Das Haus kam eben langsam in die Jahre.

Er blieb vor der Tür stehen und zögerte. Es kam ihm vor, als wäre das Rauschen hier lauter geworden, gleichzeitig bildete er sich ein, das zarte Platschen herauszuhören, das die auf den Fußboden prallenden Tropfen verursachten. Ein langsamer, konstanter Rhythmus. Das Geräusch beunruhigte ihn. Was, wenn die Tropfenfrequenz sich unmerklich, aber stetig erhöhte? Er beschloss, unten beim Pförtner einen Zettel zu hinterlassen, damit morgen früh sofort gehandelt werden könnte. Außerdem sollte er auf Franks Etage nach dem Rechten sehen.

Sein Finger befand sich nur wenige Zentimeter vom Türgriff entfernt, als hinter ihm plötzlich mit lautem Knall eine der Deckenlampen zersprang. Ein Zischen und ein knisternder Funkenregen folgten. Hermann riss unwillkürlich die Arme hoch, um sich zu schützen. Das Flurlicht flackerte, erlosch kurz und ging dann wieder an.

»Verdammt!« Auf die Nachtruhe der Techniker konnte er wohl doch keine Rücksicht nehmen. Jeder Rest von Müdigkeit war verflogen. Er sollte jetzt rasch nach oben gehen und dann von hier verschwinden. Aber nicht mit dem Fahrstuhl, mahnte ihn eine innere Stimme. Wenn der Strom ausfällt, sitzt du fest. Nimm die Treppe.

Er wollte schon die Tür öffnen, besann sich dann aber anders und lief zurück zu seinem Arbeitszimmer, um seine wertvollen Daten in Sicherheit zu bringen. Wahrscheinlich bestand keine Gefahr, aber wer weiß, vielleicht würde das Wasser bald zentimeterhoch durch die Gänge fließen. Glücklicherweise arbeitete er mit einer externen Festplatte. Er zog das Verbindungskabel heraus, verstaute die Platte im Rucksack, verschloss zum zweiten Mal die Tür, passierte mit einem skeptischen Blick an die Decke und auf den Boden die defekte Lampe und die Wasserlache und versuchte, nicht an die vielen unersetzlichen Bild- und Videodateien in seinem Aktenschrank zu denken. »Es wird schon nichts passieren«, murmelte er vor sich hin, um sich zu beruhigen. Noch wehrte er sich dagegen, doch zunehmend spürte er die Verantwortung, die auf ihm lastete. Zufällig war er der einzige Mensch im Haus. Ob es ihm gefiel oder nicht, nur er konnte verhindern, dass sich aus einer Lappalie ein schwerer Schaden für das Zentrum entwickelte, unter dem die ganze Fakultät zu leiden hätte.

Bald darauf stand er wieder an der Glastür zum Treppenaufgang und erstarrte. Unter dem Türblatt hatte sich eine Wasserlache gebildet. Noch ein Leck? Er blickte an die Decke. Wo kam das Zeug her? Vorsichtig, um keine nassen Füße zu bekommen, trat er näher und drückte die Klinke nach unten.

»Ach du lieber Himmel!« Im Treppenhaus war es stockfinster, das aus dem Flur einfallende Licht reichte aber, um zu erkennen, dass er es mit weit mehr als nur einem tropfenden Hahn zu tun hatte. Jetzt wusste er, woher das Rauschen gekommen war. Wasser ergoss sich aus dem obersten Stock und lief um den Schacht mit den beiden Fahrstühlen herum über die steinernen Stufen nach unten. Überall tropfte es, von den Stufen, von der Decke. Was war da oben los? Das war kein kleiner Rohrbruch, das war eine Sintflut.

Er brauchte ein paar Sekunden, um zu einer Entscheidung zu kommen, dann drehte er um und kehrte, diesmal im Laufschritt, ein zweites Mal in sein Büro zurück, riss die Schreibtischschublade auf und kramte darin herum. »Wo ist denn diese … ah, hier.« Er zog eine lange, mehrseitige Liste mit Telefonnummern heraus und suchte ungeduldig nach einem Notdienst, nach irgendjemandem, der hier für Ordnung sorgen könnte. Warum musste dieses verdammte Rohr mitten in der Nacht platzen?

Da, endlich, Technischer Notdienst, eine Festnetz- und eine Handynummer. Er zwängte sich mit dem Rucksack auf dem Rücken in seinen Schreibtischstuhl, griff nach dem Telefonhörer, tippte die Mobilfunknummer ein und wartete. Es dauerte eine Ewigkeit. »Nun komm schon …«

Eine tiefe Männerstimme meldete sich und murmelte etwas Unverständliches.

»Endlich. Spreche ich mit dem Technischen Notdienst? Pauli, Biologiezentrum. Hier muss es einen Rohrbruch gegeben haben. Es tropft von der Decke und im Treppenhaus läuft das Wasser … Wie bitte?«

»Wer spricht denn da?«, antwortete der Mann, der sich keine Mühe gab, seine Verärgerung über die nächtliche Störung zu verbergen. »Was haben Sie im Biologiezentrum zu suchen, um diese Zeit?«

Mittlerweile war Hermann ziemlich aufgeregt und musste

sich bremsen, um nicht aus der Haut zu fahren. Andererseits leuchtete ihm ein, dass der Mann nicht alle Professoren mit Namen kennen konnte.

»Ich habe in meinem Büro gearbeitet« – und geschlafen, dachte Hermann grimmig –, »mein Name ist Hermann Pauli. Ich bin Hochschullehrer am Zoologischen Institut.«

»Hm«, brummte der Mann und wollte wissen, in welchem Stock er sich befinde und wo genau das Wasser …

»Es muss aus dem zwölften Stock kommen. Ich weiß nicht, was passiert ist, ich bin noch nicht oben gewesen, weil ich keine Zeit verlieren wollte. Aber es sieht ziemlich dramatisch aus. Erst dachte ich, es wäre nur eine kleine undichte Stelle in der Decke, aber das Wasser fließt in Strömen das Treppenhaus hinunter. Es ist schon jetzt ein beträchtlicher Schaden entstanden, fürchte ich. Und es hat einen Kurzschluss gegeben.«

»Wir sind eigentlich nur für die Technische Fakul…«

»Tut mir leid, aber das interessiert mich nicht. Ich kann jetzt nicht zwanzig Telefonnummern …« Hermann mahnte sich zur Besonnenheit. »Hören Sie, in diesem Haus arbeiten mehr als dreißig Professoren mit ihren Arbeitsgruppen. Die Vorlesungen und Praktika haben begonnen. Wollen Sie etwa die Verantwortung übernehmen, wenn wir hier morgen den ganzen Laden dichtmachen müssen, weil nicht rechtzeitig gehandelt wurde? Wenn Sie selbst nichts tun können, dann alarmieren Sie die zuständigen Leute. Bitte, Sie müssen mir helfen. Ich gehe jetzt nach oben, um mir anzusehen, was da los ist. Kann ich mich auf Sie verlassen?«

Seine Worte zeigten Wirkung. »Ich …«

»Ob ich mich auf Sie verlassen kann?«, wiederholte Hermann mit eindringlicher Stimme. Er hatte die Telefonnummer, und wenn der Mann jetzt nicht in die Gänge käme, würde er ihm später die Hölle heißmachen.

»Ja«, antwortete der Mann und räusperte sich. »Natürlich.«

»Danke. Schreiben Sie sich meine Handynummer auf.« Er zog sein Handy aus der Jackentasche, las von dem Aufkleber auf der Rückseite die Nummer ab, ließ sie sich wiederholen und fragte nach dem Namen des Mannes. Dann legte er auf. Mein Gott, was für ein Schlamassel. Diesen Abend hatte er sich wirklich anders vorgestellt.

Er atmete ein paarmal tief durch und überlegte, ob er Frank Moebus informieren sollte. Der Schaden schien in seinen Räumen aufgetreten zu sein. Nein, noch nicht. Erst würde er nach oben gehen und sich selbst ein Bild machen. Er wagte sich kaum auszumalen, wie Frank reagieren würde.

Der Architekt, der sich diese engen Flure mit den niedrigen Decken ausgedacht hatte, gehörte wirklich bestraft. Sie erzeugten vielleicht eine intime Atmosphäre, für Menschen über eins sechzig Körpergröße aber waren sie ein klaustrophobischer Albtraum. Wenn sie sich noch dazu für Wochen in eine Baustelle verwandelten, wenn demontierte Decken, aufgestemmte Wände und Fußböden, neue Rohre und Leitungen und Malerarbeiten dazukämen – nicht auszudenken. Niemand würde darüber erfreut sein, aber Frank Moebus war nicht der Typ, der seinen Zorn stumm in sich hineinfraß. Er würde toben.

Nein, Hermann wollte möglichst nicht derjenige sein, der ihm diese Nachricht überbrachte. Der gesamte Laborbetrieb würde stillstehen, von dem sündhaft teuren Gerätepark, den Frank von seinem üppigen Forschungsetat angeschafft hatte, gar nicht zu reden. Hoffentlich war nichts beschädigt worden. »Forschungsolymp«, sagte Hermann verächtlich und stieß auf dem Weg zur Tür ein bitteres Lachen aus. Die verantwortlichen Politiker schmückten sich gern mit den Leistungen ihrer Forscher, erfanden immer neue Wortungetüme wie Eliteuniversität und Exzellenzcluster und warfen in diesem Zusammenhang mit Millionen um sich. Wenn es aber darum ging, Mittel für die Reparatur der Fenster, die sich kaum öffnen ließen, für einen neuen Anstrich oder einen Satz Mikroskope für die studentischen Praktika bereitzustellen, herrschte Ebbe in der Kasse. Das ganze Gebäude samt seinem zwölften Stock war offenbar ein Sanierungsfall.

Er legte seinen Rucksack ab, um die Sache möglichst schnell hinter sich zu bringen. An einem Haken neben der Tür hing der Schlüssel zu Franks Etage. Für Notfälle wie diesen hatten sie die Schlüssel ausgetauscht, ohne ernsthaft davon auszugehen, sie je zu brauchen.

Hermann öffnete die Tür zum Treppenhaus und betätigte den Lichtschalter. Die Lämpchen neben den Aufzugtüren glimmten, als wäre nichts geschehen. Konnte er den Fahrstuhl gefahrlos benutzen? Er schüttelte den Kopf und stieg lieber dicht an die Wand gelehnt die Stufen hinauf. Vereinzelt hallten Tropfgeräusche durch das zwölf Stockwerke hohe Treppenhaus. Der Wasserfluss schien nachgelassen zu haben. Bei Licht sah die Situation nicht mehr ganz so dramatisch aus.

Er erreichte die Tür zu Moebus' Forschungsolymp und wollte sie aufschließen, aber sie war nicht abgeschlossen. Merkwürdig. Hermann zögerte, trat dann aber doch in den unbeleuchteten Flur, dessen Boden vor Nässe glänzte. Ein muffiger Geruch stieg ihm in die Nase. Er befand sich jetzt direkt über seinem eigenen Büro, dem Raum, in dem er diesen Abend vertelefoniert und verschlafen hatte. Franks Zimmer lag hier und das Sekretariat. Ansonsten Labors, wenn er sich recht erinnerte. Es sah aus, als hätte sich das Wasser auf dem gesamten Stockwerk ausgebreitet und sei dann unter der Tür hindurch ins Treppenhaus geflossen. Er lief ein paar Schritte in den Flur hinein und blieb dann im Dunkeln stehen, weil er es nicht wagte, die Beleuchtung anzuschalten. Erst wollte er wissen, woher das Wasser kam. Außerdem drang aus dem Gang, der weiter vorne nach rechts abzweigte, Licht. War er doch nicht allein im Haus? Die Tür war nicht abgeschlossen gewesen. Sein Puls beschleunigte sich. Er hatte nicht damit gerechnet, jemanden anzutreffen.

»Hallo«, rief er mit belegter Stimme. »Ist da jemand?«

Keine Antwort. Außer diesem leisen Plätschern und den Tropfgeräuschen war nichts zu hören. Hermann schluckte.

Langsam einen Fuß vor den anderen setzend ging er weiter. Der Boden war nass, überall stand das Wasser, aber die große Masse war offenbar abgeflossen. Das spräche gegen einen Rohrbruch. Es hatte wohl einen einmaligen großen Wasserschwall gegeben. Als wäre ein Gefäß ausgelaufen. Hermann dachte an die Wassermassen im Treppenhaus. Ein ziemlich großes Gefäß.

0 Uhr 56. Wo blieben die Techniker? Ihm fiel ein, dass die Eingangstür abgeschlossen war. Hoffentlich waren sie so schlau, den Hausmeister zu alarmieren oder irgendjemand anders, der einen Schlüssel hatte, sonst würde er womöglich zwölf Stockwerke nach unten rennen müssen, um ihnen aufzuschließen – und danach wieder hoch. Er tastete nach seinem Handy und vergewisserte sich, dass er erreichbar war. Es war absurd, dass er sich womöglich in Gefahr bringen musste, nur weil notwendige Wartungsarbeiten versäumt worden waren.

Noch ein paar Schritte und er würde den nach rechts abzweigenden Gang einsehen können. An der Ecke blieb er stehen. Ein Stück weiter fiel helles Licht durch eine offene Tür. Kam das Wasser von dort?

Das Klirren von Glas.

»Hallo! Ist noch jemand da?«

Plötzlich nahm er auf dem Boden eine Bewegung wahr, begleitet von einem leisen Platschen. In einer der Pfützen zappelte etwas. Er trat näher, hockte sich auf die Zehenspitzen und griff danach. Es war kaum fingerlang und so glitschig, dass er zweimal zufassen musste. Dann lag es auf seiner ausgestreckten Hand und begann sich zwischen seinen Fingern zu winden. Die beiden großen Glupschaugen am Kopf waren unverwechselbar: ein Schlammspringer, ein kleines, ziemlich possierliches Fischchen, das in tropischen Gezeitenzonen lebte, vor allem in Mangrovenwäldern. Hermann brauchte nur den Arm auszustrecken, um ein zweites Tier aufzuheben. Er sah sie überall, Schlammspringer und Zebrafische, die meisten in der Nähe der Tür, durch die gerade eine Kröte in den Flur hüpfte, weiter hinten noch eine. Mein Gott, dachte Hermann erschrocken. Jetzt wusste er, welcher Raum da offen stand.

Mit den beiden lebenden Schlammspringern in der Hand richtete er sich auf und lief vorsichtig weiter, um keines der Tiere zu zertreten.

Als er auf der Türschwelle stand und nach links in den großen, von mehreren Leuchtstoffröhren erhellten Raum schaute, schlug ihm das Herz bis zum Hals. Er musste die Augenlider zusammenkneifen. Und es war kalt. Eines der großen Fenster stand sperrangelweit offen. Was um Himmels willen war hier geschehen?

Es war nicht nur ein Gefäß zerborsten, es waren viele. Das Wasser stand überall. In der Raummitte war ein Stahlregal zur Hälfte umgestürzt und auf ein zweites gefallen, das sich dadurch bedenklich zur Seite geneigt hatte. Aquarientrümmer türmten sich auf dem Boden, ein heilloses Durcheinander von Schläuchen, Pumpen, verbogenen Metalleinfassungen und gefährlich aussehenden Glassplittern.

Überall zappelten und hüpften Franks Tiere herum. Er hatte ein goldenes Händchen für die Zucht. Das waren seine Worte. Je schwieriger, desto besser. Ihm gelang, woran andere scheiterten, eine der Voraussetzungen seines Erfolgs. Alles dahin. Hermann hatte gehört, dass im Direktorium seinerzeit auch über die Tragkraft der Decken gesprochen worden war. Frank hatte es abgelehnt, seine Zuchten und Kulturen im Keller unterzubringen. Die weiten Wege seien für Tier und Mensch unzumutbar. Er hatte damals während der Berufungsverhandlungen hoch gepokert. Er konnte es sich leisten.

Hermann war fassungslos. Er hatte einen technischen Defekt erwartet, kein Schlachtfeld. Seine Arme sanken kraftlos nach unten, die beiden Schlammspringer fielen zu Boden. Konnte ein solches Regal von selbst zusammenbrechen? Durch Materialermüdung? Wieso brannte das Licht? Und warum standen Tür und Fenster offen? Nein, das war mutwillig geschehen, hier hatte sich blinde Zerstörungswut ausgetobt, Vandalismus.

An einer Stelle trieben Schlieren im Wasser, die sich ein Stück weiter zu einer dunklen Wolke verdichteten. Nein, nicht dunkel, die Wolke war dunkelrot. Das sah aus wie ... Hermann schnappte nach Luft, als er hinter der schräg stehenden Regalreihe einen Schuh entdeckte. Und in dem Schuh einen Fuß, ein Bein mit einer durchnässten Jeans. Er musste in den Raum treten, um mehr erkennen zu können, spürte, wie das Wasser sofort in seine Schuhe drang, und erschauderte. Glas knirschte und brach unter seinen Sohlen. Dann sah er einen weißen Laborkittel, und noch viel mehr Blut.

Als ihm klar wurde, dass der Kopf des Mannes bis zum bluttränkten Hemdkragen in einem zersplitterten Aquarium steckte, schrie Hermann auf. Der Anblick traf ihn so unerwartet, dass er nach hinten wankte. Er trat dabei auf irgendetwas Weiches, rutschte aus und musste sich an dem ohnehin bedenklich wackeligen zweiten Regal festhalten, um nicht zu Boden zu stürzen, in die Glasscherben und das Wasser. Fast hätte er das Regal vollends umgerissen. Ein Aquarium mit kleinen, fast durchsichtigen Fischen, das noch auf der obersten Regalreihe stand, rutschte ihm entgegen. Wasser schwappte über seinen Rand und ergoss sich über seine Jacke. Dann stürzte es mit lautem Geklirr zu Boden.

Er rettete sich hinaus in den Flur und lehnte sich heftig atmend gegen die Wand. Seine Jacke und Hose trieften vor Nässe. Was sollte er tun? Hektisch begann er in seinen chronisch überfüllten Taschen nach dem Telefon zu suchen. Aber seine Hände waren feucht, an der rechten klebte noch der Schleim der Schlammspringer, und als er das Handy herauszog, flutschte es ihm wie ein Stück Seife aus der Hand. Er versuchte nachzufassen, gab dem Gerät aber nur einen weiteren Stoß, sodass es in hohem Bogen in den verwüsteten Raum und ins Wasser fiel, wo es nahezu unerreichbar zwischen spitzen Glasscherben landete.

»Scheiße«, fluchte er mit zusammengekniffenen Augen. »Das gibt's doch nicht.« Dann rannte er los.

Unten, an seinem Schreibtisch, nach dem Anruf bei der Polizei, begann er kurz daran zu zweifeln, dass nur wenige Meter über ihm ein Mensch verblutet war. Er hielt vor Schreck die Luft an. Verblutet? Vielleicht lebte der Mann ja noch. Es war ein Mann, dessen war er sich sicher, aber wer? Er hatte ihn nur von hinten gesehen und völlig kopflos reagiert. Am Telefon hatte er von einem Toten gesprochen, nein, gestammelt, aber jetzt wurde ihm klar, dass er gar nicht wusste, ob der Mann wirklich tot war. Panik überkam ihn. Er musste noch einmal hinauf.

Hatte er etwa selenruhig an seinem Schreibtisch geschlafen und von großen wissenschaftlichen Entdeckungen geträumt, während über ihm ein Kampf um Leben und Tod tobte, ein Kampf, an dem womöglich Mitglieder des Instituts beteiligt waren, Menschen, die er kannte? Es musste einen Kampf gegeben haben, denn der bedauernswerte Mann, dessen Kopf nun in dem zersplitterten Aquarium steckte, war wohl kaum von selbst in diese Lage geraten. Es war unfassbar. Hermann hatte noch nie gehört, dass es in einem zoologischen Institut zu einem derartig entfesselten Ausbruch von Gewalt gekommen war, weder hier noch anderswo. Er hätte davon erfahren. Wissenschaftler waren vielfältig vernetzt, auf nationaler wie internationaler Ebene. Wer hatte das getan und warum? Es musste mindestens eine weitere Person im Raum gewesen sein. Was war aus ihr geworden?

Die Fragen kreisten in Hermanns Kopf, doch als er den Raum wieder betrat und mit zusammengepressten Lippen vorsichtig über Aquarientrümmer und Metallregale stieg, um zu dem blutüberströmten Opfer zu gelangen, war all das wie ausradiert. Er hatte noch nie so viel Blut gesehen. Es war ausgeschlossen, dass der Mann bei diesem Blutverlust noch lebte. Sein Gesicht lag halb im Wasser auf dem Kies, der den Boden des Aquariums bedeckte, und war kaum zu erkennen. Die nassen Haare klebten an Kopfhaut und Gesicht. Hermann erschrak, als er in dem nur zwei Zentimeter tiefen, mit Blut vermischten Wasser, das im Aquarium verblieben war, schnelle Bewegungen wahrnahm, doch es waren nur winzige Fische, die panisch von einer Ecke in die andere flitzten. Einer lag verendet auf dem Hinterkopf des Toten. Hermann wagte nicht, den Körper zu bewegen, weil er fürchtete, die scharfen Glaskanten könnten sich noch tiefer in den Hals bohren. Er griff nach der Hand des Mannes, die schlaff herabhing. Sie war kalt, aber das konnte am Wasser und dem offen stehenden Fenster liegen. Kein Puls. Er konnte nichts für ihn tun.

Wie ein Albtraum spukte eine Vision durch seinen Kopf und ließ ihn schwindelig werden: zu erwachen und sich in diesem Zustand wiederzufinden. Die geringste Bewegung würde zu Schnittwunden führen. Man dürfte sich nicht rühren, nicht schlafen. Bis irgendwann die Nackenmuskulatur verkrampfte und der Hals zum sicheren qualvollen Tod auf das scharfe Glas nach unten sank. Hermann stöhnte und fasste sich unwillkürlich an die Kehle. Noch Wochen später sollten ihn diese Bilder in seinen Träumen heimsuchen.

Wer war das? Etwa Frank Moebus selbst? Hermann konnte es nicht ausschließen, suchte in seinem Gedächtnis fieberhaft nach irgendwelchen Kennzeichen. Nicht zu wissen, wer da lag, machte ihn wahnsinnig. Schuhe und Hose halfen nicht weiter. Die Haare waren nass, ihre Farbe nicht zu erkennen. Frank war ein dunkler, fast mediterraner Typ. Die meisten Frauen fanden ihn attraktiv. Auch die Länge der Haare gab keinen Aufschluss. Frank trug sie nach hinten gekämmt und relativ lang, wie der Tote. Er musste sie sich immer wieder aus dem Gesicht streichen. Der Mann trug einen Laborkittel, gehörte also wahrscheinlich zu Franks Arbeitsgruppe. Er müsste ihn kennen. Er kannte alle, wenn auch nicht jeden mit Namen. Die asiatischen konnte er sich einfach nicht merken. Frank hatte ihm gegenüber wiederholt vom Fleiß der asiatischen Studenten geschwärmt, von ihrem enormen Einsatzwillen, den kaum ein deutscher Student aufzubringen bereit sei. Er arbeitete gerne mit Chinesen oder Koreanern zusammen. Hermann bückte sich und sah sich noch einmal die Hände an. Trug Frank Ringe an den Fingern wie der Tote? Es würde zu ihm passen, aber er konnte sich nicht erinnern.

Sein Blick fiel auf einen Schlammspringer, der neben seinen Schuhen halb aus dem Wasser gekrochen war, sich mit den Brustflossen auf das unterste Regalfach stützte, aufgeregt schluckte und ihn aus seinen großen Augen anglotzte, als habe er etwas überaus Wichtiges mitzuteilen. Schade, dass Fische nicht sprechen konnten. Er brachte ein dünnes Lächeln zustande und dachte: Vielleicht kann ich doch etwas tun. Dem Menschen war nicht mehr zu helfen, wohl aber den Tieren.

Er sah sich um, griff nach einem Kescher, der auf einem der Regalböden lag, und machte sich sofort auf die Jagd. Die Tiere unterzubringen war nicht schwierig, zwei große Regale waren unversehrt geblieben und mit ihnen etliche Aquarien, leer oder mit denselben Tieren besetzt, die sich unfreiwillig auf dem Boden herumtrieben. Das größte Problem waren die scharfen Glasscherben, die überall herumlagen. Er war bereits durchnässt bis auf die Haut, wollte sich aber nicht auch noch die Fußsohlen zerschneiden. Also begann er draußen auf dem Flur und nahe der Tür und konzentrierte sich auf die relativ großen Kröten und Schlammspringer, die als amphibische oder halb amphibische Wesen die besten Chancen hatten, diese Katastrophe zu überleben. Er war sich durchaus darüber im Klaren, dass er sich merkwürdig verhielt, aber das kümmerte ihn nicht. Viel wichtiger war, dass er auf diese Weise endlich der ihn quälenden Ohnmacht entkam.

Hermann hatte jedes Zeitgefühl verloren und wusste nicht, wie lange er schon mit dem Einsammeln der entkommenen Tiere beschäftigt war, als durch das offene Fenster das Schlagen einer Autotür zu hören war. Er blickte auf, setzte die Geburtshelferkröte, die in seinem Kescher zappelte, in eines der leeren Aquarien und stakste vorsichtig über die Glastrümmer hinweg zum Fenster. Dabei vermied er möglichst jeden Blick auf den Toten.

Ein Lieferwagen hatte auf dem Parkplatz hinter der Mensa II gehalten. Zwei Männer stiegen aus und wuchteten schwere Werkzeugtaschen aus dem Wageninneren. Die Techniker. Er hatte sie vollkommen vergessen. Es war 1 Uhr 42. Seit seinem Anruf war weit mehr als eine Stunde vergangen.

Wie in Trance legte Hermann den Kescher ab und begab sich durch den Flur zu den Aufzügen. Mittlerweile hatte er das Licht angeschaltet und keine Bedenken mehr, den Fahrstuhl zu benutzen. Er sah sich schlicht außerstande, zwölf Stockwerke nach unten und wieder hinaufzusteigen, selbst ein feststeckender Aufzug könnte ihn nicht mehr erschrecken. Jeden Moment müsste die Polizei eintreffen. Man würde ihn herausholen.

Aber der Fahrstuhl tat problemlos seinen Dienst, und als er unten aus der Kabine trat, hörte er schon das Martinshorn. Jeder Schritt durch die Eingangshalle erzeugte ein schmatzendes Geräusch. Vor der gläsernen Eingangstür, wo er mit klammen Fingern in seiner Hosentasche nach dem Schlüsselbund suchte, hinterließ er eine Pfütze auf dem Boden.

Die Techniker, die mit ihren Taschen vor der Tür standen und ihre Zigaretten austraten, wussten nicht, wohin sie zuerst schauen sollten. Auf die Fahrzeuge, die nun in rascher Folge und mit lautem Geheul auf den Parkplatz fuhren – ein Streifenwagen der Polizei, Sekunden später die Feuerwehr, ein Rettungswagen und ein Auto mit der Aufschrift Notarzt –, oder auf diese triefende, bleiche Gestalt, die ihnen die Tür öffnete.

»Professor Pauli?«, fragte der größere der beiden und bedachte ihn mit einem abschätzenden Blick.

»Sie sind ja wirklich von der ganz schnellen Truppe«, antwortete Hermann und sah ostentativ auf die Uhr. »Fast anderthalb Stunden. Das muss Ihnen erst mal jemand nachmachen. Sind Sie aus Hamburg gekommen oder was? Es tut mir leid, aber ich fürchte, hier gibt es nichts für Sie zu tun.« Er deutete mit einer Kopfbewegung auf die herannahenden Polizisten und Sanitäter, die ein deutlich höheres Tempo an den Tag legten. »Ich konnte es nicht wissen, als ich Sie anrief, aber das ist ein Fall für die da.«

»Was?« Der Große lief rot an. »Sie scheuchen uns mitten in der Nacht aus dem Bett und …«

»Sie haben ja keine Ahnung«, brüllte Hermann. Er hatte nur auf eine solche Bemerkung gewartet, um endgültig die Fassung zu verlieren. »Hier ist ein Mensch zu Tode gekommen. Hören Sie? Ein Mensch!« Er stierte die beiden aus wilden Augen an. Speichelfäden liefen aus seinem Mund. Er war am Ende seiner Kräfte.

»Guten Morgen.« Einer der Polizisten hatte sie erreicht. Er musterte Hermann und die beiden anderen Männer. »Wer von Ihnen hat uns angerufen?«, fragte er.

Hermann wischte sich mit dem nassen Ärmel seiner Jacke über den Mund. »Ich«, krächzte er heiser. »Ich bin Hermann Pauli.«

»Wo …«

»Oben«, unterbrach ihn Hermann, dem vor Erleichterung die Knie schwach wurden. Endlich war er nicht mehr allein. »Sie müssen ganz nach oben. In den zwölften Stock.« Er zitterte.

Ein Sanitäter kam auf ihn zu und legte einen Arm um seine Schulter. »Kommen Sie«, sagte er. »Sie sind ja völlig durchnässt. Im Wagen haben wir Decken. Ruhen Sie sich einen Moment aus.«

Hermann wurde auf den Vorplatz hinausgeführt, wo er nach ein paar Schritten noch einmal stehen blieb und sich umdrehte. »Nach links, wenn Sie aus dem Aufzug kommen«, rief er den Beamten hinterher, die schon in der Eingangshalle waren. »Sie können es nicht verfehlen. Passen Sie bitte auf die Tiere auf.«

Sein Blick fiel auf die beiden Techniker, die unschlüssig vor der Tür standen. Ihr Gesichtsausdruck schwankte zwischen Wut und Betroffenheit. »Sie können wieder nach Hause gehen«, sagte er leise. »Oder …«, er zögerte, »warten Sie, wenn Sie nun schon mal da sind … ich werde gleich den Dekan anrufen. Vielleicht gibt es doch etwas für Sie zu tun.«

Fünfzehn Minuten später wollte Hermann mit dem Sanitäter zurück ins Institut. Die Techniker saßen in ihrem Wagen, rauchten bei heruntergelassenen Fenstern und hörten irgendeinen Dudelfunk. Als er an dem Lieferwagen vorbeiging, traf ihn ein ratloser Blick des Mannes, der am Steuer saß, aber er konnte und wollte nichts für die beiden tun. Assmann würde entscheiden, was zu geschehen hätte, oder Wiesheu, der Institutsdirektor.

Einer der Polizeibeamten sicherte die Eingangstür und nickte ihnen zu, als sie das Gebäude betraten. Der zweite Beamte, zwei Männer von der Feuerwehr, ein Sanitäter und der Notarzt waren oben am Tatort. Noch immer stand das Fenster weit offen.

Tatort, dachte Hermann ungläubig. Das ist ein Institut, das Biologiezentrum der Christian-Albrechts-Universität, ein friedlicher Ort der Wissenschaft, der Forschung und Lehre, kein Tummelplatz für gewalttätige Kriminelle.

Der Sanitäter hatte ihn im Wagen in eine warme Decke gehüllt und ihm ein kreislaufstabilisierendes Mittel und heißen Tee verabreicht. Jetzt fühlte er sich stark genug, um den grauenhaften und unbegreiflichen Realitäten auf Franks Etage wieder ins Auge zu blicken. Er hatte es eilig. Sicher wartete man auf ihn. Man würde ihm Fragen stellen wollen. Vor allem aber fand er es schwer erträglich, dass Fremde, und seien sie noch so willkommen, dort oben ein und aus gingen, ohne dass ein Angehöriger des Instituts anwesend war. Er musste verhindern, dass sie alles auf den Kopf stellten. Und er wollte endlich wissen, wer der Tote war.

Kaum hatte er mit seinem Begleiter den Fahrstuhl verlassen, stieg ihm jedoch wieder die feuchte Luft in die Nase und sein Herz begann, wie wild zu schlagen. Er zögerte, merkte, dass er doch erschöpft war und wie viel Kraft ihn sein Einsatz gekostet hatte. In wenigen Tagen würde er seinen sechzigsten Geburtstag feiern, ein Alter, in dem man unter außergewöhnlichen Umständen wie diesen besser auf sich achtgeben sollte.

»Ist alles in Ordnung?«, fragte der Sanitäter besorgt und berührte seinen Arm.

Sah man ihm seine Schwäche so deutlich an? »Jaja«, antwortete er schnell und spürte gleichzeitig, dass nichts in Ordnung war. Dass er weder diesen Toten mit seiner zerschnittenen Kehle wiedersehen wollte noch den verwüsteten Raum.

Die Etagentür stand offen, aus dem Flur vor ihnen drang Gemurmel. Kurz darauf kamen ihnen der Polizist und der Notarzt entgegen.

»Ah, da sind Sie ja«, begrüßte ihn der Beamte, ein hochaufgeschossener Mann Anfang vierzig. »Haben Sie sich ein wenig erholen können?«

Hermann nickte und zog die Decke eng um seinen Körper. Ihn fröstelte. Vorhin hatte er die Kälte kaum gespürt, trotz seiner durchnässten Kleidung, aber jetzt schien sie in jedes Gelenk, in jede Zelle seines Körpers vorgedrungen zu sein.

»Tja«, sagte der Polizist und hob die Augenbrauen. »Kein schöner Anblick. So etwas sehen auch wir nicht alle Tage. Der Arzt konnte nur noch den Tod feststellen.«

Der Notarzt an seiner Seite, ein ungepflegt wirkender, dicklicher Mann, nickte nur.

»Kennen Sie den Toten?«

Hermann verzog gequält das Gesicht. »Ich bin ziemlich sicher, dass ich ihn kenne oder kennen müsste, aber … ich habe nicht gewagt, ihn anzufassen. Sie haben ja gesehen, wie er daliegt. Vom Gesicht ist nicht viel zu erkennen.«

»Vielleicht könnten Sie … Ich weiß, dass es spät ist, aber ich muss Sie leider bitten, noch etwas zu bleiben.«

Hermann nickte. »Wenn Sie nichts dagegen haben, würde

ich mir gern etwas Trockenes anziehen. Mein Büro ist nur ein Stockwerk tiefer, Zimmer 1107. Außerdem muss ich den Dekan informieren. Sie können mich dort auch anrufen, wenn Sie mich brauchen.«

Der Polizist sah ihn fragend an. »Den Dekan?«

»Professor Kurt Assmann. Er leitet die mathematisch-naturwissenschaftliche Fakultät. Er sollte erfahren, was hier geschehen ist.«

»In Ordnung.« Der Polizist schrieb sich den Namen auf, ließ sich auch Hermanns Personalien geben und fragte nach seinen Telefonnummern, dienstlich und privat. »Wir haben Verstärkung angefordert«, sagte er, während er das Notizbuch in seiner Uniformjacke verschwinden ließ. »Außerdem wird jeden Moment die Kriminalpolizei eintreffen. Und die Tatortgruppe.«

Hermann zog die Stirn in Falten.

»Kriminaltechnik«, sagte der Beamte mit einem vorsichtigen Lächeln. »Die Spurensicherung.«

»Ah, natürlich«, murmelte Hermann. »Das ganze Programm.«

»Wir haben es möglicherweise mit einem Kapitalverbrechen zu tun.«

»Sie glauben, dass der Mann ermordet wurde?«

Der Beamte zuckte die Schultern und wandte sich zum Gehen. »Ach, noch eine Frage. Abgesehen von dem Toten und … war außer Ihnen noch jemand im Haus?«

»Bis ich hier hochkam, dachte ich, ich wäre allein.«

»Verstehe. Und die Eingangstür?«

»War abgeschlossen.«

»Warum waren Sie noch hier? Es war immerhin nach Mitternacht, als Sie die Polizei alarmiert haben.«

»Ich habe gearbeitet und …« Hermann zögerte. Es war ihm peinlich. »Ich bin am Schreibtisch eingeschlafen.«

Der Polizist musterte ihn ernst und nickte. »Danke. Die Kollegen von der Kripo werden sicher noch weitere Fragen an Sie haben. Gehen Sie ruhig in Ihr Büro.«

»Ich werde Ihnen hier nicht im Weg stehen«, sagte Hermann. Es klang unfreundlicher als beabsichtigt, aber er war zu kaputt, um auf Etikette zu achten. »Aber, bitte, tun Sie mir einen Gefallen. Das ist ein wissenschaftliches Institut. Hier stehen viele sehr teure Geräte, gerade auf dieser Etage. Es gibt wichtige Unterlagen … «

»Wir erledigen nur unsere Arbeit. Alles andere interessiert uns nicht.«

»Und achten Sie bitte ein wenig auf die Tiere, ja? Vielleicht kann man wenigstens ein paar von ihnen retten.«

Hermann stand in Unterwäsche vor der geöffneten Schranktür und hob den Kleidersack mit dem Anzug heraus. Seine Schuhe und die völlig durchnässten Socken hatte er zum Trocknen auf den lauwarmen Heizkörper gelegt. Es kam häufig vor, dass im Laufe eines Tages irgendwelche Verpflichtungen anstanden, die formelle Kleidung erforderten, aber anstatt sich schon zu Hause entsprechend anzuziehen, hielt er lieber im Institut ein sauberes Hemd samt Binder und einen Anzug bereit und zog sich erst kurz vorher um. Hatte er den Termin hinter sich, hängte er den Dreiteiler zurück in den Schrank und schlüpfte wieder in seine Alltagskleidung, die sich nicht sonderlich von der seiner Studenten unterschied. Nicht, weil er sich mit ihnen gemeinmachen wollte, sondern weil er es am bequemsten fand. Er war kein Achtundsechziger, aber doch ein Kind der Fünfziger- und Sechzigerjahre, war mit den Beatles und den alten Bluesrecken aufgewachsen, mit John Lee Hooker und B. B. King, mit Joints und LSD, hatte Jimi Hendrix und Janis Joplin verehrt und kürzlich erst seine alte Leidenschaft für das Gitarrespielen wiederentdeckt. Nein, er war stets korrekt gekleidet, darauf legte er Wert, aber er war kein Anzugträger wie Frank Moebus, der sogar im privaten Kreis selten etwas anderes trug.

Jetzt war ihm jedes Kleidungsstück recht, nur trocken und warm musste es sein. Das Umziehen gestaltete sich schwierig. Er war steif und ungeschickt. Am Ende sah er in seinem Anzug aus, als finge dieser Abend für ihn erst richtig an. Doch er fiel nur erschöpft in seinen Stuhl, beugte sich über die Schreibtischplatte, stützte die Stirn auf beide Hände und verharrte so minutenlang.

Über ihm rumpelte es ab und zu, aber ihm war egal, was dort vor sich ging und ob sie sich an seine Bitte erinnerten. Er dachte darüber nach, wie absurd jetzt erschien, was noch vor wenigen Stunden absolut vernünftig und angemessen gewesen war: Rohrbrüche, defekte Heizungen, tropfende Wasserhähne. Angesichts der entsetzlichen Tatsachen, die ihn in Franks Olymp erwartet hatten, war klar, dass er seinem seltsamen Gefühl hätte trauen sollen. Denn natürlich hatte ihn ein Geräusch geweckt. Das zusammenbrechende Stahlregal, die zentnerschweren Aquarien, die auf dem Boden zerschellten, von der Auseinandersetzung, die sich dort abgespielt haben musste, gar nicht zu reden.

Und er hatte geschlafen. Vielleicht war das ein Segen, fiel ihm jetzt ein, ein Gedanke, der sich wie Balsam auf seine Seele legte. Was wäre wohl geschehen, wenn er wach gewesen, bei den ersten Anzeichen nach oben gegangen und mitten zwischen die Fronten geraten wäre? Warum war ihm das nicht schon früher eingefallen? Vielleicht hatte ihm sein Nickerchen das Leben gerettet.

Er sprang auf, trat zum Fenster und schaute hinunter auf den Parkplatz. Der Lieferwagen der Techniker war verschwunden. Die beiden hatten wohl genug vom Warten. Dafür waren andere Fahrzeuge dazugekommen: Einsatzwagen der Polizei, mehrere Pkws und Kleinbusse. Vor dem Eingangsbereich, den er von seinem Fenster gerade noch einsehen konnte, hatte sich ein kleiner Menschenauflauf gebildet. Wo kamen die her? Dann fiel es ihm ein: Presse. Herrgott, hoffentlich müsste er sich nicht auch noch um die kümmern. Er hatte noch niemanden angerufen und jeden Moment könnte die Kripo vor der Tür stehen.

Zurück an seinem Schreibtisch schrieb er drei Namen auf ein Blatt Papier: Kurt Assmann, Herbert Wiesheu … und, ja natürlich, und Frank Moebus. Der Terminkalender war in seinem Rucksack. Er zog ihn heraus und schlug das Telefonverzeichnis auf. Er würde der Hierarchie folgen. Zuerst Assmann, den Dekan.

Er ließ es endlos klingeln und versuchte es dann noch einmal. Kein Anrufbeantworter. Er wählte neu. Bei Wiesheu, dem Direktor des Zoologischen Instituts, meldete sich eine Maschine. Wann, wenn nicht um drei Uhr nachts, liegt ein hart arbeitender Mensch im Tiefschlaf, sagte sich Hermann. Und die wenigsten haben ein Telefon auf dem Nachttisch liegen. Er hatte von beiden nur die Festnetznummern, also versuchte er es wieder. Dann erreichte er sie kurz hintereinander. Er begann mit einer Entschuldigung wegen der nächtlichen Störung, die notgedrungen knapp ausfiel, und kam dann sofort zur Sache. Beide reagierten mit fast denselben Worten.

»Das ist ja entsetzlich«, stöhnte Assmann. »Ich mache mich sofort auf den Weg.«

Kurz darauf jammerte auch Wiesheu mit seiner hohen Stimme: »Das ist ja entsetzlich. Ich komme, so schnell es geht.«

»Warte mal, Herbert. Wen sollte ich noch informieren? Ich rufe gleich noch Frank Moebus an. Das heißt …« Hermann versagte die Stimme. Er hatte es verdrängt, hatte den Namen auf seine Liste gesetzt, als ob …

»Hermann?«

Er versuchte, sich zusammenzureißen. »Ja, ich bin noch da. Weißt du, der Tote ist noch nicht identifiziert. Ich konnte sein Gesicht nicht erkennen. Es besteht die Möglichkeit ... es ist nicht auszuschließen, dass ...« Er konnte es nicht aussprechen. Die Konsequenzen wären einfach nicht auszudenken, für ihn und seine Kollegen, für das Institut, für die Universität. Menschen vom Format eines Frank Moebus konnte man in ganz Europa an einer Hand abzählen.

»Du glaubst doch nicht etwa, dass es Moebus ist?« Wiesheu schwieg einen Moment. Jetzt wird auch ihm klar, dass wir hier alle vor einem tiefen Einschnitt stehen könnten, dachte Hermann. Eine Katastrophe ist es in jedem Fall, aber ... »Er ist doch in Brüssel, hast du das vergessen? Er ist gestern früh geflogen und kommt, glaube ich, erst morgen zurück. Es kann nicht Moebus sein.«

»Mein Gott, du hast recht!«, rief Hermann erleichtert. Was für eine Erlösung. Es ging um irgendeinen Fördertopf der EU, den Frank anzapfen wollte. Darin war er mindestens so versiert wie in seiner Forschung.

»Den Hausmeister sollten wir wecken«, sagte Wiesheu. »Das kann ich erledigen.«

Es klopfte.

»Gut«, sagte Hermann. »Ich muss Schluss machen. Da ist jemand an der Tür. Wahrscheinlich die Kriminalpolizei.«

Hermann legte auf, atmete tief durch und fuhr sich ein paarmal durch die Haare. Dann drehte er seinen Stuhl in Richtung Tür und sagte: »Ja, bitte. Herein!«

Es war der Polizist. Man habe den Leichnam jetzt geborgen. Ob er für einen Moment nach oben kommen könne.

»Ja, natürlich«, sagte Hermann und erhob sich. »Ich komme.«

Er schlüpfte barfuß in seine nassen Schuhe und folgte dem Beamten durch den Flur und in den Fahrstuhl. Es war ihm recht, dass sie auf dem Weg kein Wort wechselten. Er hatte genug damit zu tun, seine Kräfte zu sammeln und sich für das Bevorstehende zu wappnen. Er würde nicht in Franks bleiches Gesicht blicken müssen, das erleichterte ihm diesen Gang, aber er hatte Angst vor dem Toten, vor dem Anblick der furchtbaren Verletzungen an seinem Hals.

Man hatte ihn neben der Etagentür in einen Metallsarg gelegt und ein Tuch über ihn gedeckt. Neben dem Sarg warteten ein Mann und eine Frau.

Als »Erste Kriminalhauptkommissarin Anne Detlefsen« stellte der Polizist die Frau vor. »Sie wird die Ermittlungen der Sonderkommission leiten.«

»Eine Sonderkommission?«

Statt zu antworten, streckte sie ihm die Hand zum Gruß hin. »Professor Pauli«, sagte sie. Er ergriff ihre Hand, hatte aber kaum mehr als einen flüchtigen Blick für sie. Seine ganze Aufmerksamkeit galt dem Sarg und seinem Inhalt.

»Sind Sie bereit?«, fragte die Kripobeamtin. Er nickte mit zusammengepressten Lippen. »Gut, dann bringen wir es hinter uns.«

Sie trat einen Schritt zurück. Der Mann, der neben ihr gestanden hatte, bückte sich, ergriff das Tuch und zog es vorsichtig nach unten. Haare wurden sichtbar, die an einer bleichen Stirn klebten, ein klaffender Schnitt oberhalb der rechten Braue, Augen, die halb geschlossen waren. Ein Bluterguss auf den Wangenknochen, dann die Nase, der Mund, das Kinn. Hermann hielt die Luft an. »Ich glaube, das reicht«, sagte die Beamtin. Der Mann ließ das Tuch los und trat zur Seite.

Ein Fremder, dachte Hermann überrascht. Er hatte ein schmerzverzerrtes Gesicht erwartet, in das sich die Qualen eingeprägt hatten, die dieser Mann hatte ausstehen müssen. Aber seine Gesichtszüge, wenn auch unübersehbar von Kampfspuren gezeichnet, wirkten relativ entspannt.

»Ich …« Plötzlich blitzte in seinem Kopf doch ein Erkennen auf. Es war, wie er erwartet hatte. Der Mann sah stark verändert aus, aber er kannte ihn.

»Nun?«, fragte die Kommissarin leise.

Hermann nickte schweigend. Er spürte, wie seine Augen feucht wurden, wandte sich ab, kniff die Lider zusammen und legte Daumen und Zeigefinger auf die Augenwinkel. Er nickte noch einmal.

»Kennen Sie den Mann?«

Er öffnete die Augen. Sie hielt ihm ein Taschentuch hin, er nahm es dankbar entgegen und schnäuzte sich die Nase. »Armer Kerl«, sagte er mit gebrochener Stimme und wartete noch einen Augenblick, bis er sich gefasst hatte. »Ja, ich kenne ihn. Das ist Dr. Moritz Barthelmess. Einer von Moebus' Assistenten. Er habilitierte, war fast fertig mit seiner Arbeit, soviel ich weiß.«

Der Gehilfe deckte das Tuch über den Leichnam.

»Vielen Dank, Professor«, sagte die Kripobeamtin, während sie sich den Namen notierte. »Ich weiß, das ist unangenehm, aber Sie haben uns sehr geholfen.«

Hermann stieß geräuschvoll die Luft aus und entfernte sich zwei Schritte. »Schrecklich.« Er wischte sich mit dem Taschentuch über die Augen. »So ein junger Mann.«

Die Kommissarin trat neben ihn. »Als Assistent hatte Dr. Barthelmess hier doch sicher irgendwo ein Büro, oder?«

»Die Büros liegen alle auf der anderen Seite.«

Auf ein Zeichen der Kripobeamtin hin setzte sich der Polizist, der die ganze Zeit dabeigestanden hatte, in Bewegung.

Ohne etwas zu sagen, lief Hermann über den Flur, bis er in den Gang sehen konnte, in dem er vor einer gefühlten Ewigkeit die Ursache des Wasserschadens gesucht hatte. Mehrere Personen drängten sich vor der offenen Tür und sprachen leise miteinander. Gestalten mit Kapuzen und weißen Overalls gingen ein und aus, verstauten Dinge, die er nicht erkennen konnte, in Taschen und Alukisten. In dem engen Flur war kaum Platz für so viele Menschen.

»Und was geschieht jetzt mit ihm?«, fragte er die Kripobeamtin, die ihm gefolgt war.

»Die Staatsanwältin hat die Überstellung in die Gerichtsmedizin angeordnet.«

»Die Staatsanwältin?«

Sie deutete mit einer Kopfbewegung auf eine große, schlanke Frau, die in dem Gedränge vor der offenen Tür stand und sich mit einem Mann unterhielt. In Kiel schien die Verbrechensbekämpfung fest in Frauenhand zu sein.

»Professor Pauli, ich würde mich gern einen Moment mit Ihnen unterhalten«, sagte die Kommissarin. »Vielleicht in Ihrem Büro? Danach können Sie dann nach Hause gehen.«

»Ja«, erwiderte Hermann. »Nach Hause. Ich glaube, das würde mir jetzt guttun.«

Er bot ihr einen seiner Stühle neben dem Mikroskoptisch an, rollte dann seinen Schreibtischstuhl durch den halben Raum und stellte ihn neben ihren.

»Jetzt brauche ich dringend einen Schnaps. Sie auch?«

Sie zog ein kleines Notizbuch aus der Manteltasche und schüttelte den Kopf.

»Aber vielleicht ein Glas Wasser?«

Er öffnete die Schranktür, goss sich ein Glas von dem Grappa ein, den er letztes Jahr aus Italien mitgebracht hatte, und holte dann eine Flasche Mineralwasser aus dem Kühlschrank. Gläser fanden sich auf einer Ablage neben dem Waschbecken.

»Was für eine grauenhafte Nacht«, seufzte Hermann, als er sein Schnapsglas geleert hatte. Er begann, die Schnürsenkel seiner Schuhe zu öffnen. »Sie müssen entschuldigen. Sie sind nass. Ich muss sie ausziehen. Ich werde morgen ohnehin todkrank im Bett liegen.«

Sie hatte die Beine übereinandergeschlagen, hielt das Notizbuch in der einen Hand und einen Bleistift in der anderen. »Erzählen Sie mir von dieser Nacht. Was haben Sie getan? Was hat Sie veranlasst, nach oben zu gehen?«

Er stellte die Schuhe unter die Heizung, setzte sich, holte tief Luft und begann zu erzählen. Nur das Telefonat mit seiner Tochter behielt er für sich. Das war privat. Gelegentlich unterbrach sie ihn, um eine Frage zu stellen, etwa, ob es im Hause üblich sei, so spät noch zu arbeiten, wann genau er aufgewacht sei, wer einen Schlüssel für die Eingangstür des Zentrums besitze und wie die Schlüsselvergabe generell geregelt sei.

Er überlegte. »Jeder Hochschullehrer hat einen Schlüssel, sicher auch einige der Angestellten, das müssten Sie aber besser den Hausmeister fragen. Darüber hinaus hat jede Arbeitsgruppe je nach Größe ein oder zwei Schlüssel, die intern nach Bedarf vergeben werden. Wir führen eine Liste, in die eingetragen wird, wer wann den Schlüssel braucht, aber das mag jede Gruppe anders handhaben.«

»Die Eingangstür war abgeschlossen, sagen Sie. Eine zweite Person, mindestens eine weitere muss es ja gegeben haben, kann das Haus also nur mit einem Schlüssel verlassen haben.«

»Im Prinzip schon. Aber sehen Sie, da unten gibt es weitere Ausgänge. Und viele Fenster.«

»Meine Kollegen überprüfen das.«

»Vielleicht kann man sogar aus dem ersten Stock …«

»Wer gehört eigentlich alles zu so einer Arbeitsgruppe, wie viele Personen?«

»Oh, das ist sehr unterschiedlich. Meine Arbeitsgruppe zum Beispiel besteht aus mir, einer technischen Assistentin, zwei Doktoranden, die über Drittmittel beziehungsweise Stipendien finanziert werden, einem weiteren, der als wissenschaftlicher Mitarbeiter auch Lehraufgaben zu erfüllen hat, und, warten Sie, drei, nein, vier Studenten, die gerade an ihren Abschlussarbeiten sitzen. Die Zahl schwankt naturgemäß.«

»Ziemlich unübersichtlich«, kommentierte sie.

»Finden Sie?« Er lachte. Es tat ihm gut, über alltägliche Dinge zu reden. »Mir ist nur gerade eingefallen, dass einer sich schon länger nicht hat blicken lassen. Ich muss mal nachhaken, was da los ist. Kommt immer wieder vor.« Er trank einen Schluck Wasser. »Unsere Gruppe ist guter Durchschnitt, würde ich sagen. Es gibt aber wesentlich größere.«

»Die von Professor Moebus zum Beispiel?«

Er hob die Augenbrauen. Zum ersten Mal fiel dieser Name. »Das ist die größte. Ich würde sagen: mit Abstand. Für einen Außenstehenden ist diese Gruppe wirklich kaum zu übersehen. Franks Leute belegen mehr als eine Etage. Er hat eine Sekretärin, zwei technische Assistenten, er hat Postdocs, promovierte Wissenschaftler aus dem Ausland, die vorübergehend in seinem Labor arbeiten, zwei wissenschaftliche Mitarbeiter und ich weiß nicht wie viele Doktoranden und Studenten.«

»Herr Barthelmess hatte einen Hausschlüssel in der Hosentasche. Wir haben das überprüft.«

»Er war Franks wissenschaftlicher Assistent, ein hochbegabter und äußerst fleißiger junger Mann, wie mir berichtet wurde. Moebus hat großen Zulauf. Er kann sich die Besten aussuchen, stellt allerdings auch hohe Ansprüche.« Extrem hohe, um genau zu sein. Hermann musste daran denken, dass es deshalb gleich am Anfang seiner Zeit in Kiel großen Ärger gegeben hatte, aber das tat hier nichts zur Sache.

»Barthelmess war also Angestellter der Hochschule.«

»Ja.«

Die Kommissarin nippte an ihrem Glas und überflog ihre Notizen. »Sie sagten, die Tür des Raumes sei offen gewesen, als Sie nach oben kamen. Das Licht brannte. Was war mit dem Fenster? Haben Sie es geöffnet?«

»Um Gottes willen, warum hätte ich das tun sollen? Ich habe nur versucht herauszufinden, ob der Mann noch lebt. Sonst habe ich nichts angerührt. Das Fenster war offen.«

»Haben Sie eine Idee, warum das Fenster offen stand, bei diesem Wetter? Ich habe natürlich keine Ahnung von der Forschung hier, aber draußen ist es kalt, nur knapp über null Grad. Ist das nicht gefährlich für die Tiere, die da gehalten werden? Diese seltsamen Fischchen mit den großen Augen, die wie Grundeln aussehen, das sind doch tropische Tiere, nicht wahr?«

»Frau Detlefsen, ich bin beeindruckt. Sie liegen goldrichtig.«

Sie lächelte und hob entschuldigend die Schultern. »Ich bin Taucherin, gelegentlich, im Urlaub.«

»Das sind Schlammspringer, nahe Verwandte der Grundeln. Reizende Kerlchen übrigens. Über ihren Becken hingen spezielle Lampen, damit sie es warm und feucht haben. Sie dürften alle kaputtgegangen sein. Und was das Fenster angeht …« Hermann trank hastig einen Schluck Wasser. Sein Hals brannte und fühlte sich trocken an. »Ich hatte keine Gelegenheit, darüber nachzudenken, aber Sie haben vollkommen recht. Es hätte niemals offen stehen dürfen. Das ist kein Raum, den man hin und wieder kräftig durchlüftet, jedenfalls nicht mitten in einer ungewöhnlich kalten Oktobernacht. In diesem Raum herrschen konstante Temperaturen. Hier werden keine Zierfische gezüchtet, sondern Versuchstiere, jedenfalls hauptsächlich. Im Einzelnen weiß ich gar nicht, warum sie gehalten werden. Die Geburtshelferkröten zum Beispiel, oder die Schlammspringer.

Ich war selbst überrascht, sie dort oben zu sehen. Ihre Zucht ist aufwendig. Ich kann mich täuschen, es würde mich aber doch sehr wundern, wenn Moebus sie nur aus Spaß an der Freude halten würde. Das passt nicht zu ihm. Natürlich kommt so etwas vor. Ich könnte Ihnen Kollegen nennen, die halten in ihren Labors die seltsamsten Viecher. Einfach so. Wir sind Zoologen. Es gehört irgendwie dazu, dass man mit Tieren umgeht, dass man sich an ihnen erfreut und sie vorzeigt. In manchen Fällen mag das ziemlich schrullig erscheinen, aber eigentlich bin ich froh darüber. Die klassische organismische Biologie gerät mehr und mehr in den Hintergrund, gilt als altmodisch. Heute dreht sich alles um Gene, um DNA, um die kleinsten Bausteine der Zelle. Manche Molekularbiologen können eine Wanze nicht von einem Käfer unterscheiden.«

Sie sah sich um. »Sie halten hier keine Tiere«, stellte sie fest.

»Das stimmt. Ich gehe lieber raus, wenn ich Natur erleben will. Außerdem … die Tiere, mit denen ich arbeite, sind schwer oder gar nicht zu halten. Da erübrigt sich jeder Versuch. Sie leben zumeist im offenen Meer oder in der Tiefsee.«

»Tintenfische«, sagte Anne Detlefsen mit einem leichten Lächeln im Gesicht.

Hermann war baff. »Woher wissen Sie das?«

»Ich sagte ja, ich interessiere mich für das Leben im Meer. Meine beruflichen Verpflichtungen lassen mir nicht viel Zeit dafür, aber ich habe damals mit großem Interesse verfolgt, was in Neuseeland geschehen ist. Dieser riesige Kalmar. Wie hieß er doch gleich?«

»*Mesonychoteuthis* oder Kolosskalmar.«

»Nein.« Sie lachte kurz. »Ich meine nicht den wissenschaftlichen Namen. Sie hatten doch einen eigenen Namen für ihn. Er stand damals in jeder Zeitung.«

»Der Rote.«

»Richtig. Der Rote. Ich fand das sehr geheimnisvoll.«

Sie schwiegen einen Moment. Die überraschende Wendung ihres Gesprächs hatte Hermann ein wenig in Verlegenheit gebracht. Es ging doch hier nicht um ihn.

»Worüber sprachen wir?« Er rieb sich zerstreut das Kinn. »Ach ja, das Fenster. Und die Schlammspringer. Tja, ich weiß nicht, ob er mit ihnen arbeitet, was er vorhat. Sie müssten ihn selbst fragen, wenn er wieder im Institut ist. Falls das überhaupt von Belang ist.«

»Er ist nicht da?«

»Nein, er ist in Brüssel und kommt wohl erst morgen wieder. Mein Gott, das wird ein Empfang werden. Er wird außer sich sein, wenn er sieht, was hier geschehen ist. Er muss unbedingt vorab informiert werden, damit er nicht aus allen Wolken fällt.« Das war ein ziemlich unerfreulicher Gedanke, mit dem er sich möglichst nicht länger aufhalten wollte. »Tja, das mit dem Fenster ist wirklich seltsam«, murmelte er. »Und … wenn ich darüber nachdenke … da ist noch etwas. Die Rollos. Ich müsste mich sehr wundern, wenn in dem Raum nicht auch eine konstante Photoperiode gefahren wird.«

»Sie meinen, Tag und Nacht hatten eine bestimmte Dauer. Die Lampen werden über eine Zeitschaltuhr gesteuert.«

»Genau. Die Tiere bekommen ausschließlich Kunstlicht, die Rollos sind daher immer unten.«

»Ich verstehe, worauf Sie hinauswollen.«

»Jemand hat die Rollos hochgefahren, um das Fenster zu öffnen. Ich kann mir kaum vorstellen, dass Barthelmess das getan hat. Auf diese Idee wäre niemand aus der Arbeitsgruppe gekommen, der noch ganz bei Sinnen ist.«

»Vielleicht ist das der Punkt. Vielleicht war eine Situation eingetreten, in der die eisernen Regeln nicht mehr galten oder nicht mehr wichtig waren.«

»Sie spielen auf die Auseinandersetzung an, die Prügelei, wie immer man das nennen will. Barthelmess hatte Kampfspuren im Gesicht, nicht wahr?«

Anne Detlefsen hatte den Bleistift an der Spitze angefasst, fixierte einen Punkt an der Decke und tippte sich mit dem hinteren Ende nachdenklich gegen die Lippen, eine reizende Geste, die Hermann sofort auffiel. »Lüften wäre natürlich das Naheliegendste gewesen, scheidet als Grund aber offenbar aus«, sagte sie. Es klang, als dächte sie laut nach. »Wozu sonst öffnet man nachts die Fenster?«

»Vielleicht um etwas hinauszuwerfen?«

Die Kommissarin nickte und holte ihr Handy aus der Manteltasche.

»Jens, ich möchte, dass die Umgebung des Gebäudes abgesucht wird, jeder Zentimeter. Vor allem die Seite, auf der das offene Fenster liegt. Was?« Sie runzelte die Stirn, hörte zu und wandte sich dann an Hermann. »Mein Kollege sagt, auf dieser Seite liege das Dach der Untergeschosse.«

»Da hat er recht.«

»Dann eben das Dach. Nein, ich weiß nicht, wie ihr da raufkommt.« Sie warf Hermann einen fragenden Blick zu, aber der schüttelte bedauernd den Kopf. »Versucht es vom Hochhaus aus. Vielleicht gibt es einen Zugang. Ich will sofort Bescheid haben, wenn ihr etwas findet.«

Eine befehlsgewohnte Stimme. Wahrscheinlich braucht man diesen Ton, wenn man es zur Leiterin einer Sonderkommission bringen will, dachte Hermann. Die Kommissarin ließ ihr Handy sinken, behielt es aber in der Hand.

»An der rechten Seite des verwüsteten Raumes befindet sich eine Tür. Sie ist verschlossen und elektronisch gesichert. Man kommt nur mit einer speziellen Code-Karte hinein. Wissen Sie, was dahinter liegt?«

»Das ist die Schatzkammer«, antwortete Hermann, der in Gedanken noch mit dem Fenster beschäftigt war. »So nennt Moebus seinen Kulturenraum. Er arbeitet ja hauptsächlich mit Mikroorganismen und Bakterien.«

»Ist das der Ort, wo er sie aufbewahrt?«

»Wen?«

»Diese merkwürdigen Zellen, die er entdeckt hat. Die ihn so berühmt gemacht haben. Es sind doch Zellen, oder?«

»Ja, aber ich habe diesen Raum noch nie betreten.«

Anne Detlefsen nickte und schien einen Moment zu überlegen. Dann klemmte sie den Stift an ihr Notizbuch und erhob sich. »Ich glaube, für heute habe ich Sie lange genug belästigt, Professor. Ich werde bestimmt noch einmal auf Sie zukommen, vielleicht schon morgen. Gehen Sie nach Hause und ruhen Sie sich aus. Sie haben mir sehr geholfen.«

Vom Gang war plötzlich aufgeregtes Stimmengewirr zu hören.

»Sie belästigen mich nicht«, sagte er noch. Dann klopfte es.

»Hermann?«, rief jemand von draußen. Das war unverkennbar Wiesheus Stimme.

»Ein Kollege von Ihnen?«, fragte Anne Detlefsen.

»Professor Wiesheu, der Institutsdirektor. Komm rein, Herbert, ich bin hier.«

Die Tür ging auf und Wiesheu und Assmann stürmten herein. »Mein Gott, was für ein Chaos. Draußen warten schon die Reporter und drinnen durchkämmen Dutzende von Polizisten die unteren Stockwerke.« Der kleine, etwas übergewichtige Wiesheu mit seinem schütteren grauen Haar hatte vor Erregung rote Flecken im Gesicht. Dann sah er, dass Hermann nicht allein war, und blieb abrupt stehen. Assmann, den Hermann kaum kannte, wirkte ähnlich strapaziert. »Oh, Verzeihung, ich wusste nicht …«

»Wir sind gerade fertig geworden«, sagte die Kommissarin und stellte sich vor. Sie begrüßte die beiden Professoren mit Handschlag. Draußen auf dem Gang wartete noch ein weiterer Mann mit blassem, unrasiertem Gesicht, der Hausmeister.

»Wie siehst du denn aus?«, sagte Wiesheu zu Hermann gewandt. Sein Blick wanderte den eleganten Dreiteiler herab bis zu Hermanns nackten Füßen.

»Ich musste mich umziehen. War vollkommen durchnässt.«

»Ist das nicht alles grauenhaft?«, stöhnte Wiesheu unter permanentem Kopfschütteln. »Es ist Moritz Barthelmess.«

»Ich weiß. Herbert, bitte, erwarte jetzt keinen Bericht von mir. Ich bin restlos erledigt. Ich muss nach Hause.«

»Natürlich. Das verstehe ich. Geh nur.« Er legte Hermann, der sich im Sitzen die Schuhe überzog, die Hand auf den Rücken. »Was für ein Glück, dass du im Haus warst. Stell dir vor, wir hätten diese Katastrophe erst morgen früh entdeckt, das ganze Gebäude voller Menschen.« Er schüttelte wieder den Kopf.

»Haben Sie einen Wagen?«, fragte Anne Detlefsen.

»Ich bin mit dem Fahrrad da.«

Sie lächelte. »Na, das muss jetzt wohl nicht mehr sein. Ich werde veranlassen, dass ein Streifenwagen Sie nach Hause bringt.«

Hermann zögerte. Eigentlich wäre er trotz seiner Müdigkeit lieber mit dem Fahrrad gefahren. Er wollte jetzt allein sein. Der kalte Fahrtwind könnte helfen, die düsteren Gedanken aus seinem Kopf zu vertreiben. Aber seine Sachen waren nass und im Anzug konnte er nicht fahren. Also nahm er das Angebot an.

2

Wie oft hatte Hermann sich schon geärgert, wenn er morgens das charakterlose Hochhaus betrat, eine dieser architektonischen Sünden, die zu Tausenden im ganzen Land zu besichtigen waren. Da halfen auch die vielen kleinen, in der Sonne glänzenden Keramikkacheln nicht, die seine Fassade schmückten. Der Kasten war nicht zu vergleichen mit den futuristischen, lichtdurchfluteten Neubauten, in denen manche seiner Kollegen ihrer Arbeit nachgingen, erst recht nicht mit den historischen Bauwerken altehrwürdiger Universitäten, in denen schon Generationen von Wissenschaftlern geforscht und berühmte Männer bedeutende Entdeckungen gemacht hatten, diese Häuser, in denen jede Tür, jeder Raum, jeder Hörsaal die jahrhundertealte Geschichte der Wissenschaften atmete. Das neue Zentrum für Molekulare Biowissenschaften Kiel, an dem er gerade vorbeilief, war da eher nach seinem Geschmack. Doch seine eigenwillige, angeblich einer Amöbe nachempfundene Form und die ungewöhnliche Fassade mit den versetzt angeordneten Fenstern unterstrichen nur, wie einfallslos das Biologiezentrum geraten war.

Hermann machte sich keine Illusionen: Das Mittelmaß, das dieses Gebäude repräsentierte, war auch für einen Großteil der Forschung charakteristisch, die hier betrieben wurde, seine eigene eingeschlossen. Zweifellos leisteten er und seine Kollegen solide wissenschaftliche Arbeit, nicht mehr, aber auch nicht weniger. Ihre Ergebnisse tilgten – einen nach dem anderen – die zahllosen weißen Flecken auf der Landkarte des Wissens, wodurch nicht selten viele neue sichtbar wurden. Unermüdlich füllten sie die Seiten wissenschaftlicher Zeitschriften, die ausschließlich von ihresgleichen gelesen wurden. Nichts davon gelangte ins Bewusstsein einer breiteren Öffentlichkeit, nichts davon würde die Welt nachhaltig verändern. Erst Frank Moebus hatte ihnen den Glanz internationaler Spitzenforschung ins Haus gebracht, Moebus und seine Entdeckung der Schattenbiosphäre.

Die zwei Stunden Schlaf, die Hermann hinter sich hatte, waren eigentlich keine gute Voraussetzung, um das Biologiezentrum an diesem Morgen positiver zu sehen, doch nach den Ereignissen der vergangenen Nacht betrachtete er seinen Arbeitsplatz tatsächlich mit anderen Augen. Wie selten zuvor war ihm heute bewusst, was dieser Ort, was die Menschen, die hier arbeiteten, und das, was sie taten, für ihn bedeuteten. Die Freiheit von Forschung und Lehre war ein hohes Gut, das Credo jedes einzelnen seiner Kollegen, trotz der vielen kleinlichen Streitereien, die er im Laufe der Jahre erlebt hatte, und obwohl er nicht hätte sagen können, warum, machte ihm eine Stimme in seinem Kopf eindringlich klar, dass ihnen möglicherweise große Herausforderungen bevorstünden. Hermann war mit bohrenden Kopfschmerzen aufgewacht, hatte Halsschmerzen und möglicherweise sogar Fieber, aber er war bereit und entschlossen, für ihre gemeinsame Sache durchs Feuer zu gehen, erst recht, nachdem ihn kurz vor dem Verlassen der Wohnung noch Herbert Wiesheus aufgeregter, ja, verzweifelter Anruf erreicht hatte. »Was?« Hermanns Aufschrei musste im ganzen Haus zu hören gewesen sein. »Noch einer?« Der Albtraum ging weiter. Vielleicht hatte er gerade erst begonnen. Zwei Tote, junge Mitarbeiter am Anfang ihrer Karriere, darüber konnte man nicht einfach zur Tagesordnung übergehen.

Sein Auto hatte er neben einem halben Dutzend Polizeifahrzeugen auf dem Parkplatz hinter der Mensa abgestellt. Jetzt lief er mit klopfendem Herzen auf den Eingang zu und auf das, was Wiesheu am Telefon als »Belagerungszustand« bezeichnet hatte. Auf dem kleinen Vorplatz des Zentrums hatten sich zahlreiche Menschen versammelt. Es mussten an die zweihundert Personen sein, viele davon Schaulustige und Katastrophentouristen, die noch nie ein Universitätsinstitut von innen gesehen hatten. Doch die jungen Gesichter der Studenten dominierten. Sie standen in kleinen und größeren Gruppen beisammen und spekulierten darüber, was sich in dieser Nacht hier zugetragen haben könnte. Einige sprachen mit Reportern, die ihnen ihre Aufnahmegeräte entgegenstreckten. Pressefotografen und zwei Kamerateams dokumentierten die allgemeine Betroffenheit. Überall betretene Gesichter, Ratlosigkeit, sogar Tränen. Vielleicht hatten einige Studenten die Morgennachrichten gehört und waren vorgewarnt, doch die meisten hatten sich wohl ahnungslos auf den Weg gemacht, um ihre Lehrveranstaltungen zu besuchen, und standen nun vor verschlossenen Türen. In Absprache mit der Polizei hatten sich die Universitätsleitung und das Dekanat entschlossen, alle Veranstaltungen im Biologiezentrum bis auf Weiteres abzusagen. Nur Mitarbeiter des Hauses hatten Zutritt und die Studenten, die mit der laufenden Forschungsarbeit zu tun hatten.

Hermann sah Polizisten, die auf dem Dach des Flachbaus standen, darunter auch einige Gestalten in weißen Overalls, die suchend herumliefen und wie Wesen von einem anderen Stern wirkten. Dort oben hatte man ihn in den frühen Morgenstunden gefunden, den zweiten Toten, genau unterhalb des offenen Fensters, und wie bei Barthelmess war jede Hilfe zu spät gekommen: Johannes Hilpert, ein weiteres Mitglied der Moebus-Gruppe. Hermann hatte auch ihn gekannt: ein bescheidener, fast schüchterner junger Mann, der an seiner Promotion arbeitete. Hilpert hinterließ eine Frau und zwei kleine Kinder. Wiesheus Stimme hatte am Telefon fast versagt, als er ihm davon berichtete.

Beim Näherkommen wanderte Hermanns Blick zum Fenster des Kulturenraums, dem Schauplatz der Tragödie. Es war jetzt geschlossen, die Rollos heruntergelassen. Was hatte sich dort abgespielt? Ein Eifersuchtsdrama? Das war die einzige Erklärung, die ihm einfiel. Was sonst könnte derartige Emotionen entfesseln? Ihre eigene Arbeit hing von den Tieren im Zuchtraum ab, und doch müssen die beiden Männer rotgesehen und sich geprügelt haben, ohne Rücksicht auf ihre Umgebung. Wer war Täter und wer Opfer? Sosehr Hermann sich auch bemühte, er konnte dieses furchtbare Geschehen nicht mit den Menschen in Verbindung bringen, die er gekannt hatte, vernünftige und hochtalentierte junge Männer, die sich abmühten, um irgendwann nicht mehr von Stipendien oder Zeitverträgen abhängig zu sein und einen der begehrten festen Plätze im Haus der Wissenschaft einzunehmen. Oder hatte es da noch jemanden gegeben, einen Unbekannten oder gar mehrere? Der Gedanke, dass es Menschen von außerhalb gewesen sein könnten, die dieses Blutbad zu verantworten hatten, erleichterte ihn ein wenig.

Als Hermann die Menschenmenge erreicht hatte, spürte er ein Kribbeln in der Nase und musste laut niesen. Einige der Umstehenden wurden auf ihn aufmerksam. »Herr Pauli«, rief jemand. Gesichter wandten sich in seine Richtung. »Herr Pauli!«

Eine Gruppe Studenten kam auf ihn zu, die er als Hörer seiner Vorlesung erkannte. »Stimmt es, dass die Vorlesung ausfällt?«, fragte eine junge Frau. Er nickte nur. Unter anderen Umständen hätte diese Nachricht sie vielleicht fröhlich gestimmt, jetzt erschrak sie und wurde kreidebleich. »Stimmt es, dass hier letzte Nacht jemand zu Tode gekommen ist?«, fragte ein anderer. »Ermordet?«

Hermann schüttelte den Kopf. »Ich kann nichts dazu sagen. Ich weiß auch nichts Genaues. Bitte haben Sie Verständnis.«

»Aber das Zentrum ist geschlossen. Drinnen ist Polizei. Es muss doch etwas passiert sein?«

Er schüttelte wieder den Kopf und versuchte, seinen Weg fortzusetzen. »Bitte, lassen Sie mich durch.« Immer mehr Studenten kamen auf ihn zu und verstellten ihm den Weg zum Eingang.

»Professor Pauli!« Jetzt war ein Reporter auf ihn aufmerksam geworden. Er hielt ein Aufnahmegerät in seine Richtung, versuchte sich zu ihm durchzudrängeln und erregte damit den Unwillen einiger Studenten. »Hau ab!«, schrie einer. »Schmeißfliege!«

Hermann senkte den Kopf und nutzte die Gelegenheit, um sich weiter voranzuschieben. Jemand trat ihm auf die Füße. »Seien Sie doch bitte vernünftig.« Von allen Seiten wurde er mit Fragen bestürmt. »Professor Pauli, stimmt es, dass Sie den Toten gefunden haben?«, rief der Reporter, der sich nicht abdrängen ließ. »Was ist da drinnen passiert?«

Hinter der gläsernen Eingangstür sah Hermann zwei Polizisten, die das Geschehen draußen aufmerksam verfolgten. Er warf ihnen einen Hilfe suchenden Blick zu. Einer der Beamten drehte sich um und schien jemandem im Foyer etwas zuzurufen. Sekunden später sah er Wiesheu hinter der Tür stehen, der aufgeregt mit der Hand wedelte. Als Hermann nur noch wenige Meter vom Eingang entfernt war, wurde die Tür geöffnet und einer der Polizisten kam ihm entgegen.

»Bitte treten Sie zurück und lassen Sie den Mann durch. Treten Sie zurück«, rief er, schob sich durch die Menge, bis er Hermann erreicht hatte, und geleitete ihn ins Haus. Hinter ihm wurde die Tür sofort geschlossen. Hermann stieß geräuschvoll die Luft aus.

»Endlich! Ich bin froh, dass du da bist«, empfing ihn Wiesheu atemlos. »Es geht hier drunter und drüber. Deine Vorlesung fällt aus. Alles fällt aus. Wir haben alles abgesagt. Es geht ja nicht anders. Schau dir das an.« Er machte eine Geste, die den Vorplatz und das gesamte Foyer einschloss, wo sich etwa zwei Dutzend Männer und Frauen in grünen Uniformen zu sammeln schienen. Wie verloren standen kleine Gruppen von Mitarbeitern des Hauses herum, die zum Teil weiße Kittel trugen und flüsternd die Köpfe zusammensteckten. »Wie sollen wir unter solchen Umständen einen geordneten Lehrbetrieb aufrechterhalten?«, klagte Wiesheu weiter. »Überall Polizei. Oben sind noch mehr. Sie durchsuchen die Arbeitsräume der beiden …« Er schluckte und wischte sich über die Stirn. »Ich begreife nicht, wie so etwas geschehen konnte. Hier bei uns.«

Wiesheu sah aus, als wäre er durch ein Fegefeuer gegangen, und wahrscheinlich kam das, was er an diesem Morgen erleben musste, für einen Mann Mitte sechzig, der sein Leben mit der Erforschung von Schmetterlingspopulationen zugebracht hatte und kurz vor der Emeritierung stand, einem Höllenfeuer ziemlich nah. Auf seiner Stirn glänzten winzige Schweißperlen. Die dünnen grauen Haare, die er normalerweise so kämmte, dass sie die nackte Haut seiner Schädeldecke bedeckten, hatten jeden Halt verloren und hingen über seine Ohrmuscheln. »Wir haben übrigens eine Versammlung für alle Mitarbeiter des Hauses anberaumt«, sagte er, sichtlich um Fassung bemüht. »Man kann sie doch nicht alle im Unklaren lassen. Sonst brodelt die Gerüchteküche. Wir müssen ihnen sagen, was geschehen ist.«

»Ja, das ist sicher richtig«, sagte Hermann und suchte nach ein paar aufmunternden Worten, aber ihm fiel nichts ein. Stattdessen fragte er leise: »Ist er noch hier?«

»Wer?«

»Der zweite Tote. Johannes Hilpert.«

»Nein.« Wiesheu senkte den Kopf, sodass Hermann auf seine glänzende Glatze herabsah. »Sie sind beide in die Gerichtsmedizin gebracht worden. Vor einer guten halben Stunde, noch bevor draußen der Trubel losging.«

»Verstehe.« Hermann ließ seinen Blick durch das Foyer schweifen, das ihm plötzlich fremd vorkam. Der vertraute universitäre Alltag, die Aushänge mit den Lehrveranstaltungen und Prüfungsterminen, die Teilnehmerlisten der Praktika, das bunte Chaos von Plakaten, das die Studenten auf Diskussionsveranstaltungen, Vorträge, Partys und Konzerte hinwies, das Mondfischskelett, das unbeachtet in seiner Vitrine thronte, davor die Gruppen von Uniformierten und Männern in Zivil, die Lederjacken und wattierte Westen trugen – all das passte nicht zusammen.

Ein Bär von einem Mann, der in einen langen, dunklen Wollmantel gehüllt war, löste sich aus einer Gruppe und kam auf ihn zu.

»Professor Pauli?«, fragte er, als er vor ihm stand. »Hauptkommissar Becker. Frau Detlefsen möchte Sie noch einmal sprechen. Ich könnte Sie später mitnehmen.«

Hermann nickte. Er war kaum in der Lage, einen klaren Gedanken zu fassen, und hatte ohnehin nicht damit gerechnet, dass ihm heute ein normaler Arbeitstag bevorstehen würde. Er spürte, dass seine Nase lief, zog ein Taschentuch aus der Manteltasche und schnäuzte sich.

»Wir haben gleich eine Betriebsversammlung«, sagte er, während er das Taschentuch zusammenknüllte. »Danach stehe ich Ihnen zur Verfügung.«

»Gut, so lange haben wir hier ohnehin noch zu tun. Ich hole Sie gegen elf in Ihrem Büro ab.« Er griff in die Innentasche seines riesigen Mantels und zog eine Karte hervor. »Rufen Sie mich an, wenn es später werden sollte. Wie sind Sie zu erreichen?« Hermann zückte wortlos seine Brieftasche und überreichte ihm ebenfalls eine Visitenkarte. Becker las die Nummer ab und gab sie sofort in sein Handy ein.

»Und da wäre noch etwas …« Der Kommissar machte eine Pause, die sehr kalkuliert wirkte. Offenbar sollte sie dem, was er noch zu sagen hatte, besonderen Nachdruck verleihen. »Ich muss Sie bitten, über das, was Sie gestern Nacht gesehen oder gehört haben, Stillschweigen zu bewahren. Reden Sie mit niemandem darüber. Das ist überaus wichtig. Sie gefährden sonst unsere Ermittlungen.«

Hermann kniff die Augen zusammen und musterte den Kripobeamten. Dann nickte er. Jetzt wurde ihm klar, warum der Polizist, der ihn vor wenigen Stunden nach Hause gebracht hatte, etwas über seine Lebensumstände erfahren wollte. Was er gesehen hatte, kannte außer ihm nur noch der oder die Täter. Falls es überhaupt einen Täter gab, jemanden, der nicht bereits in der Gerichtsmedizin lag. Aber kam diese Aufforderung nicht zu spät? Er hätte die Wohnung verlassen oder telefonieren können. Hatte man ihn etwa überwacht und sein Telefon abgehört?

Als Becker sie verlassen hatte, standen Hermann und Wiesheu einen Moment schweigend nebeneinander und Hermann bemühte sich, die bohrenden Blicke des Institutsdirektors zu ignorieren. Was hast du gesehen? Was weißt du? Diese Fragen standen dem kleinen Zoologen in unsichtbarer Leuchtschrift auf die Stirn geschrieben.

»Sie haben uns nicht mehr in den Raum gelassen«, beklagte er sich fast im Flüsterton. »Er wurde versiegelt. Die halbe Etage ist gesperrt.«

»Glaub mir, Herbert, du hast nichts verpasst. Ich hätte liebend gern auf diesen Anblick verzichtet. Es war grauenhaft.« Hermann wischte sich mit dem Taschentuch über die Nase. »Wer kümmert sich denn solange um die Tiere?«

»Man hat uns versichert, dass der Raum so schnell wie möglich wieder freigegeben wird. Bis dahin …« Wiesheu zuckte mit den Achseln.

Unter den Bereitschaftspolizisten machte sich Aufbruchstimmung breit. Zwei Dutzend Uniformierte strebten dem Ausgang zu. Hermann nutzte die Unruhe, um den fragenden Blicken des Kollegen zu entkommen. »Tja … wenn du mich brauchst, Herbert. Ich bin in meinem Büro.«

»Moment, fast hätte ich es vergessen.« Wiesheu nahm Hermann am Arm und zog ihn zwei Schritte zur Seite. »Wir müssen Moebus informieren«, sagte er leise. »Dringend! Bisher war noch keine Gelegenheit dazu. Als der zweite Tote auftauchte, waren wir alle völlig geschockt. Kannst du das nicht übernehmen? Du musst ihm ja keine Einzelheiten …« Er nickte verschwörerisch in Richtung des Kommissars, der jetzt mit zwei Kollegen vor den Aufzugtüren stand. Offenbar wollten sie nach oben fahren. »Seine Sekretärin hat die Nummer des Hotels. Sie ist schon da. Sei aber nett zu ihr. Die Arme ist natürlich völlig fertig mit den Nerven. Am besten, du gehst gleich zu ihr rauf. Später hat er sicher Termine und es wird schwer, ihn zu erreichen. Jetzt könntest du ihn vielleicht noch auf seinem Zimmer erwischen oder beim Frühstück. Bitte, Hermann, ruf du ihn an. Ihr seid doch befreundet.«

Befreundet? Hermann sagte nichts und hoffte, Wiesheu würde sein Schweigen als Absage deuten. Doch der Institutsdirektor ließ nicht locker, sein Blick aus tief liegenden, müden Augen bekam vielmehr etwas Flehendes. Als Katastrophenmanager war er hoffnungslos überfordert. »Ich weiß, du hattest eine schreckliche Nacht, Hermann, aber wir dürfen nicht länger warten. Du kennst ihn doch. Er wird außer sich sein, wenn wir ihn nicht sofort informieren, und er hat ja auch ein Recht darauf. Wir haben gleich die Versammlung und ich muss …«

Wiesheu und Moebus waren bei diversen Gelegenheiten aneinandergeraten, meist wegen institutsinterner Kleinigkeiten, etwa dem Zugang zum Kopierraum oder der Bewilligung von Reisemitteln. Schon nach wenigen Begegnungen hatte Frank ein vernichtendes Urteil über den kleinen Zoologen gefällt und sich fortan wenig Mühe gegeben, seine Verachtung zu verbergen. »Solange Leute wie dieser Wiesheu hier Lehrstühle blockieren, werden wir nie mit den Amerikanern mithalten können«, hatte er einmal zu Hermann gesagt. Franks schroffe Art, die viele irritierte, hatte Wiesheu nachhaltig verunsichert. Er fürchtete ihn.

»Na gut, ich erledige das«, antwortete Hermann widerwillig, nur um Schlimmeres zu verhindern.

Wiesheu stand die Erleichterung ins Gesicht geschrieben. »Ich danke dir sehr. Ich, äh …« Er sah sich mit einem derart gehetzten Ausdruck um, dass Hermann Mitleid mit ihm empfand. »Ich gehe dann schon mal rüber in den Hörsaal und mache mir ein paar Notizen. Die Versammlung beginnt um halb zehn. Habe ich das schon gesagt? Es wäre schön, wenn du dabei wärst.«

Seine Socken lagen noch immer auf der Heizung. Der Rest der durchnässten Kleidung vom Vortag bildete einen unordentlichen Haufen neben dem Schrank. Er stopfte die Sachen in eine Plastiktüte, überprüfte den Wasserstand seines Espressoautomaten, ein Geschenk seiner verstorbenen Frau, wartete, bis das rote Lämpchen Betriebsbereitschaft signalisierte, und drückte dann auf den Knopf. Erst als die hellbraune Flüssigkeit aus dem Hahn direkt in das Auffanggefäß plätscherte, fiel ihm auf, dass er vergessen hatte, eine Tasse darunterzustellen. »Mist«, murmelte er verärgert. »Das fängt ja gut an.« Er nahm eine Tasse aus dem Gestell über dem Waschbecken und betätigte den Schalter ein zweites Mal. Kaffeeduft füllte den Raum. Er drückte noch einmal auf den Knopf, lauschte dem Mahlwerk und setzte sich dann mit dem doppelten Espresso an seinen Schreibtisch.

Normalerweise galt morgens sein erster Griff dem Rechner, aber heute blieb der Monitor schwarz. Es war kurz nach acht. Noch war keiner seiner Mitarbeiter aufgetaucht und er war froh, dass er noch einige Minuten Ruhe hatte. Einen Moment dachte er sogar daran, die Tür abzuschließen, aber Charlotte kam selten vor halb neun, Daniel und die anderen eher noch später.

Er lehnte sich zurück, nippte an seinem Kaffee und starrte auf den Zettel mit der Nummer des Brüsseler Hotels, den er neben das Telefon gelegt hatte. Es hatte ihn geschlagene fünfzehn Minuten, etliche Taschentücher und viel tröstenden Zuspruch gekostet, ehe die Sekretärin sich zwischen zwei Weinkrämpfen in der Lage sah, die Nummer aufzuschreiben.

Die Atmosphäre dort oben war beklemmend. Es roch muffig. Die eine Hälfte der Etage war mit rot-weißem Band abgesperrt, zusätzlich bewacht von zwei Polizisten. In der anderen, in der die Arbeitszimmer sonst fast immer einladend offen standen, waren alle Türen geschlossen, obwohl nach Auskunft der Sekretärin bereits alle Mitarbeiter eingetroffen waren. »Jetzt schon?«, hatte Hermann gefragt und dabei erstaunt auf seine Uhr geschaut. »Es ist noch nicht einmal acht Uhr.«

»Professor Moebus erwartet von seinen Mitarbeitern, dass sie spätestens um halb acht an ihrem Arbeitsplatz erscheinen«, erhielt er zur Antwort. Dann ein Schluchzen. Herr Barthelmess und Herr Hilpert hätten immer zu den Ersten gehört.

Als er schließlich durch den menschenleeren Flur zum Treppenhaus ging, glaubte er, hinter den Türen leise Stimmen zu hören. Einer nach dem anderen wurde von der Kriminalpolizei vernommen. Im Treppenhaus waren Reinigungskräfte dabei, das Wasser aufzuwischen. Hermann nieste, dass es durch das ganze Haus schallte.

Ihr seid doch befreundet. Dieser Satz ging ihm nicht mehr aus dem Kopf. Schwang da nicht eine gehörige Portion Misstrauen mit? Und wie Wiesheu ihn angesehen hatte, als der Kommissar ihn zur Verschwiegenheit aufforderte …

Nicht zum ersten Mal beschäftigte ihn der Gedanke, sein Verhältnis zu Frank Moebus könnte weniger von Freundschaft und Sympathie als von Neid und Konkurrenz geprägt sein. Was, wenn andere – seine Kollegen und die Studenten – genau diesen Eindruck gegenüber der Polizei zum Ausdruck brächten? Er empfand zwar nichts dergleichen, aber das müsste ja nichts heißen. Er könnte sich etwas vormachen, könnte ein Opfer seiner Verdrängungskünste geworden sein. Frank Moebus war berühmt, ein Weltstar, Hermann hatte von diesem Ruhm nur gekostet, und wenn er ehrlich war, hatte ihm diese Kostprobe nicht nur missfallen, obwohl er gern den Anschein erweckte. Wie gut sie ihm getan hatte, war ihm erst im Nachhinein klar geworden.

Wünschten sie sich das nicht alle? Dass man ihnen zuhörte. Dass man sich für sie und ihre Arbeit interessierte. Vor gut zwei Jahren hatten ihm der rote Kolosskalmar und seine Entdeckungen in Neuseeland vorübergehend zu internationaler Prominenz verholfen und erst vor wenigen Wochen, während der Eröffnung des neuen Tiefseemuseums im neuseeländischen Kaikoura, zu der man ihn als Ehrengast eingeladen hatte, war diese Euphorie noch einmal aufgelebt. Wieder stand er für einige Tage im Mittelpunkt und er hatte es genossen, viel mehr als bei seinem ersten Aufenthalt dort, als alles, was er erlebte, noch vom Krebstod seiner Frau überschattet wurde. Sie feierten nur den ersten Bauabschnitt, kaum mehr als einen großen, schummerigen Saal, in dem unter raffinierter indirekter Beleuchtung der riesige konservierte Kadaver des Roten präsentiert wurde. Hermann musste vor laufenden Kameras Interviews geben, neben dem mächtigen Kopf des Kalmars für die Fotografen posieren und er hatte es gern getan. Doch Neuseeland lag am anderen Ende der Welt. Zu Hause hatte man davon kaum Notiz genommen. Der Alltag hatte ihn schnell wieder eingeholt.

Der Mythos Moebus aber lebte. Die Zeitschriften *Science* und *Nature* hatten seine Arbeit zur wissenschaftlichen Entdeckung des Jahres gewählt. Er wurde als zukünftiger Nobelpreiskandidat gehandelt, mit Ehrungen und Preisen überhäuft und konnte sich vor Vortragseinladungen kaum retten. Die Stadt Kiel dankte ihm mit Empfängen und Auszeichnungen. Er wurde zum Ehrenbürger ernannt. Sogar einen Wagen samt Fahrer stellte man ihm zur Verfügung. Dieser Wagen, der ihn seitdem Tag für Tag ins Institut brachte, war das sichtbarste Zeichen dafür, dass Frank Moebus in einer anderen Liga spielte und sie alle weit hinter sich gelassen hatte.

Hermann hatte große Zweifel, ob er diesem kühlen, erfolgsverwöhnten und brillanten Mann jemals nähergekommen wäre, hätten sie sich nicht unter Umständen kennengelernt, die nichts mit Wissenschaft und Universitäten zu tun hatten. Ihn und Frank Moebus verband ein Geheimnis. Sie teilten eine Leidenschaft und gemeinsame Erfahrungen, von denen wahrscheinlich kaum jemand wusste. Im Grunde hatte er jedoch noch nie darüber nachgedacht, wer darüber informiert war. Er ging damit nicht hausieren. Es war ein wichtiger, unverzichtbarer Teil seines Privatlebens geworden, eine Energie- und Inspirationsquelle, die er nach seiner langen Reise auf die Südhalbkugel wiederentdeckt hatte und nicht mehr missen wollte. Wenn ihn jemand danach fragte, würde er sofort und bereitwillig Auskunft geben. Aber es fragte niemand. Und Hermann sprach nicht darüber, jedenfalls nicht gegenüber Kollegen, den Mitgliedern seiner Arbeitsgruppe oder gar Studenten.

Nach Jahrzehnten, in denen seine alte Gibson und der Verstärker im Keller seines Hauses verstaubt waren, spielte er wieder Gitarre. Und Frank war ein beachtlicher Tenorsaxofonist. Natürlich, war Hermann versucht zu sagen, alles an Frank war zumindest beachtlich, bis auf seine Größe vielleicht. Mit gut einem Meter siebzig war er vom Gardemaß doch ein gutes Stück entfernt.

Verantwortlich für die ungewöhnlichen Umstände, unter denen er seinem neuen Kollegen begegnete, war Ben Bartelt gewesen, genannt Bennie, sein alter Kumpel aus Studienzeiten und Schlagzeuger der Electric Hookers, einer Band, die unter anderem Songs von John Lee Hooker nachspielte und damals in Göttinger Studentenkreisen einen legendären Ruf genossen hatte.

»Genial«, hatte Bennie ausgerufen, als Hermann ihm wenige Wochen nach seiner Rückkehr aus Neuseeland vorschlug, die Electric Hookers wiederzubeleben. In einigen privaten Übungsstunden hatte er sich vorher vergewissert, dass seine Hände noch in Lage waren, einen A-Dur-Akkord zu greifen. »Eine Reunion. Yeah! Ich bin dabei«, jubelte Bennie in dem ihm eigenen Überschwang. Er schleppte mittlerweile einige Pfunde Übergewicht mit sich herum, hatte, im Vergleich zu früher, kaum noch Haare auf dem Kopf und sah nach wenigen Minuten hinter seinem Schlagzeug aus, als käme er frisch aus der Dusche. Seine Energie und Begeisterungsfähigkeit hatten ihn aber nicht verlassen. »Das machen sie doch alle. Kürzlich hat Led Zeppelin ein Comeback gefeiert. Sogar Cream. *Cream!* Stell dir vor, Jack Bruce, Eric Clapton und Ginger Baker nach sechsunddreißig Jahren wieder zusammen auf der Bühne. Um ein Haar hätte ich alles stehen und liegen lassen und wäre nach London gefahren, nur um Ginger noch mal am Schlagzeug zu erleben. Aber, na ja, du weißt ja …« Bennie war verheiratet, hatte drei Kinder und eine gut gehende internistische Praxis in der Lübecker Innenstadt. Das setzte seiner Spontaneität enge Grenzen.

Um eine Band zu gründen, brachten gesetzte Herren wie Bennie und Hermann im Vergleich zu Teenagern zumindest bessere finanzielle Voraussetzungen mit. Statt sich für ihre Sessions in einen engen, muffigen Übungsraum zu zwängen wie seinerzeit in Göttingen, nutzten sie einen mit allen Schikanen ausgestatteten, großzügigen Kellerraum in Bennies Haus. Optimale Schallisolierung, eine Sitzecke mit Sofa, Tisch und zwei bequemen Sesseln, Stereoanlage, Keyboards, digitales Aufnahmepult, eine kleine Gesangsanlage mit glasklarem Sound, sogar eine gut bestückte Minibar stand ihnen zur Verfügung, alles in allem ein kleines, über die Jahre gewachsenes privates Paradies, in dem Bennie weitgehend für sich allein musiziert hatte. An den Wänden hingen Konzertplakate, darunter auch einige gerahmte von den Electric Hookers.

Seit nunmehr zwei Jahren lud Hermann jeden zweiten Samstag seinen Verstärker und die Gitarre ins Auto und machte sich unter permanenter Musikbeschallung schon am frühen Vormittag auf den knapp einstündigen Weg nach Lübeck. Meist kehrte er erst am späten Abend zurück. Der dilettantische Krach, den er mit seinem alten Freund produzierte, bereitete ihm ein derartiges Vergnügen, dass er kaum noch nachvollziehen konnte, wie er es jahrelang ohne diesen samstäglichen Ausflug ausgehalten hatte. Sie spielten die alten Songs, gingen bei schönem Wetter spazieren, nahmen mit dem Rest der Familie ein Abendessen ein, ignorierten deren spöttische Bemerkungen über Altrocker und Rentnerbands und verzogen sich anschließend wieder in den Keller. Manchmal, etwa wenn er zu viel getrunken hatte, blieb Hermann über Nacht.

Zuerst spielten sie nur zu zweit und Bennie übernahm, mehr schlecht als recht, auch den Gesangspart. Dann, ein paar Wochen nach ihrem ersten Treffen, gelang es ihm, den ehemaligen Bassisten und Sänger der Electric Hookers ausfindig zu machen. Peter Dorfler, den sie wegen seiner geringen Größe Floh genannt hatten, lebte als Architekt in Hamburg. Der harte Kern der Electric Hookers hatte wieder zusammengefunden und für die drei Männer war es, als wären nicht vierzig, sondern höchstens vier Jahre vergangen.

Monatelang ließen sie nicht einen einzigen Termin aus. Dann, an einem heißen Spätsommertag – sie studierten gerade einen von Bennie geschriebenen Song ein –, flackerte plötzlich die Glühbirne, die über der Studiotür angebracht war. Jemand hatte geklingelt. Bennies Frau konnte nicht öffnen, sie war mit den Kindern nach Hamburg gefahren und wurde erst am frühen Abend zurückerwartet.

Bennies Augen begannen zu leuchten. »Ich habe eine Überraschung für euch. Besonders für dich, Hermännchen.« Er grinste, kam hinter seinem riesigen Schlagzeug hervor und trocknete sich das verschwitzte Gesicht mit einem Handtuch ab. »Du wirst dich wundern. Wir haben heute einen Gast.«

Hermann warf Peter einen fragenden Blick zu, bekam aber nur ein Achselzucken zur Antwort. Ihm war zwar aufgefallen, dass heute ein zweites Mikrofon aufgebaut war, hatte dem aber keine Bedeutung beigemessen.

»Ich könnte ohnehin ein Päuschen vertragen. Mir tut die Schulter weh«, stöhnte Peter. Er löste den Gurt und lehnte seinen Bass gegen den Verstärker. »So wie ich Bennie kenne, hat er Aretha Franklin eingeladen oder Tina Turner. Nein, Tamara Danz.«

»Die gefällt dir, was?« Bennie hielt die Türklinke in der Hand. Über ihm blinkte die Lampe. »Ich muss dich enttäuschen, keine Sängerin. Außerdem ist Tamara Danz schon seit vielen Jahren tot. Nein. Es ist Sonny Rollins.« Mit einem Lachen verschwand er durch die Tür und stieg die Kellertreppe nach oben.

»Sonny wer?«

»Rollins«, antwortete Hermann. »Einer der ganz großen Tenorsaxofonisten.«

»Ein Jazzer?«

»Einer der besten.«

»Was haben wir mit Jazz zu schaffen?«

Peter meinte es nicht so, denn die New Electric Hookers waren schon seit einiger Zeit dabei, ihr früher sehr blueslastiges Repertoire zu erweitern. Sie spielten, was ihnen gefiel und im Bereich ihrer Möglichkeiten lag, egal aus welcher Musikrichtung. Aber der Nörgelton von Peter, der früher nur eine Masche gewesen war, hatte sich bei ihm mit den Jahren zu einer Art genereller Lebenshaltung verfestigt, zu seiner zweiten Natur. Das Geldverdienen als freier Architekt war wohl mühsam. Bennie und Hermann hatten beruflich zweifellos das bessere Los gezogen.

Minuten später waren von der Treppe Stimmen zu hören. Der Hausherr erschien in der Tür und breitete beide Arme aus. »Darf ich vorstellen: the one and only Mr. Frank Moebus.«

Bennie trat zur Seite und gab den Blick auf den Gast frei: schwarzer Anzug, schwarzer Rollkragenpullover, makellos rasiert, in der Rechten einen abgenutzten Instrumentenkoffer, in der Linken eine kleine Ledertasche, keine Spur von Verlegenheit und auf den Lippen ein amüsiertes Lächeln. »Guten Tag allerseits«, sagte er und stellte Koffer und Tasche ab.

Hermann klappte die Kinnlade herunter. Sein erster Gedanke war: Wie sieht der denn aus … Aber er sagte: »Das gibt's doch nicht« und stellte die Gitarre in den Ständer, um ihn per Handschlag zu begrüßen. »Ich wusste gar nicht …«

»Ich auch nicht«, fiel Moebus ihm ins Wort. »Ben hat mir nichts gesagt. Er hat von einer Überraschung gesprochen.«

»Ihr kennt euch?«, fragte Peter.

Der Gast nickte. »Wir sind seit ein paar Wochen Kollegen.«

»Er sitzt einen Stock über mir«, sagte Hermann. »Wir hatten aber bisher noch keine Gelegenheit, uns länger zu unterhalten.«

Peter verdrehte die Augen. »Noch ein Professor. Das hat mir gerade noch gefehlt.« Er kam grinsend auf den Gast zu und schüttelte ihm die Hand. »Willkommen bei den Electric Hookers. Ich heiße Peter.«

»Frank.«

Hermann fühlte sich ein wenig unwohl in seiner Haut. Da schneite urplötzlich dieser junge Kollege in sein Privatleben, seit Kurzem eine Weltberühmtheit, und duzte sich mit seinen beiden ältesten Freunden. Bisher waren sie sich kaum begegnet. Während Hermanns Zeit in Australien und Neuseeland waren der größte Teil des Berufungsverfahrens und die sich daran anschließenden Verhandlungen über die Ausstattung des Lehrstuhls gelaufen. Per Mail hatte er schon in Australien erfahren, dass es der Universität gelungen war, den seit Längerem vakanten Lehrstuhl für Evolutionsbiologie mit einem äußerst vielversprechenden jungen Wissenschaftler zu besetzen, ein Coup, der allenthalben Begeisterung, aber auch Verwunderung auslöste. Hermann war damals viel zu weit weg und viel zu sehr mit seiner eigenen Arbeit beschäftigt gewesen, um sich dafür zu interessieren. Frank Moebus hatte bereits durch einige bemerkenswerte Arbeiten über extremophile Mikroorganismen auf sich aufmerksam gemacht, aber die Bombe, seine epochemachende Veröffentlichung in *Nature,* platzte erst nach seinem Umzug nach Kiel. Niemand hatte damit gerechnet. Hermann war erst wenige Wochen vorher aus Neuseeland zurückgekehrt.

Natürlich hatten sie sich gesiezt. Sie waren sich bei Franks Einstandsempfang begegnet, saßen hin und wieder gemeinsam in den ungeliebten Sitzungen des Direktoriums oder trafen sich bei Vorträgen. Über ein paar unverbindliche Sätze waren sie aber kaum hinausgekommen. Beide hatten Wichtigeres zu tun,

Moebus mit dem Aufbau seiner Arbeitsgruppe und der Entgegennahme von zahllosen Ehrungen im In- und Ausland, Hermann mit einer generellen Neuausrichtung seines Lebens, dem Verkauf des Hauses, in dem er fünfundzwanzig Jahre mit seiner Familie gelebt hatte, seinem Umzug in die Innenstadt und nicht zuletzt der Frage, auf welche fachlichen Inhalte er sich in den letzten Jahren seiner Professur konzentrieren sollte.

Sie sahen sich an.

»Ich heiße Hermann.« Er streckte ihm noch einmal die Hand hin.

Moebus griff mit kräftigem Händedruck zu. »Freut mich. Offenbar teilen wir mehr als nur das Interesse an der Wissenschaft, Hermann. Freut mich sehr.«

»So«, sagte Bennie. »Jetzt aber genug der Höflichkeiten. Ich habe dir schon ein Mikrofon hingestellt. Probier's aus. Ich mach uns rasch noch einen Kaffee, dann können wir loslegen.«

Frank bückte sich, entnahm der Tasche einen Saxofonständer und stellte ihn neben das Mikrofon. Danach ließ er die Schnallen seines Instrumentenkoffers aufschnappen und beförderte ein prachtvolles Selmer Tenorsaxofon mit der Patina von Jahrzehnten zutage.

In den Minuten, die vergingen, bis Bennie mit dem Kaffee zurückkam, wurde kaum ein Wort gesprochen. Hermann und Peter schauten zu, wie ihr Gast mit ruhigen, routinierten Bewegungen sein Instrument nahm, das Rohrblatt befeuchtete und das Mundstück aufsteckte. Als er die ersten Töne blies, lief Hermann eine Gänsehaut über den Rücken.

»Wow«, sagte Peter nur und warf Hermann einen überraschten Blick zu. Frank reagierte mit einem Lächeln.

»Spiel mal was ins Mikro.« Peter war hinter das Mischpult getreten und betätigte die Klangregler, bis er zufrieden war. »Einverstanden? Ich habe keine Erfahrung mit Saxofonen.«

»Es dröhnt ein wenig. Nimm ein paar Bässe raus«, antwortete Frank und blies eine Folge tiefer Töne. »Ja, so ist es gut.«

Endlich kam Bennie mit einem voll beladenen Tablett, stellte es auf den Couchtisch und setzte sich auf das Sofa. Die anderen drei gesellten sich dazu, jeder hielt eine Tasse Kaffee und ein Stück selbst gebackenen Kuchen in der Hand und Hermann stellte die Frage, die ihm schon seit Franks Erscheinen auf der Zunge lag. »Ich bin immer noch völlig perplex. Woher kennt ihr euch?«

»Ich habe nicht zu viel versprochen, oder?« Bennie grinste. Die Verblüffung der beiden Wissenschaftler schien ihn köstlich zu amüsieren. »Wir kennen uns über meine Frau.«

»Über Elisabeth?«

»Rate mal, wie ihr Mädchenname lautet.«

»Nein«, rief Hermann.

»Doch.«

»Sie ist meine Schwester«, sagte Frank schmunzelnd. »Ich war jahrelang in den USA, in der Nähe von Boston, sodass wir uns kaum sehen konnten. Seit ich wieder in Deutschland bin, besuchen wir uns aber regelmäßig. Das heißt, meistens bin ich hier. In meiner Wohnung stapeln sich immer noch die Umzugskartons. Bei einem dieser Besuche hat Ben mir sein Studio gezeigt und von euch erzählt, von den Electric Hookers.« Er griff nach einem weiteren Stück Kuchen.

»Von Elisabeth wusste ich schon, dass er früher Saxofon gespielt hat«, sagte Bennie mit vollem Mund. »Ich habe nachgehakt, und als ich dann mehr erfuhr, war mir sofort klar, dass Frank mal zu uns stoßen müsste. Du solltest dir bei Gelegenheit seine CD-Sammlung ansehen, Hermann. Es müssen Tausende sein. Das mit den Umzugskartons stimmt, aber das Erste, was er in der neuen Wohnung ausgepackt hat, war seine Musikanlage. Er war früher genauso verrückt wie wir, ist durch die

Clubs getingelt und hat mit der Musik zum Teil sein Studium finanziert.«

Frank winkte lachend ab und strich sich die Haare aus der Stirn. »Das ist lange her.« Er schien sogar leicht zu erröten. »In den letzten Jahren habe ich kaum gespielt.«

Hermann hatte seinen Kuchen bislang nicht angerührt. »Manchmal ist die Welt wirklich ein Dorf«, sagte er und schüttelte verwundert den Kopf. Noch war er sich nicht sicher, ob diese Überraschung ihm wirklich gefiel.

Bennie drängte. »Kommt!« Er stopfte sich den Kuchenrest in den Mund, leerte seine Tasse und sprang auf. Im Vorübergehen schaltete er die Aufnahme ein, setzte sich hinter sein Schlagzeug und ließ die Sticks ungeduldig über die Toms tanzen. »Worauf wartet ihr noch? Lasst uns endlich anfangen. Was sollen wir spielen?«

Sie erhoben sich. Schweigen.

Bennie blickte von einem zum anderen. Franks Haltung signalisierte, dass von ihm als Gast kein Vorschlag zu erwarten wäre, und Hermann, der sich gerade seine Gitarre umhängte, war viel zu angespannt, um sich über die Songauswahl Gedanken zu machen.

»Wie wär's mit *Georgia?*«, schlug Peter schließlich vor.

»Sehr gute Idee.«

Hermann suchte in seinem Notenstapel nach der Akkordfolge, die er sich irgendwo aufgeschrieben hatte.

»Brauchst du die Noten?«, fragte er Frank, als er das Blatt gefunden hatte.

»Danke, ich kenne das Stück.« Angeber, dachte Hermann. Frank befeuchtete sein Mundstück und wartete. Wenn er nervös war – er musste nervös sein –, dann äußerte sich das nur in seinen Fingern, die die Klappen seines Instruments betätigten und leise Schnappgeräusche erzeugten.

»Na, dann los«, sagte Bennie. Er schlug die Sticks gegeneinander und gab ein Tempo vor. »One, two, three, four …«

Dann spielten sie *Georgia on My Mind.*

Georgia, Georgia, the whole day through,
Just an old sweet song, keeps Georgia on my mind.

Peter sang, was seine raue Stimme hergab, Frank steuerte ein schönes, sehnsüchtiges Solo bei, und obwohl Hermann sich konzentrieren musste, um in der langen Akkordfolge nicht die Orientierung zu verlieren, hatte er das beglückende Gefühl, dass ihnen zum ersten Mal seit Langem wieder ein wirklich starkes Stück Musik gelang.

I said Georgia, oh Georgia, no peace I find.

Sie spielten noch ein halbes Dutzend weitere Songs, manche auch zwei- oder dreimal, wenn sie Veränderungen am Ablauf ausprobieren wollten oder einem von ihnen ein Fehler unterlief. Die Stimmung lockerte sich zusehends. Zwischen den Songs lachten sie viel, sprachen über alte Zeiten und erzählten sich von ihren musikalischen Vorlieben. Auch Frank gab sich locker und gut gelaunt. Niemand, der ihn nicht kannte, wäre auf die Idee gekommen, einen der berühmtesten Wissenschaftler der Welt vor sich zu haben.

»Der ist doch viel zu gut für uns«, sagte Peter, als Frank nach zwei Stunden wieder gegangen war. Frank musste nach Bremerhaven. Bevor er dem Ruf nach Kiel gefolgt war, hatte er zwei Jahre am dortigen Alfred-Wegener-Institut für Polar- und Meeresforschung gearbeitet, und es war die *FS Polarstern,* das berühmte Forschungsschiff des Instituts, gewesen, das auf einer ihrer Expeditionen ins Nordpolarmeer die für Frank Moebus schicksalhafte Probe an die Oberfläche geholt hatte.

»Zu gut?«, antwortete Bennie. »Unsinn. Wie kommst du darauf? Es hat ihm genauso viel Spaß gemacht wie uns.«

Bennie sollte recht behalten. Es dauerte nur ein paar Wochen, dann war aus dem gelegentlichen Gast ein neues Mitglied der Electric Hookers geworden, auch wenn dieser Beitritt nie offiziell erklärt wurde und Frank wegen seiner zahlreichen Verpflichtungen nicht an jedem Treffen teilnehmen konnte. Wann immer sich aber die Gelegenheit bot, fuhren die beiden Kieler Professoren nun zusammen nach Lübeck. Plötzlich hatten sie viel Zeit, sich zu unterhalten. Und Frank sorgte dafür, dass es bald reichlich Gesprächsstoff gab. So kollegial und unkompliziert er sich bei den Hookers gab, so forsch und polternd trat er an seinem neuen Arbeitsplatz auf. Es dauerte kein halbes Jahr, bis er sich nicht nur Herbert Wiesheu zum Feind gemacht hatte.

Es klopfte und im nächsten Moment erschien Daniels Oberkörper zwischen Rahmen und Türblatt. »Störe ich?« Hermann saß an seinem Schreibtisch und schüttelte den Kopf.

»Nein, ich habe mich schon gefragt, wo du bleibst. Ich müsste eigentlich telefonieren, aber komm rein.«

»Ich bin unten hängen geblieben und habe mit ein paar Leuten geredet«, sagte der junge Mann, während er hinter sich die Tür schloss.

Hermann sah ihn erstaunt an. Daniel, der sonst in T-Shirts mit Aufschriften wie »Rettet die Wale!« oder »Wäre die Welt eine Bank, hättet ihr sie längst gerettet« erschien, trug einen dunkelgrauen Anzug. »Heute so förmlich?«

»Keine Angst, es wird nicht zur Gewohnheit werden. Ich war gestern Abend zu einer Hochzeit eingeladen und habe bei Freunden in der Stadt geschlafen.« Daniel lebte in einer Art Landkommune nördlich von Kiel. Viel Schlaf hatte er wohl nicht bekommen. Er hatte tiefe Ringe unter den Augen und zeigte ein müdes Grinsen, doch sein Gesicht wurde sofort wieder ernst. »Hier ist ja die Hölle los.«

»Im wahrsten Sinne des Wortes. Ich nehme an, du weißt, was heute Nacht geschehen ist.«

»Ich habe es schon beim Frühstück im Radio gehört. Die Namen der Toten habe ich allerdings erst hier erfahren. Ich kann es noch gar nicht glauben.«

Daniel war ein wenig verloren in Türnähe stehen geblieben, sodass Hermann ihn aufforderte, Kaffee zu machen und sich zu ihm zu setzen. »Zwei Doppelte, wir können's beide vertragen. Ich habe auch nicht viel geschlafen. Du musst nur zweimal auf den Knopf drücken. Und die Tassen nicht vergessen.«

Er lauschte dem Geräusch des Mahlwerks.

Daniel hatte ihm den Rücken zugewandt, während er darauf wartete, dass der Kaffee in die Tassen lief. Er warf seinem Professor über die Schulter einen zaghaften Blick zu. »Stimmt es, dass du die Toten gefunden hast?«, fragte er leise.

»Erzählt man sich das? Barthelmess habe ich gefunden. Ich habe gestern noch lange hier gearbeitet.« Hermann schilderte kurz, was ihn veranlasst hatte, in den Olymp aufzusteigen.

»Und Johannes hat sich aus dem Fenster gestürzt? Jemand hat mir erzählt, dass man ihn draußen auf dem Dach gefunden hat.«

»Ja, das habe ich auch gehört. Wie er dahin gekommen ist, weiß ich nicht.«

Daniel stellte die Tassen auf den Schreibtisch und setzte sich.

Sie schwiegen einen Moment und tranken. Hermann linste über den Rand seiner Tasse und musterte den jungen Mann, der ihm gegenübersaß.

Sie kannten sich seit anderthalb Jahren. Daniel Kambacher, geborener Berliner, hatte seinen Master in Hamburg gemacht und anschließend auf der Suche nach einem Doktorandenplatz auch bei ihm vorgesprochen. Er hatte den Jungen sofort gemocht, nicht nur, weil er, wie sich schnell herausstellte, Taucher war und seine Liebe zu den Cephalopoden teilte. Sie waren übereingekommen, dass Daniel, der nach eigener Auskunft »gerade nichts anderes zu tun hatte«, ein paar Wochen in seinem Labor hospitieren sollte, um die Arbeit mit dem Elektronenmikroskop zu lernen.

Als dann bei Hermann die Stelle für einen wissenschaftlichen Mitarbeiter frei wurde, gab es niemanden, dem er sie lieber angeboten hätte. Für die Arbeit über die Leuchtorgane der neuseeländischen Tiefseekalmare, die er zu vergeben hatte, war Daniel die Idealbesetzung. Besonders wichtig, wenn nicht ausschlaggebend für die Atmosphäre in der Arbeitsgruppe war, dass auch Charlotte, Hermanns langjährige biologisch-technische Assistentin, ihn sofort ins Herz geschlossen hatte. Sie nannte Daniel, auch wegen seiner blonden Haare, ihr Sonnenscheinchen, und das war er auch. Immer guter Laune, immer hilfsbereit und engagiert. Man freute sich einfach, ihn zu sehen. Dabei hatte er durchaus seine Ecken und Kanten.

Daniel war überzeugter Vegetarier und nervte jeden, der es wagte, in seiner Gegenwart eine Bratwurst oder gar ein Steak zu verzehren, mit ausufernden Vorträgen über die ökologisch verhängnisvolle Rolle der Rinder- und Schweinezucht. Wenn es um Artenschutz ging, um gentechnisch veränderte Pflanzen und Tiere oder die Patentierung von Leben, verstand er absolut keinen Spaß und neigte zum Dogmatismus, was in der Arbeitsgruppe schon zu hitzigen Diskussionen geführt hatte. Er war der Vertreter des Mittelbaus im Direktorium des Instituts und Mitglied von Greenpeace. Seine Freizeit verbrachte er entweder auf dem Fußballplatz oder in der Fußgängerzone, wo er Flugblätter verteilte und Spenden sammelte. Manchmal hatte Hermann sich schon besorgt gefragt, wann dieser junge Mann eigentlich mal ausspannte. Oder sich mit Mädchen traf. Wenn Brigitte, seine Frau, noch lebte, hätte sie ihm sicher mit einem Schmunzeln auf den Kopf zugesagt, dass er väterliche Gefühle für den Jungen hege, ein Ersatz für den Sohn, den er nie gehabt habe. Er hätte ihr kaum widersprechen können.

»Sag mal, Daniel … du kanntest die beiden doch. Hast du eine Ahnung, was dort oben vorgefallen sein könnte? Haben sie dir irgendetwas erzählt? Gab es Streit?«

Es dauerte eine Weile, bis Daniel antwortete. Hermann, der gedankenverloren vor sich hin gestarrt hatte, bemerkte erst jetzt, dass dem jungen Mann Tränen über die Wangen liefen.

»Ich weiß nicht.« Daniel schniefte und wischte sich mit dem Unterarm übers Gesicht. »Mit Johannes war ich mal gut befreundet. Ich kenne auch seine Frau und die Kinder. Wir haben manchmal die Wochenenden zusammen verbracht, sind an die Nordsee gefahren oder so.« Er zog ein Taschentuch aus der Hosentasche und schnäuzte sich. »Moritz war, ehrlich gesagt, nicht so mein Fall. Ich konnte nicht viel mit ihm anfangen. Er war mir zu …« Er suchte nach Worten.

»Ehrgeizig?«

»Nein, ehrgeizig bin ich auch. Er ist … er war … wie soll ich sagen … sehr eingleisig. Er hatte nur seine Karriere im Kopf. Darüber hinaus war für ihn nichts von Bedeutung. Das hat mich gestört. Man konnte mit ihm nur über die Aufsätze der neuesten *Nature*-Ausgabe reden und erntete mitleidige Blicke, wenn man sie nicht gelesen hatte. Er war … ja, er war wie sein Chef. Oh … Entschuldigung.«

Hermann lachte. »Ich werde nicht weitererzählen, was du von unserem Star hältst. Außerdem hast du ja nicht ganz unrecht.« Er wurde wieder ernst. »Hat Johannes mal etwas erwähnt? Die beiden haben sich offenbar geprügelt. So etwas geschieht doch nicht aus heiterem Himmel. Es muss eine Vorgeschichte geben.« Wenn kein Dritter beteiligt war. Er ermahnte sich, diese Möglichkeit nicht außer Acht zu lassen. »Ich habe den Raum gesehen. Er sah aus wie ein Schlachtfeld. Da hat sich irgendetwas entladen.«

Daniel hob den Kopf und sah ihn mit großen Augen an. Seine Tränen waren versiegt, aber er wirkte verstört. »Sie haben sich geprügelt? Das wusste ich nicht.«

Hermann biss sich auf die Lippen. Er war dicht davor gewesen, sich zu verplappern. Vielleicht hatte er schon zu viel gesagt. Für einen Moment hatte er Hauptkommissar Becker völlig vergessen. *Sie gefährden sonst unsere Ermittlungen.* Er musste aufpassen, was er sagte.

Daniel zuckte die Achseln. »Ich habe natürlich auch schon darüber nachgedacht. Da war nichts, nichts Besonderes jedenfalls. Über Moritz Barthelmess hat Johannes nie ein Wort verloren. Vielleicht sagt das ja auch etwas aus, aber ich habe mir darüber keine Gedanken gemacht. Moritz spielte zwischen uns einfach keine Rolle. Ich weiß, dass Regina, seine Frau, ihn gar nicht mochte und auf Moebus war sie erst recht nicht gut zu sprechen. Sie gab ihm die Schuld, dass Johannes so wenig Zeit für ihre Kinder blieb. Klar, manchmal klagte er über die Arbeitsbelastung, den Druck, Ergebnisse zu liefern. Er wurde ja aus DFG-Mitteln bezahlt und hatte nur drei Jahre Zeit. Der Ton, der in der Arbeitsgruppe herrschte, machte ihm zu schaffen. Auf dem Olymp kann es wohl ziemlich laut und unangenehm werden, wenn die Dinge nicht so laufen, wie Moebus sich das vorstellt. Ich weiß nicht. Vielleicht muss man auf diesem Niveau so sein.«

»Das finde ich nicht«, sagte Hermann. Ihm war schon aufgefallen, dass Frank von vielen Studenten eine seltsame Mischung aus panischer Furcht und grenzenloser Bewunderung entgegengebracht wurde, aber dass auch Daniel so dachte, überraschte ihn.

»Wenn ich es mir recht überlege, haben wir eigentlich wenig über die Arbeit geredet. Ich glaube, Johannes war froh, wenn er das mal hinter sich lassen und nur mit seinen Freunden und der Familie zusammen sein konnte. Versteh mich nicht falsch, ich glaube, er ist bestimmt ernsthaft interessiert und ein guter Biologe gewesen, aber er war eben eher ein verschlossener Typ, ganz anders als Moritz, der immer das große Wort schwingen musste.«

Hermann nickte. Das deckte sich weitgehend mit seiner Einschätzung.

»Wurde Johannes vielleicht von Moritz irgendwie tyrannisiert?«

»Das kann ich mir nicht vorstellen. Die beiden mochten sich vielleicht nicht besonders, aber so schlimm war es sicher nicht. Johannes hat jedenfalls nie etwas Derartiges gesagt.«

Hermann trieb noch eine andere Frage um. »Kannte Moritz die Frau von Johannes?«

Daniel stutzte. »Du meinst, die beiden könnten …« Er schüttelte den Kopf und fand sein Grinsen endlich wieder. »Nein … niemals. Hast du dir mal die Frauen angesehen, mit denen Moritz so abhing? Das passt überhaupt nicht. Ganz abgesehen davon, dass Moritz für Regina ein rotes Tuch war. Sie fand ihn schrecklich arrogant und konnte ihn nicht ausstehen. Das hat sie mir mal gesagt.«

»War nur so ein Gedanke«, brummte Hermann in sich hinein.

»Über den ganz aktuellen Stand bin ich allerdings nicht im Bilde.«

»Wie meinst du das?«

»Na ja, in letzter Zeit habe ich die beiden kaum gesehen.«

»Wen? Moritz und Regina?«

»Johannes und Regina.«

»Ich denke, ihr wart befreundet. Habt ihr euch gestritten?«

»Ach, nein, einfach so … es hatte mit seiner Arbeit zu tun.«

»Wieso? Was ist damit?«

»Wir haben doch in der Arbeitsgruppe schon darüber diskutiert. Ich halte die Synthetische Biologie für extrem gefährlich.«

»Moment mal.« Hermann war verwirrt. Er konnte sich gut an ihre Diskussion erinnern. Es ging um Craig Venter, diesen vor Selbstbewusstsein strotzenden Amerikaner, der schon bei der Sequenzierung des menschlichen Genoms für viel Aufregung gesorgt und nun das erste Bakterium mit synthetisch erzeugter DNA präsentiert hatte. Daniel hatte sich furchtbar aufgeregt und mal wieder das Ende der Welt nahen sehen. Hermann hielt die apokalyptischen Vorstellungen seines Assistenten zwar für maßlos übertrieben; warum eine wachsende Zahl von Biologen die Welt unbedingt mit synthetischen Organismen bevölkern wollte, war aber auch für ihn ein Rätsel.

»Was hat Johannes denn mit Synthetischer Biologie zu tun?«, fragte er.

»Er ist … er war, ach, verdammt … er war Molekularbiologe. Weißt du nicht, was er gemacht hat oder machen sollte?«

»Ich habe keine Ahnung«, antwortete Hermann. Er konnte unmöglich die Arbeitsfelder sämtlicher Doktoranden des Hauses überblicken.

»Er sollte die Moebus-Zellen verändern.« Daniel hatte schon rote Wangen, wie immer, wenn er sich über ein Thema ereiferte. »Er sollte sie sequenzieren und dann synthetisch erzeugte Gene einführen. Wie weit er damit gekommen ist, kann ich nicht sagen. Moebus ist jedenfalls überzeugt, dass dies mit seinen Zellen viel problemloser funktionieren wird, weil sie so einfach strukturiert sind, leichter als bei Bakterien.«

Hermann schaute Daniel ungläubig an. Der Junge war über Franks Vorhaben besser informiert als er.

»Und du hast Johannes kritisiert.«

»Ich habe ihm gesagt, was ich davon halte, ja.«

»Nicht viel, nehme ich an.«

»Das ist doch Wahnsinn. Sie wissen so gut wie nichts über diese Zellen und wollen schon an ihnen herummanipulieren. Das ist doch unverantwortlich. Mir hat's glatt die Sprache verschlagen.«

»Und wie hat Johannes reagiert?«

»Na ja, wie das so seine Art ist. Er ist mir seitdem aus dem Weg gegangen. Ich habe ihn, kurz nachdem ich das erfahren habe, noch einmal darauf angesprochen, aber er hat mir die kalte Schulter gezeigt. Bin selten so abgeblitzt, muss ich sagen. Er lasse sich von mir nicht vorschreiben, was er zu tun habe, hat er gesagt. Er war ziemlich wütend. Ich solle ihn in Ruhe lassen. Das habe ich dann auch getan. Ich laufe ihm doch nicht nach.«

»Wann hat dieses Gespräch denn stattgefunden?«

»Vor zwei Monaten vielleicht. Es ist noch nicht so lange her.«

Es klopfte. Charlottes Lockenkopf erschien in der Tür. »Guten Morgen, die Herren. Die Versammlung fängt an. Kommt ihr mit?«

»Oh, das hätte ich fast vergessen.« Hermann warf einen Blick auf den Zettel mit der Nummer von Franks Hotel. Jetzt war es zu spät. Er erhob sich und sagte: »Natürlich kommen wir mit.«

Sie traten zusammen auf den Flur, wo sich bereits ihre Arbeitsgruppe versammelt hatte. Alle hatten blasse Gesichter und musterten Hermann und Daniel mit unverhohlener Neugier. Die roten Augen von Margrit und Vivien, zwei seiner Masterstudentinnen, deuteten darauf hin, dass bei ihnen Tränen geflossen waren, Jan und Annegret, seine Doktoranden, wirkten gefasster.

»Guten Morgen allerseits«, sagte Hermann. Sie antworteten mit einem vielstimmigen Gemurmel.

Er zwang sich zu einem Lächeln, das noch im selben Moment gefror. Ihm war schlagartig klar geworden, dass er auf diesen Moment nicht vorbereitet war. Das waren seine Leute – die ihm, von Charlotte abgesehen, mit zunehmendem Alter immer häufiger wie Schulkinder vorkamen. Angesichts der schrecklichen Ereignisse hätte er sich im eigenen Interesse Gedanken machen müssen, wie er ihnen gegenübertreten und was er ihnen sagen sollte. Es war unübersehbar, dass sie von ihm, ihrem Professor, Unterstützung erwarteten, ein paar aufmunternde Worte, Trost, Zuspruch, oder nur ein paar Fakten, die ihnen vielleicht erklären könnten, warum ein so grauenhaftes Geschehen ausgerechnet ihr friedliches Institut heimgesucht hatte. Mit jeder Sekunde bohrten sich ihre erwartungsvollen Blicke tiefer in sein Gehirn und machten jeden klaren Gedanken unmöglich. Er senkte den Kopf, versuchte sich zu sammeln und gegen das Gefühl der Überforderung und die Müdigkeit anzukämpfen, die ihn jetzt schier zu Boden drückte. Das Schweigen zog sich unerträglich in die Länge. Endlich, bevor die Situation außer Kontrolle geriet und ihm vor versammelter Mannschaft die Tränen in die Augen schossen, fand er die Kraft, den Mund zu öffnen und zu sprechen.

»Das …«, er musste sich räuspern, »das sind schreckliche Stunden. Ihr wisst ja sicher alle, was geschehen ist. Es tut mir sehr leid, dass ihr das erleben müsst. Ihr …«, er schluckte, »ihr habt sicher viele Fragen. Ich hoffe, dass die Versammlung einige davon beantworten wird. Also …«, er blickte von einem zum anderen, »bringen wir es hinter uns.«

Vor den Fahrstühlen mussten sie lange warten, weil in diesen Minuten alle auf dem Weg in den großen Hörsaal waren. Weder vor noch in der Fahrstuhlkabine fiel ein Wort. Jeder starrte vor sich hin, blickte auf den Boden oder die Wand oder den Rücken des Vordermannes.

Doch als sie im ersten Stock aus dem Fahrstuhl traten und durch den Vorraum auf den Hörsaal zusteuerten, geschah etwas Seltsames. Hermann lief voraus, flankiert von Daniel und Charlotte, dahinter die vier Studenten. Die Paulis kommen, dachte Hermann plötzlich, und dieser Gedanke und das damit verbundene völlig unerwartete Glücksgefühl erschien ihm in der gegebenen Situation so grotesk unpassend, dass er sich ein Grinsen verkneifen musste. Doch es stimmte und hatte absolut nichts und zugleich sehr viel mit den Ereignissen der vergangenen Nacht zu tun. Er war stolz, stolz auf sich und seine kleine Gemeinschaft, darauf, dass sie in der Regel ein gutes Team bildeten und sich nicht die Köpfe einschlugen oder Intrigen spannen, dass sie keine Angst voreinander hatten oder haben mussten und dass sie, auch wenn niemand von ihnen dabei die Welt aus den Angeln hob, gute wissenschaftliche Arbeit leisteten. Wer hätte das gedacht? Noch vor wenigen Jahren wäre ein solches Gefühl für Hermann außerhalb jeder Vorstellung gewesen.

3

Während der unter Hochstress stehende Herbert Wiesheu im ersten Stock des Biologiezentrums anhob, die Studenten und Mitarbeiter des Hauses über die Ereignisse der vergangenen Stunden aufzuklären, traf sich die »Soko Olymp« zwei Stockwerke darüber, um sich einen ersten Überblick über den Stand der Ermittlungen zu verschaffen. Um vier in der Mitte zusammengestellte Tische hatten sich etwa fünfzehn Personen versammelt, eine der größten Sonderkommissionen, die sich in der Landeshauptstadt je konstituiert hatten. Auf den Tischen standen drei Thermoskannen mit Kaffee, ein Stapel Plastikbecher, ein Tetrapak mit frischer Milch und eine Schale mit Würfelzucker, die man aus der Mensa besorgt hatte. Fast alle Anwesenden hatten seit ihrem Eintreffen am Tatort ohne Pause durchgearbeitet und waren froh, für einen Moment zur Ruhe zu kommen.

Seit dem Morgen hatte Polizeidirektor Hans-Joachim Grube, der Chef der Bezirkskriminalinspektion Kiel, aus höchsten Kreisen von Politik und Gesellschaft Signale empfangen, die ihm wohl bedeuten sollten, dass man es hier mit einem ganz außergewöhnlichen Fall zu tun habe, der höchste Priorität genießen müsse und das beste verfügbare Personal erfordere. Sogar die Landesregierung hatte sich eingeschaltet und ihre Unterstützung angeboten, ebenso LKA und BKA. Die tragischen Ereignisse im Biologiezentrum betrafen einen der prominentesten Bürger der Stadt, ja, des ganzen Landes und man war seitens der zuständigen Behörden fest entschlossen, alles nur Menschenmögliche zu tun, um Schaden von Professor Dr. Frank Moebus, der Christian-Albrechts-Universität und der Stadt Kiel abzuwenden.

Polizeidirektor Grube aber behielt die Nerven, verbat sich alle Einmischungsversuche von außen und blieb bei seiner schon in der Nacht getroffenen Entscheidung, die Leitung der Ermittlungen der dreiundfünfzigjährigen Anne Detlefsen zu übertragen. Sie war Erste Kriminalhauptkommissarin, hatte sich als Leiterin des Kommissariats 1 für Tötungsdelikte bereits große Verdienste in der Verbrechensbekämpfung erworben und wurde wegen ihrer besonnenen, ruhigen Art in Kollegenkreisen sehr geschätzt. Dass sich diese Frau zudem für Naturwissenschaften und Meeresbiologie interessierte, war ihm unbekannt.

Anne Detlefsen schaute in die Runde und wartete, bis alle Kollegen saßen und sich mit Kaffee versorgt hatten. Diese Polizistenhorde in ein Universitätsinstitut einfallen zu sehen, bereitete ihr ein seltsames Unbehagen. Die menschlichen Abgründe, mit denen diese Männer und Frauen sich tagtäglich konfrontiert sahen und die sie mit sich herumschleppten wie ein Fell, das in einem langen Berufsleben dicker und dicker wurde, schienen so gar nicht hierherzupassen. Sie befanden sich in einem Seminarraum des Instituts für Botanik. Normalerweise wurden hier von aufgeregten Studenten Referate gehalten, man sprach über friedfertige Pflanzen, über Blütenanatomie und Wachstumsbedingungen. Jetzt, in wenigen Minuten, würde es um Mord und Totschlag gehen.

Der Raum, in dem sie sich versammelten, die ganze Atmosphäre des Hauses, in dem sie sich seit Stunden aufhielten, die mit Plakaten und wissenschaftlichen Postern vollgehängten Flure, die vielen jungen Leute, denen man über den Weg lief, die Hörsäle und Labors, all das hatte Anne Detlefsen in eine eigentümlich melancholische Stimmung versetzt. Sie fühlte sich wie damals, in ihrer eigenen Studienzeit, mit der sie ausschließlich positive Erinnerungen verband. Genau so sollte es auch sein, fand sie, war sich aber nicht sicher, ob die Voraussetzungen dafür auch unter den heutigen Bedingungen noch gegeben waren. Was sie von ihren Kindern hörte, die beide studierten, ließ sie mitunter daran zweifeln.

Sie selbst hatte seit ihrem Abschluss nie wieder eine Fachhochschule oder Universität betreten. Dabei hatte sie mal mit dem Gedanken gespielt, an der Hochschule zu bleiben und eine wissenschaftliche Laufbahn einzuschlagen. Aber es war anders gekommen. Sie hatte keine Wahl gehabt. Sie war Mutter geworden, musste schnell Geld verdienen und sich nach ihrer Scheidung eine sichere Existenz aufbauen. Sie hatte es als Frau bis zur Kommissariatsleiterin gebracht, zwei Kinder großgezogen und allen Grund, stolz auf sich zu sein, und doch nagte immer wieder ein Hauch von Zweifel an ihr, ob sie die richtigen Entscheidungen getroffen hatte.

Wie meist drängte sie diese Gedanken beiseite und versuchte, sich auf ihren Fall zu konzentrieren. Das war schon immer eine ihrer Stärken gewesen. Sie konnte, wenn es erforderlich war, alles Störende ausblenden und sich ganz auf ein Ziel fokussieren. Sie freute sich auf diese Arbeit. Dass sie einem enormen Druck ausgesetzt sein würde, machte ihr keine Sorgen.

Die wenigen Stunden und Gespräche vor Ort hatten genügt, um ihr den Eindruck zu vermitteln, dass das Wort *außergewöhnlich* die Tragweite und die tatsächlichen Umstände des Falles nur sehr unvollkommen beschrieb. Dass die beiden Toten ausgerechnet aus dem Labor von Frank Moebus stammten, hatte bei ihr sofort die Alarmglocken schrillen lassen. Sie war gespannt darauf, diesen berühmten Mann kennenzulernen. Schon das Gespräch mit Hermann Pauli hatte ihr großes Vergnügen bereitet, kein Vergleich mit den einsilbigen Idioten, mit denen Polizisten sich nur allzu oft konfrontiert sehen.

Dann der Tatort. Abgesehen von Diebstahlsdelikten war die Universität ein nahezu verbrechensfreier Raum, Straftaten gegen Leib und Leben waren die absolute Ausnahme. Vielleicht lag es am hohen Bildungsstand der hier arbeitenden Menschen, dass die Kriminalpolizei auf dem Campus der Universität ein äußerst seltener Gast war. Die Menschen, die hier tätig waren, verfügten wohl über andere Methoden der Konfliktbewältigung als Gewalt. Dazu kam, dass die Arbeit in einer universitären Einrichtung mit einem vergleichsweise hohen Maß an Befriedigung verbunden war, zumindest, was das wissenschaftliche Personal anging, auch wenn die Bezahlung keineswegs exorbitant hoch war. Professoren konnten zwar ein sorgenfreies Leben führen, verglichen mit den Gehältern, die in der freien Wirtschaft gezahlt wurden, war ihr Salär jedoch bestenfalls mittelmäßig. Geld spielte an Universitäten, wie überall, eine bedeutende Rolle, aber es gab auch andere Aspekte des Lebens, die zumindest genauso wichtig waren. Vielleicht waren ihre Überlegungen naiv, denn natürlich wurde auch in der Wissenschaft gemobbt, auch in Instituten konnten Eifersucht, Neid und Missgunst zu dramatischen Zuspitzungen führen. Doch von Anfang an hatte Anne Detlefsen das Gefühl, dass sie hier kriminalistisches Neuland betraten und die Hintergründe des Geschehens im Biologiezentrum nicht in den üblichen Zusammenhängen zu suchen waren. Sie hatte sich vorgenommen, diesen Gedanken im Klein-Klein der täglichen Ermittlungsarbeit nie zu vergessen.

Sie räusperte sich hörbar und sah sich um. »Wir möchten anfangen. Wo ist die Staatsanwältin?«

»Sie verspätet sich um ein paar Minuten«, sagte Hauptkommissar Jens Becker, ein alter Kollege und Weggefährte, der zu ihrer Rechten saß. Im Vergleich zu ihm, einem riesigen, schwergewichtigen Mann, wirkte sie mit ihren eins siebzig regelrecht zierlich.

»Gut. Wir haben keine Zeit zu verlieren und sollten deshalb schon mal beginnen, ein wenig zu sortieren. Vorab ist sicher eines festzuhalten: Diesem Fall wird in der Öffentlichkeit außergewöhnlich großes Interesse entgegengebracht werden. Zwei Tote im Labor des gegenwärtig vielleicht prominentesten deutschen Wissenschaftlers, die noch dazu, so viel kann man nach dem ersten Eindruck wohl sagen, unter einigermaßen rätselhaften Umständen ums Leben gekommen sind ... Sie werden nicht glauben, wer heute alles im Präsidium angerufen hat. Jede unserer Handlungen und Entscheidungen wird mit Argusaugen überwacht werden. Es bleibt uns also nichts anderes übrig, als unser Bestes zu geben. Wenn möglich, mehr als das. Sind wir uns da einig?« Sie blickte in die Runde. Nicken. Zustimmendes Gemurmel.

»Was haben wir? Bitte korrigieren Sie mich, wenn ich etwas vergessen sollte. Da wären zunächst die kriminaltechnischen Untersuchungen des Tatorts, soweit sie bisher vorliegen. Wir haben mit Hermann Pauli gesprochen, der Moritz Barthelmess gefunden und die Polizei angerufen hat, mit Regina Hilpert, der Frau von Johannes Hilpert, und mit mehreren Mitarbeitern von Professor Moebus. Ist diese Liste der Arbeitsgruppe vollständig?« Sie hielt ein Blatt Papier hoch.

»Ich denke schon«, antwortete Bertram Hollinger, ein etwa vierzigjähriger bulliger Mann, der ihr genau gegenübersaß. »Die Gruppe umfasst inklusive Moebus selbst dreizehn Mitglieder, wenn man alle Master- und Bachelorstudenten mitzählt. Dazu kommen die Sekretärin und zwei technische Assistentinnen. Insgesamt also sechzehn Personen. Mit acht haben wir gesprochen. Nach unserem Treffen machen wir weiter. Drei fehlen: Eine Doktorandin ist krank, eine andere hält sich für einige Wochen in den USA auf, und eine Studentin, die an ihrem Master sitzt, ist heute nicht erschienen. Sie war auch telefonisch nicht zu erreichen.«

»Versuchen Sie es weiter. Darüber hinaus haben wir zahlreiche kurze Gespräche mit Mitarbeitern des Biologiezentrums geführt, zum Beispiel mit dem Hausmeister, mit dem Direktor, Professor Herbert Wiesheu, und anderen, die nur sporadischen Kontakt zur Arbeitsgruppe von Frank Moebus haben. Frage: Gibt es, soweit wir das bislang überblicken, Personen im Zentrum, mit denen wir noch unbedingt sprechen sollten.«

Wieder ergriff Bertram Hollinger das Wort. »Wir haben uns bisher auf Frank Moebus und seine Leute konzentriert, aber gerade auf der Ebene der Doktoranden und Studenten scheint es zwischen den verschiedenen Arbeitsgruppen viele Kontakte zu geben. Aufgrund der Aussagen haben wir begonnen, eine Liste der Freunde und Bekannten der Toten aufzustellen. Allein hier im Haus gibt es mindestens fünf, sechs Personen, die uns möglicherweise mehr über die beiden Toten erzählen können als die Leute aus der Moebus-Gruppe. Die meisten dürften im Augenblick unten im Hörsaal sitzen.«

»Gut. Versuchen Sie, noch heute möglichst mit allen zu reden. Das erspart uns viel Fahrerei. Wer von unseren Leuten ist unten im Hörsaal?«

»Semmrich«, sagte Jens Becker.

»Bertram, ruf ihn an und gib ihm die Namen durch. Er soll sie im Anschluss an die Versammlung ausrufen und die Leute bitten, sich bei uns zu melden.«

Hollinger nickte, stand mit der Liste in der Hand auf und verließ den Raum. Kurz bevor die Tür sich wieder schloss, schlüpfte eine groß gewachsene dunkelhaarige Frau hinein. Sie signalisierte, dass man sich nicht stören lassen und fortfahren solle. Anne Detlefsen deutete wortlos auf den Stuhl zu ihrer Linken, den sie für die Staatsanwältin frei gehalten hatte.

»Gibt es in der Biografie von Moritz Barthelmess und Johannes Hilpert irgendwelche Auffälligkeiten?«, fuhr sie fort.

»Nichts, gar nichts.« Ein älterer Beamter mit grauen Haaren und Brille schüttelte den Kopf. »Beide kommen aus bürgerlichen Verhältnissen. Hilperts Eltern sind Lehrer, der Vater von Barthelmess ist Arzt, die Mutter Hausfrau. Alle vier Elternteile leben noch, ebenso die Geschwister. Soweit wir bisher wissen, keine familiären Katastrophen, keine längeren Krankenhausaufenthalte, null Vorstrafen. Dr. Barthelmess wurde in Nürnberg geboren, hat in Erlangen, Hamburg und Southampton studiert und ist zusammen mit Professor Moebus aus Bremerhaven nach Kiel gekommen, also vor gut zwei Jahren. Sein Spezialgebiet sind ex…«, er blickte über seine Brille hinweg in sein Notizbuch und kämpfte sich dann Silbe für Silbe voran. »Ex-tremo-phi-le Bakterien, was immer das sein mag.« Im Raum war freundschaftliches Lachen zu hören. Er räusperte sich, bevor er fortfuhr. »Hilpert war ein paar Jahre jünger und scheint der Bodenständigere von beiden gewesen zu sein. Er ist in einem Dorf bei Freiburg geboren, in Freiburg zur Schule gegangen und hat auch dort studiert, seit vier Jahren ist er verheiratet, hat zwei Kinder. Er ist Biochemiker und mit seiner Familie erst vor einem halben Jahr nach Kiel gekommen und zu der Arbeitsgruppe gestoßen.«

»Na bitte«, rief ein breitschultriger Mann, der aussah, als besuchte er zweimal täglich ein Fitnessstudio. Er saß zwei Plätze neben dem Brillenträger. »Das könnte doch was sein. Barthelmess war der Platzhirsch und Hilpert, der Neuling, drohte ihm seinen Platz streitig zu machen.«

Gemurmel.

»Das ist eine interessante Theorie, Herr Kollege, aber sie

kommt viel zu früh.« Anne Detlefsen schüttelte ungehalten den Kopf. »So weit sind wir noch lange nicht.«

Einige grinsten und warfen sich amüsierte Blicke zu. Kommissar Schwarzenau, ein großer Fan der Schwarzenegger-Filme, der von vielen Kollegen nur Arnie genannt wurde, war ein guter Ermittler, aber für seine Schnellschüsse bekannt. Er hielt entschuldigend die Handflächen hoch und lehnte sich zurück.

»Haben wir irgendetwas vergessen?« Die Kommissarin schaute fragend in die Runde. Niemand sagte etwas. Kopfschütteln.

»Also gut. Ich denke, wir sollten uns zunächst auf die Frage konzentrieren, womit wir es hier eigentlich zu tun haben. Mit den Folgen einer Schlägerei und einem Selbstmord? Oder mit zwei Morden? Letzteres würde bedeuten, dass mindestens eine weitere Person beteiligt war.«

»Soviel wir wissen, war nur Hermann Pauli im Haus«, sagte Bertram Hollinger, der inzwischen wieder an seinen Platz zurückgekehrt war.

Sofort ergriff Jens Becker das Wort. »Wir alle haben doch den Raum gesehen. Das war eine wüste Keilerei. Wenn Pauli dafür verantwortlich war, müsste er irgendwelche Kampfspuren aufweisen, vielleicht Schnittwunden, da war alles voller Glasscherben. Außerdem ist er nicht mehr der Jüngste. Wie soll er mit zwei jungen Männern fertiggeworden sein?«

»Vielleicht steckte er mit einem der beiden unter einer Decke«, gab einer zu bedenken.

»Oder er hatte es erst mit dem einen und dann mit dem anderen zu tun«, sagte ein anderer. »Die beiden müssen nicht zur selben Zeit gestorben sein.«

»Ich habe mit Pauli gesprochen«, schaltete sich Anne Detlefsen ein. »Er war geschafft, aber nichts deutete darauf hin, dass ihm irgendetwas wehtat. Im Gesicht und an seinen Händen war nichts zu erkennen. Glauben Sie im Ernst, dass dieser Mann kaltblütig zwei Menschen umbringt, um kurz danach seelenruhig die Polizei anzurufen, vom fehlenden Motiv gar nicht zu reden? Aber gut, vielleicht verfügt er über Kräfte und Fähigkeiten, von denen wir nichts ahnen. Klarheit könnte nur eine ärztliche Untersuchung bringen, ich wäre da aber vorsichtig. Es kann sein, dass wir seine Hilfe noch dringend brauchen. Wir sollten ihn nicht unnötig gegen uns aufbringen.«

»Das mit dem fehlenden Motiv sehe ich ein wenig anders«, sagte der ältere Beamte, der sich mit den Biografien der Toten beschäftigt hatte. »Pauli hat doch damals diesen riesigen Kalmar entdeckt, in Neuseeland. Vor zwei, drei Jahren war das.«

»Stimmt«, sagte die Kommissarin. »Den Roten.«

Gemurmel. Einige der Beamten schienen sich zu erinnern.

»Genau. Ich weiß es noch so genau, weil mein Sohn damals völlig verrückt nach diesem Vieh war. Er hat jeden Zeitungsartikel aufgehoben. Pauli war einige Zeit ziemlich bekannt. Es gab Sendungen über ihn im Fernsehen und er tauchte in Talkshows auf. Dann kam Moebus und er verschwand in der Versenkung.«

»Wenn er es nicht verwinden kann, dass Moebus ihm den Rang abgelaufen hat, hätte er sich doch den Chef selbst vorknöpfen müssen und nicht seine Mitarbeiter«, wandte Jens Becker ein.

»Pauli kommt später zu uns ins Präsidium«, sagte seine Chefin. »Vielleicht kann ich ihn vorsichtig überreden, sich untersuchen zu lassen. Dann hätten wir Klarheit und er wäre aus dem Schneider.«

Zum ersten Mal ergriff die Staatsanwältin das Wort, Susanne Leistenbrink. »Ich warne dringend davor, weitere prominente Wissenschaftler der Universität vor die Öffentlichkeit zu zerren. Wenn es Verdachtsmomente gibt, muss dem natürlich nachgegangen werden, aber bitte mit äußerster Diskretion und Vorsicht. Sie wissen doch, es bleibt immer etwas hängen.«

»Moebus hat das bestmögliche Alibi und ist höchstens ein Opfer«, sagte der grauhaarige Beamte.

»Warten Sie's ab. Wer weiß, was in dieser Sache noch alles ans Licht kommt.«

»Wir behalten Pauli im Auge«, erklärte Anne Detlefsen. »Ich glaube, ich habe einen ganz guten Draht zu ihm. Vielleicht können wir ihn schon heute Nachmittag von unserer Liste streichen. Was sagt eigentlich die Kriminaltechnik zu der möglichen Beteiligung Dritter?«

Ein etwa vierzigjähriger, glatzköpfiger Mann mit dunkler, fast schwarzer Hautfarbe, der tief in seinen Stuhl gesunken war, brachte sich ohne besondere Eile in eine aufrechte Sitzposition. »Ah, also doch«, brummte er und zog die Mundwinkel nach unten. In seinem rechten Ohrläppchen glänzte ein Silberring. »Ich habe mich schon gefragt, ob unsere Dienste hier gar nicht mehr gefragt sind. Wenn das so ist, schlafe ich das nächste Mal lieber aus.«

»Ich fürchte, daraus wird nichts werden.« Die Soko-Chefin schmunzelte. Sie kannte Sammy Nkoulou seit vielen Jahren. Er war eine Mimose. Wenn man ihn aber bei Laune hielt, konnte er eine unschätzbare Hilfe sein. »Sie wissen doch, Sammy, ohne Sie wären wir ein reiner Debattierclub.«

»Das haben Sie gesagt. Nun …«, er kratzte sich seinen kahlen Schädel. »Wir haben massenhaft Fingerabdrücke gefunden, von mindestens acht, vielleicht zehn Personen, würde ich sagen. Sie zuzuordnen dürfte eine Weile dauern. Beim AFIS, dem allseits beliebten Automatisierten Fingerabdruckidentifizierungssystem, ist erwartungsgemäß Fehlanzeige, der Computer kennt keinen einzigen. Wir bewegen uns hier halt nicht im üblichen Milieu.«

»Wenn das alles ist, hätten Sie ruhig weiterschlafen können, Sammy.«

»Mit Verlaub, Frau Kriminalhauptkommissarin, es ist nicht alles.« Er grinste. »Die nach dem gegenwärtigen Stand interessantesten Abdrücke haben wir auf dem Fenstergriff und dem Schalter, der die Rollos betätigt, gefunden. Sie stammen eindeutig von derselben Person. Vorbehaltlich der Nachprüfung im Labor würde ich sagen, sie stammen von dem armen Kerl, den wir unten auf dem Dach gefunden haben.«

»Das spräche eindeutig für Selbstmord«, sagte Hauptkommissar Becker.

»Es sei denn, jemand hätte sich große Mühe gegeben, es wie Selbstmord aussehen zu lassen.«

»Wie das denn?«

»Ganz einfach: Jemand, der selbst Handschuhe trug, könnte die Finger von Hilpert auf den Schalter und den Fenstergriff gedrückt und ihn dann aus dem Fenster geworfen haben. Hilpert könnte dabei schon tot oder bewusstlos gewesen sein, oder einfach nur außer Gefecht. Vorstellbar wäre es.«

»Halten wir vorerst fest, dass wir die Beteiligung Dritter nicht ausschließen können«, fasste die Soko-Chefin zusammen. »Gibt es noch etwas?«

»Das will ich meinen.« Sammy Nkoulou bückte sich, griff in eine Aktentasche, die unter dem Tisch stand, beförderte eine Plastiktüte zutage und ließ sie vor seinem Gesicht in der Luft baumeln. Viele der am Tisch sitzenden Beamten beugten sich nach vorne, um besser sehen zu können.

Becker kniff die Augen zusammen. »Was ist das?«

»Ein Handy. Oder ist da jemand anderer Meinung? Wir haben es auf dem Fußboden gefunden.«

»Es könnte einem der beiden Toten gehört haben.«

»Hmhm«, machte Nkoulou und schüttelte triumphierend

den Kopf. »Hilperts Handy lag auf seinem Schreibtisch. Das von Barthelmess steckte noch in seiner Hosentasche.«

Im folgenden aufgeregten Stimmengewirr waren nur Satzfetzen zu verstehen.

»Na so was …«

»Ich werd verrückt.«

»Das kann doch nur …«

»Da haben wir ihn doch. Das ist er, unser dritter Mann.«

»Vorsicht.« Anne Detlefsen versuchte die Gemüter zu beruhigen. »Wir wissen nicht, wie lange es da schon gelegen hat. Wo habt ihr es gefunden?«

»Wie gesagt, es lag auf dem Boden, im Wasser. Und bemerkenswerterweise lag es auf einer großen Glasscherbe. Es ist also mit großer Sicherheit erst nach der Verwüstung des Raumes dahin gelangt. Ein schickes Teil übrigens, ein iPhone. Ich schätze, der Besitzer wird es schmerzlich vermissen. Und wisst ihr, was das Schönste ist? Es funktioniert noch. Es dürfte nicht besonders schwer sein, herauszufinden, wem es gehört.«

»Wann, glauben Sie, werden Sie so weit sein?«

»In ein, zwei Stunden. Im Labor gibt es jemanden, der sich mit diesen Teufelsdingern bestens auskennt. Ich bin ein Banause, was Handys angeht.« Sammy lachte. »Ich kann mir kaum meine eigene Nummer merken. Will es vielleicht jemand von euch versuchen?«

Allgemeines Kopfschütteln. Sammy Nkoulou ließ das Telefon wieder in seiner Tasche verschwinden.

»Na, das sind doch ausnehmend gute Nachrichten«, sagte die Staatsanwältin zufrieden. »Ich möchte sofort informiert werden, wenn Sie den Besitzer identifiziert haben. Vielleicht kommen wir doch schneller voran als gedacht.« Sie erhob sich. »Ich muss Sie jetzt leider verlassen. Der Oberstaatsanwalt erwartet meinen Bericht.«

Unruhe kam auf. Ein Polizeibeamter hatte den Raum betreten und Bertram Hollinger etwas ins Ohr geflüstert. Becker schaute auf seine Uhr und stellte fest, dass es schon Viertel nach elf war. Vor fünfzehn Minuten war er mit Hermann Pauli verabredet gewesen. Außerdem brauchte er dringend eine Toilette.

Er beugte sich zu seiner Nachbarin. »Anne, ich muss Pauli Bescheid sagen, dass ich mich verspäte. Ich wollte ihn um elf ins Kommissariat mitnehmen.«

»Beeil dich. Ich brauche dich hier.«

Als Becker den Raum verließ, erhob sich auch Hollinger. »Die Versammlung ist beendet. Unten warten ein paar Leute, die mit uns sprechen möchten.«

Anne Detlefsen nickte zufrieden. »Sehr gut, das hat Vorrang. Wir kommen hier auch bald zum Schluss. Ich würde sagen, wir setzen uns um fünf noch einmal in der Blume zusammen.«

Mit Blume war die Bezirkskriminalinspektion Kiel in der Blumenstraße gemeint, ein burgähnlicher, u-förmiger Backsteinbau, der mit seinen wuchtigen Grundmauern aus Feldstein, den zinnengekrönten Giebelwänden und zum Teil vergitterten Fenstern ganz und gar nichts Blumiges an sich hatte.

Sie wartete, bis auch Hollinger den Raum verlassen hatte, bevor sie den Faden wieder aufnahm. »Mit der Beziehung der beiden Toten zueinander beschäftigen wir uns heute Nachmittag. Bis dahin wissen wir auch, was die weiteren Vernehmungen ergeben haben. Jetzt bliebe noch die Frage zu klären, ob und wie mögliche Tatbeteiligte ins Zentrum und wieder hinaus gelangt sein könnten.«

»Mit einem Schlüssel«, sagte jemand. »Für Profis wäre es wohl auch ohne Schlüssel kein großes Problem gewesen.«

»Vom Dach des Flachbaus hätte man zur Not herunterspringen können, auf den Rasen«, ergänzte ein anderer. »Für geübte Kletterer gäbe es da sicher noch bessere Wege. Die Tür zum

Dach war offen. Sie klemmte, deswegen dachten wir zunächst, sie wäre abgeschlossen, und haben den Hausmeister gesucht. Man kann die Tür allerdings nur von innen öffnen. Aber auch das wäre für Profis wohl kein Hindernis gewesen.«

»Ich höre immer Profis. Was für eine Art von Profis soll denn das gewesen sein?«, fragte der Grauhaarige. »Das organisierte Verbrechen, die Mafia, Berufskiller? Profis hätten sich mit Sicherheit nicht wie Elefanten im Porzellanladen aufgeführt. Sie hätten kurzen Prozess gemacht. Nein, ich habe das Gefühl, dass wir nicht einmal im Ansatz verstehen, was hinter diesem Schlamassel steckt.«

»Da oben stehen eine Menge extrem teuer aussehender Gerätschaften herum«, sagte Arnie.

»Aber doch nicht in diesem Raum. Da gab es nur Aquarien.«

»Trotzdem sollten wir sicherstellen, dass nichts gestohlen wurde.«

»Wir kümmern uns darum«, sagte ein Mitarbeiter Hollingers.

Anne Detlefsen tippte sich mit dem Bleistift gegen die Unterlippe. »In dem Raum hinter den Zuchten befindet sich etwas, das wahrscheinlich wertvoller ist als alle Geräte zusammen.«

Alle sahen sie gespannt an.

»Die Moebus-Zellen«, sagte sie.

»Ist das die Entdeckung, die er gemacht hat?«

»Genau, wenn ich es richtig verstanden habe, handelt es sich um eine bisher unbekannte Form von Leben.«

»Die Tür kann nur mithilfe einer Code-Karte geöffnet werden«, sagte Sammy Nkoulou. »Sie war fest verschlossen und vollkommen intakt. Da hat niemand versucht, gewaltsam einzudringen. Eine Code-Karte steckte in der Außentasche von Hilperts Kittel.«

»Sind Sie drin gewesen?«, fragte die Kommissarin.

»Nein, dazu bestand keine Veranlassung.«

»Vielleicht doch.«

Sammy zog die buschigen Augenbrauen nach oben. »Hätten Sie gewusst, wonach wir da suchen sollten?«

Anne Detlefsen nickte. »Sie haben recht. Wir holen das nach, wenn Moebus wieder da ist.« Sie stutzte und blickte sich irritiert um. »Hören Sie das auch? Was ist das?« Von irgendwoher erklang leise Musik.

»Ein Handy«, sagte jemand.

Auf der Suche nach einer Toilette war Jens Becker mit zunehmender Verzweiflung durch leere Universitätsflure geirrt. Die Menschen, die hier arbeiteten, standen wahrscheinlich noch unten im Hörsaal oder im Foyer und diskutierten über das, was ihnen mitgeteilt worden war. Oder das ganze verdammte Institut war geschlossen auf Exkursion in der Innenstadt, um die hundekackegedüngten Grünflächen zu bestaunen, weiß der Teufel, was Botaniker so trieben. Es war dringend, sehr dringend. Er hatte geflucht und wahllos an Türen geklopft, um zu fragen, aber alle Türen waren verschlossen oder führten in leere Kursräume. Bis er endlich fand, was er suchte, verging eine gefühlte Ewigkeit. In Wirklichkeit waren es nur fünf Minuten.

Auch der Weg zurück gestaltete sich schwierig. Er hätte sich die Raumnummer merken sollen. Irgendetwas wie R225. Oder war es R235? Als er endlich den Polizeibeamten sah, der vor der Tür stand, lehnte er sich erleichtert gegen die Wand und griff sofort nach seinem Handy. Er suchte die Nummer von Hermann Pauli heraus und drückte auf die Taste mit dem grünen Telefon. Er musste lange warten, bis er ein undeutliches »Jaaa?« hörte.

»Hauptkommissar Becker hier. Sie haben sicher gemerkt, dass ich mich verspäte, Professor. Ich kann mich nur entschuldigen. Vor zwölf, halb eins schaffe ich es bestimmt nicht. Ich rufe noch mal an, wenn wir fertig sind.«

Als Antwort war nur ein tiefes Brummen zu hören.

Becker atmete ein paarmal tief durch, bevor er dem Beamten an der Tür zunickte und wieder in den Raum trat. Ein Dutzend Augenpaare glotzten ihn an, als seien ihm plötzlich Hörner gewachsen.

»Was ist? Warum starrt ihr mich so an?« Hauptkommissar Becker schüttelte verwundert den Kopf und setzte sich wieder an seinen Platz. »Ich musste pinkeln. Ihr könnt euch ja selbst mal auf die Suche nach einer Toilette machen. Das reinste Labyrinth.«

Sammy Nkoulou konnte nur mühsam ein Lachen unterdrücken.

»Hast du telefoniert?«, fragte Anne Detlefsen.

»Habe ich dir doch gesagt. Ich musste Pauli anrufen.«

»Und? Hast du ihn erreicht? Was hat er gesagt?«

Er zuckte die Achseln. »Nichts. Ich glaube, er war sehr beschäftigt.«

Sammy brach in wieherndes Gelächter aus.

»Sammy, bitte, reißen Sie sich zusammen«, wies die Kommissarin ihn zurecht. Ihr war ganz und gar nicht nach Lachen zumute. »Ruf ihn noch mal an!«, sagte sie an Becker gewandt.

»Jetzt? Was soll ich ihm sagen?«

»Woher hast du die Nummer?«

»Er hat sie mir gegeben, heute Morgen. Kann mir jetzt endlich mal …«

»Ruf ihn an!«

Becker presste die Lippen zusammen, holte sein Handy aus der Tasche und betätigte die Wahlwiederholung. Sekundenbruchteile später brummte es auf dem Tisch vor Sammy. Musik erklang.

»Was zum Teufel …?«

»Sammy sagt, es ist John Lee Hooker«, sagte Arnie und grinste.

»Boom, boom, boom«, machte Sammy.

Becker brach den Anruf ab. Sofort herrschte Stille

Er wurde blass. »Verdammt … es ist Paulis Handy.«

»So, jetzt Schluss mit dem Quatsch.« Anne Detlefsen streckte die Hand aus. »Her mit dem Ding.«

Die Plastiktüte mit dem Telefon wurde durch die Reihe gereicht, bis sie in der Hand der Soko-Chefin landete.

»Wir könnten ihn vorübergehend festnehmen«, sagte der ältere Beamte vorsichtig.

Sie nahm ihn scharf ins Visier. »Kannst du dich erinnern, was die Staatsanwältin gesagt hat? Ich teile diese Ansicht, Sigmund. Damit das ganz klar ist: Es besteht keinerlei Fluchtgefahr. Professor Pauli wird wie geplant im Präsidium erscheinen und dann sehen wir weiter. Ich bin zutiefst davon überzeugt, dass wir uns auf eine völlig falsche Fährte begeben, wenn wir uns auf Pauli einschießen. Wir brauchen ihn, dringend. Wir müssen Zugang zu den Interna des Instituts erhalten. Und ich fürchte, wir müssen versuchen zu verstehen, was die bei diesem Superstar eigentlich treiben.«

Sie griff zu einem Stift und ergänzte ihre Notizen. Alle warteten schweigend, bis sie fertig war. »Sigmund, ich möchte, dass du mit zwei Kollegen das private Umfeld von Johannes Hilpert erkundest. Fangt noch mal bei seiner Frau an. Sie soll euch Freunde und Verwandte nennen. Seht nach, ob er in der Wohnung einen Schreibtisch besitzt. Haben wir seinen Computer?«

»Haben wir«, sagte Becker. »Viel Vergnügen für den, der sich da durchkämpfen muss. Sein Laptop ist randvoll mit Grafiken, Tabellen, Protokollen und kryptischen englischen Texten. Viele Dateien sind passwortgeschützt.« Der Hauptkommissar sah in die Gesichter seiner Kollegen. Mit wem hatte er am Telefon eigentlich gesprochen?

»Darum kümmert sich Dirk«, sagte Anne Detlefsen. »Wo ist er?«

Ein hagerer junger Mann, der hinter ihr an der Wand saß, meldete sich. »Hier.«

»Ein anderes Team nimmt sich Moritz Barthelmess vor. Über dessen Lebensumstände wissen wir noch gar nichts. Wir brauchen einen Durchsuchungsbeschluss für seine Wohnung.«

Arnie hob seinen muskelbepackten Arm. »Das übernehmen wir.«

»Jemand muss Hollinger unterstützen. Wer weiß, wie viele da oben noch auf ihre Vernehmung warten.«

Zwei Männer hoben die Hand.

»Gut. Jens bringt Pauli ins Präsidium und übernimmt auch seine Vernehmung für das Protokoll. Für alle anderen gilt: Spätestens in zwei Stunden möchte ich alles auf dem Schreibtisch haben, was zu den Moebus-Zellen und zu Frank Moebus selbst aufzutreiben ist. Außerdem will ich wissen, ob in letzter Zeit irgendwo etwas über Einbrüche in Universitätsinstitute oder andere Forschungseinrichtungen aktenkundig geworden ist. Vielleicht ist da eine Bande am Werk. Ich bezweifle, dass uns das weiterbringt, aber zum gegenwärtigen Zeitpunkt können wir nichts ausschließen. Die Soko trifft sich wieder um fünf, im Anschluss an die Pressekonferenz. Noch Fragen? Also dann.«

»Warum ich?«, fragte Jens Becker, als sie sich nebeneinander erhoben.

Sie sah ihn an. »Du gehst mit ihm noch einmal den gestrigen Abend durch. Ich will mein Gespräch mit ihm nicht damit belasten, verstehst du. Er hat das alles schon einmal erzählt. Er wird sich ärgern.«

»Aha, und das soll er dann an mir auslassen.«

Sie lachte und tippte ihm mit dem Kugelschreiber auf die Brust. »Du wirst das verkraften, Jens. Und falls es dich beruhigt: Das mit dem Handy übernehme ich.«

4

Während in Kiel im Laufe des Vormittags die Wolkendecke aufriss und die Sonne durchkam, begann es in der belgischen Hauptstadt heftig zu regnen. Frank Moebus saß gegen elf Uhr fünfzehn an einem Fenstertisch im Speisesaal seines Brüsseler Hotels. Den Zen-Garten hinter der meterhohen Glasscheibe zu seiner Linken konnte man durch die dichten Regenschleier nur erahnen. Frank stocherte in seinem Obstteller herum, spießte schließlich ein Melonenstück auf und lauschte den Ausführungen des gepflegten, elegant gekleideten älteren Herren, der ihm gegenübersaß. Der Mann sprach Englisch mit stark französischem Akzent und musste die Stimme erheben, um sich gegen das Getrommel der Regentropfen durchzusetzen.

»Ich kann mir beim besten Willen nicht vorstellen, dass Ihnen jemand Steine in den Weg legen wird«, sagte Professor Pierre Resnais, Chef der European Science Foundation, der eigens aus Straßburg angereist war. »Aber auch ein Frank Moebus muss sich an das übliche Prozedere halten.«

Frank schnaubte verächtlich. Sein Antrag gab in jeder Hinsicht erschöpfend Auskunft, es war jedoch keineswegs sicher, dass ihn auch alle Ausschussmitglieder gelesen haben würden. Zweifellos wurde sein Vorgehen von einigen als Zumutung empfunden, schon deshalb würden sie ihn mit kleinlichen Bedenken und Fragen löchern. Er war jedoch nicht bereit, darauf Rücksicht zu nehmen, heute schon gar nicht. Wer Großes erreichen wollte, musste auch bereit sein, unkonventionelle Wege zu gehen. Das war diesen Betonköpfen aber schwer zu vermitteln. Wenn er etwas hasste, dann diesen aufgeblasenen, trägen Apparat der Forschungsbürokratie, in dem zweitklassige Wissenschaftler, die weit über ihren Zenit hinaus waren, ihre Machtphantasien auslebten, auf Kosten der Leistungsträger, aber natürlich kam nichts dergleichen über seine Lippen.

»Im Winter liegt das Gebiet unter einer dicken Eisdecke«, sagte er stattdessen. »Eine Probennahme ist dann nahezu unmöglich. Die Entscheidung muss bald fallen, sehr bald, sonst verliere ich ein ganzes Jahr. Die *Polarstern* ist in wenigen Tagen vor Ort.«

Professor Resnais verzog missbilligend das Gesicht. »Ich verstehe Ihre Ungeduld. Sie sind jung und haben da einen spektakulären Fisch an der Angel, um den Sie die ganze Welt beneidet, aber …«

»Die anderen schlafen nicht, Pierre. Die Amerikaner planen für das kommende Frühjahr eine eigene Expedition, auch in Moskau tut sich was. Die Russen wissen jetzt, wonach sie suchen müssen, und sie haben den großen Vorteil, dass das Gebiet quasi vor ihrer Haustür liegt.«

»Ich weiß. Trotzdem: Hören Sie auf meinen Rat. Alle Kollegen erkennen Ihre außergewöhnliche Leistung an. Es gibt niemanden, der sich nicht darüber freute, dass diese bahnbrechende Entdeckung, auf die viele gewartet haben, einem Europäer gelungen ist. Aber die Mitglieder des Ausschusses mögen es nicht, wenn man ihnen derart die Pistole auf die Brust setzt. Niemand mag das. Es widerspricht allen Gepflogenheiten, sich mit Macht und unter einem derartigen Zeitdruck in ein bereits angelaufenes Forschungsvorhaben zu drängen.«

Frank bückte sich, öffnete seine Aktentasche und entnahm ihr ein Schreiben, das er neben die Kaffeetasse des Franzosen legte. Er hatte diesen Tag generalstabsmäßig geplant und alle

Trümpfe in der Hand. Dieses eher informelle Treffen war nur der Auftakt einer ganzen Reihe von Gesprächen und Meetings. Der Höhepunkt war ein Abendvortrag im hoffentlich überfüllten Auditorium maximum der Brüsseler Universität. Die Botschaft, die er zu verkünden hatte, traf überall auf großes Interesse: »Wir sind nicht allein.«

»Von Drängen kann keine Rede sein«, sagte er und tippte auf das Schreiben. »Sie haben diesen Brief gelesen, Pierre. Er liegt meinem Antrag bei. Dr. Wehrmann, der wissenschaftliche Leiter der Forschungsfahrt, kennt unsere Pläne in- und auswendig und er erklärt darin, dass die *Polarstern* sich exakt in dem fraglichen Gebiet aufhalten wird, um seismische Messungen durchzuführen und nach hydrothermaler Aktivität zu suchen. Weiterhin versichert er, dass die *Polarstern* über die notwendige Ausrüstung verfügt, um Proben vom Meeresboden zu nehmen, diese fachmännisch zu lagern und sicher nach Bremerhaven zu bringen. Wehrmann war schon bei der letzten Expedition dabei. Er weiß genau, was er zu tun hat, und die Mission kann zu diesem Zweck problemlos um ein paar Tage verlängert werden. Alles, was fehlt, ist grünes Licht für die Bereitstellung der erforderlichen Mittel. Also ...« Frank Moebus sah sein Gegenüber herausfordernd an. »Wo ist das Problem?«

Pierre Resnais lächelte säuerlich und reichte das Schreiben zurück. »Es gibt gewisse Regeln, Frank. Sie scheinen mich nicht verstehen zu wollen.«

»Doch, natürlich verstehe ich Sie. Ich kenne die Regeln, ich habe sie immer respektiert und werde das auch in Zukunft tun. Aber diesmal verlange ich eine Ausnahme, im europäischen Interesse. Alle jubeln über meine Entdeckung. Gleichzeitig sperrt man sich dagegen, den notwendigen zweiten Schritt zu tun.«

»Niemand sperrt sich. Sie haben doch die Zellen. Wozu brauchen Sie so schnell ...«

»Wir haben zweifellos einen Vorsprung, aber der muss verteidigt und ausgebaut werden.« Frank zog seinen Stuhl näher heran und stützte sich mit beiden Ellenbogen auf die Tischplatte. »Ich sag Ihnen was, Pierre. Da unten wartet noch viel mehr und ich werde derjenige sein, der es findet. Ich habe die Methode und jetzt in Kiel auch die Leute dafür und ich werde nicht zulassen, dass mir jemand zuvorkommt.«

Resnais schien beeindruckt. Er schenkte Tee nach und rührte nachdenklich mit seinem Löffel in der Tasse herum.

»Da ist noch etwas, das Sie nicht auf die leichte Schulter nehmen sollten, Frank. Mir sind die Klagen einiger namhafter Kollegen zu Ohren gekommen, die trotz mehrerer Bitten nun bereits seit Monaten darauf warten, die Zellen zu bekommen. Warum ...«

»Entschuldigen Sie die Störung ...« Ein Angestellter des Hotels war unbemerkt an ihren Tisch getreten. »Professor Moebus?«

»Ja, das bin ich«, sagte Frank und warf dem jungen Mann einen zornigen Blick zu. »Was gibt es denn?«

»Ein Anruf für Sie.«

»Sie sehen doch, dass wir in einer wichtigen Besprechung sind. Ich kann jetzt nicht.«

»Es heißt, es sei sehr wichtig.«

»Was ist denn das für ein Anruf?«

»Aus Kiel, ein Professor Pauli.«

»Sagen Sie ihm, ich rufe zurück, sobald ich kann.«

Sichtlich verunsichert drehte der junge Mann ab und warf einem älteren Kollegen, der in der Tür zum Frühstücksraum stand, einen Hilfe suchenden Blick zu. Der verschwand für einen Moment, um kurz darauf in Begleitung eines weiteren Mannes zurückzukehren. Sie redeten leise miteinander und kamen näher.

»Wo waren wir stehen geblieben?«, sagte Frank gerade, als er erneut unterbrochen wurde.

»Herrgott!«, brauste er auf. »Kann man sich denn in diesem Hotel nicht ungestört unterhalten?«

»Es tut mir aufrichtig leid, Professor«, sagte der älteste der drei Hotelangestellten. »Wir würden Sie in keinem Fall stören, wenn der Anrufer uns nicht versichert hätte, dass die Angelegenheit keinen Aufschub duldet. Es ist außerordentlich wichtig.«

»Gehen Sie nur«, sagte Resnais. »So viel Zeit muss sein. Ich warte.«

Frank stand auf und folgte den drei Männern zur Rezeption. Pierre sah ihm mit sorgenvoller Miene nach. Er hatte viele Talente kommen und gehen sehen, aber dieser junge Heißsporn gab wirklich zu größten Hoffnungen Anlass. Man musste nur aufpassen, dass er sich mit seinem Ehrgeiz nicht irgendwann selbst ein Bein stellte.

Es dauerte fast zehn Minuten, bis Moebus zurückkam. Er war noch blasser als zuvor, hielt den Kopf gesenkt und wirkte verstört. Resnais stand auf.

»Was ist los? Ist etwas passiert?«

»Ja.« Frank ließ sich auf seinen Stuhl fallen und starrte aus dem Fenster. »Es hat einen … Unfall gegeben«, sagte er mit stockender Stimme. »In meinem Labor.«

»Ist jemand zu Schaden gekommen?«

»Das kann man wohl sagen. Zwei meiner besten Mitarbeiter.«

»Sind sie verletzt?«

Frank sah Resnais an und überlegte einen Moment. Es hatte keinen Sinn, es geheim zu halten. Bald würde es ohnehin die gesamte Kollegenschaft wissen. Sein Blick wandte sich wieder den Regenschlieren am Fenster zu.

»Sie sind tot«, sagte er mit tonloser Stimme.

»Tot? Mein Gott!«, sagte Resnais bestürzt. »Was ist geschehen? Wie ist das möglich?«

»Ich weiß es nicht. Niemand weiß es.«

»Das ist ja furchtbar.« Der Franzose senkte den Blick und suchte nach Worten. »Bitte, machen Sie sich wegen der Beratungen keine Sorgen. Ich werde die Kollegen informieren. Jeder wird Verständnis haben, wenn wir den Termin unter diesen Umständen verschieben.«

»Nein.« Franks Kopf fuhr herum. Er starrte sein Gegenüber aus funkelnden Augen an. »Auf gar keinen Fall. Wir machen alles wie geplant. Ich nehme morgen früh die erste Maschine. Ich kann in Kiel jetzt ohnehin nichts ausrichten. Vielleicht weiß man bis morgen schon mehr.«

»Sind Sie sicher?«

»Absolut. Ich bestehe darauf.«

»Sie können ja noch einmal darüber nachdenken.«

»Das habe ich bereits getan.«

»Wie Sie wollen.« Resnais griff nach seinem Mantel, den er auf den Heizkörper vor dem Fenster gelegt hatte. »Ich muss jetzt gehen. Wir sehen uns in einer Stunde. Ich werde mich dafür einsetzen, dass Sie Ihre Mittel bekommen.«

»In einer Stunde«, sagte Frank und nickte. Er sah zu, wie der Franzose seinen Mantel anzog. »Und Pierre …«

»Ja?«

»Danke!«

Resnais nickte. »Passen Sie bitte auf sich auf, Frank. Ich mache mir Sorgen um Sie. Sie sehen müde aus.«

Auf der Fahrt zur Bezirkskriminalinspektion in der Blumenstraße wurde kaum ein Wort gesprochen. Der hünenhafte Hauptkommissar, der mit seinem Kopf fast an die Wagendecke stieß, konzentrierte sich auf den lebhaften Verkehr, während Hermann mit seiner Erschöpfung kämpfte. Nicht das Telefonat mit Frank Moebus, das ihn nur im Vorfeld Nerven gekostet hatte, sondern die Versammlung hatte ihn mitgenommen.

Wiesheu hatte seine Sache gut gemacht. Er hatte sich an die wenigen bekannten Fakten gehalten, dankenswerterweise darauf verzichtet, Hermanns Rolle in dem nächtlichen Geschehen überzubetonen, und ansonsten an alle Mitarbeiter appelliert, jetzt zusammenzustehen und sich gegenseitig zu unterstützen. Zwei Psychologen stünden bereit. Niemand, der das Bedürfnis verspüre, ihre Hilfe in Anspruch zu nehmen, solle zögern oder sich schämen. Hermann fühlte sich mitunter an die Fernsehberichte über Amokläufer an Schulen erinnert. Noch nie hatte er so viele tränenüberströmte Gesichter gesehen.

Ein Kriminalbeamter hatte die Namen einiger Studenten und Doktoranden verlesen, mit denen die Polizei sprechen wollte. Darunter war auch der Name seines Assistenten gewesen. Daniel war erst blass geworden, hatte sich dann aber bereitwillig gemeldet und war schließlich mit dem Beamten und einem halben Dutzend Kommilitonen verschwunden. Sicher wollten sie ihn über seine Beziehung zu Johannes befragen. Hermann fiel ihr unterbrochenes Gespräch wieder ein und er nahm sich vor, darüber nachzudenken. Wenn er nur nicht so müde wäre. Und diese Kopfschmerzen …

Seine Unterhaltung mit Anne Detlefsen war ihm in angenehmer Erinnerung geblieben, deshalb sah er ihrem Treffen eigentlich mit positiven Gefühlen entgegen, soweit das unter diesen Umständen überhaupt möglich war. Er war sehr daran interessiert, dass die Ermittlungen vorankämen, und bezweifelte, dass er in der Verfassung wäre zu arbeiten. Erst müssten die mysteriösen Umstände der Todesfälle geklärt werden. Das würden viele im Hause so sehen. Für Tage würde das Biologiezentrum in eine Art Schreckstarre verfallen. Wiesheu hatte verkündet, dass die Lehrtätigkeit erst in der kommenden Woche wieder aufgenommen werden würde.

Umso irritierter war Hermann deshalb, als er die Kommissarin zunächst lange Zeit gar nicht zu Gesicht bekam. Man führte ihn in ein kleines Vernehmungszimmer, nahm seine Fingerabdrücke, und dann begann Jens Becker, ihn minutiös nach dem Ablauf des gestrigen Abends zu befragen. Ob man ihn etwa verdächtige, fragte Hermann empört und bekam nur zu hören, dass er nun einmal der einzige Zeuge sei und dass es auf jede Kleinigkeit ankomme. Kurzzeitig erwog er sogar, einen Anwalt anzurufen, entschied sich dann aber dagegen und versuchte, alle Fragen so kurz und präzise wie möglich zu beantworten. Seine Kopfschmerzen wurden unerträglich, und er bat um ein Aspirin und ein Glas Wasser. Becker war nicht unfreundlich oder gar unverschämt, nur von einer geradezu penetranten Detailbesessenheit. Es kam Hermann so vor, als müsste er über jede einzelne Minute dieser verfluchten Nacht Rechenschaft ablegen. Er fragte nach Frau Detlefsen, der er das alles schon einmal erzählt habe. Sie werde ihn im Anschluss befragen, hieß es. Ob er etwas zu essen wünsche. Ja, das wünsche er. Er habe Hunger. Man brachte ihm zwei belegte Brötchen und einen schrecklich wässrigen Kaffee. Er sehnte sich nach seinem Espresso.

Gegen vierzehn Uhr dreißig wurde er dann in ein großes, helles Büro geführt, in dem Anne Detlefsen schon auf ihn wartete. Jens Becker flüsterte seiner Vorgesetzten ein paar Worte ins Ohr, übergab ihr einen Zettel, den sie kurz überflog, und verließ dann den Raum. In Hermann rumorte es. Ob man ihn jetzt für einen Mörder halte, schleuderte er der Kommissarin entgegen. Er fühle sich wie ein Schwerverbrecher. Er sei ja zu jeder Mitarbeit bereit, aber diese Art der Befragung …

»Bitte setzen Sie sich, Professor«, forderte sie ihn mit einem entwaffnenden Lächeln auf. Sie hatte sich umgezogen und trug jetzt ein marineblaues Kostüm, das ihre blonden Haare und blauen Augen wesentlich besser zur Geltung brachte als der strenge dunkle Hosenanzug, den sie noch bei ihrer letzten Begegnung getragen hatte. »Es tut mir leid, wenn wir Ihnen Unannehmlichkeiten bereitet haben. Kann ich Ihnen einen Kaffee anbieten?«

»Ja, das können Sie«, schnaubte er und ließ sich in einen bequemen Stuhl fallen, der zu einer kleinen Sitzgruppe gehörte. Er schloss die Augen, legte den Kopf in den Nacken, fuhr sich mit beiden Händen durch die Haare und ließ die Luft aus seinen Lungen entweichen. Das vertraute Geräusch eines Mahlwerks nahm er kaum wahr, erst beim Duft des frischen Kaffees öffnete er die Augen. Sein Blick fiel auf einen modernen Vollautomaten, der in einem Regal neben dem Schreibtisch ein ganzes Fach belegte. Anne Detlefsen stellte seine Tasse vor ihm auf den kleinen runden Tisch und wies auf ein Milchkännchen und eine Zuckerdose, die dort bereitstanden. Er seufzte. Die Crema sah perfekt aus. »Na, der Kaffee ist bei Ihnen schon mal deutlich besser. Gar kein Vergleich.«

»Ich hoffe, wir können das Niveau halten«, sagte sie lächelnd und nahm ihm gegenüber Platz. »Allerdings …«

»Ja?«

»Ich fürchte, bevor wir zu dem kommen, was ich eigentlich mit Ihnen besprechen will, muss ich Ihr Martyrium zunächst noch ein wenig verlängern.«

Auf seiner Stirn bildeten sich tiefe Falten. »Was denn noch?« Er nippte an seinem Kaffee. »Ah, sehr gut.«

»Ich falle gleich mit der Tür ins Haus. Würden Sie sich einer kurzen ärztlichen Untersuchung unterziehen?«

»Wie bitte?« Er glaubte, sich verhört zu haben.

»Ein paar Türen weiter wartet ein Arzt. Ich versichere Ihnen, es dauert keine zehn Minuten. Ich würde Sie nicht darum bitten, wenn es nicht in Ihrem eigenen Interesse wäre.«

Er stellte die Kaffeetasse auf den Tisch. »Ich dachte ...«

»Professor Pauli.« Sie sah ihn ernst an. »Bitte!«

Offenbar wollte oder konnte sie ihn zu dieser Untersuchung nicht zwingen, doch irgendetwas an dieser Frau machte ihn gefügig. Er hatte ja nichts zu verbergen. Und er vertraute ihr.

»Also gut. Wenn es der Wahrheitsfindung dient.« Nie hätte er gedacht, dass er den berühmten Satz des Exkommunarden Fritz Teufel einmal selbst in den Mund nehmen würde.

Sie begleitete ihn in das Untersuchungszimmer und wieder zurück. Er musste sich bis auf die Unterhosen ausziehen, sich zweimal langsam um sich selbst drehen, wurde abgehört, hier und da betastet und war wieder entlassen. Was das sollte, war ihm ein Rätsel. Aber der Arzt und auch die Kommissarin, die vor der Tür gewartet hatte, schienen zufrieden zu sein. »Nichts, keine Schramme«, sagte der Arzt zu ihr. »Er hat einen Infekt, leicht erhöhte Temperatur, nichts Ernstes.« Sie nickte.

Als sie wieder in ihrem Büro saßen, holte sie zum zweiten Streich aus. »Da wäre leider noch etwas.«

»Wollen Sie mich zum Narren halten?«

»Nein, leider nicht. Können Sie sich vorstellen, was dieser Fall für einen Staub aufwirbelt? So etwas haben meine Kollegen und ich lange nicht erlebt. Wir können uns keinen Fehler leisten.«

»Natürlich, das verstehe ich. Aber was habe ich damit zu tun?«

»Sie könnten mir dabei helfen, ein, zwei Ungereimtheiten in Ihrer Aussage auszuräumen.«

»Ungereimtheiten?«

Sie schaltete ein Diktiergerät an und nannte Ort, Uhrzeit und seinen Namen. »Sie haben mir gestern gesagt, dass Sie in dem Raum, in dem der Tote lag, nichts angefasst hätten.«

»Ja, das stimmt.«

»Warum sind dann an mehreren Stellen Ihre Fingerabdrücke gefunden worden? Vor allem an einem der Regale.« Sie hielt das Blatt Papier hoch, das Becker ihr gegeben hatte.

»Ich … ich weiß nicht.« Fingerabdrücke? Fieberhaft dachte er nach. »Das, äh … ja, das muss passiert sein, als ich die Tiere eingefangen habe. Vielleicht habe ich mich irgendwo abgestützt. Ich habe nicht darauf geachtet. Und dann …«, er fasste sich an die Stirn. »Richtig … einmal bin ich gestolpert und musste mich festhalten. Dabei ist ein volles Aquarium heruntergestürzt. Deswegen war ich ja so durchnässt. Der ganze Inhalt hat sich über mich ergossen.«

Sie stand auf, trat an ihren Schreibtisch und griff nach etwas, hielt es aber so in der Hand, dass Hermann es nicht erkennen konnte. »War das bei Ihrem ersten Besuch am Tatort?«, fragte sie.

»Nein, beim zweiten, nachdem ich die Polizei alarmiert hatte. Es hört sich vielleicht seltsam an, aber ich fühlte mich so schrecklich ohnmächtig und musste irgendetwas tun. Da habe ich angefangen, die Tiere einzufangen.«

Sie setzte sich wieder und verbarg den Gegenstand in ihrer Hand. »Dieser Anruf. Von wo aus haben Sie den getätigt?«

»Aus meinem Büro. Das Handy war mir oben aus der … mein Gott«, er schüttelte verzweifelt den Kopf, »das habe ich auch vergessen zu erzählen. Da sehen Sie mal, in was für einer Verfassung ich bin. Ich hatte den Schleim dieser Schlammspringer an der Hand und das Handy ist mir einfach weggerutscht und ins Wasser gefallen. Es muss noch irgendwo da oben liegen.

Ich war außer mir, völlig konfus. Dann bin ich runtergerannt und habe von meinem Schreibtisch aus angerufen.«

Er griff nach seiner Kaffeetasse. Sie war leer.

»Möchten Sie noch einen?«

»Nein, nein. Lassen Sie nur.«

»Was ist das für ein Handy?«

»Ein iPhone«, murmelte er. »Ein Geschenk meiner Tochter.«

»Ist es dieses hier?«

»Ich weiß nicht. Darf ich mal sehen?«

Sie reichte es ihm über den Tisch. Er wischte ein paarmal über das Display. »Ja«, sagte er und zeigte ihr ein Foto eines balzenden *Sepia apama*-Männchens, das er selbst in Südaustralien aufgenommen hatte. »Das ist meins.«

Anne Detlefsen lächelte. Jetzt war es an ihr, tief durchzuatmen. »Wissen Sie was? Ich mache uns jetzt noch einen Kaffee und dann können wir endlich zum angenehmeren Teil unserer Unterhaltung übergehen.«

Erst fiel es Hermann Pauli schwer, sich auf ihren Plauderton umzustellen. Als sie das Tier auf seinem Handydisplay als Australische Riesensepie identifizierte, reagierte er einsilbig und enthielt sich jeden Kommentars. Entweder hatte sie sich auf dieses Treffen vorbereitet oder sie kannte sich wirklich aus. Sie fing wieder an, mit ihren meeresbiologischen Kenntnissen zu kokettieren. Vor Jahren, bei einem Tauchgang vor der thailändischen Küste, sei sie selbst einmal großen Sepien begegnet, erzählte sie, ein unvergessliches Erlebnis, faszinierende Geschöpfe. Ob er noch weitere Bilder wie dieses besitze. Natürlich, brummte er, Tausende, das sei ein wichtiger Teil seiner Arbeit.

Dann begann er sich zu entspannen. Ihre Strategie war relativ leicht zu durchschauen. Die Drecksarbeit der Vernehmung hatte sie diesem Grizzlybären überlassen, um ihm jetzt in charmant unverblümter Weise Honig um den Bart zu schmieren. Sie wollte etwas von ihm, das war offensichtlich. Noch war ihm nicht klar, wohin die Reise ging, aber er war neugierig geworden und beschloss, mitzuspielen.

Als sie aufstand und mit einer Ausgabe der Zeitschrift *Nature* zurück an ihren Tisch trat, wusste er, worauf sie hinauswollte. Auf dem Titelblatt war eine elektronenmikroskopische Schwarz-Weiß-Aufnahme zu sehen, ein unregelmäßig geformtes rundliches Gebilde, dessen Inneres aus einer strukturlosen, körnigen Masse bestand. Darunter die für *Nature* zweifellos ungewöhnliche Überschrift: *We Are Not Alone.* Es war die Ausgabe, in der vor gut anderthalb Jahren Franks epochemachender Aufsatz über die von ihm entdeckten Zellen erschienen war. Es ging also um Frank Moebus. Hermann nahm sich vor, auf der Hut zu sein.

»Hat eigentlich mittlerweile jemand mit Professor Moebus gesprochen?«, fragte sie. »Weiß er, was in seinem Labor geschehen ist?«

»Ich habe mit ihm gesprochen. Heute Vormittag, nach der Versammlung.«

Sie zog überrascht die Augenbrauen hoch. »Sie? Wäre das nicht die Aufgabe des Direktors gewesen?«

Hermann leerte seine Kaffeetasse, um sich mit der Antwort einen Moment Zeit lassen zu können. Das gespannte Verhältnis zwischen Wiesheu und Frank ging die Polizei nichts an. Das waren interne Angelegenheiten des Instituts. »Ich habe Professor Wiesheu angeboten, das Gespräch zu übernehmen«, antwortete er schließlich. »Er war voll und ganz mit der Vorbereitung der Versammlung beschäftigt.«

»Und wie hat Professor Moebus die Nachricht aufgenommen?«

»Er war geschockt, verständlicherweise. Er war fassungslos

und hat eigentlich kaum etwas gesagt. Ich glaube, es hat ihm regelrecht die Sprache verschlagen.«

»Bricht er seine Reise ab?«

»Meinen Sie, das sollte er tun? Nein, er kommt morgen früh mit der ersten Maschine. Er hat heute ein paar wichtige Termine, abends einen großen Vortrag an der Brüsseler Universität. Das wird ihn auf andere Gedanken bringen. Ich habe ihm geraten zu bleiben. Was soll er hier? Ihre Kollegen haben die halbe Etage gesperrt. Das dürfte auch für ihn gelten. Er wird noch früh genug sehen, was in seinen Räumen geschehen ist.«

»Hm.« Sie sah ihn aufmerksam an. »Was ist Frank Moebus für ein Mensch? Wie würden Sie ihn beschreiben?«

Hermann zuckte die Achseln. »Da fragen Sie den Falschen. Sie müssen sich schon selbst ein Bild machen. Er kommt morgen zurück.«

»Oh, ich werde mit ihm sprechen, darauf können Sie sich verlassen. Ich bin schon sehr gespannt auf ihn. Aber mich interessiert, wie Sie ihn sehen. Sie arbeiten mit ihm unter einem Dach und kennen ihn, seit er hier ist.«

»Sie würden sich wundern, wie selten wir uns über den Weg laufen.« Seine Augen hefteten sich an die Decke. »Was soll ich sagen … er ist jung, brillant, sehr ehrgeizig, steckt voller Energie und Ideen. Die Studenten lieben ihn, weil seine Begeisterung ansteckend wirkt und weil er gezeigt hat, dass diese Welt noch viele spektakuläre Überraschungen bereithält, wenn man gewillt ist, mit ganzer Kraft danach zu suchen. Gleichzeitig fürchten sie ihn, weil er kein Blatt vor den Mund nimmt und sehr ungeduldig ist. Für die Universität ist er ein großer Gewinn, nicht nur wegen seiner Entdeckung. Aber er ist auch ein … wie soll ich sagen, ein ganz normaler Mensch, eigentlich recht unkompliziert. Ja, Sie lachen, das sind alles Plattitüden, aber was wollen Sie hören, was erwarten Sie? Er ist kein Superman.«

Sie musterte ihn und nickte dann. »Wissen Sie, ich habe versucht, seinen Aufsatz zu lesen.« Sie deutete auf das *Nature*-Heft. »Ich würde gern verstehen, womit dieser Mann sich beschäftigt und warum seine Entdeckung eine so außergewöhnlich große Resonanz gehabt hat. Aber es hat keinen Sinn. Ich bin kaum über den ersten Absatz hinausgekommen. Das sind alles böhmische Dörfer für mich. Von meinem Englisch will ich gar nicht reden.«

»Nun ja, *Nature* ist eine Fachpublikation, die wichtigste, die es gibt. Die Beiträge richten sich nicht an ein Laienpublikum.«

»Ja, das habe ich gemerkt. Könnten Sie mir vielleicht helfen?«

»Ist es das, was Sie als den angenehmeren Teil unserer Unterhaltung bezeichnet haben?

Ein schelmisches Lächeln flog über ihr schmales Gesicht. Hermann war verblüfft. Diese Frau konnte militärisch streng auftreten und im nächsten Moment mit einer mädchenhaften Natürlichkeit überraschen, die ihm jeglichen Wind aus den Segeln nahm. Eine hochrangige Kriminalbeamtin hatte er sich anders vorgestellt.

»Erzählen Sie mir, worum es geht«, forderte Anne Detlefsen ihn auf und schlug die Beine übereinander. »Sie haben die Geschichte doch sicher verfolgt. Was hat es mit diesen Moebus-Zellen auf sich und wie hat er sie überhaupt gefunden?«

»Sie können sich das morgen alles aus erster Hand berichten lassen.«

»Ich würde es aber gern von Ihnen hören.«

Er seufzte. »Was wollen Sie wissen?«

»Alles.« Da war es wieder, dieses Lächeln, dem er kaum etwas entgegenzusetzen hatte. »Alles, was Sie für wichtig und interessant halten.«

»Also gut.« Er erwiderte ihr Lächeln. Tatsächlich hatte er die Entwicklung damals intensiv verfolgt. Für Biologen markierte

Franks Entdeckung eine Art Zeitenwende. »Es ist eine spannende Geschichte, wie ich finde. Ich würde sie hoch oben im Norden beginnen, zwischen Grönland und dem Mündungsdelta der Lena im östlichen Sibirien. Dort, auf dem Grund des Nordpolarmeers, erstreckt sich der Gakkel-Rücken, ein gigantisches Gebirgsmassiv von 1800 Kilometern Länge, mächtiger als die Alpen, mit Tälern, die bis in fünfeinhalbtausend Meter Tiefe reichen, und Gipfeln, die nur sechshundert Meter unter der Wasseroberfläche liegen.«

»Gakkel? Was für ein seltsamer Name.«

»Ein russischer Ozeanograf, Jakow Jakowlewitsch Gakkel. Von ihm stammt die erste bathymetrische Karte des Nordpolarmeeres.«

»Aha.«

»Dieses Gebirge mit seinem zentralen Grabenbruch ist der nördlichste Teil des Mittelatlantischen Rückens.«

»Das ist die Zone, wo die Kontinentalplatten auseinanderdriften und neuer Meeresboden entsteht.«

Hermann nickte. »Ganz genau. Wenn die Kontinentalplatten sich schnell bewegen, ist das meist mit hoher vulkanischer Aktivität verbunden. Entlang der Mittelozeanischen Rücken zieht sich daher eine lange Kette von Vulkanen, besonders deutlich etwa in Island, wo der Grabenbruch an Land mitten durch die Insel verläuft. Für den Gakkel-Rücken trifft das allerdings nur bedingt zu. Man sagt, er ist ultralangsam, weil die Platten sich hier pro Jahr nur um wenige Millimeter auseinanderbewegen. Vor allem im Osten des Rückens herrscht nahezu Stillstand. Deshalb ging man lange davon aus, dass hier praktisch keine vulkanische Aktivität existiert, explosive Eruptionen schon gar nicht. Dagegen sprach schon allein die Wassertiefe von über dreitausend Metern. Der hohe Druck sollte Vulkanausbrüche eigentlich unmöglich machen.«

»Das klingt so, als wäre man inzwischen anderer Meinung.«

»Allerdings. 1999 registrierte man einen Schwarm von über 250 starken Erdbeben. Über einen Zeitraum von acht Monaten rumpelte es ordentlich, und zwar ausgerechnet im scheinbar toten Osten des Gakkel-Rückens. Zwei Jahre später gelang es Forschern aus Bremerhaven durch Zufall, andauernde Vulkanaktivität zu messen. Deren Ausmaße entdeckte man allerdings erst Jahre später, auf einer deutsch-amerikanischen Expedition des Eisbrechers *Oden*, mit an Bord war Frank Moebus, damals noch aufseiten der amerikanischen Kollegen. Er arbeitete zu dieser Zeit in der Woods Hole Oceanographic Institution, einer der bedeutendsten Forschungseinrichtungen dieser Art in der Welt. Bodenproben und die Aufnahmen einer Spezialkamera aus viertausend Metern Tiefe bewiesen, dass das Gebiet über viele Quadratkilometer unter einer dicken Ascheschicht liegt.«

»Vulkanasche? Am Meeresboden?«

»Ja, das Ergebnis eines pyroklastischen Stroms, also heftigster Explosionen mit großen Mengen Gas, die ausreichen, um das Magma in kleinste Teilchen zu zerstäuben. Das Bild, das man sich vom Gakkel-Rücken gemacht hatte, wurde durch diese Entdeckung völlig auf den Kopf gestellt. Dazu kam aber noch etwas anderes und das muss vor allem anderen Moebus' Interesse geweckt haben.«

Anne Detlefsen sah ihn gespannt an.

»Man hatte den Gakkel-Rücken für eine hydrothermale Wüste gehalten«, sagte Hermann. »Doch wo immer man nun nachschaute, überall strömte heißes, mit Mineralien gesättigtes Wasser aus dem Boden. Die berühmten Schwarzen und Weißen Raucher, Sie haben sicher davon gehört. Das war außerordentlich faszinierend, denn es gibt eine Theorie, nach der das Leben in der Umgebung solcher heißen Tiefseequellen entstanden sein könnte.«

»Seltsam«, sinnierte die Kommissarin vor sich hin. »Da gibt es so viele schöne Lebensräume auf der Welt, aber das Leben entsteht ausgerechnet an Gebilden, die wie rauchende Industrieschlote aussehen.«

Hermann stutzte, dann lachte er. »Es ist nur eine Theorie, aber Sie haben recht. Daran sieht man mal wieder, dass die Natur ihren eigenen Gesetzen folgt. Schön und hässlich, das sind Kategorien, die nur in den Köpfen von uns Menschen existieren. Außerdem wissen wir nicht, ob die Theorie stimmt. Die Erforschung der Schwarzen Raucher steckt noch in den Anfängen, man kennt sie ja erst seit 1977. Das Sensationelle ist, dass es in ihrer Nähe von Leben wimmelt, obwohl nicht ein Sonnenstrahl dorthin gelangt.«

Sie nickte aufgeregt. Entweder sie war eine hervorragende Schauspielerin oder sie war wirklich interessiert. »Ich kenne die Bilder dieser langen Würmer ohne Mund und Darm, die man dort gefunden hat«, sagte sie. »Und die von den kleinen weißen Krebsen, die da massenhaft herumwuseln. Aber ich habe nie verstanden, wie diese Tiere sich ernähren.«

»Genau das ist das Besondere an diesen Lebensgemeinschaften. Ihre Basis wird nicht wie sonst von grünen Pflanzen gebildet, die mithilfe der Sonnenenergie Fotosynthese betreiben, sondern von Bakterien, die ihre Energie aus chemischen Stoffen gewinnen, die in dem heißen, durch die Schlote aufsteigenden Wasser enthalten sind. Wenn diese Verbindungen mit dem kalten Tiefseewasser in Berührung kommen, fallen sie aus. Das ist das dunkle Zeug, das diesen Quellen ihren Namen gegeben hat. Die Würmer, von denen Sie gesprochen haben, tragen Unmengen von diesen Mikroben in ihren Körpern, als Symbiosepartner, so wie in Rindermägen massenhaft Pansenbakterien zu finden sind. Die Bakterien speichern die von ihnen gewonnene Energie und geben sie an die Würmer weiter. Sie kommen aber auch frei vor und bilden auf dem Meeresboden große Matten. Auf die hatte es Frank Moebus abgesehen, als er mit der *Polarstern* zu einer zweiten Expedition aufbrach, diesmal vom Alfred-Wegener-Institut in Bremerhaven. Er hoffte, neue, bislang unbekannte Bakterienarten zu finden, das ist sein Spezialgebiet. Die fand er dann auch. Aber er entdeckte noch etwas anderes ...«

»Die Moebus-Zellen«, sagte Anne Detlefsen. Sie tippte auf das Titelblatt der *Nature*-Ausgabe. »Was macht diese Zellen so besonders? Ihr Aussehen kann es ja wohl nicht sein.«

»Nein, sie sind winzig und völlig unscheinbar. Das Besondere ist ihre Biochemie. Es sind sehr urtümliche Wesen, die im Schatten des Lebens, wie wir es bisher kannten, überlebt haben. Daher kommt der Begriff Schattenbiosphäre, den Moebus gern verwendet. Ich halte ihn, ehrlich gesagt, für etwas gewagt, denn noch kennen wir nur eine Art dieser Zellen und zu einer Biosphäre gehört zweifellos mehr. Diese Entdeckung bringt uns in mehrfacher Hinsicht in terminologische Schwierigkeiten. Die Frage ist zum Beispiel, ob man das, was Moebus am Gakkel-Rücken gefunden hat, überhaupt als Zellen bezeichnen kann. Es gibt namhafte Wissenschaftler, die das bestreiten. Alle Lebensformen, die wir bis dahin kannten, vom einfachsten Bakterium bis zum Menschen, enthalten DNA als Erbsubstanz, sogar der genetische Code, den sie verwenden, ist bis auf wenige Ausnahmen identisch. Das kann man nur erklären, wenn man einen gemeinsamen Ursprung annimmt. Die Moebus-Zellen repräsentieren jedoch eine andere Form von Leben. Sie enthalten keine DNA, sondern RNA wie manche Viren, ein ähnliches, aber etwas anders gebautes Makromolekül. Sie könnten eine Art Vorläufer des bekannten Lebens sein, schon seit Jahren gibt es die von vielen akzeptierte Theorie, dass die ersten einfachen Organismen RNA als Informationsspeicher verwendeten. Der Siegeszug der DNA begann erst später. Die Moebus-Zellen könnten endlich den Beweis liefern.«

»Wir sind nicht allein«, sagte die Kommissarin und deutete wieder auf die Zeitschrift. »Jetzt verstehe ich, was dieser Satz zu bedeuten hat.«

»Ja, das ist eine wirklich fundamentale Entdeckung. Möglicherweise tut sich uns eine vollkommen neue Welt auf. Moebus ist überzeugt, dass es noch viele weitere Typen dieser Zellen gibt, so wie von den bisher bekannten Lebensformen auch. Er will bald danach suchen. Wir stehen zweifellos vor spannenden Erkenntnissen, vor völlig neuen Einblicken in die Entstehung des Lebens.«

»Und Professor Moebus ist der Einzige, der diese Zellen besitzt«, sagte die Kommissarin nachdenklich. »Gewissermaßen ein Monopol. Ruft das nicht Neider auf den Plan? Wäre es nicht denkbar, dass jemand es auf diese Zellen abgesehen hatte? Es gibt doch sicher viele Forscher, die sonst was dafür geben würden, in ihren Besitz zu kommen.«

»Das kann ich mir nicht vorstellen. Was sollte man mit den Zellen anfangen? Man könnte zwar im Geheimen forschen, die Ergebnisse aber niemals veröffentlichen. Jeder wüsste sofort, woher die Zellen stammen. Außerdem gehört eine ganze Menge Know-how dazu, sie überhaupt am Leben zu erhalten. Sie sind nicht mit einem gestohlenen Rembrandt zu vergleichen, den man sich hinter den Schlafzimmerspiegel hängt, um ihn ab und zu heimlich zu betrachten.«

Sie schmunzelte über diesen Vergleich, wurde aber sofort wieder ernst. »Unsere Experten haben die Tür zur Schatzkammer heute Nachmittag genau unter die Lupe genommen. Sie ist völlig intakt, nicht ein Kratzer. Wenn sie letzte Nacht geöffnet wurde, dann nur mithilfe einer Code-Karte.«

»Vergessen Sie das«, sagte Hermann mit Nachdruck und

schüttelte dabei den Kopf. »Für interessierte Forscher gibt es einen viel einfacheren Weg. Sie müssen dazu noch nicht einmal ihr Labor verlassen, geschweige denn einen Menschen umbringen. Als Autor von *Nature* hat Moebus sich verpflichtet, die Zellen auch anderen Arbeitsgruppen zur Verfügung zu stellen. Überspitzt heißt das: Wer damit arbeiten möchte, muss im Grunde nur zum Telefon greifen.«

Anne Detlefsen hob überrascht die Augenbrauen. »Wirklich? Das ist allerdings interessant.«

»Das ist gute wissenschaftliche Praxis. So arbeiten wir, und nur so geht es. Ergebnisse müssen bestätigt oder widerlegt werden. Auch die von Frank Moebus.«

»Dann können wir seinen Kollegenkreis wohl von der Verdächtigenliste streichen.«

»Gibt es denn schon so eine Liste?«, fragte Hermann und verbarg sein Gähnen hinter der vorgehaltenen Hand.

Nein, dachte Anne Detlefsen später, als ihr angesichts der müden Gestalten, die sich im Beratungszimmer des Kommissariats einfanden, Hermanns Frage wieder einfiel. Sie hatte ihm natürlich keine Antwort gegeben. Eine solche Liste gab es nicht einmal im Ansatz.

Die Sonderkommission bot einen traurigen Anblick. Fast alle Mitglieder waren seit fünfzehn Stunden ununterbrochen im Einsatz und das sah man ihnen an: schleppender Gang, blasse Gesichter, dunkle Ringe unter den Augen, tief hängende Lider, hin und wieder ein herzhaftes Gähnen.

Zusammen mit Susanne Leistenbrink, der Staatsanwältin, hatten sie und Jens Becker gerade die größte Pressekonferenz hinter sich gebracht, die sie in ihrer Laufbahn je erlebt hatte, ein ziemlich unerfreulicher Termin, denn viel zu berichten gab es nicht. Sie brauchten zwanzig Minuten, um die Ereignisse der vergangenen Nacht zu schildern, so wie sie sich bislang darstellten. Fragen, die auf Verdächtige und die mögliche Beteiligung Dritter abzielten, schmetterten sie mit dem Hinweis auf die laufenden Ermittlungen und die große Bedeutung des Falles ab. Diesmal waren sie noch damit durchgekommen, aber der Druck würde zunehmen. Die Ermittlungslage sei kompliziert, hatte die Staatsanwältin erklärt, bevor sie die Konferenz nach einer halben Stunde beendete. Beim Blick in die Gesichter der aus dem Saal drängenden Reporter hatte Anne Detlefsen gewusst, dass die Botschaft angekommen war. Mit schnellen Festnahmen war nicht zu rechnen. Morgen würde sie in der Zeitung lesen, dass die Polizei weitgehend im Dunkeln tappe.

Die Wahrheit war noch deprimierender. Nirgendwo zeigte sich auch nur die Andeutung eines Silberstreifs am Horizont. Eine Inventur in den Räumen der Moebus-Arbeitsgruppe hatte ergeben, dass jedes der teuren Geräte noch an seinem Platz stand. Von einer Diebesbande, die sich auf Einbrüche in wissenschaftliche Einrichtungen spezialisiert hatte, war nirgendwo etwas bekannt. Hermann Pauli hatte sich mit glaubwürdigen Erklärungen aus der Schusslinie gebracht. Und Regina Hilpert, die Frau von Johannes Hilpert und vielleicht eine ihrer wichtigsten Informationsquellen, hatte einen Nervenzusammenbruch erlitten und war schon gegen Mittag auf Weisung des von einer Nachbarin alarmierten Notarztes in ein Krankenhaus eingeliefert worden. In diesen Minuten müsste ihre Mutter eintreffen. Sie lebte in Süddeutschland und hatte sich am Morgen nach dem Anruf ihrer Tochter per Bahn auf den Weg nach Kiel gemacht. Die Nachbarin, deren Töchter mit den Hilpert-Kindern befreundet waren, hatte die beiden aus dem Kindergarten abgeholt und kümmerte sich um sie bis zum Eintreffen der Oma.

Fast alle der am Tatort sichergestellten Fingerabdrücke konnten mittlerweile den beiden Toten und anderen Mitgliedern der Arbeitsgruppe Moebus zugeordnet werden. Der Abgleich war jedoch noch nicht beendet. Da einige Mitarbeiter noch nicht vernommen werden konnten, fehlten Fingerabdrücke, unter anderem die von Frank Moebus. Für eine Beteiligung Dritter gab es weiterhin keine Beweise. Die Erklärung für das, was geschehen war, musste also innerhalb der Arbeitsgruppe oder im privaten Leben der beiden Toten zu suchen sein.

Bertram Hollinger fasste die Ergebnisse der Vernehmungen im Biologiezentrum so zusammen: »Barthelmess und Hilpert müssen ziemlich gegensätzliche Typen gewesen sein, aber keiner, mit dem wir gesprochen haben, wusste von irgendwelchen gravierenden Konflikten. Vor Zeugen ist es zwischen den beiden nie zum Streit gekommen, auch wenn sie hier und da mal unterschiedlicher Meinung waren. Vor allem Johannes Hilpert wäre dafür auch gar nicht der Typ gewesen. Kurz: Es ist kein Grund erkennbar, warum die beiden derart übereinander herfallen sollten. Hilpert war eindeutig der Beliebtere von beiden. Das könnte schlicht am Alter gelegen haben. Barthelmess war vierunddreißig und kurz vor dem Absprung. Er bemühte sich um eine Juniorprofessur und alle waren sicher, dass er sie aufgrund seiner Qualifikation und mithilfe von Professor Moebus auch bald irgendwo bekommen hätte. Hilpert war dagegen erst achtundzwanzig, arbeitete an seiner Doktorarbeit und stand den studentischen Mitgliedern der Arbeitsgruppe deshalb näher. Die Ausländer lasse ich mal außen vor, ein Koreaner, ein Japaner und ein Kanadier, die scheinen mir eine Sonderrolle zu spielen. Mit ihnen haben wir erst ganz zum Schluss geredet, weil wir so lange auf einen Dolmetscher gewartet haben. Sie sprechen kaum Deutsch, und mein Englisch und das der Kollegen ist, na ja … ausbaufähig …«

Hollinger erntete mitfühlendes Gelächter. Er grinste müde.

»Entscheidend für seine Position in der Gruppe dürfte Barthelmess' Status als langjähriger Mitarbeiter von Professor Moebus gewesen sein, ich komme darauf gleich noch mal zurück. Fachlich war er offenbar top. Das Wort arrogant fiel nicht, war aber wohl gemeint, wenn bei dem einen oder anderen die Rede davon war, dass Barthelmess von sich und seinen Qualitäten ziemlich überzeugt gewesen sei. Einige betonten, er habe bei Problemen immer ein offenes Ohr für sie gehabt. Uns ist aufgefallen, dass die Frauen der Gruppe sich wesentlich zurückhaltender über ihn geäußert haben als die Männer. Niemand hat etwas Schlechtes über ihn gesagt, aber es war offensichtlich, dass sie ihn nicht besonders mochten. Ich würde sagen, Barthelmess war ein Frauenheld und das bekamen auch die weiblichen Mitglieder der Gruppe zu spüren. Er hatte häufig wechselnde Partnerschaften, keiner wusste, ob er momentan fest liiert war. Bei Festen und Gruppenaktivitäten, wie Ausflügen und Exkursionen, tauchte er immer wieder mit anderen Begleiterinnen auf, eine jünger und hübscher als die andere, sagte uns eine Masterstudentin. Wir hatten den Eindruck, sie wäre selbst gern eine von denen gewesen.«

»Lebte er allein?«, fragte die Kommissarin.

Arnie Schwarzenau, der die Durchsuchung der Wohnung übernommen hatte, erwachte zum Leben. »Ja, er hatte eine Zweizimmerwohnung. Eine Junggesellenbude, wie sie im Buche steht, würde ich sagen: ein riesiges zerwühltes Bett, Bücherregale, überladener Schreibtisch, leerer Kühlschrank, riesiger Fernseher, im Nachtschränkchen ein paar Pornofilme. Ansonsten nichts Besonderes. Seinen Computer haben wir Hansen übergeben, für den Schreibtisch und die Regale werden wir noch ein paar Stunden brauchen. Die Kollegen sind noch immer vor Ort. Eine Schublade im Wandregal war voll mit Fotos.

Wir sind dabei, sie durchzusehen. Nach Auskunft einer älteren Nachbarin verließ Barthelmess meistens früh das Haus, um zu joggen, und kam erst spätabends zurück. Sie beschrieb ihn als korrekt, aber wenig redselig. Von einer festen Partnerin war auch ihr nichts bekannt, aber sie sagte, er habe häufig Besuch von jungen Frauen gehabt. Verbringt wohl viel Zeit hinter dem Türspion, die Dame. Als wir die Wohnung aufgeschlossen haben, war sie sofort zur Stelle.«

»Hm«, machte die Kommissarin und sah Hollinger an. »Und Johannes Hilpert?«

»Tja …« Hollinger blickte auf seine Notizen. »Ein stilles Wasser. Und ein Familienmensch. Bescheiden, zurückhaltend, ruhig und eher verschlossen, waren die Worte, die wir gehört haben. Einer sagte, Hilpert sei nett, aber für seinen Geschmack ein wenig zu spießig gewesen. Alles in allem wohl ein angenehmer Kollege. Er war jederzeit hilfsbereit und opferte bereitwillig einen ganzen Nachmittag, um mit den anderen ihre Ergebnisse durchzugehen, wenn die nicht weiterwussten. Wie gesagt, er war der Beliebtere von beiden. Seine Freizeit gehörte offenbar ausschließlich der Familie, auf seinem Institutsschreibtisch stehen mehrere Wechselrahmen mit Fotos der Kinder. Privaten Kontakt hatte keiner zu ihm, das trifft aber auch für Barthelmess zu. Bis auf die Jüngsten, die Studenten, pflegen die Mitglieder der Arbeitsgruppe untereinander kaum privaten Umgang. Man trifft sich zum Mittagessen, ansonsten nur zu Vorträgen und gelegentlichen gemeinsamen Aktivitäten, Ausflüge oder Geburtstags- und Prüfungsfeiern und so weiter.«

Einen Moment herrschte Schweigen. Die Staatsanwältin begann, mit ihrem Stift ungeduldig auf die Tischplatte zu klopfen. »Das ist nicht viel«, sagte sie schließlich, blickte vorwurfsvoll in die Runde und blieb dann bei Anne Detlefsen hängen, die ihr genau gegenübersaß. »Das ist gar nichts. So kommen wir nicht weiter. Ich habe anschließend einen Termin beim Oberbürgermeister. Was soll ich ihm und den Stadträten sagen? Wir sollten darüber nachdenken, das LKA um Unterstützung zu bitten.«

»Glauben Sie im Ernst, die würden mehr erfahren?« Hauptkommissar Hollinger wechselte einige Blicke mit seinen Nachbarn, die an den Vernehmungen im Biologiezentrum beteiligt gewesen waren. »Vielleicht … Da wäre noch …«

Der Kopf der Staatsanwältin fuhr herum. »Ja?«

»Es ist nichts Konkretes … aber mehrere Arbeitsgruppenmitglieder und vor allem die Sekretärin, die so etwas wie die gute Seele der Gruppe zu sein scheint, sagten aus, dass Johannes Hilpert sich in letzter Zeit mehr und mehr zurückgezogen und häufig deprimiert gewirkt habe.«

»Ich denke, er war ohnehin nicht gerade sehr mitteilsam.«

»Ja, schon, aber einige hatten das Gefühl, dass er ihnen in den letzten Wochen regelrecht aus dem Weg gegangen ist. Fragen habe er abgewimmelt und nach Ausreden gesucht, um nicht mit den anderen zum Mittagessen in die Cafeteria gehen zu müssen. Und seine Frau sei gar nicht mehr aufgetaucht. Am Anfang sei sie bei Festen immer dabei gewesen.«

»Und warum?« Susanne Leistenbrink klang gereizt. »Irgendjemand wird doch wissen, was in diesem Mann vorgegangen ist. Sie müssen mit seiner Frau reden. Sie ist vielleicht die Einzige …«

»Sie ist im Krankenhaus«, erklärte Sigmund Bock scharf.

»Das weiß ich. Aber wann …«

»Nicht vor Montag. Ich war ja heute Morgen kurz bei ihr und schon da ging es ihr schlecht, verständlicherweise. Sie hat kein eigenes Einkommen und sitzt jetzt allein mit zwei kleinen Kindern da. Sie hat ununterbrochen geweint. Ein Gespräch war praktisch unmöglich. Die Ärzte sagen, sie braucht ein paar Tage absolute Ruhe.«

»Und wir brauchen Ergebnisse, dringend.«

Anne Detlefsen, die eine Weile schweigend zugehört hatte, sagte jetzt in ruhigem, sachlichem Ton: »Bei dem, was sich heute Nacht im Biologiezentrum abgespielt hat, war entweder Zerstörungswut oder viel Leidenschaft im Spiel. Ersteres dürfte bei Barthelmess und Hilpert als Motiv wohl ausscheiden. Warum sollten sie ihre eigene Arbeit oder die ihrer Kollegen sabotieren? Also muss es um Wut gehen, um Verzweiflung, Eifersucht, um irgendetwas, das zwei gestandene Akademiker dazu bringt, regelrecht auszuflippen. Diese mögliche Veränderung von Johannes Hilpert könnte der erste Hinweis darauf sein, dass sich da seit Längerem etwas zusammengebraut hat. Bertram, was ist euer Eindruck von dieser Arbeitsgruppe? Was herrscht da für eine Atmosphäre? Wie gehen die miteinander um? War der Erfolgsdruck für Hilpert vielleicht zu groß?«

Hollinger warf ihr einen dankbaren Blick zu und nickte. »Genau dazu wollte ich noch etwas sagen. Die Atmosphäre ist schwer in Worte zu fassen, aber wir sind davon überzeugt, dass man uns nicht alles gesagt hat. Immer wenn die Rede auf Professor Moebus kam, wirkten die jungen Leute in hohem Maße befangen. Die ausländischen Mitarbeiter erstarrten geradezu vor Ehrfurcht, wenn der Name ihres Chefs fiel. Mit Einschränkungen gilt das auch für Barthelmess. Das meinte ich vorhin. Dieser Respekt geht weit über das normale Maß hinaus. Offenbar stehen alle unter enormem Druck. Sie müssen funktionieren und Ergebnisse liefern und sie haben das verinnerlicht. Sie glauben, das müsse so sein, wenn man in der Spitze mithalten will. Und Spitze zu sein ist ihnen wichtig. Niemand ist gezwungen worden, zu Moebus zu gehen. Sie haben sich ihn ja bewusst ausgesucht. Bei aller Beanspruchung herrscht da so etwas wie ein elitärer Korpsgeist, der nichts nach außen dringen lässt. Die Sekretärin sagte wörtlich, zu uns kommen nur die Besten.«

»Ja, das hat Pauli auch gesagt«, sagte die Soko-Chefin. »Er beschrieb Moebus als sehr ungeduldig. Er nehme kein Blatt vor den Mund.«

»Es ist doch ausgeschlossen, dass da nie jemand aufmüpfig reagiert«, schaltete sich Jens Becker ein. »Bisher haben wir nur mit denen geredet, die noch dabei und von Moebus abhängig sind. Aber es muss Aussteiger geben, Leute, die dem Druck nicht standgehalten haben. So einer wie Moebus muss Feinde haben, und zwar nicht zu knapp. Mit denen müssen wir sprechen.«

Die Staatsanwältin zeigte sich alarmiert. »Moment mal. Ich weiß nicht, ob Ihnen bewusst ist, dass wir hier von einem der bedeutendsten Wissenschaftler des Landes sprechen. Nichts, aber auch gar nichts weist darauf hin, dass Professor Moebus irgendetwas mit den Vorfällen zu tun hat. Wie kommen Sie dazu, ihn auf die Anklagebank zu setzen?«

Jens Becker verdrehte kurz die Augen »Das will kein Mensch. Aber er ist der Chef der beiden Toten gewesen. Wir haben uns das nicht ausgesucht.«

Dirk Hansen, der junge Computerexperte, sah Becker an. »Ich könnte mich mal im Internet umsehen. Wenn bei denen etwas vorgefallen ist, finde ich es heraus.«

»Sehr gut«, sagte Anne Detlefsen. »Bertram, kümmert ihr euch um den AStA und die studentischen Vertreter in den Gremien. Vielleicht wissen die was. Und du, Sigmund, klapperst morgen mit ein paar Leuten die Gegend um den Campus ab. Frag die Anwohner, ob ihnen gestern Nacht irgendetwas aufgefallen ist.«

Der grauhaarige Beamte hatte die Brille abgenommen und massierte seine Nasenwurzel. »Da wohnt doch kaum einer«, murmelte er ungehalten. Klinkenputzen gehörte normalerweise nicht zu seinem Aufgabengebiet.

»Ja, ich weiß.« Anne Detlefsen war klar, was sie dem dienstältesten Mitarbeiter ihres Kommissariats zumutete. »Aber wenn jemand die Nadel im Heuhaufen findet, dann du. Vielleicht gab es einen nächtlichen Jogger, eine alte Frau, die ihren Hund ausgeführt hat, jemanden, der nicht schlafen konnte und spazieren gegangen ist, was weiß ich. Und veranlasse, dass die Presse einen entsprechenden Aufruf veröffentlicht. Wer etwas gesehen oder gehört hat, soll sich bei uns melden. Wir dürfen nichts unversucht lassen.«

Als Hermann endlich wieder seine Wohnung betrat, hatte er nur noch zwei Wünsche:, zu baden und danach ins Bett zu gehen. Deshalb steuerte er sofort das Badezimmer an, drehte den Wannenhahn auf und kippte eine Verschlusskappe von dem Erkältungsbad ins Wasser, das schon Brigitte verordnet hatte, wenn ein Familienmitglied mit einem Infekt kämpfte. Sofort roch es im Bad nach Fichtennadeln. Erst dann zog er an der Garderobe Mantel und Schuhe aus und begab sich ins Schlafzimmer, um auch den Rest seiner Kleidung abzulegen.

Nur mit Hausschuhen bekleidet kochte er sich in der Küche einen Pfefferminztee, stellte die heiße Tasse im Bad auf die Wanneneinfassung und drehte das Wasser ab, das schon überzulaufen drohte. Aus dem Spiegel starrte ihn ein blasser alter Mann an, mit tiefen Falten neben den Mundwinkeln, geröteter Nase, Tränensäcken und müden Augen, was ihm ein missmutiges Brummen entlockte. Er öffnete die Schranktür, sodass sein deprimierendes Spiegelbild verschwand, schüttete sich zwei Aspirin in die Handfläche, schluckte sie nacheinander und spülte mit Leitungswasser nach. Danach schnaubte er sich ausgiebig die Nase und kletterte in das schaumbedeckte Wasser.

»Ahhh …«

Er schloss die Augen und streckte seine Beine aus. Was für eine Wohltat. Mein Gott, er war restlos erledigt. Vielleicht sollte er morgen einfach zu Hause bleiben.

Kaum lag er richtig, musste er an den Nachmittag auf dem Polizeirevier denken, an das enervierende Verhör durch diesen Hünen und an Anne Detlefsen. Die Fingerabdrücke und das Handy … wie hatte er das nur vergessen können? Hätte er sich weigern sollen, als sie ihm eine ärztliche Untersuchung nahegelegt hatte? Welchen Sinn hatte das gehabt? Keine Schramme, hatte der Arzt danach gesagt und die Kommissarin war sichtlich erleichtert gewesen. Ah, natürlich, jetzt verstand er. Sie wollten wissen, ob er an der Prügelei beteiligt gewesen war, ob er Verletzungen hatte. Hermann Pauli unter Mordverdacht, ein brutaler Schläger. Was für eine absurde Vorstellung. Er öffnete die Augen und lachte heiser.

Wie es wohl Frank jetzt ging? Am Telefon war er zuerst verärgert und dann seltsam gefasst gewesen. Als habe er mit so etwas gerechnet. Unsinn. Was hätte er denn sagen sollen? Das Gleiche wie alle anderen? *Das ist ja entsetzlich/furchtbar/schrecklich.* Wäre das weniger irritierend gewesen als seine Sprachlosigkeit?

Hermann sehnte sich nach Stille, nach Schlaf, nach den vergleichsweise paradiesischen Zuständen, die sein Leben noch am gestrigen Nachmittag bestimmt hatten. Doch er kam nicht zur Ruhe. Ein Gedanke stieß den nächsten an, unerbittlich. Nicht einmal vierundzwanzig Stunden waren vergangen, seit er unter dem Wasserschaden gestanden hatte, und doch fühlte er sich, als hätte das, was danach geschah, sein Leben für immer verändert, als hätte nie ein anderes Problem existiert, als wäre er auf Franks Etage in eine Parallelwelt gelangt, in der Dinge geschahen, die über seinen Verstand gingen. In jeder Sekunde dieses Tages war der Tote im Aquarium für ihn präsent gewesen.

Nur die Unterhaltung mit Anne Detlefsen hatte ihn für kurze Zeit auf andere Gedanken gebracht. Eigentlich seltsam. Sie ermittelte in zwei mysteriösen Todesfällen, unterhielt sich dann aber stundenlang über Schwarze Raucher und Moebus-Zellen. Ihm hatte es gefallen, sehr sogar. Über Franks unglaubliche Entdeckung zu sprechen, hatte ihn zum wiederholten Male begeistert und alles andere wenigstens für ein paar Minuten in den Hintergrund gedrängt. Weil so etwas jederzeit geschehen könnte, war er Wissenschaftler geworden. Wie klein der Anteil der Realität war, der vom Wissen der Menschheit abgedeckt wurde, wusste man immer erst, wenn jemandem wie Frank am richtigen Ort zur richtigen Zeit das nötige Glück zur Seite stand. So wie ihm selbst, als er die toten Kalmare fand, bevor sie bis zur Unkenntlichkeit vertrocknet waren. Der Rote war nur eine Zugabe gewesen. Er garantierte ihm vielleicht einen Eintrag ins Guinness-Buch der Rekorde, die Entdeckung der toten Kalmare dagegen ermöglichte völlig neue Einblicke in die Lebensgemeinschaft der Tiefsee. Für die Moebus-Zellen galt das erst recht.

Während er mit der Kommissarin gesprochen hatte, war ihm klar geworden, wie wenig er eigentlich über den aktuellen Stand von Franks Forschung wusste. Natürlich hatte er die berühmte Veröffentlichung gelesen, hatte mit Frank auf ihren gemeinsamen Autofahrten darüber gesprochen, hatte seine Vorträge gehört und die Diskussionen und jubelnden Kommentare in der Fachpresse verfolgt, dann aber hatte er irgendwann den Anschluss verloren. Die eigenen Mitarbeiter und Projekte erforderten seine ganze Aufmerksamkeit. Er dachte an das Gespräch mit Daniel, an Johannes Hilpert und die Synthetische Biologie. Daran, dass er nichts davon gewusst hatte und aus allen Wolken gefallen war. Er nahm sich vor, Franks jüngste Arbeiten zu lesen und ihn irgendwann, wenn alles vorbei war, nach dem Stand seiner Forschung zu fragen. Hatten er und Hilpert die RNA der Moebus-Zellen mittlerweile sequenziert oder waren sie dabei auf Schwierigkeiten gestoßen? Seit anderthalb Jahren arbeiteten sie daran. Warum gab es noch keine Publikation? Alle warteten darauf. Er hätte doch davon gehört … Er hätte …

Irgendetwas weckte ihn auf. Er schreckte so heftig zusammen, dass das Wasser über den Wannenrand schwappte. Kerzengerade saß er da und sah sich gehetzt um. Sein Herz klopfte. Nicht schon wieder. Diese Nacht hatte ihn in ein Nervenbündel verwandelt.

Es klingelte an der Wohnungstür. Hermann ließ sich mit einem Stöhnen zurück in die Wanne gleiten, bis sein Körper vollständig unter Wasser war, und versuchte, sich zu beruhigen. Er war nicht da. Er würde in der Wanne bleiben und sich nicht von der Stelle rühren.

Wieder klingelte es. Geradezu unverschämt lange. Wer konnte das sein? Die Kripo? Er hatte ihnen den halben Tag geopfert. Sie sollten ihn endlich in Ruhe lassen.

Wieder erklang das penetrante Geräusch. Er hätte das Ding auswechseln sollen, es hatte ihm von Anfang an missfallen, aber wann klingelte es schon bei ihm? So selten, dass er es immer wieder vergaß. Jetzt wurde der Knopf wieder drei, vier Mal hintereinander betätigt. Eine Frechheit.

Oder war etwa noch etwas passiert? Gab es neue Entwicklungen, über die man ihn persönlich unterrichten wollte? Fluchend kletterte er aus der Wanne. »Moment! Hören Sie auf!«, brüllte er durch die offene Badezimmertür. »Ich komme!«

Er trocknete sich notdürftig ab, zog den Bademantel über, schlüpfte in seine Hausschuhe und lief wutentbrannt den Flur entlang. Ganz egal, wer da wartete. Und wenn es der Bürgermeister persönlich wäre. So klingelte man nicht. Nicht an seiner Tür und nicht nach einem solchen Tag.

»Verdammt noch mal.« Er drückte die Klinke herunter und riss die Tür auf. »Was …«

»Huch!« Die dunkelhaarige Frau, die für den Klingelterror verantwortlich war, trat einen Schritt zurück und starrte ihn entgeistert an. »Warum machst du nicht auf, Papa? In der Wohnung brannte Licht und da dachte ich … Was ist mit dir? Störe ich?«

»Marion.« Hermanns Wut verpuffte. » Entschuldige … ich … hättest du nicht anrufen können?«

»Das habe ich, mehrmals. Hörst du deinen Anrufbeantworter nicht ab?«

Neben seiner Tochter stand eine große Reisetasche. Auf ihrem Rücken hing ein prall gefüllter Rucksack und mitten auf ihrer Brust linste ein Kinderkopf aus einem Baby Carrier. Emil starrte seinen Großvater mit großen Augen an.

»Opa nass«, sagte der Zweijährige und zeigte auf Hermanns Haare.

»Können wir heute Nacht bei dir bleiben?«, fragte Marion, bevor sich ihre Anspannung löste und sie in Tränen ausbrach.

5

Die Nacht endete um kurz vor sechs. Emil hatte nach dem Aufwachen beschlossen, die ungewohnte Umgebung zu erkunden, und war dabei, angelockt durch ein merkwürdiges regelmäßiges Geräusch, auf die angelehnte Tür zum Schlafzimmer gestoßen. Er tapste in den dunklen Raum, krabbelte auf Hermanns Bett, wälzte sich unter leisem Singsang eine Weile herum und verteilte, um Kontakt aufzunehmen, ein paar Fußtritte gegen das haarige Bein, das unter der Decke hervorschaute. Da nichts geschah, hockte er sich schließlich direkt vor das Gesicht seines schlafenden Großvaters, der am Abend zuvor so lustige Dinge mit ihm angestellt hatte, während seine Mutter eine halbe Ewigkeit damit beschäftigt war, das Bett im Gästezimmer zu beziehen. Später stellte sich heraus, dass sie nicht nur die Bettwäsche gewechselt, sondern das ganze Zimmer umgeräumt hatte.

Was Hermann weckte, war nicht der Versuch seines Enkels, authentisch klingende Schnarchgeräusche zu erzeugen, sondern der säuerliche Kloakengeruch, der von ihm ausging. Hermann blinzelte, verzog erst ungläubig, dann angewidert das Gesicht und wälzte sich stöhnend auf die andere Seite. »Marion«, rief er heiser, gefolgt von einem Hustenanfall, »dein Sohn sitzt auf meinem Kopfkissen und stinkt bestialisch.« Keine Reaktion. »Kaka stinkt«, bestätigte Emil – an diesen Namen würde sein Großvater sich nie gewöhnen. Emil, so hießen glatzköpfige alte Männer in deutschen Schwarz-Weiß-Filmen, die er als Kind im ersten Fernseher seiner Eltern gesehen hatte.

Als auch der zweite Versuch, seine Tochter zu alarmieren, fehlschlug, klemmte er sich seinen vor Vergnügen quiekenden Enkel unter den Arm, hob eine der Windeln auf, die überall in der Wohnung herumlagen, weil Emil am Abend die Reisetasche ausgeräumt hatte, legte ihn rücklings auf den Läufer im Badezimmer und begann ihn mit angehaltenem Atem auszuwickeln. In der Wanne stand noch das Badewasser vom Vorabend, das er benutzte, um dem Kleinen den Po zu waschen. »Kalt«, kreischte der und weckte endlich seine Mutter, die kurz darauf verschlafen in der Tür erschien und Hermann ihren Sohn mit den Worten entführte: »Was machst du denn da? Willst du, dass er sich erkältet?«

So begann der Tag danach. Später kam es Hermann vor, als wäre ein solcher Morgen eine unschlagbar effektive Methode, um wenigstens für gewisse Zeit alle Probleme dieser Welt restlos aus dem Bewusstsein zu verdrängen. Auch der gestrige Abend hatte nahezu ausschließlich unter dem Zeichen »Schadensbegrenzung« gestanden, weil Emil durch den langen Reisetag überaus munter und unternehmungslustig war. Hermann war nicht einmal dazu gekommen, seiner Tochter von den Toten im Institut zu erzählen.

Gut anderthalb Stunden später saß er allein am Küchentisch, verzehrte ein Marmeladenbrötchen, versuchte den Artikel der *Kieler Nachrichten* über die Vorkommnisse im Biologiezentrum zu lesen und gleichzeitig durch die offene Tür Mutter und Sohn im Auge zu behalten. Während Emil sich eine Weile mit dem Zeitungsstapel neben dem Sofa vergnügte, war Marion schon seit einer Stunde damit beschäftigt, seinen »Altmännerhaushalt« in einen kleinkindgerechten Zustand zu versetzen. Sie saugte alle Teppiche, wischte die Dielen, stapelte die herumliegenden Druckerzeugnisse, zog den Stecker des Fernsehers heraus – beklagte sich gleichzeitig, dass die Steckdosen noch immer keine Kindersicherung enthielten, obwohl sie das schon bei ihrem letzten und bislang einzigen Besuch bemängelt habe – und stellte alles beiseite, was scharfe Ecken und Kanten hatte und Emils ausgeprägtem Bewegungsdrang im Weg sein könnte.

Marion war nach ihrer Ankunft ziemlich aufgelöst gewesen. Sie hätten doch erst am Abend zuvor telefoniert, hatte er sie vorsichtig gefragt und versucht, jeden Hauch einer Kritik zu vermeiden. Warum sie nicht gesagt habe, dass sie so schnell nach Kiel kommen werde. Er hätte sich darauf einstellen können, sein Leben sei gerade … Weil sie es nicht gewusst habe, hatte sie geantwortet. Am Morgen sei sie aufgewacht und plötzlich sei ihr klar gewesen, dass sie und ihr kleiner Emil es in dieser schrecklichen Stadt nicht eine Minute länger aushalten würden. Ob er solche Gefühle nicht kenne. Nein, so etwas sei ihm absolut fremd, antwortete er. Typisch, er würde eben seine inneren Stimmen nicht hören. Das Leben sei Veränderung, ihm als Biologen müsse das doch eigentlich klar sein. Wenn es nach ihm gegangen wäre, würde er heute noch mit den Möbeln seiner Studentenzeit leben. Mama habe ihn ja sogar darauf aufmerksam machen müssen, dass er als Professor nicht vier Wochen in der gleichen Jeans im Institut erscheinen könne.

Kurz darauf beschlossen sie einen Waffenstillstand, der mindestens für die Dauer ihres Aufenthalts in seiner Wohnung Bestand haben sollte, nicht zuletzt im Interesse des Kleinen. Marion und Emil würden für ein paar Tage bei ihm im Gästezimmer wohnen.

Der Zeitungsartikel, den er sich zu lesen bemühte, enthielt, abgesehen von diversen Betroffenheitsbekundungen aus Politik, Universität und Gesellschaft, nichts Neues. Die Polizei gehe von schwierigen und langwierigen Ermittlungen aus.

Aus dem Augenwinkel registrierte Hermann, dass Emil auf ein schwarzes Möbelstück zusteuerte. »Pass auf, dass er nicht an den CD-Schrank geht«, rief er. »Warum denn nicht?«, hörte er Marions Antwort aus dem Gästezimmer. »Er spielt gern damit.« »Eben. Ich möchte es nicht, okay? Es sind meine CDs.« »Hast du gehört, Schätzchen? Opa will nicht, dass du mit seinen staubigen CDs spielst.«

Er runzelte die Stirn und versuchte sich wieder in den Artikel zu vertiefen. Professor Moebus sei für eine Stellungnahme nicht erreichbar gewesen, hieß es. Er werde erst heute aus Brüssel zurückerwartet.

Schon seit dem Aufwachen war Hermann klar, dass er diesen Tag, anders als gestern noch geplant, nicht zu Hause verbringen würde. Die Anwesenheit von Marion und dem Kleinen war dabei nur ein Grund, der allerdings schon ausgereicht hätte, um rasch die Flucht zu ergreifen. Aber er musste auch mit Frank sprechen, das war er ihm schuldig. Vielleicht könnte er ihm irgendwie behilflich sein. Seine Kopfschmerzen waren verschwunden. Er fühlte sich besser und schlimmstenfalls würde er sich eben mit ein paar Tabletten über Wasser halten.

Er stand auf, packte die Lebensmittel zurück in den Kühlschrank und wollte sich ins Schlafzimmer begeben, um sich anzuziehen, da sah er Emil vor dem Regal im Wohnzimmer hocken und mit einer prächtig gemusterten Nautilusschale spielen. Hermann zögerte und ging dann neben ihm auf die Knie.

»Haputt machen?«, fragte Emil, schüttelte die Schale wie eine Rassel und strahlte ihn an.

»Nein, Süßer, nicht kaputt machen«, sagte Hermann und nahm ihm die Schale sanft aus der Hand. Dann änderte er seine Meinung und gab sie ihm zurück. Im Institut hatte er noch mehr davon, Abschiedsgeschenke seines australischen Kollegen John Deaver. »Weißt du was?«, sagte er. »Ich schenke sie dir.

Wenn du sie dir ans Ohr hältst, kannst du immer das Meer hören. Guck mal, so.«

»Meea«, sagte Emil ernst und bestaunte das seltsame schwere Ding in seinen Händen.

»Das ist ja toll. So ein schönes Geschenk.« Marion stand neben ihnen und blickte lächelnd auf sie herab. Wie Mütter eben lächeln, wenn ihr Kind ihnen mal wieder einen Grund geliefert hat, es zu lieben. Und diesmal schloss das sogar den Großvater mit ein. Ihre Stimme klang ungewohnt weich, fast zärtlich. »Sag mal, Papa, was ich dich noch fragen wollte … was hast du eigentlich für kommenden Donnerstag geplant?«

Papa … so hatte er dieses Wort lange nicht gehört. Es klang wie aus einer anderen Zeit.

»Donnerstag?« Er sah sie verständnislos an.

»Du hast es doch nicht vergessen, oder?«

»Was ist denn am Donnerstag?«

»Fragst du das im Ernst?«

»Ich weiß wirklich nicht, was du meinst.«

»Na, denk mal nach«, sagte sie und wandte sich grinsend ab. »Vielleicht fällt es dir ja noch ein.«

Wie schön sie geworden ist, dachte er, als er ihr nachblickte und sich an Brigittes federnden Gang erinnert fühlte. Was war nur los am Donnerstag?

Sein Fahrrad stand noch immer vor dem Biologiezentrum, daher beschloss er, den Bus zu nehmen. Er hatte es nicht eilig. Frank würde sicher erst gegen Mittag im Institut sein. Später könnte er dann mit dem Rad nach Hause fahren. Es war deutlich wärmer geworden, ein goldener Oktobertag. Der Winter hatte sich wieder nach Osten verzogen.

Als er die Haltestelle erreicht hatte und auf den Bus wartete, fiel es ihm plötzlich ein. Du lieber Himmel, wie peinlich. Donnerstag war sein Geburtstag. Und er hatte sich um nichts gekümmert, nichts vorbereitet. Dabei war es nicht irgendein Geburtstag. Er wurde sechzig. Auf der Fahrt dachte er fieberhaft nach. Schon sein letzter Geburtstag war sang- und klanglos im Alltag untergegangen, wie er sich jetzt erinnerte, Glückwünsche per Telefon von Bennie und Marion und einigen anderen, ein kleiner Blumenstrauß von seinen Mitarbeitern im Institut, was zweifellos auf Charlottes Konto ging, die nie den Geburtstag eines Arbeitsgruppenmitglieds vergaß. Dann ein gemütlicher, mit Musik untermalter Abend allein zu Hause am Schreibtisch. Das war alles. Warum auch nicht? Er wurde alt, was gab es da zu feiern? Doch diesmal musste er natürlich etwas arrangieren, einen kleinen Umtrunk im Institut, das würde am wenigsten Umstände machen. Und abends vielleicht ein nettes Essen zu Hause, im kleinen Kreise. Mit Bennie und Peter und ihren Frauen. Die beiden würde er morgen sehen. Sollte er auch Frank dazubitten oder war das zu privat? Er kannte ihn jetzt seit zwei Jahren und doch wurde ihm in solchen Momenten klar, dass er noch immer nicht wusste, wo er ihn einordnen sollte, in seinen Freundes- oder nur in den Kollegenkreis. Die Umstände waren nicht gerade ideal. Er hatte keine Lust, den ganzen Abend über die Katastrophe zu reden. Viel Zeit, um darüber nachzudenken, blieb ihm nicht mehr. Heute war Freitag. Früher hatte sich Brigitte um so etwas gekümmert.

Er stieg schon am Sportforum in der Olshausenstraße aus, wählte den Weg durch die Grünanlage und schlenderte über den Schwarzen Weg auf das Hochhaus zu. Fast gegen seinen Willen hefteten sich seine Augen an das Fenster im zwölften Stock, durch das Johannes Hilpert in den Tod gestürzt war. Er zwang sich wegzuschauen, auf das neue Gebäude daneben, das ihn immer wieder aufs Neue begeisterte, auf die Enten, die auf dem See der Biologen dümpelten, und auf zwei junge Männer, die das schöne Wetter nutzten, um auf der Rasenfläche neben dem Weg Frisbee zu spielen.

Rings um das Zentrum herrschte heute fast wieder Normalität. Den am Rande des Mensaparkplatzes abgestellten Polizeiwagen sah er erst auf den zweiten Blick. Sie waren also noch immer im Haus. Das Foyer war offen, wenn auch menschenleer und dementsprechend trostlos. Der Lehrbetrieb würde erst am Montag wieder aufgenommen werden. Nur das einsame Mondfischskelett in seiner Vitrine erinnerte Besucher daran, dass sie ein biologisches Universitätsinstitut betreten hatten.

Auch oben auf seiner Etage herrschte feiertägliche Ruhe. Charlotte nutzte die Gelegenheit, um im Labor Ordnung zu schaffen. Hermann konnte es den Mitarbeitern, die an diesem Freitag zu Hause geblieben waren, nicht verdenken. Und nach dem häuslichen Trubel kam ihm die Ruhe gerade recht. Er schloss sein Büro auf und schaltete wie jeden Morgen Espressomaschine und Computer an. Vielleicht schaffte er es sogar, ein wenig zu arbeiten. Der Gedanke erschreckte ihn. Konnte und durfte man nach dieser Katastrophe so schnell zur Tagesordnung übergehen?

Als eine dampfende Tasse Kaffee auf dem Schreibtisch stand und sein Rechner hochgefahren war, checkte Hermann zunächst seine Mails. Ein paar Kollegen erkundigten sich besorgt, was denn bei den sonst so unterkühlten Norddeutschen los sei. Ray hatte aus Wellington geantwortet, dass er angesichts von Hermanns Verdiensten eigentlich einen viel größeren Kalmar nach ihm benennen wollte. Aber der Rote hätte ja leider schon einen Namen gehabt. Spinner, dachte Hermann und lächelte. Dann beendete er das Mailprogramm.

Er hatte schon seinen Aufsatztext geladen, um weiter daran zu arbeiten, als er sich plötzlich anders entschied und PubMed aufsuchte, die gigantische Literaturdatenbank der US National

Institutes of Health. In das Suchfeld gab er den Namen Frank Moebus ein.

Eine Liste mit 138 Einträgen erschien. Donnerwetter. Hermanns eigene Literaturliste war zwar nicht viel kürzer, aber er war schließlich auch zwanzig Jahre älter. Wie hatte Frank nur in so kurzer Zeit derart viele Veröffentlichungen zustande gebracht? Der Mann war ein Arbeitstier.

Er klickte sich von Seite zu Seite, fand es aber schwierig, am Bildschirm die Übersicht zu behalten. Deshalb druckte er sich die Liste aus. Sie umfasste sieben Seiten, die er neben- und untereinander auf seinem Schreibtisch ausbreitete. Die Ausdrucke mit den frühesten Arbeiten, die aus der Zeit der Jahrtausendwende und den späten 1990er-Jahren stammten, legte er beiseite. Offenbar war Frank schon in jungen Jahren sehr ehrgeizig gewesen. Er hatte die für einen aufstrebenden Wissenschaftler wichtigste Lektion beherzigt und sofort nach Abschluss des Studiums begonnen, seine Ergebnisse zu veröffentlichen. Publish or perish. Publiziere oder verrecke.

Seine bislang produktivsten Jahre hatte Frank eindeutig in den USA verbracht. In der modernen laborintensiven Biologie war es üblich, dass unter der Überschrift eines Aufsatzes zehn, zwanzig, ja, hundert Autoren und mehr aufgeführt wurden. Nur in großen Teams aus mehreren, nicht selten über die halbe Welt verteilten Forschergruppen waren die erforderlichen Arbeiten überhaupt zu bewältigen. In diesen Autorenlisten rückte Franks Name mit den Jahren immer weiter nach vorn, um schließlich am Anfang oder ganz am Ende zu stehen, ein untrügliches Zeichen dafür, dass er zum federführenden Wissenschaftler aufgestiegen war und dies auch zum Ausdruck bringen wollte. Dazwischen verfasste er längere Übersichtsartikel, die den Stand der Forschung zusammenfassten. Viele seiner Aufsätze waren in renommierten Zeitschriften mit hohem Impact Factor erschienen, jener Messgröße für Erfolg und Durchschlagskraft, die darauf abhebt, wie oft die in einem Journal veröffentlichten Arbeiten in der Fachpresse zitiert werden. Von den einen gehasst, von den anderen geliebt, war dieser Impact Factor seit Jahren das Maß aller Dinge.

Hermann fragte sich manchmal, ob er und andere ältere Kollegen ihre Lehrstühle dem Umstand zu verdanken hatten, dass dieser lächerliche Versuch, die wissenschaftliche Lebensleistung eines Menschen in Zahlen zu pressen, erst lange nach ihrer Berufung in Mode gekommen war. In der Wissenschaft zählte heute nicht nur, wie viel und was man publizierte, sondern vor allem, wo. Frank war das offensichtlich von Anfang an bewusst gewesen.

Der Bruch war mit dem Ruf nach Kiel gekommen. Kein Wunder. Als Gastforscher setzte man sich gewissermaßen ins gemachte Nest, nutzte eine eingespielte Infrastruktur. Einen Lehrstuhl zu übernehmen war etwas völlig anderes. Es bedeutete ein eigenes Labor und damit einen kompletten Neuanfang.

Oben auf der ersten Seite der Liste stand die Arbeit, die ihn berühmt gemacht hatte. Sie erschien wenige Monate nach seinem Umzug nach Kiel und Hermann fragte sich, ob sie bei den Berufungsverhandlungen schon eine Rolle gespielt hatte. Mit einer solchen Arbeit in der Hinterhand hätte ihm jede Universität der Welt einen roten Teppich ausgerollt. *Second Life: A New RNA Organism from the Gakkel Ridge.* Darunter eine Liste von vier Autoren, Frank Moebus an erster Stelle.

Doch nur in zwei der zwölf Arbeiten, die danach erschienen waren, ging es um die Moebus-Zellen. Frank, der in beiden Fällen als alleiniger Autor fungierte, hatte sie ihm gleich nach Erscheinen in sein Postfach gelegt. Hermann wusste daher, dass sie keine neuen Forschungsergebnisse enthielten, sondern den aktuellen Stand der Tiefseemikrobiologie darstellten.

In den anderen Publikationen der letzten zwei Jahre tauchte Franks Name nur unter ferner liefen auf. Sie waren zweifellos von seinen Mitarbeitern verfasst worden, und er wurde als Autor aufgeführt, weil er der Leiter der Arbeitsgruppe war. Zum Leidwesen der großen Wissenschaftsorganisationen waren Gefälligkeitsautorenschaften wie diese weitverbreitet. Setzt du mich auf deine Veröffentlichung, setze ich dich auf meine, und schon sind unsere Literaturlisten um zwei Einträge länger. Auf diese Weise wurde immer unklarer, wer eigentlich für den Inhalt die Verantwortung trug und wer welchen Beitrag geleistet hatte.

Hermann hatte sich also nicht getäuscht: Es gab nur die *Nature*-Arbeit. Er hatte nichts verpasst. Franks Umzug nach Kiel lieferte dafür zwar eine Erklärung, aber seltsam blieb es schon, dass diese spektakuläre erste Veröffentlichung im Verlauf von anderthalb Jahren keinen einzigen Nachfolger gefunden hatte. War Frank auf Schwierigkeiten gestoßen? Und was war mit den Kollegen? Sicher hatte er die Zellen an andere kooperierende Arbeitsgruppen weitergegeben, die spezielle Fragestellungen untersuchen wollten, für die er in Kiel nicht ausgerüstet war.

Hermann ging die Liste noch einmal im Einzelnen durch und markierte einige der älteren Aufsätze, die ihn besonders interessierten. Viele waren frei im Internet erhältlich. Er druckte sie aus, legte den fingerdicken Papierstapel vor sich auf den Schreibtisch, begann zu blättern und hatte sich bald in einer Arbeit festgelesen, die kurz nach Franks erster Expedition zum Gakkel-Rücken erschienen war. Unter der Flagge der Woods Hole Oceanographic Institution waren er und seine Kollegen damals auf Schwarze Raucher gestoßen.

Hermann staunte, als er auf eine geradezu prophetische Passage stieß, die Jahre vor Franks erfolgreicher Expedition mit der *FS Polarstern* entstanden war. »Die Verhältnisse am Gakkel-Rücken, so wie sie sich nach den hier präsentierten ersten Ergebnissen darstellen, bieten für das Überleben archaischer Lebensformen ideale Bedingungen«, hatten Frank und seine Koautoren geschrieben. »Wenn irgendwo auf der Welt eine bisher verborgen gebliebene Schattenbiosphäre überlebt hat, dann in diesem riesigen Gebirgszug inmitten der seit Jahrmillionen isolierten Wassermasse des Eurasischen Beckens.« Er sollte recht behalten.

Als das Telefon klingelte, las Hermann weiter, griff blind nach dem Hörer und brummte: »Ja, Pauli?«

»Ich bin's. Hast du Zeit? Kann ich einen Moment runterkommen?«

Hermann erstarrte. »Frank! Äh ... ja, natürlich, komm nur. Bist du schon im Haus?« Er hörte ein Klicken, als am anderen Ende der Leitung aufgelegt wurde.

Sein Blick fiel auf die Ausdrucke, die seinen Schreibtisch bedeckten. Rasch stapelte er die Papiere aufeinander, verstaute sie in einer Schublade und holte seinen begonnenen Aufsatz auf den Bildschirm. Glücklicherweise hatte Frank ihn vorgewarnt.

Als er den Ordner mit seinen Unterlagen aus dem Rucksack gezerrt und vor sich auf den Schreibtisch gelegt hatte, betrat Frank nach einem kurzen Klopfen schon den Raum. Er war wie so oft ganz in Schwarz gekleidet. Trauerkleidung. Sein wächsern blasses Gesicht mit dem dunklen Bartschatten bildete einen erschreckenden Kontrast dazu. Hermann hielt überrascht die Luft an. Er hatte mit Wutausbrüchen gerechnet, mit Gebrüll und Geschrei, nicht mit Verzweiflung und Resignation. Frank Moebus sah aus wie ein geschlagener Mann.

Hermann sprang auf, lief um den Schreibtisch herum auf ihn zu und widerstand dem Impuls, ihn zu umarmen. Stattdessen legte er ihm seine Hand auf die Schulter und schob ihn sanft zu einem Stuhl, der vor dem Schreibtisch stand.

»Komm, setz dich. Ich mach uns einen Kaffee.«

Frank ließ sich kraftlos fallen. »Ich musste mal raus«, sagte er leise und verbarg sein Gesicht. »Ich habe es da oben nicht mehr ausgehalten.« Er stieß einen tiefen Seufzer aus.

Während Hermann sich an dem Espressoautomaten zu schaffen machte, warf er über Franks hängende Schultern einen Blick auf seinen Schreibtisch, um sich noch einmal zu vergewissern, dass er alle Spuren seiner Recherche beseitigt hatte. Warum war ihm das so unangenehm? Im Grunde war es ein Kompliment, wenn er sich intensiv mit der Arbeit eines Kollegen auseinandersetzte. Das Problem war nur der Zeitpunkt, das Gefühl, nicht dazu berechtigt zu sein, ausgerechnet jetzt in Franks Werken nach Antworten auf seine Fragen zu suchen, Fragen, die er nicht einmal formulieren konnte.

Mit zwei Tassen kehrte er an seinen Platz zurück. Frank hockte unbeweglich da, das Gesicht noch immer in den Händen verborgen. Erstaunlich, wie schmal und zerbrechlich er wirken kann, dachte Hermann. »Ich kann verstehen, dass dir oben die Decke auf den Kopf fällt.«, sagte er. »In diesen Räumen sind zwei Menschen zu Tode gekommen.«

Frank blickte auf. »Danke«, sagte er kaum hörbar und griff nach seiner Tasse. Er sprach mit gesenktem Kopf. »Dein Anruf gestern … ich habe das Gefühl, er ist gar nicht zu mir durchgedrungen. Ich hatte den Kopf voll und so viel zu tun, einen Termin nach dem anderen. Abends dann noch der Vortrag, der Saal platzte aus allen Nähten. Ich war immer belagert, kaum mal eine Sekunde allein. Ich musste es irgendwie verdrängen, um durch diesen Tag zu kommen, der so wichtig für mich war. Und dann heute dieser Schock. In der Zeitung stand etwas von einem Kampf, aber ich hatte keine Ahnung, wie es hier aussieht. Das ist eine Katastrophe. Du hast nichts davon gesagt, dass sie alles verwüstet haben.«

»Ich wollte dich nicht unnötig beunruhigen und war selbst in keiner guten Verfassung. Ich hatte in der Nacht kaum geschlafen. Sei froh, dass du nicht da warst. Du hättest nichts tun können. Hier hat es von Polizei gewimmelt, Spurensicherung, Staatsanwaltschaft. Draußen vor dem Haus standen weinende Studenten und mittendrin die Presse. Wiesheu war außer sich.«

»Wiesheu ...« Frank verzog das Gesicht. »Du hast sie gefunden, habe ich gehört.«

»Ja, Barthelmess. Als ich gehen wollte, tropfte es draußen im Flur von der Decke, und durch das Treppenhaus floss Wasser. Da bin ich nach oben, um nachzusehen. Manchmal wünschte ich, ich hätte es nicht getan. Dass es noch einen zweiten Toten gibt, habe ich erst am nächsten Morgen erfahren.«

Frank schien mit seinen dunklen Augen durch ihn hindurchzublicken. Die Haare waren ihm ins Gesicht gefallen. Er atmete tief ein, ließ die Luft wieder entweichen und schüttelte den Kopf. »Ich fühle mich so ausgelaugt, Hermann, völlig leer. Das kenne ich gar nicht von mir. Dieses Ausmaß an Zerstörung habe ich nicht erwartet. Die Wände, die Böden, die Zuchten ... Nur daran zu denken, macht mich ganz krank, verstehst du das? Ich will arbeiten, will endlich vorankommen und mich nicht noch einmal mit diesem Mist beschäftigen müssen. Wieder Handwerker, wieder Lärm und Dreck. Anträge, Formulare, Kostenangebote. Ich weiß nicht, wie ich das überstehen soll. Vielleicht sollte ich mich auf die *Polarstern* absetzen. Wäre ohnehin besser, wenn ich dabei bin. Sie ist schon auf See. Ich will nur noch weg.« Er verzog das Gesicht, als müsste er aufwallende Schmerzen unterdrücken. »Ich habe die Mittel bekommen, weißt du. Ich habe sie tatsächlich bekommen. Der Weg ist frei. Das war ein hartes Stück Arbeit. Diese Idioten ... sie pochen auf ihre verdammten bürokratischen Abläufe, aber letztlich habe ich sie überzeugen können. Ich werde bald neues, frisches

Material vom Gakkel-Rücken bekommen, auch vom Originalfundort. Wir könnten Geschichte schreiben. Und jetzt … ich muss wieder ganz von vorne anfangen.«

Als hätte ihn ein eiskalter Windhauch angeweht, wich Hermann unwillkürlich zurück. Er redet nur von sich, dachte er. Trieft vor Selbstmitleid. Was ist mit den Toten und ihren Angehörigen? Mit mir? Kein Mitgefühl oder Bedauern. Er musste sich abwenden, um seine Irritation nicht zu verraten. Dann riss er sich zusammen.

»Was kann da passiert sein?«, fragte er. »Was ist bei euch los? Es waren deine Leute.«

Ein Ruck ging durch Franks Körper. Sein Gesicht, die Lippen, die eben noch gezittert hatten, als kämen ihm gleich die Tränen, alles schien zu gefrieren. Er sah Hermann aus kalten Augen an. »Ich habe keine Ahnung, nicht den blassesten Schimmer. Es ist mir ein absolutes Rätsel.«

»Du bist ihr Chef gewesen, hast jeden Tag mit ihnen gesprochen, kennst ihre Arbeit, ihre Probleme. Wer soll es denn sonst wissen, wenn nicht du? Da muss doch was im Busch gewesen sein.«

Frank wischte sich mit einer schnellen Geste die Haare aus der Stirn. Seine Augen verengten sich zu Schlitzen. »Höre ich da einen Vorwurf? Willst du mir in irgendeiner Form Mitverantwortung aufladen? Ich sage es noch einmal: Ich weiß nicht, was da geschehen ist. Ich kenne Moritz seit vielen Jahren und nichts, gar nichts hat darauf hingedeutet, dass mit ihm irgendetwas nicht stimmt. Bei Hilpert genauso. Glaubst du, ich hätte nicht darüber nachgedacht? Es gab keine Auseinandersetzungen, keinen Streit, nicht in meiner Gegenwart. Ich habe heute Morgen die Zeitungen gelesen und seitdem zermartere ich mir den Kopf, was in die beiden gefahren sein könnte.«

»Ich kann mir nicht vorstellen, dass du …«

Frank ließ ihn nicht zu Wort kommen. »Und ich sage dir noch etwas, auch auf die Gefahr hin, dass du mich verurteilst: Es ist mir egal, warum sie es getan haben, verstehst du, vollkommen egal. Ich habe gelesen, die Polizei schließt nicht aus, dass Dritte an diesem Desaster beteiligt waren. Aber wenn das nicht der Fall war, und ich wüsste nicht, wer das gewesen sein sollte … wenn es also nur die beiden waren, die da durchgedreht sind, dann habe ich dafür nicht das geringste Verständnis. Es war unverantwortlich und durch nichts zu rechtfertigen, durch gar nichts. Vielleicht konnte Moritz nicht die Finger von Hilperts Frau lassen, obwohl ich mir das bei diesem grauen Mäuschen kaum vorstellen kann. Was weiß ich … Egal, es interessiert mich nicht. Wenn sie sich unbedingt prügeln mussten, warum auch immer, dann bitte schön draußen auf der Wiese, bei ihnen zu Hause oder sonst wo, jedenfalls nicht in meinem Labor, nicht an einem Ort, wo sie die Arbeitsgrundlage von einem Dutzend Menschen zerstören konnten. Die Zebrafischzuchten sind komplett vernichtet. Drei meiner Leute stehen ohne Versuchstiere da. Das nehme ich ihnen übel, auch wenn sie teuer dafür bezahlt haben. Ich weiß, das ist unter den gegebenen Umständen alles andere als korrekt, aber ich kann nicht anders. Vielleicht werde ich meine Meinung ändern, wenn die Hintergründe aufgeklärt sind, aber jetzt … jetzt bin ich einfach nur … ach, vergiss es.« Er machte eine wegwerfende Handbewegung und blickte Hermann direkt in die Augen. »Das sage ich nur dir. Niemand anderem. Klar? Ich erwarte gar nicht, dass die Leute mich verstehen. Aber du …«

Hermann sah ihn schweigend an. Jetzt saß der Frank Moebus vor ihm, mit dem er gerechnet hatte. Damit konnte er besser umgehen als mit diesem weinerlichen Häufchen Elend, das er noch wenige Minuten zuvor gespielt hatte. Er hatte sogar ein gewisses Maß an Verständnis für seine Sicht der Dinge.

»Du denkst, es war irgendetwas Privates? Bei euch in der Arbeitsgruppe ist nichts vorgefallen?«

»Nein, nichts. Fängst du schon wieder an? Was soll denn vorgefallen sein?«

»Natürlich fange ich wieder an. Ich will wissen, was passiert ist. Ich kannte die beiden nur flüchtig, aber was ich da oben gesehen habe, war grauenhaft, eine der schlimmsten Erfahrungen meines Lebens. Das wird mich noch lange verfolgen. Barthelmess ist einen schrecklichen Tod gestorben, und Hilpert … er hat sich offenbar aus dem Fenster gestürzt, ein Vater von zwei kleinen Kindern. Das tut man nur, wenn man völlig verzweifelt ist, völlig am Ende. Warum?«

»Ich würde sagen, das herauszufinden überlässt du am besten der Polizei.«

Franks Kälte machte es Hermann schwer, sich zu beruhigen. »Ich werde den Teufel tun und mich in die Ermittlungen einmischen. Aber die Behörden sind ziemlich aufgeschreckt. Du kannst davon ausgehen, dass die Sache hohe Priorität genießt. Es gibt eine Sonderkommission mit einer Ersten Kriminalhauptkommissarin an der Spitze, übrigens eine überaus aparte Frau mit einem Faible für Meeresbiologie. Ich habe lange mit ihr geredet. Sie ist sehr sympathisch.«

»Soso.« Frank lachte auf. »Sympathisch … dann ist der Fall ja schon so gut wie aufgeklärt, was?«

Hermann wandte sich ab und blickte aus dem Fenster in den wolkenlosen Himmel. Wie viel Hohn und Verachtung dieser Mann in ein einziges Wort packen konnte. Er hatte es gewagt, ihn zu kritisieren, und hätte wissen müssen, dass Frank bei der ersten Gelegenheit zurückschlagen würde.

Moebus sah auf die Uhr. »Oh, ich muss hoch. Ich treffe sie nämlich gleich. Sympathische Damen soll man nicht warten lassen, oder?« Er stürzte den Inhalt seiner Tasse hinunter und stemmte die Hände auf die Knie. »Danke für den Kaffee. Ich wollte nur kurz ...«

»Was ist mit morgen bei Bennie?« Hermann bedauerte, dass ihr Gespräch so schief gelaufen war. Sie müssten doch miteinander reden können. Es gab so viele offene Fragen. »Kommst du mit? Das würde dich auf andere Gedanken bringen. Und wir hätten Zeit, uns zu unterhalten ...«

Statt zu antworten, stand Frank auf und ging rasch Richtung Tür. Mit der Klinke in der Hand zögerte er. »Nein, Hermann, ich glaube nicht. Es gibt jetzt unendlich viel zu tun und ich brauche auch mal etwas Zeit für mich. Ihr werdet vorerst ohne mich auskommen müssen.«

Hermann hätte Franks Entscheidung akzeptiert, denn wer brauchte nach einem solchen Schicksalsschlag nicht ein wenig Ruhe und Zeit zum Nachdenken? Reden könnte man zur Not auch später. In dieser Ausnahmesituation war er bereit, Frank vieles nachzusehen, Wut, Trauer, Enttäuschung, selbst Tränen und Gejammer. Aber nicht das, was auf die Absage folgte, nicht diesen herablassenden spöttischen Blick, den er ihm, ausgerechnet ihm, zuwarf, bevor er den Raum verließ, ein Blick, der Hermann bis ins Mark traf. Spielt eure lächerlichen Spielchen in Zukunft allein, schien er zu sagen. Es war ohnehin weit unter meinem Niveau.

Hermann lauschte den Schritten nach, die sich rasch entfernten, und starrte auf die geschlossene Tür, verletzt und wütend wie lange nicht. Sieh dich vor, Freundchen, dachte er, so geht man nicht mit mir um.

Anne Detlefsen und Jens Becker standen vor der offenen Tür des Sekretariats. Sie vertrieben sich die kurze Wartezeit mit dem Studium einiger kryptischer Poster, die an der Flurwand hingen, als Frank Moebus aus dem Fahrstuhl auf sie zueilte und sie per Handschlag begrüßte. »Entschuldigen Sie, Frau Detlefsen, ich habe Sie warten lassen«, sagte er mit einem liebenswürdigen Lächeln.

Sie stellte ihren Kollegen vor.

»Gehen wir in mein Büro? Frau Schaumann, würden Sie uns bitte einen Kaffee machen?«

»Gern«, antwortete die Sekretärin, warf den beiden Kriminalpolizisten nicht zum ersten Mal einen scheuen Blick zu und lief dann sofort zur Kaffeemaschine, die auf einem Tisch neben dem Waschbecken stand. Hollinger hatte die gepflegte Frau Anfang fünfzig als gute Seele der Arbeitsgruppe bezeichnet, wahrscheinlich eine gewissenhafte und zuverlässige Mitarbeiterin, die alle organisatorischen Fäden fest in der Hand hielt. Während der Vernehmung war sie immer wieder in Tränen ausgebrochen. Sie war es, die über Johannes Hilperts möglichen Rückzug gesprochen hatte, vor allen anderen. Anne Detlefsen machte sich im Geiste eine Notiz. Sie war sicher, dass diese Frau noch mehr zu erzählen hatte.

»Kommen Sie, hier entlang.« Moebus deutete nach links. Er ließ den Beamten zunächst den Vortritt, eilte dann aber an ihnen vorbei und übernahm die Führung. »Sind Sie schon einmal hier gewesen?«

Anne Detlefsen hielt mit dem Tempo, das Frank Moebus vorlegte, Schritt und musterte ihn von der Seite. Ein attraktiver Mann, das hatte sie schon beim Betrachten der Fotos gedacht, von seiner auffälligen Blässe einmal abgesehen. An Frauen schien er allerdings kein großes Interesse zu haben. Jedenfalls lebte er allein und war auch nie verheiratet gewesen, das hatte sie dem kurzen Dossier entnommen, das Jens über den berühmten Biologen angefertigt hatte. Schade eigentlich. Man hätte ihn für einen Italiener oder Spanier halten können, mit seinen fast schwarzen Haaren und den braunen Augen. Aber er war als Sohn eines Ingenieurs und einer Lehrerin im beschaulichen Celle geboren worden, ein waschechter Niedersachse. »Ja, vor zwei Tagen«, antwortete sie. »In der Nacht, in der hier zwei Menschen gestorben sind.«

Moebus blieb abrupt stehen.

»Ja, natürlich. Was für eine dumme Frage …« Er schüttelte betroffen den Kopf. Auf seiner Stirn glänzten winzige Schweißperlen. »Sie müssen entschuldigen, ich bin etwas durcheinander. Ich ertappe mich immer wieder dabei, dass ich einfach nicht wahrhaben will, was passiert ist. Es ist so unbegreiflich, ein schrecklicher Verlust. Die beiden waren meine besten Mitarbeiter. Sie sind eigentlich kaum zu ersetzen. Ihr Tod wirft uns um Monate zurück. Ohne sie wird hier alles nur noch im Zeitlupentempo vorangehen. Wissen Sie denn mittlerweile, wie sie zu Tode gekommen sind? Es muss ja entsetzlich ausgesehen haben, Pauli hat mir gerade berichtet, wie geschockt er war. Man kann es ja jetzt noch erahnen, wenn man sich den Raum ansieht. Seit ich heute Morgen die Zeitungen gelesen habe, zermartere ich mir den Kopf darüber, was sich da wohl abgespielt hat. Aber ich bin völlig ratlos.«

Moebus hatte schnell gesprochen, in einem einzigen hastigen Wortschwall. Wollte er damit seine gedankenlos dahingeplapperte Eingangsfrage vergessen machen? Anne Detlefsen war überrascht. Beherrschtes souveränes Auftreten, etwas, das sie von einem Mann dieses Kalibers erwartet hatte, sah anders aus. Sie blickte nach links und rechts. Einige der Türen zum Flur standen offen und ließen gerade noch genug Platz, um rechts oder links an ihnen vorbeizugehen. Man konnte über die Architektur der Blume gewiss unterschiedlicher Meinung sein, ihre Flure boten jedenfalls Platz und Luft zum Atmen. Hier hatte man sofort das Gefühl, die Stimme senken zu müssen. »Wollen wir das nicht lieber drinnen besprechen?«, sagte sie.

Er lief noch zwei Schritte weiter, schloss sein Büro auf und stieß die Tür nach innen. »Sie haben recht. Bitte schön.«

Großen individuellen Gestaltungswillen scheinen Hochschullehrer für ihre Büros nicht aufzubringen, dachte sie, weder Pauli noch Moebus. War er hier entstanden, der *Nature*-Aufsatz, der ihn berühmt gemacht hatte? Ein riesiger Schreibtisch, dahinter ein deckenhohes, mit Aktenordnern, Büchern und diversen Ablagesystemen vollgestopftes Bücherregal, vor dem Fenster ein einfacher weißer Labortisch mit sechs Stühlen, an den Wänden ein Schrank, eine Garderobe und einige gerahmte Fotos. Der frische Blumenstrauß, der mitten auf dem Labortisch stand und für den vermutlich die Sekretärin verantwortlich war, wirkte in dieser Umgebung wie ein Fremdkörper.

Sie setzten sich an den Tisch und tauschten ein paar Höflichkeiten aus. Durch das Fenster hatte man einen schönen Blick auf den Campus der Universität. Moebus beklagte, dass er bisher noch nicht die Zeit gefunden habe, den angrenzenden Botanischen Garten zu besuchen, obwohl er doch quasi vor der Institutstür liege. Auch von der Stadt habe er noch nicht viel gesehen. Auf dem Weg zum IFM-Geomar, dem Leibniz-Institut für Meereswissenschaften, mit dem er intensiv kooperiere, sei er zwei-, dreimal an der Förde die Kiellinie entlanggeschlendert, um wenigstens ein wenig Ostseeluft zu schnuppern. Zu mehr sei er noch nicht gekommen. »Daran sehen Sie schon: Bei uns wird viel gearbeitet. Anders ist in der Wissenschaft heute kein Blumentopf mehr zu gewinnen.«

»Die Anstrengung hat sich offenbar gelohnt«, sagte Anne

Detlefsen. »Mit der Entdeckung der Moebus-Zellen ist Ihnen doch ein außergewöhnlicher Coup gelungen.«

»Nun ja, in der Tat. Ich kann mich nicht beklagen. Zu so einem Erfolg gehört natürlich immer auch ein wenig Glück. Und jahrelange intensive Forschungsbemühungen, nicht nur von mir, sondern auch von vielen Kollegen im In- und Ausland.«

»Sie waren lange in den USA.«

Er nickte. »Fünf Jahre. Eine fantastische Zeit, die leider viel zu schnell vergangen ist.«

Es klopfte. Die Sekretärin betrat den Raum, stellte ein mit Tassen und einer Thermoskanne beladenes Tablett auf den Tisch und verschwand wieder. Moebus schenkte ein.

»Haben Sie sich eigentlich schon davon überzeugt, dass Ihre Schützlinge wohlauf sind?«, fragte Jens Becker, während er mit einem Löffel in seiner Tasse rührte. »Haben sie alles gut überstanden?«

Moebus legte die Stirn in Falten. »Meine Schützlinge?« Seine Augen sprangen zwischen dem Hauptkommissar und seiner Chefin hin und her. »Sprechen Sie von meinen Studenten?«

»Mein Kollege meint Ihre Zellen«, erklärte Anne Detlefsen. »Niemand von uns hat bisher den Raum betreten, der an den Kulturenraum grenzt. Sie nennen ihn wohl Ihre Schatzkammer. Wir haben uns gefragt, ob in diesem Raum vielleicht der eigentliche Grund für den tragischen Zwischenfall zu suchen ist.«

»Sie meinen, jemand könnte versucht haben, dort einzubrechen? Dann müssten ja doch Dritte beteiligt gewesen sein. Moritz, ich meine Dr. Barthelmess, hatte eine Code-Karte. Er hatte von Anfang an jederzeit Zugang.«

»Wer noch?«

»Nur er, eine biologisch-technische Assistentin, die sich um die Kulturen kümmert, und ich.«

»Johannes Hilpert nicht?«

»Nein.«

»Warum nicht?«

»Der Personenkreis sollte möglichst klein gehalten werden. Wir kultivieren dort seltene Stämme von Bakterien und Archaeen, die es nirgendwo sonst auf der Welt gibt. Von den Moebus-Zellen gar nicht zu reden. Das sind Werte, die kaum zu beziffern sind.«

»Könnte Moritz Barthelmess versucht haben, einige dieser Werte außer Haus zu schaffen? Und Hilpert hat ihn dabei überrascht?«, fragte Jens Becker.

»Ausgeschlossen. Für Moritz lege ich meine Hand ins Feuer. Ich kenne ihn seit Jahren.«

»Wenn es um viel Geld geht, ist alles möglich«, kommentierte Becker trocken. »Aber Sie haben ihm vertraut, sagen Sie?«

»Absolut.«

»Und Hilpert? Er war erst ein paar Monate bei Ihnen.«

»Ach, das ist doch absurd. Schlagen Sie sich das aus dem Kopf. Ich habe Johannes Hilpert eingestellt, weil er hervorragend qualifiziert war und mir von Kollegen als gewissenhaft und blitzgescheit empfohlen worden war. All das hat sich bewahrheitet. Er hat die Arbeit in meinem Labor als Auszeichnung und große Herausforderung verstanden und, mit Verlaub, das ist auch so. Wir haben hier Möglichkeiten geschaffen, die zumindest für deutsche Verhältnisse ganz außerordentlich sind. Das war ihm natürlich bewusst. Deshalb ist er hierhergekommen. Und Moritz stand vor einer glänzenden Karriere. Warum hätten sie durch Sabotage oder Diebstahl alles gefährden sollen? Wir betreiben Wissenschaft, keine Spionage.«

»Kann es sein, dass Hilpert unter großem Druck stand, vielleicht unter zu großem?«, fragte die Kommissarin. »Er wurde uns als zurückhaltend und schüchtern beschrieben.«

»Na und? Worauf wollen Sie hinaus? Wir stehen alle unter

Druck, Sie, Frau Detlefsen, ich, Ihr Kollege und natürlich auch alle meine Mitarbeiter. Wir befinden uns in Konkurrenz mit Arbeitsgruppen in der ganzen Welt, die über mindestens so viel Mittel und Gehirnschmalz verfügen wie wir. Damit lernt man zu leben, oder? Dem einen gelingt das schneller, dem anderen langsamer. Und wer damit Schwierigkeiten hat, wird sich früher oder später nach einem anderen Betätigungsfeld umsehen müssen. Johannes Hilpert gehörte nicht zu denen, die über einen Ausstieg nachdachten, das kann ich Ihnen versichern. Außerdem hatte er gerade erst begonnen. Da arbeitet man gewissermaßen erst mal außer Konkurrenz. Er hat sich gut eingefügt bei uns und fühlte sich wohl, jedenfalls ist mir nichts Gegenteiliges zu Ohren gekommen. Ich hatte nie Zweifel, dass er es schafft.«

»Kein Streit, keine Auseinandersetzungen, keine Rivalitäten?« fragte Becker. »Alles war in bester Ordnung?«

Moebus bedachte ihn mit einem eisigen Blick. »Wenn Sie es so ausdrücken wollen: ja.«

»Irgendeinen Grund oder Anlass für eine ausgesprochen heftige Auseinandersetzung muss es aber doch gegeben haben«, beharrte Becker. »Wir haben keinen Beweis für eine Beteiligung Dritter. Können Sie sich vorstellen, warum die beiden derart aneinandergeraten sind?«

»Nein, das habe ich doch schon gesagt.« Moebus zuckte die Achseln. »Das Privatleben meiner Mitarbeiter interessiert mich allerdings nicht.«

»Sie glauben, es gab private Gründe?«, fragte die Kommissarin.

»Ich weiß es nicht, aber das ist das Einzige, was mir einfallen will. Man steckt eben in den Leuten nicht drin.«

Sie schwiegen einen Moment.

»Sie haben uns noch nicht verraten, ob Sie in Ihrer Schatzkammer schon nach dem Rechten gesehen haben«, sagte Anne

Detlefsen. »Das wäre uns sehr wichtig. Wir müssten das sonst jetzt nachholen.«

Moebus schien amüsiert. »Sie stellen sich das etwas zu einfach vor.« Er nippte an seiner Tasse. »Aber … ja, ich habe nachgesehen. Natürlich. Ehrlich gesagt, das war das Erste, was ich nach meiner Rückkehr getan habe. Das heißt … nachdem ich Ihren Kollegen, der dort herumsteht, nach langem Hin und Her davon überzeugt hatte, mir Zutritt zu gewähren. Ich kann Sie beruhigen: In meiner Schatzkammer ist alles in bester Ordnung.«

»Uns müssen Sie nicht beruhigen«, brummte Jens Becker und ignorierte das kurze warnende Stirnrunzeln seiner Chefin. »Es sind Ihre Zellen.«

Der Ton des Hauptkommissars missfiel dem Professor augenscheinlich. Seine Miene verfinsterte sich. »Da wir gerade davon sprechen: Wie lange soll dieser unsägliche Belagerungszustand eigentlich noch andauern? Er behindert unsere Arbeit. Meine Mitarbeiter und ich sind völlig blockiert.«

Anne Detlefsen nickte. Sie hatte mit dieser Frage gerechnet. »Die Pflege der Tiere war ja gewährleistet, solange einer unserer Beamten dabei war, aber ich habe in dieser Sache vor unserem Aufbruch noch mit der Staatsanwaltschaft telefoniert. Die beiden Beamten werden heute abgezogen, vielleicht sind sie schon weg. Sie können ab sofort wieder uneingeschränkt über Ihre Räume verfügen.«

Moebus nickte befriedigt. »Gut. Haben Sie noch weitere Fragen?«

»Vorerst nicht«, sagte sie. »Das heißt … eine Bitte hätte ich.«

»Ja?« Moebus zog die Augenbrauen hoch.

»Könnte ich Ihre Zellen mal sehen?« Sie lächelte und fügte rasch hinzu: »Natürlich nur, wenn es nicht zu viele Umstände macht.«

Der Professor lachte auf. Die Bitte schien ihn weniger zu überraschen als Jens Becker, der seiner Kollegin von der Seite einen fragenden Blick zuwarf. »Es macht sogar sehr große Umstände, mehr, als Sie denken«, sagte Moebus. »Eigentlich … wissen Sie, wir haben viel zu tun. Aber …« Er schaute kurz auf die Uhr und erwiderte dann ihr Lächeln. »Nun gut. Einen kurzen Blick können wir ja mal riskieren.«

Sie erhoben sich. Moebus trat an den Schrank, entnahm ihm einen schneeweißen Laborkittel und zog ihn über. »Sie müssten sich bitte auch verkleiden«, sagte er. »Ihre Mäntel können Sie Frau Schaumann anvertrauen.«

Sie verließen das Büro und gingen durch den Flur zurück zum Vorzimmer, wo Moebus ihnen zwei Kittel und Plastiküberzieher für ihre Schuhe gab. Die beiden Polizisten, die vor den Labors gestanden hatten, waren verschwunden, ebenso die Absperrbänder. Die Etage wirkte wie ausgestorben.

Gleich darauf standen sie vor dem Kulturenraum. Moebus öffnete die Tür, helles Licht fiel in den Flur. »Huuh.« Er verzog wie unter Schmerzen das Gesicht. »Was für ein Anblick.« Das Fenster war geschlossen, die Rollos heruntergefahren, ansonsten sah der Raum nahezu unverändert aus. Nur das Wasser war abgepumpt worden. Überall lagen Scherben. Man hörte ein leises, vielstimmiges Brummen. In den intakten Aquarien blubberten Luftblasen an die Oberfläche. »Vielleicht können wir morgen schon mit dem Aufräumen beginnen. Geben Sie acht auf die Glasscherben.«

Vorsichtig staksten sie durch den verwüsteten Raum. Es knirschte bei jedem Schritt. Moebus zog seine Code-Karte aus einer Kitteltasche und steckte sie in den Schlitz. Ein grünes Lämpchen leuchtete auf. »Jetzt brauchen wir die Überzieher. Ich gebe zu, es ist ein eher symbolischer Akt, aber ich lege Wert darauf. Es hilft, sich daran zu erinnern, dass man hier ein ganz besonderes Territorium betritt.« Alle drei bückten sich und steckten ihre Schuhe in hellgrüne Plastiküberzüge. Becker musste sich dabei mit einer Hand an der Wand abstützen und ächzte.

»Gut«, sagte Moebus, als auch Jens Becker fertig war. »Also dann.«

Er öffnete die Tür.

Anne Detlefsen war überrascht, wie groß die Schatzkammer war. Genau genommen waren es zwei Räume, beide an Böden und Wänden weiß gekachelt und durch eine Glastür voneinander getrennt. Der erste Raum enthielt sechs weiße summende Schränke unterschiedlicher Größe und einen Tisch, auf dem zahlreiche Gestelle voller beschrifteter Glasröhrchen standen. Sie waren jeweils mit einem weißen Pfropfen verschlossen und enthielten eine milchig trübe oder bräunliche Substanz. In einigen waren rote Pünktchen zu erkennen, manche scharf begrenzt, andere von einer rosa Aura umgeben, die wie winzige Sterne im künstlichen Universum ihres Laborgefäßes schwebten. Bakterienkulturen. Etwa zwanzig bis dreißig dieser verschlossenen Glasfläschchen standen im Halbkreis um eine Glühbirne.

Frank Moebus hatte in der Mitte des Raumes Aufstellung genommen und breitete die Arme aus. »Wir haben im Keller noch zwei Kühlräume, wo wir eine große Zahl von Mikroorganismen konservieren, aber das hier sind unsere Brutschränke. Was darin aufbewahrt wird, ist quicklebendig und soll sich vermehren«, erläuterte er. »Es ist ein ganz außergewöhnlicher Bakterienzoo, wenn Sie so wollen, darunter Misch- und Reinkulturen von etwa zweihundert Bakterienstämmen, die zum Teil aus mehreren Tausend Metern Meerestiefe stammen. Sie wurden in unmittelbarer Nähe von Schwarzen Rauchern gefunden. Ich weiß nicht, ob Ihnen das etwas sagt.«

»Durchaus.« Anne Detlefsen stand vor einem der Klimaschränke und musterte die Digitalanzeige, die sich neben diversen Knöpfen und Anschlüssen in einem türkisfarbenen Bedienelement befand. Sie zeigte 85 Grad Celsius. »Schwarze Raucher sind Tiefseequellen, durch die unter hohem Druck heißes, mineralreiches Meerwasser aufsteigt«, sagte sie. »Man findet sie entlang der Mittelozeanischen Rücken.«

Wenn Moebus überrascht war, dann ließ er es sich nicht anmerken. »Ganz genau. Ein Lebensraum, der extreme Anforderungen stellt.«

»In diesem Schrank herrschen wirklich 85 Grad?«, fragte sie. Wenn sie die Digitalanzeigen richtig interpretierte, erzeugten die meisten Schränke sehr viel angenehmere Temperaturen. In zwei großen Exemplaren auf der gegenüberliegenden Seite war es dagegen kalt: fünf Grad Celsius, knapp über der ewig gleichen Temperatur der Tiefsee.

»Erstaunlich, nicht wahr? Sie und ich und jedes andere höhere Lebewesen würden darin innerhalb kürzester Zeit den Löffel abgeben, aber unsere kleinen Überlebenskünstler meistern das spielend und fühlen sich pudelwohl dabei. Es sind hyperthermophile Arten, zumeist Archaeen, mit einem Temperaturoptimum von über 80 Grad. Wir kennen heute sogar Stämme, die sich noch bei weit über hundert Grad teilen.«

»Und in diesen Schränken bewahren Sie auch Ihre Moebus-Zellen auf?«

»Nein, leider nicht. Das wäre zu schön.« Moebus lächelte milde. Er deutete auf die Glastür. »Folgen Sie mir bitte.«

In dem zweiten Raum war es deutlich kälter. Er wurde von zwei Stahlkonstruktionen beherrscht, die aussahen wie Miniaturraffinerien, verwirrende 3-D-Puzzles aus glänzenden Rohren, Säulen, Hähnen und Ventilen. »In der Tiefsee herrschen enorme hydrostatische Drücke von mehreren Hundert Atmosphären. Glücklicherweise können viele der dort lebenden Mikroorganismen auch bei Luftdruck existieren, sonst wäre es unmöglich, sie in unseren Brutschränken zu kultivieren. Einige sind aber sehr anspruchsvoll. Man spricht von obligater Barophilie. Sie vermehren sich nur bei einem Umgebungsdruck von mindestens 400 Atmosphären. Den bieten wir ihnen in dieser Spezialapparatur.«

»Sie meinen, die Zellen sind da drin?«, fragte Jens Becker ungläubig.

»Allerdings. Die Moebus-Zellen und einige andere barophile Arten. Ich nehme an, Sie verstehen jetzt, warum ich vorhin von großen Umständen sprach.«

Anne Detlefsen hatte sich vor eine der Stahlröhren gekniet. »Und was passiert, wenn man sie da rausholt?«

»Zunächst müsste man erst einmal wissen, wie das funktioniert. Sie sehen ja selbst: Das ist kein Warmwasserboiler, bei dem man nur einen Hahn aufdrehen muss. Falls es doch gelingen sollte, würden die Zellen relativ rasch ihre Vermehrung einstellen. Sie würden aufhören, sich zu teilen, und nach ein paar Stunden oder Tagen sterben. Wenn die Druckentlastung zu plötzlich erfolgt, ist schon nach wenigen Minuten Schluss.«

»Man hätte sie also gar nicht so ohne Weiteres stehlen können.«

»Wenn man es auf lebende Zellen abgesehen hat, nein. Es sei denn, man würde sie sofort in spezielle Druckbehälter überführen. So etwas kann man allerdings nicht im Baumarkt kaufen. Das sind teure Spezialanfertigungen. Dafür braucht man erfahrene Werkstätten.«

»Woher wissen Sie denn, dass sie noch da sind?«, fragte Becker.

»Ganz einfach. Ich habe eine Probe entnommen. Sie wird gerade fürs Elektronenmikroskop präpariert. Um ganz sicher zu sein. Eine erste Kontrolle im Phasenkontrastmikroskop hat aber schon gezeigt, dass alles in Ordnung ist. Meinen Zellen geht es gut.«

Nun«, fragte Anne Detlefsen, als sie sich mit Jens Becker auf dem Rückweg in die Blumenstraße durch den nachmittäglichen Berufsverkehr quälte. »Was hältst du von ihm?«

»Ich kann ihn nicht ausstehen«, sagte Jens Becker, während er sich in eine Linksabbiegerspur einordnete. »Meine Zellen«, er ahmte den Ton des Professors nach. »Er hat die Arbeit in meinem Labor als Auszeichnung und große Herausforderung verstanden und, mit Verlaub, das ist sie auch. Ich musste schwer an mich halten. Der Mann hält sich für den lieben Gott persönlich.«

»Wie kommst du darauf? Ich fand ihn ganz umgänglich.«

Sie hatte nicht lange gebraucht, um zu der Einsicht zu gelangen, dass dieser Besuch sie nicht weiterbringen würde. Immerhin hatte sie sich einen Eindruck von Frank Moebus verschaffen können, und der war keineswegs so negativ ausgefallen wie der ihres Kollegen. Der Mann war sich seiner herausragenden Stellung bewusst, was man ihm kaum vorwerfen konnte. Er wirkte aber mitgenommen und erschöpft.

»Ich weiß nicht«, brummte Becker. »Vielleicht bin ich auch nur enttäuscht. Wir kommen keinen Schritt voran. Wenn uns nicht bald irgendein Zufall zu Hilfe kommt, sehe ich schwarz. Warum wolltest du eigentlich diese Zellen sehen?«

»Reine Neugier. So eine Gelegenheit kommt nie wieder. Ich wollte die Gunst der Stunde nutzen.«

»Viel war von ihnen ja nicht zu sehen.«

»Nein, aber es war doch interessant, oder etwa nicht? 400

Atmosphären, unglaublich.« Sie blickte aus dem Seitenfenster. »Von Moebus erfahren wir jedenfalls nichts. Er wird sich immer vor seine Leute stellen, und falls der Haussegen in seiner Gruppe schiefhängt, wäre er der Letzte, der davon etwas nach außen dringen ließe.«

»Und die Diebstahltheorie können wir endgültig vergessen.«

»Ja, das scheint mir auch so. Vielleicht haben Dirk und Bertram etwas herausgefunden. Wir sollten uns morgen Vormittag zusammensetzen, im kleinen Kreis.« Sie gähnte. »Sonntag muss ich mal ausschlafen. Und ich brauche Zeit zum Nachdenken.«

»Wie wär's, wenn wir später zusammen essen gehen würden, Anne? Einfach so. Ich lade dich ein. Ich finde, wir haben uns das verdient, nach dieser Woche. Es ist bald fünf Uhr …« Er drehte kurz den Kopf und warf ihr einen verstohlenen Blick zu.

Sie war blass geworden. »Jens«, sagte sie nur. »Bitte …«

Der Hüne am Steuer zuckte die Achseln.

Warum versucht er es immer wieder?, dachte sie. Als hätten sie noch nie darüber gesprochen. Als wüsste er nicht genau, was sie antworten würde.

6

Während der Fahrt durch die Stadt hörte Hermann NDR Info, um möglichen Staus aus dem Wege zu gehen. Sobald er aber von der Alten Lübecker Chaussee auf den Theodor-Heuss-Ring abgebogen war und sich wenige Hundert Meter später auf die B76 eingefädelt hatte, schaltete er auf den CD-Spieler um. Er hatte sich für *Beggars Banquet* entschieden, in seinen Augen eine der besten Scheiben, die die Rolling Stones je produziert hatten. Mit dem unvergleichlichen *Sympathy For The Devil* nahm er Fahrt auf und ließ die Stadt hinter sich.

Please allow me to introduce myself
I'm a man of wealth and taste.

Er atmete auf. Mit der Stadt würde er hoffentlich auch das Drama im Biologiezentrum hinter sich lassen, wenigstens für einen Tag. Er brauchte eine kleine Auszeit und hatte Marion darauf vorbereitet, dass er erst am frühen Sonntagnachmittag zurückkommen würde, in jedem Fall rechtzeitig, um mit Emil noch an der Förde spazieren zu gehen und die Werft und die großen Fährschiffe zu bestaunen.

Bis zu seiner Rückkehr würden Mutter und Sohn mit diversen Wohnungsbesichtigungen beschäftigt sein. Marion hatte gestern noch einmal betont, dass sie ihm nicht länger als nötig zur Last fallen und so schnell wie möglich wieder in den eigenen vier Wänden wohnen wolle. Mittlerweile wusste sie, was im Biologiezentrum geschehen war. Sie hatten sich bei Kerzenschein und einer Flasche Wein lange darüber unterhalten und zum ersten Mal seit jener verhängnisvollen Nacht bekam er so etwas wie Trost und Mitgefühl. Nach diesem Abend und dem gemeinsamen Frühstück war er nahe daran, ihre Eile zu bedauern, auch wenn ihn die Yogamatte störte, die nun mitten im Wohnzimmer lag, der fade vegetarische Brotaufstrich im Kühlschrank und der »magische« Gestank ihrer Duftlampen, der ihn bis in sein Schlafzimmer verfolgte. »Woo, woo«, sangen die Girls, und »who who«. Bei dem Gedanken an den Kleinen flog ein Lächeln über sein Gesicht.

Ah, what's puzzling you
Is the nature of my game, oh yeah.

Die Tatsache, dass der Beifahrersitz leer war, machte es Hermann im Verlauf der Fahrt fast unmöglich, nicht an Frank zu denken, an das gestrige Gespräch und diesen Blick, der ihn zutiefst verletzt und noch Stunden danach in Wut versetzt hatte. Er sah die Sache heute gelassener, aber verziehen hatte er Frank nicht. Die gemeinsamen Stunden mit seinen alten Freunden waren der soziale Mittelpunkt seines Lebens, eine Spielwiese frei von Erfolgsdenken und Konkurrenz, und keiner der alten Hookers wäre auch nur im Traum auf den Gedanken gekommen, die anderen wegen ihrer begrenzten musikalischen Fertigkeiten mit Hohn und Spott zu überziehen. Das galt als ungeschriebenes und ehernes Gesetz ihres Zusammenseins. Wenn Frank sich nicht daran hielte, gäbe es für ihn in diesem Kreis keine Zukunft. Vielleicht müsste man ihm das einmal unmissverständlich zu verstehen geben.

Es wäre nicht ihre erste Auseinandersetzung. Weil es im Institut kaum Gelegenheit dazu gab, hatten sie Meinungsverschiedenheiten meistens im Auto auf dem Weg nach Lübeck ausgetragen. Das Spektrum ihrer Gespräche reichte vom Austausch mehr oder weniger amüsanter Jugendanekdoten bis zu handfesten Streitigkeiten, wobei die sich ausschließlich an fachlichen Fragen und Franks Auftreten an der Universität entzündeten.

Privat gab er sich liebenswürdig und amüsant. Sobald sie Bennies Haus betraten, waren die Diskussionen während der Fahrt vergessen. Die gut bestückte Kellerbar des Hausherrn sorgte dafür, dass ihre Sessions im Lauf des Tages nicht selten zu feuchtfröhlichen Gelagen wurden. Manchmal führten sie sich fast wie alberne Teenager auf und nie hatte Hermann das Gefühl gehabt, dass Frank sich unter seinem Niveau amüsierte. Doch Pit und Bennie kannten seine andere Seite nicht. Der Vergleich mit Dr. Jekyll und Mr. Hyde wäre sicher zu weit hergeholt, aber sobald es um berufliche Fragen ging, schien Frank sich in einen anderen Menschen zu verwandeln. Offenbar half ihm die Musik, aus dem Panzer zu schlüpfen, mit dem sein Wissenschaftler-Ich sich gewappnet hatte. Wovor eigentlich?

Einmal diskutierten sie über eine der Arbeiten, die Frank ihm ins Postfach gelegt hatte. Darin prophezeite er, dass man noch viel mehr Zellen vom Moebus-Typ entdecken werde. Die Menge der Bakterien, mit denen man es in den Ozeanen zu tun habe, sei astronomisch. Der laufende *International Census of Marine Microbes,* an dem Franks Arbeitsgruppe beteiligt sei, habe die alten Schätzungen drastisch nach oben korrigiert. Nicht einhunderttausend, wie früher angenommen, sondern eine Milliarde Mikrobenzellen befänden sich in einem Liter Meerwasser, nicht eintausend verschiedene Arten, sondern zwanzigtausend und mehr, viele davon extrem selten. Nur ein Bruchteil dieser Vielfalt sei erfasst und in der Regel kenne man nur die DNA dieser Winzlinge, isoliert würden die Bakterien nicht.

Da Zellen vom Moebus-Typ jedoch keine DNA enthielten, habe man sie auf diese Weise gar nicht finden können, argumentierte Frank weiter. Begänne man, mit den von ihm entwickelten Methoden gezielt danach zu suchen, werde schließlich neben den bekannten Stammbaum des Lebens ein zweiter treten, und wer weiß, vielleicht sogar ein dritter und vierter, Milliarden Jahre alte frühe Seitentriebe des gerade erst auskeimenden Lebens. Endlich werde Licht auf die Schattenbiosphäre fallen und ihre ganze Vielfalt offenbaren, davon sei er zutiefst überzeugt.

Hermann ging das entschieden zu weit. »Das sind doch nur Spekulationen, schöne Gedankenspiele«, sagte er, »reine Science-Fiction.«

Franks Augen begannen gefährlich zu funkeln. »Ignorant«, fauchte er, ohne eine Spur von Ironie. »Was glaubst du, warum ich Erfolg hatte? Weil ich wusste, dass es diese Zellen gibt, ich war fest davon überzeugt, seit Jahren schon. Du kannst es nachlesen. Science-Fiction – mit dieser Haltung wirst du gar nichts finden.« Den Rest der Fahrt starrte er mit versteinertem Gesicht aus dem Fenster und stopfte sich ein Schokoladenstück nach dem anderen in den Mund. Er hatte immer eine Tafel dabei, oft Geschmacksrichtungen und exquisite Marken, von denen Hermann noch nie gehört hatte.

Keine halbe Stunde später, beim Begrüßungskaffee in Bennies Kellerstudio, warf er mit zweitklassigen Musikerwitzen um sich. »Wisst ihr eigentlich, warum Schlagzeuger so viele Trommeln haben? Damit sie wenigstens eine davon treffen.« Bennie lachte schallend und rief: »Hey, Hermännchen, ich hab einen speziell für dich: Wie bringt man einen Gitarristen dazu, leiser zu spielen? Leg ihm ein Notenblatt vor.«

Schon in seinem ersten Kieler Semester hatte Frank sich aufgeführt wie der sprichwörtliche Elefant im Porzellanladen, eine harte Bewährungsprobe für ihre gerade erst beginnende Bekanntschaft. Noch heute konnte man in studentischen Internetforen nachlesen, welch tiefen Eindruck sein erster Auftritt als Hochschullehrer hinterlassen hatte.

Frank war vor einen hoffnungslos überfüllten Hörsaal getreten, um seine Vorlesung »Einführung in die Evolutionsbiologie« zu halten. Ihm eilte ein Ruf als hervorragender Redner voraus, weshalb alle ihn hören wollten, nicht nur die Studenten des Grundstudiums, für die diese Veranstaltung gedacht war. Der frischgebackene Professor warf einen zufriedenen Blick in die vielen erwartungsvollen Gesichter, projizierte ein Bild des jungen, fast schüchtern dreinblickenden Charles Darwin an die Wand und begann ohne Umschweife: »Good morning. Usually the idea of evolution is attributed to the famous English naturalist Charles Darwin, but actually it is much older. The Greek philosopher Anaximander ...«

Im Auditorium machte sich Verwunderung breit, ungläubige Blicke, Kichern, Räuspern. Nach einigen Minuten wurde klar, dass der neue Kieler Professoren-Star es ernst meinte: Frank Moebus hielt seine Einführungsvorlesung frei und in einem unverkennbar amerikanisch vernuschelten Englisch. Bald waren erboste Zwischenrufe zu hören, nach einer Viertelstunde verließen die ersten Studenten den Saal. Als die Unruhe ein unerträgliches Maß erreicht hatte, unterbrach Moebus seine Vorlesung und erklärte, ebenfalls in Englisch, dass er seine Lehrveranstaltungen wie angekündigt in der internationalen Sprache der Wissenschaft halte und dies auch weiter so zu tun gedenke. Er empfehle, sich zu konzentrieren und zuzuhören. Wer damit ein Problem habe, solle bitte umgehend den Raum verlassen. Im Übrigen werde in den nächsten Wochen ein von ihm – natürlich in englischer Sprache – verfasstes Lehrbuch erscheinen, in dem man den Stoff mühelos nacharbeiten könne. Er werde jetzt fortfahren.

Nach Abschluss seiner Veranstaltung verließ er ohne Kommentar den Saal. Eine durchaus ansehnliche Schar von Bewunderern verharrte auf ihren Plätzen und sah ihm andächtig nach, andere taten ihren Unmut durch gellende Pfiffe kund. Noch am selben Tag hagelte es wütende Proteste aus der Studentenschaft. Mit seinem ersten Auftritt hatte Frank Moebus der Christian-Albrechts-Universität einen handfesten Skandal beschert.

»Das geht nicht, Frank. Das kannst du nicht machen«, hatte Hermann damals im Auto gesagt.

»Warum nicht?«

»Fragst du das im Ernst?« Hermann hätte fast den Abzweig auf die Bundesstraße verpasst. »Weil wir hier in Deutschland sind. Weil das eine deutsche Universität mit überwiegend deutschen Studenten ist. Und weil man Studienanfänger nicht gleich vor den Kopf stößt, indem man die Latte unnötig hoch hängt.«

Frank widersprach: »Unsinn. Was sind denn das für Argumente? Je früher sich die Studenten daran gewöhnen, umso besser für sie. Wir müssen aufhören, hier unser eigenes sprachliches Süppchen zu kochen. Das ist provinziell und interessiert niemanden.« Er biss in ein Stück Chili-Ingwer-Schokolade.

»Man kann Anfänger doch nicht gleich ins kalte Wasser werfen. Außerdem bilden wir nicht nur zukünftige Nobelpreisträger aus. Die wenigsten von unseren Studenten werden einmal einen Job in der Forschung bekommen. Wir sind hier nicht in Harvard.«

»Ja, leider. Das ist mir auch schon unangenehm aufgefallen.« Frank grinste. »Trotzdem … unser Ziel muss es sein, die besten Köpfe anzuziehen und hoch qualifizierte, international konkurrenzfähige Wissenschaftler auszubilden.«

»Und du allein weißt und entscheidest, wie man das macht, ja? Warum willst du so mit dem Kopf durch die Wand?«

»Manchmal braucht es ein reinigendes Gewitter, um in verkrustete Strukturen etwas Bewegung zu bringen.«

Hermann lachte. »Ach, weißt du, an Bewegung mangelt es

uns eigentlich nicht. Falls es dir entgangen sein sollte: Wir haben gerade sämtliche Studiengänge auf Bachelor und Master umgestellt.«

»Das war längst überfällig.«

»Mag sein, aber wir haben viel dabei verloren, um das man uns in anderen Ländern beneidet hat, zu Recht, wie ich finde.«

»Ach, es hat keinen Sinn, Hermann. Du bist auch so ein Ewiggestriger.«

Eines konnte man Frank wirklich nicht nachsagen: dass er Konflikten aus dem Weg ging. Er musste mit Widerstand rechnen, ja, durch seine Hartnäckigkeit und sein einsames Vorpreschen hatte er ihn regelrecht provoziert. Auch die zweite und dritte Vorlesungsstunde hielt er in Englisch. Die Studentenschaft geriet in helle Aufregung. Der AStA rief zu Streiks und Protestversammlungen auf. Eine Delegation wurde entsandt, um mit Frank Moebus zu reden, auch Wiesheu versuchte sein Glück und begründete damit wohl ihre innige Feindschaft.

Schließlich trat der Fall seinen Weg durch die Universitätsgremien an. Auf einer Sitzung des Senats waren vonseiten des akademischen Lehrkörpers sowohl kritische als auch positive Stellungnahmen zu hören. Eine überraschend große Zahl von zumeist jüngeren Professoren hielt Moebus' Ansatz zwar für gewagt, im Grunde aber für sinnvoll und richtig. »An anderen Universitäten ist das längst Alltag«, sagte einer. »Wir hinken hoffnungslos hinterher. Man hätte natürlich vorher darüber reden müssen, aber ich kann nur sagen: Respekt! Weiter so! Meinen Segen haben Sie.« Das Verhältnis zwischen Studenten und Hochschullehrern drohte ernsthaft Schaden zu nehmen.

Schließlich wurde Frank zu einer Sondersitzung des Präsidiums geladen und erlitt dort seine erste Niederlage, eine für ihn neue und frustrierende Erfahrung. Er reagierte gereizt, als Hermann ihn im Auto darauf ansprach. Dass eine Selbstverständlichkeit derartigen Aufruhr verursachen könne, habe er nicht für möglich gehalten, antwortete er. Er wünsche nicht mehr darüber zu sprechen, die Sache sei erledigt, er wolle sich jetzt endlich wieder wichtigeren Dingen zuwenden. Für die Zukunft aber werde er daraus seine Schlüsse ziehen. Mehr war nicht aus ihm herauszuholen.

Der Präsident und seine Stellvertreter hatten in salomonischer Weise für beide Seiten Verständnis geäußert, für die geschockten Studenten und für ihren ehrgeizigen jungen Kollegen, dem sie zugutehielten, für die Universität und ihre Studenten nur das Beste gewollt zu haben. Sie stellten ihm frei, Seminare für fortgeschrittene Studenten in Englisch anzubieten, bestanden aber darauf, dass Veranstaltungen für die ersten Semester ausnahmslos in Deutsch abzuhalten seien, was Moebus sofort in die Tat umsetzte, ohne gegenüber den triumphierenden Studenten irgendeine Erklärung abzugeben. Damit war das Thema vom Tisch. Es folgten Wochen und Monate, in denen die Universität und Frank Moebus sich langsam aneinander zu gewöhnen schienen. Die Ruhe entpuppte sich allerdings als trügerisch.

Der nächste Stein kam ins Rollen, als sich die Eltern einer offenbar völlig überforderten Studentin Hilfe suchend an verschiedene Universitätseinrichtungen wandten. Der in der Arbeitsgruppe von Professor Moebus geforderte Arbeitseinsatz sei völlig unzumutbar, beschwerten sie sich. Ihre Tochter habe Tag und Nacht arbeiten müssen, oft auch am Wochenende. Als von ihr verlangt wurde, ihre fast fertige Masterarbeit ins Englische zu übersetzen, sei sie weinend zusammengebrochen und befinde sich seitdem in psychotherapeutischer Behandlung.

Es war, als hätten die alten Kontrahenten nur auf einen solchen Zwischenfall gewartet. Der Riss ging mitten durch den akademischen Lehrkörper. Und diesmal zeigte Frank sich unnachgiebig. Unter seiner Leitung seien wissenschaftliche Abschlussarbeiten in Englisch abzufassen. Basta.

Ich wusste es.« Hauptkommissar Jens Becker ballte die rechte Hand zur Faust. »Wahrscheinlich ist der Fall dieser Studentin nur die Spitze des Eisbergs.«

Dirk Hansen freute sich sichtlich über die begeisterte Reaktion seines Kollegen, aber er sah noch blasser aus als sonst. Wahrscheinlich hatte er die halbe Nacht vor dem Computer gesessen. »Die Sache hat jedenfalls ziemlich viel Staub aufgewirbelt«, fügte er hinzu.

»Und?« Sigmund Bock zuckte die Achseln. »Was sagt uns das? Moebus verlangt viel von sich und seinen Leuten. Das ist in seiner Position nicht wirklich überraschend, oder? Für den einen oder anderen ist das zu viel. Das kennen wir doch hier aus unserem eigenen Laden. Erinnert ihr euch an den kleinen Dicken vor ein paar Jahren? Wie hieß er doch gleich? Er hat's keine zwei Monate bei uns ausgehalten. Das ist normal. Ich kann nicht erkennen, wie uns das weiterbringen soll.«

Sie saßen um den kleinen runden Tisch in Anne Detlefsens Büro: Becker, Bock, Hansen, Hollinger und die Soko-Leiterin. Die Kaffeemaschine war im Dauereinsatz.

Bertram Hollinger leerte seine Tasse und stellte sie auf den Tisch. »Mich hat die Schärfe überrascht. Da flogen wirklich die Fetzen. Ein junger Mathematikprofessor, der sich besonders engagiert hatte, sagte mir, da sei auch ein Generationenkonflikt ausgetragen worden: die alten und älteren Lehrstuhlinhaber, die zum Teil schon seit Jahrzehnten an der Universität waren, gegen die jüngeren, die sich unter viel härteren Bedingungen durchsetzen mussten und allesamt mehrere Jahre Auslandserfahrung mitbrachten. Die standen mehr oder weniger geschlossen hinter Frank Moebus. Es ging auch um Macht und Einfluss.«

»Wie hat Moebus denn auf die Vorwürfe reagiert?«, fragte Anne.

»Ich habe nur einen offenen Brief gefunden, der in der Zeitschrift *unizeit* und im *AStA CampusInfo* abgedruckt wurde, das ist das Blatt der Studenten.« Dirk Hansen wies auf einen Computerausdruck, der vor ihm auf dem Tisch lag.

»Ich glaube, Moebus hat die Sache zwar angestoßen, sich dann aber bedeckt gehalten«, erläuterte Hollinger. »Den Kampf haben andere ausgefochten.«

»Was hat er denn nun geschrieben, unser Star?« Becker rieb sich mit der Hand die unrasierten Wangen. Er schien wenig geschlafen zu haben. Seine Augen waren so klein, dass sie in dem aufgedunsenen Gesicht fast verschwanden.

»Na ja«, Dirk Hansen überflog den etwa halbseitigen Text, der vor ihm lag, »er bedauert den Zusammenbruch der Studentin und wünscht ihr baldige Genesung, weist aber jede Verantwortung von sich. In seiner Arbeitsgruppe werde zwar viel, aber keineswegs Tag und Nacht gearbeitet. Jedem Mitarbeiter sei von Anfang an bekannt, dass die Abschlussarbeiten in Englisch abzufassen seien. Das erleichtere die spätere Veröffentlichung und Präsentation auf Kongressen, was wiederum die Voraussetzung für einen erfolgreichen Berufseinstieg sei. Hier, das finde ich hart: Ich fürchte, schreibt er zum Schluss, Frau S. wäre auch mit jeder anderen längeren wissenschaftlichen Arbeit überfordert gewesen, ob in unserer oder irgendeiner anderen Arbeitsgruppe. Nicht erkannt zu haben, dass sie den Anforderungen, die an eine Masterstudentin gestellt werden, nicht gewachsen sein könnte, ist der einzige Vorwurf, den ich mir zu machen habe. Er wiegt schwer genug.«

Hollinger pfiff leise durch die Zähne. »Die junge Dame wird sich wohl nach einem anderen Beruf umsehen müssen. Oder nach einer anderen Hochschule.«

»Hatte der Fall irgendwelche Konsequenzen?«, fragte die Kommissarin.

»Ich glaube nicht«, sagte Hansen. »Jedenfalls habe ich nichts gefunden. Moebus blieb hart und sogar die Studenten waren sich nicht sicher, ob eine Reglementierung etwas bringen würde. Wenn ein Professor englische Arbeiten bevorzugt, kann er das immer über seine Zensuren zum Ausdruck bringen, insofern könnte eine Festlegung auf deutsche Arbeiten für die Studenten sogar als Schuss nach hinten losgehen.«

Sie schwiegen einen Moment.

»Nun gut«, Anne machte sich eine Notiz und sah dann in die Runde. »Jens hatte recht mit seiner Vermutung. Der Mann hat sich Feinde gemacht, aber ich stimme Sigmund zu, für unseren Fall bringt das nicht viel. Barthelmess war auf dem Absprung und kannte Moebus seit Jahren, er dürfte gegenüber dem Druck, der da herrscht, weitgehend immun gewesen sein. Vielleicht hatte Johannes Hilpert darunter zu leiden. Wir müssen mehr über sein Verhältnis zu Moebus und Barthelmess herausbekommen und die Einzige, die uns weiterhelfen kann, ist seine Frau. Sigmund, sie kennt dich. Ich möchte, dass wir sie gleich am Montagmorgen zusammen besuchen.«

»Mir fällt da noch was ein«, sagte Hollinger. »Ihr müsst sie unbedingt nach dem Laborbuch ihres Mannes fragen. Das von Barthelmess lag auf seinem Schreibtisch, die letzten Eintragungen stammen vom Todestag. Aber Hilperts Laborbuch scheint verschwunden zu sein. Wir haben das ganze Büro auf den Kopf gestellt. Vielleicht hat er es mit nach Hause genommen.«

»Was versprichst du dir davon?«, fragte die Kommissarin. »Steht da nicht nur seitenweise Wissenschaftschinesisch drin?«

»Bei Barthelmess ist das so, man versteht nur Bahnhof. Aber es ist doch merkwürdig, dass Hilperts Aufzeichnungen unauffindbar sind. Die anderen Mitglieder der Arbeitsgruppe haben uns bestätigt, dass jeder ein Laborbuch führen muss.«

Anne nickte und machte sich eine Notiz. »Du hast recht. Das müssen wir klären. Ich hoffe ohnehin, dass Frau Hilpert uns gestattet, den Schreibtisch und Computer ihres Mannes zu durchsuchen. Ich würde die arme Frau ungern mit einem Durchsuchungsbeschluss überfallen. Hat die Befragung der Anwohner schon was ergeben?«

Bock verdrehte die Augen. »Schön, dass du wenigstens danach fragst, Anne. Nichts hat sie ergeben, gar nichts. Das war gestern ein frustrierender Tag. Aber wir machen weiter.«

»Vielleicht hab ich was.« Alle wandten sich überrascht Jens Becker zu.

»Warst du nicht mit Anne bei Moebus?«, fragte Sigmund Bock.

»Es war Zufall«, sagte der schwergewichtige Mann und senkte dann unter den taxierenden Blicken der anderen die Augen. »Reiner Zufall«, wiederholte er leise.

Anne sah ihn mit gerunzelter Stirn an. Sie war entsetzt gewesen, als Jens am Morgen ihr Büro betreten hatte. Er war fast eine halbe Stunde zu spät gekommen und sah furchtbar aus, übernächtigt und unrasiert, roch nach Schweiß und Alkohol. Es tat ihr weh, ihn so zu sehen. Sie wusste, dass es ihm nicht gut ging, aber dass er sich jetzt vor ihr und seinen langjährigen Kollegen derart gehen ließ, schockierte sie. Sie tauschte kurze Blicke mit Sigmund und Bertram und wusste, dass die genauso dachten. Dass sie sich Sorgen machten. Und sie hatte das ungute Gefühl, dass Jens' desolate Verfassung etwas mit dem gestrigen Nachmittag zu tun hatte. Wenn er so weitermachte, würde er sie zwingen zu handeln. War es das, was er wollte?

Für Jens Becker war viel zusammengekommen, zu viel. Erschöpfung hatte ihn am Ende dieser Horrorwoche überfallen, als er die Tür seiner Wohnung hinter sich geschlossen hatte. Die Zurückweisung durch Anne und der Ärger darüber, dass er sie überhaupt noch einmal gefragt hatte, waren ganz und gar überflüssig gewesen. Früher waren sie ab und zu ins Kino gegangen, hatten Ausstellungen und schicke Restaurants besucht, zusammen gelacht und sich viel erzählt. Aber zu der Zeit hatte er noch mit seiner Frau zusammengelebt.

Nach seiner Scheidung war Anne, inzwischen zur Leiterin ihres Kommissariats aufgestiegen, wie ausgewechselt. Sie zog sich mehr und mehr zurück, ihre Treffen wurden seltener und hörten schließlich ganz auf. Natürlich spürte sie, dass er sich mit der Rolle des guten Freundes nicht mehr zufriedengeben wollte und mehr von ihr erhoffte. Und dann zog sie eines Tages den Schlussstrich, freundlich, korrekt, wie das ihre Art ist, aber unmissverständlich. Nur seine Begriffsstutzigkeit zwang sie dazu, ihr Nein noch etliche Male zu wiederholen. In klaren Momenten verstand er sogar, dass sie als seine Vorgesetzte so handeln musste, aber er hatte niemanden außer Anne. Außerstande, irgendeine private Initiative zu entwickeln, verbrachte er jeden Abend, jedes Wochenende allein in dieser verfluchten Wohnung und verkam zu einem fetten Monstrum. Er trank, jeden Tag, jede Woche ein wenig mehr. Er konnte es an der Zahl der Flaschen ablesen, die er frühmorgens auf dem Weg zur Dienststelle in einen Container am Straßenrand warf. In die Tonnen im Hof brachte er sie schon lange nicht mehr, weil er fürchtete, die anderen Bewohner des Hauses könnten ihn dabei beobachten.

Normalerweise trank er nur Wein und Bier, doch gestern Abend hatte er zu härteren Sachen gegriffen. Um neun war er so betrunken gewesen, dass die Fernsehbilder vor seinem Auge verschwammen. Ihm war übel und schwindelig und er drohte schier zu platzen vor Wut, auf sich, auf seine Exfrau, auf Anne, die auf der Karriereleiter an ihm vorbeigezogen war und ihn nun links liegen ließ, und auf diesen eitlen, selbstverliebten Überflieger Frank Moebus, der seinen Mitarbeitern das Leben zur Hölle machte.

Schließlich wusch er sich das Gesicht, griff nach seinem Mantel, torkelte das Treppenhaus hinunter und verließ das Haus. Er wohnte in der Esmarchstraße, in einem kastenförmigen Neubaukomplex nahe dem Wasserturm. Zwei Stunden irrte er herum, schnappte gierig frische Herbstluft, um wieder einen klaren Kopf zu bekommen, schlug mal diese, mal jene Richtung ein und wechselte die Straßenseite, wenn ihm jemand entgegenkam. Irgendwann stieß er an einer Ecke auf eine Bar, wo er einen Kaffee und ein Bier trank. Als er seinen Weg fortsetzen wollte, fiel sein Blick auf das Straßenschild: Olshausenstraße. Er war einen großen Kreis gelaufen und befand sich jetzt in unmittelbarer Nähe des Universitätscampus. Auch seine Wohnung war nicht weit. Sollte er nach Hause gehen? Er sah auf die Uhr. Mitternacht. Etwa um diese Zeit musste es passiert sein. Plötzlich hatte er ein Ziel vor Augen.

Seine Dienststelle, die Kollegen, der Fall, an dem er gerade arbeitete, das war seine Welt, das Einzige, was ihm Halt gab. Versuchte er seiner peinlichen Flucht vor dem häuslichen Gefängnis im Nachhinein irgendeine Rechtfertigung zu geben? Er dachte nicht weiter darüber nach und lief die Straße entlang. Jenseits des Westrings begannen die Universitätsgebäude. Auf einem kleinen Platz fand er einen Campusplan und versuchte, sich zu orientieren. Er müsste nur die Max-Eyth-Straße entlanggehen, vorbei an den Instituten für Anorganische Chemie und Verfahrenstechnik, dann quer durch die Grünanlagen und würde direkt darauf zukommen.

Seit er die Bar verlassen hatte, war er keiner Menschenseele begegnet, nur aus dem hellblau gestrichenen Studentenwohnheim kam laute Musik. Wahrscheinlich feierte man die allabendliche Party. Kurz dahinter, auf der Fußgängerbrücke, die über die Stadtautobahn führte, herrschte wieder Ruhe und endlich sah er das Hochhaus. Er folgte dem Weg, passierte die Sportanlagen und weite Rasenflächen, hörte dem Rauschen der Bäume zu und fragte sich, was er hier suchte, an einem Freitagabend gegen Mitternacht, allein. Zwischen zwei kleinen Seen, zweihundert Meter vom Biologiezentrum entfernt, blieb er minutenlang stehen und starrte den hoch aufragenden dunklen Betonkasten an. Wartete er auf eine Eingebung, einen rettenden Gedanken, der ihn und seine Kollegen endlich voranbringen würde?

Im Augenwinkel nahm er eine flüchtige Bewegung wahr und schaute nach links. Zuerst konnte er nichts erkennen, doch dann sah er es wieder. Ein Tier, hundegroß. Es trottete den Weg entlang, der auf ein modernes rundliches Gebäude neben dem Biologiezentrum zuführte. Ein Fuchs. Er schien unschlüssig, blieb stehen, lief rasch ein paar Meter, blieb wieder stehen. Hatte das Vieh ihn bemerkt? Vorsichtig, um es nicht zu erschrecken, wagte er sich ein paar Schritte weiter. Der Fuchs schien völlig arglos. Nur zwanzig Meter entfernt inspizierte er einen Mülleimer, stand auf den Hinterbeinen, stützte sich mit den Vorderpfoten ab und steckte den Kopf hinein. Dann fiel er wieder auf alle viere und schüttelte sich.

Das unbekümmerte Verhalten des Tieres hatte eine beruhigende Wirkung auf ihn. Endlich konnte er sich ein wenig entspannen. Während er jede Bewegung des Fuchses aufmerksam verfolgte, formten seine Lippen ein kleines Lächeln. Bis er hinter sich plötzlich eine heisere Stimme hörte: »Ach, haha, der Fuchs. Da ist er ja wieder.«

Becker fuhr herum, sein Herz schlug heftig. Wenige Meter entfernt stand ein schmächtiger alter Mann, in jeder Hand eine prall gefüllte Plastiktüte. Er hatte ihn nicht kommen hören.

»Mann, haben Sie mich erschreckt«, fuhr er ihn an.

»Entschuldigung. Ich dachte, Sie hätten mich gehört. Tut mir leid. Ich habe mich nur so gefreut. Der Fuchs und ich, wir sind quasi alte Bekannte, wissen Sie. Der Bursche treibt sich fast jeden Abend hier herum. Da …«, er streckte den Arm mit der Plastiktüte aus und lachte, »jetzt wird es ihm zu bunt. Jetzt rennt er weg. Muss seinen Bau irgendwo dahinten haben, vielleicht im Botanischen Garten.«

Jeden Abend? Langsam dämmerte Jens Becker, was der Alte gesagt hatte. Schlagartig war er nüchtern.

»Sie sind öfter hier, um diese Zeit?«

»Wenn ich nicht schlafen kann, ja. In meinem Alter ist das manchmal schwierig. Ich wohne dahinten«, er machte eine vage Geste in die Richtung, aus der auch Jens Becker gekommen war. »Und wenn ich keine Ruhe finde, gehe ich hierher. Dann laufe ich meine große Biege und meistens schlafe ich danach wie ein Murmeltier.«

Du wohnst nirgendwo, Alter, dachte Becker. Höchstens auf einem Matratzenlager, in Pappkartons unter einer Autobahnbrücke. Er war drei Schritte auf den Mann zugegangen. Hatte er auch so eine Fahne? Der Kerl hatte mindestens so viel getrunken wie er.

»Und unterwegs …« Becker zeigte auf die Plastiktüten. Der Alte sammelte die Pfandflaschen des akademischen Nachwuchses ein. Wie der Fuchs klapperte er nächtens die Mülleimer ab.

Der Mann sah ihn wachsam an. »Ich verdiene mir ein paar Cent dazu. Na und? Die Leute werfen sie weg. Ist bares Geld. Kann ich gut gebrauchen.« Er musterte ihn misstrauisch. »Und Sie? Was machen Sie hier? Sind Sie vom Wachschutz?«

Becker zeigte ihm mit einer raschen Geste seinen Dienstausweis. »Kriminalpolizei.«

Der Alte zuckte zusammen.

»Keine Angst. Sie können so viele Flaschen sammeln, wie Sie wollen. Das interessiert mich nicht. Ich will nur wissen, ob Sie in der Nacht zum Donnerstag auch hier waren.«

»Ich weiß nicht. Vielleicht.«

»Denken Sie nach! Es ist sehr wichtig. Ist Ihnen irgendetwas aufgefallen? Haben Sie jemanden gesehen oder etwas gehört?«

»Mmh, Donnerstag ...« Der Alte hielt die Griffe seiner Plastiktüten fest umklammert und schien eher darüber nachzudenken, wie er möglichst schnell den Rückzug antreten könnte.

Becker versuchte, ihm auf die Sprünge zu helfen. »Vor zwei Tagen, etwa um dieselbe Zeit.«

»War das diese kalte Nacht?«

»Genau, die Temperaturen lagen knapp über dem Gefrierpunkt.«

»Ja, ich erinnere mich. Ein eisiger Wind. Hab mir fast die Finger abgefroren, so arschkalt war das plötzlich. Was war denn los in dieser Nacht?«

»Nichts Besonderes. Nur ein Mordfall.«

»Scheiße, verdammte.« Der Alte wich zwei Schritte zurück. »Lasst mich bloß in Ruhe. Davon weiß ich nichts. Damit habe ich nichts zu tun.«

»Das hat auch niemand behauptet. Also, was ist? Denken Sie nach. Ist Ihnen was Ungewöhnliches aufgefallen? Ich kann Sie auch mit aufs Revier nehmen, wenn Ihnen das lieber ist.«

»Nein, nein. Ich überleg ja schon.«

Becker wartete.

»Gibt's dafür eine Belohnung?«

»Wenn Sie uns weiterhelfen, ließe sich da vielleicht was machen.«

Zögernd streckte der Mann die rechte Hand mit der Plastiktüte aus und deutete auf das Biologiezentrum. »Da oben, in dem Hochhaus, brannte Licht, sehr hell, und ein Fenster stand offen.«

Becker traute seinen Ohren kaum. Ein Zeuge, ausgerechnet heute hatte er einen Zeugen gefunden.

»Und?«, drängte er ungeduldig. »Weiter! Was noch?«

»Nichts weiter. Hat mich nur gewundert. Besonders das Fenster. Ist ja sonst nicht offen.«

»Was haben Sie gemacht?«

»Was soll ich gemacht haben? Meine übliche Runde, sonst nichts. War nicht sehr erfolgreich, die Nacht. Hätte besser zu Hause bleiben sollen.« Er warf Becker einen ängstlichen Blick zu.

»Kommen Sie. Mir können Sie nichts verheimlichen. Da ist doch noch was. Sie brauchen keine Angst zu haben. Ihnen passiert schon nichts.«

Der Alte blickte zu Boden und trat von einem Fuß auf den anderen. »Da war ein Mann.«

Becker riss die Augen auf.

»Ein Mann? Was für ein Mann?«

»Er ist hier langgerannt, diesen Weg, Richtung Stadt. Ich stand dahinten.« Er deutete auf den Schwarzen Weg, wo der Fuchs die Mülleimer untersucht hatte. »Er ist gerannt, als ob der Teufel hinter ihm her wär. Ich dachte, jetzt joggen diese Spinner schon um Mitternacht. Und dann auch noch in Mantel und Anzug.«

Verdammt. Es gab also doch noch eine dritte Person«, stellte Anne mit lauter Stimme fest.

»Vorsicht! Der Mann muss nichts mit unserem Fall zu tun haben.«

»Ich bitte dich, Sigmund. Er wurde in unmittelbarer Nähe des Zentrums gesehen, zur Tatzeit. Was willst du denn noch?«

»Beweise.«

»Er rannte. Der war auf der Flucht.«

»Das ist deine Interpretation.«

»Und wie sieht deine aus? Training für einen Nachtmarathon? In Mantel und Anzug?«

»Ich wollte nur darauf hinweisen, dass wir nicht wissen, woher der Mann kam. Da liegen ein Dutzend Institutsgebäude.«

»Normalerweise reicht das für eine Festnahme.«

»Ich bin gespannt, wie du den ausfindig machen willst.«

»Jetzt wissen wir wenigstens, wonach wir die Leute fragen müssen. Nach einem Mann im Anzug. Ich glaube kaum, dass da um diese Zeit noch mehr Menschen unterwegs waren. Wie sah er aus? Wie alt war er?«

Jens Becker hatte dem aufgeregten Wortwechsel, den seine Erzählung ausgelöst hatte, schweigend zugehört. Jetzt schüttelte er den Kopf. »Normal, das war alles, was ich herausbekommen konnte. Weder besonders groß noch klein, weder dick noch dünn.«

»Hm, könnte dein Zeuge ihn identifizieren?«, fragte Sigmund Bock.

»Das glaube ich kaum. Es war dunkel und der Mann war mindestens zwanzig, dreißig Meter entfernt. Trotzdem, falls wir ihn finden, sollten wir es versuchen. Ich dachte, der Zeuge wäre ein Obdachloser, aber er hat mir eine Adresse genannt, wo wir ihn finden können. Er heißt Hanns Mahler, ein verwitweter Rentner.« Jens zögerte einen Moment, bevor er es aussprach.

»Dieser Mann im Anzug … ich weiß nicht, wie es euch geht, aber ich musste sofort an Frank Moebus denken.«

»Unmöglich. Pass auf, was du sagst.« Anne Detlefsen blickte einen Moment an die Zimmerdecke, um ihre Erregung in den Griff zu bekommen. Ihr Einwurf war schärfer ausgefallen als beabsichtigt. Was hatte Jens um diese Zeit auf dem Universitätscampus verloren gehabt? Und wann hatte er getrunken? Davor oder danach? Als sie weitersprach, verriet nur noch ein kaum wahrnehmbares Zittern in ihrer Stimme, wie sehr das Auftreten von Jens ihr heute gegen den Strich ging. »Ich weiß, dass du ihn nicht ausstehen kannst, du hast es ja deutlich zum Ausdruck gebracht. Aber so leid es mir tut, Moebus kommt als Tatbeteiligter nicht infrage. Nimm das bitte zur Kenntnis. Moebus war in Brüssel, hast du das vergessen? Er hat am Mittwochvormittag in Hamburg für den Flug um 6:50 Uhr eingecheckt und ist Freitag früh zurückgeflogen. Wir haben das überprüft. In Brüssel hatte er einen Termin nach dem anderen, abends einen Vortrag im Audimax der Universität vor Hunderten von Leuten. Dirk hat Fotos davon im Internet gefunden. Du hast uns einen wertvollen Hinweis geliefert, Jens, aber halte dich bitte in Zukunft mit solchen Äußerungen zurück, vor allem in Gegenwart der Staatsanwältin.«

Becker blickte sich um. »Die Staatsanwältin? Ich kann sie hier nirgendwo entdecken. Man wird ja wohl noch einen Gedanken äußern dürfen.«

»Diesen nicht.« Sie warf ihm einen scharfen Blick zu und drehte sich dann ostentativ zu Sigmund Bock. »Ihr müsst eure Befragungen intensivieren. Such dir alle Kollegen zusammen, die verfügbar sind. Am Montag erwarte ich den Bericht der Gerichtsmediziner. Und für den Nachmittag ist wieder eine Pressekonferenz angesetzt. Bis dahin müssen wir Ergebnisse vorzuweisen haben, sonst reißen sie uns bald den Kopf ab.«

Pit war schon auf dem Weg zurück nach Hamburg, wo irgendein spektakuläres Rendezvous auf ihn wartete, während Bennie und Hermann es sich auf dem Sofa gemütlich gemacht hatten, an ihren Bierflaschen nippten und bei offener Studiotür der Hip-Hop-Musik lauschten, die aus einem der Kinderzimmer im ersten Stock durch das ganze Haus schallte. Ihre Session hatte sich heute mühsam dahingeschleppt, einer dieser Tage, die man getrost aus dem Gedächtnis streichen könnte. Songs, die sie sonst mitgerissen und begeistert hatten, klangen heute langweilig und uninspiriert. Der Funke wollte einfach nicht überspringen.

Solche Tage hatte es immer gegeben, schließlich waren sie keine Maschinen, mal lief es besser und mal eben nicht. An sich war das kein großes Problem und es widerstrebte Hermann, den unbefriedigenden Verlauf dieses Nachmittags mit Franks Abwesenheit in Verbindung zu bringen, aber es war nun einmal eine Tatsache, dass keiner von ihnen, am wenigsten er selbst, in der Lage war, ein mitreißendes Solo zu spielen oder eine tragende Melodielinie. Frank hatte an allen Ecken und Enden gefehlt, das war die bittere Wahrheit. Zu viert waren sie einfach besser, vollständiger. Auch die alten Hookers waren ein Quartett gewesen, in dem ein heute verschollener Leadgitarrist die Solistenrolle übernommen hatte.

»Meinst du, er kommt gar nicht mehr?«, fragte Bennie nach einer Weile.

»Das weiß ich nicht. Ehrlich gesagt, bin ich momentan nicht besonders gut auf ihn zu sprechen.« Er erzählte von ihrer Auseinandersetzung.

»Mein Gott, sei nicht so mimosig, Hermann. Elisabeth und ich haben die Berichterstattung aufmerksam verfolgt. Bei Frank ist gerade eine verdammte Bombe hochgegangen und die Sache nimmt ihn ziemlich mit. Davon muss er sich erst mal erholen.

Ist doch klar, dass er in dieser Situation Wichtigeres zu tun hat, als mit uns hier herumzustümpern. Du darfst das nicht persönlich nehmen. In seinem Frust schlägt er wahllos um sich und du warst zufällig in der Nähe und hast ihm das richtige Stichwort geliefert. Gib ihm ein wenig Zeit.«

»Du musst ja nicht mit ihm zusammenarbeiten.«

»Zusammenarbeiten? Ich denke, ihr seht euch kaum.«

Hermann beschloss, lieber den Mund zu halten. Bennie hatte ja recht. Frank war ein Gutteil seiner mühsam aufgebauten wissenschaftlichen Existenz um die Ohren geflogen und er schmollte hier wegen eines Blickes, der seine Qualitäten als Gitarrist infrage stellte. Als ob das irgendeine Bedeutung hätte.

»Ehrlich, Hermann. Ich glaube, Frank geht's richtig dreckig. Elisabeth macht sich große Sorgen um ihn. Sie sagt, dass sich jemand um ihn kümmern muss. Deshalb ist sie ja heute zu ihm gefahren.«

»Sie ist bei Frank?«

»Hab ich das nicht erzählt? Wahrscheinlich seid ihr irgendwo zwischen Lübeck und Kiel aneinander vorbeigefahren.«

»Verstehen sich die beiden?«

Bennie sah ihn an. »Verstehen? Machst du Witze? Ich glaube, es gibt kein zweites Geschwisterpaar auf der Welt, das sich derart viel zu erzählen hat. Sie besuchen sich mindestens einmal in der Woche und telefonieren jeden Tag, manchmal den ganzen Abend. Die Kinder haben sich schon beschwert, weil das Telefon immer blockiert ist. Nein, im Ernst, Eli und ihr kleiner Bruder: Das ist schon speziell. Manchmal frage ich mich, wie die beiden das ausgehalten haben, als über Jahre hinweg der ganze Atlantik zwischen ihnen lag.«

»Das wusste ich gar nicht«, sagte Hermann verblüfft. »Frank hat sie nie erwähnt.«

»Willst du noch ein Bier?« Hermann nickte und Bennie erhob sich, um zum Kühlschrank zu gehen. »Hast du dich nie gefragt, warum Frank ausgerechnet nach Kiel gegangen ist?«, fragte er. »Das ist ja nicht gerade der Mittelpunkt der Welt.«

»Du meinst …«

»Er hat es natürlich nie gesagt, aber ich glaube, es ist so. Eli hat mir bestätigt, dass sie darüber gesprochen haben, als es um die Entscheidung darüber ging, ob er den Ruf annimmt. Er wollte in ihrer Nähe sein. Wir waren lang genug getrennt, hat er gesagt. Wörtlich.«

»Das ist ja ein Ding. Darauf wäre ich nie gekommen.«

Sie schlugen die Flaschenböden aneinander, ließen die Verschlüsse aufschnappen und tranken.

»Ich war damals in Down Under und habe das Berufungsverfahren nur am Rande mitbekommen«, erzählte Hermann. »Aber ich weiß natürlich, dass viele sich gefragt haben, was einen Mann wie ihn wohl nach Kiel gelockt hat. Die Ausstattung seines Lehrstuhls ist üppig, andere Universitäten hätten ihm aber noch bessere Bedingungen bieten können, vor allem in Amerika.«

»Nein, nein, glaub mir. Er ist ein so ehrgeiziges Arbeitstier, dass alle denken, es wäre ihm nur um seine Arbeitsmöglichkeiten gegangen. Aber das stimmt nicht. Die Aussicht, seiner Schwester nah sein zu können, spielte eine ganz entscheidende Rolle. Er wäre auch nach Hamburg oder Bremen gegangen, aber da war nichts zu bekommen. Und zurück wollte er nicht. In Woods Hole, wo er zuletzt war, hätten sie ihn wohl mit Kusshand genommen, aber er hat abgesagt.«

»Er hat was?« Hermann sah Bennie mit großen Augen an. Sein Freund wartete mit einer Überraschung nach der anderen auf. »Ich denke, er hatte da drüben so eine tolle Zeit. Und dann noch Woods Hole. Ich würde da nicht lange überlegen. Eine bessere Adresse kann man sich als Meeresbiologe kaum wünschen.«

»Ich glaube, die Absage hatte mit einer unglücklichen Liebesgeschichte zu tun.«

Hermann hatte noch nie darüber nachgedacht, er hatte es einfach hingenommen, dass Frank nicht verheiratet war. Jahrelang war er von einer Universität zur nächsten gezogen, hatte immer wieder wochenlange Forschungsreisen unternommen und lebte für seine Arbeit. Er wäre nicht der Einzige, den dieses wissenschaftliche Globetrotterdasein davon abgehalten hatte, eine feste Partnerschaft aufzubauen. Hermann fiel es schwer, sich eine Frau an Franks Seite vorzustellen. Irgendwie schien es einfach nicht zu ihm zu passen.

»Frank und die Frauen, das ist wohl schon immer ein Problem gewesen«, sagte Bennie. »Eli hat mal gesagt, sie habe lange geglaubt, ihr Bruder wäre vielleicht schwul, weil er in der Schule nie eine Freundin gehabt hatte. Bis sie dann später doch eine traf, eine angehende Ärztin, die zehn Jahre älter war als er. Er hat sie nie mit nach Hause gebracht, weil er sich vor der Reaktion seines Vaters fürchtete. Die jungen Mädchen seien ihm zu albern, soll er mal gesagt haben. Drüben muss es dann aber richtig gefunkt haben. Eli hat die Frau kennengelernt, als sie ihn besucht hat, und erzählte, dass sie ihren Bruder noch nie so glücklich und entspannt erlebt habe. Die Frau hieß Judy, eine bildhübsche Afroamerikanerin.«

»Eine Schwarze?«

»Ja, eine Schauspielerin und Sängerin. Frank ist im Grunde seines Herzens eben doch ein Künstler.«

»Und warum hat es mit den beiden nicht geklappt?«

»Weiß ich nicht. Du kannst ihn ja mal fragen.« Bennie grinste. »Nein, tu es besser nicht. Mittlerweile ist sie mit einem anderen verheiratet, was ihn wohl schwer getroffen hat. Sie lebt in

Boston. Was zwischen den beiden vorgefallen ist, hat er selbst Elisabeth nicht erzählt, und das will was heißen. Sie vermutet, dass Judy nicht mit nach Europa wollte.«

Bennie wirkte plötzlich ungewohnt ernst. »Manchmal bin ich regelrecht eifersüchtig, wenn ich Eli und Frank zusammen erlebe. Es fing schon an, als er noch in Bremerhaven war. Ich glaube, man nennt so ein Verhältnis symbiotisch, oder? Fragt sich nur, wer da von wem abhängig ist. Vermutlich ist der Vater schuld. Er muss ein schrecklicher Tyrann gewesen sein. Ich habe ihn nur zwei-, dreimal gesehen, Eli hat aber viel erzählt. Die beiden Kinder sind ja bei ihm aufgewachsen, die Mutter ist relativ früh gestorben. Da mussten sich die Kinder eben verbünden.«

»Was hat der Vater denn beruflich gemacht?«

»Nichts Besonderes eigentlich. Er war Ingenieur, leitender Angestellter in irgendeiner Maschinenbaufirma. Aber er stammte aus kleinen Verhältnissen, hatte massenhaft Geschwister und musste sich mühsam hocharbeiten. Eli sagt, er habe sich seiner Herkunft immer geschämt. Den Kontakt zu seiner Familie hat er abgebrochen, weil er mit diesem Milieu nichts mehr zu tun haben wollte. Sogar als seine Frau starb, hat er jedes Hilfsangebot seiner Familie abgelehnt. Muss ein ganz harter Hund gewesen sein. Die Kinder konnten es ihm nie recht machen, besonders Frank nicht, der oft Prügel bekam, wenn er nicht spurte oder schlechte Noten nach Hause brachte. Bei Eli hat er sich dann ausgeheult. Sie war so eine Art Muttersatz für ihn.« Bennie seufzte. »Tja, und jetzt ist er weltberühmt. Wäre interessant zu wissen, wie sein Vater darauf reagiert hätte. Ob er endlich zufrieden wäre. Aber das hat er ja nicht mehr erlebt.«

»Woran ist er gestorben?«

»Woran stirbt so jemand? Herzinfarkt natürlich, allein in seiner Küche, vor fünf Jahren. Seine ganze Sippe war damals bei der Beerdigung. Nur Frank ist nicht gekommen. Er war zu der Zeit noch in Amerika. Irgendeine Forschungsreise. Vielleicht war es auch nur eine Notlüge.«

Sie saßen schweigend nebeneinander und tranken.

»Okay«, sagte Bennie nach einer Weile und schlug sich mit den Händen auf die Oberschenkel. »Ich glaube, ich geh mal in die Küche und schieb ein paar Pizzen in den Ofen. Die Kinder haben sicher Hunger und ich auch. Machst du den Salat?«

»Ja, gerne. Ich trinke noch mein Bier aus, dann komme ich hoch.«

Bennie nickte, verließ den Raum durch die offene Studiotür und stieg die Kellertreppe hinauf.

Hermann legte die Füße auf den Couchtisch und versuchte nachzudenken. Sein Zorn war verflogen und geblieben war … Verwirrung.

Stolz, unerschütterliches Selbstvertrauen, Ehrgeiz, messerscharfer Verstand und ein bemerkenswertes Talent, direkt auf jeden möglichen Konflikt zuzusteuern, das war es, was er mit Frank in Verbindung brachte. Aber offenbar war das nicht einmal die halbe Wahrheit. Bei einer der wichtigsten Entscheidungen, die ein Wissenschaftler in seiner Laufbahn zu treffen hat, gab angeblich die Nähe zur großen Schwester den Ausschlag. Und den Weg zurück nach Amerika soll eine unglückliche Liebe versperrt haben? Entweder Bennie lag falsch oder Frank Moebus war nicht der, der er zu sein vorgab.

Bruno?« Frank Moebus brüllte so laut, dass hoch über ihm, im All, die Satelliten erzitterten. Endlich hatte er ihn am Telefon. Tagelang hatte eine schwere Wolkendecke über dem Lomonossow-Rücken den telefonischen Kontakt mit der *Polar-*

stern erschwert. »Mein Empfang ist schlecht. Kannst du mich verstehen?«

»Ja, um Gottes willen, schrei nicht so. Ich höre dich ausgezeichnet.«

»Entschuldigung. Jetzt ist es besser. Ich bin so froh, dass ich dich endlich erreiche.«

»Wir hatten schlechtes Wetter und haben festgesteckt.«

»Wo seid ihr jetzt?«

Dr. Bruno Wehrmann, der wissenschaftliche Leiter der laufenden *Polarstern*-Expedition, gab ihm die Koordinaten durch, die Frank sofort auf eine große Seekarte des Nordpolarmeeres übertrug, die vor ihm auf dem Tisch lag. Das Forschungsschiff war noch nicht so weit gekommen, wie er gehofft hatte.

»Hast du schon Nachricht von Pierre Resnais oder der ESF? Ich bekomme das Geld, Bruno. Wir haben grünes Licht.«

»Gratuliere. Nein, bisher ist noch nichts gekommen. Wir brauchen natürlich eine offizielle Bestätigung, aber noch haben wir ja Zeit. Erst müssen wir es überhaupt bis zum Gakkel-Rücken schaffen. Wir haben hier noch ein umfangreiches Programm zu absolvieren. Und das Wetter macht mir Sorgen. Die Prognose ist miserabel.«

»Wann, glaubst du …«

»Frag mich nicht. Du kennst ja den Kapitän. Der lässt sich nicht drängen. Die Sicherheit von Schiff und Besatzung geht vor.«

»Du kennst die Verhältnisse da oben wie kein Zweiter. Ich will ja nur eine grobe …«

»Frühestens in zehn Tagen, würde ich sagen. Aber nagel mich nicht darauf fest. Diese ganze Aktion ist ausgesprochen ungewöhnlich, das weißt du so gut wie ich. Ich habe mich für dich verdammt weit aus dem Fenster gelehnt und meine Chefs in Bremerhaven knirschen schon mit den Zähnen. Das Einzige, was sie daran hindert zu intervenieren, ist dein guter Name und deine Verbundenheit mit dem Haus. Außerdem sind sie natürlich scharf auf neue Moebus-Zellen. Also fall mir nicht weiter auf den Wecker, hörst du.«

Frank bis sich auf die Lippen. Er kannte Wehrmann gut und wusste seinen rauen Ton zu nehmen. Aber er durfte den Bogen nicht überspannen. Zehn Tage, frühestens ... das war keine gute Nachricht. Er hatte mit höchstens einer Woche gerechnet.

»Die Herren sollen sich nicht so anstellen«, sagte er. »Das Alfred-Wegener-Institut hat wirklich nicht den geringsten Grund, sich über mich zu beklagen. Sie haben enorm profitiert, oder? Aber ich verspreche, dich nicht mehr zu löchern. Ich bin ... ich kann's kaum abwarten, verstehst du? Ich bin so wahnsinnig neugierig.«

»Mach dir mal keine Sorgen. Wenn die Finanzierung geregelt ist, wirst du deine Proben schnell bekommen. Ich muss jetzt Schluss machen. Der Bodengreifer kommt gerade hoch.«

Nur wann?, dachte Frank. Was heißt schnell?

»Okay, bis bald, Bruno«, verabschiedete er sich. »Und lasst euch nicht zerquetschen.«

Wehrmann lachte. »Du weißt doch: Um die *Polarstern* zu knacken, müsste sie schon zwischen zwei Eisgebirge geraten.«

Frank trat ans Fenster und sah auf den Campus hinunter. Nach Lachen war ihm nicht zumute. Aus dem Flur drangen Stimmen und das Klirren von Glas durch die geschlossene Tür seines Büros.

Er merkte plötzlich, dass er an seinen Fingernägeln kaute. Das hatte er schon ewig nicht mehr getan. In fünf Tagen, am Donnerstag kommender Woche, erschien die neue *Nature*-Ausgabe und seit gestern wusste er, dass es darin auch um ihn gehen würde. Nach Monaten der Ruhe geschah plötzlich alles gleichzeitig. Noch hatte er nicht einmal ansatzweise verkraftet, was er in seinem Labor gesehen hatte, da drohte schon der nächste Schlag. Er fühlte sich wie ein Boxer, der nach einem Beinahe-K.o. wieder auf schwankenden Beinen steht, vor sich die drohend erhobenen Fäuste seines Gegners. Was ihm fehlte, war ein Coach, der ihm in den Kampfpausen Mut zusprach und neue Tricks verriet. Und zu Hause eine liebevolle Frau, die seine Wunden versorgte. In Momenten wie diesen vermisste er Judy so sehr, dass es schmerzte.

Leider war er auf sich allein gestellt. Aber er war zäh und bis zum Donnerstag hatte er ja Zeit, sich zu erholen. Nach dem Abzug der Polizisten hatte er gestern ein paar Mitarbeiter dazu verdonnert, den Kulturenraum wieder auf Vordermann zu bringen, und eine Antwort, an der sich die *Nature*-Autoren die Zähne ausbeißen würden, hatte er auch schon formuliert. Sie sollten nicht glauben, dass er sofort einknicken würde. Noch hatte er Reserven. Und hieß es nicht, dass angeschlagene Gegner besonders gefährlich wären? Es lief auf einen Wettlauf mit der Zeit hinaus und darin war er ja geübt. Er nahm den Kampf an. Nur das Wetter über dem Nordpolarmeer bereitete ihm Kopfzerbrechen. Alles war auf die Probenausbeute der *Polarstern* ausgerichtet.

7

Regina Hilpert war eine kleine, zierliche Frau mit schulterlangem dunkelblondem Haar, das sie zu einem dicken Pferdeschwanz zusammengebunden hatte. Mit ihrer Stupsnase und den großen Augen hätte man sie als hübsch bezeichnen können, wäre da nicht dieser Ausdruck von Erschöpfung und ungläubigem Entsetzen gewesen, der sich wie eine Maske über ihr mädchenhaft rundes Gesicht gelegt hatte. Als ein junger Arzt die beiden Kriminalbeamten in das Krankenzimmer führte, blieb sie mit auf dem Schoß gefalteten Händen auf einem Stuhl am Fenster sitzen und würdigte die Besucher kaum eines Blickes. Sie antwortete zwar bereitwillig und ausführlich auf alle Fragen, blickte aber starr geradeaus in den Garten, als würde sie nur mit sich selbst sprechen. Draußen schlenderten einige Patienten allein oder in Begleitung von Krankenschwestern oder Besuchern über die Kieswege. Den Vorschlag von Anne Detlefsen, sich ebenfalls auf eine Bank in die Oktobersonne zu setzen, lehnte sie mit einem entschiedenen Kopfschütteln ab, mit Recht, wie sich zeigen sollte. Kurz darauf verdunkelte sich der Himmel und es begann zu regnen.

Ihre Familie schien ziemlich isoliert und in Kiel noch nicht richtig angekommen zu sein. Auf die Frage nach Freunden ihres Mannes waren ihr nach längerem Nachdenken nur zwei Namen eingefallen, Bekannte von Bekannten, mit denen Johannes Hilpert ab und zu Squash spielte. Mit Freundschaft habe das nicht viel zu tun gehabt, betonte sie. Seine alten Kumpel habe Johannes in Freiburg zurückgelassen. Seit sie in Kiel lebten, habe es für Johannes nur die Wissenschaft und seine Familie gegeben, in dieser Reihenfolge. Der Kontakt zu den Studenten und Kollegen im Institut habe ihm gereicht, er sei eben ein eher stiller und introvertierter Mensch gewesen, der keinen großen Freundeskreis brauchte. Sie sei ein bisschen anders gestrickt, habe sich aber um den Haushalt und die beiden kleinen Kinder kümmern müssen, da sei nicht viel Zeit geblieben, um in der neuen Umgebung soziale Kontakte zu knüpfen. Sie habe nur oberflächliche Bekanntschaften geschlossen, kenne ihre Nachbarin, die ihr gelegentlich die Kinder abnehme, und einige Mütter, die sie auf dem Spielplatz oder im Kindergarten treffe.

Ihr und ihrem Mann sei von Anfang an klar gewesen, dass es in Kiel nicht leicht werden würde, vor allem für sie als Mutter, so sei das eben, wenn der Mann eine Karriere in der Wissenschaft anstrebe. Wer sich Nachwuchs anschaffe, habe es eben schwerer, Kinder seien auf diesem Weg nicht vorgesehen, ein Karrierehindernis. Doch für sie und Johannes habe sich diese Frage nicht gestellt. Sie hätten unbedingt beides gewollt, eine Familie und wissenschaftlich arbeiten, und sie sei bereit gewesen, diesen Weg mit ihrem Mann zu gehen, gern auch ein paar Jahre im Ausland. Das wäre der nächste Schritt gewesen. Johannes' Vertrag ging über zwei Jahre, mit einer Option für ein weiteres Jahr, das Ziel war der Doktortitel. Kiel war eine Durchgangsstation, mehr nicht. Doch wie schwer ihr das Leben als Hausfrau und Mutter in einer fremden Stadt fallen würde, habe sie nicht geahnt, immerhin sei sie studierte Biologin wie ihr Mann und gewohnt zu arbeiten. In der ersten Zeit habe sie kaum die Wohnung verlassen. Ihr Junge sei oft krank gewesen und die Kleine gehe ja erst seit ein paar Wochen in die Kita.

Das alles erzählte sie in teilnahmslosem Tonfall, den Blick nach draußen in den Regen und den nun menschenleeren Garten gerichtet, so als habe sie vom Leben ohnehin nichts anderes erwartet. Selbst als sie davon sprach, dass aus der Durchgangsstation nun eine Sackgasse geworden sei – sie benutzte das englische Wort dead-end road –, zeigte sie kaum eine Regung.

Erst als der Name Frank Moebus fiel, erwachte sie zum Leben. Sofort schienen ihre blauen Augen Funken zu sprühen. »Sie haben mit ihm gesprochen? Und … was hat er gesagt?«

In all den Jahren als Kriminalpolizistin hatte sich Anne an Situationen wie diese nicht gewöhnen können, deshalb hatte sie das Gespräch bisher weitgehend Sigmund Bock überlassen. Von einem Menschen Informationen zu erbitten, für den ohne eigene Schuld alles zusammengebrochen war, kostete sie unendlich viel Kraft. Und in diesem konkreten Fall besonders: Sie wusste aus eigener Erfahrung nur zu gut, was es bedeutete, als junge Frau plötzlich mit zwei kleinen Kindern allein dazustehen.

»Professor Moebus hat keine Erklärung für das, was vorgefallen ist«, antwortete sie jetzt.

Regina Hilpert stieß ein bitteres Lachen aus. »Und natürlich glauben Sie ihm, dem großen Moebus.«

»Wir haben bislang keinen Grund, es nicht zu tun«, erwiderte Sigmund Bock.

Ihre Augen wurden feucht. Sie hatte Mühe, sich zu beherrschen. »Dieser Mann hat uns ins Unglück getrieben. Er ist ein egoistisches, machtversessenes Arschloch. Und sein bescheuerter Assistent war auf demselben Weg wie er.«

»Sie meinen Moritz Barthelmess.«

Sie nickte.

»Was heißt ›ins Unglück getrieben‹? Was hat er getan, was werfen Sie ihm vor?«

»Was er getan hat?«, rief sie empört. »Er hat Johannes unter Vortäuschung falscher Tatsachen nach Kiel gelockt. Er hat einen Dummen gesucht, der ihm die Dreckarbeit abnimmt.«

»Geht es vielleicht etwas genauer? Von welchen falschen Tatsachen sprechen Sie?«

Die junge Frau wischte sich mit dem Handrücken die Tränen aus dem Gesicht. Anne reichte ihr ein Taschentuch.

»Danke. Er suchte einen RNA-Spezialisten, wenn Ihnen das etwas sagt, jemanden, der das Genom dieser verfluchten Zellen analysiert, die ihn berühmt gemacht haben. Für Johannes, für uns alle klang das nach einer unglaublichen Chance.« Sie schluchzte. »Können Sie sich vorstellen, mit welchen Hoffnungen wir hierhergekommen sind? Dass Moebus ausgerechnet Johannes ausgewählt hat, erschien uns wie ein Wunder. Johannes war gut, das war nicht das Problem, aber er war nicht so der strahlende Siegertyp, wenn Sie verstehen, was ich meine. Wahrscheinlich konnte Moebus sich kaum retten vor Bewerbungen. Johannes musste diese Chance ergreifen, und wir, seine Familie, wollten bei ihm sein. Für mich bedeutete das, dass ich auf absehbare Zeit nur für die Kinder da sein würde, aber ich habe ihm zugeraten, ich Idiot, habe ihn geradezu gedrängt. Johannes war zögerlich, wie immer. Er war nicht jemand, der sofort lichterloh brannte. Mit einem der berühmtesten Wissenschaftler des Landes zusammenzuarbeiten, an einem unglaublich aufregenden Thema, das erschien ihm wie ein Geschenk des Himmels, wie ein schöner Traum. Er konnte es kaum glauben. Wenn er Erfolg gehabt hätte, dann hätten ihm Tür und Tor offen gestanden. Er hätte sich überall in der Welt bewerben können, in den besten Labors. Als junger Wissenschaftler zu gesichertem Einkommen und einem festen Job zu kommen, ist verdammt schwer. Und plötzlich schien das alles möglich, zum Greifen nah. Wir waren völlig aus dem Häuschen, als die Zusage kam, sind schreiend durch die Wohnung getanzt.«

Ein Schwall von Tränen brach aus ihr heraus. Sie verbarg ihr Gesicht, presste das Taschentuch auf die Augen und krümmte sich zusammen. Die Kripobeamten blickten betroffen zu Boden und warteten geduldig, bis die junge Frau sich wieder gefangen hatte.

»Und dann?«, fragte Bock leise.

»Dann?« Sie presste die Augen zusammen und holte tief Luft. »Dann kam Johannes hier an und das molekularbiologische Labor, in dem er arbeiten sollte, existierte gar nicht. Was es gab, waren zwei leere Räume und eine Menge Kisten mit Chemikalien, Laborutensilien und den modernsten und teuersten Geräten, die man sich nur vorstellen konnte. Und ein paar Studenten, die darauf warteten, dass endlich jemand, der sich auskannte, mit dem Auspacken beginnen würde.«

»Gab es denn kein Bewerbungsgespräch? Bei der Gelegenheit hätte er doch alles besichtigen können.«

»Vielleicht war ja auch alles unsere Schuld. Wir waren so naiv, so blauäugig.« Sie verzog das Gesicht. »Zwei Monate bevor er die Stelle antrat, war Johannes nach Kiel gefahren und da sah alles schon genau so aus, nur die Geräte fehlten. Er war natürlich davon ausgegangen, dass bis zu seinem Arbeitsbeginn alles aufgebaut und in Betrieb genommen sein würde. Aber dem war nicht so. Er war derjenige, der das übernehmen sollte.«

»Und was hat Professor Moebus dazu gesagt?«

»Es vergingen ein paar Tage. Moebus war damals viel unterwegs, und Johannes brauchte ein wenig Zeit, bis er sich überhaupt traute, ihn darauf anzusprechen. Sie müssen das verstehen, Johannes hatte gerade mal eine Masterarbeit geschrieben. Er war neu in der Arbeitsgruppe und unsicher, im Grunde noch ein kleiner Student. Und Moebus ist ein Gigant. Immer wieder kann man lesen, dass er als zukünftiger Nobelpreiskandidat gehandelt wird. Im Vorfeld war er überaus liebenswürdig gewesen, aber in dem Moment, als Johannes über seine Arbeit sprechen wollte, reagierte er wohl ziemlich schroff. Johannes war geschockt. Angeblich fiel Moebus aus allen Wolken und verwies auf den Ausschreibungstext, in dem vom Aufbau eines molekularbiologischen Labors die Rede war. Was man daran missverstehen könne. Aber Johannes und ich hatten uns nicht vorstellen können, dass er am absoluten Nullpunkt beginnen sollte, schließlich war seine Zeit ja begrenzt, zwei, bestenfalls drei Jahre. Das ist doch kein Job für einen Doktoranden. Für den ist jeder einzelne Tag kostbar.«

»Und wie ging es weiter?«, fragte Bock.

»Na ja, bis alles reibungslos funktionierte, vergingen Wochen, ach, Monate. Johannes arbeitete wie ein Wahnsinniger, oft bis tief in die Nacht. Die Kinder sah er eigentlich nur noch am Wochenende. Es gab ja nicht nur das Labor. Gleichzeitig musste er sich in sein zukünftiges Aufgabengebiet einarbeiten. Die Marine Mikrobiologie war Neuland für ihn. Und er musste in seiner eigenen Wissenschaft, der Molekularen Genetik, auf dem neuesten Stand bleiben. Er kam immer mit dicken Papierstapeln nach Hause, die er lesen wollte, und wurde von Woche zu Woche unruhiger. Manchmal hatte er Panikattacken, konnte nicht schlafen. Im Nu war ein Vierteljahr vergangen und er hatte die Zellen, die er analysieren sollte, noch nicht einmal zu Gesicht bekommen.«

»Und wie wirkte sich das alles auf sein Verhältnis zu Moebus und Barthelmess aus? Gab es Spannungen?«

»Und ob.« Offenbar tat es Regina Hilpert gut, darüber zu sprechen, was sie erlebt hatte. Sie wirkte jetzt gefasster. »Moebus machte Druck, ihm dauerte das alles zu lange. Sie sahen sich nur zwei-, dreimal in der Woche und dann fragte er nach den Fortschritten und halste Johannes neue Aufgaben auf. Mir gegenüber tat Johannes so, als wäre das alles ganz normal, aber ich hatte das Gefühl, dass er vor seiner Familie davonlief, und begann, ihn zu kritisieren. Ich weiß, es war falsch, aber ich konnte nicht anders. Ich war selbst überlastet und nahe daran, zu verzweifeln. Es ist schrecklich, wenn man nicht mehr dazu kommt, mit dem eigenen Mann über ganz alltägliche Dinge zu reden. Für mich geht es Woche um Woche um nichts anderes, aber ihm war das nach einem langen Tag im Institut oft zu viel und wir stritten uns. Ich hätte es nie für möglich gehalten, dass unsere Beziehung so sehr unter seiner Arbeit leiden könnte. Dafür begann ich Moebus zu hassen. Dass er ihn so ausnutzte und Johannes sich das klaglos gefallen ließ, ihn sogar noch verteidigte, machte mich wahnsinnig. Manchmal wollte ich ihn schütteln, ihm sagen, was ist mit uns, Johannes? Vergiss mich und deine Kinder nicht. Können Sie das verstehen?«

Sie sah Anne mit einem Blick an, dem die kaum standhalten konnte. »Das kann ich sehr gut verstehen, Frau Hilpert. Jede Frau könnte das. Sie dürfen sich keine Vorwürfe machen.«

»Früher war Johannes immer der ruhende Pol in unserer Beziehung gewesen, hier hatte ich das Gefühl, er entwickelt sich zu einem einzigen Nervenbündel. Er fuhr leicht aus der Haut, wachte nachts oft auf und hatte immer diesen gehetzten Blick. Manchmal erkannte ich ihn gar nicht wieder. Ich habe meinen Mann immer um seine Ruhe und Ausgeglichenheit beneidet, aber das, was er hier zu leisten hatte, war zu viel für ihn, für ihn und für uns alle. Moebus hat unserer Familie den Vater genommen.« Sie schluckte und sah einen Moment aus dem Fenster. »Wenn wenigstens etwas dabei herausgekommen wäre, hätte ich das vielleicht noch hinnehmen können, wie gesagt, es ging ja nur um eine begrenzte Zeit und wir wussten vorher, dass es schwer werden würde. Aber es schien gar nichts voranzugehen. Und die Uhr tickte unerbittlich. In anderthalb Jahren hätte er über seine Arbeit Rechenschaft ablegen müssen, um die Verlängerung seines Vertrages zu bekommen, und da zählen nur Ergebnisse, harte wissenschaftliche Resultate. Dass er aus dem

Nichts ein funktionierendes Labor aufgebaut und Studenten angeleitet hat, würde niemanden interessieren. Ach …« Sie verbarg ihr Gesicht mit beiden Händen. »Jetzt ist ohnehin alles egal.«

Sie ließ den Kopf sinken.

»Wo stand er denn zuletzt mit seiner Arbeit?«, fragte Anne nach einer Weile. »Sie sagten, nach drei Monaten hatte er die Moebus-Zellen noch nicht zu Gesicht bekommen. Hat sich das geändert? Womit hat er sich beschäftigt?«

Regina Hilpert zuckte die Achseln. »Ehrlich gesagt, so genau weiß ich das nicht. Ich habe seine Arbeit verflucht und nicht mehr danach gefragt. Ich glaube, er hat begonnen, verschiedene bakterielle RNAs zu synthetisieren. Ich bin mir nicht sicher, ob er mit den Zellen gearbeitet hat. Moebus tat immer sehr geheimnisvoll. Er hat diese Zellen gehütet wie seinen Augapfel. Ich weiß, dass Johannes sich darüber geärgert hat, dass er noch immer keinen Zugang zu den Bakterienkulturen hatte.«

»Seine Kollegen haben uns erzählt, dass er sich in letzter Zeit stark zurückgezogen hat«, sagte Sigmund Bock. »Was könnte der Grund gewesen sein? Gab es irgendeinen Vorfall, der die Situation zugespitzt hat? Vielleicht mit Dr. Barthelmess?«

»Ich weiß nicht, mir kam das wie ein kontinuierliches Bergab vor. Mit Moritz konnte Johannes von Anfang an nicht. Er kam einfach mit dessen großspuriger Art nicht klar und ich konnte ihn gut verstehen, ich fand diesen Typen ekelhaft, ein Möchtegern-Moebus im Miniaturformat. Er hielt sich für unwiderstehlich und prahlte mit seinen Auslandsaufenthalten und Veröffentlichungen. Meine Ablehnung muss ihn wohl irgendwie gereizt haben, denn bei einer Geburtstagsparty fing er plötzlich an, mich massiv anzumachen, mich, die Frau eines Kollegen, eine Mutter von zwei kleinen Kinder. Ich fand das so unangenehm, dass ich seitdem nie wieder zu gemeinsamen Aktivitäten der Arbeitsgruppe gegangen bin, wenn ich wusste, dass er dabei sein würde. Ich war sicher, er würde es wieder versuchen, einfach, weil es ihm Spaß machte. Ich wollte ihm nicht noch eine zweite Gelegenheit bieten.«

Bock und Detlefsen sahen einander an. »Hat Ihr Mann davon gewusst?«

»Er war nicht dabei, niemand hat das mitbekommen, und ich habe es ihm nicht erzählt. So wichtig war es nun auch wieder nicht, ein albernes Spiel.«

»Jemand anders vielleicht?«

»Johannes hat mich nie darauf angesprochen. Eigentlich glaube ich nicht, dass er es wusste.«

»Wie haben Sie ihm denn erklärt, dass Sie bei Feiern der Arbeitsgruppe lieber zu Hause geblieben sind?«

»So oft wird da nicht gefeiert und meistens ergab sich das ganz zwanglos, weil eines der Kinder krank war oder weil ich mich nicht wohlgefühlt habe. Ich bin ja auch vorher nicht immer mitgegangen.«

»Dr. Barthelmess und Ihr Mann hatten an jenem Abend offenbar eine heftige Auseinandersetzung. Könnte das, was Sie uns gerade erzählt haben, der Grund gewesen sein?«

»Sie meinen, dass Johannes eifersüchtig war?« Jetzt zeigte sich auf ihrem Gesicht ein zaghaftes Lächeln. »Nein, ausgeschlossen. Sie kannten Johannes nicht. Er war nicht der Typ, der sich um eine Frau prügelt. Außerdem … wir haben uns zwar so viel gestritten wie nie zuvor, aber das ging nicht so weit, dass wir angefangen hätten, aneinander zu zweifeln.«

»War Ihr Mann schon einmal in psychiatrischer Behandlung oder bei einem Therapeuten? Alles spricht dafür, dass er Selbstmord begangen hat.«

Ihr Kopf fuhr herum. Sie starrte Sigmund Bock hasserfüllt an. »Wie kommen Sie dazu, so etwas zu behaupten? Ich kann das nicht glauben. Er hatte doch zwei kleine Kinder. Und er hatte mich. Wir hätten das geschafft. Wir …« Sie sackte schluchzend in sich zusammen, schüttelte wie unter Zwang den Kopf.

Minuten vergingen.

Anne warf einen Blick auf die Uhr. Sie hatten die arme Frau lange genug strapaziert. »Nur eine Frage noch, Frau Hilpert, dann lassen wir Sie in Ruhe. Wissen Sie, ob sich das Laborbuch Ihres Mannes in Ihrer Wohnung befindet?«

Keine Antwort.

»Frau Hilpert.«

»Nein, sein Laborbuch habe ich nie gesehen.«

»Dürfen wir im Schreibtisch Ihres Mannes danach suchen? Es wäre sehr wichtig für uns. Außerdem müssten wir uns den Rechner Ihres Mannes ansehen, am besten bei uns auf der Dienststelle. Natürlich bekommen Sie ihn zurück. Wir machen nur eine Kopie der Festplatte. Alles, was wir finden, wird absolut vertraulich behandelt.«

Regina Hilpert legte kurz die Stirn in Falten, dann nickte sie. »Ich sage meiner Mutter Bescheid. Ich weiß nicht, wie lange ich noch hierbleiben muss. Vielleicht kann ich am Mittwoch nach Hause.«

Anne erhob sich. »Was werden Sie jetzt tun?«, fragte sie.

»Ich weiß noch nicht. Wahrscheinlich werde ich nach Freiburg zurückgehen, was sonst? Dort leben meine Eltern und alte Freunde. Ich werde ihre Hilfe brauchen.«

»Sie sollten so bald wie möglich wieder arbeiten.«

»Das ist in meinem Fachgebiet nicht einfach. Ich habe über Wildbienen gearbeitet. Wer braucht so jemanden schon?«

Hermann hatte sein wissenschaftliches Leben der Erforschung des Auges gewidmet, eines ganz besonderen Organs. Im Aufbau von geradezu physikalischer Strenge leistet es für seine Besitzer einfach Ungeheuerliches: Es übersetzt Licht in Erregungszustände von Nervenzellen, die das Gehirn zu einem Bild der Welt zusammensetzt, im besten Fall gestochen scharf, in Farbe und 3-D.

Lichtsinnesorgane sind im Tierreich weitverbreitet und immer wieder neu entstanden. Es gibt sie in unüberschaubarer Formenfülle. Doch für die meisten Menschen ist das Linsenauge der Wirbeltiere die Krone dieser Schöpfung.

Erstaunlicherweise haben aber auch Hermanns Lieblinge, die Kopffüßer oder Tintenfische, Linsenaugen hervorgebracht, die ihrem Pendant bei Vögeln oder Menschen in nichts nachstehen und riesengroß werden können. Dem größten dieser Augen, das jemals entdeckt wurde, hatte Hermann erst vor wenigen Monaten in Neuseeland in die trübe Pupille geschaut. Es besitzt das Format eines Fußballs und steckt im bulligen Kopf seines Roten.

Ob groß oder klein, auch die Linsenaugen der Tintenfische bestehen aus Hornhaut, Linse, Iris und Netzhaut, im Embryo entwickeln sich diese Strukturen aber auf ganz andere Weise. Unterschiedliche Ausgangsmaterialien, unterschiedliche Entstehungsweisen und trotzdem ein nahezu identisches Ergebnis. Die Gesetze der Physik, der Optik, lassen eben nur eine Lösung zu, es gibt aber verschiedene Wege, ein Lehrbuchbeispiel für parallele Evolution, die sogenannte Konvergenz.

Zu den sensationellen Fundstücken, die Hermann am Peketa Beach in Neuseeland entdeckt hatte, gehörte ein gallertartiger Klumpen, den er mit einem Kescher aus dem flachen Wasser gefischt hatte. Die wabblige Masse entpuppte sich als das Gelege eines unbekannten Tiefseekalmars, ein beispielloser Glücksfall, denn an diesen Tieren hatte man die Augenentwicklung noch nie studieren können, weil man auf ihre Eier normalerweise keinen Zugriff hatte. In dem Gelege fanden sich Embryos verschiedener Entwicklungsstufen, die er vor Ort in Alkohol konservierte. Daheim in Kiel präparierte Charlotte sie für das Licht- und Elektronenmikroskop und schnitt sie dann in dünne und dünnste Scheibchen.

An Mikroskop und Computer sitzend ging Hermann an diesem Tag zum wiederholten Mal die daraus resultierenden Schnittserien durch und fotografierte sie. Über Stunden war er so in seine Arbeit vertieft, dass er alles um sich herum vergessen hatte.

Bei einem Embryo stutzte er. In dem normalerweise strukturlosen Sekret, aus dem die Linse entstehen würde, waren bei diesem Tier feine, linienartige Gebilde zu erkennen, die wie Zellmembranfragmente aussahen.

Seltsam. Er hatte so etwas noch nie gesehen. Bis sie unter seinem Mikroskop lagen, hatten die Embryonen nicht nur geografisch einen weiten Weg zurückgelegt. Vielleicht war bei diesem Exemplar etwas schiefgegangen.

Er vergrößerte das Bild und der Eindruck verstärkte sich noch. Die linearen Strukturen waren wie bei einer gestrichelten Linie immer wieder unterbrochen, als wären sie zerrissen worden oder in Auflösung begriffen. Was war das? Bisher hieß es, in der Linse von Tintenfischen könne es keine Zellgrenzen geben, weil es keine Zellen gebe.

Ohne nachzudenken, vergrößerte er das Bild immer weiter, bis die einzelnen Pixel zu erkennen waren. Er war mittlerweile von der stundenlangen konzentrierten Arbeit etwas ermüdet, und als er die ersten Lücken zwischen den Linienfragmenten durch Veränderung der Farbpixel schloss, geschah dies nicht, um ein bestimmtes Ergebnis zu erzielen, sondern aus einer Art

Spieltrieb. Es hatte mit seiner Erschöpfung zu tun, der nachlassenden Konzentration. Sein Hirn verlangte nach Abwechslung. Doch als er zu der normalen Darstellung zurückkehrte, ließ ihn der Anblick zusammenzucken wie ein überlauter Weckruf.

Zellfragmente in der embryonalen Augenlinse eines Cephalopoden, das wäre eine Sensation … Er kicherte, vergrößerte das Bild erneut, machte weiter und wie beim ersten Mal versetzte ihn die normale Ansicht der Fotografie in einen seltsamen Zustand der Euphorie.

Was er tat, war nur ein Spiel, aber es entwickelte eine unwiderstehliche Sogkraft. Wieder und wieder vergrößerte er die Aufnahme, schwächte seine neu gesetzten Farbpunkte an einer Stelle ab, hob sie an anderen stärker hervor und kontrollierte die Wirkung, die er damit erzielte. Am Ende starrte er mit einer Mischung aus Faszination und Entsetzen auf ein Foto, das noch kein Mensch je gesehen hatte. Er speicherte das Bild unter neuem Namen und fand, dass es sich gut auf einem *Nature*- oder *Science*-Cover machen würde. Sähe er es zum ersten Mal, er wüsste nicht, warum er an seiner Seriosität zweifeln sollte.

Er holte sich die entsprechenden Aufnahmen anderer Embryonen auf den Bildschirm und nun glaubte er, auch in deren Linsensekret haarfeine Strukturen zu erkennen, mal mehr, mal weniger. Begann er Gespenster zu sehen? Weil er sie sehen wollte? Weil sie eine ungleich größere Brisanz besäßen als nur eine weitere Version des Altbekannten?

Wenn er das veröffentlichen würde, durch derartige Bilder überzeugend belegt … Sämtliche zoologischen Lehrbücher müssten umgeschrieben werden.

Plötzlich erwachte er wie aus einem Tagtraum und erschrak. Was tat er hier überhaupt? Hatte ihn der Stress der vergangenen Tage um den Verstand gebracht? Was bezweckte er damit? Noch nie hatte er mikroskopische Aufnahmen verändert, auch wenn das Chaos real existierender Gewebeverbände nicht selten förmlich danach schrie, gereinigt oder geordnet zu werden. Das war eben die Realität. So und nicht anders sah sie aus. Die Kunst der Wissenschaft bestand darin, aus dem vorgefundenen Durcheinander Allgemeingültiges herauszulesen, nicht etwas hineinzuschreiben. Jeder Eingriff, jede Veränderung wäre …

Er schüttelte sich, sprang auf und starrte voller Widerwillen auf die Computertastatur und die Maus herab, als hätten sie ihm sein Tun geradezu aufgezwungen. Aufgeregt lief er im Büro auf und ab. Dann setzte er sich kurz entschlossen wieder hin, taufte das manipulierte Bild auf den Namen »Quatsch« um und beendete alle Programme. Für heute hatte er genug davon.

Einen Moment saß er unschlüssig da. Was sollte er nun mit diesem angebrochenen Nachmittag anfangen? Er war nervös, und kaum hatte er den schützenden Hafen seiner Arbeit verlassen, meldeten sich auch die Gedanken an Frank und die beiden Toten zurück. Er wollte sich doch dessen ältere Arbeiten ansehen. Die Ausdrucke lagen in seinem Schreibtisch.

Nur wenige Minuten vergingen, bis Hermann den Papierstapel mit einem Stöhnen wieder zur Seite legte. Er war nicht mehr in der Stimmung für wissenschaftliche Texte, konnte sich nicht konzentrieren. Immer wieder musste er daran denken, was er gerade getan hatte.

Stell dich nicht so an, schimpfte er im Stillen. Du hast doch nie vorgehabt, so einen Unsinn zu veröffentlichen.

Er stand auf, um sich einen Kaffee zu machen, den er im Stehen vor dem Fenster trank. Schließlich schüttelte er den Kopf und lächelte. Vergiss es und lösch den Mist, dachte er. Es war nur ein Spiel.

Er spülte seine Tasse aus und beschloss, sich noch über PubMed die Veröffentlichungen von Barthelmess und Hilpert auszudrucken. Dazu war er beim letzten Mal nicht mehr gekommen. Neue Erkenntnisse erwartete er eigentlich nicht. Wenn einer der beiden an Moebus-Zellen geforscht hätte, stünde auch Franks Name auf der Arbeit und er hätte sie bereits in dessen Liste gefunden. Die Ausdrucke, die er wenig später in den Händen hielt, bestätigten seine Erwartungen. Barthelmess hatte sich mit ganz anderen Dingen beschäftigt und die Liste von Johannes Hilpert umfasste nur vier Einträge, von denen drei vor seiner Kieler Zeit entstanden waren. Eine Arbeit hatte er mit Frank und anderen aus seiner Arbeitsgruppe verfasst. Es ging um ein Bakterium, das in heißen Süßwasserquellen lebt.

Hermann seufzte, streckte sich und beschloss, seinen Doktoranden einen Besuch abzustatten. Vielleicht würde er auf diese Weise noch etwas Sinnvolles zustande bringen.

Er schaltete den Computer aus, schüttelte bei dem Gedanken an das veränderte Foto den Kopf und schickte sich an, den Raum zu verlassen. An der Tür drehte er noch einmal um und verstaute die ausgedruckten Listen in seinem Schreibtisch. Merkwürdig, dachte er, als sein Blick wieder auf das Blatt mit Hilperts wissenschaftlichen Arbeiten fiel. Der junge Mann hatte zwar die Methoden beherrscht, die erforderlich waren, um die RNA der Moebus-Zellen zu entschlüsseln, aber er war praktisch noch ein Anfänger gewesen. Warum hatte sich Frank ausgerechnet ein solches Greenhorn in seine Gruppe geholt? Zu den hohen Maßstäben, die er sonst anlegte, passte das nicht. Er hätte sich doch ein erfahrenes Labor als Partner suchen können. Es ging um so viel.

Auf der nachmittäglichen Sitzung der Sonderkommission stellte Anne Detlefsen die vorliegenden Untersuchungsgutachten vor. Die Obduktionsberichte der Gerichtsmediziner und die von Experten des Landeskriminalamts am Mühlenweg durchgeführten DNA-Analysen ließen an Deutlichkeit kaum zu wünschen übrig.

Die Frage nach der Todesursache war in beiden Fällen eindeutig zu beantworten. Ein Sturz aus dem zwölften Stock eines Hochhauses ist mit nahezu hundertprozentiger Wahrscheinlichkeit tödlich. Aus dem Muster der schweren Verletzungen, die Johannes Hilpert erlitten hatte, schlossen die Gerichtsmediziner, dass sein Körper mit Kopf und Schultergürtel zuerst aufgeprallt war, was für einen absichtlichen Sprung oder zumindest nicht dagegen sprach. Wer bei Bewusstsein ist und gegen seinen Willen aus einem Fenster fällt oder gestoßen wird, versucht in der Regel unwillkürlich, mit den Füßen zuerst aufzukommen, um den Aufprall abzufangen, auch wenn das bei dieser Fallhöhe natürlich aussichtslos ist. Letztlich erreicht man damit nur, dass Fuß- und Beinknochen als erste brechen.

Moritz Barthelmess war an seinem enormen Blutverlust gestorben. Durch sein Körpergewicht hatte die scharfkantige Aquariumscheibe seine Halsschlagader zur Hälfte durchtrennt. Möglicherweise hatte er beim Aufprall das Bewusstsein verloren und war dann nach außen verblutet.

Beide waren nicht alkoholisiert, in den Haaren von Moritz Barthelmess fanden sich allerdings Spuren von Cannabis und Kokain, für Arnie Schwarzenau, der die Wohnung des Toten durchsucht hatte, keine Überraschung.

»Wir haben in seinem Nachttisch ein Tütchen mit Marihuana gefunden«, berichtete er. »Daneben lag übrigens eine angebrochene Packung Viagra. Der Junge wollte es ab und zu wirklich wissen.«

»Vielleicht hatte er tatsächlich Potenzprobleme«, erwiderte Hansen.

»Der? Mit Mitte dreißig? Glaub ich nicht.« Schwarzenau grinste. »Obwohl … ich habe mich ein bisschen schlaugemacht. Diese Pillen werden heute hauptsächlich von jungen Männern geschluckt, natürlich ohne jede medizinische Indikation. Warum sie das tun, überlasse ich eurer Phantasie.«

»Mein Gott«, stöhnte Jens Becker und fuhr sich mit der Hand über den Kopf. »Manchmal bin ich wirklich froh, dass ich in diesen Zeiten nicht mehr jung sein muss.«

Im Blut von Johannes Hilpert war eine ganz andere, nicht weniger aufschlussreiche Substanz nachgewiesen worden: Trimipramin, ein Wirkstoff verschiedener rezeptpflichtiger Antidepressiva, die gegen Schlafstörungen und Ängste verschrieben werden. Offenbar hatte er das Medikament regelmäßig genommen, möglicherweise sogar in hoher Dosierung. Trimipramin hat erhebliche Nebenwirkungen. Es sediert stark und kann das vegetative Nervensystem beeinträchtigen.

»Nach allem, was uns seine Frau erzählt hat, wundert mich das nicht«, kommentierte Sigmund Bock.

»Wusste Frau Hilpert, dass ihr Mann Psychopharmaka nimmt?«, fragte die Staatsanwältin.

»Sie hat nichts dergleichen erwähnt«, antwortete Anne Detlefsen. »Sie hat aber von Schlafstörungen und Panikattacken gesprochen, von seinem gehetzten Blick, und dass sie ihn manchmal kaum wiedererkannt habe. Sie wollte uns deutlich machen, wie schlecht es ihrem Mann und der Familie ging, seit er bei Moebus war, und sie war dabei sehr offen, fand ich. Warum hätte sie verschweigen sollen, dass er Tabletten nimmt? Nein, ich glaube nicht, dass sie es wusste. Wir sollten mit seinem Hausarzt sprechen.«

Bock nickte. »Ich kümmere mich darum.«

»Es wäre also denkbar, dass er in noch schlechterer Verfassung war, als seine Frau dachte«, stellte die Staatsanwältin fest. »Möglicherweise war er akut suizidgefährdet.«

»Das glaube ich nicht.« Die Soko-Chefin schüttelte den Kopf. »Frau Hilpert reagierte heftig, als das Wort Selbstmord fiel. Offenbar war sie in keiner Weise darauf vorbereitet. Sie sagte, ihr Mann sei früher ruhig und ausgeglichen gewesen. Früher, das heißt in diesem Fall vor nicht einmal einem Jahr. Warum hat sich seine Verfassung hier in Kiel so rapide verschlechtert? Nur weil er viel arbeiten musste und trotzdem nicht vorankam? Das ist doch kein Grund, sich das Leben zu nehmen. Da fehlt etwas …«

Jens Becker räusperte sich. Er sah heute aus wie aus dem Ei gepellt, trug einen Anzug und ein blütenweißes Hemd und wirkte ausgeschlafen wie lange nicht. Anne war sofort aufgefallen, dass er sich große Mühe gab, den verheerenden Eindruck vom Sonnabend vergessen zu machen. »Ein Auslöser fehlt«, sagte Becker, »eine Zuspitzung, eine Situation, die ihm keinen Ausweg ließ. Vielleicht gab es einen ganz nichtigen Anlass, irgendeine blöde Bemerkung. Vielleicht hat Barthelmess ihn provoziert, zum Beispiel indem er eine abfällige Bemerkung über Hilperts Frau fallen ließ. Sie waren müde und gereizt. Es war schon spät, sie hatten einen Sechzehnstundentag in den Knochen. Hilpert hatte ein chronisch schlechtes Gewissen wegen seiner Familie und wollte endlich nach Hause. Die Sache eskaliert. Sie prügeln sich, Hilpert rastet aus, entwickelt ungeahnte Kräfte und schleudert Barthelmess durch den Raum, sodass der in diesem zerberstenden Aquarium stecken bleibt. Er erkennt, was er getan hat, sieht das viele Blut und ahnt, dass Barthelmess sterben wird, wenn nicht ein Wunder geschieht. Vielleicht hat er sogar noch versucht, ihm zu helfen. Und dann steht er allein inmitten der Trümmer und begreift, dass dies das

Ende seiner Karriere ist, dass er im Gefängnis landen könnte, dass er auf allen Ebenen versagt hat, als Vater, als Wissenschaftler und als Mensch. Er schämt sich, schämt sich in Grund und Boden, ist völlig verzweifelt. Sein Blick fällt auf den Schalter, der die Rollos nach oben befördert, und plötzlich weiß er, wie er all dem entkommt.«

»Ja«, sagte Anne Detlefsen nach einem Moment des Schweigens. »So könnte es gewesen sein. Wir werden es möglicherweise nie erfahren.«

Die beiden Toten wiesen jede Menge Hämatome im Gesicht, auf den Armen und am Oberkörper auf, Kratzer am Hals und auf den Wangen, dazu kleine Schürf- und Platzwunden an den Händen, die typischen Hinterlassenschaften einer heftigen Schlägerei. Nach den Analysen des LKA-Labors fanden sich DNA-Spuren mehrerer Personen im Raum, das Blut auf dem Boden, an den Regalen und an Kleidung und Körper der beiden Toten stammte aber ausschließlich von Johannes Hilpert und Moritz Barthelmess. Beide hatten Blut und Hautpartikel des jeweils anderen an der Kleidung und unter den Fingernägeln.

»Ich finde die Version von Jens sehr überzeugend.« Sigmund Bock beugte sich nach vorne und stützte sich auf seine Unterarme. »Seien wir doch mal ehrlich. Es läuft auf das hinaus, was jeder von uns gedacht hat, als er den Tatort zum ersten Mal gesehen hat: erweiterter Suizid. Im Grunde ein klarer Fall. Wahrscheinlich haben wir von Anfang an viel zu viel hineingeheimnisst. Zwei Tote im Labor eines berühmten Wissenschaftlers, die ganze Aufregung, die das ausgelöst hat, die Appelle, dass wir besonders gründlich vorgehen und keinen Fehler machen dürfen, all das hat dazu geführt, dass wir irgendein großes Mysterium dahinter vermutet haben. Wir konnten uns nicht vorstellen, dass sich zwei hochgebildete junge Männer in dieser Laborumgebung, im Forschungsolymp der Kieler Universität, genauso verhalten wie besoffene Hilfsarbeiter, die sich nicht grün sind und wegen irgendeiner Kleinigkeit aufeinander losgehen. Aber genau das scheint passiert zu sein. Dass das Ganze in einem Selbstmord endete, lag an der Persönlichkeit von Johannes Hilpert, die vielleicht das einzig Spezifische an diesem Fall ist. Er war eben hochgradig labil, ein Opfer der besonderen Umstände.«

»Was ist mit dem Zeugen, den Jens aufgetan hat?«, fragte Bertram Hollinger. »Was ist mit diesem Mann im Anzug?«

»Wenn er am Tatort war, hat er keinerlei Spuren hinterlassen«, sagte Anne. »Sammy konnte die letzten bisher nicht identifizierten Fingerabdrücke Professor Moebus und einem gewissen«, sie las den Namen von einem Zettel ab, »Daniel Kambacher zuordnen.«

Hollinger nickte. »Das macht Sinn. Er arbeitet im Haus. Wir haben schon am Donnerstag im Biologiezentrum mit ihm gesprochen. Er war mit Johannes Hilpert befreundet und hat ausgesagt, dass er den Kulturenraum mehrmals betreten habe.«

»Seine Frau hat diesen Namen nicht erwähnt, als wir sie nach den Freunden ihres Mannes gefragt haben«, brummte Sigmund Bock. Er tauschte einen kurzen Blick mit der Kommissarin.

»Vielleicht doch nur eine Institutsbekanntschaft«, sagte Hollinger.

»Bleiben wir noch einen Moment bei dem Mann im Anzug«, sagte Anne Detlefsen. »Wir haben weder Fingerabdrücke noch Blutspuren noch irgendeinen anderen Beweis für die Anwesenheit einer dritten Person. Bliebe nur noch die DNA. Unter den gegebenen Umständen wird uns aber kein Richter der Welt gestatten, Proben aller Mitglieder der Arbeitsgruppe zu nehmen, um auch das noch abzugleichen. Außerdem«, sie stockte einen Moment, »Sammy hat darauf hingewiesen, dass eine Person, die nach dem Streit aus diesem Raum gekommen wäre, mit hoher Wahrscheinlichkeit Glassplitter und Blutspuren in den Flur getragen hätte. Dort konnte aber trotz intensiver Suche kein Blut nachgewiesen werden. Wenn der Mann im Anzug etwas mit dem Fall zu tun hat, wovon ich eigentlich ausgehe, dann nur als Beobachter, was die Sache noch rätselhafter macht. Er kann an dem Geschehen nicht direkt beteiligt gewesen sein.«

»Da wäre ich mir nicht so sicher«, widersprach Bertram Hollinger. »Pauli war auch in dem Raum, ohne etwas herauszutragen. Vergiss das nicht. Was wissen wir eigentlich über den Todeszeitpunkt?«

»Wahrscheinlich nur wenige Minuten bevor Pauli eintraf. Eine dritte Person hätte ihm eigentlich direkt in die Arme laufen müssen, entweder auf dem Flur oder im Treppenhaus, es sei denn, sie hätte sich schon früher entfernt.« Sie sah Bock an. »Hat die Befragung ...«

»Nein. Die Kollegen haben sich am Wochenende auch noch die Besitzer der Lauben am Botanischen Garten vorgenommen, obwohl die genau in der entgegengesetzten Richtung stehen. Wir haben nicht alle angetroffen, aber eines ist schon deutlich geworden: Im Oktober bleibt da kaum noch einer über Nacht. Die Studenten im Wohnheim auf der anderen Seite der Autobahn haben auch niemanden bemerkt. Da hätte unser Mann vorbeikommen müssen. Nein, Fehlanzeige.«

Anne überlegte. »Was ist mit den Familien der Toten, Eltern, Geschwistern? Aus dem Umfeld von Barthelmess habe ich noch gar nichts gehört.«

Ein junger Beamter, der aus dem Kommissariat 2 für Bandenkriminalität zur Soko gestoßen war, meldete sich zu Wort. »Mit den Familien haben die Kollegen vor Ort gesprochen. Da herrscht großes Entsetzen und Ratlosigkeit. Weder die Eltern noch die Schwester von Moritz Barthelmess haben je von einem Johannes Hilpert gehört und umgekehrt war es genauso. In Hilperts Familie wusste man, dass es hier in Kiel für Johannes nicht richtig rundlief, dass er viel arbeiten musste, aber das war auch alles.«

»Verdammt noch mal.« Die Kommissarin schlug mit der Hand auf den Tisch. »Irgendjemandem muss der Mann sich doch anvertraut haben.«

»Der hat offenbar alles in sich hineingefressen«, brummte Arnie Schwarzenau. Er berichtete von zwei sportbegeisterten Kollegen von Barthelmess, die wie er Assistenten im Biologiezentrum waren. Über Interna der Arbeitsgruppe Moebus wussten sie nichts, aber die drei joggten ab und zu gemeinsam im Projensdorfer Gehölz und gingen zu Europapokalspielen des THW Kiel. »Ich habe keine Ahnung, ob das typisch für diese jungen Wissenschaftler ist, aber einen großen Freundeskreis hatte Barthelmess nicht. Wir versuchen jetzt herauszubekommen, wer auf den vielen Fotos zu sehen ist, die wir in seiner Wohnung gefunden haben. Dirk Hansen und ich wollten uns im Anschluss zusammensetzen, um das mit den privaten E-Mails abzugleichen. Vielleicht kommen wir auf diese Weise weiter. Bertram, du solltest die Fotos durchsehen. Du kennst die Leute aus dem Institut. Eine junge Frau ist ziemlich häufig zu sehen. Es müsste doch mit dem Teufel zugehen, wenn wir nicht herausbekommen, wer das ist.«

Anne fluchte leise. Wahrscheinlich führte auch das nur in eine Sackgasse. Es war zum Verzweifeln. Selten hatte sie in einem Fall ermittelt, bei dem sie derart auf der Stelle traten. Alles schien darauf hinauszulaufen, dass Johannes Hilpert und Moritz Barthelmess den Grund ihrer Auseinandersetzung mit in den Tod genommen hatten.

Jens und Sigmund hatten wahrscheinlich recht: Es war um Nichtigkeiten gegangen. Ein Wort gab das andere, eine Beleidigung die nächste. Ein anfangs harmloser privater Streit zwischen zwei Männern, die sich nicht ausstehen können, hatte sich hochgeschaukelt, eine banale Alltäglichkeit, wie sie sich jederzeit überall zutragen kann, diesmal allerdings mit tragischem Ausgang. Alles in ihr sträubte sich gegen diese Schlussfolgerung, doch trotz intensiver Ermittlungen hatten sie nichts finden können, was gegen diesen Ablauf sprach. Wieder rief sie sich den Gedanken in Erinnerung, der ganz am Anfang ihrer Ermittlungen gestanden hatte. Sie war sich so sicher gewesen, hier auf andere als die üblichen Hintergründe zu stoßen. Aber welche? Woher kam ihre Überzeugung, dass es um mehr als Konkurrenz, Antipathie und männliche Eitelkeiten ging? War sie ein Opfer ihrer eigenen Wünsche und Hoffnungen geworden? Idealisierte sie das Wissenschaftlerdasein? Sie war verwirrt. Ihre Spürnase, die ihr so häufig gute Dienste erwiesen hatte, schien sie diesmal in die Irre geführt zu haben.

Sie zuckte zusammen, als die tiefe Stimme eines weißhaarigen Beamten zu hören war, der links neben der Staatsanwältin saß. Sie gehörte zu Kriminaldirektor Hans-Joachim Grube, dem Leiter der Bezirkskriminalinspektion Kiel, ihrem Chef, der zum ersten Mal persönlich einer Sitzung der Soko Olymp beiwohnte. »Gibt es noch weitere Wortmeldungen?«, fragte er und blickte in die Runde. »Nicht? Dann schlage ich vor, Sie gehen jetzt alle wieder an Ihre Arbeit. Die Staatsanwältin, Frau Detlefsen und ich werden beratschlagen, wie wir weitermachen, und uns eine Strategie für die Pressekonferenz zurechtlegen.«

Eine halbe Stunde später war die Soko Olymp nur noch Geschichte. Das Kommissariat 1 sollte weiter versuchen, die Hintergründe des Falls aufzuklären. Alle anderen Beamten aber würden an ihre Arbeitsplätze zurückkehren, auch Dirk Hansen. Anne protestierte vergeblich. Man brauche dringend jemanden, der über außergewöhnliche Computerkenntnisse verfüge, argumentierte sie, aber Grube blieb hart. Ob sie schon einmal die Massen an Festplatten gesehen habe, die unten an Hansens Arbeitsplatz auf ihre Bearbeitung warteten, fragte der Polizeidirektor. Nein, Hansen sei einer der besten Männer des Kommissariats für Zentrale Aufgaben und werde dort dringend gebraucht.

Auf der anstehenden Pressekonferenz wollte man weitgehend der Darstellung von Jens Becker folgen, auch wenn Anne eindringlich darauf hinwies, dass für sie dieser Fall noch nicht abgeschlossen war.

Es war überdeutlich, dass Polizeileitung und Staatsanwaltschaft die Sache vom Tisch haben wollten, auch wenn Fragen offenblieben. Die könne man in Ruhe bearbeiten, wenn die Öffentlichkeit das Interesse verloren habe, stellte Grube fest. Schon hätten Reporter begonnen, Schmuddelgeschichten über Barthelmess und sogar über Moebus auszugraben. Dieser Artikel der *Kieler Nachrichten* über die gescheiterte Studentin, die sich in psychologische Behandlung begeben musste, hätte nie erscheinen dürfen. Der Stadtrat, der Bürgermeister, der Präsident der Universität, sie alle hätten im Laufe des Vormittags bei ihm angerufen und ihr dringendes Interesse daran bekundet, dass diese schreckliche Geschichte so bald wie möglich aus den Schlagzeilen käme. Genau dafür werde man durch die Auflösung der Soko die Voraussetzungen schaffen. Die Botschaft an Presse und Öffentlichkeit war klar: Die Akte Barthelmess/Hilpert war so gut wie geschlossen.

Seit ihre Kinder aus dem Haus waren und studierten, lebte Anne allein in ihrer Dreizimmer-Altbauwohnung in einer Seitenstraße des Blücherplatzes. Normalerweise genoss sie diesen Zustand. Sie empfand ihn als einen Luxus, den sie sich nach vielen anstrengenden Jahren als berufstätige, alleinerziehende Mutter verdient hatte, und es kam so gut wie nie vor, dass sie sich zu Hause einsam und deprimiert fühlte. Doch an diesem Abend lag sie im Bademantel auf dem Sofa in ihrem Wohnzimmer, hatte ein Glas Rotwein neben sich auf dem Boden stehen und sehnte sich nach männlicher Gesellschaft, nach jemandem, der sie in die Arme nahm, ihr zuhörte und glaubhaft versicherte, dass auch eine Erste Kriminalhauptkommissarin Fehler machen durfte, ohne dass die Welt gleich aus den Fugen geriete.

Sie war zu Fuß von der Blume in ihr Fitnessstudio nahe der Holtenauer Straße gegangen, hatte dort intensiv trainiert und danach mehrere Saunagänge eingelegt, um die negativen Gedanken zu vertreiben, die sie seit der Sitzung der Sonderkommission bedrängten. Allein zu Hause fühlte sie sich dann nicht nur deprimiert, ihr taten auch sämtliche Knochen weh. Sie hatte das Training wohl übertrieben.

Früher hätte sie in einer solchen Stimmung vielleicht Jens angerufen und es hatte sie auch heute gerührt, wie er sich in Schale geworfen hatte. »Es wird nicht wieder vorkommen«, hatte er ihr noch zugeraunt, bevor er mit den anderen den Raum verließ. Sie wusste sofort, was er meinte, und wünschte ihm von Herzen, dass er sich wieder in den Griff bekäme, aber zurück zu ihrer alten Beziehung, zu ihrem seltsamen Status als Jens' beste Freundin, konnte und wollte sie nicht.

Seit der Trennung vom Vater ihrer Kinder hatte sie zwei, drei Affären gehabt, die im besten Fall anderthalb Jahre hielten. Entweder die Kinder spielten nicht mit oder ihre beruflichen Belastungen hatten zu unüberbrückbaren Differenzen geführt. Den letzten Versuch hatte sie kurz vor ihrem fünfzigsten Geburtstag abgebrochen. Damit war das Thema für sie erledigt und sie hatte kaum etwas vermisst, ihr Leben war immer mehr als ausgefüllt gewesen. Nur manchmal, an Tagen wie heute, sehnte sie sich nach einem Arm, der sie hielt.

Seltsamerweise war ihr Hermann Pauli eingefallen, aber natürlich kam auch der nicht infrage, nicht während laufender Ermittlungen, obwohl er ihr vom ersten Moment an gefallen hatte. Offenbar war sie die Einzige in der Inspektion, für die dieser Fall noch nicht beendet war. Fühlte sie sich so allein, weil ihr der Rückhalt im eigenen Team fehlte? Grube schätzte sie sehr, das wusste sie. Er hätte die Leitung der Sonderkommission in diesem brisanten Fall auch selbst übernehmen können, aber er hatte sie ihr übertragen, ein Vertrauensbeweis. Umso gravierender war die unverhohlene Kritik, die er heute geäußert hatte, die Art und Weise, wie er die Initiative an sich gerissen und die Sitzung beendet hatte. Sie wurde das unangenehme, ja, verstörende Gefühl nicht los, von ihrem Chef vor versammelter Mannschaft regelrecht vorgeführt worden zu sein, und wenn sie die irritierten Blicke von Sigmund und Bertram richtig interpretiert hatte, war das bei ihren Kollegen auch genau so angekommen.

Sie griff nach dem Block, der neben dem Sofa auf dem Boden lag. Darauf hatte sie noch einmal alles aufgelistet, was ihr zu dem Fall durch den Kopf gegangen war. Wo gab es offene Fragen? Was könnten sie noch tun? Große Hoffnungen setzte sie auf den häuslichen Arbeitsplatz von Johannes Hilpert. Darum würde sich Sigmund kümmern. Den Computer würde Dirk Hansen unter die Lupe nehmen, das hatte sie mit ihm abgesprochen. In der Mitte des Blattes standen drei Worte, die sie mehrfach umkringelt hatte. Während sie an ihrem Weinglas nippte, unterstrich sie die Worte noch einmal: Mann im Anzug.

Sie hatten alles versucht, ohne Ergebnis. Wieso rannte ein mit Mantel und Anzug bekleideter Mann nachts quer über das Universitätsgelände? Und wenn er nicht aus dem Biologiezentrum kam, wenn er nicht vor etwas davongelaufen war, woher könnte er sonst gekommen sein? Was war sein Ziel?

Sie stellte das Glas ab, schwang ihre Beine vom Sofa, ging zum Wohnzimmerschrank und kehrte mit einem Stadtplan zurück, den sie auf dem Fußboden ausbreitete. Vom Sekretär holte sie ihren Laptop und suchte und fand einen Lageplan der Christian-Albrechts-Universität.

Der Mann wollte offenbar in die Innenstadt und besaß kein eigenes Fahrzeug, jedenfalls hatte er es nicht auf dem Campus abgestellt. Der Bus, der bis zum Eingang des Botanischen Gartens fuhr, verkehrte um diese Zeit nicht mehr. Um nach Mitternacht von dort wegzukommen, hätte er sich ein Taxi rufen oder eben zu Fuß gehen müssen.

Sie schenkte sich Wein nach, trank einen Schluck und blickte wieder auf den Stadtplan. Die nächsten Wohnhäuser lagen westlich an der Olshausenstraße, wobei nicht einzusehen war, warum jemand, der es offenbar eilig hatte und in die Stadt wollte, den weiten Umweg über den Campus in Kauf genommen haben sollte.

Jenseits des Olof-Palme-Damms, fast einen Kilometer entfernt, lag eine Neubausiedlung, dahinter einige Straßenzüge mit Einfamilien- und Doppelhäusern, die sich bis an den Waldrand erstreckten. Sie schüttelte den Kopf. Wer am Projensdorfer Gehölz wohnte, besaß vermutlich ein Auto und es war unwahrscheinlich, dass jemand auch bei ausgeprägtestem Bewegungsdrang den ganzen Weg durch die Wohnstraßen, den Park und die Laubenkolonie im Laufschritt zurücklegen würde, noch dazu bei der Kälte, die in dieser Nacht geherrscht hatte. Auch ein Laubenbesitzer kam nicht infrage. Der hätte vermutlich andere Kleidung getragen. Also blieben nur die Gebäude des Botanischen Gartens und die an der Leibnizstraße liegenden Universitätsinstitute. Dort konnte man sich zur Not auch einen Mann im Anzug vorstellen, der lange am Schreibtisch gesessen hatte und dann an der frischen Luft einen Spurt über ein-, zweihundert Meter einlegte, um die eingerosteten Gelenke zu fetten und die Lunge durchzupusten. Das wäre die harmlose Erklärung.

Sie tippte mit dem Bleistift gegen ihre Lippen und überlegte. Ein Student war es wahrscheinlich nicht, dagegen sprachen Anzug und Mantel. »Er ist gerannt, als ob der Teufel hinter ihm her wäre«, hatte Jens' Zeuge ausgesagt. Das klang nicht nach einem übergewichtigen Mittfünfziger. Langsam bekam diese ominöse Gestalt vor ihrem inneren Auge Konturen. Sie leerte ihr Glas und schmunzelte. Natürlich könnte der Mann auch jemand anders gewesen sein, zum Beispiel ein sechzigjähriger marathongestählter Laubenbesitzer, der aus dem Theater kam und seinen Wohnungsschlüssel in der Gartenlaube vergessen hatte. Vieles sprach aber dafür, dass sie einen schlanken, sportlichen Mann um die vierzig suchten, der eher in den oberen Regionen der Universitätshierarchie angesiedelt war.

Sie blickte auf den Computermonitor. Auf dem Campusplan war jedes Gebäude mit einer Zahl versehen. Anne notierte: Botanischer Garten, Mensa, Physikzentrum, Fakultätenblöcke, Zentrum für Molekulare Biowissenschaften und Universitätsbibliothek. Viel Arbeit für die Kollegen. Wenn sie den Mann in einem dieser Gebäude fänden, wäre sie vielleicht geneigt, der Theorie zuzustimmen, die Grube und die Staatsanwältin am Nachmittag der Presse verkündet hatten. Wenn nicht – sie malte ein dickes Fragezeichen unter ihre Notizen –, mussten sie möglicherweise noch einmal ganz von vorn beginnen.

8

Darf ich einen Moment um Ruhe bitten.« Herbert Wiesheu war auf einen Stuhl gestiegen und blickte lächelnd auf die Köpfe der Menschen herab, die sich in dem Labor versammelt hatten. Das Stimmengewirr von mehr als dreißig Personen füllte den Raum. Fast alle hatten Sektgläser in der Hand. Die beiden Labortische, die sonst in der Raummitte standen, waren vor die beiden großen Fenster gerückt und mithilfe blütenweißer gestärkter Tischdecken in Buffettische verwandelt worden. Auf einem standen Getränke und Gläser, der andere, mit sechs Kerzen und einem riesigen Blumenstrauß in der Mitte, fungierte als Geburtstagstisch. Auch die Arbeitsflächen, wo Hermanns Mitarbeiter sonst mit Chemikalien und biologischen Präparaten hantierten, waren als Buffet gedeckt. Es gab verschiedene Kuchen, Schüsseln mit Salaten und Knabberzeug und zwei große Platten mit belegten Brötchen. Dazwischen waren Muschel- und Schneckenschalen drapiert und bunte Blütenblätter verstreut. Unter dem Abzug blubberte ein Topf Minestrone, der von einem Bunsenbrenner erhitzt wurde. In biologischen Instituten entwickelt man eine gewisse Routine in der Ausrichtung von Laborfeiern, doch diesmal hatte Charlotte sich selbst übertroffen.

Schon am Montag war Hermann von seiner kollektiv grinsenden Arbeitsgruppe ausdrücklich verboten worden, sich um irgendetwas zu kümmern, was mit der Ausrichtung dieser Feier zusammenhing. Jetzt wusste er, warum. Das Ausmaß dieses »kleinen Umtrunks« war für ihn eine überwältigende Überraschung.

Endlich herrschte Ruhe im Raum. Die Gäste blickten zum Fenster, wo der Institutsdirektor in ungewohnter Höhe Stellung bezogen hatte.

»Liebe Kollegen, liebe Mitarbeiter, liebe Studenten«, hob er an. »Und vor allem: mein lieber Hermann. Wo ist er? Ah, dahinten. Komm her, Verstecken gilt heute nicht. Ach«, er machte eine wegwerfende Handbewegung und lachte, »ich steige doch lieber runter.«

Hermann, der sich in einer Zimmerecke mit Marion, Daniel und Charlotte unterhalten hatte, schlängelte sich durch die Reihen seiner Geburtstagsgäste, bis er Wiesheu erreicht hatte, der mittlerweile von seinem Stuhl geklettert war. Auf Hermanns rechtem Arm saß Emil, der den kleinen dicken Mann mit wachen Augen anstarrte. Emil und Herbert Wiesheu befanden sich auf Augenhöhe.

»Ah, ich sehe, du hast uns noch Biologennachwuchs mitgebracht. Reizend. Sehr schön.« Der Institutsdirektor blickte kurz auf einen Zettel, den er in der Hand hielt. »Also, noch einmal: mein lieber Hermann.« Er räusperte sich. »Dieses Haus macht gerade schwere Zeiten durch. Da kommt es natürlich sehr gelegen, dass wir uns heute zu einem überaus erfreulichen Anlass zusammenfinden. Ich weiß aus eigener leidvoller Erfahrung, dass man das mit dem erfreulichen Anlass als Betroffener möglicherweise anders sieht. Sechzig Jahre alt zu werden ist schließlich kein Pappenstiel, das muss man erst einmal verkraften. Aber es ist dein großer Ehrentag, Hermann, und den wollen wir feiern. Vielleicht hilft uns das auch, endlich wieder zu einer Art Normalität zurückzufinden. Ich kann kaum glauben, wie schnell die Zeit vergangen ist – wir beide haben hier ja fast zur selben Zeit angefangen. Ich sehe uns noch als frischgebackene junge Professoren durchs Nordseewatt stiefeln, um Material für die zoologischen Praktika zu sammeln, und es kommt mir vor, als wäre das erst gestern gewesen. Ich kann nur sagen, und ich denke, das gilt für alle Kollegen hier im Haus, es war ein Vergnügen, ja, eine Ehre, mit dir über so viele Jahre zusammenarbeiten zu dürfen. Wir haben dich als hervorragenden Wissenschaftler und akademischen Lehrer kennengelernt und wir haben uns mit dir gefreut, als du erst kürzlich durch deine sensationellen Entdeckungen in Neuseeland auch international große Anerkennung erfahren hast. Für alle, die es nicht wissen, wegen seiner dort erworbenen Verdienste war Hermann gerade vor wenigen Wochen als Ehrengast zur Eröffnung eines neuen Tiefseemuseums nach Neuseeland eingeladen. Also, mein Lieber«, er wandte sich Hermann zu und ergriff seine Hand. »Im Namen des Direktoriums und aller Kollegen hier im Haus gratuliere ich dir von Herzen. Bleib gesund und pass auf dich auf, damit du uns, dem Biologiezentrum und den Studenten noch viele Jahre erhalten bleibst.«

Stürmischer Beifall.

Hermann hätte gern die Hände frei gehabt, um seinen langjährigen Kollegen zu umarmen. Also wuchtete er den erstaunlich schweren Emil hinüber auf seinen linken Hüftknochen und drückte den kleinen Mann mit dem rechten Arm an sich. Beide, Hermann und Herbert, waren gerührt, hatten feuchte Augen und konnten deshalb nicht auf Emil achten, der die Gelegenheit nutzte, um blitzschnell die Hand auszustrecken und Wiesheus seltsame Frisur zu untersuchen. Der zuckte sofort zurück, was Emil veranlasste, sich reflexartig festzukrallen, womit er wiederum einen überraschten Aufschrei des Direktors und beim Rest der Gäste Heiterkeit auslöste.

»Lass los, Emil, sofort!«, sagte Hermann streng, griff nach der kleinen Hand seines Enkels und zog sie zurück. »Das tut man doch nicht«, flüsterte er ihm ins Ohr und gab ihm einen Kuss auf die Wange.

Wiesheu machte gute Miene zum bösen Spiel. »Der geborene Forscher«, sagte er gezwungen lachend, während er die Haare mit der Hand notdürftig über seine Glatze legte. »Ach so, fast hätte ich es vergessen.« Er musste die Stimme erheben, um die von Emil ausgelöste Unruhe im Raum zu übertönen. »Da wir wissen, dass du dich auch für die schönen Künste interessierst, fiel unsere Wahl auf das hier, das Werk eines jungen Malers, der Biologie und Kunst auf ganz eigene, spannende Weise verbindet. Viel Spaß damit.« Wiesheu überreichte ein großformatiges Geschenkpaket. Diesmal achtete er darauf, außerhalb von Emils Reichweite zu bleiben.

Hermann legte das Buch auf den Tisch mit dem Blumenstrauß. Jetzt war es wohl an ihm, etwas zu sagen.

»Vielen Dank, lieber Herbert, vielen Dank euch allen. Ich bin ziemlich überwältigt. Übrigens, nicht dass ihr denkt, ich würde auf meine alten Tage noch einmal Vaterfreuden genießen.« Er sah Emil an und lächelte. »Das ist Emil, mein Enkel. Er ist stolze zwei Jahre alt und, wie ihr gesehen habt, sehr neugierig. Seine Mutter steht dahinten. Marion, zeig dich mal.« Seine Tochter hob schüchtern die Hand. Ihr Gesicht glühte. Wie er Marion kannte, befürchtete sie, dass seine Geburtstagsgäste Emils Benehmen auf ihre mangelhafte Erziehung zurückführen könnten.

»Ich freue mich sehr, dass Sie, dass ihr alle gekommen seid«, fuhr Hermann fort. »Was soll ich noch sagen? Dass es hier so aussieht, dass es nicht nur Erdnussflips gibt und ihr nicht nur ein Glas Sekt in die Hand gedrückt bekommt, ist ausschließlich Charlotte Reising, Daniel Kambacher und den anderen Mitgliedern meiner Arbeitsgruppe zu verdanken. Vielen Dank, ihr seid großartig. Ich will keine lange Rede halten. Das Buffet ist eröffnet.«

Er setzte Emil auf dem Boden ab, gab ihm einen sanften

Klaps auf den Hintern und verfolgte, wie sein Enkel nach einer kurzen Orientierungsphase schnurstracks den Schokoladenkuchen ansteuerte. Von links näherten sich mehrere Kollegen, die ihm offenbar persönlich gratulieren wollten. Sogar Assmann, der Dekan, war gekommen. Hermann richtete sich auf und sah ihnen lächelnd entgegen. Es war nicht so, dass er gezielt nach ihm Ausschau gehalten hätte, aber er registrierte sehr wohl, dass Frank Moebus sich nicht unter den Gratulanten befand.

Der Tag hatte damit begonnen, dass Emil wie fast jeden Morgen in sein Bett gekrabbelt kam. Diesmal hatte er keine volle Windel, sondern ein mit einer roten Schleife versehenes Geschenk bei sich, das er mit den Worten »Opa Haburtstag« vor Hermann auf das Bettlaken legte. Marion stand in der Schlafzimmertür und lächelte. »Herzlichen Glückwunsch, Papa.«

»Danke schön«, murmelte er verschlafen. »Seid ihr schon länger wach?«

»Ein Weilchen. Wir waren schon Brötchen holen.«

»Ist das für mich?«, fragte er Emil.

»Ja. Haschenk.«

Das Haschenk entpuppte sich als eine schicke Design-Parmesanreibe. Da sie Emil zuliebe jeden zweiten Tag Nudeln mit Tomatensoße aßen, hatte Marion schon mehrfach beklagt, dass es dazu nur fertig geriebenen Käse aus der Tüte gab. »Ich dachte, das könntest du gut gebrauchen«, sagte sie.

»Danke. Sehr lieb von dir.« Mittlerweile war er aufgestanden und hatte seine Tochter fest in die Arme geschlossen. Emil wälzte sich währenddessen auf seinem Bett herum. Am Dienstag hatte Marion eine einigermaßen erschwingliche Zweieinhalbzimmerwohnung in der Holtenauer Straße gefunden, ein Glücksfall, den sie dem Tipp einer alten Freundin zu verdanken hatte, die mit ihren zwei Kindern im selben Haus wohnte. Es lag nur einen Katzensprung von Hermanns Wohnung am Schrevenpark entfernt. Wenn es keine Schwierigkeiten mit dem Mietvertrag gäbe, würde sie demnächst dort einziehen. In dem halben Zimmer konnte sie sich sogar vorübergehend eine Werkstatt einrichten. Sie war schließlich Goldschmiedin und wollte arbeiten. Dann musste für Emil noch ein Kindergartenplatz gefunden werden. Ihre gemeinsamen Tage in seiner Wohnung waren gezählt.

Nach der Morgentoilette wartete im Wohnzimmer ein üppig gedeckter Frühstückstisch auf ihn, mit Blumen, bunten Kerzen und weiteren kleinen Geschenken. In einem befand sich ein Stück Parmesan.

Sie besprachen, wie der Einkauf für das Abendessen organisiert werden sollte.

»Wie viele Leute kommen denn?«, fragte Marion.

»Fünf, maximal sechs Erwachsene, wenn Pit seine Freundin mitbringt.«

»Alles Kollegen?«

»Nein, kein einziger. Nur meine alten Freunde mit ihren Frauen. Du kennst doch Bennie und Elisabeth. Die Kollegen werden im Institut abgefertigt.« Hermann lachte, griff nach einem Kürbiskernbrötchen und schnitt es auf. Emil kämpfte mit seinem Müsli.

»Hat sich die Stimmung im Haus denn gebessert? Die Polizei scheint den Fall ja abgeschlossen zu haben.«

»Das habe ich auch gelesen.«

»Es soll eine private Auseinandersetzung gewesen sein. Man steckt eben nicht drin in den Leuten. Manchmal lauern da Abgründe, von denen niemand etwas ahnt.«

Hermann bestrich sein Brötchen mit Marmelade und biss hinein. War es wirklich so einfach? Er hatte die Nachricht von der Auflösung der Sonderkommission mit einer Mischung aus

Unglauben und Erleichterung aufgenommen. Das soll alles sein?, war seine erste Reaktion gewesen. Ein simpler Streit und am Ende gab es zwei Tote? Doch was könnte sonst dahinterstecken? Was wusste er schon über die beiden Toten? Nichts.

Dann hatte er gemerkt, wie froh er über die Nachricht war, wie sehr er darauf gewartet hatte, wie groß seine Bereitschaft war, endlich einen Schlussstrich unter diese schreckliche Geschichte zu ziehen. Schließlich war er selbst kurz in die Schusslinie der Ermittler geraten, und was noch wichtiger war: Er würde endlich wieder zur Ruhe kommen. Die *Transactions of the Royal Society* wartete auf sein Paper. Er hatte so viel zu tun, aber statt zu arbeiten, verschwendete er seine Zeit, indem er über den Veröffentlichungslisten von Frank und seinen Mitarbeitern grübelte. Was glaubte er dort zu finden?

Gestern hatte er kurz darüber nachgedacht, ob ihm ein persönliches Gespräch mit der Kommissarin helfen würde, aber was hätte das bringen sollen? Anne Detlefsen und ihre Kollegen waren erfahren und wussten, was sie taten. Tagelang hatten sie mit Dutzenden von Institutsmitarbeitern gesprochen, wahrscheinlich auch mit Freunden und Angehörigen der Toten, und vermutlich hatten sie deren Büros und Wohnungen durchsucht. Sie hätten sich jetzt mit ihren Ermittlungsergebnissen nicht an die Öffentlichkeit gewandt, wenn sie sich ihrer Sache nicht sicher wären. Charlotte hatte ihm hin und wieder die Gerüchte zugetragen, die man sich im Zentrum erzählte. Vielleicht mangelte es ihnen allen ja an Phantasie, aber die Angestellten des Hauses sahen die Sache ganz ähnlich. Über die Verlautbarungen der Polizei wunderte sich hier niemand.

Er riss sich aus seinen Gedanken und sah lächelnd zu Emil. Die Hälfte des Müslis war auf seinem T-Shirt gelandet, aber das störte ihn natürlich nicht. Er grinste.

»Und«, fragte Hermann, »was macht ihr heute Schönes?«

Marion wischte Emil den Mund ab. »Wir gehen mal kurz in die neue Wohnung und danach kommen wir natürlich auch ins Biologiezentrum.«

»Ins Zentrum? Was wollt ihr denn da?«

»Opa, Haburtstag«, antwortete Emil.

»Eben«, bekräftigte seine Mutter.

»Aber … ich weiß gar nicht, was da passiert. Ein paar alte Männer, die ein Glas Sekt trinken, mehr nicht.«

»Wenn du dich da mal nicht täuschst. Ich war schon ewig nicht mehr bei dir im Institut. Gibt es diesen ulkigen Schmetterlingsforscher noch? Wie hieß er doch gleich?«

»Du meinst Herbert Wiesheu. Ja, den gibt es noch. Er ist gerade unser Institutsdirektor. Ich fürchte, er wird heute eine Rede halten wollen.«

»Na, das lassen wir uns doch nicht entgehen, was, Emil?«

»Ja«, jubelte der Zweijährige. »Ins … ns … ins Tut.«

Als Frank Moebus mit einem würfelförmigen Päckchen und einer Tafel Schokolade in der Hand schließlich doch noch erschien, hatte sich der Raum schon zur Hälfte geleert.

Hermann war bislang kaum dazu gekommen, etwas zu essen. Er hatte Glückwünsche entgegengenommen, ein Geschenk nach dem anderen auf den Tisch unter den Blumenstrauß gelegt, mit einem guten Dutzend Kollegen und Mitarbeitern geplaudert und sich über Emil amüsiert, der offenbar einen grandiosen Vormittag erlebte. Wieder und wieder war sein Lachen zu hören, weil sich immer einer der vielen Erwachsenen fand, der den kleinen blond gelockten Jungen mit dem schokoladenverschmierten Gesicht bespaßte, in dem er Hoppe, hoppe, Reiter oder im Gewirr der Beine Verstecken spielte. Besonders Charlotte hatte einen Narren an ihm gefressen und sich bei Hermann beschwert, weil er ihr diesen entzückenden »kleinen Racker«

bislang vorenthalten habe. Wenn ihn mal niemand beachtete, war das Emils Laune keineswegs abträglich. Einmal schnappte er sich eine Nautilusschale von der Arbeitsfläche, zog damit durch den Raum, zeigte sie jedem, der Notiz von ihm nahm, hielt sie dann mit der Öffnung ans Ohr und sagte: »Meea. Opa haschenkt.« Ansonsten wandte er sich ausgiebig dem Buffet und den zahlreich herumliegenden Tellern zu, kostete mal von diesem Rest, mal aus jener Schüssel und verspeiste heillos durcheinander Erdnussflips, Salzstangen, Nudelsalat, Kekse und immer wieder Schokoladenkuchen. Dutzende von Schuhen traten die Hinterlassenschaften seines Exzesses auf dem Fußboden breit.

Seine Mutter, die sonst hingebungsvoll um eine gesunde Ernährung ihres Kindes bemüht war, schien heute Besseres zu tun zu haben. Sie hatte sich seit einer Stunde nicht aus ihrer Laborecke herausbewegt und schien sich glänzend mit Daniel zu unterhalten. Dabei hatten ihre Augen mit der Zeit ein derart verräterisches Brigitte-Strahlen angenommen, dass Hermann ihr hin und wieder einen unsicheren Blick zuwarf, weil er nicht wusste, was er von dieser intensiven und für alle Gäste unübersehbaren Kontaktaufnahme halten sollte.

Als er endlich die Zeit fand, einige Salatreste auf einen gebrauchten Pappteller zu löffeln und das letzte mit Gurkenscheibchen und Petersilienblättern verzierte Schinkenbrötchen zu essen, sah er Frank in der Tür stehen. Er war selbst überrascht, wie sehr er sich darüber freute. Sie hatten sich seit Freitag letzter Woche nicht mehr gesehen.

»Frank«, begrüßte er ihn. »Wie schön.«

»Es tut mir leid, früher ging es nicht.«

»Das Essen ist wohl schon fast alle. Aber Kuchen gibt es noch.«

Frank schüttelte den Kopf. »Danke.«

»Aber ein Glas Prosecco muss sein.«

»Gern.«

Hermann suchte einen Platz für seinen Teller und schenkte dann seinem Gast und sich selbst ein. Dabei schwor er sich, dass es sein letztes Glas sein würde. Ein langer Tag lag vor ihm und er musste noch ein Abendessen für sechs Personen zubereiten. Sie stießen an.

»Herzlichen Glückwunsch«, sagte Frank.

»Danke.«

Er überreichte Hermann die Schokolade und das Päckchen. »Ich weiß, im Grunde deines Herzens bist du ein Rocker, aber diesen Klassiker muss man einfach lieben.«

Hermann stellte sein Glas ab und riss das Geschenkpapier auf. »Ah, wunderbar. Eine Miles-Davis-Kassette.«

»In meinen Augen *die* Miles-Davis-Sammlung.«

Natürlich. *Die.* Frank schenkte ihm nicht irgendeine Musik. Hermann strahlte. »Nein, die kenne ich nicht. Ich habe nur einige seiner späteren Alben, von *Bitches Brew* aufwärts.«

Frank schmunzelte. »Dachte ich mir. Aber das hier sind seine Roots. Da kommt er her. Ein Muss. Vielleicht ist auch das eine oder andere Stück für die Hookers dabei.«

Hermann sah ihn an. »Heißt das, dass du bald wieder zu uns stößt?«

»Natürlich.« Franks Gesicht wurde ernst. »Hör mal. Neulich … ich war vielleicht ein wenig schroff. Das tut mir leid. Nimm's bitte nicht so ernst. Ich hoffe, du hast niemandem davon …«

»Nein, wo denkst du hin.«

»Du musst das verstehen. Das Ganze ist ein schrecklicher Albtraum und hat mich ziemlich mitgenommen. Da sagt man schon mal Sachen …«

»Geschenkt, Frank. Wirklich. Mach dir keine Gedanken.«

»Ich möchte nicht, dass auch noch unsere Freundschaft darunter leidet. Ich habe genug Probleme am Hals.«

Hatte er Freundschaft gesagt? »Schon vergessen. Wir würden uns sehr freuen, wenn du möglichst bald wieder mitmachst. Ich sag's nicht gern, aber wir haben dich vermisst.«

Franks Miene hellte sich auf. Er trank einen Schluck aus seinem Glas. »Du musst mal nach oben kommen. Der Raum sieht wieder aus wie neu.«

»Das ging aber schnell. Für die Polizei scheint die Sache ja auch beendet zu sein.«

»Fast. Diese Kommissarin hat mich angerufen. Die Ermittlungen laufen auf kleinerer Flamme weiter. Um die Hintergründe aufzuklären.«

»Man steckt in den Leuten nicht drin.«

»Ja, genau, das habe ich auch gesagt.«

»Sind euch viele Tiere eingegangen? Ich habe ja versucht, noch einige zu retten.«

»Es ist nicht so schlimm, wie ich im ersten Moment gedacht habe. Die Zebrafische, die in den zerstörten Aquarien waren, sind natürlich hin. Einige der Schlammspringer sind auch eingegangen. Aber die Kröten konnten wir fast alle retten.«

»Ich habe mich gewundert, was ihr da haltet. Schlammspringer, Geburtshelferkröten … was hast du mit denen vor?«

Ein beinahe schelmisches Grinsen erschien auf Franks Gesicht. »Geheimnis«, flüsterte er. »Nein, im Ernst, willst du es wirklich wissen?«

Hermann zuckte die Achseln. »Ja.«

Moebus zog ihn ein Stück zur Seite. Im Raum befanden sich jetzt nur noch etwa zehn Personen. Aus Marions Ecke war ein Lachen zu hören.

»Sagt dir der Name Paul Kammerer etwas?«, fragte Frank.

»Meinst du *den* Kammerer, den Krötenküsser?«

»Ah, du kennst das Buch von Koestler. Übrigens noch immer die beste Quelle über das, was damals geschehen ist.«

»Wenn ich mich recht erinnere, war Kammerer ein Schwindler.«

Frank schüttelte energisch den Kopf. »Nein, so kann man das nicht sagen. In seinem Labor wurde manipuliert, zweifellos, aber ob er das war oder jemand anders, ist bis heute ungeklärt. Kammerer könnte auch nur ein Opfer gewesen sein. Letztlich hat es ihn das Leben gekostet.«

»Er hat sich erschossen, oder?«

»Ja, in einem Waldstück in der Nähe von Wien. Man hat das natürlich als Schuldeingeständnis interpretiert, aber es könnte genauso gut eine Verzweiflungstat gewesen sein, weil er nicht wusste, wer ihm das eingebrockt hatte. Er konnte seine Unschuld nicht beweisen, aber ihm war klar, dass er diesen Makel nie wieder loswerden würde.«

»Ehrlich gesagt, für mich klingt das wie eine dieser verrückten Verschwörungstheorien.«

Frank verzog das Gesicht, aber seine Stimme blieb ruhig. »In letzter Zeit sind einige aufschlussreiche Arbeiten zum Fall Kammerer erschienen. Ich kann sie dir geben, wenn es dich interessiert. Möglicherweise ist dieser Mann auf eine sehr spannende Sache gestoßen und man hat ihm übel mitgespielt.«

»Und was hat das mit deinen Geburtshelferkröten zu tun?«

»Um die ging es doch damals. Er hat auch mit Feuersalamandern, Grottenolmen und Seescheiden experimentiert und erstaunliche Ergebnisse erzielt, die zu Unrecht in Vergessenheit geraten sind. Der Streit hat sich aber an den Kröten entzündet. Niemand konnte seine Ergebnisse reproduzieren, weil nur er die Zucht dieser Tiere beherrschte.«

»Und du willst es versuchen?«

»Ich versuche es nicht nur. Eine Generation haben wir schon geschafft. Behalt es bitte für dich. Es ist keine große Sache, läuft so nebenbei. Es interessiert mich einfach.«

»Mit Mikrobiologie hat das aber gar nichts zu tun.«

»Ich habe einen Lehrstuhl für Evolutionsbiologie«, erwiderte Frank und wandte sich kurz darauf lächelnd nach links. »Nanu, wen haben wir denn da?«

Marion war mit Emil auf dem Arm näher gekommen. Hermann war nicht unglücklich über die Unterbrechung. Er hatte sich wirklich über Franks Erscheinen gefreut und doch hatte sich, ohne dass er es wollte, am Schluss ein leicht gereizter Unterton in ihre Unterhaltung geschlichen.

»Entschuldige, ich will nicht stören«, sagte Marion. »Ich glaube, wir sollten uns auf den Heimweg machen. Emil muss ins Bett und ich erledige dann später den Einkauf, wie besprochen.« Sie musterte Frank interessiert. Ihr Gesicht war erhitzt, die Wangen gerötet. Hermann fragte sich, ob das am Prosecco lag oder an ihrer langen Unterhaltung mit Daniel.

»Darf ich vorstellen«, sagte er. »Meine Tochter Marion. Das ist mein Kollege Frank Moebus.«

»Ich habe schon viel von Ihnen gehört.«

Frank lächelte. »Sehr erfreut. Ich wusste gar nicht, dass du Großvater bist, Hermann.« Er neigte sich zu Emil. »Eine tolle Schale hast du da.«

Der Junge hatte die Nautilusschale fest unter den Arm geklemmt. »Opa haschenkt«, sagte er und wollte Frank die Schale ans Ohr halten. Dabei rutschte sie ihm aus der Hand, fiel zu Boden und zerbrach. »Ohh«, machten die drei Erwachsenen unisono.

Hermann versuchte das Drama noch abzuwenden, das sich auf Emils Gesicht anbahnte. »Ist doch nicht schlimm, mein Kleiner«, sagte er schnell. »Deine Schale zu Hause ist ja noch ganz.«

Aber es half nichts. Der Vormittag endete in Tränen und lautem Geschrei.

Nur wenige Kilometer entfernt saß Anne Detlefsen allein in ihrem Büro in der Blume am Schreibtisch und betrachtete eine Auswahl der Fotos, die Arnie Schwarzenau in der Wohnung von Moritz Barthelmess sichergestellt hatte. Sie nahm eines nach dem anderen von einem dicken Stapel und legte es dann auf einem zweiten wieder ab: Aufnahmen von verschiedenen Marathonläufen, Berlin, Hamburg, London, New York, junge Frauen und Männer in Badekleidung, die an irgendwelchen Urlaubsstränden in die Kamera lächelten, Familienfotos. Jedem, der die Erste Kriminalhauptkommissarin gut kannte, wäre sofort aufgefallen, wie unkonzentriert und lustlos sie zu Werke ging. Nur ein paar Fotos, die Menschen in regenfester Kleidung an Bord eines Schiffes zeigten, sah sie sich etwas genauer an. Immer wieder nippte sie an ihrer Cappuccino-Tasse und starrte dabei wie geistesabwesend vor sich hin. Tatsächlich war das Ganze eine Art Beschäftigungstherapie, um sich von neuen Misserfolgen abzulenken. Das Laborbuch von Johannes Hilpert war nirgends zu finden, es galt als verschollen. Und erst vor wenigen Minuten hatte ihr ein sichtlich entnervter Bertram Hollinger über seine vergebliche Suche nach dem Mann im Anzug Bericht erstattet.

Zweieinhalb Tage lang hatten Hollinger und zwei Mitarbeiter des K1 systematisch jedes Büro in den Universitätsgebäuden an der Leibnizstraße aufgesucht, doch keiner der dort Befragten gab an, vor einer Woche zu nachtschlafender Zeit über den Campus gerannt zu sein. Entweder der Mann war wider Erwarten doch aus einem der Wohngebiete im Westen oder Norden der Universität gekommen, was Anne für nahezu ausgeschlossen hielt – oder eben aus dem Biologiezentrum. Bertrams Team hatte auch dort nachgefragt, schon zum zweiten Mal, denn gleich zu Anfang ihrer Arbeit hatte die Soko Olymp überprüft, ob sich zur Tatzeit neben Hermann Pauli und den beiden Toten weitere Personen im Haus befunden hatten – ohne Erfolg. Natürlich war nicht auszuschließen, dass der Gesuchte doch unter den Befragten war. Um in diese unangenehme Geschichte nicht hineingezogen zu werden, könnte sogar ein gänzlich Unbeteiligter gelogen haben. Denkbar wäre auch, dass jemand zufällig Zeuge der Auseinandersetzung geworden war und dann die Flucht ergriffen hatte. Oder der Unbekannte war davongerannt, weil er tatsächlich an dem Geschehen beteiligt war. Aber wie? Was könnte er getan haben?

Anne warf das Foto, das sie in der Hand hielt, achtlos auf den Schreibtisch und schüttelte stumm den Kopf. Wie lange hatte sie über diese Frage schon nachgedacht. Sie trat hoffnungslos auf der Stelle. Mit ihrem Beharren auf weiteren Ermittlungen stand sie allein auf weiter Flur, selbst ihre Kollegen im K1 zeigten sich zunehmend irritiert, auch wenn niemand etwas sagte. Der Fall wurde immer verworrener und sie hatte nicht die geringste Idee, an welcher Stelle sie ansetzen, was sie noch überprüfen könnten. Das Laborbuch von Hilpert war unversehens zu einem wichtigen, möglicherweise entscheidenden Beweisstück mutiert, doch wo sollten sie danach suchen? Hatte es jemand vernichtet oder beiseitegeschafft? Johannes Hilpert selbst? Oder der Mann im Anzug? War das seine Rolle? Die einzige Maßnahme, die ihr einfiel, war eine gründliche Durchsuchung aller Räumlichkeiten des Olymps im Biologiezentrum, ein völlig aussichtsloses Unterfangen, denn unter den gegebenen Umständen würde ihnen kein Richter die Genehmigung erteilen. Und selbst wenn es ihnen gelänge, einen Durchsuchungsbeschluss zu erwirken: Was wäre, wenn sie nach stundenlanger Suche auf ein Laborbuch stießen, in dem nur chemische Kochrezepte und Formelhieroglyphen aufgezeichnet waren? Sie stünde endgültig als Versagerin da, bis auf die Knochen blamiert, und hätte sich Frank Moebus zum erbitterten Feind gemacht.

In dieser Woche, die einen Tiefpunkt ihrer bislang makellosen Karriere markierte, hatte sie viel nachgedacht und war zu einem Ergebnis gekommen, das sie niemandem zu erläutern wagte: Frank Moebus war die Schlüsselfigur in diesem Spiel, das fehlende Teil des Puzzles. Nur er konnte es sein. Doch wie sie dieses Teil auch drehte und wendete, es passte einfach nicht ins Bild. Daraus konnte sie nur eine Schlussfolgerung ziehen: Das Bild, das sie zusammengesetzt hatten, war falsch.

Am liebsten hätte sie die gesamte Arbeitsgruppe samt ihrem Chef verhaftet und nächtelang verhört und gedemütigt, bis endlich einer die Nerven verlieren und auspacken würde. Vielleicht wäre das die Sekretärin, mit der wollte sie ohnehin noch einmal sprechen. In diesem Moment beschloss sie, dass dies außerhalb deren vertrauter Umgebung stattfinden sollte, nicht im Biologiezentrum, sondern hier in ihrem kahlen Vernehmungszimmer, in dem das Testosteron und der Angstschweiß zahlloser Krimineller in der Luft hingen. Moebus selbst würde sie am liebsten Jens zum Fraß vorwerfen. Aus irgendeinem Grund sah der sanfte Riese bei diesem Mann rot, man musste nur seinen Namen erwähnen, um seinen Puls in die Höhe zu treiben. Sicher würde er sich dieser Aufgabe mit großem Vergnügen annehmen.

Sie schluckte und versuchte, sich zusammenzureißen. Seit der Auflösung der Sonderkommission hatte sie immer wieder solche Phantasien, finstere Ausgeburten einer nie gekannten Ohnmacht und Hilflosigkeit, so fremd und erschreckend, dass sie ihr die Schamesröte ins Gesicht trieben. Denn Moebus war unangreifbar, und sie war im Begriff zu scheitern.

Anne seufzte, nahm einen kleinen Stapel Fotos in die Hand, den Arnie und seine Leute mit einer Büroklammer zusammengeheftet hatten, und legte die Aufnahmen nebeneinander auf den Schreibtisch. Auf allen Bildern war die gleiche auffallend hübsche junge Frau Anfang zwanzig zu sehen, mal im Winter auf einer Skipiste, mal in einem Park auf einer Wiese liegend, mal allein, mal in Begleitung anderer junger Menschen.

Drei Aufnahmen waren interessant. Auf einem Bild war sie zusammen mit Moritz Barthelmess zu sehen. Sie saßen nebeneinander auf einer Parkbank. Die junge Frau hatte ihren Arm um Barthelmess gelegt und zog ihn offenbar an sich. Sie lachte und zeigte ihre makellosen Zähne, während er sich wehrte und scherzhaft das Gesicht verzog. Kein Zweifel, die beiden waren gut miteinander bekannt.

Auf einem zweiten Bild sah man die Frau beim Beachvolleyball an einem breiten Sandstrand. Sie sprang mit nach oben gestreckten Armen am Netz hoch, um einen Angriffsball abzublocken. Anne zog eine Schublade ihres Schreibtisches auf und nahm eine Lupe, um sich das Bild genauer anzusehen. Ja, kein Zweifel, sie kannte diesen Strand. Er lag nur ein paar Kilometer entfernt, auf der anderen Seite der Förde, im Hintergrund war das Marine-Ehrenmal in Laboe zu erkennen. Die junge Frau trug einen hautengen Badeanzug und präsentierte ihre ungewöhnlich athletische Figur, kein Gramm Fett, auffallend kräftige Schultern und Oberschenkel.

Das dritte Bild war in einem Sportstadion aufgenommen worden. Man konnte eine Anzeigentafel erkennen und am rechten Bildrand eine Kugelstoßanlage. Sie war eine von vier jungen Frauen, die knappe Tops mit Startnummern trugen, darunter sah man ihre nackten muskulösen Bäuche. Sie schienen noch außer Atem zu sein, hatten sich die Arme um die Schultern gelegt und blickten lachend in die Kamera. Ein Staffelteam?

Anne griff zum Telefon.

»Die Frau ist Leichtathletin«, sagte sie, als Arnie Schwarzenau abgehoben hatte. »Möglicherweise hier in Kiel. Auf einem Bild ist sie am Laboer Strand zu sehen.«

»Ja, das heißt aber nicht, dass sie in Kiel lebt. Es soll Leute geben, die bei uns an der Ostsee ihren Urlaub verbringen.«

»Ich möchte trotzdem, dass ihr die hiesigen Sportvereine abklappert. Findet heraus, wo es größere Leichtathletik-Abteilungen gibt. Die Mädels sehen mir nicht nach Freizeitsportlerinnen aus. Und vergesst das Sportzentrum an der Uni nicht. Am besten, ihr macht euch gleich an die Arbeit.«

»Wird erledigt«, sagte Schwarzenau und legte auf.

Kaum hatte sie sich wieder den Fotos zugewandt, rief Dirk Hansen aus seinem dunklen Büroloch im Erdgeschoss an.

»Ah, Dirk, ich wollte Sie auch sprechen. Was hat die Untersuchung von Hilperts Computer ergeben? Können Sie schon etwas sagen?«

»Deshalb rufe ich an. Ich habe ein paar Hundert private E-Mails durchgesehen und … tja, Fehlanzeige, würde ich sagen, auf der ganzen Linie. Manchmal beschwert er sich über das hiesige Wetter und klagt, dass er so viel arbeiten muss und seine Kinder kaum noch sieht, das ist alles. Nichts über Auseinandersetzungen mit Barthelmess oder Moebus, nichts über Probleme in der Familie. Im Gegenteil, er schreibt über schöne Ausflüge mit seiner Frau und den Kindern, über ein gemeinsames Wochenende auf Sylt oder eine Hafenrundfahrt in Hamburg. Da war übrigens noch jemand dabei, ein Freund namens Daniel. Der Name taucht ein paarmal auf. Muss ein Kollege sein.«

»Aus dem Institut?«

»Wahrscheinlich. In einer Mail an seine Eltern schreibt Hilpert, Daniel arbeite eigentlich über Tintenfische, kenne sich aber auch bestens im Nordseewatt aus. Er habe mit den Kindern Muscheln und Würmer ausgegraben. Ich musste an diesen Institutsfreund denken, von dem Hollinger neulich gesprochen hat, der, dessen Fingerabdrücke wir gefunden haben. Seinen Namen habe ich vergessen.«

»Ist das ein Tintenfischexperte? Er arbeitet im Biologiezentrum, ja, Tintenfische sind doch aber eigentlich Paulis … Moment …« Sie suchte eine Weile in einem der dicken Aktenstapel, die auf ihrem Schreibtisch lagen, bis sie eine Liste der Institutsmitarbeiter gefunden hatte. »Hier«, sagte sie. »Kambacher, Daniel. Tatsächlich. Kambacher ist der Assistent von Hermann Pauli.« Sie unterstrich den Namen. »Das scheint dann aber doch mehr als eine Institutsbekanntschaft gewesen zu sein. Ich werde mir mal Bertrams Protokoll raussuchen. Und was schreibt Hilpert über seine Arbeit?«

»Die kommt nur am Rande vor, die Adressaten sind ja keine Kollegen. Mit denen hat er über seinen Uni-Rechner kommuniziert. Für mich ist das praktisch unlesbar, weil die Inhalte so speziell sind. In den privaten Mails heißt es nur: Komme langsamer voran als gedacht, aber es wird schon werden, Kleinvieh macht auch Mist. So in der Art. Wenn man das liest, fragt man sich wirklich, warum der Mann sich umgebracht hat. Es gibt nicht den geringsten Anhaltspunkt.«

»Mist«, rief Anne.

»Tut mir leid, dass ich keine besseren Nachrichten habe.«

»Ist ja nicht Ihr Fehler, Dirk. War sonst noch was?«

»Ich werde noch die anderen Dateien durchsehen, aber ich glaube nicht, dass uns das weiterbringt.«

»Versuchen Sie es trotzdem. Und sehen Sie zu, dass der Chef nichts davon merkt.« Grube wäre alles andere als erfreut, wenn er erführe, dass sie Dirk Hansen weiterhin für ihren Fall einspannte.

»Keine Sorge. Der lässt sich so gut wie nie hier unten blicken«, sagte Hansen und legte auf.

Anne überlegte einen Moment, dann suchte sie sich das Vernehmungsprotokoll von Daniel Kambacher heraus. Er war offenbar nicht nur ein Freund von Johannes Hilpert, sondern von der ganzen Familie. Sie griff erneut zum Hörer, rief Sigmund Bock an und ließ sich die Telefonnummer von Regina Hilpert geben. Es klingelte lange, bis jemand abhob.

»Hilpert«, meldete sich eine Frauenstimme. Im Hintergrund war Kindergeschrei zu hören.

»Detlefsen, Kriminalpolizei Kiel. Wir haben uns im Krankenhaus kennengelernt.«

»Ja, und?« Ihre Stimme bebte plötzlich vor Zorn. »Was wollen Sie denn noch? Ich denke, die Ermittlungen wurden eingestellt.«

Die Feindseligkeit, die Anne aus diesen Worten entgegenschlug, kam völlig unerwartet. Sie verlor kurz den Faden.

»Ich, äh … die Sonderkommission wurde aufgelöst, das stimmt. Aber die Ermittlungen laufen weiter. Es gibt noch eine ganze Reihe ungeklärter Fragen.«

»Ach so? Was denn für Fragen? Dieselben, die diese verdammten Reporter stellen, die hier anrufen? Mein Mann hat Moritz umgebracht und sich dann aus dem Fenster gestürzt. So stand es in der Zeitung und so hört es mein Sohn im Kindergarten, jeden Tag. Wenn ich ihn abhole, ist er jedes Mal in Tränen aufgelöst. Können Sie sich vorstellen, wie sich eine Mutter dabei fühlt? Ich kann ihn da nicht mehr hinschicken.«

Anne presste die Lippen aufeinander. »Es … es tut mir aufrichtig leid, das zu hören. Wir können die Berichterstattung der Presse leider nicht beeinflussen. Der Polizeidirektor hat es mit Sicherheit nicht so formuliert. Niemand hat Ihren Mann beschuldigt. Was an diesem Abend geschehen ist, wissen wir nicht, noch nicht. Genau darum geht es aber unter anderem.«

»Kommen Sie bitte zur Sache. Ich habe wenig Zeit.«

»Sagt Ihnen der Name Daniel Kambacher etwas?«

»Natürlich, Daniel ist ein Kollege meines Mannes.«

»Und offenbar mehr als ein guter Bekannter. Das konnten

wir jedenfalls den Mails Ihres Mannes entnehmen. Warum haben Sie ihn nicht erwähnt, als wir Sie nach seinen Freunden gefragt haben?«

»Ja, stimmt … ich … wir haben ihn schon länger nicht mehr gesehen, die Kinder und ich. Leider. Ich mochte ihn. Johannes und er haben sich irgendwie überworfen, schon vor einiger Zeit. Seitdem gab es keinen Kontakt mehr, jedenfalls nicht mit mir und den Kindern, und Johannes hat nicht mehr von ihm gesprochen. Vielleicht habe ich deswegen nicht an ihn gedacht.«

»Und warum haben sich die beiden überworfen?«

»Keine Ahnung. Er hat es mir nicht erzählt. Johannes war nicht sehr umgänglich in der letzten Zeit.«

»Wann war dieser Streit?«

»Vor zwei Monaten ungefähr, es kann aber auch länger her sein.«

»Und seitdem hatten die beiden keinen Kontakt mehr?«

»Das weiß ich nicht. Sie haben sich vielleicht im Institut gesehen. Hier ist er jedenfalls nicht mehr aufgetaucht. Er hat allerdings angerufen, Anfang der Woche. Meine Mutter hat mit ihm gesprochen. Er war der Einzige aus dem Institut, der uns seine Hilfe angeboten hat.« Sie weinte.

»Ich danke Ihnen, Frau Hilpert. Ich halte Sie auf dem Laufenden.«

Anne atmete tief durch, lehnte sich zurück und schloss für einen Moment die Augen. Die Hinterbliebenen waren oft die eigentlichen Opfer einer solchen Tragödie.

Sie nahm sich das Vernehmungsprotokoll vor. Es deckte sich weitgehend mit dem, was sie eben gehört hatte. Auch Kambacher hatte von einem Streit gesprochen, ohne einen Grund anzugeben. Sie machte sich eine Notiz. Sie müsste mit Bertram darüber sprechen.

Das Essen war auf neunzehn Uhr angesetzt, damit auch Emil noch daran teilhaben konnte, als es aber endlich so weit war und die Gäste sich an den großen alten Tisch setzten, der schon in Hermanns Haus in Suchsdorf gestanden hatte, war es bereits kurz nach acht.

»Ahhh …« Der Ausruf drang aus fünf Kehlen gleichzeitig. Hermann war mit einer Küchenschürze bekleidet und dem Bräter in den Händen in der Tür erschienen. Er stellte ihn vorsichtig auf den festlich gedeckten Tisch und lüftete den Deckel.

Bennie beugte sich nach vorn und sog den Duft ein. »Hm, da läuft einem ja das Wasser im Mund zusammen. Ich tippe auf Ossobuco.«

»Genau«, sagte Hermann. »Dazu Karottenrisotto. Das Fleisch ist auf ausdrücklichen Wunsch meiner Tochter aus dem Bioladen. Wie auch der Wein und der Salat, überhaupt alles.«

»Von glücklichen Kühen also«, sagte Peter. Er war nun doch allein erschienen und noch sauertöpfischer als sonst. Sein Jahrhundert-Rendezvous schien nicht ganz nach Wunsch verlaufen zu sein. Nähere Auskünfte waren ihm nicht zu entlocken. »Na dann …«

Hermann streckte die Hand aus. »Elisabeth, du zuerst. Ich glaube, du bist noch nie bei mir zum Essen gewesen, oder? Eine Schande eigentlich. Marion, übernimmst du den Wein?«

Bennies attraktive dunkelhaarige Frau lächelte und reichte ihm ihren Teller. »Gern.«

An den Hookers-Wochenenden suchte Elisabeth meist das Weite und nutzte die Zeit für Einkäufe oder Ausstellungsbesuche. Hermann hatte sie aber oft genug gesehen, ohne dass ihm je eine besondere Ähnlichkeit mit Frank Moebus aufgefallen wäre. Heute sprang sie ihm derart ins Auge, dass er sich fragte, ob er all die Jahre blind gewesen war. Vielleicht hatte er es nicht gesehen, weil er Elisabeth schon viel länger kannte als ihren

Bruder. Dieselbe Haarfarbe, dieselben dunklen Augen, die gerade, spitz zulaufende Nase, die vollen Lippen. Sie hielt sich sehr gerade und strahlte Würde, wenn nicht gar Stolz aus, doch die Arroganz, die sich bei ihrem Bruder mitunter störend bemerkbar machte, ging ihr vollkommen ab. Hermann hatte sich vorhin noch gefragt, ob sie Frank von diesem Essen erzählt haben könnte. Die beiden redeten doch so viel miteinander. Ihre liebenswürdige Art hatte seine Bedenken jedoch rasch zerstreut. Falls sie sich darüber gewundert hatte, dass ihr Bruder als jüngstes Bandmitglied nicht eingeladen war, ließ sie es sich nicht anmerken.

»Dann wünsche ich guten Appetit«, sagte Hermann, als alle Teller und Gläser gefüllt waren. Marion hob Emil, der auf dem Boden mit seinem Feuerwehrauto gespielt hatte und schon ziemlich müde wirkte, auf ihren Schoß. Dann wurde angestoßen und die Gäste griffen nach ihrem Besteck.

»Na, schläft er?«, fragte Hermann eine Stunde später, als Marion aus dem Gästezimmer zurückkehrte. Sie sah aus, als wäre sie kurz eingeschlafen. Elisabeth lächelte ihr verständnisvoll zu und begann, die Teller aufeinanderzustapeln.

»Tief und fest. Er war todmüde. Ich mach uns mal einen Espresso.«

»Für unseren Jubilar bitte mindestens einen doppelten«, rief Bennie. »Er hat schon zweimal gegähnt.«

Hermann lachte. »Ja, Entschuldigung. War ein anstrengender Tag. Wenn ich schon nach dem Frühstück Alkohol trinke, rächt sich das irgendwann.« Er erzählte von der Geburtstagsfeier im Institut. »Ich hätte nie gedacht, dass so viele Leute kommen. Einen Teil der Geschenke musste ich im Büro lassen, weil ich sie gar nicht alle transportieren konnte.«

Er stand auf und ging zu seiner Stereoanlage. »Hört mal! Das hier hat mir Frank geschenkt. Ein Muss, hat er gesagt, auch für alte Rocker wie uns.« Er öffnete den Schuber, wählte irgendeine der sage und schreibe 71 CDs aus, legte sie ein und drückte auf die Play-Taste. Ein Bläser-Thema ertönte, von Bass und Schlagzeug mit einem schnellen Swing-Rhythmus unterlegt.

Marion kam mit zwei Espressotassen aus der Küche, hörte die Musik und verzog das Gesicht. »Schon wieder? Das läuft hier den ganzen Nachmittag.«

»Immer diese Versuche, uns zum Jazz zu bekehren. Er kann's einfach nicht lassen«, kommentierte Pit und lauschte. »Was ist das?«

»Banause«, antwortete Bennie. »Das ist Miles.«

Hermann setzte sich wieder auf seinen Stuhl. »Frank meinte, da könnten vielleicht auch Stücke für uns drauf sein.«

»Nur über meine Leiche. Hör dir das doch mal an. So was kann ich gar nicht spielen. Da verknoten sich meine Finger. Danke.« Pit hatte sich Elisabeth zugewandt, die zwei weitere Tassen auf den Tisch stellte.

»Dann gib dir mal ein bisschen Mühe«, sagte Bennie. »Er will also weiter mitmachen?«

Hermann nickte. »Auf jeden Fall.«

»Na also, hab ich dir doch gesagt. Du hast mal wieder viel zu schwarz gesehen.«

»Wie soll ich denn das verstehen?«

»Du weißt schon, was ich meine. Es macht ihm Spaß. Also wird er weiter mit uns spielen. Oder? Was meinst du, Elisabeth?«

»Ich nehme es an.« Sie schmunzelte. »Ich verstehe zwar nicht, was er an euch Radaubrüdern findet, aber irgendwie muss es ihm gefallen.«

Marion kam mit der letzten Espressotasse aus der Küche und setzte sich zu den anderen an den Tisch. »Über wen redet ihr?«

»Über Frank, Frank Moebus«, antwortete Hermann. »Ich habe ihn dir heute vorgestellt. Er ist übrigens Elisabeths Bruder.«

»Ach, das wusste ich gar nicht. Ein sehr gut aussehender Mann.«

»Das ist dir aufgefallen? Ich dachte, du hättest nur Augen für meinen Assistenten gehabt.«

Marion wurde rot. »Das ist doch was ganz anderes. Daniel ist wirklich sehr nett.«

»Und zehn Jahre jünger als du.«

»Na und? Ich habe ja nicht vor, ihn zu heiraten.«

»Das beruhigt mich.«

»Halt dich zurück, Papa, sonst überlege ich es mir noch anders.«

»Frank ist auch noch zu haben«, sagte Bennie. »Falls dir der als Schwiegersohn lieber wäre, Hermann.« Pit kicherte und Bennie musste sich lachend eines Ellenbogenstoßes seiner Frau erwehren. »Ich mein ja nur …«

»Ich werde den Teufel tun und mir noch einen arbeitswütigen Professor in die Familie holen. Einer reicht.« Marion warf einen Seitenblick auf ihren Vater. »Aber falls ihr alten Knacker es genau wissen wollt: Wir haben zwar nur ein paar Worte gewechselt, aber der Mann könnte mir tatsächlich gefallen. Im Nachhinein war ich erstaunt, wie charmant und gut gelaunt er war.«

Elisabeth hob die Augenbrauen. »Wieso?«, fragte sie.

»Na ja, er hat doch offenbar eine Menge Ärger am Hals.«

»Die Sache ist ausgestanden«, sagte Bennie. »Die Polizei hat die Akten geschlossen.«

»Das heißt nicht, dass der Fall auch für ihn erledigt ist. Aber daran habe ich jetzt gar nicht gedacht. Ich meinte diesen offenen Brief in *Nature*. Die Zeitschrift war heute in deiner Post, Papa. Als Emil geschlafen hat, habe ich drin geblättert und bin zufällig darauf gestoßen. Später war es sogar kurz in den Radionachrichten. Habt ihr es nicht gehört?«

»Was für ein Brief? Wovon redest du?« Hermann war leicht verärgert, weil Marion so auf diesem Thema herumritt. Er hatte sich nicht gegen eine Einladung von Frank entschieden, um nun den halben Abend über ihn und seine Probleme zu reden.

»Am besten, du liest es selbst. Ich habe nur die Hälfte verstanden. Es geht um irgendwelche Zellen, die er nicht rausrückt. Die Zeitschrift liegt dahinten neben dem Sofa.«

»Ach nö …«, stöhnte Pit. »Hört auf mit diesem Wissenschaftsscheiß.«

Hermann war schon aufgestanden und auf dem Weg zum Sofa, aber Peters halb ernst, halb scherzhaft gemeinter Protest bremste ihn gerade noch rechtzeitig. Der Brief in *Nature* interessierte ihn brennend, aber wenn er ihn jetzt läse, würden alle wissen wollen, worum es ging, und dann gäbe es kein anderes Thema mehr. Wahrscheinlich würden sich seine Gäste ohnehin bald verabschieden. Bis dahin müsste er eben seine Neugier zügeln. »Pit hat recht«, sagte er rasch, machte auf dem Absatz kehrt und setzte sich wieder an den Tisch. »Das ist vermutlich was für Spezialisten. Ich sehe es mir morgen an. Lasst uns über was anderes reden. Oder … wir sind zu fünft. Wie wär's, wenn wir den Abend mit ein paar Runden Doppelkopf ausklingen ließen? Ich habe schon ewig nicht mehr gespielt.«

Bennie, Pit und Marion waren sofort begeistert. Nur Elisabeth reagierte zurückhaltend. Während Hermann die Karten aus dem Wohnzimmerschrank holte, warf sie einen besorgten Blick auf die Zeitschrift.

Als sich die Gäste gegen Mitternacht verabschiedet hatten, schickte Hermann Marion ins Bett. Sie sah sehr müde aus. »Lass doch einfach alles stehen«, sagte er. »Geh schlafen. Wir räumen morgen auf.« Sie nickte und verschwand zu seiner Erleichterung sofort im Bad.

Er wollte jetzt diesen Brief lesen, allein, damit er dazu keine Erklärungen abgeben musste. Seine Freunde waren ihm lieb und teuer, und doch hatte er, seit Marion davon erzählt hatte, ungeduldig darauf gewartet, dass sie sich von ihren Stühlen erheben und endlich in ihr Auto setzen würden.

Kaum hatte seine Tochter die Tür zu ihrem Zimmer geschlossen, holte er das *Nature*-Heft und legte es auf seinen Nachttisch im Schlafzimmer. Dann ging er in sein Arbeitszimmer und suchte in dem deckenhohen Bücherregal nach Arthur Koestlers *The Case of the Midwife Toad,* dessen deutscher Ausgabe man den seltsamen Titel *Der Krötenküsser* gegeben hatte. Er hatte das seit Langem vergriffene Buch vor Jahren in einem Antiquariat entdeckt und sofort verschlungen, mittlerweile aber viele Details dieses skurrilen Falles vergessen.

Was ritt einen durch und durch rationalen Wissenschaftler wie Frank Moebus, sich auf das Niveau eines Paul Kammerer zu begeben, eines Scharlatans und überführten Betrügers? Oder hatte er ihn nur auf den Arm genommen? Hermann konnte sich kaum vorstellen, dass die Ankündigung, Kammerers Experimente mit den Geburtshelferkröten wiederholen zu wollen, ernst gemeint war. In der modernen Biologie war die Vererbung zu Lebzeiten erworbener Eigenschaften, die Kammerer vor fast hundert Jahren beweisen wollte, ein Tabuthema, an dem man sich nur die Finger verbrennen könnte. Das wäre so, als würde sich ein Astronom heute die Frage stellen, ob die Erde nicht vielleicht doch den Mittelpunkt des Universums bilde. Wenn Frank unbedingt seinen guten Ruf ruinieren wollte, gab es sicher einfachere und vor allem schnellere Wege als jahrelange Zuchtversuche. Und jetzt auch noch dieser *Nature*-Brief ... Der Mann erzeugte eine permanente Unruhe.

Hermann putzte sich schnell die Zähne, zog sich aus, kroch unter die Bettdecke und schlug endlich die Zeitschrift auf. Er ahnte, was er dort lesen würde, und war aufgeregt. Marion hatte es angedeutet. … *Zellen, die er nicht rausrückt.* Den anderen dürfte die Tragweite dieser Worte nicht klar gewesen sein, aber er hatte sofort verstanden. Erst vor wenigen Tagen hatte er mit der Kommissarin darüber gesprochen. Sein Herz klopfte, während seine Augen über die Zeilen flogen und schließlich bei einer Liste von acht Namen hängen blieben, den Unterzeichnern des Briefes, der internationalen Crème de la crème der Marinen Mikrobiologie, Vertreter der wichtigsten Forschungseinrichtungen der Welt, die sich mit dem Leben in den Meeren beschäftigten. Der Ton war höflich, aber bestimmt und die Botschaft unmissverständlich: So, lieber Frank Moebus, geht es nicht.

Der Vorwurf traf Hermann mit einer Wucht, als gelte er seiner eigenen Arbeit.

Er ließ die Zeitschrift sinken und starrte auf die Bettdecke. Das war überaus schwerwiegend, nahezu beispiellos, und es würde einen Schatten auf das Institut werfen, auf die ganze Universität. Einen verdienten, ja, berühmten Kollegen vor der wissenschaftlichen Öffentlichkeit der ganzen Welt derart an den Pranger zu stellen … zu einem solchen zweifellos folgenreichen Schritt entschloss man sich nur, wenn man zuvor alle anderen Möglichkeiten ausgeschöpft hatte. Frank musste sie über Monate ignoriert haben, die persönlichen Gespräche, die Mails, die Briefe und Telefonanrufe, die immer dringlicheren Bitten, schließlich die Abmahnungen und Drohungen, und niemand im Haus hatte etwas davon geahnt. Warum hatte er es so weit kommen lassen? Wie konnte er nur so dumm sein? Er hatte sich eines fundamentalen Verstoßes gegen gute wissenschaftliche Praxis schuldig gemacht, daran gab es keinen Zweifel. Warum gab er die Zellen nicht heraus? Glaubte er wirklich, damit durchzukommen? Immerhin hatte er jetzt eine Erklärung dafür, warum niemand in der Welt über diese Zellen publizierte, niemand außer Frank Moebus.

Hermann versuchte sich zu beruhigen. Frank war nicht dumm, im Gegenteil, und irgendwie passte diese Dickfälligkeit sogar zu ihm, zu der Art, wie er hier in Kiel aufgetreten war. Hatte er heute Vormittag schon von dem Brief gewusst? Natürlich, *Nature* hatte es ihm sicher angekündigt, ihn vielleicht sogar zu einer Stellungnahme aufgefordert. Im Nachhinein musste er Marion recht geben. Es war kaum zu fassen, wie entspannt und gut gelaunt er gewirkt hatte. Dabei steckte sein Hals bereits in der unsichtbaren Schlinge. War er erst so spät gekommen, um unangenehmen Fragen der Kollegen aus dem Weg zu gehen?

Es musste eine Erklärung geben. Vielleicht konnte er ja tatsächlich nachvollziehbare Gründe für sein Verhalten anführen, auch wenn Hermann momentan nichts einfiel, was er akzeptiert hätte. Frank war unter Inkaufnahme unabsehbarer Konsequenzen auf Konfrontationskurs gegangen und wahrscheinlich folgte er dabei irgendeinem größenwahnsinnigen Plan, so wie er es immer getan hatte, aber … nein, es gab keine Entschuldigung. Er hätte die Zellen herausgeben müssen. Wissenschaft beruhte auch und nicht zuletzt auf Vertrauen.

9

Im voll besetzten Besprechungsraum des Kommissariats 1 herrschte am späten Freitagnachmittag ungewohnte Stille. Alle waren minutenlang mit der Lektüre eines Textes beschäftigt, den Sigmund Bock verteilt hatte. Das auf rotes Papier gedruckte, in einer Klarsichthülle steckende Original, an dessen oberem Rand man in dicken schwarzen Lettern das Wort »No-Syn« erkennen konnte, lag in der Mitte des Tisches.

Nur Anne Detlefsen, Bock und Hollinger wussten, worum es ging, und lasen das Papier nun ein zweites und drittes Mal. Die anderen hatten nur von einem Überraschungsfund gehört, der ihren Fall in neuem Licht erscheinen lasse. Irgendwann am Nachmittag war Sigmund Bock mit dem roten Blatt Papier im Büro der Chefin erschienen und kurz darauf hatte Unruhe im Kommissariat geherrscht. Hollinger wurde gerufen, der schon ein paar Minuten später wieder hinausstürmte, alle Fragen der Kollegen ignorierte und ins Biologiezentrum fuhr. Die Chefin selbst hatte sich bis zu diesem kurzfristig anberaumten Treffen jede Störung verbeten, um in Ruhe die Vernehmungsprotokolle studieren zu können. Gab es tatsächlich eine Wende, mit der niemand von ihnen mehr gerechnet hatte?

Wie sich herausstellte, gab es nur diesen Text, ein Flugblatt, in dem es von Fremdwörtern nur so wimmelte. Die Stimmung war angespannt. Hin und wieder unterbrach einer der Anwesenden die Lektüre, trank einen Schluck Kaffee und taxierte dabei unauffällig die lesenden Kollegen, um zu sehen, ob ihr Gesichtsausdruck etwas über ihre Gedanken verriet.

Anne wartete ungeduldig. »Sind wir so weit?«, fragte sie schließlich. Dann gab sie Sigmund Bock ein Zeichen.

»Okay, für alle, die es noch nicht wissen …«, erklärte Bock. »Wir haben das Flugblatt in der Wohnung von Johannes Hilpert gefunden. Sein Arbeitszimmer ist winzig, eine bessere Kammer mit einem kleinen Schreibtisch, auf dem kaum noch Platz für einen Pott Kaffee war, ringsum Wandregale, bis unter die Decke vollgepackt. Überwiegend englische Fachzeitschriften und Artikel, aber auch Tagungsbände und Fachbücher, das gesamte Material seiner Masterarbeit, Unmengen von Computerausdrucken, zumeist als Loseblattsammlung. Wir hatten gerade mit der Durchsicht begonnen, als Hilperts Frau am Mittwochmorgen aus dem Krankenhaus zurückkehrte. Sie war sehr ungehalten. Ich glaube, sie wollte uns nicht länger in der Wohnung haben. Vielleicht wollte sie den Kram auch loswerden. Jedenfalls hat sie uns sofort aufgefordert, alles in Umzugskartons zu verpacken und mitsamt den Kisten zu verschwinden. Wir haben die Sachen dann zu dritt in die Blume geschafft und hier Blatt für Blatt durchgesehen, deswegen sind wir erst jetzt darauf gestoßen.«

Arnie Schwarzenau kratzte sich ratlos den kurz geschorenen Schädel. »Kann mir mal jemand erklären, was das überhaupt ist: Synthetische Biologie?«

Er erntete zustimmendes Gemurmel.

Dirk Hansen meldete sich zu Wort. Der junge Computerexperte vom Kommissariat für Zentrale Aufgaben hatte sich auf Annes Bitte für eine halbe Stunde von seinem Arbeitsplatz im Erdgeschoss losgeeist. »Wenn ich es richtig verstanden habe, geht es dabei um die Erzeugung quasi künstlicher Lebewesen«, sagte er zögernd. »Man setzt im Labor Gene oder ganze Genome zusammen und bringt diese dann in Zellen ein.«

Im Raum war hier und da Stöhnen zu hören. DNA, Gene,

Genome, für die meisten Beamten waren das böhmische Dörfer.

Anne blickte ernst in die Runde. »Stöhnen hilft uns nicht weiter, meine Herren. Ich habe schon mehrfach darauf hingewiesen und will es gern noch einmal wiederholen: Es kann in diesem Fall nicht schaden, wenn wir unsere Schulkenntnisse in Biologie ein wenig auffrischen. Alle. Entweder wir geben uns mit dem zufrieden, was wir haben, und klappen die Akte zu, oder wir versuchen, uns in die Köpfe dieser Forscher zu versetzen. Wir müssen wenigstens ansatzweise verstehen, wie sie ticken und was in diesen Labors geschieht.«

Aus der Mimik ihrer Mitarbeiter sprach alles andere als Begeisterung. Sie hatten eine lange, anstrengende Arbeitswoche hinter sich, und Nachhilfeunterricht in Biologie war nicht gerade das, was sie an einem späten Freitagnachmittag zu ihren vorrangigen Aufgaben zählten. Anne ärgerte sich insgeheim über diese Haltung. Wenn sie etwas auf die Palme bringen konnte, dann Trägheit und Ignoranz. Die Skepsis, die sie in einigen Gesichtern zu erkennen glaubte, teilte sie aber durchaus. Im Grunde bezweifelte sie sogar, dass dieses Flugblatt irgendetwas mit ihrem Fall zu tun hatte. Erst der Mann im Anzug, jetzt dieses Schriftstück – es bestand die Gefahr, dass sie sich auf völlig unbedeutende Nebengleise verirrten. Beides konnte wichtig sein, musste es aber nicht. Sie hatte mit Hermann Pauli zwei Stunden über Frank Moebus und seine Arbeit gesprochen. Der Begriff Synthetische Biologie war dabei nicht gefallen.

»Ich dachte immer, dieses Verändern von Genen hieße Gentechnologie«, bemerkte Jens Becker, der neben Anne saß.

»Ich glaube, den Unterschied macht die Herkunft der Gene.« Hansen verlagerte sein Gewicht nach vorne auf die Stuhlkante. »Ich bin natürlich kein Experte, aber ich habe das so verstanden: Bei der Gentechnologie, wie sie bisher praktiziert wird, werden vorhandene Gene verändert oder von einer Tier- oder Pflanzenart in eine andere versetzt. In der Synthetischen Biologie wird das alles gewissermaßen am Reißbrett geplant und dann im Labor eine künstliche DNA hergestellt, was heute noch schwierig ist und nur in kleinen Stücken gelingt, die anschließend zusammengesetzt werden müssen. Seit einiger Zeit macht die Synthetische Biologie ziemlich von sich reden, vielleicht hat das der eine oder andere von euch mitbekommen. Ein Amerikaner namens«, er blickte auf einen kleinen Notizblock, der aufgeschlagen vor ihm auf dem Tisch lag, »Craig Venter hat das erste synthetische Bakterium hergestellt. Die Fachleute streiten sich darüber, ob das tatsächlich der große Durchbruch ist, als den Venter ihn der Öffentlichkeit verkauft. Der Mann ist offenbar ziemlich gut, sowohl fachlich als auch im Umgang mit den Medien. Das künstliche Erbgut, das er hergestellt hat, ist mehr oder weniger nur eine Kopie einer tatsächlich existierenden Bakterien-DNA, insofern hat er noch nichts wirklich Neuartiges in die Welt gesetzt. Die Zellen, in die er diese künstliche Kopie eingefügt hat, leben und teilen sich. Die meisten seiner Kollegen sagen, dass sei eine bemerkenswerte Leistung, aber noch nicht der ganz große Knaller, auf den alle warten. Ziel ist es, Zellen zu konstruieren, die völlig neue Eigenschaften besitzen, zum Beispiel die Fähigkeit, das Kohlendioxid aus der Luft zu fischen und in nützliche Stoffe einzubauen, um dem Treibhauseffekt entgegenzuwirken.«

Dirk Hansen blickte in ungläubige Gesichter. Keiner seiner Kollegen konnte sich erinnern, den blassen jungen Mann, der im Ruf stand, ein Eigenbrötler zu sein und sich nur für virtuelle Realitäten zu interessieren, jemals so lange am Stück reden gehört zu haben, jedenfalls nicht in einem größeren Kreis.

»Frankenstein«, kommentierte einer. »Warum die immer Gott spielen müssen …«

Hansen nickte. »Die Sache ist tatsächlich umstritten. Es gibt nicht wenige Kritiker, die glauben, dass unsere Welt auf solche Wesen nicht vorbereitet ist. Keiner kann sagen, wie Pflanzen und Tiere auf diese neuen, künstlich hergestellten Konkurrenten reagieren werden.«

»Woher weißt du das alles?«, fragte Schwarzenau verblüfft. »Ich dachte, du hängst nur am Computer.«

»Leistungskurs Biologie, wenn du es genau wissen willst. Außerdem: Hättest du selbst schon mal an einem Computer gesessen, wüsstest du vielleicht, dass man sich damit Informationen über nahezu alles beschaffen kann.«

»Seien wir doch froh, dass wenigstens einer von uns seine Hausaufgaben gemacht hat«, sagte Anne.

Arnie verzog beleidigt sein Gesicht. »Mit unseren beiden Toten hat das aber wohl nichts zu tun, oder?«

»Da wäre ich mir nicht so sicher.«

Anne wurde hellhörig. »Was wollen Sie damit sagen, Dirk?«

»Na ja, ich sollte mir doch die Computer der Toten vornehmen. Viel ist dabei nicht herausgekommen, eines aber ist mir aufgefallen: Johannes Hilpert hat massenhaft Materialien und Aufsätze zusammengetragen und nach Themen sortiert in Ordnern abgelegt. Einer, der bei Weitem umfangreichste, heißt ›Synthetische Biologie‹. Das war der Grund, warum ich mich ein bisschen informiert habe, schon letzte Woche, aber bisher spielte das ja gar keine Rolle.«

»Sie meinen, Hilpert hat selbst betrieben, was Sie erklärt haben?«, fragte sie verblüfft.

»Das weiß ich nicht. Er hat sich aber zweifellos für Synthetische Biologie interessiert und intensiv damit beschäftigt. Wenn er nicht schon länger auf diesem Gebiet geforscht hat, würde ich sagen, er hatte es vor. Warum sollte er sonst massenhaft hochspezielle Artikel und Doktorarbeiten zum Thema sammeln?«

»Könnte das Flugblatt von Barthelmess stammen?«, fragte Jens.

»Du meinst, es könnte der Auslöser für ihren Streit gewesen sein?« Hansen zuckte die Achseln. »Keine Ahnung. Möglich ist alles. Auf seinen Computern habe ich es nicht gefunden.«

»Wenn es von ihm stammt, hat er es natürlich gelöscht«, sagte jemand.

»Hm …« Anne tippte nachdenklich mit dem Kugelschreiber gegen ihre Lippen. Warum hatte Pauli nichts davon gesagt? War die Synthetische Biologie auch ein Arbeitsfeld von Frank Moebus oder hatte Hilpert im Stillen sein eigenes Süppchen gekocht? Worin hatte eigentlich seine Arbeit bestanden?

»Bertram«, sagte sie schließlich, »habt ihr bei den Vernehmungen der Moebus-Leute auch nach deren Arbeitsthemen gefragt?«

»Nein, das hätten wir ja auch kaum verstanden. Ehrlich gesagt, bin ich nicht davon ausgegangen, dass so etwas für uns von Bedeutung ist.«

»Dann übernehmen Sie das, Dirk. Lassen Sie sich von Bertram eine Liste der Arbeitsgruppenmitglieder geben und versuchen Sie herauszufinden, womit die sich im Einzelnen befassen, möglichst allgemein verständlich. Meinen Sie, Sie schaffen das?«

»Ich werd's versuchen«, sagte der junge Mann und zuckte die Achseln.

»Und beschäftigen Sie sich weiter mit Hilperts Computern. Ich will wissen, woran er gearbeitet hat.«

Sie wandte sich wieder an Bertram, der erst wenige Minuten vor ihrem Treffen aus dem Biologiezentrum zurückgekehrt war. »Kannten die anderen das Flugblatt?«

»Ich hatte nicht viel Zeit und habe nur mit einigen wenigen reden können«, sagte er. »Ich glaube aber, die Sache ist ziemlich klar. Die meisten kannten es. Es hat vor drei oder vier Wochen im Haus herumgelegen. Offenbar gab es deswegen aber keine größeren Diskussionen. Die meisten haben es, wenn überhaupt, überflogen und weggeworfen. Einer meinte, es komme andauernd vor, dass zu irgendwelchen umstrittenen Themen Flugblätter kursierten. Das reiche von der Klimakatastrophe bis zum Aussterben der Gestreiften Steinlaus. Er würde dem gar keine Beachtung mehr schenken. Vermutlich geht es fast allen so.«

»Hilpert hat dem Flugblatt Beachtung geschenkt«, gab Anne zu bedenken. »Er hat es immerhin aufgehoben.«

»Das muss nichts heißen, oder?«, sagte Hollinger. »So, wie Sigmund Hilperts Arbeitszimmer beschrieben hat, sah es auch in seinem Institutsbüro aus. Ich würde sagen, der hatte generell Schwierigkeiten, sich von irgendwas zu trennen. Er hat alles aufgehoben, jede Notiz. Er hat das Flugblatt auf einen Stapel gelegt und dann ist es irgendwann unter anderen Papieren verschwunden. Das kennt doch jeder.«

»Er hat es nicht nur nicht weggeworfen, sondern sogar mit nach Hause genommen«, sagte die Kommissarin beharrlich.

»Ich finde das auch auffällig«, stimmte ihr Jens Becker zu. »Entweder das Flugblatt ist ein eher allgemeines Statement über die möglichen Gefahren einer neuen Wissenschaft, dann gäbe es für jemanden, der sich auskennt, keinen Grund, es aufzuheben, oder? Dazu ist es viel zu einseitig und polemisch. Oder aber es gibt im Biologiezentrum eine oder mehrere Personen, die selbst Synthetische Biologie betreiben. Es werden zwar keine Namen genannt, aber wenn das stimmt, was Hansen uns berichtet hat, dann könnte das Flugblatt an Johannes Hilpert gerichtet gewesen sein.«

»Und an andere, die wir noch nicht kennen«, fügte Anne hinzu. »Möglicherweise sogar an Frank Moebus selbst. Ohne ihn könnte Hilpert so etwas doch gar nicht in Angriff nehmen.«

Becker nickte. »Er hat das Flugblatt nicht weggeworfen, weil er sich angesprochen fühlte.«

»Oder bedroht.« Sigmund Bock räusperte sich und hielt seine Kopie vor sich in die Luft. »Vielleicht ist der aggressive Ton ja typisch für diese Art von Pamphleten, für mich klingt das aber alles andere als harmlos. Hier, zum Beispiel der vorletzte Satz: Sollte diese auf die Erzeugung synthetischer Organismen abzielende Forschung unverändert weitergeführt werden, wird das Aktionsbündnis nach Mitteln und Wegen suchen, um diese potenziell gefährliche Forschung zu behindern und wenn möglich zu stoppen, in Kiel und anderswo.« Er blickte auf. »Das ist eine Drohung, oder etwa nicht? Sogar ziemlich unverhohlen. Wenn ich im Biologiezentrum mit derartigen Dingen beschäftigt wäre, würde ich mir so meine Gedanken machen.«

Bertram Hollinger legte die Stirn in Falten. »Ich weiß nicht, Sigmund, das sind Studenten, junge Leute, die schießen verbal schon mal übers Ziel hinaus. Da steht nicht, dass man die bösen Forscher aus dem Fenster werfen wird, wenn sie nicht zur Vernunft kommen. Dieser Ton gehört einfach dazu und dahinter steckt nicht zuletzt die eigene Ohnmacht. Sicher hat es zu anderen umstrittenen Themen ähnlich klingende Flugblätter gegeben, aber passiert ist nie etwas.«

»Vielleicht ist diesmal etwas aus dem Ruder gelaufen. Es kam zum Streit und … wir wissen doch, wie so was läuft. Außerdem … sind in Amerika nicht Ärzte von fanatischen Abtreibungsgegnern erschossen worden?«

»Das ist doch etwas völlig anderes …«

»Also, ich finde, wir sollten die Sache ernst nehmen«, schaltete sich Anne ein. »Gibt es Hinweise auf die Verfasser? Aktionsbündnis NoSyn … vielleicht sind das gar keine Studenten.«

»Danach habe ich natürlich gefragt«, antwortete Hollinger. »Niemand hatte von NoSyn gehört oder wusste, wer dahinterstecken könnte. Die meisten hatten den Namen überlesen oder gleich wieder vergessen. Alle gingen aber davon aus, dass das Flugblatt aus der Studentenschaft kommt, nicht von außen. Wie gesagt, so etwas taucht häufig auf und verschwindet dann bald in der Versenkung.«

»Mir lässt da etwas keine Ruhe.« Anne griff nach ihrem Mobiltelefon, das vor ihr auf dem Tisch lag. »Gib mir mal die Handynummer von Pauli, Jens. Ich möchte ihn kurz anrufen.«

Becker nickte, zog sein Handy aus der Tasche und tippte sich durch die Liste der Telefonnummern. »Hier«, sagte er schließlich. »Nimm doch einfach meins.«

Hermann hatte sich durch den ganzen Tag gequält. Die Nachwirkungen der gestrigen Feierlichkeiten steckten ihm noch in den Knochen. Außerdem hatte ihm die Sache mit dem *Nature*-Brief keine Ruhe gelassen, und weil er nicht einschlafen konnte, hatte er noch bis spät in die Nacht in Koestlers *Krötenküsser* gelesen. Da er sich ohnehin auf kaum etwas anderes konzentrieren konnte, dachte er gerade zum wiederholten Male darüber nach, ob er Frank anrufen und auf den Brief ansprechen sollte, doch für ein derart anstrengendes Gespräch fühlte er sich heute nicht gewappnet. Obwohl es für seine Verhältnisse noch ungewöhnlich früh war, beschloss er stattdessen, nach Hause zu gehen und seine Arbeit auf das Wochenende zu verschieben. In diesem Moment meldete sich sein Handy.

»Frau Detlefsen! Was verschafft mir die Ehre?«, rief er überrascht und erfreut zugleich und wunderte sich über sich selbst.

Freute er sich wirklich über den Anruf einer Kriminalkommissarin? Was wollte die denn von ihm? Ging es etwa um den Brief?

»Nur eine kurze Frage. Ich hoffe, ich störe Sie nicht.«

»Sagen Sie nicht, dass schon wieder irgendwo Fingerabdrücke von mir aufgetaucht sind. Der Fall ist doch wohl abgeschlossen.«

»Nicht ganz, wir arbeiten noch an einigen Details. Damit man uns später nicht vorwerfen kann, wir hätten etwas versäumt.«

»Details welcher Art, wenn ich fragen darf?«

»Sagt Ihnen der Name NoSyn etwas?« Sie buchstabierte das Wort.

»Nein, nie gehört. Was soll das sein?«

»Eine Initiative von Studenten, jedenfalls vermuten wir das. Sie haben ein Flugblatt verfasst, auf das wir gestoßen sind. Es setzt sich sehr kritisch mit Synthetischer Biologie auseinander.«

»Ja, ein umstrittenes Gebiet. Und?« Er ließ sich langsam auf seinen Schreibtischstuhl sinken.

»Das Flugblatt lag in der Wohnung von Johannes Hilpert.«

»Ich verstehe immer noch nicht.«

»Ist Ihnen zufällig bekannt, ob Hilpert und Professor Moebus auf diesem Gebiet gearbeitet haben oder vorhatten, das zu tun?«

Er zögerte einen Moment, weil ihm plötzlich das Gespräch mit Daniel wieder einfiel. Er hatte es fast vergessen.

»Wir haben uns doch in meinem Büro lange über die Arbeit Ihres Kollegen unterhalten«, bohrte die Kommissarin. »Von Synthetischer Biologie war dabei nicht die Rede. Ich dachte, vielleicht haben Sie nur vergessen, es zu erwähnen, und ich frage lieber noch einmal nach.«

»Warum wenden Sie sich nicht an Frank Moebus selbst?«

»Das werde ich tun, aber ehrlich gesagt, bei ihm verstehe ich nur Bahnhof. Sie können die Dinge so erklären, dass auch ein Laie wie ich versteht, worum es geht.«

»Ja, wissen Sie, es ist seltsam, dass Sie danach fragen. Offenbar gibt es tatsächlich Pläne in dieser Richtung. Ich habe erst kürzlich davon erfahren und war selbst überrascht.«

»Wann?«

»Letzte Woche.«

»Von Professor Moebus?«

»Nein, von meinem Assistenten.«

»Daniel Kambacher.«

»Ja.« Er war verblüfft. »Woher kennen Sie ihn?«

»Er war mit Johannes Hilpert befreundet.«

»Das weiß ich nicht. Kann sein.«

»Sie sagten, Sie hätten nichts davon gewusst. Die Pläne sind also noch nicht allgemein bekannt?«

»Nein, das heißt, ich weiß nicht …« Sein Kopf war träge und schwerfällig und ihre Fragen kamen so schnell. Er fand kaum Gelegenheit nachzudenken. »Für mich waren sie neu, aber das will nichts heißen.«

»Und woher wusste Ihr Assistent davon?«

»Von Johannes Hilpert, nehme ich an. Hören Sie«, er rieb sich über sein müdes Gesicht. »Sie stellen mir lauter Fragen, die andere viel besser beantworten könnten. Ich hatte eine anstrengende Woche und …«

»Kein Problem«, unterbrach sie ihn aufgekratzt. »Sie haben mir schon sehr geholfen. Ich melde mich, wenn es etwas Neues gibt. Vielen Dank.« Sie legte auf.

Hermann schüttelte irritiert den Kopf. Ein merkwürdiger Anruf. Und zuerst hatte er sich noch gefreut … Er kam sich plötzlich vor wie ein nützlicher Idiot, dem man nur ein wenig Honig ums Maul schmieren muss, damit er bereitwilligst Auskunft gibt. *Sie können die Dinge so erklären, dass auch ein Laie wie ich versteht …* Unfassbar, dass er auf so etwas hereinfiel. Sie nutzte ihn aus. Er nahm sich vor, in Zukunft verschwiegener zu sein.

Wieso interessierte die Polizei sich ausgerechnet für Synthetische Biologie? Und was hatte das mit den Todesfällen zu tun? Hermann kämpfte gegen das unangenehme Gefühl an, eine Dummheit begangen zu haben.

Daniel Kambacher«, sagte Anne und blickte in die neugierigen Gesichter ihrer Kollegen. »Das ist allerdings interessant.«

»Ich erinnere mich an ihn«, sagte Bertram Hollinger. »Ein sympathischer junger Mann. Der Tod seiner Kollegen hat ihm wohl ziemlich zu schaffen gemacht, mehr als den anderen, die wir vernommen haben. Er kämpfte mit den Tränen.«

»Hilpert und er waren gute Freunde. Bis es vor einigen Wochen zu einem Zerwürfnis kam. Im Vernehmungsprotokoll steht leider nichts darüber. Warum haben die beiden sich zerstritten? Hast du ihn nicht danach gefragt?« Als sie die verständnislosen Blicke der Kollegen sah, berichtete Anne kurz von Hilperts E-Mails, in denen ein Daniel erwähnt wurde, und von ihrem Telefonat mit Hilperts Frau.

Hollinger senkte schuldbewusst den Blick. »Also, ehrlich gesagt … wenn es nicht im Protokoll steht … ich weiß nur noch, dass er ziemlich mitgenommen war und …«

»Okay«, unterbrach sie ihn. »Dann sollten wir das schleunigst nachholen.«

»Hat er ein Alibi?«, fragte Jens Becker. »Wo war er zur Tatzeit?«

Hollinger hob ratlos die kräftigen Schultern. Er hatte mit zu vielen Menschen im Biologiezentrum geredet, um sich an jede Einzelheit erinnern zu können. Anne hingegen, die das Vernehmungsprotokoll gerade noch einmal gelesen hatte, wusste Bescheid: »Er war auf einer Hochzeitsfeier, bis in die frühen Morgenstunden. Anschließend hat er bei Freunden in der Stadt übernachtet. Er wohnt auf dem Land.«

»Wo?«, fragte Becker.

»In Felmerholz nahe der B76, wahrscheinlich eine Art Land-WG.«

»Das ist doch gar nicht weit. Felmerholz kenne ich.«

»Um die Zeit kommst du da aber ohne Auto nicht mehr hin.«

»Wahrscheinlich fährt er Fahrrad. Das machen die doch alle«, sagte Becker geringschätzig.

Ein bisschen mehr Bewegung könnte dir auch nicht schaden, dachte Anne und sah ihn an. Mit »die« meinte er wohl die gut zwanzigtausend Studenten der Stadt. Jens schien eine tiefe Abneigung gegen die akademische Welt zu hegen, von der sie bislang nichts geahnt hatte.

»Jetzt erinnere ich mich«, sagte Hollinger. »Die Feier fand in einem Restaurant statt, gar nicht weit vom Campus. Ich kenne den Laden. Als er den Namen genannt hat, wusste ich gleich … Moment …« Hollinger schien plötzlich zu erstarren, nur seine Lippen bewegten sich lautlos.

»Was ist?«

Er reagierte nicht. Sein rundes Gesicht drückte grenzenloses Erstaunen aus. Er schien tief in sich hineinzuhorchen.

»Bertram? Was ist mit dir?«

»Nichts. Mir ist nur gerade was eingefallen.« Er schlug sich mit der flachen Hand gegen die Stirn. »Ich fasse es nicht. Wie konnte ich das nur vergessen.«

»Nun red schon.«

»Ihr werdet es nicht glauben.«

»Was werden wir nicht glauben?«

Hollinger lachte kurz auf. »Seine Kleidung. Ich habe am Tag danach mit Kambacher gesprochen, am Tag nach der Tragödie und nach der Hochzeitsfeier. Er hat selbst gesagt, dass er nicht nach Hause gefahren sei, sondern bei Freunden übernachtet habe. Er konnte sich also nicht umziehen, und wenn er sich etwas geliehen hätte, dann vielleicht ein T-Shirt oder ein Hemd, aber mit Sicherheit nicht das, was er während der Vernehmung trug. Ratet mal, was er anhatte.«

Anne brauchte nur Sekunden, um zu verstehen. Sie riss die Augen auf. »Nein …«

»Doch.«

»Der Mann im Anzug«, murmelte Jens Becker verblüfft.

»Er könnte es gewesen sein.«

»Er hatte wirklich einen Anzug an? Bist du sicher?«

»Hundertprozentig. Ich weiß noch genau, dass ich mich darüber gewundert habe. Ein Student im Anzug. Er ist gar nicht der Typ dafür.«

»Aber er ist doch auf dieser Hochzeit gewesen«, sagte Sigmund Bock. »Wie kann er da gleichzeitig über den Campus gerannt sein?«

»Wie gesagt, das Restaurant ist nicht weit weg, Ecke Olshausen- und Hansastraße, zu Fuß vielleicht zwanzig Minuten. Wir sollten das überprüfen. Er könnte sich abgesetzt haben, um ins Biologiezentrum zu gehen, und damit seine Abwesenheit nicht auffällt, ist er danach so schnell wie möglich zurückgerannt.«

»Nach was?«, fragte Dirk Hansen. »Was hat er denn deiner Meinung nach im Zentrum getan?«

»Da fragst du mich zu viel.«

»Vielleicht hat er nur etwas vergessen, und weil er in der Nähe war, ist er schnell hin, um es zu holen.«

»Mitten in der Nacht?«, wandte Jens Becker ein. »Was sollte das gewesen sein? Er hatte bestimmt nicht vor, noch zu arbeiten.«

»Wie ist er überhaupt ins Haus gekommen?«, fragte jemand. »Hat er einen Schlüssel?«

Plötzlich redeten alle durcheinander. Längst war klar, dass sie ihr Wochenende vergessen könnten.

»Das werden wir alles klären.« Anne verschaffte sich mit kräftiger Stimme Gehör. »Ich werde mich sofort mit dem Polizeidirektor und der Staatsanwältin in Verbindung setzen. Wir müssen herausfinden, ob Kambacher das Flugblatt verfasst hat. Wenn ja, hätten wir sogar die Andeutung eines Motivs, zumindest für einen Streit mit Johannes Hilpert. Vielleicht hat der in Sachen Synthetische Biologie mit Barthelmess zusammengearbeitet und die Konfliktlinien verlaufen ganz anders, als wir gedacht haben. Kambacher hat Pauli von diesen Plänen erzählt, er wusste also eher und besser Bescheid als sein Chef. Wir haben seine Fingerabdrücke vom Tatort, und ob sein Alibi wirklich wasserdicht ist, bleibt abzuwarten. Vielleicht hat jemand gesehen, wie er sich von der Feier entfernt hat.«

Endlich kam wieder Bewegung in den Fall und sofort fühlte sie sich voller Energie und Tatkraft. Das Bild veränderte sich und wurde neu zusammengesetzt. Noch waren die Verhältnisse viel zu undurchsichtig, aber vielleicht würde sich bald auch ein Platz für das letzte und wichtigste Puzzleteil finden, für Frank Moebus. Anne saß kerzengerade am Tisch und verteilte die Aufgaben.

Wenig später traten Bertram Hollinger und ein junger Kollege in den Hof der Blume und bestiegen einen der Dienstwagen. Sie mussten warten, bis die alkoholisierten Lübecker Fußballfans, die am Hauptbahnhof vor dem Spiel ihrer Mannschaft gegen Holstein Kiel randaliert hatten, ins Gebäude geführt und in der Sammelzelle im Erdgeschoss untergebracht worden waren. Dann öffnete sich das Stahltor, der Wagen rollte vom Hof, bog rechts in die Blumenstraße und fuhr über den Westring zur Olshausenstraße.

Vor dem Lokal, in dem die Hochzeitsfeier stattgefunden hatte, hielten sie am Straßenrand, beugten sich über einen Stadtplan und besprachen den kürzesten Weg zum Biologiezentrum. Beide blickten noch einmal auf ihre Armbanduhren. Dann betrat Hollinger das Restaurant, während sein junger Kollege die Straßenseite wechselte und zügig in Richtung Universitätscampus marschierte.

Gut zehn Minuten später stand Hollinger wieder auf der Straße, sah auf die Uhr und zündete sich eine Zigarette an. Er musste nicht lange warten. Kaum hatte er die Kippe ausgetreten, sah er seinen Kollegen schon angerannt kommen. Er hatte knapp zweiundzwanzig Minuten gebraucht, vierzehn vom Restaurant zum Biologiezentrum, und acht zurück, dabei sei er nur ganz locker gelaufen, sagte der junge Beamte. Seine Brust hob und senkte sich, auf seiner Stirn war aber kaum ein Tropfen Schweiß zu sehen und er wirkte keineswegs erschöpft. Wäre er beide Strecken gerannt, hätte er wohl keine Viertelstunde gebraucht.

»Komm«, sagte Hollinger zufrieden. »Wir haben Glück. Die Hochzeiter wohnen ganz in der Nähe, nur ein paar Ecken weiter.«

Ihre Glückssträhne hielt an. Das junge Paar war zu Hause und fiel aus allen Wolken, als an einem Freitagabend gegen halb acht plötzlich die Kriminalpolizei vor der Tür stand. Und aus dem Erstaunen wurde Entsetzen, als Bertram Hollinger ihnen erklärte, man ermittele in einem Tötungsdelikt. Ein Gast ihrer Hochzeitsfeier werde verdächtigt, an einem Gewaltverbrechen beteiligt gewesen zu sein.

Sie zeigten ihnen ein Foto von Daniel Kambacher. Dirk Hansen hatte es von der Internetseite des Zoologischen Instituts heruntergeladen und ausgedruckt.

Die Gesichtszüge des Mannes entspannten sich, als er auf das Foto blickte. Er lachte. »Der und Gewalt? Das ist doch wohl ein schlechter Scherz. Das ist Daniel, Daniel Kambacher. Wir spielen zusammen Fußball. Daniel ist Vegetarier und kann keiner Fliege etwas zuleide tun.«

»Ich habe von einem Verdacht gesprochen«, sagte Hollinger. »Sie können uns helfen, ihn auszuräumen. Er war also auf Ihrer Feier?«

»Allerdings. Und er ist fast bis zum Schluss geblieben. Wir haben noch einen Absacker zusammen getrunken, gegen drei, halb vier, schätze ich. Dann ist er mit einem Mannschaftskameraden nach Hause gegangen. Er wollte bei ihm schlafen, weil er auf dem Land wohnt und kein Auto hat.«

»Ist Ihnen an diesem Abend irgendetwas Ungewöhnliches an ihm aufgefallen? Wirkte er vielleicht abwesend oder war er auffällig nervös?«

»Nein, er war ganz normal. Hast du etwas bemerkt, Katrin?«

Seine Frau schüttelte den Kopf. »Er war gut drauf, fand ich. Wie eigentlich immer.«

»Ist er allein oder in Begleitung gekommen?«

»Allein«, sagte die Frau mit einem kleinen Lächeln. »Daniel ist hübsch, nett, geistreich, amüsant. Alles, was man sich nur wünschen kann. Aber mit den Frauen scheint es nicht so recht zu klappen. Ich glaube, er hat einfach zu viel um die Ohren.«

»Hat er das Restaurant im Laufe des Abends mal verlassen?«

»Fragen Sie das im Ernst?« Der Mann sah Hollinger mitleidig an. »Glauben Sie, wir haben nichts Besseres zu tun gehabt, als die Anwesenheit unserer Gäste zu kontrollieren? Das war unsere Hochzeitsfeier. Es waren um die hundert Leute da.«

Hollinger nickte. »Haben Sie vielleicht eine Liste Ihrer Gäste?«

»Natürlich haben wir die, aber …« Er sah Hilfe suchend zu seiner Frau. »Ich weiß nicht … Sie müssen das verstehen … Das waren unsere besten Freunde, unsere Familien. Ich will ihnen keine Unannehmlichkeiten bereiten.«

»Das verstehe ich natürlich. Wir werden Ihre Gäste nicht belästigen. Es geht um zwei, drei kurze Fragen und dann verschwinden wir wieder. Sie würden uns die Arbeit sehr erleichtern. Und wenn Ihr Freund unschuldig ist, wie Sie sagen, kann das für ihn nur von Vorteil sein. Es könnte ihn entlasten. Wenn nicht …«, Hollinger zuckte die Achseln, »dann hätten Sie uns geholfen, eine schwere Straftat aufzuklären. Zwei Menschen sind gestorben.«

»Kann ich kurz mit meiner Frau alleine sprechen?«

»Natürlich.«

Die beiden zogen sich ins Wohnzimmer zurück. Hinter der angelehnten Tür waren ihre leisen Stimmen zu hören. Hollinger und sein junger Kollege standen im Flur und warteten.

Zehn Minuten später bestiegen sie ihren Wagen und fuhren wieder zurück in die Blume. Auf dem Rücksitz lag eine am Computer geschriebene zweiseitige Tabelle mit den Namen, Adressen und Telefonnummern fast aller Hochzeitsgäste. Das junge Paar war offenbar bestens organisiert.

Im Kommissariat wurde die Liste kopiert und an drei Teams verteilt. In Anbetracht der fortgeschrittenen Tageszeit beschlossen die Kollegen allerdings, mit den Befragungen erst am Samstagmorgen zu beginnen.

Die zogen sich dann bis in den Nachmittag hin, so lange, bis Anne Detlefsen die drei Teams zurück in die Bezirkskriminalinspektion beorderte. Zwar gab es auf der Liste noch immer einige Namen ohne Häkchen, doch diese Lücken könnten sie auch noch in der kommenden Woche schließen. Die Tendenz war klar und entsprach den Erwartungen. Fast alle Befragten, auch die, die ihn nicht kannten, bezeugten, dass Daniel Kambacher auf der Hochzeitsparty gewesen war. Mitglieder seiner Freizeitfußballmannschaft, mit denen er am Tisch gesessen hatte, sagten aus, er habe ausgiebig getanzt und sich später mal hier, mal da unterhalten. Niemand konnte sich erinnern, ihn längere Zeit vermisst zu haben, und keiner hatte gesehen, dass er sich entfernte oder nach längerer Abwesenheit zurückkehrte. Andererseits wollte sich auf Nachfragen auch niemand darauf festlegen, dass Kambacher den ganzen Abend über tatsächlich anwesend gewesen war. Mit anderen Worten: Sein Alibi war nicht allzu viel wert. Er war ohne Begleitung gekommen und hätte sich in einem günstigen Moment ohne Weiteres für eine halbe oder Dreiviertelstunde entfernen können, ohne dass es jemandem aufgefallen wäre.

Sein Handy schnarrte am Sonntagmorgen kurz nach sieben. Hermann wurde aus tiefstem Schlaf gerissen und brauchte ein paar Sekunden, bis er begriff, was das für ein Geräusch war. Marion hatte gestern Abend mit seinem Telefon herumgespielt und einen neuen Klingelton eingestellt, weil er sich selbst dazu nie die Zeit nahm. Der alte hatte ihn regelrecht verfolgt und in Unruhe versetzt. In letzter Zeit war es immer häufiger vorgekommen, dass er sich das Gedudel nur einbildete und dann verblüfft ein schlafendes Handy aus der Tasche zog, das keinen Ton von sich gab. Dank Marion ertönte jetzt ein klassisches Klingeln. Er stützte sich auf einen Ellenbogen und griff nach dem Gerät.

»Ja«, sagte er heiser.

»Entschuldigen Sie, dass ich störe. Ich weiß, es ist noch früh. Aber«, er hörte die brüchige Stimme einer jungen Frau, »mein Name ist Elke Nannen. Ich wohne in Felmerholz mit Daniel Kambacher zusammen. Spreche ich mit Professor Hermann Pauli?«

»Ja.« Er erinnerte sich dunkel an eine pummelige junge Frau, die er auf dem Sommerfest von Daniel und seinen Mitbewohnern kennengelernt hatte. Ein großer verwilderter Garten mit alten Obstbäumen, in dem Hühner herumliefen. Abends hatte eine Studentenband gespielt und den Bewohnern des Hauses eine Anzeige wegen nächtlicher Ruhestörung eingebracht.

»Ich soll Sie anrufen, hat Daniel gesagt. Oder vielmehr, er hat es gebrüllt.«

»Warum? Was ist passiert?« Hermann war jetzt hellwach. Er schwang seine Beine herum und setzte sich auf den Bettrand.

»Die Polizei war hier«, sagte die Frau. Ihre Stimme zitterte vor Aufregung. »Mit einem Durchsuchungsbeschluss. Sie haben uns alle aus dem Bett geholt, Daniels Zimmer auf den Kopf gestellt und sich eine ganze Weile mit seinem Computer beschäftigt. Sie sind gerade weg. Vor zehn Minuten. Daniel haben sie mitgenommen. Er durfte nicht mal duschen.«

»Mitgenommen?«

»Ja. Verhaftet.«

»Sie haben Daniel verhaftet? Warum?«

»Das wissen wir nicht. Wir haben nur irgendetwas von einem Flugblatt aufgeschnappt, aber was das heißen soll … keine Ahnung. Sie haben den Computer eingepackt und Daniel rausgeführt. Er hat uns zugerufen, dass wir Sie anrufen sollen. Immer wieder. Ihr müsst Pauli anrufen.«

»Ja … was kann ich tun?«

Ein Flugblatt? Er dachte an den Anruf von Anne Detlefsen,

über den er sich so geärgert hatte. Einen Moment hörte er nur den Atem der jungen Frau und erregte Stimmen im Hintergrund.

»Ich weiß nicht«, sagte sie.

»Na ja. Danke jedenfalls, dass Sie mich informiert haben.«

»Rufen Sie uns an, wenn Sie etwas erfahren. Bitte. Sie haben ja jetzt meine Nummer. Wir machen uns Sorgen.«

»Natürlich. Danke noch mal.«

Als Marion kurz nach acht mit Emil auf dem Arm in die Küche kam, saß Hermann am Tisch und starrte durch das Fenster auf den Schrevenpark. Sicher hatte er sie gehört, aber er rührte sich nicht, sah sie weder an noch begrüßte er sie. Auf dem Tisch stand eine leere Kaffeetasse.

»Du bist schon auf?«, fragte sie. Sie wusste, dass ihr Vater am Sonntag gern länger schlief, vor allem, wenn er den Samstag bei Bennie in Lübeck verbracht hatte.

»Hm …«, brummte Hermann.

Sie trat ans Fenster. Ein dunkler Herbsttag, zwischen den Parkbäumen konnte sie die Gänse sehen, die auf der Wiese am Seeufer grasten. Früher, vom Wohnzimmer ihres Hauses in Suchsdorf aus, waren es Schiffe gewesen, die durch den Nord-Ostsee-Kanal fuhren, darunter Ozeanriesen von zweihundert Metern Länge und mehr. Ihre riesigen Aufbauten überragten die Bäume am Uferhang und glitten wie schwebende Wolkenkratzer an ihnen vorbei. Das würde sie nie vergessen. Genauso wenig wie die Fledermäuse, die zu Tausenden in den Backsteingemäuern der Levensauer Hochbrücke hausten, nur ein paar Hundert Meter von ihrem Haus entfernt. Jedes Jahr im August, wenn die Großen Abendsegler in Schwärmen ihr zukünftiges Winterquartier inspizierten, war sie mit ihrem Vater zur Brücke gegangen und hatte ihren Flugkunststücken zugeschaut. Sie hatte zwar verstanden, warum er darüber nachdachte, das Haus aufzugeben, als sie aber nach seiner Rückkehr aus Neuseeland zum ersten Mal von konkreten Umzugsplänen hörte, hatte sie sich große Sorgen gemacht. Ohne dieses Haus am Kanal konnte sie sich ihren Vater schlicht nicht vorstellen. Sie hatte sich erst beruhigt, als sie ihn das erste Mal in seinem neuen Heim besuchte. Es war offensichtlich, dass er gern hier lebte, und er hatte ja wirklich keinen Grund zur Klage. Diese Wohnung in dem prächtigen Altbau direkt am Park war ein seltener Glücksfund.

»Ist irgendwas?«, fragte sie vorsichtig.

»Ich habe einen Anruf bekommen.«

»Hab ich gar nicht gehört.«

»Auf dem Handy. Ich hatte es im Schlafzimmer.«

»Und?« Als sie ihn so zusammengesunken und mit verschlossenem Gesicht auf dem Stuhl sitzen sah, empfand sie ihre Frage als überflüssig, aber sie stellte sie trotzdem: »Gibt es schlechte Nachrichten?«

Er lachte bitter. »Das kann man wohl sagen.«

Marion setzte Emil auf dem Boden ab und ließ sich auf einen der Küchenstühle sinken. Das Kind rannte sofort zu seinem Opa und lehnte sich an seinen Oberschenkel. Sie war immer wieder überrascht, wie gut sich die beiden verstanden.

»Was ist passiert?«, fragte sie.

»Ich will dich nicht auch noch damit belasten.«

»Nun komm schon. Erzähl.«

Er zögerte noch immer. Quälend lange sah er sie regungslos an, so als müsse er erst intensiv darüber nachdenken, was diese Nachricht wohl in ihr auslösen würde.

»Die Polizei hat Daniel verhaftet.«

Sie riss ungläubig die Augen auf. »Was?«

»Ja. Heute Morgen.«

»Und warum?« Marion war blass geworden. »Was hat er denn getan?«

»Mami, was heißt hahaftet?«

»Ich weiß nicht, warum«, sagte Hermann und strich Emil über den Kopf. »Es liegt natürlich nahe, dass es in irgendeinem Zusammenhang mit den Todesfällen im Institut steht. Aber ich weiß es nicht. Ich weiß gar nichts, das ist ja das Schlimme. Offenbar hat man ein Flugblatt bei ihm gefunden.«

»Was denn für ein Flugblatt?«

»Ich weiß es nicht«, sagte er und betonte dabei übertrieben jedes Wort. »Es geht um Synthetische Biologie. Davon verstehst du nichts.«

»Du musst jetzt aber nicht mich anmachen, Papa.«

»Nein, natürlich nicht. Entschuldige. Ich bin nur selbst so geschockt.«

»In Zusammenhang mit den Todesfällen …«, wiederholte sie. »Das kann doch nur ein Irrtum sein. Von wem kam der Anruf?«

»Von einer Mitbewohnerin.«

»Wir müssen dringend irgendwas tun«, rief Marion und sprang auf. »Er braucht Hilfe. Daniel ist doch kein Mörder oder Schläger oder so etwas.«

»Natürlich nicht. Das ist lächerlich. Rat mal, worüber ich nachdenke. Was sollen wir denn tun? Mir fällt nichts ein.«

Marion lief ein paar Schritte auf und ab und blieb dann stehen. »Du kennst doch diese Kommissarin. Du hast von ihr erzählt. Sie hat dir gefallen, hast du gesagt. Ruf sie an. Sprich mit ihr. Versuch herauszufinden, was man ihm vorwirft.«

»Daran habe ich auch schon gedacht. Sie hat mich gestern auf dem Handy angerufen, aber ich habe nachgesehen, ihre Nummer wird nicht angezeigt. Ist natürlich geheim. Wenn ich mich erst zu ihr durchfragen muss, werden sie mich sicher abwimmeln. Die Chefin einer Mordkommission kriegt man nicht so leicht ans Telefon.«

»Hier herumzusitzen und Löcher in die Luft zu starren, bringt jedenfalls gar nichts, Papa. Versuch's doch wenigstens mal.«

Er schien aus seiner Schockstarre zu erwachen und sah sie an. »Na gut. Vielleicht hast du recht.«

»Mami, ist was Schlimmes?«

»Alles in Ordnung, mein Kleiner«, sagte Hermann, nahm Emils Lockenkopf zwischen beide Hände und küsste ihn auf die Stirn. »Opa erledigt noch rasch ein Telefonat und dann frühstücken wir endlich, ja?«

Marion nahm Emil auf den Arm. »Ich setz ihn solange in die Wanne.«

Eigentlich war die Tatsache, dass man seinen Assistenten verhaftet hatte, schockierend genug. Doch was ihm vor allem zu schaffen machte, was ihn quälte und zu immer neuen Selbstvorwürfen trieb, war das Gefühl, maßgeblich zu Daniels Verhaftung beigetragen zu haben. Womöglich hatte er ihn durch seine verfluchte Geschwätzigkeit in Teufels Küche gebracht. Warum musste er ihn am Telefon erwähnen? Er hätte sich dumm stellen können, aber nein, er plapperte und plapperte, ohne nachzudenken. Andererseits … die Kommissarin wusste sofort, von wem er gesprochen hatte. Offenbar hatte sie Daniel schon vorher ins Visier genommen und seine Unvorsichtigkeit lieferte nur den letzten Anstoß. Schlimm genug.

Der Gedanke, Daniel könnte etwas mit dem Tod von Barthelmess und Hilpert zu tun haben, erschien ihm so absurd, dass er sich weigerte, darüber nachzudenken. Und doch hatte die Nachricht von seiner Festnahme die Angst in ihm geweckt, er könnte sich in Daniel getäuscht haben. Wie gut kannte er den

Jungen? Hatte ihn seine Empörung, sein Engagement gegen die Synthetische Biologie, sein Streit mit Johannes vielleicht zu irgendeiner unüberlegten Handlung getrieben? Zweifellos neigte er zu heftigen Gefühlsausbrüchen. Bis zu diesem Zeitpunkt hatte er Daniel rückhaltlos vertraut, und dass ihn seine Verhaftung zu solchen Gedankenspielen veranlasste, erschien Hermann wie ein Verrat.

Er schleppte sich ins Wohnzimmer, ließ sich auf das Sofa fallen und suchte aus dem Telefonbuch die Nummer der Bezirkskriminalinspektion heraus. Der Anruf würde nichts bringen, da war er sich sicher, reiner Aktionismus, ein hilfloser Versuch, etwas gutzumachen. Umso erstaunter war er, als er sofort zur Ersten Hauptkommissarin durchgestellt wurde. Er erschrak fast, als er plötzlich ihre Stimme hörte.

»Oh«, rief er. »Ich hätte nicht gedacht, dass ich Sie überhaupt an den Apparat bekomme.«

»Warum nicht?«, antwortete Anne. »Ich spreche immer wieder gern mit Ihnen, Professor. Ehrlich gesagt, ich hatte so ein Gefühl, dass Sie sich melden würden, und habe entsprechende Anweisungen gegeben.«

»Umso besser.« Hermann musste sich zwingen, ruhig zu bleiben. Er wollte nicht wie ein wütender Vater klingen, der sich nach dem Verbleib seines Sohnes erkundigte. »Sagten Sie nicht, dass Sie mich anrufen würden, wenn es etwas Neues gibt?«

»Ja, das habe ich gesagt und es gilt auch weiterhin. In diesem speziellen Fall allerdings nicht. Ich kann Sie schlecht im Voraus über polizeiliche Maßnahmen in Kenntnis setzen. Ich nehme doch an, Sie rufen wegen Ihres Assistenten an. Wer hat Sie informiert? Seine Mitbewohner?«

Er ignorierte die Frage. »Wie kommen Sie dazu, ihn zu verhaften. Wo ist er? Was liegt gegen ihn vor?«

»Das kann ich Ihnen leider nicht sagen, aber gehen Sie davon aus, dass wir unsere Arbeit ernst nehmen. Zu einer solchen Maßnahme greifen wir nur, wenn dringende Verdachtsmomente vorliegen. Er ist übrigens nicht verhaftet, sondern vorübergehend festgenommen worden. Falls der Ermittlungsrichter keinen Haftbefehl ausstellt, ist er spätestens am Dienstagmorgen wieder auf freiem Fuß. Das wird nicht zuletzt davon abhängen, was er uns zu sagen hat.«

»Aber warum?« Hermann brüllte wider Willen. »Mit welcher Begründung? Und was hat es mit diesem Flugblatt auf sich?«

»Beruhigen Sie sich, Professor. Daniel Kambacher hat dieses Flugblatt verfasst, wir haben es auf seiner Festplatte gefunden. Es enthält massive Drohungen. Darüber hinaus kann ich Ihnen keine Auskünfte erteilen. Sie müssen das verstehen. Herrn Kambacher geht es gut, falls Sie das beruhigt.«

»Sagen Sie mir wenigstens, ob das alles mit den Todesfällen zu tun hat?«

Sie zögerte. Hermann meinte förmlich zu spüren, wie sie nach einer möglichst unverfänglichen Formulierung suchte. »Gibt es denn noch etwas anderes, das uns interessieren könnte?«, fragte sie schließlich.

»Unsinn. Mir ist wirklich nicht nach Scherzen zumute, Frau Detlefsen. Ich sage Ihnen eins: Ich halte große Stücke auf diesen Jungen, und wenn er Schaden nimmt, wenn seine Karriere behindert wird oder irgendetwas an ihm hängen bleibt, werde ich Ihnen die Hölle heißmachen. Das verspreche ich Ihnen. Was immer Sie ihm vorwerfen: Er ist unschuldig.«

»Ich nehme es zur Kenntnis, Professor. Setzen Sie sich immer so für Ihre Mitarbeiter ein?«

»Nur, wenn sie es verdienen. Guten Tag.« Er beendete das Gespräch und atmete ein paarmal tief durch.

»Und?« Marion stand im Bademantel in der Tür zum Flur und sah ihn besorgt an.

»Sie sagt nichts. Natürlich nicht. Den Anruf hätte ich mir sparen können. Es hat aber wohl mit den Ereignissen im Zentrum zu tun.«

»Und was willst du jetzt tun?«

»Weiß ich nicht.« Er sprang unvermittelt auf. »Ich glaube, ich muss mal ein bisschen frische Luft schnappen.« Er lief an Marion vorbei und griff nach seinem Mantel. »Wartet nicht auf mich.«

»Papa!«

»Mach dir keine Sorgen. Wir müssen einfach abwarten. Vielleicht lassen sie ihn am Dienstag raus, dann erfahren wir mehr. Du erreichst mich im Institut. Ich gehe zu Fuß.«

»Jetzt bleib doch wenigstens zum Frühstück. Du hast noch den ganzen Tag. Emil würde sich sehr freuen.«

Die Spannung wich aus seinem Körper. Er starrte einen Moment auf seine Hand, die den Türgriff umklammert hielt, und lauschte Emils fröhlichem Geplansche, das aus der offenen Badezimmertür drang. Schließlich nickte er stumm, hängte den Mantel wieder an den Haken, drückte seiner Tochter einen Kuss auf die Wange und ging in die Küche, um Kaffee zu kochen.

Anne betrat den kleinen Raum neben dem Vernehmungszimmer. Bock und Hollinger empfingen sie mit einem Kopfschütteln.

Durch den großen Einwegspiegel konnte sie Jens Becker und Daniel Kambacher sehen, die sich im Nachbarraum an einem quadratischen Tisch gegenübersaßen. Kambacher, der wie schlafend mit dem halben Oberkörper auf der Tischplatte gelegen hatte, richtete sich gerade auf. Es gehe ihm gut, hatte sie noch zu Hermann Pauli gesagt. Mittlerweile sah der junge Mann müde und geschafft aus. Seine Augen glänzten feucht, als habe er geweint. Die Vernehmung, bei der sich Becker, Schwarzenau und Bock ablösten, dauerte schon einige Stunden.

Hinter dem Kürzel NoSyn verbargen sich nur vier Personen, das hatten sie ziemlich schnell herausgefunden: Daniel Kambacher, der sich selbst als Initiator und wichtigsten Ideengeber der Gruppe bezeichnete, und drei Studenten, die das von ihm verfasste Flugblatt mit ihm diskutiert, den fertigen Text dann kopiert und überall auf dem Campus verteilt hatten. Kambacher räumte auch ein, sich mit Johannes Hilpert gestritten zu haben. Mehr war allerdings nicht aus ihm herauszubekommen. Er weigerte sich, die Namen der beteiligten Studenten zu nennen, und bestritt vehement, irgendetwas mit den nächtlichen Ereignissen im Biologiezentrum zu tun zu haben.

»Wie Sie wollen.« Jens Beckers Stimme drang blechern aus einem kleinen Lautsprecher, der über dem Spiegel angebracht war. »Dann fangen wir eben noch einmal von vorne an. Wir haben alle Zeit der Welt.«

Kambacher stöhnte. » Ich habe Ihnen alles gesagt.«

»Dieser Streit mit Johannes Hilpert«, fragte Becker ungerührt. »Worum ging es da genau?«

Kambacher biss sich auf seine Unterlippe und ließ den Kopf sinken. Zuerst schien es, als wollte er nicht antworten, doch dann sagte er leise: »Um seine Arbeit.«

»Wieso? Was störte Sie daran?«

»Das habe ich Ihnen und Ihren Kollegen schon drei Mal erzählt.«

»Ich will es aber noch einmal hören.«

»Er hat mir irgendwann erzählt, dass Moebus die nach ihm benannten Zellen verändern will. Sie haben offenbar nur ein sehr einfaches kleines Genom. Moebus hält sie für ein ideales

Chassis, um synthetische Gene einzuführen. Johannes sollte die benötigten RNAs synthetisieren.«

»Und das gefiel Ihnen nicht.«

»Nein, das gefiel mir ganz und gar nicht.«

»Und warum nicht?«

»Was interessiert Sie das? Sie suchen doch nur jemanden, dem Sie die Morde in die Schuhe schieben können.«

»Da irren Sie sich gewaltig. Wir schieben niemandem etwas in die Schuhe. Außerdem, wer hat von Mord gesprochen?«

Kambachers Gesicht lief rot an und er drehte genervt den Kopf zur Seite. »Also gut«, sagte er schließlich. »Man hat diese Zellen gerade erst entdeckt und weiß fast nichts über sie. Welche Rolle spielen sie im Ökosystem? Welche Ansprüche stellen sie an ihren Lebensraum und wie weit sind sie verbreitet? Wie sind ihre Beziehungen zu anderen Mikroorganismen, mit denen sie da unten in der Tiefsee zusammenleben? Alles unbekannt. Und trotzdem will Moebus sie manipulieren. Das ist offenbar das Erste, was ihm eingefallen ist. Und er hat Hilpert als seinen Handlanger benutzt. Ich war entsetzt, wie unkritisch und unreflektiert Johannes an die Sache heranging. Er weigerte sich, über den Sinn des Projekts zu diskutieren, und als ich ihn auf mögliche Risiken ansprach, machte er komplett dicht. Deshalb wollten wir diese Pläne öffentlich machen.«

»Sie nennen aber keine Namen.«

»Das wäre der nächste Schritt gewesen. Im nächsten Flugblatt wären wir konkreter geworden und hätten auch Namen genannt.«

»Und dann? Was käme dann? Brandbomben, Sabotage?«

Kambacher protestierte. »Wie kommen Sie darauf? Davon war nie die Rede. Wir sind keine Terroristen. Es geht um phantasievolle Aktionen, Demos, Plakate, ein bisschen Mummenschanz.«

»Aber Sie drohen den Forschern. Es heißt doch: Das Aktionsbündnis wird nach Mitteln und Wegen suchen, um diese potenziell gefährliche Forschung zu behindern und wenn möglich zu stoppen.«

»Ja, aber doch nicht mit Gewalt, schon gar nicht gegen Menschen. Das sind so Sprüche …«

»Und an diesem Donnerstagabend sind Sie ins Institut gegangen, um Johannes Hilpert noch einmal zur Rede zu stellen. Ist Ihnen Barthelmess dabei in die Quere gekommen?«

»Nein.« Kambacher verzog gequält das Gesicht. »Ich habe die Hochzeitsfeier nie verlassen. Wie oft soll ich das noch sagen? Das ist doch verrückt. Wie hätte ich denn wissen sollen, dass er um diese Zeit noch im Institut ist?«

»Vielleicht hat er es Ihnen gesagt, und da Sie an diesem Abend in der Nähe waren, haben Sie eine Möglichkeit gesehen, an ihm ein Exempel zu statuieren. Um Ihren Forderungen ein wenig Nachdruck zu verleihen.«

»Nein, verdammt.« Er schlug mit der flachen Hand auf den Tisch. »Es gibt Zeugen. Fragen Sie doch die anderen Gäste.«

»Das haben wir getan. Niemand kann bezeugen, dass Sie den ganzen Abend über anwesend waren. Und vom Restaurant ins Biologiezentrum braucht man nur ein paar Minuten. Geben Sie's doch endlich zu. Man hat Sie auf dem Campus gesehen. Und am Tatort haben wir Ihre Fingerabdrücke gefunden. Wie lange wollen Sie noch leugnen? Erleichtern Sie Ihr Gewissen.«

Kambacher schlug verzweifelt die Hände vor das Gesicht. »Das ist doch Wahnsinn. Ich sage kein Wort mehr.«

»Er war's nicht«, flüsterte Bock in dem kleinen Nachbarraum und schüttelte zur Bekräftigung den Kopf. »Jede Wette. Er sagt die Wahrheit.«

Anne nickte nachdenklich und wandte sich zum Gehen.

»Wir werden sehen. Vorläufig machen wir weiter und bis morgen behalten wir ihn auf jeden Fall hier. Gönnt ihm eine kleine Pause und fragt ihn dann über Johannes Hilpert aus. Was hat der getrieben und warum ging es ihm zunehmend schlechter? Vielleicht hat er Kambacher vor ihrem Streit etwas erzählt. Gebt mir sofort Bescheid, wenn sich etwas Neues ergibt.«

10

Hermann schaffte es erst am frühen Nachmittag in sein Institutsbüro. Um sich auf andere Gedanken zu bringen, hatte er nach dem Frühstück noch eine Weile mit seinem Enkel gespielt und dann lange mit Mitgliedern seiner Arbeitsgruppe telefoniert. Er hatte gehofft, mehr über Daniel und das ominöse Flugblatt zu erfahren, und tatsächlich konnten sich fast alle daran erinnern. Sie zeigten sich nicht einmal besonders überrascht, dass es von Daniel stammen sollte. Offenbar hatte er sich mehrfach sehr kritisch über die Synthetische Biologie geäußert, nicht nur während jenes Arbeitsgruppentreffens, bei dem es um Craig Venter und sein künstlich nachgebautes Bakteriengenom ging. Jan, Hermanns ältesten Doktoranden, schien er damit sogar ziemlich genervt zu haben. »Er regt sich furchtbar auf, wenn es um dieses Thema geht. Du weißt ja, wie er ist, wenn irgendetwas seine ehernen ethisch-moralischen Prinzipien verletzt. Manchmal frage ich mich, warum er nicht Pfarrer geworden ist. Aber ich bin da auch hin- und hergerissen. Einerseits wissen wir immer mehr darüber, wie unglaublich komplex und flexibel das Genom und wie wichtig die Umwelt ist. Andererseits glauben diese Leute, man müsse nur ein paar Gene zusammenkippen und alles würde schon seinen geregelten Gang gehen. Insofern kann ich Daniel verstehen. Sein missionarischer Eifer geht mir allerdings gegen den Strich«, sagte er und trug damit wenig zu Hermanns Beruhigung bei.

Als Hermann aber erzählte, dass die Polizei Daniel wegen dieses Flugblattes festgenommen habe, reagierten alle mit Unglauben und Entsetzen. Das könne unmöglich der wahre Grund sein, sagte Annegret, die erst vor einem halben Jahr zu seiner Gruppe gestoßen war. Das Flugblatt sei harmlos gewesen. Irgendwann schimpfe doch jeder mal über diese oder jene unsinnige und gefährliche Forschungsarbeit. Hinter dieser Polizeiaktion müsse etwas ganz anderes stecken, sagten die meisten, eine Auffassung, der sich auch Marion anschloss, nachdem er auf ihre drängenden Fragen hin von seinen Telefonaten berichtet hatte.

Etwas ganz anderes ... Als Hermann sich gegen Mittag nach den obligatorischen Nudeln zu Fuß auf den Weg machte und anderthalb Stunden mit der Kapuze auf dem Kopf durch den Nieselregen lief, klang dieser Satz noch in ihm nach.

Er hatte den Tag schon abgeschrieben, doch als er sich schließlich mit einer Tasse Kaffee an seinem Schreibtisch im Institut niederließ, tauchte er bald tief in die im Elektronenmikroskop sichtbar gewordene Ultrastrukturwelt seiner Tiefseetintenfische ab, so als hätte sein Gehirn nach Stunden fruchtlosen Grübelns nur darauf gewartet, sich endlich mit harten wissenschaftlichen Fakten beschäftigen zu können, anstatt mit Spekulationen. Von den feinen Linien, die er auf den lichtmikroskopischen Bildern gesehen hatte, war im Elektronenmikroskop nichts zu finden. Er war auf irgendein Artefakt hereingefallen, wie er es vermutet hatte. Sofort löschte er das manipulierte Bild von seiner Festplatte, ohne es sich noch einmal anzusehen. Danach fühlte er sich besser.

Bald tippten seine Finger im Eiltempo über die Tasten und drei, vier Stunden später hatte er den Artikel vorläufig fertig. Er lehnte sich zurück, verschränkte zufrieden die Hände im Nacken, überflog noch einmal die Schlusssätze, die er geschrieben hatte, und war erstaunlich gut gelaunt.

Das änderte sich schlagartig, als er zur Entspannung einige

Wissenschaftler-Weblogs aufrief. Er hatte sie seit Tagen nicht besucht und war neugierig, worüber sich die Blogger in der Zwischenzeit so ausgelassen hatten. Das Mitteilungsbedürfnis mancher Kollegen war enorm, etwas, das ihm völlig zu fehlen schien, denn er hatte noch nie erwogen, seine Gedanken auf diese Weise mit der Netzöffentlichkeit zu teilen. Mitunter fragte er sich, woher diese viel beschäftigten Menschen die Zeit nahmen, seitenlange Texte ins Netz zu stellen oder die Beiträge der anderen zu kommentieren. Andererseits hatte er den Blogs schon oft interessante Anregungen entnommen. Sie wurden von Wissenschaftlern aus aller Welt unterhalten und normalerweise waren ihre Themen vielfältig. Die Palette reichte von amüsanten Anekdoten aus dem Laboralltag und skurrilen Ausgrabungen aus den Tiefen irgendeiner Bibliothek über den Wissenschaftsbetrieb im Allgemeinen bis hin zu ausführlichen Erörterungen neu erschienener Forschungsarbeiten, die mal ernsthaft, mal höhnisch ausfielen, je nachdem, ob die Blogger die Schlussfolgerungen der Autoren teilten oder nicht.

Doch von dieser faszinierenden Vielfalt war diesmal nichts zu sehen, im Gegenteil. Wo immer die Urheber saßen, ob in London, Frankfurt, Sydney, New York, Minnesota, Madrid oder Schanghai, es schien nur ein Thema zu geben. Mit Erscheinen der neuen *Nature*-Ausgabe am Donnerstag war eine Bombe geplatzt und hatte die weltumspannende Science-Blogosphäre in helle Aufregung versetzt. Hermann, der von seinem Geburtstag und dessen Nachwirkungen in Anspruch genommen war, hatte nichts davon mitbekommen. Der Ton der Blogs war zum Teil so scharf, dass ihm der Atem stockte.

»Das stinkt doch zum Himmel.«

»Wenn dieses Verhalten Schule macht, können wir bald einpacken. Er darf auf keinen Fall damit durchkommen.«

»Was ist denn da los in Kiel? Erst sterben im gleichen Labor zwei Menschen und jetzt so etwas.«

»Das schreit nach Konsequenzen. Er gehört an den Pranger.«

Er, damit war Frank Moebus gemeint. Schlagartig begannen die Mühlen in Hermanns Kopf wieder zu mahlen: Die Toten, der offene Brief mit den schweren Vorwürfen und Daniels überraschende Verhaftung – wie hing das alles zusammen? Gab es überhaupt einen Zusammenhang? Oder anders gefragt: War diese Häufung dramatischer Ereignisse Zufall?

Mit wachsender Unruhe hatte Hermann sich zuerst von einem Blog zum nächsten geklickt, doch dann blieb er bei einem seiner Favoriten hängen, las den gesamten Text, auf den sich viele bezogen, die sich im Netz äußerten, und verfolgte die seit Tagen tobende Diskussion. Gerald T. Palmer, ein Molekularbiologe an der University of Toronto, widmete sich in seinem Blog normalerweise Themen der Evolutionsbiologie – wenn er nicht über ignorante Pressepublikationen lästerte oder sein neuestes Lieblingsbuch anpries. Er tat dies mit so viel Sachkenntnis und derart spitzer Feder, dass Hermann zu seinem großen Fan geworden war, der nach Möglichkeit keinen Eintrag verpasste. Diesmal – der Text war am Freitag, also einen Tag nach der *Nature*-Veröffentlichung, ins Netz gestellt worden – waren bei Palmer anscheinend etliche Sicherungen durchgebrannt.

»Ich möchte mich bei allen Lesern entschuldigen, die meine Wortwahl im Folgenden unangemessen und verletzend finden«, schrieb er unter der Überschrift »I am getting a bit pissed here«, »aber mir reicht's. Ich habe die Schnauze voll von diesen Betrügern, Schwindlern und Egozentrikern, die sich das Recht nehmen, elementarste Regeln unserer Zunft zu missachten und unseren Ruf nachhaltig zu ruinieren. Sie scheinen überall zu stecken, in Harvard, den Bell Laboratories in New Jersey, an der Staatlichen Universität Seoul, in deutschen Max-Planck-Instituten, in Spitzenuniversitäten und Forschungseinrichtungen der ganzen Welt. Niemand sollte sich sicher fühlen und glauben, sein Haus bliebe davon verschont. Es ist wie eine ansteckende Krankheit, ein Virus, das um sich greift, etwas, das Kollegen in Wissenschaftszombies verwandelt, die uns äußerlich gleichen, bei näherem Hinsehen aber durch ihr unverantwortliches Handeln längst zu Totengräbern von Aufklärung und Rationalität geworden sind.

Glaubwürdigkeit und Verlässlichkeit, unser wichtigstes Kapital, stehen auf dem Spiel. Wer zu Verschwörungstheorien neigt, könnte fast auf die Idee kommen, hier wäre eine fanatische Bruderschaft am Werk, ein Geheimbund durchtriebener Wissenschaftsfeinde, der uns das Maul stopfen will und seine Leute unbemerkt in die ehrenwertesten Institutionen eingeschleust hat. Und sie scheinen Erfolg zu haben. Anonyme Anzeigen und Beschwerden häufen sich. Wo Vertrauen und Kollegialität herrschen sollten, greifen Misstrauen und Nervosität um sich. Geht im Labor nebenan noch alles mit rechten Dingen zu?

Immer mehr Artikel müssen wegen Betrugsverdachts zurückgezogen werden, zwischen 2004 und 2009 stieg ihre Zahl um das Siebenfache. In einer anonymen Befragung von Wissenschaftlern gaben mehr als ein Drittel zu, selbst schon einmal zu fragwürdigen Methoden gegriffen zu haben. Fast neunzig Prozent wussten oder hatten gehört, dass derartige Praktiken bei ihren Labornachbarn üblich waren. Ein Viertel aller juristischen Doktorarbeiten steht unter Plagiatsverdacht. Ein von mir sehr geschätzter Kollege beklagt öffentlich, dass die Hälfte aller in seinem Fach publizierten Artikel fehlerhaft oder blanker Unsinn seien. Und wer, der sich in seinem Spezialgebiet umsieht, wollte ihm widersprechen? Publish or perish, hieß es früher. Heute ziehen viele daraus den Schluss: Publizier, auf Teufel komm raus, egal, was drinsteht und worauf die Ergebnisse beruhen. Wird schon keiner merken. Wird schon nicht herauskommen.

Ein anderer verdienstvoller Kollege, der an seinem Platz den Kampf gegen den Verfall der wissenschaftlichen Sitten aufgenommen hat, stößt wie viele, die es ihm gleichtun, auf heftigen Widerstand oder auf eine Mauer des Schweigens, erntet Drohungen und Beschimpfungen. Er ist sich sicher, dass Betrüger inzwischen weit oben in den Gremien sitzen und großen Einfluss haben. Gefälligkeitsgutachten, Gefälligkeitszitate, Gefälligkeitsautorenschaften – eine Kumpanei der wissenschaftlichen Halbwelt, die zum Himmel stinkt.«

Nun mal halblang, dachte Hermann, schenkte sich Mineralwasser ein und trank das Glas in hastigen Schlucken aus. Palmer übertreibt maßlos. Ob er wohl Belege für diese Behauptungen hat?

»Vielleicht hat sich in dem, was jüngst in Deutschland geschehen ist, sogar noch Schlimmeres offenbart, nämlich eine ignorante Öffentlichkeit«, las er weiter. »Ein beliebter Politiker, dessen juristische Doktorarbeit sich in weiten Teilen als beispiellos dreistes Plagiat entpuppte, wurde von seiner Partei (ausgerechnet den Konservativen, haha) und der überwältigenden Mehrheit der Bevölkerung zunächst weiter gestützt. (Gut zwei Wochen nach Bekanntwerden der ersten Vorwürfe musste er schließlich doch zurücktreten.) Eine eklatante Verletzung unseres akademischen Regelwerks wurde kurzerhand zum Kavaliersdelikt erklärt, über das man nachsichtig lächelnd hinwegsieht. Haben wir nicht alle mal abgeschrieben, irgendwann, irgendwo? Auf diese Weise verkommt der Wissenschaftsbetrieb zur Lachnummer.

Wie konnten wir es so weit kommen lassen? Sind wir zu viele geworden? Ist der Betrieb zu groß, zu unübersichtlich, kurz: unkontrollierbar geworden? Zeitdruck, Erfolgsdruck, Erwartungsdruck, Publikationsdruck – brechen wir unter all dem Druck zusammen? Wann hat das angefangen? Mit Kammerer oder schon mit Mendel, mit Galileo, Newton, Haeckel oder Pasteur, die, glaubt man den Historikern, allesamt keine weiße Weste hatten? Sind wir alle, die wir, ob im Großen oder im Kleinen, abschreiben, Datensätze schönen, mit statistischen Verfahren jonglieren und Abbildungen manipulieren, Teil eines durch und durch verrotteten Systems?

Nein, nein und noch mal nein. Flugzeuge und Satelliten fallen nicht vom Himmel, Computer und unsere ganze irrwitzige Labortechnik funktionieren, Medikamente wirken und unzählige wissenschaftliche Resultate wurden überprüft und für richtig befunden. Aber ich bin davon überzeugt, dass wir an einem gefährlichen Wendepunkt stehen und dass es höchste Zeit für ein gründliches Großreinemachen ist. Es gibt viele Vorschläge, wie dem Problem beizukommen wäre, bislang fehlt aber der Wille, sie durchzusetzen, auch und vor allem in unseren eigenen Reihen.

Liebe Freunde und Kollegen, seht euch die folgende Liste an, die nur die dicksten Fische enthält und weit davon entfernt ist, vollständig zu sein. Und redet euch um Himmels willen nicht ein, die darin aufgeführten Sünder seien allesamt des Betruges überführt und somit doch ein Beweis dafür, dass die Kontrolle im Großen und Ganzen funktioniert.«

Es folgte eine lange Liste von Betrügern, die Hermann mit ungläubigem Staunen überflog. Sie kamen aus den Disziplinen Biologie, Medizin, Physik, Geologie, Geschichtswissenschaften, Archäologie, Anthropologie, Mikroelektronik.

»Der Fall Moebus liegt anders, das ist festzuhalten«, begann Palmers letzter Absatz.

»Allerdings«, rief Hermann laut. Diese Klarstellung war mehr als überfällig. Der Fall lag völlig anders.

»Aber ich sage: Wehret den Anfängen!«, erregte sich Palmer weiter. »Transparenz und Überprüfbarkeit von Forschungsergebnissen müssen gewährleistet sein. Deshalb: Sollte Frank Moebus für sein Verhalten keine befriedigende Erklärung liefern, muss er seinen gegenüber *Nature* und der weltweiten Kollegenschaft eingegangenen Verpflichtungen nachkommen und die Zellen herausgeben, sonst sind harte Konsequenzen zu ziehen. Dazu sollte eine förmliche Untersuchung durch die an seiner Universität zuständigen Gremien gehören. Gegebenenfalls ist sogar über ein vorübergehendes Publikationsverbot und eine Sperrung von Forschungsmitteln nachzudenken. Jetzt ist Schluss mit lustig.«

Hermann ließ sich gegen die Stuhllehne fallen und blies geräuschvoll die Luft aus. Er hatte damit gerechnet, dass Franks Verhalten und der offene Brief eine Menge Staub aufwirbeln würden. Dass die Reaktionen aber derart heftig ausfallen würden, hatte er nicht erwartet. Gerald Palmers wütender Rundumschlag gegen die eigenen Berufskollegen schockierte ihn zutiefst. Hatte der Kanadier recht? Hatten sie versagt? Standen sie alle an einem Scheideweg?

Natürlich hatte Hermann von dem einen oder anderen Betrugsfall gehört, zum Beispiel von Hwang Woo-Suk, dem koreanischen Klonforscher, von den deutschen Krebsforschern Friedhelm Herrmann und Marion Brach, die nicht weniger als 94 Publikationen mit gefälschten Daten angereichert hatten, oder dem Physiker Jan Hendrik Schön, der aufgrund bahnbrechender Arbeiten in der Nanotechnologie bereits als Nobelpreiskandidat gehandelt worden war, bevor sich seine Arbeit als ein einziges Lügengebäude entpuppte. Als diese Meldungen durch die Medien geisterten, hatte Hermann zwar fassungslos den Kopf geschüttelt, nie aber war ihm der Gedanke gekommen, dass mehr dahinterstecken könnte als individuelle Fehler, die irgendwie auch tragisch zu nennen waren, denn all diese Menschen hatten ja lange vor ihrem tiefen Fall bewiesen, dass sie es besser können. Sie hätten einfach psychologische Hilfe gebraucht.

Er hatte auch von Viswa Jit Gupta gelesen, einem indischen Geologen, der die Fachwelt zwei Jahrzehnte lang an der Nase herumgeführt hatte. In fast dreihundert wissenschaftlichen Aufsätzen berichtete er über erstaunliche Fossilfunde – von Ammoniten, Conodonten, Fusulinen, Seelilien, Trilobiten und Armfüßern –, mit deren Hilfe er ganz eigene Vorstellungen über die Geologie Indiens und des Himalajas entwickelte. Die Fachwelt war verblüfft und musste umdenken. Bis ein australischer Forscher nachwies, dass die fraglichen Fossilien von allen möglichen Orten stammten, aus Marokko, China oder den USA, nur nicht aus Indien. Gupta hatte sie über den regen Fossilienversandhandel bezogen, gab sie als eigene Fundstücke aus und legte sie dann zur Begutachtung angesehenen Spezialisten vor, die sich zwar wunderten, aber keinen Verdacht schöpften. Niemandem fiel auf, dass sich aus all diesen Arbeiten überhaupt kein konsistentes Bild ergab. Erst als der Betrug aufgeflogen war, beklagten die genasführten Forscher, dass Gupta über zwanzig Jahre »das vollständige Chaos« fabriziert habe. Nichts, aber auch gar nichts habe da zusammengepasst.

Hermann hatte schallend gelacht, als er vor Jahren von Guptas haarsträubender Geschichte erfuhr, daran erinnerte er sich genau. Was aber, wenn es nicht nur einen Viswa Jit Gupta gäbe, sondern Tausende, sogar in herausragenden Positionen? Dann bliebe einem das Lachen im Halse stecken.

Ganz offensichtlich ging es hier nicht um tragikomische Einzelschicksale, sondern um viel mehr, um ein, wie Palmer es formuliert hatte, »durch und durch verrottetes System«. Hatte er,

Hermann Pauli, nicht erst vor wenigen Minuten ein von ihm selbst manipuliertes Foto gelöscht?

Nicht zuletzt deshalb machte ihn die Empörung sprachlos, die ihm aus dem Netz entgegenschlug. Aber ein Publikationsverbot … das käme einem beruflichen Todesurteil gleich und ginge zu weit. Franks Verfehlungen gingen in eine ganz andere Richtung, doch Palmer forderte ein Bauernopfer und viele der zu seinem Text abgegebenen Kommentare pflichteten ihm bei. Einer schrieb: »Großartig, Gerald. Ich unterschreibe jedes Wort«, und prophezeite »einen Aufstand der Anständigen«. – »Jetzt müssen Köpfe rollen«, forderte ein anderer. – »Da steckt mehr dahinter. Er hat doch offensichtlich große Schwierigkeiten mit seinen Zellen«, stellte ein User namens Nucleus fest. »Ich wundere mich schon seit Langem. Wo bleibt die Sequenz der Moebus-Zellen? Oder wenigstens Ausschnitte davon? Mich würde wirklich brennend interessieren, was Moebus dazu zu sagen hat.«

»Mich auch«, murmelte Hermann und griff unwillkürlich in seine Schreibtischschublade, in der die Publikationslisten von Frank, Barthelmess und Hilpert lagen. Und es gibt noch weitere Fragen, von denen ihr gar nichts ahnt, dachte er. Warum zum Beispiel hat Moebus, dieser Perfektionist, die anspruchsvolle molekularbiologische Laborarbeit einem Anfänger und Nobody wie Hilpert übertragen, und wieso ist auch aus dessen Feder nichts erschienen? Was plant Moebus darüber hinaus? Wie und zu welchem Zweck will er seine Zellen verändern?

»Jetzt ist die Katze aus dem Sack«, behauptete ein Kommentator, der sich Zweistein nannte. Sein Beitrag war erst zwanzig Minuten alt. »Er will die Zellen für sich behalten und hat einen Patentantrag gestellt. Lest seine Stellungnahme unter www.frankmoebus.de. Sie ist seit einer halben Stunde im Netz. *Nature* druckt sie nächste Woche.«

Hermann hielt den Atem an. Frank hatte eine Stellungnahme geschrieben? Heute? Womöglich hier im Zentrum?

Aufgeregt folgte er dem Link. Frank hatte eine eigene Webseite, von der Hermann bis zu diesem Moment nichts wusste. Sie war professionell gestaltet, mit vielen Extras, die weit über das hinausgingen, was auf der offiziellen Universitätsseite möglich war. Es gab bathymetrische Karten des Gakkel-Rückens, Fotografien und kurze Filme von Schwarzen Rauchern und von der in der Nähe ihrer Schlote lebenden absonderlichen Tierwelt, Videos von der Probennahme an Bord der *Polarstern,* Vorträge, die Frank gehalten hatte, und vieles mehr. Doch Hermann hatte keine Lust, all den Verästelungen nachzugehen, die das Menü bereithielt. Was ihn interessierte, sprang ihm sofort auf der Begrüßungsseite ins Auge: Franks – natürlich in Englisch verfasste – Antwort auf den *Nature*-Brief.

> Sehr geehrte (es folgten die Titel und Namen aller Wissenschaftler, die den offenen Brief unterzeichnet hatten),
>
> in Ihrem Brief erheben Sie schwere Vorwürfe gegen meine Person. Sie werfen mir vor, gegen gute wissenschaftliche Praxis verstoßen und Absprachen missachtet zu haben. Es tut mir leid, wenn ich durch mein Verhalten andere Menschen verletzt oder in irgendeiner Weise geschädigt haben sollte, und ich entschuldige mich dafür in aller Form.
>
> Der Vorwurf, ich hätte die von mir entdeckten Organismen, die sogenannten Moebus-Zellen, trotz mehrfacher Aufforderungen nicht an andere interessierte Labors weitergegeben, trifft zu. Für dieses Verhalten gab es folgende drei Gründe:

1. Kurz nach Einreichung unseres Manuskripts bei *Nature* erhielt ich einen Ruf auf den Lehrstuhl für Evolutionsbiologie der Christian-Albrechts-Universität in Kiel. Der Umzug von Bremerhaven nach Kiel, die Planung und Überwachung der Umbauten, die dort erforderlich waren, der Aufbau einer Arbeitsgruppe und die Einrichtung eines molekularbiologischen Labors haben mich und einige meiner Mitarbeiter über viele Monate derart in Anspruch genommen, dass ich mich außerstande sah, den vielen Anfragen bezüglich der Moebus-Zellen zeitnah nachzukommen, zumal wir

2. mit der anspruchsvollen Pflege und Haltung dieser barophilen Zellen völliges Neuland betraten. Sie ist überaus aufwendig und schwierig, erfordert einen hohen personellen und technischen Aufwand und ist bis heute nicht befriedigend gelöst. Ich habe darauf in zahllosen Briefen und E-Mails an interessierte Kollegen hingewiesen. Noch wissen wir viel zu wenig über die Ansprüche dieser urtümlichen Organismen und leider erwies sich die von uns entwickelte Spezialapparatur, in der die Zellen unter hohem Druck gehalten werden, als störanfällig. Jede Druckentlastung, jede Probenentnahme und vor allem jeder Transport verringerte die Zahl an lebenden Zellen und deren Vitalität, sodass wir uns entschlossen, vor allem anderen, also auch vor einer Weitergabe, an der Lösung dieser methodischen Probleme zu arbeiten. Die Gefahr, weitere kostbare Zellen zu verlieren, erschien uns zu groß.

3. Zeitgleich mit der Veröffentlichung unserer Daten wurden beim Europäischen Patentamt mehrere Patente beantragt. Diese betreffen sowohl die Zellen selbst als auch die von uns entwickelten Verfahren zu ihrer Gewin-

nung und Isolierung sowie die Hochdruckapparatur, in der sie gehalten werden. Diese Patentverfahren werden voraussichtlich im Verlauf der kommenden drei Monate abgeschlossen werden. Ein Unternehmen, das sich mit der Lizenzierung der Patente befassen wird, befindet sich in Gründung.

Mittlerweile haben wir die Apparatur weiterentwickelt und die Haltungsbedingungen wesentlich besser im Griff. Zudem erwarten wir neues Probenmaterial von der Originalfundstelle. Sollten wir mit den interessierten Labors Einigung erzielen, wird einer Weitergabe der Zellen in naher Zukunft nichts mehr im Wege stehen.

Hochachtungsvoll und mit kollegialen Grüßen
Frank Moebus

Donnerwetter, dachte Hermann. Kollegiale Grüße ... der Kerl traut sich was.

Frank hatte diese Konfrontation, die Aufregung und Empörung in der internationalen Kollegenschaft, die unabwendbar auf ihn zukommen musste, in Kauf genommen, weil er einen Plan verfolgte, wie ihn Hermann sich selbst in seinen kühnsten Träumen nicht hätte ausmalen können.

Kopfschüttelnd schaltete er den Rechner aus. Er hatte genug gesehen, genug gelesen. Patentierung der Zellen, eine Unternehmensgründung, um die Lizenzen zu vermarkten, Kollegen in der ganzen Welt, die das Nachsehen haben und nur gegen Bares in Besitz der Zellen gelangen sollten ... Mit der guten alten Wissenschaft, die er immer noch hochhielt und liebte, hatte das nichts mehr zu tun. Mit seiner eigenen Tochter hatte er sich überworfen, weil er die wissenschaftliche Methode des Erkenntnisgewinns weit über jede andere stellte, ohne Abstriche, ohne Kompromisse. Aber er plädierte nicht für eine Geheimwissenschaft, die letztlich nur den eigenen wirtschaftlichen Vorteil im Auge hat.

Jetzt war auch klar, was die Synthetische Biologie mit Franks Arbeit zu tun hatte. Die Moebus-Zellen, eine Jahrhundert-, wenn nicht Jahrtausendentdeckung, die Eingang in jedes Schul- und Lehrbuch finden würde, war für Frank nichts weiter als ein Chassis, ein geeigneter Behälter für die Erschaffung synthetischer Laborogranismen. Wenn dieser Plan aufging, verschaffte er sich ein Monopol in einer Zukunftstechnologie, dessen Wert noch gar nicht abzuschätzen war.

Als Hermann gegen neun Uhr abends am Zentrum für Molekulare Biowissenschaften vorbei Richtung Leibnizstraße schritt, wirbelte eine Fülle neuer Fragen durch seinen Kopf. Wie konnte Frank sich nur auf ein derartiges Wagnis einlassen und alles, auch seine beispiellose Karriere, aufs Spiel setzen? Woher nahm er diese Zuversicht? Irgendetwas musste ihn doch auf die Idee gebracht haben. Waren er und Johannes Hilpert etwa viel weiter als gedacht? War das Ganze kein vages Zukunftsprojekt, als das es Hermann immer erschienen war, sondern konkrete Laborwirklichkeit, und hatte Daniel davon gewusst? Gab es womöglich Erfolge, von denen niemand etwas ahnte? Teilten sich Franks Schatzkammer bereits erste synthetische Lebensformen? Welche Eigenschaften besaßen sie? Und – Hermann blieb abrupt stehen und erstarrte, als ihm dieser Gedanke kam – mussten wegen dieser wahnwitzigen Pläne Menschen sterben?

Er drehte sich um, schaute zurück zum Hochhaus, und wie immer seit jener Nacht hefteten sich seine Augen unwillkürlich an das Fenster, aus dem Johannes Hilpert in den Tod gestürzt war. Hatte er dort oben gestanden und mit sich gerungen oder war er sofort gesprungen? Hatte er geschrien?

Das Fenster war dunkel, die Rollos heruntergelassen, aber Hermann fiel auf, dass ein paar Räume weiter, auf der Gebäudeseite, die zum See zeigte, Licht brannte. Er lief ein paar Schritte auf den Mensaparkplatz zu. Ja, er hatte sich nicht getäuscht. Franks Büro war hell erleuchtet. Er war noch im Haus.

Eine Welle kaum zu beherrschender Wut kochte in ihm hoch. Menschen waren gestorben, Daniel verhaftet, Kollegen in aller Welt debattierten in großer Aufregung, nicht wenige forderten seinen Kopf, und da oben, auf dem Olymp, schaltete und waltete dieser Mann und ließ scheinbar alles an sich abprallen. Er entschuldige sich »in aller Form«, schrieb er, um die gegen ihn erhobenen Vorwürfe im selben Atemzug als zutreffend zu bezeichnen und sogar noch einen draufzusetzen: Die begehrten Zellen würde es nach der Erteilung der Patente nur gegen Bezahlung geben. Das war unerträglich.

Hermann gab sich einen Ruck und lief entschlossenen Schrittes auf das Hochhaus zu. Er würde ihn jetzt zur Rede stellen. Er wollte endlich wissen, was hier gespielt wurde.

Sein Schwung trug ihn zurück ins Zentrum, vorbei an den Aushängen und dem einsamen Mondfisch in seiner Vitrine, hinein in den Aufzug und hinauf in die zwölfte Etage, bis zu einer der beiden Türen, die in Franks Etage führten. Die Tür war nicht verschlossen und doch prallte Hermann zurück, als wäre er gegen eine gepolsterte Wand gelaufen.

Er war aufgeregt gewesen, hatte sich seinem Zorn überlassen und nicht eine Sekunde darüber nachgedacht, was er hier oben erlebt hatte und was ihn erwarten würde. Und nun fand er alles so vor wie in jener entsetzlichen Nacht, die er nur zu gerne aus seinem Gedächtnis gelöscht hätte: vor ihm der schmale, unbeleuchtete Flur, zu beiden Seiten die geschlossenen Türen und am Ende derselbe Lichtschimmer, der aus dem nach rechts abzweigenden Gang kam. Er glaubte sogar Tropfgeräusche zu hören und wieder die muffige Feuchtigkeit zu riechen, was so gut wie unmöglich war, denn eine Spezialfirma für Gebäudetrocknung hatte hier mit ihrem Gerätepark Tag und Nacht die Feuchtigkeit aus Wänden und Böden gesaugt.

Hermann starrte wie gebannt auf den Lichtschein am Ende des Flurs, hielt die Klinke der halb geöffneten Tür in der Hand und rührte sich nicht mehr von der Stelle. Das Déjà-vu-Erlebnis war derart überwältigend, dass er zu zittern begann und ihm kalter Angstschweiß ausbrach. Nein, nicht noch einmal, dachte er verzweifelt.

Hinter ihm im Treppenhaus stand die Fahrstuhltür noch offen, als wartete sie ab, wie er sich entscheiden würde. Doch sie schien unerreichbar, meilenweit entfernt. Er war wie gelähmt, konnte sich weder vor noch zurück bewegen. Er wusste, wenn er jetzt in den Fahrstuhl treten und davonlaufen würde, könnte er sich selbst und Frank nie mehr in die Augen sehen. Vor ihm aber lauerte die Angst, ein Horror, der mit jedem Schritt größer werden würde. Er hörte leise klirrende Geräusche, als würden Metallteile gegeneinanderschlagen. Sein Puls raste. Er musste sich am Türrahmen abstützen.

Franks Büro war nur wenige Meter entfernt, doch selbst wenn er es bis dahin schaffen würde, in seinem jetzigen Zustand könnte er ihm unmöglich gegenübertreten. Er rang um Fassung. Reiß dich zusammen, ermahnte er sich, reiß dich verdammt noch mal zusammen. Es gibt keine neuen Leichen. So etwas wiederholt sich nicht.

Mit einem Fauchen schloss sich hinter ihm die Fahrstuhltür. Er zuckte zusammen und blickte sich gehetzt um. Warum eigentlich nicht, dachte er plötzlich. Die Toten sind nicht auferstanden, aber vielleicht ist jemand zurückgekehrt, um zu tun, was ihm vor zehn Tagen nicht gelungen war. Um etwas zu vollenden. Geh! Mach, dass du wegkommst! Du hast eine Tochter und ein reizendes Enkelkind. Zwei Tote sind genug. Du musst hier nicht den Helden spielen. Hau ab!

Wie hypnotisiert blickte er den dunklen Flur entlang. Dasselbe Licht …

Wie war das nur möglich? Gespenstisch. Die Tür muss offen stehen, dachte er. Wie damals. Jemand ist im Kulturenraum. An einem Sonntagabend. Es kann nur Frank sein.

»Hallo«, rief er mit zitternder Stimme. »Frank? Bist du das?«

Keine Antwort.

Für einen Moment schloss er die Augen, konzentrierte sich, ließ die Tür los und trat in den Gang. Sein Herzschlag klang wie Bennies Toms, wenn er sie mit seinen Filzklöppeln bearbeitete. Ohrenbetäubend. Jetzt oder nie.

Vier schnelle Schritte und er stand vor Franks Bürotür, holte tief Luft, fuhr mit beiden Händen über sein Gesicht und wischte sich die feuchten Hände an den Hosenbeinen ab. Dann klopfte er.

Nichts.

Er klopfte kräftiger und drückte die Klinke nach unten. Im Büro brannte Licht, aber es war leer. Vom Schreibtisch war das leise Lüftergeräusch des Rechners zu hören. Er schloss die Tür und sah zum Ende des Flurs. Wieder hörte er leise Geräusche. Etwas fiel polternd zu Boden. Jemand fluchte. Das war Franks Stimme.

Hermann lief langsam weiter. Er hatte seine Angst besiegt, buchstäblich niedergerungen. Hier gab es nichts, vor dem er sich fürchten müsste, nichts außer den Bildern und Erinnerungen in seinem Kopf.

Als er das Ende des Flurs erreicht hatte, sah er die Tür, die offen stand, das helle Licht der Leuchtstoffröhren. Kein Wasser auf dem Boden, keine Kröten oder Schlammspringer. Nur ein

Eimer, der neben der Tür stand und über den ein Wischlappen ausgebreitet war. Fast hätte er laut aufgelacht. Ein lächerlicher Eimer. Überraschte er Frank beim Großreinemachen?

Er trat näher und spähte in den Kulturenraum. Nichts erinnerte an das Drama, das hier stattgefunden hatte. Das Fenster war geschlossen, die Metallregale an Ort und Stelle. Pumpen ließen in den Aquarien friedlich blubbernde Blasen aufsteigen, silbrig schimmernde Fische schwammen herum, Kröten glotzten missmutig in die feuchte Umgebung, die man ihnen aufgezwungen hatte. Paul Kammerer fiel ihm ein. Wollte Frank den Österreicher deshalb rehabilitieren, weil der sich, wie er, mit dem wissenschaftlichen Establishment seiner Zeit angelegt hatte? Auch der Krötenküsser war unkonventionelle Wege gegangen und hatte sich nicht beirren lassen. Sah Frank in ihm eine verwandte Seele?

Hermann trat einen Schritt vor, dann noch einen. Die Tür zur Schatzkammer stand offen. Er konnte Klimaschränke erkennen und einen Tisch, auf dem zahllose Glasgefäße standen, lief an den Regalen mit den Aquarien vorbei und trat ein. Es war das erste Mal, dass er diesen Raum betrat, in dem nichts Geheimnisvolles zu erkennen war. Dahinter schloss sich ein weiterer Raum an. Dort kniete Frank mit einem weißen Laborkittel bekleidet auf dem gekachelten Boden und betrachtete irgendein längliches Metallteil.

Hermann klopfte gegen die Tür und sagte: »Hast du am Sonntagabend nichts Besseres zu tun, als sauber zu machen?« Frank fuhr herum und sah ihn an. Sein Gesicht war von blankem Entsetzen gezeichnet, der Körper zusammengekrümmt, die Augen weit aufgerissen, er wirkte wie ein wildes, in die Enge getriebenes Tier, das die Muskeln anspannte, um ihn im nächsten Moment anzuspringen. Einen Augenblick lang glaubte Hermann, es mit einem Fremden zu tun zu haben.

»Entschuldige«, stammelte er erschrocken. »Ich … ich habe gerufen. Ich wollte dich nicht erschrecken. Die Tür war offen und …«

Frank sackte in sich zusammen. Er saß jetzt auf dem Boden, stützte sich mit einem Arm ab, wandte das Gesicht zur Wand und sagte nichts.

»Ich habe von unten Licht bei dir gesehen. Ich dachte, ich frag dich mal, ob wir vielleicht zusammen essen wollen, wenn du nichts Besseres vorhast. Ich hätte Zeit.«

Frank schwieg noch immer, sah ihn nicht an.

In der rechten Raumhälfte lagen Werkzeuge und zahlreiche Metallröhren auf dem Boden, die aussahen, als gehörten sie zu irgendeiner komplizierten Apparatur, die jemand auseinandergenommen hatte. Die Kacheln ringsum glänzten feucht.

»Ich habe zu tun«, murmelte Frank.

»Schade.« Hermann schwieg einen Moment. »Ich finde, es gäbe einiges zu besprechen.«

Er sah sich um. Die Schatzkammer. Irgendwo hier musste sie sein, die größte biologische Entdeckung des Jahrhunderts. Wo hält er die Zellen?, dachte Hermann. Sein Blick fiel auf die Metallröhren. Sie waren sehr massiv. Ein Satz aus Franks Antwortbrief fiel ihm ein.

… die von uns entwickelte Spezialapparatur, in der die Zellen unter hohem Druck gehalten werden …

Das musste sie sein, zerlegt in mehrere Dutzend Einzelteile. Sein Zorn, der ihn ins Biologiezentrum getrieben hatte, kehrte zurück.

»Wo sind deine Zellen, Frank?«

Keine Antwort, nur ein fast unmerkliches Kopfschütteln.

»Wo sind die Zellen?«

Frank hob den Arm und deutete wortlos auf einen dicken Metallzylinder, der in der Raumecke stand.

»Zeig sie mir. Ich will sie sehen.«

Jetzt hob Frank den Kopf und sah ihn mit weit aufgerissenen Augen an. Er ist verrückt geworden, dachte Hermann entsetzt. Er dreht durch. Er sah, wie Franks Rechte sich um das Metallteil schloss, das vor ihm auf dem Boden lag, und wich unwillkürlich einen Schritt zurück.

»Fängst du jetzt auch noch an«, brüllte Frank plötzlich. »Wer hat dir erlaubt, hier einzutreten?« Er richtete sich auf.

»Ich will wissen, was los ist. Was hat das zu bedeuten?« Hermann zeigte auf die Einzelteile der Apparatur. »Ich will die Zellen sehen.«

»Das geht nicht so einfach.«

»Warum nicht? Man kann sie im Phasenkontrastmikroskop sehen. Kannst du dich nicht mehr an deine eigene Veröffentlichung erinnern? Also bitte, worauf wartest du?«

Frank stand jetzt breitbeinig vor ihm, das schwere Metallteil, so lang wie ein Unterarm, in der Hand. Er starrte ihn hasserfüllt an.

»Sieh dich vor, mein Freund«, zischte er. »Ich habe einiges mitgemacht in letzter Zeit und bin wirklich nicht zu Späßen aufgelegt.«

»Das hier ist kein Spaß. Wirf das Ding weg und zieh mir verdammt noch mal eine Probe. Zeig sie mir.«

Frank schüttelte den Kopf. »Lass mich in Ruhe«, schrie er und verzog wie unter Schmerzen das Gesicht. »Verschwinde endlich. Was hast du überhaupt hier zu suchen?«

»Du brauchst Hilfe, Frank. Du bist am Ende deiner Kräfte. Sieh dich doch an.«

Mit lautem Gepolter fiel das Metallteil auf den Kachelboden. Und dann war da wieder dieses weinerliche Gesicht, das Hermann schon einmal wütend gemacht hatte. Ein kleiner bockiger Junge, der seinen Willen durchsetzen wollte.

»Kannst du das nicht verstehen? Wenn ich dich unterstützen soll, muss ich sie sehen. Wo ist das Problem?«

»Wo das Problem ist?« Frank schrie so laut, dass sich seine Stimme überschlug. »Es gibt keine Zellen mehr, nicht eine einzige. Null, zero. Das wolltest du doch hören, oder?«

»Was?«

»Du hast mich sehr gut verstanden.«

»Und da, in dem Zylinder?«

»Leer.«

Hermann war fassungslos. »Seit wann?«

Frank stöhnte laut, wandte sich ab und lief mit gesenktem Kopf durch den kleinen Raum. Hermann ließ ihn keine Sekunde aus den Augen.

»Also gut«, sagte Frank plötzlich in normaler Lautstärke. Er schien zu einer Entscheidung gekommen zu sein. »Du gibst ja doch keine Ruhe. Seit ein paar Wochen schon. So genau kann man das gar nicht terminieren.«

»Wie bitte? Du hast seit Wochen keine Moebus-Zellen mehr und …« Hermann konnte nicht glauben, was er eben gehört hatte. »Du … mein Gott … das ist …«

Frank blieb direkt vor ihm stehen und sah ihm provozierend in die Augen. »Ja? Raus damit! Was wolltest du sagen, hm? Das ist was? Betrug? Wolltest du Betrug sagen?«

»Ich …«

»Ich habe gelogen. Ja. Na und? Was hätte ich denn deiner Meinung nach tun sollen? Mit Büßermiene vor die Welt treten und sagen, tut mir leid, wir haben zwar eine tolle Entdeckung gemacht, waren aber unfähig, sie am Leben zu erhalten?«

»Natürlich. Was denn sonst?«

Frank grinste. »Ja, du hättest das getan, nicht wahr? Der grundehrliche Hermann hätte sich vor der ganzen Welt zum Deppen gemacht, nur um bei der Wahrheit zu bleiben.«

»Das hätte doch jedem anderen auch so gehen können. Niemand hätte dir einen Vorwurf gemacht. Niemand weiß, was diese Zellen brauchen, um zu überleben.«

»Doch, ich. Ich weiß es. Ich wusste, dass diese Zellen in der Umgebung der Schwarzen Raucher zu finden sein würden, und jetzt weiß ich auch, wie man sie am Leben erhält, wie man diese verdammten Biester dazu bringt, sich zu teilen.« Frank ließ ein triumphierendes Lachen hören. »Leider etwas zu spät, das gebe ich zu. Ich habe eben Lehrgeld zahlen müssen, das lässt sich manchmal nicht vermeiden. Aber jetzt bin ich bestens vorbereitet, glaub mir, und in zwei, drei Wochen bekomme ich neues Material, massenhaft neue, lebende Moebus-Zellen. Die Besatzung der *Polarstern* ist bei der Arbeit, jetzt, in diesem Moment, in dem wir hier stehen und unsere Zeit verschwenden. Sie holen das Zeug kiloweise hoch, für mich. Verstehst du, was ich damit sagen will, Hermann?«

»Ich sehe nur einen Grund mehr, der Öffentlichkeit die Wahrheit zu sagen. Sie bezahlt die Leute auf der *Polarstern* und sie bezahlt auch dich.«

Frank lachte. »Ja, ja. Natürlich. Ich hätte es wissen müssen. Es überfordert dein ach so ausgeprägtes Moralempfinden, wenn man nicht sofort klein beigibt, nicht wahr? Wenn man kämpft und versucht, eine Durststrecke, für die man nicht einmal verantwortlich ist, irgendwie zu überstehen, zur Not auch mithilfe einer kleinen Notlüge. Andere haben sehr viel schwerwiegendere Verfehlungen begangen, ohne dass es jemand gemerkt hat. Ich hatte gehofft, dass ich nicht in diese Situation kommen würde. Wirklich. Ich hab's nicht gern gemacht, das kannst du mir glauben. Wenn ich mich voll auf meine Arbeit hätte konzentrieren können, wäre es vielleicht anders gekommen, sicher sogar. Ich bin aber auch nur ein Mensch. Der Umzug und all das hat mich viel mehr in Anspruch genommen, als ich dachte.

Die Zellen begannen zu sterben und ich konnte es nicht aufhalten, konnte nicht an zwei Orten gleichzeitig sein, konnte nicht verhandeln und einpacken und auspacken und Anträge schreiben und Einstellungsgespräche führen und Vorlesungen vorbereiten und schreiben und was weiß ich noch alles. Da ist es passiert. Deswegen werde ich mich jetzt nicht hinstellen und vor aller Öffentlichkeit sagen: Ich hab's nicht gepackt. Den Gefallen tue ich euch nicht. In ein paar Wochen ist es vorbei, verstehst du? Ein paar Wochen muss ich das aushalten, diesen Druck, diese Anfeindungen. Ich werde alles vorbereiten und dann wird es in dieser verdammten Apparatur bald wieder wimmeln von den kleinen Zellen, auf die sie alle scharf sind, und kein Hahn wird mehr danach krähen, was war. So ist es doch, oder? Es sei denn …«

Sein Gesicht war jetzt nur Zentimeter von Hermanns entfernt. Sie starrten einander an. »Du wolltest es doch unbedingt wissen, mein Freund. Jetzt liegt mein Schicksal in deiner Hand. Bringst du es über dich, für einen Kollegen ein paar Wochen zu schweigen? Schaffst du das?« Er lachte auf. »Es muss doch ein tolles Gefühl sein. Du hast Macht. Du kannst mich ans Messer liefern. Du wärst der Mann, der Moebus als Lügner entlarvt hat. Dein Name würde in allen Zeitungen stehen. Na, was ist? Sag mir, woran ich mit dir bin. Wirst du mich verraten?«

Hermann hielt dem bohrenden Blick stand, aber er hatte keine Antwort. Er wusste nur, dass er Franks Anblick keine Sekunde länger ertragen konnte.

Ohne ein Wort zu sagen, drehte er sich um und verließ den Raum.

»Bleib stehen«, rief Frank ihm hinterher, als er an den Aquarien vorbeilief und in den Flur trat. »Ich will wissen, was du tun wirst, Hermann. Du kannst dich jetzt nicht einfach davonmachen. Mitgefangen, mitgehangen.«

Er lief unbeirrt weiter. Er wollte nur weg, raus aus diesem Flur und dieser Etage, die ihm plötzlich wie ein Gefängnis vorkam, wie ein Irrenhaus.

»Hermann, du sollst stehen bleiben«, schallte es durch den Gang. »Sag mir, wie du dich verhalten wirst.«

Jetzt stand er im Treppenhaus und drückte auf den Fahrstuhlknopf. Hinter ihm waren rasche Schritte zu hören. »Hermann!«

Die Tür ging auf. Er trat in die Kabine.

»Komm zurück, verdammt«, hörte er Frank noch brüllen, bevor die Tür sich schloss. Dann dröhnten wütende Fußtritte oder Faustschläge auf die Tür durch das Treppenhaus. Hermann hörte sie noch, als er unten aus der Kabine trat.

Der Nieselregen hatte aufgehört. Er lief zu Fuß nach Hause und trank unterwegs in einer Kneipe noch zwei Glas Bier. Das Handy, das auf dem Heimweg ununterbrochen geklingelt hatte, war jetzt ausgeschaltet. Sein Kopf war leer, nur die Worte, die Frank durch das Treppenhaus gebrüllt hatte, klangen nach. »Spring verdammt noch mal über deinen Schatten und mach mir nicht alles kaputt, hörst du?«

Auch zu Hause klingelte das Telefon, aber er ging nicht dran und zog schließlich sogar den Stecker aus der Wand.

Marion war zum Glück schon im Bett. Auf dem Küchentisch lag ein Zettel: *Frank Moebus hat angerufen. Sehr aufgeregt!! Er ist im Institut. Du sollst unbedingt zurückrufen.*

Später kontrollierte er noch einmal sein Handy. Acht Anrufe. Und eine SMS: *Ich halte das aus, also kannst du es auch. Nur ein paar Wochen. Bitte!! Dein Frank.*

Er löschte alles und griff zu Koestlers *Krötenküsser.*

Ja, Kammerer und Frank Moebus waren Seelenverwandte. Lügner alle beide.

11

Arnie Schwarzenau jubelte. »Wir haben sie.« Seine Stimme klang am Telefon derart euphorisch, dass Anne Detlefsen verwundert von dem Vernehmungsprotokoll aufblickte, das sie gerade las.

»Sie? Welche sie?«

»Na, die Bekannte von Moritz Barthelmess, die von den Fotos. Sie heißt Katrin Scheering und ist im TSV Kronshagen aktiv. War mal Deutsche Juniorenmeisterin über zweihundert Meter und mit der Staffel. Eine Verletzung hat sie zurückgeworfen, jetzt ist sie aber wieder im Kommen, hat uns ihr Trainer versichert, und nebenbei bemerkt, sie sieht wirklich umwerfend aus, viel attraktiver als auf den Fotos. Der Mann ist zu beneiden.«

»Der Mann, den Sie beneiden, ist tot«, sagte Anne.

»Ja. Ich weiß. Entschuldigung. Ist mir so rausgerutscht.«

Sie verdrehte die Augen. Herrgott, wenn dieser Mann doch nur seinen Kopf einschalten würde, ehe er redete. Vielleicht könnte dann noch ein guter Kriminalpolizist aus ihm werden.

»Und?«, fragte sie. »Kann die Frau uns weiterhelfen?«

»Ich glaube schon. Sie sollten selbst mit ihr sprechen. Wir haben sie im Uni-Sportzentrum an der Olshausenstraße getroffen, wo sie trainiert, und jetzt will sie ohnehin in die Stadt. Wir könnten sie mitnehmen und in der Blume ihre Aussage aufnehmen. Sie hätte Zeit und nichts dagegen.«

»Na gut. Wenn Sie meinen. Bringen Sie sie her.«

»Sie sitzt schon im Wagen. In einer Viertelstunde sind wir da.«

Anne legte auf und vertiefte sich wieder in das Vernehmungsprotokoll. Jens und Sigmund hatten Daniel Kambacher stundenlang vernommen, doch abgesehen von einigen Details zu seiner Auseinandersetzung mit Johannes Hilpert und vagen Angaben über dessen Arbeit war nicht viel dabei herausgekommen. Seine Festnahme drohte in einem Fiasko zu enden.

Mit Hermann Pauli dürfte sie es sich wohl verscherzt haben, vom Polizeidirektor gar nicht zu reden. Grube würde durch die Decke gehen. Nur unter größten Bedenken hatte er sich mit Kambachers Festnahme einverstanden erklärt und schon im Verlauf des Sonntags mehrfach telefonisch nachgefragt, wie weit sie gekommen seien. Heute Morgen war er dann wutschnaubend in ihr Büro gestürmt und hatte ihr eine dicke Boulevardzeitung auf den Schreibtisch geknallt. »Waren die Kieler Universitätsmorde die Tat eines Fanatikers?« prangte in dicken Lettern auf dem Titelblatt.

»Morde«, hatte der Polizeidirektor verächtlich gezischt. »Da haben wir den Salat. Wir stecken ganz tief in der Scheiße, Anne.«

»Wie haben die denn davon erfahren? Wir haben mit niemandem von der Presse gesprochen.«

»Kommen Sie, Sie sind doch keine Anfängerin. Die hören den Polizeifunk ab. Sie haben den Hof ausfindig gemacht, wo Kambacher wohnt, und mit seinen Mitbewohnern gesprochen. Wenn heute kein Wunder geschieht, stehen wir wie die letzten Deppen da. Sie müssen ihn zum Reden bringen.«

Aber das war nicht das Problem. Kambacher redete ja, er war mittlerweile sogar ausgesprochen kooperativ, nur sagte er nicht das, was sie von ihm hören wollten. Er war einfach der falsche Mann.

Umso willkommener wäre es natürlich, wenn sie nun unverhofft Hilfestellung aus einer ganz anderen Richtung bekämen. Anne trat vor eine Pinnwand und betrachtete das Foto, das die Sportlerin mit Moritz Barthelmess zeigte.

Ein paar Minuten später klopfte es und die junge Frau stand leibhaftig vor ihr. Schwarzenau, der mit einem dümmlichen Grinsen im Gesicht hinter ihr ins Büro trat, hatte nicht übertrieben. Sie war wirklich bildhübsch.

»Guten Tag, Frau Scheering, freut mich sehr. Bitte setzen Sie sich.« Sie scheuchte Arnie mit einer raschen Kopfbewegung aus dem Raum und ging zu dem Regal, auf dem ihre Kaffeemaschine stand. »Einen Cappuccino vielleicht?«

»Oh ja, gerne.«

»Wissen Sie, dass wir lange nach Ihnen gesucht haben?«

Katrin Scheering zuckte schuldbewusst die Achseln. »Das hat Ihr Kollege auch schon gesagt. Ich hatte nicht das Gefühl, dass ich irgendwie helfen könnte. Sonst hätte ich mich gemeldet.«

»Es tut mir sehr leid, was mit Ihrem Freund passiert ist.«

»Ja, es ist schrecklich. Ich habe erst Tage später davon erfahren. Eine Freundin hat es mir erzählt und ich konnte es zuerst gar nicht glauben. Ich lese keine Zeitung, wissen Sie. Training, Studium, Wettkämpfe, ich habe wenig Zeit und komme einfach nicht dazu. Danke.« Sie nahm den Kaffee in Empfang und verfolgte mit ernstem Gesicht, wie die Kommissarin ein Aufnahmegerät von ihrem Schreibtisch holte, auf den Tisch legte und anschaltete.

»Für das Protokoll«, sagte Anne und diktierte Ort, Uhrzeit und Namen. »Sie waren mit Moritz Barthelmess gut befreundet?«

»Ja und nein.« Sie lächelte ein wenig verlegen. »Wir hatten jahrelang kaum Kontakt miteinander, nur über Mails und Facebook. Kennengelernt haben wir uns in Erlangen, wo er studiert hat, ich war da noch in der Schule. Damals waren wir eine Zeit lang zusammen, bis er nach Hamburg ging und später dann nach England. Vor einem Jahr etwa haben wir uns hier in Kiel wiedergetroffen und, na ja …«

»Da ist die alte Liebe wieder aufgeflammt.«

»Nein, Liebe ist, glaube ich, nicht das richtige Wort. Wir waren sehr vertraut miteinander und mochten uns, aber …« Ein Lächeln. Sie senkte den Blick. Anne glaubte zu verstehen. Die beiden haben sich gelegentlich getroffen und hatten Sex miteinander.

»Sie waren nicht fest liiert.«

»Nein, dafür sind wir beide nicht geschaffen.«

»Sagt Ihnen der Name Daniel Kambacher etwas?«

»Nein, nie gehört.«

»Kannten Sie Johannes Hilpert, den Kollegen von Moritz Barthelmess?«

»Das war der andere Tote, nicht wahr? Ich habe ihn mal auf einem Institutsfest gesehen, glaube ich, aber ich kann mich kaum an ihn erinnern. Moritz hat ihn ein paarmal erwähnt. Er hielt nicht besonders viel von ihm.«

Anne wurde hellhörig. »Menschlich oder fachlich?«

»Fachlich, glaube ich, ich weiß es aber nicht genau. Was er von seiner Arbeit und dem Institut erzählte, hat mich, ehrlich gesagt, nie besonders interessiert.«

»Dass er in der Arbeitsgruppe von Frank Moebus gearbeitet hat, wussten Sie aber.«

»Natürlich, das war ihm ungeheuer wichtig. Man könnte fast sagen, er sonnte sich in Moebus' Ruhm. Mir kam es jedenfalls so vor. Ich habe ihn damit aufgezogen, was er auf den Tod nicht leiden konnte. Seit er diese Stelle in Aussicht hatte, hörte das allerdings auf. Es schlug fast ins …«

»Moment … er hatte eine Stelle in Aussicht?«

»Ja, eine Juniorprofessur. Als ich ihn das letzte Mal gesehen habe, vor vier Wochen etwa, war die Sache schon so gut wie perfekt. An welcher Universität, habe ich vergessen. Ich habe mich nicht besonders darüber gefreut, dass er schon wieder weggehen würde. Wann er die Stelle antreten sollte, weiß ich nicht, ich hatte aber das Gefühl, dass er innerlich schon auf gepackten Koffern saß. Das hat mich geärgert. Wir hatten einen kleinen Streit darüber.«

Aha, zumindest von ihrer Seite steckte doch ein bisschen mehr hinter dieser Bekanntschaft. Typisch Frau. Anne nickte und machte sich eine Notiz. Dass Barthelmess' Abgang aus Kiel so unmittelbar bevorstand, war ihr neu.

»Und seit er von dieser Zusage wusste, hat er sich anders über Professor Moebus geäußert?«

»Ich hatte den Eindruck. Ja. Vielleicht war es auch nur Zufall. Er machte jedenfalls ab und zu abfällige Bemerkungen, über diesen Johannes und über Moebus. Dann gab's irgendwann die Geschichte von dem großen Knall, der angeblich bevorstünde.«

»Was für ein Knall?«

»Keine Ahnung. Wissen Sie, ich habe es schon Ihrem Kollegen gesagt, Moritz hat den Mund immer ganz schön voll genommen. Meistens fand ich das ganz liebenswert. Ich mochte ihn eben und er war ja auch gut in dem, was er machte. Warum sollte er damit hinter dem Berg halten? Ich mag Männer, die etwas erreichen wollen in ihrem Leben. Manchmal konnte er einem aber auch auf die Nerven gehen. Wenn es mir zu viel wurde, habe ich nur noch mit halbem Ohr zugehört. Bei ihm war immer alles sensationell und grandios und vom Feinsten. Er redete äußerst gern in Superlativen. Man durfte das nicht zu ernst nehmen.«

»Aber er hat gesagt, dass ein Knall bevorstünde? Was kann er damit gemeint haben? Könnte sein Tod …«

Die junge Frau erblasste. »Mein Gott, dieser Gedanke ist mir noch gar nicht gekommen.« Sie hob ihre breiten Schultern und schüttelte den Kopf. »Ich habe wirklich keine Ahnung, was er gemeint hat, und auch nicht weiter gefragt. Ich hatte diese Bemerkung vollkommen vergessen, bis mich Ihr Kollege nach Moritz' Chef fragte und wie die beiden miteinander auskamen.«

»Und? Wie kamen sie miteinander aus?«

»Gut. Bestens, hätte Moritz gesagt. Sie kannten sich seit Jahren und duzten sich. Moebus hat ihn nach Kiel geholt. Aber dann muss irgendetwas passiert sein. Oder er hatte einfach genug davon, immer in Moebus' Schatten zu stehen. Sich unterzuordnen war nicht gerade seine Stärke.« Sie kämpfte mit den Tränen.

»Diese Kritik oder Abneigung oder wie immer man es nennen will … hat er die nie konkretisiert? Er hat Ihnen nie erzählt, was ihn störte?«

»Nein, ich sage doch, das alles spielte zwischen uns kaum eine Rolle. Sie finden das wahrscheinlich befremdlich und, ehrlich gesagt, nach allem, was passiert ist, kommt es mir heute auch ein wenig seltsam vor. Seit ich von seinem Tod erfahren habe, denke ich oft, dass ich mich mehr um ihn hätte kümmern müssen. Aber wenn wir zusammen waren, wollten wir in erster Linie Spaß haben. Alles andere haben wir eher ausgeblendet.«

»Das ist Ihr gutes Recht. Immerhin hat er Ihnen von diesem Knall erzählt, den er erwartete.«

»Ja, schon, aber ich weiß nichts darüber. Nur, dass es irgendwie mit seinem Chef zu tun hatte.«

»Bitte, versuchen Sie sich zu erinnern, Frau Scheering«, sagte

Anne eindringlich. »Das könnte sehr wichtig für uns sein. In welchem Zusammenhang fielen diese Äußerungen?«

Katrin Scheering legte den Kopf in den Nacken und stöhnte. »Ach, er hatte sich über irgendetwas geärgert, glaube ich. Jedenfalls schimpfte er darüber, dass Moebus immer auf einem so hohen Ross sitze. Bald sei das vorbei, sagte er, es werde einen riesengroßen Knall geben, den man um den ganzen Erdball würde hören können. Was meinst du, habe ich noch gefragt, eine Explosion? Er hat gelacht. Nein, einen Knall anderer Art, sagte er. Er könne nicht darüber sprechen, aber wenn es passierte, würde ich schon wissen, was er gemeint habe. An mehr kann ich mich nicht erinnern. Ich glaube, damit war das Thema erledigt. Es tut mir leid. Ich hätte es gar nicht erwähnen sollen.«

»Doch, unbedingt, Frau Scheering. Sie haben uns sehr geholfen. Und vielleicht fällt Ihnen sogar noch mehr ein. Das ist oft so. Geben Sie uns dann bitte sofort Bescheid.«

Als die junge Frau den Raum verlassen hatte, saß Anne noch minutenlang still da und dachte nach. Standen die beiden Todesfälle in Zusammenhang mit diesem mysteriösen Knall? Was könnte Barthelmess gemeint haben? Oder war das Ganze nur ein Hirngespinst, das er sich ausgedacht hatte, um sich vor seiner hübschen Freundin aufzuspielen? Nein. Für diese Ankündigung musste es einen realen Hintergrund gegeben haben. Was Daniel Kambacher betraf, hatte sie sich getäuscht, hatte sich mitreißen lassen von der allgemeinen Aufregung und den scheinbar erdrückenden Indizien, aber jetzt war sie sich sicher. Es ging eben nicht um eine simple Eifersuchtstragödie. Irgendetwas hatte sich zwischen diesen Menschen abgespielt, zwischen Moebus, Barthelmess und Hilpert, etwas, das in jener Nacht in furchtbarer Weise eskalierte und ihnen bisher verborgen geblieben war.

Auf die anderen Mitglieder der Arbeitsgruppe setzte sie wenig Hoffnung, war aber nun sehr gespannt darauf, was Moebus' Sekretärin ihr erzählen würde. Von ihrem Chef abgesehen, war sie die einzige Person, die mehr über die Interna des Olymps wissen könnte, über die Streitigkeiten, Intrigen und Eifersüchteleien dieser Götter in ihren weißen Laborkitteln. Gut, dass sie die Frau schon vorgeladen hatte. In dem undurchdringlichen Nebel, der die Ereignisse im Biologiezentrum verhüllte, zeichneten sich erste schemenhafte Umrisse ab, aber das reichte noch nicht.

Seit Sonntagabend gegen 21 Uhr galt für Hermann eine neue Zeitrechnung, zum zweiten Mal innerhalb von nur zehn Tagen, und wieder hatte diese Zäsur damit zu tun, dass er unaufgefordert Franks Etage betreten hatte.

Den Schock vom ersten Mal hatte er noch nicht überwunden. Beim zweiten Mal hatte es ihm den Boden unter den Füßen weggezogen. Als die südneuseeländische Metropole Christchurch vor Kurzem durch ein schweres Erdbeben erschüttert wurde, soll sich der Boden dort quasi verflüssigt haben. Er wurde gesiebt und in seine Bestandteile getrennt, in Wasser und Sand, und in etwas umgestaltet, dem nicht mehr zu trauen war. Das beschrieb ziemlich gut, was am gestrigen Tag mit Hermann geschehen war. Der feste und sichere Boden, auf dem er stand, das war, solange er denken konnte, die Welt der Wissenschaft, ihre Fakten, Gesetze und Regeln. Selbst in seinen dunkelsten Stunden, nach dem Krebstod seiner Frau, hatte diese Welt ihm Halt gegeben. Seit gestern wusste er nicht mehr, ob der Boden ihn noch tragen würde.

Aufgewühlt, wie er war, hatte er in der Nacht kaum geschlafen, quälte sich seit dem Aufstehen mit Kopfschmerzen und Müdigkeit herum und befand sich in einem permanenten und aussichtslosen Kampf mit sich und der Welt: Sein altes Fahrrad hatte sich in eine rostzerfressene, quietschende Peinlichkeit verwandelt, der hässliche, aber sichere Hafen seines Instituts in einen gefährlichen Sumpf, eine Quelle von Horrornachrichten und Zumutungen, sein Büro kam ihm wie eine öde Gefängniszelle vor, in der es – abgesehen von seinem Computer und der Espressomaschine – noch genauso aussah wie vor zehn oder fünfzehn Jahren. Und sein am Sonntag verfasster Text war eine überlange Ansammlung von Belanglosigkeiten, die niemanden interessierte.

Schon vor dem Frühstück hatte auch Marion eine geballte Ladung seiner schlechten Laune zu spüren bekommen. Wie lange er ihre Unordnung, die stinkenden Kerzen und diesen unsäglichen Kräutertee denn noch ertragen müsse, blaffte er, als sie verschlafen und mit Emil auf dem Arm in die Küche gekommen war, in der sich noch das dreckige Geschirr vom Sonntag türmte. Sonst um keine Antwort verlegen, hatte sie seinem Furor an diesem Morgen nichts entgegenzusetzen. Sie fragte nur kleinlaut und mit Tränen in den Augen: »Was ist dir denn über die Leber gelaufen?«, und zog sich mit dem Kind in ihr Zimmer zurück. Emils erschrockenes Gesicht, seine großen traurigen Augen, die ihn über die Schulter seiner Tochter hinweg anstarrten, brachten Hermann endlich zur Vernunft, aber da war es schon zu spät. Er verließ bald das Haus, um auf halber Strecke wieder abzubremsen, das Handy anzuschalten und sie vom Fahrradsattel aus telefonisch um Entschuldigung zu bitten. Vielleicht könne er ihr irgendwann erklären, was mit ihm geschehen sei. Er sei in eine schwierige Situation geraten, mit der er allein fertigwerden müsse. Mit ihr habe das nicht das Geringste zu tun. Es tue ihm furchtbar leid. Ihre Antworten waren einsilbig und er wusste nicht, ob sie seine Entschuldigung annahm.

Als er das Telefon wieder einstecken wollte, fiel ihm auf, dass im Verlauf des späten Abends und heute Morgen fünf Anrufe eingegangen waren, alle von Frank. Er löschte sie, ohne sie abzuhören, und antwortete mit einer SMS: *Lass mich in Ruhe. Es gibt nichts mehr zu bereden. H.* Dann schaltete er das Handy aus und setzte seinen Weg fort, wählte aber eine Route, die in weitem Bogen um den Universitätscampus herum durch eine ruhige Wohngegend und Laubenkolonien zum Biologiezentrum führte.

Er hatte fast den Eingang des Botanischen Gartens erreicht, als ihm eine große schwarze Limousine auffiel, die durch die Leibnizstraße heranrollte und vor dem futuristischen Neubau hielt. Er bremste abrupt und rutschte noch ein Stück auf dem sandigen Weg, bis er zum Stehen kam. Im nächsten Moment stieg Frank aus dem Wagen. Dass dieser Mann sich nicht zu schade ist, dieses lächerliche »Dienstwagen-mit-Chauffeur-Privileg« in Anspruch zu nehmen, dachte Hermann wütend. Er hätte es früher nicht tun dürfen und jetzt schon gar nicht. Frank blickte sich um und beugte sich kurz hinunter, um durch das Beifahrerfenster ein Wort mit dem Fahrer zu wechseln. Hermann hörte ihn lachen und beobachtete dann, wie der Wagen wendete, sich entfernte und Kiels berühmtester Forscher in seinem eleganten Kaschmirmantel auf das Hochhaus zulief, als wäre nichts geschehen, als gehörte ihm weiterhin die Welt, als hinge sein Ruhm nicht an einem seidenen Faden. Er wartete, bis Frank im Haus verschwunden war, und gab noch ein paar Minuten drauf, um sicherzugehen, dass sie sich nicht vor dem Fahrstuhl begegnen würden. Erst dann steuerte er die lange Reihe der Fahrradständer an.

Hermanns Ärger über sich selbst war maßlos, ja, er verfluchte seine Entscheidung gestern, noch einmal umgedreht zu sein und das Gespräch mit Frank gesucht zu haben. Nur dadurch hatte er zu seinem Mitwisser werden können, zu einem Komplizen wider Willen. Wäre er nach Hause gegangen, hätte er heute zufrieden und unbelastet ins Institut gehen können und Frank wäre mit seinen Machenschaften allein geblieben, wie er es verdiente. So aber galt einer seiner Sätze, die Hermann nicht mehr aus dem Kopf gingen. *Mitgefangen, mitgehangen.* Er durchschaute Franks perfide Strategie. Durch sein Geständnis hatte er ihn mit ins Boot geholt. Wie ein Ertrinkender, der seinen Retter zu sich ins Wasser zieht. *Ich habe gelogen. Ja. Na und?*

Nun gab es kein Zurück mehr, nun steckte er mittendrin in einem Schlamassel, aus dem es keinen Ausweg zu geben schien, und mit jeder Minute, die verging, ohne dass er etwas tat, versank er tiefer im Morast. Wie in Trance hatte er die Lehrveranstaltungen des Vormittags absolviert, hatte alle Fragen abgeschmettert und fluchtartig den Hörsaal verlassen. Nun saß er an seinem Schreibtisch und hatte die Tür von innen verschlossen, unfähig, sich zu konzentrieren, unfähig zu einer Entscheidung, zerrissen zwischen zwei Möglichkeiten, die ihm beide nicht behagten. Den Hörer hatte er neben das Telefon gelegt.

Schon seit Wochen gab es keine Moebus-Zellen mehr, womöglich sogar schon länger, er hatte wenig Veranlassung, Franks Worten zu glauben. Hermann stockte der Atem, wenn er sich vorstellte, wie viel Nerven und Chuzpe dazugehörten, unter diesen Voraussetzungen noch den erfolgreichen Wissenschaftler zu mimen. Wie kann ein Mensch das aushalten?

Er lehnte sich nach vorn und stützte seine Stirn auf die Handballen. Sollte er mit seinem Wissen an die Öffentlichkeit gehen, war er nicht sogar dazu verpflichtet? Noch vor wenigen Tagen hätte er die zu diesem Zeitpunkt rein hypothetische Frage sofort und uneingeschränkt bejaht, hätte sich empört gezeigt und von einem Skandal gesprochen, der unverzüglich Konsequenzen nach sich ziehen müsse, erst recht, nachdem er Palmers flammenden Appell für eine saubere Wissenschaft gelesen hatte. Jetzt stellte sich die Situation jedoch sehr viel komplizierter dar. Es ging ja nicht um irgendwen … und hatte er nicht selbst …

Wenn er handeln wollte, dann müsste er es gleich tun, am besten noch heute oder morgen, sonst würde man ihn fragen, warum er so lange brauchte, um einen offensichtlichen Regelverstoß anzuzeigen, ob er etwa erwogen hätte, es nicht zu tun? Aber an welche Öffentlichkeit sollte er sich überhaupt wenden? An die Presse? Ausgeschlossen. Das war eine der wenigen Fragen, die er schnell und eindeutig beantworten konnte. Hier ging es um eine wissenschaftsinterne Angelegenheit, über die die Wissenschaftler und ihre Institutionen selbst zu Gericht sitzen müssten.

Sollte er mit dem Universitätspräsidenten sprechen oder etwa mit Wiesheu, den schon eine simple Geburtstagsansprache an den Rand eines Nervenzusammenbruchs brachte? Der Ombudsmann wäre die richtige Adresse, er kannte aber nicht einmal seinen Namen. Er wusste nur, dass es diese Einrichtung gab. Sie war vor Jahren geschaffen worden, als schwerwiegende Betrugsfälle aufflogen und eine solche Anlaufstelle gefehlt hatte. Gedacht war sie insbesondere für den wissenschaftlichen Nachwuchs, der sich noch in einem Abhängigkeitsverhältnis befand und vor negativen Konsequenzen geschützt werden musste. Auch von einer Kommission hatte Hermann gehört, die sich mit solchen Vorwürfen beschäftigte. Es würde Untersuchungen geben, endlose Befragungen, Papierkrieg, Tage und Wochen würden vergehen, in denen schmutzige Wäsche gewaschen würde …

Und was sollte am Ende dabei herauskommen? Wollte er wirklich, dass ausgerechnet sein Name für alle Zeiten mit Franks Abstieg verbunden bliebe? Es würde einen Riesenskandal geben und er wäre der Whistleblower, der Informant. Was würde Elisabeth von ihm denken, wenn er ihren geliebten Bruder in der Öffentlichkeit der Lüge bezichtigte? Und blieb nicht immer auch am Überbringer schlechter Nachrichten etwas hängen? Dass es sich in diesem Fall um eine äußerst heikle Information handelte, war abzusehen. Sie würde nicht nur auf offene Ohren stoßen. Viele, innerhalb und außerhalb des Wissenschaftsbetriebs, würden es ihm übel nehmen, wenn er an Franks Stuhl rüttelte. Es würde Widerstände geben, Palmer hatte es in seinem Blog beschrieben, mächtige Instanzen würden sich einschalten, die das Ganze lieber unter Ausschluss der Öffentlichkeit klären oder ganz unter den Teppich kehren würden. Und immer wäre er derjenige, der den Stein ins Rollen gebracht hatte. Sicher, manche würden ihm anerkennend auf die Schulter klopfen, andere würden ihm aber unterstellen, dass er sich nur profilieren wollte, und nach dunklen Flecken in seiner Biografie suchen. Sie würden ihn als kleinlichen und mittelmäßigen Bürokraten diffamieren, der, von Neid zerfressen, niemanden neben sich ertrug, der ihn an Ausstrahlung und Bedeutung überragte. Wollte er sich in den wenigen aktiven Jahren, die ihm noch blieben, einer solchen Belastung aussetzen?

Je länger er darüber nachdachte, desto sicherer wurde er, dass die Antwort Nein lauten müsste. Es war sein Leben und er wollte es nicht im Schützengraben eines Krieges um Prinzipien verbringen, auch wenn ihm diese Prinzipien viel bedeuteten.

Eine anonyme Anzeige beim Ombudsmann wäre vielleicht die beste Lösung, doch auch dagegen sträubte er sich. Zwar könnte er sich einreden, seine Pflicht und Schuldigkeit getan zu haben, es war aber unwahrscheinlich, dass ein anonymer Hinweis überhaupt mit dem nötigen Nachdruck verfolgt werden würde. Wenn man Frank der Lüge überführen wollte, müsste man von ihm einen eindeutigen Nachweis fordern, dass seine Zellen weiterhin existierten. Was, wenn er sich weigerte? Hermann bezweifelte, dass es für derartige Zwangsmaßnahmen überhaupt eine rechtliche Grundlage gab.

Selten hatte er sich so einsam gefühlt. Er glaubte, mit niemandem über sein Dilemma reden zu können, niemanden damit belasten zu dürfen, jedenfalls keinen seiner Kollegen. Wie ein ansteckendes Virus würde er damit den Zwiespalt weitergeben, in dem er steckte, dabei wünschte er sich nichts sehnlicher, als dieses Wissen wieder aus seinem Kopf verbannen zu können. Vielleicht würde sich jemand, der Frank nicht so nahestand, leichter damit tun. Nichts würde Hermann aber der Notwendigkeit entheben, sich in dieser Sache zu positionieren. Er musste sich entscheiden, für oder gegen Frank Moebus.

Auch mit Marion konnte er nicht darüber sprechen, obwohl sie sich in den letzten Tagen als einfühlsame Gesprächspartnerin gezeigt hatte. Wie oft hatte er sich in den vergangenen Jahren über ihre esoterischen Spleens lustig gemacht und sie hatte ihm im Gegenzug vorgeworfen, die Wissenschaften und ihre Methoden regelrecht zu vergöttern und über alles zu stellen. Ausgerechnet ihr gegenüber sollte er nun eingestehen, dass in der Wissenschaft, die allein der Wahrheit verpflichtet sein sollte, Lüge und Betrug an der Tagesordnung waren, sogar im eigenen Haus? Nein, bei aller Liebe, diesen Triumph gönnte er ihr nicht. Sie würde sich totlachen.

Er legte den Hörer zurück auf die Gabel, weil ihn das leise Piepen des Telefons zu nerven begann. Dann stieß er einen tiefen Seufzer aus und stand auf, um sich einen Kaffee zu machen. Der Satz, den Frank durch das Treppenhaus gebrüllt hatte, spukte ihm durch den Kopf. Spring verdammt noch mal über deinen Schatten und mach mir nicht alles kaputt, hörst du!

War Franks Vergehen wirklich so gravierend, dass die ganze Welt davon erfahren müsste? Reichte es nicht, dass er sich mit dem *Nature*-Brief und seinen Folgen herumzuschlagen hatte? War es nicht vielleicht sogar verständlich, dass er sich so verhalten hatte? Niemand verlangte von Forschern, über jeden Misserfolg sofort öffentlich Rechenschaft abzulegen. Mit negativen Ergebnissen tat sich die Wissenschaft ohnehin schwer. Jeder kleine Fortschritt wurde zu seitenlangen Veröffentlichungen aufgeblasen, wenn jedoch ein sorgfältig geplantes Experiment fehlschlug, wenn trotz intensiver Suche nichts gefunden wurde, fand sich kaum eine Zeitschrift, die diese Resultate drucken und verbreiten würde, auch wenn damit unter Umständen ein größerer Erkenntnisgewinn verbunden wäre als bei so manchem großspurig verkündeten Erfolg. Die Welt verlangte eben nach Fortschritt und nach sensationellen Durchbrüchen.

Frank spielte auf Zeit. Sollte die *Polarstern* in wenigen Wochen tatsächlich mit frischem Zellmaterial aus dem Nordpolarmeer zurückkehren, würde niemand auf den Gedanken kommen, dass Frank gar keine Zellen mehr besessen und seine Antwort auf den *Nature*-Brief eine dreiste Lüge enthalten hatte. Nur Hermann würde mit diesem Wissen leben müssen.

Er merkte, wie bereitwillig er sich diesen Gedanken überließ, wie sehr es ihn entlastete, wenn er nach Gründen suchte, die sein Schweigen rechtfertigten. Frank war keineswegs aus dem Schneider, auch wenn er sein Wissen für sich behielt. Seine im Netz veröffentlichte Erklärung stieß in den Blogs und Foren auf nahezu einhellige Ablehnung. Viele sahen darin eine ziemlich unverschämte Kriegserklärung an die bisher in der Wissenschaft geltenden Gepflogenheiten und forderten Konsequenzen. Warum sollte er, Hermann, zusätzlich Öl ins Feuer gießen?

Was das alles für ihr Verhältnis bedeuten würde, war noch nicht abzusehen. Was konnte er ihm noch glauben? Gab es überhaupt Patentanträge? Vielleicht war sogar die Behauptung, er verfüge über keine Zellen mehr, eine Lüge, deren Zweck er nur noch nicht durchschaute. Vielleicht erfreuten sie sich ja bester Gesundheit und steckten in diesem dicken Metallzylinder.

Hermann schüttelte verzweifelt den Kopf und begann die Unterlagen und Fotos zu ordnen, die seit gestern Nachmittag seinen Schreibtisch bedeckten. Was würde aus den Electric Hookers werden, fragte er sich. Und wie ging es Elisabeth? Er nahm sich vor, Bennie anzurufen und sich zu erkundigen.

Das Telefon klingelte und riss ihn aus seinen Gedanken. Hermann hielt den Atem an. Wenn es Frank wäre, würde er einfach wieder auflegen. Er streckte seinen Arm aus und zuckte wieder zurück. Mein Gott, so ging es nicht weiter. Er konnte sich nicht ewig verstecken. Er griff nach dem Telefonhörer.

»Pauli«, sagte er so unbeteiligt wie möglich.

Im nächsten Moment weiteten sich seine Augen und sein Gesicht verzog sich zu einem breiten Grinsen.

»Daniel«, rief er. »Wo bist du? Haben sie dich freigelassen?«

»Ja, vor zwei Stunden. Ich bin jetzt zu Hause. Ein Polizist hat mich hergefahren.«

Hermann fiel ein Stein vom Herzen. »Mann, bin ich froh. Das ist endlich mal wieder eine gute Nachricht. Wie geht es dir?«

»Na ja, wie heißt es so schön, den Umständen entsprechend. Jetzt geht es mir gut. Wir sitzen hier bei uns in der Küche und trinken Kaffee. Aber die letzten zwei Tage waren die schlimmsten meines Lebens. Sie wollten mir den Tod von Johannes und Moritz Barthelmess anhängen.«

»Was? Ich habe mit der Kripo telefoniert, aber viel konnte

ich nicht in Erfahrung bringen. Sie sagten, es ginge um dieses Flugblatt. Ich habe mir große Sorgen gemacht.«

»Elke hat mir erzählt, dass ihr telefoniert habt. Es ist sehr nett, dass du dich gekümmert hast.«

»Das ist doch selbstverständlich. Außerdem hat es ja nicht viel genützt. Wie kamen die denn auf die Idee, dass du mit den Todesfällen zu tun haben könntest? Das ist doch völlig an den Haaren herbeigezogen.«

»Erklärt hat es mir keiner, ich konnte es mir aber zusammenreimen. Einer der Polizisten, die mich verhört haben, ein riesiger dicker Kerl ...«

»Ah, ich weiß. Den kenne ich. Er hat mich auch vernommen. Becker heißt der. Ich hätte ihn umbringen können.«

»Schade, dass du's nicht getan hast. Ich glaube nicht, dass ich schon einmal jemanden so gehasst habe wie diesen Fleischberg. Er hat jedenfalls immer wieder von einem Zeugen gesprochen, der zur Tatzeit einen Mann im Anzug gesehen haben will, und dummerweise hatte ich an diesem Abend tatsächlich einen Anzug an. Ich war doch auf dieser Hochzeit, ganz in der Nähe des Campus. Sie glaubten, ich hätte mich von dort abgesetzt, um mal eben schnell im Institut zwei Leute umzubringen. Aber sie konnten mir ja nichts nachweisen. Heute Morgen haben sie mich noch verhört, dann ging plötzlich alles ganz schnell.«

»Ich wusste gar nicht, dass es einen Zeugen gibt. Na ja, egal, ich bin jedenfalls froh, dass du wieder zu Hause bist. Diese absurden Anschuldigungen sind nun hoffentlich vom Tisch. Oder glaubst du, es könnte da noch ein Nachspiel geben?«

»Ich wüsste nicht, warum. Irgendwie habe ich das Gefühl, die verfolgen inzwischen eine andere Spur.«

»Jetzt erhol dich erst mal. Du musst morgen nicht kommen, wenn dir nicht danach ist. Sag mir einfach Bescheid, wenn du wieder bei Kräften bist.«

»Danke für das Angebot, aber ich glaube, das geht nicht. Wir planen für die nächsten Tage eine Aktion vor dem Zentrum. Ich wollte dich schon mal vorwarnen. Unter anderem deshalb rufe ich an.«

Hermann runzelte die Stirn. »Eine Aktion?«

»Lass dich überraschen. Wir werden demonstrieren. Mehr will ich jetzt nicht sagen.«

»Meinst du, das ist eine gute Idee, wo du gerade erst ...«

»Ich bin entschlossener denn je, gegen diese größenwahnsinnigen Pläne vorzugehen. Ich lasse mich nicht einschüchtern und den anderen geht es genauso. Die haben schon mächtig gewirbelt. Ich glaube, wir werden eine Menge Leute zusammenkriegen.«

»Welche Pläne? Sprichst du von Moebus? Sei vorsichtig. Wofür und wie du dich engagierst, ist natürlich deine Sache, aber da ist im Augenblick einiges im Gange und ...«

»Ich weiß. Darum geht es ja. Unter anderem. Im Netz rumort es, aber hier in der Stadt und an der Uni hat kaum einer was davon mitbekommen. Ich habe den Eindruck, es wird totgeschwiegen, um Moebus nicht zu beschädigen. Wir wollen das ändern.«

»Daniel, ich ...«

»Es tut mir leid, Hermann. Ich kann nicht anders. Es muss einfach sein und nach dem, was ich durchgemacht habe, erst recht. Du hast ja nichts damit zu tun. Wir sehen uns morgen, okay? Und danke noch mal für deine Unterstützung. Mach's gut.«

Es knackte in der Leitung. Hermann starrte auf den Hörer. Verrückter Kerl, dachte er. Demonstrationen gegen Frank Moebus. Das hat mir gerade noch gefehlt.

Eine halbe Stunde später lagen mehrere sauber geordnete Papierstapel auf seinem Schreibtisch. Daniels Anruf hatte ihm gutgetan. Wenigstens ein Problem war gelöst, auch wenn er sich Sorgen machte, dass der Junge nun in einer Art Überreaktion den Bogen überspannte.

Seinen Text hatte er mit der Bitte um Durchsicht an Raymond in Wellington und John Deaver in Sydney gemailt. Sein Schriftenglisch ließ zu wünschen übrig und daran würde sich wohl auch nichts mehr ändern. Jetzt stand er vor dem großen Wandregal hinter seinem Schreibtisch, um die wissenschaftlichen Arbeiten, die er zitiert hatte, wieder in seine alphabetisch geordnete Sammlung einzusortieren. Er hatte sie über Jahrzehnte zusammengetragen und sie umfasste alles, was er für seine Arbeit benötigte. Es waren Tausende von Arbeiten – die älteren hatte er in den Keller seiner Wohnung ausgelagert – und doch nur ein winziger Ausschnitt all dessen, was unzählige Wissenschaftler in aller Welt Woche für Woche, Monat für Monat zu Papier gebracht hatten.

Er musste an Palmers Rundumschlag denken. Wie viel davon war erlogen, manipuliert oder zurechtgebogen, damit es in die bestehenden Raster oder zu den Theorien und Hypothesen der Autoren passte? Wie leicht und schnell so etwas heute zu bewerkstelligen war, hatte er ja gerade erfahren. Wer hatte dieses vermeintliche Wissen überprüft? War das Gebäude der Wissenschaften in großen Teilen auf Sand gebaut?

Nein, er stimmte Palmer zu: Wäre irgendetwas davon irgendwann für irgendjemanden von Bedeutung, würden die Fakten überprüft werden, und wenn sie dieser Überprüfung nicht standhielten, landeten sie, ob falsch oder erfunden, auf dem stetig wachsenden Müllhaufen der Geschichte. Nur, vieles war eben nicht von Bedeutung. Wen kümmerte es, wie die Augen von Tiefseetintenfischen aufgebaut waren und funktionierten?

Gerade in der Biologie gab es eine überwältigende Fülle von Erscheinungen und Phänomenen, die zwar für jemanden wie ihn überaus faszinierend waren, aber eben nicht wirklich wichtig. Sie zu erforschen, hatte keinerlei Anwendungsbezug, versprach keine kommerziell verwertbaren Resultate, keine Antworten auf die großen Menschheitsfragen. Das alles trotzdem zu untersuchen, war, überspitzt formuliert, eine Art Hobby reicher Gesellschaften, die sich den Luxus leisteten, große Teile ihrer gebildeten Eliten mit akademischen Spielereien zu beschäftigen. Manche spielten dabei mit gezinkten Karten, ohne dass es je aufgefallen wäre.

Eine Zahl aus der von Palmer zitierten Studie hatte ihn nachhaltig beeindruckt. Neunzig Prozent aller befragten Wissenschaftler gaben an, von unsauberen Praktiken ihrer Kollegen gehört zu haben. Er gehörte jetzt dazu. Auch er müsste diese Frage nun mit Ja beantworten. Er gehörte sogar zu dem Drittel seiner Kollegen, die sich unsauberer Methoden bedient hatten. Zumindest hatte er mit dem Gedanken gespielt.

Gestern Nacht hatte er sich noch eine Weile durch die unglaublichen Details einiger wirklich großer Forschungsskandale geklickt. Irgendwo war er auf den schönen Satz gestoßen: »Dass gerade der Wissenschaftsbetrieb in extremem Maße vertrauensabhängig ist, mag zunächst überraschen; denn man müsste ja eigentlich nicht vertrauen, wo man weiß.« Und es stimmte. Sie alle, die sie in der Forschung tätig waren, bildeten eine große Glaubensgemeinschaft und jeder Einzelne trug eine hohe Verantwortung, für sich selbst und die eigene Arbeit und für das Ganze. Für manche waren Last und Versuchung einfach zu groß. Marion hätte ihre helle Freude an diesen Gedanken gehabt.

Hermann setzte sich wieder an den Schreibtisch. Ein seltsam ruhiger Tag, dachte er. Geradezu unheimlich. Wie die Ruhe vor dem Sturm.

Die Tür zu seinem Büro war noch immer abgeschlossen. Hin und wieder hatte er Schritte und Stimmen auf dem Flur gehört, aber niemand hatte geklopft. Und das Telefon blieb stumm. Auch auf dem Handy war kein Anruf mehr eingegangen. Offenbar war seine Botschaft angekommen. Oder Frank war anderweitig beschäftigt. Was jetzt wohl in ihm vorging? Hatte er Angst, dass sein Freund Hermann reden würde?

Er zog die Schreibtischschublade auf, um die Fotos hineinzulegen. Sein Blick fiel auf die Veröffentlichungslisten, die er vor Tagen ausgedruckt hatte. Hilperts kurze Liste lag obenauf. Hermann erstarrte mitten in der Bewegung.

Hatte Johannes Hilpert vom Verlust der Zellen gewusst? Natürlich. Er arbeitete doch mit den Moebus-Zellen, wenngleich die Ergebnisse dieser Arbeit nie dokumentiert worden waren. Wie hätte ihm verborgen bleiben sollen, dass ihr Zustand sich kontinuierlich verschlechterte, bis zum finalen Zusammenbruch der gesamten Population? Ihr Wohlergehen war Grundlage und Voraussetzung seiner Arbeit. Ohne die Zellen stand er vor dem Nichts, für einen Doktoranden mit zeitlich limitierter Finanzierung ein Super-GAU. Und welche Rolle spielte Barthelmess?

Auf einen Schlag war Hermann hellwach. Bisher hatte er sich viel zu sehr in seinem eigenen Dilemma verfangen, um die beiden Katastrophen miteinander in Verbindung zu bringen, doch innerhalb eines Wimpernschlags erschien ihm die Situation nun in ganz neuem Licht. Diese Häufung außergewöhnlicher Ereignisse war eben kein Zufall. Hatte einer der beiden Jungforscher mit Frank unter einer Decke gesteckt und der andere, Hilpert oder Barthelmess, war dahintergekommen? War das der

Grund für den tödlich verlaufenen Streit gewesen? Hatte einer den anderen zur Rede gestellt? Oder wussten beide Bescheid und einer drohte auszuscheren? Diese Sicht auf die Tragödie ließ noch viele Fragen offen, sie schien aber wesentlich mehr Sinn zu machen als die Eifersuchtsgeschichte, die von der Polizei verbreitet worden war. Vielleicht sollte er mit Anne Detlefsen darüber reden. Seit ihrem Anruf und Daniels Verhaftung war er zwar nicht gut auf die Kommissarin zu sprechen, trotzdem war sie ihm sympathisch gewesen, sehr sogar. Könnte sie die Gesprächspartnerin sein, die er sich so sehnlichst wünschte?

Hermann war wie elektrisiert. In seinem Kopf überstürzten sich die Gedanken. Zum ersten Mal schien sich alles zu einem halbwegs sinnvollen Ganzen zusammenzufügen, und ihm war eine weitere Idee gekommen, der er sofort nachgehen wollte. Er legte die Fotos in die Schublade und suchte die Originalarbeit über die Moebus-Zellen heraus.

Warum sprach alle Welt immer nur von Frank? Was war mit den anderen Autoren? Im Kopf der Arbeit standen vier Namen: Frank Moebus, Simon Gerstecke, Hans-Heiner Fischer und Bruno Wehrmann.

Für einen Moment war Hermann verwirrt. Er hatte die Arbeit mehrfach gelesen, doch offenbar sah er jetzt zum ersten Mal genauer hin. Wie war es möglich, dass er von keinem der drei Koautoren je gehört hatte, bei einer derart bedeutenden Entdeckung? Frank hatte die Namen nie erwähnt, da war er sicher, und sie spielten auch in dem *Nature*-Brief keine Rolle, der sich ausschließlich an Frank Moebus richtete. Viele bedeutende Fortschritte der Wissenschaft wurden zu Recht mit mehreren Namen in Verbindung gebracht: James Watson und Francis Crick klärten die Struktur der DNA auf, es gab das Haber-Bosch-Verfahren, den Einstein-de-Haas-Effekt und vieles andere mehr. Die am Gakkel-Rücken gefundenen RNA-Organismen hießen jedoch schlicht Moebus-Zellen.

Hermann weckte seinen Rechner und sprang auf, um sich noch einen Kaffee zu machen, obwohl er kaum wacher hätte sein können. Zurück an seinem Schreibtisch rief er die Webseite des Alfred-Wegener-Instituts für Polar- und Meeresforschung auf, das in dem Artikel als Adresse aller vier Autoren genannt wurde. Gleich rechts auf der Homepage sprang ihm ein Foto der *Polarstern* ins Auge. Vor vielen Jahren war er selbst einmal an Bord dieses Kraftpakets durch antarktische Gewässer gefahren, bei minus vierzig Grad. Nie würde er vergessen, wie mühelos sich das Schiff durch zwei Meter dickes Eis vorangearbeitet hatte.

Unter dem Foto stand: Wo ist die *Polarstern?* Er folgte dem Link und landete auf einer Karte des Nordpolarmeeres. Eine dicke rote Linie zeigte den Kurs der laufenden Expedition an. Das Schiff befand sich auf direktem Kurs zum Gakkel-Rücken. Schon in wenigen Tagen würde die *Polarstern* die Proben nehmen, auf die Frank spekulierte.

Hermann brauchte nicht lange, um herauszufinden, wo sich die Expeditionsberichte früherer Fahrten aufrufen ließen. In der Originalarbeit las er das genaue Datum nach. Sekunden später hatte er die Route der Expedition ARK-XXIII/4 auf dem Bildschirm. Das Schiff war im August vom isländischen Reykjavik aus in See gestochen und dann durch die weitgehend eisfreie Nordwestpassage um Grönland herum in die Ostsibirische See gefahren. Dort machte die *Polarstern* für eine Woche am Mendelejew-Rücken Station, um für die Geologen Gesteinsproben vom Meeresboden zu holen, bevor sie den Lomonossow-Rücken passierte und Anfang Oktober den parallel dazu verlaufenden Gakkel-Rücken erreichte. Dort sollte endlich der Tauchroboter zum Einsatz kommen, das sogenannte ROV. Die Anfahrt in das Zielgebiet gestaltete sich allerdings schwierig. Das Schiff blieb mehrfach in dichtem Packeis stecken. Wahrscheinlich hatte Frank Blut und Wasser geschwitzt.

In den wöchentlichen Berichten las Hermann den ersten der drei Namen, die ihn interessierten, Dr. Bruno Wehrmann. Er war der Expeditionsleiter dieser historischen Fahrt gewesen. Im Mitarbeiterverzeichnis des Instituts fand er den Namen wieder. Wehrmann war Sedimentologe, hatte mit Mikrobiologie also nur am Rande zu tun. Warum Frank ihn in die Autorenliste aufgenommen hatte, war für Hermann nicht ersichtlich. Er vermutete, dass Wehrmann sich als wissenschaftlicher Leiter der Expedition in besonderer Weise für Franks Anliegen starkgemacht hatte, was dieser im Nachhinein mit einer Koautorenschaft belohnte, auch eine dieser fragwürdigen Praktiken, die einfach nicht totzukriegen waren.

Wer sich hinter den anderen beiden Autoren verbarg, war wesentlich schwieriger zu ermitteln. Im aktuellen Mitarbeiterverzeichnis des AWI tauchten sie nicht auf. Hermann brauchte über eine Stunde und etliche Suchanfragen, bis er im Netz endlich auf den Namen Hans-Heiner Fischer stieß: In einem Interview, das Frank Moebus kurz nach Erscheinen seines Aufsatzes dem britischen *New Scientist* gegeben hatte. Offenbar hatte es nicht nur Probleme mit dem Packeis gegeben.

»Ohne Hans-Heiner Fischer hätten wir unsere Proben nicht an die Oberfläche bekommen«, hatte Frank dem Reporter gesagt. »Sie wären zusammen mit dem ROV für immer am Gakkel-Rücken geblieben, und wer weiß, wann es nach einem solchen Verlust eine zweite Expedition gegeben hätte. Da unten herrschen ziemlich unberechenbare Strömungsverhältnisse. Beim Aufstieg kurz nach der entscheidenden Probennahme wurde der Tauchroboter plötzlich gegen die Schlote zweier benachbarter Schwarzer Raucher gedrückt und verklemmte sich.

Über zwei Stunden haben die Techniker alles versucht, ohne Erfolg. Erst Hans gelang es, das ROV wieder frei zu bekommen, und damit auch unsere Proben. Ohne ihn wüssten wir bis heute nicht, welche Schätze da unten auf uns warten.«

Auch Fischer war kein Mikrobiologe, sondern Ingenieur. Hermann fand heraus, dass er heute für eine kalifornische Firma arbeitete, die spezielle Mini-ROVs entwickelte. Bei der Rettung der Proben mochte Fischer sich unschätzbare Verdienste erworben haben, an ihrer Analyse und damit an der eigentlichen Entdeckung der Moebus-Zellen war er sicher nicht beteiligt.

Es wurde schon dunkel, als Hermann sich auf die Suche nach dem dritten Koautor machte, nach Simon Gerstecke. Als Marion ihn angerufen und gefragt hatte, ob er zum Essen nach Hause käme, sagte er ab. Sie schien noch immer verstimmt zu sein und es kostete ihn einige Überredungskünste, sich für einen der nächsten Tage mit ihr und Emil zu einem Spaziergang in der Nähe des Instituts zu verabreden.

Gerstecke war der einzige der drei Autoren, dessen Name Hermann vage bekannt vorkam, und als er noch einmal einen Blick auf Franks Veröffentlichungsliste warf, wusste er auch, warum. Die beiden hatten mehrere Arbeiten zusammen publiziert. Die letzte datierte wenige Monate vor der Expedition der *Polarstern* zum Gakkel-Rücken. Endlich. Simon Gerstecke schien Franks eigentlicher Partner gewesen zu sein, auch er ein Experte für Marine Mikrobiologie, der ebenfalls an der ersten Forschungsfahrt zum Gakkel-Rücken teilgenommen hatte. Trotz seines deutsch klingenden Namens war er möglicherweise Amerikaner, Hermann konnte ihn jedoch weder unter den Mitarbeitern der Oceanographic Institution in Wood Hole finden noch im Verzeichnis des Alfred-Wegener-Instituts. Was war aus ihm geworden?

Gerstecke war wie Frank ein ehrgeiziger Vielschreiber. Die lange Liste seiner Publikationen brach allerdings vor ungefähr drei Jahren ab, mit genau jener Arbeit über Bakterienmatten, die er zusammen mit Frank Moebus verfasst hatte, und obwohl Hermann alle seine Möglichkeiten, im Internet zu suchen, ausschöpfte, gelang es ihm nicht, die Arbeitsstelle dieses Mannes ausfindig zu machen. Für Simon Gerstecke hatte die bejubelte Entdeckung der Moebus-Zellen offenbar keinen Karrieresprung zur Folge gehabt.

Schließlich kehrte Hermann auf die Webseite der Woods Hole Oceanographic Institution zurück und durchforstete das News-Archiv. Als er endlich fündig wurde, stockte ihm der Atem.

Young Microbiologist Died in Car Accident in Germany.

Die Meldung umfasste nur drei Zeilen. Wenige Tage nach der Rückkehr der *Polarstern* aus dem eisigen Norden war der als Gastforscher am Alfred-Wegener-Institut weilende Simon Gerstecke bei einem schweren Verkehrsunfall in der Nähe von Bremerhaven ums Leben gekommen.

Hermann ließ sich gegen die Rückenlehne seines Schreibtischstuhls fallen und schlug die Hände vors Gesicht. Noch ein Toter. Das konnte doch nicht wahr sein.

12

Kim Chin Ho, ein koreanischer Doktorand, war der Letzte, der an diesem Tag die zwölfte Etage verließ. Jedenfalls dachte er das. Gegen neunzehn Uhr dreißig löschte er das Licht im Flur, schloss gewissenhaft die Glastür zum Treppenaufgang ab und machte sich auf den Weg ins nahe gelegene Studentenwohnheim. Er ahnte nicht, dass sein sonst so umtriebiger Professor, der das Büro an diesem Tag kaum verlassen hatte, noch immer in seinem unbeleuchteten Zimmer am Schreibtisch saß und seit mindestens einer Stunde nahezu bewegungslos in das Dunkel seines Büros starrte.

Noch mehr als dessen ungewöhnliches Verhalten hätten den jungen Koreaner allerdings die apokalyptischen Gedankenspiele überrascht, die diesem von ihm verehrten und bewunderten Mann durch den Kopf spukten. Der hoch motivierte Doktorand hatte Freunde und Familie in der Heimat zurückgelassen und war mithilfe eines begehrten Regierungsstipendiums um die halbe Welt gereist, um bei diesem berühmten Forscher in die Lehre zu gehen, und es lag völlig außerhalb seiner Vorstellungskraft, dass ebendieser Mann in diesen Minuten erwog, alles hinzuschmeißen, bevor ihn andere dazu zwingen würden.

Das unerwartete Zusammentreffen mit Hermann am gestrigen Abend hatte Frank Moebus aus der Bahn geworfen, wenn auch auf ganz andere Weise als seinen älteren Kollegen. Die heftige, bislang nur im Internet tobende Debatte um seine Person und die Ehre der Wissenschaft ließen ihn kalt. Aus Gründen, von denen kein Lebender etwas ahnte, die ihm aber in jeder Sekunde seines selbstverschuldeten Elends bewusst waren, war er schon lange vom reinen Glauben an die Wissenschaft abgefallen. Er hatte ein ganz anderes viel existenzielleres Problem. Seit dem Tag, an dem er einen Pakt mit dem Teufel eingegangen war, bestand sein Leben zunehmend aus einem kräftezehrenden Auf und Ab zwischen Euphorie und panischer Angst.

Lange hatte er nur die berauschende Luft seines triumphalen Erfolgs geatmet und alles andere darüber vergessen. Er hatte sie so tief inhaliert, dass er selbst glaubte, das Lob und die Bewunderung, die ihm zuteilwurden, zu verdienen, jetzt und erst recht in naher Zukunft. Seine Kraft und seine Möglichkeiten schienen grenzenlos zu sein, und wenn ihn in seltenen Momenten der Erschöpfung Zweifel überkamen, wurden sie vom nächsten, nach einem seiner brillanten Vorträge aufbrausenden Beifall weggespült wie eine Strandburg von der Flut. Falls das nicht reichte, um ihn zu beruhigen, erinnerte er sich daran, dass es nur noch eine Frage der Zeit war, bis er seine faszinierenden Ideen über die Entstehung des Lebens in allen Einzelheiten durch Fakten untermauern könnte. Er wusste, dass es so kommen würde – das Ziel war schon in Sicht –, und deshalb war er im Recht. Die Schattenbiosphäre existierte und sie war komplexer und vielgestaltiger, als es die größten Optimisten für möglich hielten. Selbst in seinen dunkelsten Stunden hatte er an dieser Tatsache nie gezweifelt.

Doch je länger dieser durch nichts und niemanden gebremste Höhenflug andauerte, je länger er sich an Ehrungen und Beifall berauschte, desto größer wurde die in ihm wachsende Gewissheit, desto häufiger wurden die Zeichen, dass es so nicht weitergehen und die Zahl der Zweifler und Kritiker steigen würde, auch wenn sie sich noch still verhielten. Irgendwann würde er um seine Position kämpfen müssen und dann könnte es für ihn um alles gehen. Immer häufiger meldete sich die Angst, und nachdem Hermann zum denkbar ungünstigsten Zeitpunkt in seiner Schatzkammer aufgetaucht war, blieb diese Angst sein ständiger Begleiter. Ihrer zerstörerischen Kraft hatte er kaum noch etwas entgegenzusetzen. Sie presste ihn in seinen Schreibtischstuhl und machte ihn nahezu handlungsunfähig. Seit jener denkwürdigen Nacht vor zwei Wochen hatte sich der Wind gedreht und Frank fürchtete, dass dieser Wetterwechsel sich als unumkehrbar erweisen könnte.

Den düsteren Visionen, die ihn heimsuchten, hatte er nur ein Mantra entgegenzusetzen, das er schon den ganzen Tag vor sich hin murmelte: Du darfst nicht aufgeben. Mach weiter, immer weiter, wie in jener Nacht. Die Alternative wäre dein sofortiger Untergang. Du musst durchhalten. Du musst das Spiel offenhalten, bis die *Polarstern* zurück ist. Alles Weitere liegt nicht in deiner Hand. Du hast keine Wahl. Nicht aufgeben. Du darfst dich nicht aufgeben …

Ausgerechnet Hermann. Ein hoffnungslos altmodischer Mann, wie aus der Zeit gefallen, ein zum Professor mutierter Altfreak, über den die Entwicklung hinweggerast war, ohne dass er es gemerkt hätte. Wie konnte man sich nur einem so abgelegenen Forschungsfeld wie der Biologie von Tiefseekalmaren verschreiben? War ihm wirklich nichts Besseres eingefallen, als daran ein Leben lang vor sich hin zu forschen? Ohne jede Brisanz, ohne Ambitionen, ohne jeden Wunsch, Großes zu erreichen? Dass ihm in Neuseeland dieser rote Riese vor die Füße gefallen war … nichts als Zufall. Er hatte keine Visionen und er war nicht nur als Gitarrist ein Dilettant. Die moderne Biologie wurde da draußen gemacht, in dem neu errichteten Zentrum für Molekulare Biowissenschaften. Das schien er nicht begreifen zu wollen. Er war sein Leben lang ein Fliegenbeinzähler geblieben, der seine Studenten duzte und sich von ihnen zu verkifften Sommerfesten einladen ließ. Trotzdem war er der Einzige in diesem verdammten, von Wiesheus wimmelnden Hochhauskasten, für den Frank so etwas wie freundschaftliche Gefühle entwickelt hatte. Ausgerechnet Hermännchen, würde Bennie sagen.

Und nun war dieses Hermännchen zu seinem einzigen Mitwisser geworden. Ob er auch eine andere Erklärung geschluckt hätte? Aber die Apparaturen hatten demontiert auf dem Boden gelegen und er hatte das sehr wohl registriert, deshalb wollte er ja die Zellen sehen. Da waren ihm nur Sekunden geblieben, um sich zu entscheiden, und im Nachhinein war er eigentlich zufrieden gewesen mit seiner Erklärung, weil sie Hermann an einer empfindlichen Stelle erwischt hatte. Trotzdem war nicht klar, wie er sich verhalten würde. Bisher hatte er offenbar nichts unternommen. In Wirklichkeit hatte er auch keine Ahnung, aber er hatte jetzt Witterung aufgenommen, und wer weiß, wohin ihn sein schwer zu ertragender Hang zum Moralisieren noch treiben würde.

Und ausgerechnet dieser Hermann musste die Leiche finden, in dieser Nacht, die Frank, was immer ihm noch bevorstand, nie vergessen würde. Als hätte das Schicksal beschlossen, ihrer beider Leben in einem zynischen Menschenexperiment verhängnisvoll miteinander zu verknüpfen. Fragte sich nur: verhängnisvoll für wen?

Frank krümmte sich in seinem Schreibtischstuhl zusammen, als die Panik ihn packte. Er hatte zweifellos ein grottenschlechtes Blatt. Mit dem *Nature*-Brief und seinen Autoren wäre er schon fertiggeworden, das war ein Terrain, auf dem er sich sicher fühlte. Sein internationales Standing war glänzend. Er hätte sie hingehalten, bis er sie in ein paar Wochen mit frischen Zellen hätte versorgen können. Dann hätten sie reumütig Abbitte leisten müssen. Aber gestern Nacht war er in eine Situation geraten, die er hasste: Er war diesem Mann ausgeliefert, war machtlos. Er konnte nur noch warten, wie Hermann sich entscheiden würde. Ein Wort von ihm und …

Er presste die Augenlider zusammen. Du darfst dich nicht aufgeben. Denk nach und mach weiter, immer weiter. Wie in jener Nacht. Erinnere dich an das Gefühl, das du hattest angesichts immer neuer Herausforderungen, und denk daran, wie du sie gemeistert hast. Nur so geht es.

Tatsächlich erinnerte er sich, als wäre es gestern gewesen. Jeder Schritt, jeder Gedanke hatte sich unauslöschbar in sein Gedächtnis eingebrannt. Ihm traten fast die Tränen in die Augen, als er sich wieder in Hannover aus dem Flugzeug steigen sah, fast genau um diese Zeit vor zwei Wochen. Wie zuversichtlich er gewesen war. Als wäre dieser Frank Moebus, der mit einem Lächeln auf den Lippen durch die Fluggastbrücke ins Abfertigungsgebäude ging, ein anderer Mensch gewesen.

Es ist 19:02 Uhr. Seine Maschine aus Zürich ist zwar mit ein paar Minuten Verspätung gelandet, aber er macht sich keine Sorgen. Jetzt, da er die ersten Etappen erfolgreich hinter sich gebracht hat, gibt es dafür keinen Grund mehr. Hier in Hannover wartet ein schneller Wagen auf ihn, und wenn er gegen zehn oder halb elf am Ziel ist, wird er für das, was er sich vorgenommen hat, mehr als genug Zeit haben.

Während des Zwischenstopps in Zürich hat er sich in einem Flughafenshop mit einer Kollektion exquisiter Schweizer Schokolade eingedeckt. Die Plastiktüte mit der edlen Nervennahrung lässig hin und her schwenkend durchquert er ohne Eile die Abfertigungshalle. Ansonsten hat er nur einen kleinen Rucksack dabei, in dem sich die wichtigsten Unterlagen für die Gespräche und Verhandlungen befinden, die er morgen zu führen hat, Treffen, von denen viel abhängt. Das Gepäck und seinen Rechner hat er im Hotel in Brüssel gelassen. Er hat eingecheckt, die Sachen im Zimmer abgestellt und, da er schon seit fünf auf den Beinen war und noch Zeit hatte, zwei Stunden geschlafen. Danach hat er unten im Hotelrestaurant ein ausgiebiges Mittagessen eingenommen und ist dann auf die belebte Straße hinausgetreten, ein x-beliebiger Tourist, der sich in den Trubel der europäischen Metropole stürzt. Zwei Straßenecken weiter hat er sich dann ein Taxi gerufen und ist damit wieder zum Flughafen Brüssel-Zaventem gefahren, wo er erst wenige Stunden zuvor gelandet war.

Die Abfertigungshalle in Hannover ist voller Menschen und hin und wieder fängt er einen Blick auf, in dem er ein interessiertes Aufblitzen zu bemerken glaubt, einen kurzen, unsicheren Moment des Erkennens. Ist das nicht der berühmte … aber dann ist er schon vorbeigelaufen und spürt in seinem Rücken, dass sie sich nach ihm umdrehen und überlegen, wo sie dieses Gesicht schon einmal gesehen haben. Wäre er heute nicht auf dieser speziellen, überaus wichtigen Mission, hätte er dem einen oder der anderen vielleicht ein Signal gesendet, ein kaum merkliches Zwinkern oder Nicken. Ja, ich bin's, du hast dich nicht getäuscht. Manchmal, wenn ihm danach ist, tut er das und amüsiert sich über die Verwirrung, die er damit auslöst. Seine Berühmtheit ist natürlich nicht mit der eines Pop- oder Filmstars zu vergleichen, aber solche Begegnungen erlebt er in letzter Zeit immer wieder, und wenn er sie sich nicht nur einbildet, was er nicht gänzlich ausschließen kann, wenn ihn ausgerechnet heute jemand hier erkennen würde, hätte er möglicherweise ein Riesenproblem. Sein Blick ist deshalb starr geradeaus gerichtet, damit niemand auf die Idee kommt, ihn anzusprechen oder ihm hinterherzulaufen. So etwas ist zwar noch nie geschehen, er merkt jedoch, dass ihn die Vorstellung heute mehr als sonst beunruhigt und sich sein Schritt unwillkürlich beschleunigt.

Als er den Schalter der Mietwagenfirma erreicht, hat sich natürlich gar nichts ereignet und seine Erleichterung führt dazu, dass er sich sogar die Zeit nimmt, mit der attraktiven Blondine zu flirten, die ihm Schlüssel und Wagenpapiere aushändigt. Diese Frau interessiert sich für die Farbe ihres Lippenstifts, für die Modemarken, die gerade angesagt sind, und für die neuesten Fitnesstrends, die ihr helfen könnten, die Fettpölsterchen an den Oberschenkeln zu bekämpfen. Sie kümmert sich nicht um Wissenschaft und hat mit Sicherheit keinen blassen Schimmer, wer er ist, obwohl sie in den Mietunterlagen sogar seinen Namen gelesen hat.

Schließlich steht er im Parkhaus vor der eleganten silbergrauen Limousine, die er gemietet hat. Einen Moment erschrickt er und fragt sich, ob es ein weniger auffälliges Fahrzeug nicht auch getan hätte, aber dann setzt er sich ans Steuer, korrigiert die Einstellung von Sitz und Spiegeln, lässt den Motor an und fährt langsam aus der Parklücke. Beim Verstellen des Rückspiegels ist ihm aufgefallen, dass seine Hand zittert. Die Ängste angesichts des luxuriösen Wagens und schon zuvor in der Flughafenhalle haben ihn verunsichert, und dieses Gefühl ist ihm eine Warnung, in seiner Vorsicht nicht nachzulassen. Dann fällt sein Blick auf den Beifahrersitz und die Tüte mit der süßen Wegzehrung, und schlagartig hellt sich seine Stimmung auf. Dieser verrückte Zickzackkurs durch halb Europa hat eben doch sein Gutes gehabt, denkt er und findet plötzlich die Vorstellung, dass er nur deshalb in der Schweiz zwischengelandet ist, um sich für die spätere Autofahrt einen Süßwarenvorrat allererster Güte anzulegen, so herrlich dekadent, dass er am Steuer seines leise dahinschnurrenden Wagens laut auflacht. Gute Schokolade ist das einzige Laster, das er sich hin und wieder gestattet, und an diesem denkwürdigen Tag wird er sich ihm hemmungslos hingeben, schon um die Nerven zu beruhigen.

Auf dem Weg nach Zürich und während der quälend langen Wartezeit hat er seine übertriebene Vorsicht verflucht, die ihn diese umständliche Anreise hat wählen lassen. Er wäre fast durchgedreht, als er, um die Zeit totzuschlagen, immer wieder die gleichen Gänge entlanglief und auf die gleichen Geschäftsauslagen starrte, aber ein Direktflug nach Hamburg erschien ihm einfach zu riskant. Außerdem wäre es ihm unter normalen Umständen nicht viel anders ergangen, er ist eben ein ungeduldiger Typ und jetzt hat er es ja hinter sich und ist mit sich und seinem Vorhaben wieder ganz im Reinen. Es ist ausgeschlossen, dass jemand seine Pläne durchschaut, niemand wird versuchen, seine Wege nachzuvollziehen. Aber wozu unnötige Risiken eingehen? Es ist überstanden und er hat alles richtig gemacht. Untätiges Warten ist gegen seine Natur. Er hat die Zügel gern fest in der Hand, ist ein Mann der Tat und jetzt in diesem Moment, als er Richtung Autobahn fährt und seinem Ziel mit jeder Sekunde näher kommt, spürt er seine Entschlossenheit besonders intensiv. Jede Muskelfaser ist unter Hochspannung, alles ist auf das eine Ziel ausgerichtet, auf das, was heute Nacht getan werden muss. Ja, es gibt nichts außer ihm und seinem Vorhaben. Er ist hoch konzentriert, hat an alle Eventualitäten gedacht und sich, wie immer, minutiös vorbereitet. Planung ist alles. Planung und Präzision in der Ausführung.

Die Zauderer und Zögerer, die Institutionen und Universitäten verstopfen und denen, die Größeres im Sinn haben, durch ihre Trägheit und Unentschlossenheit im Weg stehen, hat er immer verachtet. Andere an seiner Stelle hätten längst die Nerven verloren, wären eingebrochen oder davongelaufen, spätestens, als die Mails und Briefe eintrudelten, in denen nach den Zellen gefragt wurde, von Mal zu Mal ungeduldiger und fordernder im Ton. Doch seine Entschlossenheit ist dadurch nur noch größer geworden. Er handelt und wird deshalb im Spiel bleiben. Natürlich weiß er, dass es ein riskantes Spiel ist, dass er auch scheitern und alles verlieren kann, aber er verschwendet keinen Gedanken daran. Seine Zielstrebigkeit und die unerschütterliche Überzeugung, jeder Herausforderung gewachsen zu sein, zeichnen ihn aus und haben ihn dahin gebracht, wo er jetzt steht.

Seltsam, im Grunde weiß er gar nicht, wann das angefangen hat, wann er auf diese Straße des Erfolgs eingebogen ist, um sie nie wieder zu verlassen. Wenn er über diese Fähigkeiten nicht schon immer verfügt hat, müssen sie unmerklich in ihm gewachsen sein, wahrscheinlich in Woods Hole oder in Harvard, wo er und seine Kollegen am Vorabend der Bekanntgabe der Nobelpreisträger Wetten darüber abschlossen, hinter welcher Tür ihres Flurs wohl das Telefon läuten und sich eine Stimme aus dem fernen Oslo melden würde. Dort ist er Teil einer Elite gewesen, für die Selbstzweifel ein Fremdwort ist. Für diese Menschen gibt es keine Grenzen, eine Haltung, die ihm imponiert hat und zu seiner zweiten Natur geworden ist. Aus heutiger Sicht klingt es grotesk, dass er für seinen Vater, diesen sturen alten Sack, ein ewiger Träumer gewesen ist, ein Weichei, jemand, der sich willenlos hin und her treiben lässt, er hat es ihm oft genug vorgehalten, solange er noch Macht über ihn hatte. Erst hat er versucht, ihm das Saxofonspiel zu vermiesen, später das Biologiestudium und die Marine Mikrobiologie. Für den Alten waren das nur Flausen, Spinnereien, brotlose Kunst. Im Alter ist er dann nur noch eine lächerliche Figur gewesen. Frank hat ihm nie eine Träne nachgeweint.

Am Straßenrand taucht ein Schild auf. Hamburg 140 Kilometer. Er lächelt, summt einen Miles-Klassiker vor sich hin, lenkt den Wagen auf die Überholspur und tritt das Gaspedal durch. Ich hätte ein paar CDs einstecken sollen, denkt er. Wie konnte ich das vergessen?

Knapp eine Stunde später hat er Hamburg erreicht und rast, umgeben vom Lichtermeer des Hafens, auf die Einfahrt des Neuen Elbtunnels zu. Als der Sprecher nach den Nachrichten einen Konzertmitschnitt von Bill Evans ankündigt, aufgenommen beim diesjährigen JazzBaltica-Festival, jubelt er und dreht die Lautstärke hoch. Um diese Zeit glaubt man den Radiohörern sogar Jazz zumuten zu können. Beifall brandet auf. Pfiffe. Die Band legt los, ein wunderbar entspannter Groove wie geschaffen für eine Autofahrt, und sofort trommeln seine Finger auf dem Lenkrad den Rhythmus der Musik. Was für ein Zufall und ein gutes Omen noch dazu. Er hat das Glück des Tüchtigen, denkt er und greift schmunzelnd nach einem Stück der herrlich zarten Vollmilchschokolade. Er hat nicht die geringsten Zweifel daran, dass alles weiter nach Plan verlaufen wird. Dank des schnellen Wagens hat er Zeit gutgemacht und jetzt, da sogar die Musikuntermalung stimmt, hat das Ganze den Charakter einer abendlichen Spritztour angenommen. Auf den Wogen von Evans' verspielten Saxofonlinien wird er bis nach Kiel gleiten, die Zeit wird wie im Fluge vergehen und in höchstens anderthalb Stunden wird er schon wieder auf dem Rückweg nach Hamburg sein.

Als er vor sich die lange Kette der Bremslichter aufleuchten sieht, denkt er sich nichts dabei, er reduziert die Geschwindigkeit und lässt den Wagen ausrollen. Normalerweise sind Staus für ihn eine Tortur, die er wenn möglich weiträumig umfährt, die Abfahrt für die Alternativroute über die Elbbrücken liegt aber bereits hinter ihm. Um diese Zeit kann es sich nur um eine unbedeutende Verzögerung handeln, und solange Evans auf seinem Tenorsaxofon weiter soliert, dass es eine Freude ist, übersteht er auch ein paar Minuten Stop and go. Er schließt für einen Moment die Augen und überlässt sich ganz der Musik. Hin und wieder blinzelt er und schließt, wenn sich eine Lücke aufgetan hat, zu seinem Vordermann auf, einem knallroten Kombi. Noch ist der Tunnel nicht zu sehen.

Nach zehn Minuten hat er kaum fünfzig Meter zurückgelegt und unter sein Wohlgefühl mischt sich Ungeduld. Als es ein Stück vorangeht, steuert er nach links, um an den anderen Wagen vorbeischauen zu können. Hundert Meter weiter erkennt er die Tunneleinfahrt, davor blinken etliche Blaulichter. Vielleicht ein Unfall. Wieder muss er warten, dreht den Kopf genervt zur Seite und stöhnt. Sein Trommeln wird verkrampfter, galoppiert dem Rhythmus der Band davon und verliert den Anschluss. Einmal in seinem Kopf, breitet sich die Ungeduld aus wie ein Krebsgeschwür, verdrängt Musik und Zuversicht und wenige Minuten später bestimmt sie sein ganzes Denken.

Er schaut auf die Uhr, immer wieder. Schon fünfzehn Minuten. Das hätte niemals passieren dürfen, nicht heute. Warum ist er nicht über die Brücken gefahren? Er könnte schon raus sein aus Hamburg. Stattdessen quält er sich nun zentimeterweise voran und wird von Minute zu Minute nervöser, muss schließlich sogar das Radio ausschalten, weil ihm die eben noch bejubelte Musik auf die Nerven geht. Grauenvoll seichtes Gedudel. Wie konnte er nur so dämlich sein und ausgerechnet das berüchtigte Nadelöhr des Nordens ansteuern.

»Scheiße«, flucht er und schlägt mit der Faust auf das Lenkrad ein. »Scheiße, Scheiße, Scheiße.« Er kennt das von sich, diesen Jähzorn, mit dem er sich schon als Jugendlicher immer mal Probleme eingehandelt hat. Zwischen entspannter Zufriedenheit und rasender Wut liegen bei ihm dann nur Sekunden, eine einzige falsche Bemerkung oder die provozierende Begriffsstutzigkeit irgendeines Gesprächspartners. Mittlerweile hat er gelernt, sich einigermaßen zu beherrschen. Aber heute geht es um seine Zukunft und Fehler kann er sich nicht erlauben. Er sieht sich durch die Flughafenhalle schlendern, sieht die aufgetakelte

Tussi am Mietwagenschalter und verflucht jede Sekunde, die er seit der Landung in Hannover vergeudet hat.

Minutenlang bewegt sich nichts und langsam bekommt er in seiner überaus geräumigen Limousine Platzangst. Er hupt, will schreien, erwägt aus der Schlange auszuscheren und an diesen Idioten, die offensichtlich alle Zeit der Welt haben, vorbei nach vorn zu preschen. Die Situation erinnert ihn an die schrecklichen Stunden im Nordpolarmeer, als er schon alle Felle davonschwimmen sah. Das Treibeis ist immer in Bewegung, und plötzlich hatten sich die Schollen derart ineinander verkeilt, dass die *Polarstern* festsaß. Für Stunden gab es kein Vor und Zurück mehr und da wäre er beinahe ausgerastet. Sein Freund Simon blieb cool und versuchte ihn zu beruhigen, auch Wehrmann redete auf der Brücke wiederholt auf ihn ein, versicherte ihm, dass der Spuk genauso schnell enden könne, wie er begonnen habe. Das stimme wohl, pflichtete ihm der Kapitän bei, es könne aber auch Tage dauern. Tage, schrie er, Tage? Ich denke, die *Polarstern* ist eins der stärksten Forschungsschiffe der Welt. Rammen Sie die gottverdammten Schollen. Geben Sie Vollgas. Der Kapitän bedachte ihn mit einem mitleidigen Blick. Geht nicht, sagte er betont ruhig, ausgeschlossen. Das kostet viel zu viel Treibstoff. Und zum Rammen brauchen wir Anlauf. Sie müssen Geduld haben.

Oh, er hatte Geduld bewiesen, wochenlang. Während die anderen Wissenschaftler an Bord ihre Projekte durchzogen, drehte er Däumchen und versuchte, sich nützlich zu machen oder zu lesen. Aber sein Vorrat an Geduld ist generell nicht sehr groß und nach Stunden bangen Wartens war er restlos aufgebraucht. Von ohnmächtiger Wut und Angst getrieben rannte er schließlich durch die Gänge des Schiffes und schrie an Deck gegen den Wind an. Eine Verzögerung von Tagen hätte bedeuten können, dass die letzte und für ihn und Simon wichtigste Aufgabe der

Polarstern, ihre Probennahme am Gakkel-Rücken, von der sie sich so viel erhofften, dem engen Zeitplan zum Opfer fiel. Für die Verantwortlichen an Bord war es nur ein Projekt von vielen. Ersatzlos gestrichen. Ein Albtraum drohte wahr zu werden.

So wie jetzt. Vor ihm sind einige Autofahrer ausgestiegen und zünden sich Zigaretten an, als wäre dieser erzwungene Halt für sie nichts anderes als eine willkommene Rauchpause. Es sind junge Leute, einige haben Bierbüchsen in der Hand. Sie lachen und plaudern mit denen, die im Wagen geblieben sind. Mittlerweile steht er derart unter Druck, dass ihre demonstrative Gelassenheit ihn fast durchdrehen lässt. Er hätte sie umbringen, mit einem Maschinengewehr in Stücke schießen, die ganze verdammte Autobahn in ein Meer aus Blut verwandeln können. Hastig stopft er sich einen ganzen Riegel der teuren Schokolade in den Mund.

Sein Problem ist ja nicht Kiel, sondern der City Night Line nach Köln, der um Punkt 00:31 Uhr den Hamburger Hauptbahnhof verlässt. Daran muss er sich orientieren. Wenn er Kiel nicht rechtzeitig erreichen würde, wäre das zwar überaus ärgerlich und all die Mühen dieses verrückten Tages, das Hin und Her quer durch Europa, der Mietwagen und die vielen Kilometer auf der Autobahn wären vergeblich gewesen. Aber noch haben sich die werten Kollegen ja nicht gerührt, noch zögern sie, ihre per Mail und am Telefon geäußerten Drohungen wahr zu machen und ihn öffentlich an den Pranger zu stellen. Doch bevor es so weit ist, bietet sich ihm sicher eine zweite Chance, nicht so günstig wie heute, aber er bliebe im Spiel. Viel verheerender wären die Folgen, wenn er den Zug verpasste und seine Termine nicht wahrnehmen könnte. Deshalb muss er um halb eins in Hamburg am Bahnhof sein. Um 6:44 Uhr geht es dann von Köln weiter nach Bruxelles-Midi. Und um elf wartet Resnais im Hotel auf ihn. Er muss weiter, sofort, sonst …

Die Panik hat ihn jetzt fest im Griff. Er umklammert das Lenkrad, konzentriert sich auf seinen Atem, versucht sich zu beruhigen, aber es ist hoffnungslos, gegen das Adrenalin, das durch seine Gefäße sprudelt, kommt er nicht an. Er stößt die Fahrertür auf und steht auf der Straße, wo ihn der Lärm der Autos auf der Gegenfahrbahn empfängt, fixiert die Blaulichter vor der Tunneleinfahrt, umrundet das Auto, läuft hin und her wie ein unter Hospitalismus leidendes Zootier. Dann ein flehender Blick Richtung Tunnel. Was geschieht da? Geschieht überhaupt irgendetwas?

Er lässt sich wieder auf den Fahrersitz fallen und schlägt die Tür zu. Es hat ja doch keinen Sinn. Wer hätte gedacht, dass sein Schicksal einmal von einem Haufen Bauarbeiter oder Polizisten abhängen würde? Ohne etwas wahrzunehmen, starrt er aus dem Fenster und merkt, wie die Anspannung aus seinem Körper weicht und dass er nichts dagegen tun kann. Er hat keine Kraft mehr. Er ist am Ende. So muss es sich anfühlen, wenn man sich die Pulsadern aufschneidet, wenn das Leben aus dem Körper rinnt. Was für ein Irrsinn. Er hat sich verrannt. Das ganze Vorhaben ist von Anfang an nichts anderes als ein Akt der Verzweiflung gewesen. Der langsame, aber unaufhaltsame Niedergang des Frank Moebus, denkt er bitter und legt die Stirn erschöpft auf das Lenkrad. Er hat seit Wochen nur noch funktioniert, wie eine Maschine, ist ein Getriebener, der nicht wahrhaben will, dass er längst am Ende ist.

Doch die Vorstellung, der Kampf könnte hier und jetzt tatsächlich enden, hat auch etwas ungeheuer Verlockendes. Noch vor einer halben Stunde stand er souverän und sicher auf seinem Brett, knapp unterhalb des Wellenkamms, und raste, vom Beifall der Massen euphorisiert, auf den Strand zu, aber jetzt ist er tief ins Tal gerauscht und die Welle droht über ihm zu brechen, ein wahres Monster von Welle, wie er sie vor Jahren in

Hawaii gesehen hat, eine, die ihm alle Knochen brechen wird. Es hat keinen Sinn, sich dagegen zu wehren. Die letzten Wochen und Monate kommen ihm wie eine einzige Kette von katastrophalen Zufällen und Tiefschlägen vor, gesteuert von unbekannten Mächten, die ihn um den hart erarbeiteten Lohn jahrelanger Arbeit bringen wollen und nun zum finalen Schlag ausholen.

Warum hat Hilpert ihn nicht nach Brüssel begleitet? Mit ihm hätte er sich nie mit einem so wahnwitzigen Plan beschäftigt. Wie konnte er sich nur diese Schlafmütze ins Team holen, diesen geborenen Versager? Sicher, er hat ihn sich gezielt ausgesucht, genau so sollte der Mann sein, am besten mit Familie und kleinen Kindern, einer, der, wenn es hart auf hart kommt, viel zu verlieren hat. Er wollte keinen zweiten Barthelmess, der immer unverschämter wird, je näher sein Abschied rückt. Er wollte jemanden, den er formen kann, der sich führen lässt und keine Fragen stellt. Hat Hilpert vielleicht geredet? Ist Moritz deshalb so aufsässig? Ahnt er etwas oder sind das nur Begleiterscheinungen seines Abnabelungsprozesses? Glücklicherweise sind die beiden sich nicht besonders grün, er hat es vorhergesehen, auch das ein Teil des Plans. Wenn Hilpert irgendwann Verdacht schöpfte, sollte er nicht zu Moritz rennen, um ihm sein Herz auszuschütten, oder zu irgendjemand anders, sondern zu ihm, zu Frank Moebus, seinem berühmten Mentor und Förderer, damit er rechtzeitig gegensteuern könnte. Nein, Hilpert hat sich, wenn überhaupt, zu Hause ausgeweint, bei seinem Frauchen, dieser kleinen Ziege, die ihren Mann nicht nach Brüssel fahren lassen wollte.

Sein Niedergang hat jedoch nicht erst mit Hilpert begonnen, das weiß er, sondern viel früher, vielleicht schon mit Judys Entscheidung, nicht mit ihm zurück nach Deutschland zu gehen. Seit ihrer Trennung ist kein Tag vergangen, an dem er nicht an sie gedacht hätte, an ihre Stimme, ihren Geruch, ihre Energie, ihren starken, warmen jungen Körper, und nicht selten spürt er, dass er an diesem lauen Sommerabend in Boston, an dem Judy ihm unter Tränen ihre Entscheidung mitteilte, nicht nur die Liebe seines Lebens, sondern auch einen Teil von sich selbst verloren hat. Ihre bloße Gegenwart verwandelte ihn in einen anderen Menschen, bis heute fühlt er sich unvollständig ohne sie. Aber ihre Entscheidung war unwiderruflich, und wenn er ehrlich ist, weiß er, dass sie sich gar nicht anders hätte entscheiden können. Was hätte sie in Bremerhaven anfangen sollen – eine schwarze Schauspielerin und Sängerin, die kein Wort Deutsch spricht? Sie hatte gerade in der Bostoner Theaterszene Fuß gefasst, bekam erste kleine Rollen in Fernsehproduktionen und studierte am Berklee College of Music Gesang. Sie hätte alles aufgeben und wieder von vorn anfangen müssen. Das konnte er nicht von ihr verlangen.

Er hatte sie während einer Jamsession in Wally's Café Jazz Club kennengelernt. Simon und er mochten die Atmosphäre dieses Ladens und waren schon oft dort gewesen, aber an diesem Abend hatte er zum ersten Mal sein Saxofon dabei und ging, zu Simons Überraschung, zu der Band auf die Bühne. Nach zwei, drei Stücken trat plötzlich diese bezaubernde Sängerin ans Mikrofon, die einen halben Kopf größer war als er – sie war ihm schon vorher aufgefallen, als sie an der Bar einen Cocktail trank –, und Simon und seine New Yorker Freundin Deborah, die im Publikum saßen und jedes seiner Soli bejubelt hatten, erzählten ihm später, dass jeder im Raum bemerkt habe, wie es zwischen ihnen zu knistern begann. Bald schienen die Bühne und die ganze Band unter Strom zu stehen. Später setzte sich Judy zu ihnen an den Tisch.

Wer fragt sich in einem solchen Moment, welche Perspektive so eine Verbindung hat? Wer denkt an Entscheidungen, die erst in ferner Zukunft zu treffen sind? Judy und er wollten es nicht, sie wollten nur glücklich sein. Vor ihnen lagen wunderbare Monate, die er um nichts in der Welt missen will, aber er wusste natürlich, dass er nicht ewig in Woods Hole bleiben würde. Er musste zurück nach Deutschland, auch wenn es nur vorübergehend wäre. Als dann nach anderthalb Jahren in Bremerhaven tatsächlich ein Angebot der Amerikaner kam, war es zu spät. Judy hatte ihm zwischenzeitlich ein Foto geschickt, das sie in einem schneeweißen Brautkleid zeigt, zusammen mit einer CD, die sie aufgenommen hat. Ihr Mann ist der Pianist der Band. Niemals hätte er wieder dort leben und arbeiten können, auch wenn Boston neunzig Autominuten von Woods Hole entfernt liegt. Judy so nah zu sein und doch von ihr getrennt, das hätte er nicht ertragen.

Er suchte Halt in seiner Arbeit und stürzte sich mit Simon in mehrere Projekte gleichzeitig. Aber dann verunglückte Simon und starb, und in einem Moment der Schwäche, in dem er der Versuchung nachgab, weil ihm klar wurde, wie leicht alles gehen würde, nahm das Verhängnis seinen Lauf. Unter dem Eindruck von Simons Tod und der plötzlichen Leere, die ihn umgab, stellte er die Weichen neu und er stellte sie, wie er jetzt, in diesem Moment, zu wissen glaubt, falsch. Seitdem ist er nur noch damit beschäftigt, den Zug, den er umgeleitet hat, nicht gegen die Wand fahren zu lassen. Er sieht es plötzlich klar vor Augen.

Dieser Idiot, kaum wieder an Land, rast er mit seiner BMW in den Tod. Warum? Wie konnte er ihm das antun? Erst die Trennung von Judy und dann das. Er war nicht stark genug, um sich davon nicht aus der Bahn werfen zu lassen. Judy hätte ihn vor Dummheiten bewahrt und mit einem Simon an seiner Seite wäre er auch ohne Moebus-Zellen ein geachteter und vielversprechender Wissenschaftler geworden. Sein Weg hätte ihn wohl nicht so steil nach oben geführt, vielleicht säße er noch immer in Bremerhaven, aber er hätte sich um seine Zukunft keine Sorgen machen müssen. Das gilt jetzt nicht mehr. Die Wand, auf die er zurast, ist schon in Sichtweite.

Simon war mehr als ein Kollege gewesen, er war der beste Freund, den er je hatte, vielleicht der einzige. Sie sind wie füreinander geschaffen gewesen, nahezu gleich alt, schnell, zielstrebig, präzise in ihrer Arbeit und schlau genug, sich nicht auf einen aussichtslosen Konkurrenzkampf einzulassen, aus dem sie beide nur als Verlierer hervorgegangen wären. Also loteten sie die Grenzen und Überschneidungen ihrer Interessen aus und taten sich zusammen, wurden schon in Harvard zu einem erfolgreichen und produktiven Forscherduo. Sie sahen sich sogar ähnlich. Wenn sie an den Wochenenden in Boston, Providence oder New York durch die Bars und Jazzclubs zogen, wurden sie nicht selten für Brüder gehalten. Auch Judy fand ihre Ähnlichkeit verblüffend.

An Weltgewandtheit und Selbstbewusstsein hatte Simon ihm allerdings einiges voraus. Er war als jüngstes von drei Kindern eines liberalen New Yorker Ärzteehepaares geboren worden und seine Eltern führten ein offenes Haus, in dem Künstler und Wissenschaftler ein und aus gingen, in dem Hausmusik gepflegt und Literaturabende veranstaltet wurden, Lebensumstände, von denen er als Jugendlicher nicht einmal zu träumen gewagt hätte und die ihn anfangs verunsicherten. Dabei wurde er herzlich aufgenommen – Simons Urgroßvater war aus Deutschland in die Vereinigten Staaten eingewandert – und verbrachte schließlich viele Wochenenden mit Simons Familie, sodass ihre ungleichen Startbedingungen bald keine Rolle mehr spielten. Dass die Jahre in den USA für ihn eine so grandiose Zeit gewesen sind, hat er nicht zuletzt Simon und seiner Familie zu verdanken.

Die Suche nach der Schattenbiosphäre ist ihre gemeinsame Passion gewesen, ihre große Leidenschaft, und nach ihrer ersten gemeinsamen Expedition in nordpolare Gewässer waren sie sich sicher, dass diese anderen Lebensformen, wenn überhaupt, zwischen den knorrigen Schloten der neu entdeckten Schwarzen Raucher am Gakkel-Rücken zu finden sein würden.

Wie hatten sie dieser Fahrt entgegengefiebert, Simon in Woods Hole und er in Bremerhaven, wo er für seinen amerikanischen Freund eine Gastforscherposition organisierte. Und was tut Simon schon in den ersten Tagen nach seiner Ankunft? Er erfüllt sich einen im Stillen lang gehegten Traum, ignoriert das verständnislose Kopfschütteln seines deutschen Freundes und kauft sich ein Motorrad, das schnellste, das er finden kann. Zu Hause haben ihn seine Familie und die rigorosen Geschwindigkeitsbegrenzungen davon abgehalten. Simon liebte es, alles aus der Maschine herauszuholen. Er …

Ein lautes Hupen lässt ihn aufschrecken. Er dreht sich um. Der Mann, der im Wagen hinter ihm am Steuer sitzt, gestikuliert wild. Frank blickt nach vorne, kneift ungläubig die Augen zusammen und im nächsten Moment begreift er. Vor ihm ist Platz, der rote Kombi ist verschwunden, die Einfahrt in den Tunnel ist frei. Er schaut auf die Uhr: 21:45. Noch kann er es schaffen. Er wird rasen müssen, es wird um Minuten gehen, aber er kann es schaffen. Zweifel und Resignation weichen einer grimmigen Entschlossenheit. Die Monsterwelle hat ihn verschont. Er ist wieder in Position und Ruhm und Triumph und ein Happy End, alles ist wieder möglich.

Er verdrängt jeden Gedanken an Judy und Simon, steckt sich schnell ein Stück Schokolade in den Mund und fährt auf die Tunneleinfahrt zu.

13

Anne saß an ihrem Schreibtisch und machte sich Notizen für die bevorstehende Vernehmung von Irene Schaumann, als das Telefon klingelte. Erst wollte sie nicht abnehmen, weil sie sich immer noch ungenügend vorbereitet fühlte. Moebus' Sekretärin war in ihren Augen die letzte Person, die Licht in das Dunkel des Falles bringen könnte. Dann sah sie auf dem kleinen Display, dass der Anruf von Dirk Hansen kam.

»Was gibt's, Dirk? Ich hab nicht viel Zeit.«

»Ich mach's kurz«, sagte er. »Ich sollte doch herausfinden, womit sich die Leute in der Moebus-Arbeitsgruppe beschäftigen. Ist das noch von Interesse? Dann würde ich Ihnen die Liste mit den Themen und einigen kurzen Kommentaren mailen.«

»Natürlich.« Sie schaute auf die Uhr. Die Zeit drängte. War das wirklich noch von Bedeutung?

»Tut mir leid, dass es so lange gedauert hat. Ich musste mir vom Prüfungsamt die Titel der angemeldeten Examensarbeiten geben lassen und dann war ich erst mal ziemlich ratlos, weil ich nur Bahnhof verstand. Gestern bin ich dann ins Biologiezentrum gefahren und habe mir erklären lassen, worum es da im Einzelnen geht.«

»Und?«, drängte Anne.

»Tja, das Ergebnis ist ziemlich überraschend, würde ich sagen, selbst für einen Laien wie mich. Die forschen an verschiedenen Arten von Bakterien und an sogenannten Archaeen. Die Namen sind reinste Zungenbrecher. Viele stammen aus der Umgebung von Schwarzen Rauchern, das sind …«

»Ich weiß, was das ist«, sagte Anne ungeduldig.

»Okay. Jetzt kommt's: Niemand in der Gruppe beschäftigt sich mit den Moebus-Zellen, außer dem Chef selbst, das vermute ich zumindest. Und was der treibt, weiß keiner, nur er allein. Moebus muss ja keine Themen mehr anmelden.«

»Kein Einziger?«, fragte die Kommissarin verblüfft. »Sind Sie sicher? Und was ist mit Barthelmess und Hilpert?«

»Barthelmess arbeitete seit Jahren über Archaeen. Das Thema von Hilperts Doktorarbeit lautet: Sequenzierung und Synthese mikrobieller RNA. Allgemeiner geht's kaum.«

»Vielleicht ist das so üblich.«

»Na ja, die Themen der Masterarbeiten klingen anders, superspeziell. Aber es kann schon sein, dass man sich in bestimmten Fällen mit sehr allgemein formulierten Themen abzusichern versucht. Die betreten ja oft Neuland und manchmal weiß man vorher nicht, ob die Experimente und Untersuchungen wirklich so laufen, wie man sich das vorgestellt hat. Vielleicht war das bei Hilpert so. Dass er keinen Zugang zu den Kulturen und keine eigene Code-Karte hatte, spricht eigentlich dagegen, dass er mit den Zellen gearbeitet hat. Ich finde das alles ziemlich verwirrend. Hätten Sie nicht auch erwartet, dass die halbe Arbeitsgruppe über diese Zellen forscht, bei dem Wirbel, der darum gemacht wurde? Das ist aber nicht der Fall. Keiner hat diese Wunderzellen je mit eigenen Augen gesehen.«

»Das ist wohl ziemlich kompliziert«, sagte Anne nachdenklich. »Man kann sie nicht einfach unter ein Mikroskop legen.« Sie erinnerte sich an ihren Besuch in Moebus' Schatzkammer. Die Zellen wurden unter enorm hohem Druck in diesen seltsamen Metallkonstruktionen gehalten. Sie machte sich ein paar Notizen, die sie mit dicken Fragezeichen versah: Keine Forschung an den Moebus-Zellen?? Nur Moebus selbst? Code-Karte?

»Immerhin kann man bei Hilperts Themenstellung vermuten, dass er sich auch mit dem Erbgut der Moebus-Zellen beschäftigt hat«, sagte Dirk Hansen. »Und jetzt ist auch klar, dass die Synthese von Anfang an Teil seiner Arbeit war.«

Ach ja, dachte sie, die Synthetische Biologie. Auch eine dieser vielen Baustellen, die beackert wurden. Mit der Entlassung von Daniel Kambacher war dieses Thema für sie vom Tisch gewesen. Sie hätte es beinahe vergessen.

»Danke, Dirk. An Ihnen ist wirklich ein Forscher verloren gegangen. Gute Arbeit. Ich sehe mir Ihre Liste später genauer an. Jetzt muss ich leider Schluss machen.«

Merkwürdig … Sie ließ den Hörer langsam sinken. Geradezu mysteriös. Da hatten Moebus und seine Leute exklusiv einen dicken Fisch an der Angel, um den sie die halbe Welt beneidete, und abgesehen vom Chef selbst schien sich niemand darum zu kümmern. Was hatte das zu bedeuten?

Wieder klingelte das Telefon. Diesmal war es der Pförtner.

»Frau Schaumann ist auf dem Weg zu Ihnen«, sagte er.

Anne legte auf und schloss für einen Moment die Augen, um sich zu konzentrieren. Die nächsten Minuten würden darüber entscheiden, ob in diesen verfluchten Fall noch einmal Bewegung käme oder nicht.

Irene Schaumann hatte sich in Schale geworfen, das war nicht zu übersehen, sie wollte einen guten Eindruck machen. Anne wäre jede Wette eingegangen, dass sie extra beim Friseur gewesen war, Frisur und Make-up sahen aus, als hätte sie sich für einen Opernabend zurechtgemacht. Nur das Abendkleid fehlte.

Schon bei der Begrüßung auf dem Flur wirkte sie derart nervös, dass Anne von ihrem ursprünglichen Vorhaben, sie in den Vernehmungsraum zu führen, abließ. Stattdessen blieben sie im Büro und tranken frischen Latte macchiato. Das schien die

Frau ein wenig zu entspannen. Ihre Augen waren jedoch immer in Bewegung, als könnten hinter den Regalen und Aktenordnern unbekannte Gefahren lauern.

Anne bemühte sich um einen unaufgeregten Ton, als ginge es nur um ein paar unbedeutende Routinefragen, die noch zu klären seien, und begann nach dem Rückzug von Johannes Hilpert zu fragen, den die Sekretärin gegenüber Hollinger angedeutet hatte. Irene Schaumann bestätigte ihre früheren Aussagen, hatte aber keine Erklärung für die Veränderungen, die ihr an dem Doktoranden aufgefallen waren. Sie habe den jungen Mann gemocht und sich manchmal Sorgen um ihn gemacht, erklärte sie und nestelte dabei unaufhörlich an dem Schnappverschluss ihrer Handtasche herum. Vielleicht habe zu Hause etwas nicht gestimmt, mit seiner Frau oder den Kindern. Weil sie ihn nicht in Verlegenheit bringen wollte, habe sie jedoch nicht gewagt, sich danach zu erkundigen.

Anne nickte verständnisvoll und fragte nach der Arbeitsatmosphäre insgesamt und ob sich da in der Gruppe Moebus etwas verändert habe in letzter Zeit. Um den Druck zu erhöhen, betonte sie, dass die Polizei bereits Hinweise in dieser Richtung erhalten habe.

Irene Schaumann seufzte tief und senkte den Kopf, als wäre das genau die Frage, auf die sie bangen Herzens gewartet hatte. Die ersten Tränen kullerten über ihre gepuderten Wangen. Sie öffnete die Handtasche, um ihr ein Taschentuch zu entnehmen.

»Wissen Sie, Frau Kommissarin, am Anfang, ich meine, während der ersten anderthalb Jahre, gab es so viel Optimismus bei uns. Immer mehr junge Leute stießen dazu, wunderbare, neugierige junge Menschen voller Tatendrang. Professor Moebus schien sie magisch anzuziehen. Die Gruppe wuchs und es herrschte eine Aufbruchstimmung, wie ich sie noch nie erlebt habe, und ich arbeite immerhin schon dreißig Jahre an der Universität. Man wurde mitgerissen davon, ob man wollte oder nicht. Alle hatten das Gefühl, Teil von etwas ganz Großem zu sein. Es war … wie soll ich das beschreiben, es war, als würden alle auf eine Expedition gehen, als würden fantastische Abenteuer und Entdeckungen auf sie warten. Professor Moebus hatte es ja vorgemacht. Er verbreitete großen Enthusiasmus und steckte die jungen Leute damit an. Es war eine Freude, das mitzuerleben. Sie gingen in sein Büro, um über mögliche Examensarbeiten zu reden, und wenn die Chemie stimmte, kamen sie wie verwandelt wieder heraus, mit geröteten Wangen und einem Lächeln im Gesicht. Manche glühten förmlich vor Begeisterung und wären am liebsten ins Labor gerannt, um sofort loszulegen. Und ich … ich weiß nicht, ob Sie das verstehen … ich bin jetzt achtundfünfzig und wahrscheinlich ist das die letzte Station in meinem Arbeitsleben … ich war einfach nur glücklich, dass ich ein Teil davon sein durfte.«

»Aber es blieb nicht so.«

»Nein.« Irene Schaumann tupfte sich die Tränen aus den Augenwinkeln. »Leider nicht.«

»Warum? Was ist passiert?«

Sie antwortete mit einem hilflosen Achselzucken und umklammerte ihr Taschentuch. »Ich weiß es nicht. Das ist ja das Schlimme. Ich habe es nicht verstanden und verstehe es bis heute nicht. « Sie schüttelte immer wieder den Kopf, als wäre das alles für sie vollkommen unfassbar. Es dauerte eine Weile, bis sie weiterreden konnte. »Es gab keinen Auslöser, jedenfalls ist mir das nicht bewusst. Es geschah einfach.«

»Ist das nicht ganz normal? Die Hochstimmung, die Sie beschrieben haben … so etwas kann doch nicht von Dauer sein, gerade bei jungen Leuten. Der Alltag hat sie eingeholt.«

»Ja, natürlich«, erwiderte die Sekretärin eifrig, froh darüber, eine einfache Erklärung angeboten zu bekommen. »Experimente schlagen fehl und müssen wiederholt werden. Manchmal kommt gar nichts dabei heraus oder Kulturen gehen ein oder teilen sich nicht mehr. Es kann immer etwas schiefgehen. Das zehrt an den Nerven. Es gab auch Studenten, die sich bei uns gar nicht einfügen konnten und aufhören mussten.«

»Weil sie dem Druck nicht gewachsen waren? Professor Moebus stellt sicher hohe Ansprüche an seine Mitarbeiter.«

»Es gibt immer eine gewisse Fluktuation. Das sind ja Anfänger, Lernende. Sie können gar nicht wissen, was auf sie zukommt und ob sie dem gewachsen sind. Wissenschaftliches Arbeiten ist nicht jedermanns Sache. Es ist oft sehr monoton. Man braucht ein dickes Fell.«

»Frau Schaumann, lassen Sie mich eines klarstellen. Selbstverständlich bleibt alles, was in diesem Raum gesprochen wird, unter uns. Es ist absolut vertraulich. Professor Moebus wird nichts davon erfahren.«

Die Sekretärin nickte tapfer. Es war offensichtlich, dass sie ihren Chef vergötterte. Oder sie wusste Dinge, über die sie unter keinen Umständen sprechen dürfte, wenn sie ihren Arbeitsplatz nicht verlieren wollte.

»Also noch einmal«, sagte Anne sanft. »Würden Sie sagen, dass Professor Moebus außergewöhnlich hohe Ansprüche stellt? Setzt er seine Leute unter Druck?«

»Nein … ich meine, ich weiß nicht. Er … er kann manchmal schon ziemlich laut werden.«

»Ist er gegenüber Johannes Hilpert laut geworden?«

Irene Schaumann presste die Lippen aufeinander und nickte. »Worum es dabei ging, weiß ich nicht, aber man hat sein Brüllen bis auf den Flur gehört, bis ins Vorzimmer, durch die geschlossene Tür. Mehrfach. Aber das war nicht nur bei Herrn Hilpert so.«

»Sondern? Bei wem noch?«

Sie senkte den Kopf und betrachtete ihre Knie. »Dr. Barthelmess«, sagte sie leise. »Sie stritten sich häufig in letzter Zeit.«

»Ausgerechnet die beiden? Sie kennen sich doch schon seit Jahren. Professor Moebus hat Moritz Barthelmess nach Kiel geholt.«

»Ich weiß. Aber das Verhältnis von Professoren und ihren Assistenten ist immer schwierig. Ich habe da schon alles Mögliche erlebt. Es kann gut gehen, manchmal endet es aber auch in heftigen Zerwürfnissen.«

»Wie in diesem Fall?«

»Dass die beiden sich derart in die Haare kriegen würden, hätte ich nie gedacht. Sie schienen so vertraut miteinander zu sein. Ein eingespieltes Team. Aber dann … es war für mich sehr schmerzlich, das mitzuerleben. Ich konnte ja nichts daran ändern. Was vorgefallen ist, weiß ich nicht. Wenn Sie mich fragen, würde ich sagen, dass Herr Barthelmess es gegenüber Professor Moebus an dem gebotenen Respekt fehlen ließ. Im Laufe der Zeit haben diese Auseinandersetzungen die ganze Atmosphäre vergiftet. Früher standen die Türen bei uns immer offen, jetzt sind sie zu, nicht erst seit diesen schrecklichen … Ich hatte die ganze Zeit schon ein ungutes Gefühl, als ob sich da was zusammenbraut. Professor Moebus war so verändert, so unnahbar geworden. Er litt darunter. Manchmal sah er richtig krank aus. Und dann ist es passiert.« Sie schluchzte.

»Sie meinen die Todesfälle.«

»Ja.«

»Sind Johannes Hilpert und Dr. Barthelmess denn schon vorher einmal aneinandergeraten?«

»Nein, nicht dass ich wüsste. Ich glaube, sie mochten sich nicht besonders, aber …«

»Was heißt, sie mochten sich nicht? Wie hat sich das geäußert?«

»Na ja, man sah die beiden eigentlich nie zusammen. Dr. Barthelmess hat es einem in letzter Zeit auch nicht leicht gemacht, ihn zu mögen, muss ich sagen. Er war sehr kurz angebunden und begegnete uns allen, dem ganzen Betrieb, nur noch von oben herab. Als würde er uns alle plötzlich verachten. Vielleicht hat Herr Hilpert mehr darunter gelitten als andere, er war sehr sensibel. Ich habe aber nie bemerkt, dass die beiden sich öffentlich gestritten haben.«

»So wie Barthelmess und Professor Moebus.«

»Ja, dass da was nicht stimmte, haben alle mitbekommen. In den zwei, drei Wochen vor dieser Tragödie sind sie sich regelrecht aus dem Wege gegangen und Dr. Barthelmess ist nur noch im Institut erschienen, wenn er Lehrveranstaltungen hatte und um seine Post zu holen. Er hätte uns ja ohnehin bald verlassen. Irgendwas ist da furchtbar schiefgegangen.«

»Hat er Ihnen gegenüber mal von einem großen Knall gesprochen, der bevorstünde? Vielleicht hat er sich auch anders ausgedrückt.«

»Nein.«

»Und Sie wissen wirklich nicht, worum es bei diesen Auseinandersetzungen mit Professor Moebus ging?«

»Ich …«

Anne beugte sich vor. »Bitte, denken Sie nach.«

Die Sekretärin biss sich auf die Lippen. Die Angst stand ihr ins Gesicht geschrieben.

»Frau Schaumann, helfen Sie uns. Wir müssen doch herausfinden, was da vorgefallen ist, wie diese beiden jungen Menschen gestorben sind.«

»Ich möchte Ihnen ja helfen.«

»Also …«

»Einmal habe ich etwas gehört.«

»Was haben Sie gehört?«

»Ich bin den Flur entlanggegangen und an seiner Tür vorbeigekommen, an der Tür von Professor Moebus, und …«

»Ja?«

»Da habe ich die Stimme von Herrn Barthelmess gehört.«

»Was hat er gesagt?«

»Viel habe ich nicht verstanden. Ich lausche doch nicht. Ich verstehe überhaupt nicht mehr, was hier los ist, hat er gerufen. Er muss direkt hinter der Tür gestanden haben und war offenbar ziemlich außer sich. Dann rief er: Warum tust du das, Frank? Und wo bleiben die Ergebnisse? Was soll ich den Kollegen noch sagen? Sie fragen mich seit Monaten. Was treibt dieser Kerl eigentlich?« Sie schüttelte den Kopf. »Diese Sätze sind mir seitdem nicht mehr aus dem Kopf gegangen.«

»Hm. Und was hat Professor Moebus gesagt?«

»Ich weiß nicht. Ich habe nur ein Brummen gehört.«

»War Johannes Hilpert auch in dem Raum?«

»Nein, ich glaube nicht.«

Anne wurde ungeduldig. Das war zu wenig. Das reichte nicht. »Was treibt dieser Kerl eigentlich? Wen kann er damit gemeint haben?«

Keine Antwort. Achselzucken.

»Ist das wirklich alles?« Ihre Stimme klang jetzt schärfer. »Mehr haben Sie nicht gehört?«

Kopfschütteln, Tränen.

»Warum haben Sie das nicht schon meinem Kollegen gesagt? Warum musste ich Sie erst hierher bestellen?«

Ein paar Türen weiter saß Jens Becker an seinem Schreibtisch und starrte auf einen altmodischen Computermonitor. Seinen Mund umspielte ein zufriedenes Lächeln.

Eigentlich war er restlos geschafft, er hatte das ganze Wochenende durchgearbeitet. Den Sonntag hatte er im Vernehmungsraum mit diesem renitenten Studenten verbracht, um dann bis in den späten Abend hinein noch in einer Kiesgrube außerhalb der Stadt herumzustiefeln, wo Spaziergänger die übel zugerichtete Leiche eines jungen Mannes gefunden hatten. Was für ein beschissenes Leben. Sigmund, der bereits zehn Berufsjahre mehr auf dem Buckel hatte, war nach dem stundenlangen Verhör zu kaputt gewesen, also musste er fahren. Er siedelte den Toten im Drogen- oder Strichermilieu an, vielleicht war er auch ein Opfer des organisierten Verbrechens, Menschenhandel, Zuhälterei, weiß der Himmel, in jedem Fall Abschaum, nichts, was ihn heute zu besonderer Aktivität anstacheln könnte. Er hatte versucht, den Papierkram zu erledigen, doch seine Gedanken waren zu dem Fall im Biologiezentrum zurückgekehrt, der sich für das ganze Kommissariat zu einer schwelenden Wunde entwickelt hatte, die sich einfach nicht schließen wollte. Es wurmte ihn noch immer, dass sie Daniel Kambacher so schnell gehen lassen mussten. Vielleicht hätte er noch etwas aus ihm herausbekommen. Dass Kambacher der Mann im Anzug war, hatte auch er nicht mehr geglaubt.

Aber wer war es dann? Er hatte das unangenehme Gefühl, dass man der Aussage des Alten keine Bedeutung mehr beimaß. Grube ohnehin nicht, der hätte den Fall lieber heute als morgen zu den Akten gelegt, wahrscheinlich war es nur eine Frage der Zeit, bis er ein Machtwort sprechen würde. Nur Anne hielt die Ermittlungen mit einer Beharrlichkeit am Leben, die langsam verzweifelte Züge annahm. Konnte sie Grubes Liebesentzug nicht verkraften, über den bereits im ganzen Haus getuschelt wurde? Nach Kambachers Entlassung hätte endgültig Schluss sein müssen. Hatten sie sich mit seiner vergeblichen Festnahme nicht schon genug die Finger verbrannt? Das Boulevardblatt, das ihn noch am Montag zu einem gemeingefährlichen Bioterroristen hochstilisiert hatte, verbreitete seitdem

Hohn und Spott über die Arbeit der Kieler Polizei. Jeder, der einmal in die Verlegenheit käme, die Hilfe dieser Polizei zu benötigen, wäre nur zu bedauern. Genüsslich wurde immer wieder die kürzlich vom Innenminister präsentierte Kriminalstatistik zitiert, nach der die Bürger Schleswig-Holsteins seit Jahren mit der höchsten Kriminalitätsrate aller deutschen Flächenländer leben müssten. Eine stümperhaft vorbereitete Verhaftung wie die von Kambacher passe da nur zu gut ins Bild. Grube hatte geschäumt vor Wut und Anne zum Rapport bestellt.

Doch die machte weiter und griff nach jedem Strohhalm; erst hatte sie diese Sportlerin ausfindig gemacht und jetzt wollte sie die Sekretärin unbedingt selbst vernehmen. Er hatte sie kurz auf dem Flur gesehen, bevor sie in Annes Büro verschwand, aufgetakelt, als hätten sich die beiden zu einem festlichen Abendessen verabredet. Was erhoffte sich Anne von dieser Frau? Wonach suchte sie noch? An der Aussage des Mannes vom Schwarzen Weg schien sie das Interesse verloren zu haben.

Dabei war der Alte ihr einziger echter Zeuge und er, Jens, hatte ihn gefunden. In seinen Augen war der Mann im Anzug nach wie vor der Schlüssel zur Lösung dieses Falles. Alles andere war nur Geschwafel. Er konnte sich nur schwer damit abfinden, dass niemand mehr nach diesem Mann suchte.

Plötzlich war ihm seine erste spontane Vermutung wieder eingefallen. Er hatte einen Moment nachgedacht und sich dann sofort an den Computer gesetzt. Der Gedanke an Moebus verlieh ihm neue Kräfte. Wenn es ihm doch noch gelänge, dieses arrogante Arschloch abzuschießen, würde ihm das unendliches Vergnügen bereiten.

Was er jetzt auf dem Monitor sah, ließ ihn grinsen. Es gab täglich vier Direktflüge von Brüssel nach Hamburg und zurück, der letzte landete um 21:10 Uhr. Moebus hätte also genügend Zeit gehabt. Und er hätte am Donnerstag mit der ersten Maschine um 6:50 Uhr wieder nach Brüssel fliegen können. Welchen Sinn ein solches Manöver haben sollte, stand allerdings auf einem ganz anderen Blatt. Becker hatte nicht die geringste Ahnung. Im Augenblick interessierte ihn nur eines: Moebus hätte zur Tatzeit in Kiel sein können. Er könnte der Mann im Anzug gewesen sein.

Dann fiel ihm der Vortrag ein, den Moebus in Brüssel gehalten hatte. Am Mittwoch- oder erst am Donnerstagabend? Mist, er konnte sich nicht erinnern. Sämtliche Akten zu dem Fall befanden sich in Annes Büro, und wie sie über diese Sache dachte, war ihm noch lebhaft in Erinnerung.

Er überlegte einen Moment, suchte die Nummer der Lufthansa heraus und griff zum Telefon.

Als Hermann seine Vorlesung gehalten hatte und mit der Manuskriptmappe in der Hand in sein Büro zurückkehrte, empfing ihn der Lärm von Trillerpfeifen und Sprechchören. Sogar durch das Isolierglas der geschlossenen Fenster war er zu hören. Daniel und seine kleine Aktivistenschar machten Ernst.

Zuerst versuchte Hermann, durch die Glasscheibe nach unten zu schauen. Der Platz vor dem Zentrum war aber so nicht einzusehen und ihm blieb nichts anderes übrig, als sich mit einem der Fenster abzumühen. Er wollte wissen, was dort unten vor sich ging. Also ruckelte er, fluchte und zog, bis sich das Fenster mit einem Geräusch, das ihm durch Mark und Bein ging, öffnen ließ. Der schwere Fensterflügel schwenkte nach innen, das Pfeifkonzert war ohrenbetäubend. Über das Fensterbrett sah er nach unten. Sein Verhalten war ihm mehr als unangenehm. Hoffentlich bekam niemand mit, dass er sich wie ein empörter, aus seinem Alltagstrott aufgeschreckter Rentner gebärdete. Er konnte sich noch gut an die großen Demonstrationen seiner Studentenzeit erinnern und an seine Wut und Verärgerung über die vielen Schaulustigen, die, teils verängstigt, teils belustigt oder schimpfend, von Balkonen und aus geöffneten Fenstern auf sie herabglotzten, anstatt sich ihnen anzuschließen.

Er staunte, wie viele es mittlerweile waren. Als er um halb acht das Haus betreten hatte, war es nur ein kleiner müder Haufen gewesen, fünfzehn Aktivisten, die jedem Studenten und Dozenten ihre Spruchbänder entgegenstreckten und ein Flugblatt verteilten. »We are getting a bit pissed here« war es überschrieben, wie Gerald T. Palmers Essay. Erst nach der Lektüre des Flugblatts begriff Hermann, dass dieser Satz kein Stoßseufzer Palmers war, sondern ein Zitat. Er entstammte einer E-Mail des prominenten Harvard-Biologen Marc Hauser an einen seiner Mitarbeiter, der ihn auf Unstimmigkeiten in seiner Arbeit hingewiesen hatte. »I am getting a bit pissed here«, schrieb Hauser zurück. »An dieser Stelle gibt es keine Inkonsistenzen.« Wenig später musste er mehrere Publikationen wegen Manipulationsverdachts zurückziehen. Mittlerweile dürfte keine seiner wissenschaftlichen Arbeiten so oft zitiert worden sein wie dieser Satz, der zweifellos nicht für die Öffentlichkeit bestimmt war.

Daniel war wegen der geringen Resonanz ihrer Aktion sichtlich enttäuscht gewesen und hatte ihm fast leidgetan. Aber Studenten sind keine geborenen Frühaufsteher und jetzt, nur zwei Stunden später, gab es keinen Grund zur Klage mehr. Die Zahl der Demonstranten war auf mindestens fünfzig oder sechzig angewachsen. Mit ihren selbst gemalten Transparenten in der Hand hatten sie eine Art Spalier gebildet, das sich zum Schwarzen Weg hin trichterförmig öffnete, sodass jeder, der ins Haus wollte, durch ihre Mitte gehen musste.

Kein Patent auf Leben! Wissenschaft, bleib sauber! Keine Geheimwissenschaft an Universitäten! Kein Synthetisches Leben, nirgends!, stand auf den Spruchbändern und Plakaten, die sie in die Höhe hielten. Daniel, mit dem er am Morgen ein paar Worte gewechselt hatte, nannte die Aktion eine Mahnwache, eine Mahnwache für saubere Wissenschaft, und er kündigte an, dass sie so lange tagtäglich vor dem Biologiezentrum ausharren würden, bis ihre Forderungen erfüllt wären.

»Moebus, gib die Zellen raus«, skandierten sie jetzt, als eine Gruppe von Studenten, die zu den 10-Uhr-Veranstaltungen wollten, durch die von den Demonstranten gebildete Gasse lief.

»Moe-bus, gib die Zel-len raus, sonst ist bald der O-fen aus!«

Hermanns Lippen formten stumm die Silben. Schließlich sprach er sie leise mit und grinste dabei. Er hätte nicht übel Lust, es mit denen da unten laut herauszubrüllen. Vielleicht hätte er dann endlich ein Ventil für all den Frust gefunden, den er in sich spürte.

Frank hatte nichts mehr von sich hören lassen und langsam wurde Hermann dieses Schweigen unheimlich. War er im Haus? Hatte er die Reihen der Demonstranten passiert? In welcher Verfassung war er? Im Laufe der Zeit hatte er reichlich studentischen Zorn auf sich gezogen, aber dass eine mittlerweile respektable kleine Demonstration sich derart lautstark gegen einen einzelnen Hochschullehrer richtete, war ein Novum auf dem Kieler Campus. Und die Menge wuchs weiter. Studenten, die ins Haus wollten, blieben stehen und reihten sich bei den Demonstranten ein. Auch aus anderen Gebäuden des Campus schienen sich einige anzuschließen. Das Thema ging zweifellos alle an, die hier arbeiteten, und die Kunde von der Demonstration musste sich erst verbreiten. Vielleicht erlebte er hier die Macht des Internets, einen Flashmob der besonderen Art.

Hermann riss sich los, lehnte das Fenster an, setzte sich an seinen Schreibtisch und rief in Bennies Praxis in Lübeck an. Sein Freund war gerade in einem Patientengespräch und versprach, so bald wie möglich zurückzurufen. Hermann zerbrach sich schon seit Tagen den Kopf, was aus ihrem Treffen am kommenden Samstag werden sollte. Mit Frank war wohl nicht zu rechnen und er legte auch gar keinen Wert auf ein Zusammentreffen. Möglicherweise würden sie in Zukunft wieder zu dritt spielen müssen, denn dieses Zerwürfnis war von seiner Seite aus nicht so leicht zu kitten. Frank hatte ihn zwar nicht direkt bedroht, viel gefehlt hatte aber nicht. Zum wiederholten Mal sah Hermann sein wutverzerrtes Gesicht vor sich und die Metallstange, die er in der Hand gehalten hatte. Es war keine neue Erkenntnis, dass Genie und Wahnsinn mitunter dicht beieinanderliegen.

Er hatte gerade die Veröffentlichung über die Moebus-Zellen in die Hand genommen, die noch immer auf seinem Schreibtisch lag und von der er nun wusste, dass Frank sie allein verfasst hatte, als das Telefon klingelte. Es war Wiesheu.

»Hast du gesehen, was sich da vor dem Zentrum abspielt?«, fragte der Direktor atemlos.

»Natürlich, gesehen und gehört. Ich bin ja nicht taub.«

»Wir müssen etwas unternehmen.«

»Und was schwebt dir da vor?«

»Das grenzt an Nötigung, Hermann. Es traut sich ja keiner mehr ins Haus.«

»Du denkst doch nicht etwa daran, die Polizei zu rufen?«

»Ich sehe keine andere Möglichkeit. Wir müssen einen geordneten Lehrbetrieb gewährleisten.«

»Lass die Polizei bitte aus dem Spiel. Von denen hatten wir erst kürzlich mehr als genug im Haus. Dieses kleine Happening da draußen müssen wir einfach aushalten. Außerdem … haben sie nicht recht? Du weißt, worauf ihre Proteste anspielen.«

Hermann konnte hören, wie Wiesheu nach Luft schnappte. »Ich muss mich doch sehr wundern. Ausgerechnet du sagst das,

Hermann, ein Freund von Moebus. Du hast ihn immer verteidigt.«

»Sie fordern nur, was wir immer predigen oder predigen sollten. Ehrliche saubere Wissenschaft. Vielleicht haben wir darauf in unseren Lehrveranstaltungen zu wenig Wert gelegt. Dass die Studenten sich trotzdem über diese Vorfälle empören, freut mich eigentlich.«

Außerdem … bin ich kein Freund von ihm, hätte er fast gerufen, jetzt nicht mehr. Er biss sich auf die Lippen.

»Natürlich weiß ich, worum es geht«, sagte Wiesheu. »Ich habe den Brief in *Nature* gelesen. Ich kenne auch seine Antwort und war, gelinde gesagt, entsetzt. Der Mann ist völlig uneinsichtig. Das alles bestätigt mich in meinen schlimmsten Befürchtungen und wird uns noch lange beschäftigen. Aber so geht das nicht. Das ist Anarchie. Die legen unseren ganzen Betrieb lahm.«

»Weißt du, ob er im Haus ist?«

»Natürlich ist er da. Wir haben ihn durch einen Hintereingang hereingelassen. Er hätte ein Praktikum leiten sollen, die Veranstaltung wurde aber so massiv gestört, dass er sie abbrechen musste. Einige Studenten haben sich bei mir beschwert.«

Draußen schwoll der Lärm zu einem lauten Jubelchor an. Hermann blickte unwillkürlich zum Fenster.

»Was ist das denn?«, stieß er hervor.

Vom blauen Herbsthimmel und vom weiten Blick über den Campus und die Stadt war nichts mehr zu sehen. Irgendetwas Großes, Weißes hatte sich zwischen ihn und die Außenwelt geschoben.

»Herbert …«

»Warte mal einen Moment«, unterbrach ihn der Direktor. Hermann hörte eine Stimme im Hintergrund. Dann ein Aufschrei Wiesheus: »Was? Hermann, bist du noch dran? Sie sind irgendwie aufs Dach gekommen und haben ein großes Transparent enthüllt, höre ich gerade. Ich muss raus und mit ihnen reden. Das können wir auf keinen Fall zulassen. Du solltest dir das auch ansehen. Zusammen können wir sie vielleicht zur Vernunft bringen.«

»Ich komme«, sagte Hermann und sprang auf.

Wenige Minuten später stand Herbert Wiesheu mit hängenden Schultern auf dem Schwarzen Weg, starrte fassungslos auf die oberen Stockwerke des Hochhauses und schüttelte wie unter Zwang den Kopf. »Das geht entschieden zu weit«, sagte er nun schon zum dritten Mal. »Das kann man bis zur Olshausenstraße sehen. Ich … ich gehe jetzt rauf und rufe die Polizei.«

»Wis-sen-schaft hat aus-ge-dient, wenn sie nur dem Prof was bringt«, schallte es etwas holprig vom Eingang in die Grünanlage herüber. Mittlerweile hatten sich dort mehr als hundert Demonstranten versammelt. Der gelungene Coup mit dem Riesentransparent hatte sie in Hochstimmung versetzt.

»Sei doch vernünftig, Herbert. Du machst die Sache damit doch nur noch größer.« Hermann konnte sich von dem Anblick kaum losreißen. Sie mussten Tag und Nacht gearbeitet haben, um so etwas herzustellen, und zweifellos hatte Daniel dabei auf seine Greenpeace-Erfahrungen zurückgegriffen. Hermann erinnerte sich an diverse Fotos von ähnlich eindrucksvollen Aktionen an Schornsteinen und Kühltürmen.

Das Transparent bedeckte die ganze Breite und die oberen drei Stockwerke des Hauses. Das Bemerkenswerteste war allerdings nicht seine Größe, sondern der in dicken Großbuchstaben geschriebene Text, der daraufstand:

HIER WIRD GEGEN GUTE
WISSENSCHAFTLICHE PRAXIS VERSTOSSEN.
WENN DIE GÖTTER SICH NICHT AN DIE

REGELN HALTEN, WIRD DER OLYMP
BALD ZUM VULKAN.

Eins muss man ihnen lassen, dachte Hermann halb belustigt, halb beunruhigt: Sie hatten Humor.

Wiesheus Handy flötete.

»Ja«, fragte er heiser. Dann schwieg er und Hermann hörte nur noch eine erregte Stimme aus dem kleinen Telefon. Das Gesicht des Institutsdirektors lief langsam rot an. Er sah Hermann mit hochgezogenen Augenbrauen an, während seine Lippen unverkennbar einen Namen formten: Moebus.

»Sie vergreifen sich völlig im Ton, lieber Kollege. Ich verbitte mir derartige Belehrungen. … Ja, ich habe verstanden … Da… danke, dass Sie mich informiert haben«, sagte Wiesheu, als es ihm endlich gelang, den Redeschwall des Anrufers zu unterbrechen. »Sie sind mir zuvorgekommen. Ich stehe gerade vor dem Haus und war im Begriff, das Gleiche zu tun. Es kommt nicht allzu häufig vor, aber ausnahmsweise teile ich Ihre Auffassung … Genau … Wir können das auf keinen Fall dulden.«

»Und«, fragte Hermann gespannt, als Wiesheu das Telefon mit einem verstörten Gesichtsausdruck sinken ließ. »Was hat er gesagt?«

Der kleine Mann rang sichtlich um Fassung. »Das möchtest du nicht wissen, Hermann. Es ist zu spät. Moebus hat gerade die Polizei angerufen. Den Rest erspare ich dir.«

Wortlos setzte sich der Direktor in Bewegung. »Komm«, sagte er zu Hermann und deutete mit einer Kopfbewegung auf das Hochhaus. »Sie werden gleich hier sein. Wir müssen verhindern, dass es zu Handgreiflichkeiten kommt.«

»Moe-bus, rück die Zel-len raus, sonst gehn bald die Lich-ter aus!«, brüllten die Demonstranten. Irgendjemand hatte offenbar ein Megafon beschafft.

Anne hatte ihre Schilderung der Vernehmung von Irene Schaumann beendet. Die entscheidenden Sätze, das, was die Sekretärin hinter Moebus' geschlossener Bürotür gehört hatte, spielte sie jetzt im Originalton vor.

»Warum tust du das, Frank?«, quäkte die Stimme der Sekretärin aus dem winzigen Lautsprecher des Diktiergerätes. »Und wo bleiben die Ergebnisse? Was soll ich den Kollegen noch sagen? Sie fragen mich seit Monaten. Was treibt dieser Kerl eigentlich? Ich weiß nicht, was …«

Sie stoppte die Wiedergabe und spielte die Passage ein zweites Mal ab. Dann lehnte sie sich zurück und wartete gespannt auf die Reaktionen der drei Männer, die mit ihr am Besprechungstisch saßen. Besonders beeindruckt schienen sie nicht zu sein. Einen Moment herrschte Schweigen.

»Ist das alles?«, fragte Bock.

»Dafür, dass sie nicht gelauscht haben will, hat sie doch eine ganze Menge verstanden«, kommentierte Bertram Hollinger.

Becker lachte freudlos. »Na, hör mal. Natürlich hat sie gelauscht. Wer hätte das an ihrer Stelle nicht getan?«

»Warum hat sie dann nicht gehört, was Moebus gesagt hat?«, fragte Anne.

Becker hob die mächtigen Schultern. »Entweder sie will es uns nicht sagen. Oder der große Zampano hat sich zusammengerissen und ist ausnahmsweise mal ruhig geblieben. Vielleicht wollte er nicht, dass der Streit nach außen dringt. Barthelmess hatte damit offenbar keine Probleme.«

Sie nickte. Sie hatte die Frau mit Samthandschuhen angefasst und sich schon Minuten nachdem sie weg war, mit Zweifeln daran herumgeplagt, ob die Sekretärin ihr wirklich alles gesagt hatte. War sie auf eine Show hereingefallen, auf dieses Abwehrbollwerk aus Tränen? Der Vernehmungsraum wäre vielleicht doch die bessere Wahl gewesen. Zu spät.

Hoffnungsvoll, fast flehend schaute sie von einem zum anderen, doch das Einzige, was sie auf den Gesichtern ihrer Mitarbeiter lesen konnte, war Skepsis. Ihr Schweigen sagte mehr als Worte. Sie wusste, was sie dachten: Wir sind dir gefolgt, so lange es ging, Anne. Lass es jetzt gut sein. Hör auf, bevor du dich verrennst. Du hast alles versucht. Manchmal müssen wir eben akzeptieren, dass die Toten ihr Geheimnis mit ins Grab nehmen.

Das private Drama, das sie der Presse präsentiert hatten – ganz auszuschließen war es natürlich nicht. Ein eifersüchtiger, labiler Ehemann, der rotsieht, dieses Szenario hatte man so oft erlebt, dass alle bereit waren, es zu schlucken, die Staatsanwaltschaft, die Presse, die Öffentlichkeit, sogar die eigenen Kollegen. Aber dieser Fall war anders. Es ging um Wissenschaft, um Forscherkarrieren, um eine Welt, die ihnen fremd war. Es machte sie wahnsinnig, dass sie so dicht vor dem Ziel nicht weiterkam. Sie musste versuchen, die anderen zu überzeugen, sie noch einmal wach rütteln. Eine innere Stimme sagte ihr, dass in den wenigen Worten, die Irene Schaumann aufgeschnappt hatte, die Antworten auf all ihre Fragen zu finden waren.

»Fällt euch gar nichts dazu ein?«, sagte sie nach einer Weile. »Ehrlich gesagt, ich bin mit meinem Latein auch ziemlich am Ende. Aber so schwer es euch fällt, ich möchte, dass wir noch mal alles auf den Tisch legen. Ein letzter Versuch. Es sind noch einige wichtige Details ans Licht gekommen.«

»Ich weiß nicht, Anne.« Sigmund Bock warf Hollinger und Becker einen raschen Blick zu, als wollte er sich bei dem, was er zu sagen hatte, ihrer Unterstützung versichern. »Meinst du nicht, wir sollten die Sache einfach mal ein paar Tage ruhen lassen?«

»Seht ihr denn nicht, dass wir ganz dicht dran sind? Wir haben immer vermutet, dass es in der Gruppe heftige Spannungen gab. Jetzt haben wir die Bestätigung. Moebus und Barthelmess haben sich gestritten, dass die Fetzen flogen. Das ist eine Überraschung, oder seht ihr das anders? Wir haben uns immer auf Barthelmess und Hilpert konzentriert, Moebus steckte aber mittendrin in diesem Konflikt. Die große Frage ist: Worum ging es dabei? Ich verstehe nicht mehr, was hier los ist, hat Barthelmess gerufen. Was verstand er nicht? Auf welche Ergebnisse wartete er? Und wen meinte er mit Kerl?«

Bertram Hollinger seufzte. »Der Einzige, der uns das erklären könnte, ist Moebus selbst. Und der wird nichts sagen.«

»Man müsste ihn richtig in die Mangel nehmen«, erklärte Becker.

»Ach, hört doch auf«, sagte Bock. »Moebus war vielleicht für die vergiftete Atmosphäre in der Gruppe verantwortlich, aber mit den Todesfällen hat er nichts zu tun.«

Becker beugte sich vor, um etwas zu sagen, aber Anne kam ihm zuvor.

»Da ist übrigens noch etwas.« Sie zog einen Computerausdruck aus dem Stapel ihrer Unterlagen. »Hansen hat mir berichtet, was er über die Arbeitsgebiete der Gruppe herausgefunden hat. Nach allem, was ihr über Moebus wisst … woran, glaubt ihr, arbeiten seine Leute?«

Bock verzog unwillig das Gesicht. »Machst du Witze? Woher sollen wir das wissen?«

»Nein, nein, die Frage ist ganz ernst gemeint. Woran arbeiten die?«

»An diesen Zellen natürlich«, sagte Hollinger. »Das ist doch sein großer Knaller.«

»Eben«, sagte Anne. »Jeder würde so denken, oder? Das Merkwürdige ist aber: Genau das ist nicht der Fall. Hansen hat herausgefunden, dass außer Moebus keiner in der Gruppe über die neuen Zellen forscht. Barthelmess hat ohnehin andere Interessen verfolgt. Die anderen arbeiten mit Tiefseebakterien. Und sogar in Hilperts Themenstellung kommen die Moebus-Zellen nicht vor. Sie ist sehr allgemein gefasst.«

»Wie bitte?«, rief Becker. »Jetzt verstehe ich gar nichts mehr.«

Anne stutzte, dann sah sie ihn mit großen Augen an. »Was hast du gesagt?«

Becker machte ein verwirrtes Gesicht. »Ich begreife nicht, wieso …«

»Nein. Jetzt verstehe ich gar nichts mehr, hast du gesagt. Genau wie Barthelmess. Erinnert ihr euch? Ich verstehe nicht mehr, was hier los ist, hat er gerufen. Vielleicht hat er ja dasselbe gemeint wie Jens.« Sie nahm das Diktiergerät in die Hand und hielt es sich ans Ohr.

Hollinger schüttelte verwirrt den Kopf. »Moment mal, das geht mir jetzt zu schnell«, protestierte er.

Anne wirkte plötzlich wie aufgezogen. »Hört euch das noch mal an.« Sie betätigte die Wiedergabetaste. Wieder war die Stimme von Irene Schaumann zu hören.

Die anderen sahen ihre Chefin verständnislos an.

»Versteht ihr denn nicht?« Ihr Gesicht glühte vor Aufregung. »Wo bleiben die Ergebnisse? Was soll ich den Kollegen sagen? Das könnte sich doch auf die Moebus-Zellen beziehen. Er hat sich wie Jens gewundert, dass da nichts kommt, keine Ergebnisse. Wenn niemand forscht, kann man auch nichts herausfinden. Hermann Pauli hat mir erklärt, dass Moebus das Erbgut seiner Zellen sequenzieren will. Ich glaube, er hat es sogar angekündigt.«

»Du redest schon wie diese Wissenschaftler«, murrte Becker.

»Er wollte die Abfolge der Erbbausteine ermitteln, ihre Sequenz, um die Verwandtschaft mit anderen Zellen zu klären. Und …« Sie griff hastig nach dem Ausdruck von Hansens Liste. »Das Thema von Hilpert hieß: Sequenzierung und Synthese mikrobieller RNA. Da steht es: Sequenzierung. Hilpert war der Mann, der das machen sollte. Deshalb hat Moebus ihn nach Kiel geholt. Das hat uns doch auch seine Frau gesagt.« In ihrem Kopf drehte sich die Gedankenmaschine in rasender Geschwindigkeit. Sie sah in den Gesichtern ihrer Kollegen, dass sie ihr nicht mehr folgen konnten, aber sie musste den Gedanken zu Ende bringen. Es kam ihr vor, als würde plötzlich ein schwerer dunkler Vorhang zur Seite gezogen.

»Was treibt der Kerl eigentlich? Damit könnte Hilpert gemeint sein. Er sollte die Ergebnisse liefern, aber er hat es offenbar nicht getan, warum auch immer. Sagte die Sportlerin nicht, dass Barthelmess nichts von seinem Kollegen hielt, dass er über ihn hergezogen ist? Die Schaumann hat gesagt, er sei von oben herab gewesen, hätte es am nötigen Respekt fehlen lassen. Sie sprach sogar von Verachtung. Er verachtete Hilpert, weil der mit seiner Arbeit nicht zu Potte kam. Und es ärgerte ihn, dass er dauernd die neugierigen Fragen der Kollegen beantworten musste. Er hatte keine Erklärung dafür, warum die Ergebnisse so lange auf sich warten ließen. Mein Gott, das ergibt alles Sinn.«

»Anne, jetzt komm mal wieder auf den Boden«, sagte Sigmund Bock ungehalten. »Ich verstehe, was du meinst, aber was bringt uns das?«

»Was uns das bringt?« Dieser Tritt auf die Euphoriebremse war das Letzte, was sie im Moment gebrauchen konnte. Ihre Antwort fiel schärfer aus als gewollt. »Ah, du gibst mal wieder den großen Skeptiker. Ich werde dir sagen, was das bringt, Sigmund. Zum ersten Mal beginne ich zu verstehen, was da los war, die Hintergründe. Ich gehe jede Wette ein, dass die beiden nicht wegen irgendeines harmlosen Flirts mit Hilperts Frau aneinandergeraten sind, sondern wegen dieser Geschichte hier.« Sie tippte immer wieder auf Hansens Liste.

»Aha«, sagte Bock, der dem flammenden Blick seiner Chefin ungerührt standgehalten hatte. »Und das kannst du auch beweisen.«

»Beweisen, beweisen. Zuerst will ich mal verstehen.«

»Gut, jetzt haben wir verstanden. Wissen wir deshalb, was an diesem Abend geschehen ist? Nur darum geht es doch. Was diese Forschertypen denken, worüber sie sich ereifern und in die Haare kriegen, ist für uns ohne Belang, solange sie sich nicht die Schädel einschlagen.«

Anne starrte ihn an. Er hatte natürlich recht, obwohl die Art, in der er seine Einwände vortrug, ihr mächtig gegen den Strich ging. Alles in ihr war in Aufruhr, drängte voran, und Bock zwang sie zu einer Vollbremsung. Sie atmete ein paarmal tief durch.

»Okay«, sagte sie und hielt beide Handflächen in die Luft. »Okay. Bleiben wir auf dem Boden, wie du es nennst. Beschäftigen wir uns mit den Dingen, die noch nicht ins Bild passen. Mit der Code-Karte zum Beispiel. Wenn meine Theorie stimmt und Hilpert in Moebus' Plänen so eine wichtige Rolle spielte, warum hatte er dann keine eigene Code-Karte?«

»Wieso?« Hollinger hatte die Stirn in Falten gelegt. »Er hatte doch eine?«

»Er hatte eine? Wie kommst du darauf?«

»Als wir ihn fanden, befand sich eine Code-Karte in seinem Kittel. Ganz bestimmt. Du kannst es nachlesen.« Die beiden anderen nickten, als sei ihnen diese Tatsache völlig geläufig.

»Ich ...« Sie war verwirrt. Aus dem Stand begann die Maschine sich jetzt rückwärtszubewegen. Wie war das möglich? Hatte sie einen Fehler gemacht? Moebus und Barthelmess hatten eine Karte und eine technische Assistentin. Das wusste sie genau. Sie musste kurz die Augen schließen, um ihre flatternden Nerven zu beruhigen.

»Anne, ist alles in Ordnung mit dir?« Beckers Frage schien von weit her zu kommen. Sie spürte eine Hand auf ihrem Arm.

»Ja, Entschuldigung, ich …« Sie begann hektisch in ihren Unterlagen zu blättern.

»Du musst nicht nachschauen, Anne. Es ist definitiv so. Die Karte steckte in seiner Kitteltasche. Glaub mir.« Hollinger sah sie besorgt an.

»Bertram hat recht«, bestätigte Bock.

»Aber … das ist mir irgendwie …«

Wieder landete Beckers Hand auf ihrem Arm. »Das kann doch mal passieren«, sagte er. »Beruhige dich, Anne.«

Schnell zog sie ihren Arm unter Jens' riesiger Pranke hervor. Sie ertrug jetzt keine Berührungen. »Und warum haben wir das nie weiterverfolgt, hm? Könnt ihr mir das erklären? Hilpert hatte keine eigene Karte. Ich kenne die Vernehmungsprotokolle in- und auswendig. Moebus hat ausgesagt, dass nur er, Barthelmess und eine Assistentin eine Karte hatten. Wir haben sogar nachgefragt, erinnerst du dich, Jens? Er sagte, dass der Kreis an Leuten, die Zugang hatten, möglichst klein gehalten werden sollte, wegen der wertvollen Kulturen.«

»Das stimmt«, bestätigte Becker verblüfft. »Es kann also nicht Hilperts Karte gewesen sein.«

»Verdammt«, fluchte Anne. »Wir haben nicht aufgepasst. Keiner von uns. Wo waren wir nur mit unseren Gedanken?« Warum passierte ihnen das ausgerechnet bei derart wichtigen Ermittlungen? Sie ahnte, dass sie sich noch Wochen mit dieser offensichtlichen Schlamperei herumquälen würde.

Bock schüttelte verständnislos den Kopf. »Auf die Gefahr hin, mich zu wiederholen: Ist das wirklich so wichtig? Sieh mich nicht schon wieder so böse an, Anne. Die Frage ist berechtigt. Vielleicht brauchte Hilpert für seine Arbeit gar keinen Zugang.

Wenn man Gene analysiert, arbeitet man doch mit toten Zellen, oder? Das stelle ich mir jedenfalls so vor. Vielleicht werden die ganz woanders aufbewahrt. Außerdem … vielleicht hat er sich einfach eine Karte geholt, wenn er in den Raum wollte. Das könnte für alle anderen auch gelten. Wer irgendetwas aus diesem Raum brauchte, hat Barthelmess oder diese Assistentin angesprochen oder Moebus selbst.«

»Das klingt für mich ganz plausibel«, sagte Hollinger.

Anne war noch nicht überzeugt. »Er wollte offenbar die Schatzkammer betreten oder hatte es schon getan. Vielleicht hat er sich die Karte einfach genommen. Wenn ich darüber nachdenke … das könnte sogar ein möglicher Grund für den Streit gewesen sein. Barthelmess könnte ihn dabei überrascht haben, wie er sich mit einer fremden Karte Zugang verschaffen wollte, und hat ihn zur Rede gestellt.«

»Ich verstehe nicht, warum du so erpicht darauf bist, dauernd über den Hergang der Ereignisse zu spekulieren. Es gab keine dritte Person. Barthelmess und Hilpert sind tot. Also ist das doch ohne jede Bedeutung.« Sigmund hatte es heute auf sie abgesehen. Und das Schlimme war, meistens hatte er recht mit seinen Einwänden. »Wenn wir nicht noch irgendwo auf ein heimlich aufgenommenes Video stoßen, sind und bleiben das Spekulationen«, fuhr Bock fort. »Ich finde dieses Rätselraten ziemlich überflüssig. Es wird keinerlei Konsequenzen haben und wir haben auch so mehr als genug Arbeit.«

Anne fühlte sich plötzlich müde und ausgelaugt. Es war kurz vor halb acht. Sie hatten sich verzettelt, und sie fühlte sich jetzt außerstande, die Fäden wieder zu entwirren. Die ursprünglich von ihr geplante nüchterne Bestandsaufnahme war jedenfalls gestorben, dazu war die Stimmung viel zu aufgeheizt.

»Okay«, sagte sie, ohne Sigmund Bock eines Blickes zu würdigen. Sie war es leid, gegen eine Wand zu reden, und begann ihre Akten aufeinanderzustapeln. »Mir reicht's für heute. Ich muss erst mal gründlich darüber nachdenken. Aber glaubt nicht, dass ich euch damit jetzt in Ruhe lasse. Wir haben unsere Hausaufgaben nicht gemacht. Das müssen wir nachholen. Bertram, kümmerst du dich darum, wie das mit den Code-Karten gehandhabt wird?«

Hollinger nickte schweigend.

Sie erhoben sich, nur Becker blieb sitzen. »Was ist, Jens?«, fragte Anne gereizt. »Feierabend. Willst du hier übernachten?«

»Bitte setzt euch noch einen Augenblick«, sagte der Riese. »Nur für fünf Minuten.«

»Was ist?«

»Sigmund hat davon gesprochen, dass es keinen Dritten gab. Für mich ist das weiterhin eine offene Frage.«

Bock stöhnte und ließ sich auf den harten Holzstuhl fallen. »Jetzt komm bitte nicht wieder mit deinem Mann im Anzug.«

»Doch, allerdings. Erinnert ihr euch an meine erste Vermutung, wer dieser Mann gewesen sein könnte?«

»Natürlich«, sagte Anne. »So löchrig ist mein Gedächtnis nun auch wieder nicht. Ich erinnere mich sogar daran, dass ich nichts mehr davon hören wollte.«

Becker presste die Lippen zusammen. »Ich weiß, dass es Moebus war. Ich kann es nur noch nicht beweisen.«

»Drehen jetzt hier alle durch oder was ist los?«, fragte Bock. »Moebus war in Brüssel.«

»Jeder verrennt sich eben auf seine Weise«, erwiderte Becker trotzig. »Ich will nur, dass ihr diese Möglichkeit nicht völlig außer Acht lasst. Ich weiß, sie klingt unwahrscheinlich. Aber wir haben es mit einem außergewöhnlichen Mann zu tun.«

»Und? Was willst du uns erzählen? Dass er sich mal kurz nach Kiel und wieder zurück gebeamt hat?«

Becker blieb ernst. »Ich habe mir mal die Flugpläne angesehen. Moebus ist am Mittwochmorgen nach Brüssel geflogen, da gibt es keinen Zweifel, es sei denn, er hat einen Doppelgänger, der seinen Personalausweis benutzt. Er hätte dann aber ohne Weiteres noch am Abend mit einem Direktflug nach Hamburg fliegen können und früh am nächsten Tag zurück. Er wäre dann zur Tatzeit in Kiel und trotzdem am Donnerstagmorgen um kurz nach acht wieder in Brüssel gewesen. «

»Das ist doch verrückt«, sagte Bock. »Warum sollte er das getan haben?«

»Vielleicht, um sich ein Alibi zu verschaffen?«

»Willst du uns weismachen, er hätte einen Mord geplant?«

»Was er genau vorhatte, kann ich nicht sagen. Alles, was ich weiß, ist, dass er die Möglichkeit dazu hatte. Wenn man's genau nimmt, hatte er sogar Dutzende von Möglichkeiten, je nachdem, wie viel Zeit ihm zur Verfügung stand. Und es würde erklären, warum wir den Mann im Anzug bisher nicht finden konnten.«

Jens mochte zu Depressionen neigen, seine Abneigung gegen Moebus war irrational und für Anne nicht nachvollziehbar. Sie kannte ihn aber gut genug, um zu wissen, dass er kein Spinner war. Der Ernst, mit dem er seine Gedanken vortrug, blieb auf sie nicht ohne Wirkung. »Das lässt sich doch herausfinden«, sagte sie.

»Hab ich schon versucht.«

»Und?«

»Fehlanzeige. Die Direktflüge am Mittwochabend und Donnerstag früh hat er nicht genommen, jedenfalls nicht unter seinem Namen.«

Sie sahen sich einen Moment in die Augen. Es wird nicht wieder vorkommen, hatte er ihr versprochen und Wort gehalten. Seit seinem desaströsen Auftritt vor zehn Tagen hatte er sich nie wieder gehen lassen und sie hatte an ihm auch keinen Alkoholgeruch mehr wahrgenommen. »Okay«, sagte sie schließlich und nickte. »Mach weiter.«

Dann drehte sie sich um und verließ mit den Akten unter dem Arm den Raum.

14

Skandal um Uniprofessor weitet sich aus« lautete die Schlagzeile. Darunter stand: »Etwa 250 Studenten und Universitätsangehörige demonstrierten gestern vor dem Biologiezentrum der Universität gegen die Forschungspraktiken von Kiels prominentestem Wissenschaftler.«

»Skandal? Welcher Skandal?« Anne starrte auf die Zeitungsüberschrift und konnte es kaum fassen. »Das kann doch nicht wahr sein. Demonstrationen gegen Frank Moebus und ich erfahre das erst aus der Presse. Die Kollegen von der Bereitschaftspolizei waren doch vor Ort. Hat denn von denen niemand auch nur einen Funken Verstand im Kopf?«

»Sieh dir mal das Foto hier an«, sagte Sigmund Bock, der Anne mit der heutigen Ausgabe der *Kieler Nachrichten* die Stimmung verdorben hatte. »Erkennst du ihn? Ein alter Bekannter.«

Natürlich hatte sie ihn erkannt. In der kleinen Demonstrantengruppe, die das Foto zeigte, war Daniel Kambacher kaum zu übersehen. Seine Festnahme und die stundenlangen Vernehmungen hatten ihn offenbar wenig beeindruckt. Am Montagnachmittag hatten sie ihn entlassen und keine vierundzwanzig Stunden später stand er schon wieder vor dem Biologiezentrum und demonstrierte.

Ein zweites Bild am Ende des Zweispalters interessierte Anne jedoch viel mehr. Es zeigte ein riesiges Transparent, das die oberen Stockwerke des Hochhausturmes verhüllte. Darauf war zu lesen:

HIER WIRD GEGEN GUTE WISSENSCHAFTLICHE PRAXIS VERSTOSSEN. WENN DIE GÖTTER SICH NICHT AN DIE REGELN HALTEN, WIRD DER OLYMP BALD ZUM VULKAN.

»Merkwürdig«, sagte sie und deutete auf das Foto. »Verstehst du das? Wogegen haben die eigentlich demonstriert? Um Synthetische Biologie scheint es jedenfalls nicht zu gehen.«

»Doch, auch.« Sigmund Bock war schon auf dem Weg zur Tür. »Lies den Artikel«, sagte er mit einem leichten Grinsen im Gesicht. »Er wird dich bestimmt interessieren. Offenbar gibt es unter den Wissenschaftlern große Unruhe. Moebus weigert sich, seine Zellen herauszugeben.« Er zog entschuldigend die Schultern nach oben. »Ich hab übrigens noch mal darüber nachgedacht, was du gestern gesagt hast. Wenn ich das da sehe …« Er deutete auf die Zeitung. »Vielleicht hast du ja doch recht mit deinen Vermutungen.«

Anne nickte zerstreut und war sofort so in den Zeitungstext vertieft, dass sie nicht hörte, wie Sigmund Bock hinter sich die Tür schloss.

Mit fast einwöchiger Verspätung erfuhr nun auch die Kriminalpolizei von dem *Nature*-Brief und den gegen Frank Moebus erhobenen Anschuldigungen. Der Artikel versetzte Anne in höchste Aufregung. Er resümierte sowohl den Brief und Moebus' Antwort als auch die zum Teil heftigen Reaktionen aus Wissenschaftskreisen. *Der Knall,* ging es ihr sofort durch den Kopf. Das ist der große Knall, von dem Barthelmess gesprochen hat.

Nach der Lektüre lief sie im Büro auf und ab und versuchte, Ordnung in ihre Gedanken zu bringen. Wahrscheinlich hatte Barthelmess gewusst, dass Moebus seine Zellen anderen Wissenschaftlern vorenthielt. Und aus der eigenen Gruppe kamen keine Ergebnisse. Daher seine plötzliche Geringschätzung, diese Verachtung, von der die Sekretärin erzählt hatte. Barthelmess hatte die Welt nicht mehr verstanden.

Anne lief zu ihrem Schreibtisch und suchte in den Akten nach Irene Schaumanns Vernehmungsprotokoll. Sie kannte es fast auswendig, wollte sich aber noch einmal vergewissern. »Ich verstehe überhaupt nicht mehr, was hier los ist«, hatte Barthelmess gerufen. Und: »Warum tust du das, Frank? Was soll ich den Kollegen noch sagen?«

Natürlich, sie hatten auch Barthelmess darauf angesprochen, in Telefongesprächen und Mails, auf Tagungen und Meetings, nicht nur auf die ausbleibenden Ergebnisse, sondern auch auf die Weigerung seines Chefs, die Zellen herauszugeben. Irgendwann war er es leid gewesen, darauf zu antworten – die Entdeckung der Moebus-Zellen lag immerhin schon zwei Jahre zurück. Er hatte keine Lust mehr gehabt, immer wieder von Neuem eine Suppe auszulöffeln, die er nicht angerührt hatte, und er wusste, dass die internationale Forschergemeinschaft sich ein solches Verhalten nicht endlos bieten lassen würde. Irgendwann müsste es eine Reaktion geben. Seiner Freundin hatte er allerdings angekündigt, der Knall werde in der ganzen Welt zu hören sein. Die Bombe in Gestalt des offenen Briefes war aber schon vor einer Woche geplatzt und weder Anne noch irgendeiner ihrer Kollegen hatten etwas davon mitbekommen. Laut war anders. Hatte Barthelmess sich getäuscht und den Mund zu voll genommen, wie er es offenbar gerne tat? War das alles erst der Anfang? Oder verlor sie sich schon wieder in haltlosen Spekulationen?

Obwohl es noch eine Fülle von Fragen gab, spürte Anne, dass sie der Wahrheit immer näher kam. Wenn ihr, trotz der vielen Fehlschläge in dieser Sache, ein Rest ihres einst gerühmten kriminalistischen Spürsinns geblieben war, dann müsste das Drama im Biologiezentrum irgendetwas mit diesen geheimnisvollen Zellen zu tun haben. Nicht einmal Moebus' Mitarbeiter hatten sie im Original zu Gesicht bekommen. Er schien – gegen jede wissenschaftliche Gepflogenheit – niemanden auch nur in die Nähe seiner Zellen zu lassen. Sogar einen solchen Skandal nahm er in Kauf. Warum? Hatte er tatsächlich Angst, seine große Entdeckung durch irgendeine Unachtsamkeit zu verlieren, oder ging es ihm nur ums Geld, um die Patente, von denen in dem Zeitungsartikel die Rede war?

Auch bei Johannes Hilpert drehte sich alles um die Zellen. Er hatte eine fremde Code-Karte bei sich. Sigmund könnte mit seinem Einwand recht haben, dass das ein völlig normaler Vorgang war, aber – das fiel ihr in diesem Moment auf – vielleicht war es ja kein Zufall, dass Hilpert sich ausgerechnet zu einem Zeitpunkt Zutritt zur Schatzkammer verschaffen wollte, an dem sein Chef für mehrere Tage im Ausland war. Sicher, die Arbeit musste weitergehen, auch ohne Moebus. Vielleicht hatte der ihm seine Karte für die Zeit seiner Abwesenheit überlassen, damit Hilpert jederzeit Zutritt hätte. Doch was war, wenn Hilpert ganz andere Pläne verfolgte? Was hatte er vorgehabt? Hatte er sein Ziel sogar erreicht oder war Barthelmess ihm in die Parade gefahren?

Sie kämpfte gegen den Impuls, Hermann Pauli anzurufen. Immer häufiger musste sie an diesen Mann denken und meistens hatten diese Gedanken nichts mit ihrem Fall zu tun. Jetzt könnte er ihr vieles erklären, es war jedoch zu früh für einen Anruf. Nach der vorübergehenden Festnahme seines Assistenten war sie wahrscheinlich ein rotes Tuch für ihn und sie fühlte sich nicht ausreichend informiert, um schon jetzt mit ihm zu reden.

Stattdessen rief sie Dirk Hansen an und bat ihn, sich ein wenig im Netz umzusehen. Dann informierte sie Grube über die neueste Entwicklung, und obwohl ihr Verhältnis zu dem Polizeidirektor auf einem Tiefpunkt angelangt war, rang sie ihm seine Zustimmung zu Hansens Einsatz ab. Es war klar, dass eine Vernehmung oder gar Vorladung von Frank Moebus im Augenblick nicht infrage kam. Aber sie mussten wissen, was da vor sich ging. Schließlich setzte sie sich selbst an den Rechner. Zwei Augenpaare sahen eben mehr als eines.

Frank Moebus stand in seinem Büro am gekippten Fenster und lauschte mit eisiger Miene den Sprechchören, die vom Eingang des Zentrums bis in den obersten Stock zu hören waren. Trotz des Polizeieinsatzes am Vortag hatten sich wieder an die hundert Demonstranten versammelt und sie machten da weiter, wo sie gestern aufgehört hatten.

»Moebus, rück die Zellen raus, sonst gehn bald die Lichter aus!«

Warum kam Wiesheu nicht seiner verdammten Pflicht nach und ließ diese Krawallmacher zum Teufel jagen? Franks Kiefer mahlten. Er hatte mit allem gerechnet, hatte so vieles eingeplant, war übervorsichtig vorgegangen und durch halb Europa gereist, um seine Spuren zu verwischen. Aber mit Demonstrationen und aufgebrachten Studenten hatte er nicht gerechnet. Durch ihr Geschrei war jetzt auch die Tagespresse aufmerksam geworden. Bisher hatte sie von dem *Nature*-Brief kaum Notiz genommen, schon heute Morgen aber hatten mehrere Journalisten angerufen und nach seiner Reaktion auf die Forderungen der Studenten gefragt.

In dieser verrückten endlosen Nacht vor fast genau zwei Wochen hatte er nicht aufgegeben, obwohl es dafür mehr als genug Gründe gegeben hätte. Sollte er jetzt etwa vor ein paar grölenden Studenten oder einer Handvoll Reporter kapitulieren? Er ballte die Hände zu Fäusten. Nein, niemals. Er würde wie bisher Kurs halten. Wieder riss ihn seine Erinnerung mit und katapultierte ihn zurück in jene verhängnisvolle Nacht.

Er nimmt die Ausfahrt Kronshagen-Nord/Kiel-Zentrum, folgt den Schildern und fährt über Eckernförder und Johann-Fleck-Straße Richtung Universität, eine Strecke, die er nicht kennt. Seit der Einfahrt in den Neuen Elbtunnel sind knapp fünfzig Minuten vergangen. Obwohl er die finsteren Gedanken, dieses erdrückende Gefühl der Resignation, das ihn während der Wartezeit im Stau bedrängt hat, nicht ganz abschütteln konnte, hat sich seine Stimmung unterwegs merklich aufgehellt, sodass er sich schließlich sogar an der zweiten Hälfte des Bill-Evans-Konzertes erfreuen kann.

Er ist gefahren wie der Teufel, immer auf der Überholspur, und die Schilder sagen ihm, dass er nun tatsächlich in Kiel und in wenigen Minuten am Biologiezentrum ist. Noch kann er kaum glauben, dass er wirklich angekommen ist in dieser Stadt, in der er sich auch zwei Jahre nach seinem Umzug wie ein Fremder fühlt. Erst als er in die Leibnizstraße einbiegt und hinter der Mensa die vertraute Silhouette des Hochhauses sieht, weiß er, dass er es geschafft hat. Während der Fahrt hat er jeden Kilometer gezählt und unzählige Male auf die Uhr geschaut und jetzt fühlt er sich wie befreit und möchte am liebsten einen Triumphschrei zum Himmel schicken. Doch er hält sich zurück. Er weiß genau, er ist erst am Ziel, wenn er sich auf seinem Bett im City Night Line nach Köln ausstrecken kann. Entscheidende Minuten liegen noch vor ihm.

Wie berechtigt seine Zurückhaltung ist, wird ihm klar, als er die menschenleere Leibnizstraße entlangfährt. Nirgends steht ein Pkw, weder am Straßenrand noch auf den Parkplätzen. Hier darf er sein Auto nicht abstellen. Irgendein Wissenschaftler, der lange gearbeitet hat, könnte aus einem der Universitätsinstitute auf die Straße treten, sich über den auffälligen Wagen wundern und sich später auf Nachfrage daran erinnern. Dieses Risiko will er nicht eingehen.

Dann sieht er, dass ausgerechnet hoch oben im Biologiezentrum noch Licht brennt. Unwillkürlich tritt er auf die Bremse und starrt die beiden erleuchteten Fenster im elften Stock an, als könnte er diese unerwartete Komplikation kraft seiner Gedanken aus der Welt schaffen. Mist, das sind die Räume von Hermann Pauli. Was hat der alte Krake um elf Uhr abends noch im Institut verloren?

Er beschließt, den Wagen irgendwo in der Olshausenstraße stehen zu lassen und dann zu Fuß durch die Grünanlage zu laufen, nein, zu rennen. Ihm bleibt nicht mehr viel Zeit, jede Minute ist kostbar. Vielleicht hat er Glück und Hermann ist bis dahin auf sein Klappergestell von Fahrrad gestiegen und endlich auf dem Weg nach Hause. Er muss aufpassen, dass er ihm nicht über den Weg läuft.

Kurz vor dem Westring, wo wenigstens noch ein paar Fahrzeuge parken, steigt er aus und zieht den Mantel über. Irgendwo Richtung Innenstadt wird eine Party gefeiert. Es muss ganz in der Nähe sein, denn er hört laute Musik, die an- und abschwillt, als würde eine Tür oder ein Fenster geöffnet und wieder geschlossen. Er sieht sich um und fängt an zu laufen, quer über den Otto-Hahn-Platz und an den chemischen Instituten vorbei. Jetzt kann er nicht mehr darüber nachdenken, was passiert, wenn ihn doch jemand sehen sollte. Er ist ohnehin nur ein Avatar, eine geisterhafte Kopie seiner selbst. Das Original sitzt in diesem Moment vor einem Glas Wein in irgendeinem teuren Spezialitätenrestaurant in Brüssel und lässt es sich gut gehen. Falls es wider Erwarten Probleme gibt – er geht natürlich davon aus, dass er den Zug in Hamburg erreicht –, wird er die Bordkarten von Hin- und Rückflug vorweisen und im Hotel wird man bezeugen, dass er angekommen ist und sein Zimmer bezogen hat. Sollte jemand behaupten, ihn hier in Kiel gesehen zu haben, wird man ihm kaum glauben. Deshalb hat er all die Mühen ja auf sich genommen.

Es ist kalt, trotzdem beginnt er zu schwitzen. Er ist seit Ewigkeiten nicht mehr gerannt und hat sich das leichter vorgestellt. Bald wird ihm die Luft knapp und er muss die Zähne zusammenbeißen, um gegen die Schmerzen in seinen schlaffen Muskeln anzukämpfen.

Im Geiste versucht er jeden Handgriff durchzugehen, den er gleich ausführen wird. Er will die Apparatur nicht zerstören. Sie muss funktionsfähig bleiben, um später die Proben der *Polarstern* aufzunehmen. Ein paar unfachmännisch geöffnete Ventile, die eine plötzliche Druckentlastung und damit den Tod aller Zellen zur Folge haben, eine Meerwasserlache auf den Fußbodenkacheln, das reicht. Was die Polizei später daraus macht, ob einen dilettantisch durchgeführten Diebstahl oder Sabotage, wird er einfach abwarten. Entscheidend ist allein, dass ihm der Einbruch eine hieb- und stichfeste Begründung dafür liefert, warum er die Zellen nicht weitergeben kann.

Jetzt hat er das Wäldchen erreicht, links unten liegt das Studentenwohnheim, aus dem leise Musik zu hören ist. Er schafft es noch über die Autobahnbrücke, dann muss er schwer atmend eine Pause einlegen und schaut auf die Uhr. Verdammt, er kann es sich nicht leisten auszuruhen. Schwerfällig setzt er sich wieder in Bewegung, ignoriert den Protest seiner Gelenke und Muskeln, stolpert fast über einen Stein oder eine Wurzel und flucht.

Es hilft ihm, wenn er sich ablenkt, also geht er noch einmal alles durch. Die Tür könnte ein Problem werden. Er hat keine

Ahnung, wie schwer es ist, sie aufzubrechen. Er hat so etwas noch nie getan. Das Brecheisen, das er besorgt hat, liegt in seinem Büro.

Oben brennt noch immer Licht, aber er ist viel zu sehr mit sich selbst beschäftigt, um sich darüber Gedanken zu machen. Jetzt gibt es kein Zurück mehr. Keuchend schleppt er sich über die letzten Meter, vorbei an den Stahlbügeln, wo tatsächlich Hermanns Fahrrad steht, dann die Treppe hinauf. Es ist kurz nach elf. Wenn er den Rückweg zum Auto berücksichtigt, bleiben ihm maximal zwanzig Minuten. Was für ein Wahnsinn. Er ist schweißgebadet, fällt förmlich gegen die gläserne Eingangstür, schließt sie auf, hetzt durch das dunkle Foyer zum Aufzug, der glücklicherweise im Erdgeschoss wartet, und pumpt dabei unaufhörlich Luft in seine Lungen.

Auf dem Weg nach oben beruhigt sich sein Atem, doch er muss an Hermann denken, der just in diesem Moment ebenfalls vor die Fahrstühle treten könnte. Dann ist er oben. Die Tür zu seiner Etage ist nicht verschlossen. Unter normalen Umständen hätte ihn das maßlos geärgert und eine heftige Standpauke für die Mitarbeiter nach sich gezogen. Die nagelneuen Geräte in seinen Labors sind ein Vermögen wert. Jetzt verschwendet er jedoch keinen Gedanken daran und tritt in den Flur. Er wagt es nicht, das Licht anzuschalten, sondern tastet sich an der Wand entlang, schließt die Tür zu seinem Büro auf und steht im nächsten Moment mit dem Rücken an der Wand neben der Garderobe. Seine Augen sind geschlossen, die Brust hebt und senkt sich, die Knie zittern, von seinem Kinn tropft der Schweiß zu Boden. Er gibt sich dreißig Sekunden, um ein wenig zu Kräften zu kommen.

Im Zimmer ist es gerade hell genug, um die Umrisse des spärlichen Mobiliars zu erkennen. Er hängt den Mantel an die Garderobe, geht auf Zehenspitzen hinüber zum Schrank, weil er nicht weiß, ob man unten seine Schritte hören kann. Jetzt muss er nur noch tun, was er vorhin im Geiste durchgespielt hat, und dann nichts wie weg. Er öffnet die Tür und … erstarrt.

Vorne, in dem Gang, der zu den Büros seiner Mitarbeiter führt, brennt Licht. Hat er es angeschaltet?

Dann glaubt er, Stimmen zu hören.

Er ist heute an seine Grenzen gegangen und einen kurzen hoffnungsvollen Moment lang traut er seinen Sinnen nicht, obwohl er es eigentlich besser weiß.

Jemand ruft: »Was hast du denn da in der Hand? Zeig mal her.«

Ihm gefriert das Blut in den Adern. Er ist nicht allein. Das war Moritz' Stimme. Ein zweiter Mann antwortet mit unverständlichem Gemurmel.

Sofort verschwindet Frank wieder in seinem Büro, schließt lautlos und mit angehaltenem Atem die Tür, lehnt das schwere Brecheisen vorsichtig gegen die Wand, stellt die Werkzeugkiste ab und schlägt dann in der Dunkelheit die Hände vors Gesicht. Sein Körper scheint plötzlich Tonnen zu wiegen und er kann sich nicht mehr auf den Beinen halten. Langsam, mit dem Rücken an die geschlossene Tür gelehnt, sinkt er zu Boden …

Das Bürotelefon riss Frank Moebus aus seinen Erinnerungen. Sicher wieder einer dieser Journalisten. Er rührte sich nicht von der Stelle. Noch war er völlig gefangen in den dramatischen Ereignissen jener Nacht. Dann griff er doch zum Telefon.

»Ja«, sagte er.

»Pierre Resnais hier. Guten Morgen, Frank. Schön, dass ich Sie gleich erreiche.«

Er wurde blass. Seine Gesichtszüge erschlafften. Das konnte kein Zufall sein.

»Pierre«, rief er betont freudig, schloss rasch das Fenster und eilte an seinen Schreibtisch. »Das ist ja eine Überraschung. Wie geht es Ihnen?«

»Mir geht es gut, danke. Leider muss ich mich allerdings mit Dingen beschäftigen, die alles andere als erfreulich sind. Das trübt die Stimmung.«

»Das tut mir leid zu hören. Ich hoffe, diese Dinge sind nicht der Anlass für Ihren Anruf.«

»Doch, Frank. Ich will auch nicht lange um den heißen Brei herumreden und gleich zur Sache kommen. Gerade ist eine außerordentliche Sitzung des Ausschusses, der über Ihren Antrag zu befinden hatte, zu Ende gegangen. Ich habe Ihnen folgende Entscheidung mitzuteilen: Die European Science Foundation hat mich beauftragt, möglichst unverzüglich Ihr Labor aufzusuchen und mich vor Ort über den Stand Ihrer Forschungen an den Moebus-Zellen zu informieren. Die Ergebnisse werden selbstverständlich vertraulich behandelt.«

»Ähm …« Frank blieb buchstäblich die Luft weg. »Ich … ich verstehe nicht. Sie sind natürlich jederzeit ein gern gesehener Gast bei uns, Pierre, aber was versprechen Sie sich davon? Das ganze Verfahren ist doch schon gelaufen, die Mittel wurden bewilligt.«

»Der Ausschuss möchte sich davon überzeugen, dass die Voraussetzungen, die Sie in Ihrem Antrag formuliert haben, auch tatsächlich gegeben sind.«

»Was soll das heißen? Welche Voraussetzungen?«

»Ich habe Sie gewarnt, Frank. Ich habe es zumindest versucht. Doch Sie haben es vorgezogen, nicht zu kooperieren, sondern in einer Weise zu reagieren, die von vielen Kollegen als unverhohlene, ja unverschämte Kampfansage gewertet wird. Das war ein schwerer Fehler. Ich wünschte, Sie hätten mich vorher kontaktiert. Jetzt haben Sie Ihren Kampf. Ich konnte es nicht mehr verhindern. Sie haben noch eine Chance: Überzeugen Sie mich.

Zeigen Sie mir Ihre Zellen, zeigen Sie mir Ihre Ergebnisse und laufenden Untersuchungen und Sie bekommen Ihr Geld. Fällt mein Bericht negativ aus oder bleiben irgendwelche begründeten Zweifel zurück, werden Ihre Mittel bis auf Weiteres gesperrt.«

»Ich werde natürlich mein Möglichstes tun, um den Ausschuss zufriedenzustellen«, sagte Frank kleinlaut. Er dachte an die *Polarstern,* die das Zielgebiet über dem Gakkel-Rücken in wenigen Tagen erreichen würde. »Wann dachten Sie denn daran, nach Kiel zu kommen?«

»Am kommenden Montag, vorher schaffe ich es nicht. Und ich werde natürlich einen erfahrenen Mikrobiologen mitbringen.«

»Ehrlich gesagt, ich weiß nicht, womit ich mir dieses Misstrauen von Ihrer Seite verdient habe, Pierre. Ich hoffe, Sie werden das nicht an die große Glocke hängen.«

»Nein, natürlich nicht. Sie können sich auf mich verlassen. An dem Beschluss des Ausschusses aber ist nicht mehr zu rütteln. Ich hoffe in Ihrem und unserem Interesse, dass wir die Angelegenheit möglichst schnell und lautlos aus der Welt schaffen können.«

»Gut. Wir werden alles für Sie vorbereiten. Teilen Sie mir Ihre Ankunftszeit mit, dann lasse ich Sie vom Bahnhof abholen.«

»Es tut mir sehr leid, dass es so kommen musste, Frank.«

»Mir auch, Pierre. Mir auch.«

Frank legte das Telefon weg, stand mit bleischweren Gliedern auf und schleppte sich wieder zum Fenster. Es war jetzt still im Raum. Entweder die Demonstranten hatten eine Pause eingelegt oder das dicke Isolierglas verhinderte, dass ihr Geschrei bis in sein Büro drang. Egal, die Studenten waren jetzt seine geringste Sorge. Resnais und die Leute, die hinter ihm standen, machten Ernst, viel schneller als gedacht. War das der Moment der Entscheidung? Hatte er überhaupt noch eine Chance? Und genügend Kraft?

Er musste versuchen, sie irgendwie hinzuhalten. Auf der *Polarstern* wusste man nichts von seinen Problemen, er hatte erst heute Morgen mit Bruno Wehrmann telefoniert. Das Schiff wurde zwar von dichtem Packeis aufgehalten und kam langsamer voran als erhofft, noch aber stand die Ampel auf Grün. Eine Weisung, dass die Probennahme am Gakkel-Rücken zu unterlassen sei, war bisher nicht eingegangen und Frank hatte sich natürlich gehütet, Wehrmann durch irgendwelche Andeutungen diesbezüglich zu verunsichern. Offenbar wollte Resnais die Ergebnisse seines Besuchs abwarten, bevor er die Techniker der *Polarstern* stoppte. Mit ein wenig Glück war das ersehnte Material dann schon an Bord, frühestens Anfang der kommenden Woche werde es so weit sein, hatte Wehrmann gesagt. Sicher würden die Bürokraten in Straßburg nicht so weit gehen, die mit großem Aufwand gewonnenen Proben wieder ins Meer zu werfen, falls der Bericht negativ ausfiel, was wohl kaum zu vermeiden war. Um ganz sicherzugehen, müsste er versuchen, Resnais' Besuch um ein paar Tage hinauszuzögern.

Frank biss sich auf die Unterlippe, bis es schmerzte. Lange würde er diesem Druck nicht mehr standhalten. Aber die Möglichkeit, dass die neuen Proben der *Polarstern* seine großen Hoffnungen nicht erfüllen könnten, zog er nicht ernsthaft in Betracht.

Mittlerweile imponierte ihr dieser Daniel Kambacher. Anne zweifelte nicht daran, dass die Demonstration vor dem Biologiezentrum im Wesentlichen auf seine Initiative zurückging. Hätten er und seine Kommilitonen – angeblich wurden unter den Demonstranten auch einige Professoren gesehen – sich nicht so lautstark und unübersehbar zu Wort gemeldet, wüsste sie vielleicht immer noch nicht, dass Frank Moebus in Schwierigkeiten war. Ob er selbst das auch so sah, wagte sie nach der Lektüre seiner im Netz veröffentlichten Antwort zu bezweifeln. Morgen war sie auch in der neuen *Nature*-Ausgabe nachzulesen, samt einem gepfefferten Kommentar der Herausgeber, die für Moebus' Haltung wenig Verständnis aufbrachten. Anne hatte ihn postwendend zugeschickt bekommen, nachdem sie im deutschen *Nature*-Büro in München angerufen hatte, um sich deren Sicht der Dinge erläutern zu lassen. Die Stimmlage der Frau, mit der sie sprach, war bei der Erwähnung des Namens Moebus um eine halbe Oktave nach oben geschnellt. Was denn die Kriminalpolizei damit zu tun habe, das sei doch eine Angelegenheit der Wissenschaften, äußerst unerfreulich natürlich und auf diesem Niveau der Forschung sehr ungewöhnlich, ein Novum und eine Frage des Stils, man berate auf höchster Ebene über mögliche Konsequenzen. Mehr könne sie dazu nicht sagen. Für alles Weitere müsse sie sich an die Redaktion in London wenden.

»Mich wundert das nicht«, sagte Dirk Hansen, der auf einem Stuhl in ihrem Büro saß, den aufgeklappten Laptop auf den Oberschenkeln. »Die sind nervös. *Nature* ist zwar die wichtigste wissenschaftliche Zeitschrift der Welt, aber so einen dicken Fisch wie die Arbeit von Moebus ziehen auch die nicht alle Tage an Land. Sie werben damit, dass der Aufsatz zu den meistzitierten der letzten Jahre gehört. Das wird alles haarklein ausgewertet. Wenn mit der Arbeit etwas nicht stimmt …«

»Was soll denn damit nicht stimmen?«

»Keine Ahnung. Aber Moebus ist ein *Nature*-Autor und er hält sich nicht an die Absprachen, oder? Das wirft auch einen Schatten auf die Zeitschrift.«

»Hm.« Anne nippte an ihrem Latte macchiato. »Durch den Abdruck des offenen Briefes hat *Nature* die Sache doch selbst ins Rollen gebracht.«

»Das mussten die wahrscheinlich. Moebus' Kollegen haben vermutlich mächtig Druck gemacht. Es gibt schließlich auch Alternativen zu *Nature*. Wenn alle diese Hochkaräter beschließen würden, ihre Arbeiten in Zukunft anderen Zeitschriften anzubieten, hätten die ein Problem.«

»Viel Resonanz hat der Brief nicht gehabt.«

Dirk Hansen nickte. »Ich weiß, was Sie meinen. Die Presse hat sich sehr zurückgehalten, das hat mich auch überrascht. In Fachkreisen hat die Sache aber viel Staub aufgewirbelt. In den einschlägigen Internetforen und Blogs brennt die Luft. Ich könnte Ihnen ein paar Seiten zeigen …« Anne winkte ab. Sie hatte die zum Teil wütenden Kommentare gelesen, entsetzt über die rauen Sitten, die im Internet herrschten. Allein vor dem Bildschirm schienen viele Leute ihre gute Kinderstube völlig zu vergessen und ergingen sich in Formulierungen, die sie einem Menschen aus Fleisch und Blut nie ins Gesicht gesagt hätten.

In den deutschen Medien hatte jedoch weitgehend Funkstille geherrscht. Anne und ihr junger Kollege hatten die Archive aller großen überregionalen Tageszeitungen durchforstet, und von zwei, drei Kurzmeldungen auf den Wissenschaftsseiten abgesehen, hatte der *Nature*-Brief darin keine Rolle gespielt, obwohl auf manche der im gleichen Heft veröffentlichten wissenschaftlichen Studien durchaus Bezug genommen wurde. Die Redakteure hatten das Heft also gelesen. Erst Daniel Kambacher und seine Mitdemonstranten hatten dafür gesorgt, dass die Kieler Lokalpresse aufmerksam wurde. Und langsam schienen nun auch die anderen aufzuwachen. Das Foto des Riesenposters am Biologiezentrum war heute auf diversen Webseiten zu bewundern. Fast müsste man dem jungen Mann, den sie noch vor wenigen Tagen festgenommen hatten, dankbar sein.

»Woran, glauben Sie, liegt das?«, fragte Anne. »Die Medien stürzen sich doch sonst auf jeden Skandal.«

»Tja«, Hansen schüttelte den Kopf, »ich weiß auch nicht. Wissenschaftler sind eben keine Popstars. Außerdem ist zu wenig über Moebus' Liebesleben bekannt.«

»Er hat keins.«

»Meinen Sie? Nein, im Ernst. Vielleicht glaubt man, die Zusammenhänge seien für eine breite Leserschaft zu kompliziert.«

»Sind sie ja auch. Dieser Wissenschaftsbetrieb ist eine eigene Welt. Wer kennt sich damit schon aus?«

»Genau, das ist ein exklusiver Club und das soll er auch bleiben. Aber nicht nur die Presse, auch die großen Wissenschaftsorganisationen haben sich nicht geäußert. Hat denn die Kieler Uni was verlauten lassen?«

Anne schüttelte den Kopf. Sie hatte sogar gezielt danach gesucht, ohne Erfolg. Die Webseite der Universität informierte auch über die Arbeitsgebiete der Gruppe Moebus und bot verschiedene ihrer Veröffentlichungen zum Download an, aber es gab nicht ein Wort über den *Nature*-Brief und die darin von Wissenschaftlern aus aller Welt erhobenen Vorwürfe.

»Sie meinen, die Sache wird bewusst totgeschwiegen?«, fragte Anne.

»Den Eindruck muss man doch haben, oder? Endlich haben wir mal wieder einen wissenschaftlichen Weltstar in Deutschland und auf den lassen wir nichts kommen. Diese Spitzenforscher, das sind nahezu unantastbare Lichtgestalten, die überall auf Händen getragen werden. Alle sonnen sich in ihren Erfolgen und achten darauf, dass ihnen keiner an den Karren fährt. Sie könnten ja sonst woanders hingehen, wo man ihnen bessere Bedingungen bietet.«

Anne dachte an Polizeidirektor Grube und die Staatsanwältin. Ein böses Wort über Moebus oder andere Forscher und die beiden waren an die Decke gegangen. »Wir haben es erlebt«, sagte sie. »Bis zu einem gewissen Grad kann ich das sogar verstehen. Da ist viel Geld im Spiel. An manchen Erfindungen und Innovationen hängen ganze Industriezweige und es ist in unser aller Interesse, wenn man versucht, sie im Land zu behalten. Die vielen Millionen für die Forschung sollen sich irgendwann auszahlen. Das sind unsere Steuergelder.«

Sie überlegte. Natürlich ging es im Fall Moebus auch um Geld. Aber Menschen wie er bereicherten sich ja nicht persönlich. Das Geld war zweckgebunden und floss in ihre Forschungsprojekte. Nein, hier ging es um etwas anderes, um Eitelkeit, um Ruhm, Einfluss und Macht.

»Da scheint aber doch einiges schiefzulaufen«, stellte Hansen fest. »Ich habe gestaunt, wie viele Wissenschaftsskandale es in den letzten Jahren gegeben hat, und fast immer sind sie nach dem gleichen Muster abgelaufen. Erst mal abwiegeln und dann hinter geschlossenen Türen interne Untersuchungen durchführen. Die Politik hält sich raus und die zuständigen Organisationen und Institutionen tun ihr Bestes, um die Affären klein zu halten, damit ja kein Schatten auf sie fällt. Die Freiheit der Wissenschaft ist das höchste Gut und die wird gegen alle Angriffe von außen verteidigt. Manchmal muss das ein ziemlich unwürdiges Schauspiel gewesen sein. Ich habe von dem Fall eines deutschen Krebsforschers gelesen, der massenhaft gefälschte Daten veröffentlicht hat. Es gab einen wahren Prozessmarathon und er musste schließlich die Uni verlassen, darf aber bis heute weiter seinen Professorentitel führen. Er praktiziert jetzt als

Onkologe am Münchener Marienplatz und verdient sich dort wahrscheinlich dumm und dämlich. Die Wissenschaftsorganisationen pochen auf ihre Unabhängigkeit, ihnen fehlt aber offenbar der Wille, gegen die schwarzen Schafe in den eigenen Reihen entschieden vorzugehen.«

Anne nickte und berichtete von ihrem Telefonat mit Professor Schuster, dem Ombudsmann an der Kieler Universität, auf den sie über den Artikel in den *Kieler Nachrichten* aufmerksam geworden war. Ein unangenehmes Gespräch. Er redete mit ihr wie mit einem kleinen Schulmädchen, das sich in der Tür geirrt hat und in eine ernsthafte Diskussion unter Erwachsenen geplatzt war. Sie konnte wenig dagegen ausrichten. Es handelte sich ja um einen rein informellen Anruf.

Nein, er sei nicht tätig geworden, hatte Schuster gesagt, und er sehe dafür auch nicht die geringste Veranlassung. Allein von einem Fall Moebus zu sprechen, wie sie und die Presse es getan hätten, finde er gänzlich unangemessen und fahrlässig, so wie im Übrigen auch die studentische Aktion, die gerade ablaufe und sich sehr fragwürdiger Methoden bediene. Für echtes Fehlverhalten, wie es leider hin und wieder vorkomme – auch in der Forschung arbeiten nur Menschen –, verfüge die Wissenschaft über ein ausgefeiltes Instrumentarium, das sich seit Langem bewährt habe.

Schuster holte tief Luft und seufzte. Fehlverhalten in der Wissenschaft – das sage sich so leicht. Hinter diesem unglücklichen, weil unpräzisen Ausdruck verberge sich aber ein ganzes Universum unterschiedlichster Verhaltensweisen. Jeder Einzelfall müsse für sich betrachtet und bewertet werden, gewissenhaft und frei von Vorurteilen, eine Aufgabe, der er sich nun schon seit Jahren mit ganzer Kraft gewidmet habe, und er sei überaus stolz darauf, dass man in Kiel bislang ohne Kommissionen, Anwälte und Gerichtsverfahren ausgekommen sei.

Was nun den verehrten Kollegen Moebus angehe, so liege hier zweifellos ein Missverständnis vor, das die Zeitschrift *Nature* und Professor Moebus und seine Kollegen innerhalb kurzer Zeit aufklären würden. Dieser Prozess sei bereits in vollem Gange. Frank Moebus habe sich außerordentliche Verdienste erworben. Man könne froh und dankbar sein, so jemanden zu haben. Doch in der heutigen Medienwelt mit ihrem fatalen Hang, aus jeder Mücke einen Elefanten zu machen, seien selbst die besten Köpfe nicht vor verleumderischen Angriffen sicher.

Er wundere sich sehr, dass nun sogar die Kriminalpolizei auf solche Kampagnen hereinfalle. Was sie denn daran interessiere? Sie sehe doch nicht etwa einen Zusammenhang mit den tragischen Ereignissen im Biologiezentrum. Das sei völlig abwegig. Sie solle sich lieber mit den studentischen Protesten beschäftigen. Dazu falle ihm eine ganze Liste von Straftatbeständen ein: Nötigung, Beleidigung, Verleumdung, üble Nachrede, um nur einige zu nennen.

Später sollte sich herausstellen, dass Professor Schuster sehr wohl tätig geworden war. Ein anonymes Schreiben, das ihm schon vor Wochen zugegangen war und in dem, ohne konkret zu werden, auf unsaubere Praktiken in der Gruppe Moebus hingewiesen wurde, hatte er noch ignoriert. Den *Nature*-Brief aber hatte er zum Anlass genommen, Moebus schriftlich um eine Stellungnahme zu bitten. Die Antwort, die er intern als »prompt, pampig und unverschämt« bezeichnete, hatte hektische Konsultationen mit den leitenden Personen der Universität und der Deutschen Forschungsgemeinschaft zur Folge, ohne dass davon etwas an die Öffentlichkeit gelangt wäre.

Anne konnte nicht anders, als das Gespräch mit einer kleinen Spitze zu beenden: »Ich versichere Ihnen, Professor, auch die Kriminalpolizei verfügt über ein ausgefeiltes Instrumentarium, das sich seit Langem bewährt hat, und im Gegensatz zu

Ihrem Aufgabengebiet ist unseres klar umrissen. Um friedlich demonstrierende Studenten müssen wir uns mit Sicherheit nicht kümmern. Wenn ich mir Sie so anhöre, frage ich mich zudem, ob die dort laut werdende Kritik nicht sogar ihre Berechtigung hat. Einstweilen danke ich Ihnen für Ihre Auskünfte.«

»Auweia«, lachte Dirk Hansen, als sie ihm davon erzählte. »Wenn das mal keinen Ärger gibt.«

Er klappte sein Notebook zu und sah sie an. »Und nun? Was machen wir jetzt?«

Gute Frage, dachte Anne und zuckte die Achseln.

»Nichts«, antwortete sie, trank ihren Kaffee aus und erhob sich. »Wir warten ab.«

Ich stehe vor dem Haus«, sagte Marion am Telefon. »Aber lass dir ruhig Zeit. Ich habe nette Gesellschaft und auch Emil unterhält sich prächtig. Du musst dich nicht hetzen.« Hermann beeilte sich trotzdem, weil er sie nicht unnötig warten lassen wollte. Doch erst als er zehn Minuten später durch die Glastür ins Freie trat, verstand er, was oder wen seine Tochter mit »netter Gesellschaft« gemeint hatte.

Nachdem sie gestern vom Eingang vertrieben worden waren, hatten sich die Demonstranten heute in einer Reihe entlang der Hauswand aufgebaut. Ihre Zahl schwankte im Tagesverlauf. Frühmorgens erschienen nur ein paar Unentwegte. Bis zur Mittagszeit wuchs die Menge stetig an und bröckelte im Laufe des Nachmittags langsam wieder ab. Hermann schätzte, dass jetzt gegen halb vier noch etwa vierzig Studenten die Stellung hielten.

»Wis-sen-schaft hat aus-ge-dient, wenn sie nur dem Prof was bringt«, skandierten sie und eine der lautesten Stimmen kam aus dem Mund seiner Tochter, die ihn sofort entdeckt hatte und mit trotzigem Blick begrüßte. Behalt deinen Kommentar für dich, sagte dieser Blick, den er nur allzu gut kannte. Er würde sich daran halten.

Sie stand neben Daniel und hatte ihn untergehakt. Emil thronte auf Daniels Schultern, hüpfte im Rhythmus des Sprechchors auf und ab und wedelte begeistert mit einem kleinen Plakat herum, das ihm jemand in die Hand gedrückt hatte. Wissenschaft, bleib sauber!, stand darauf.

Hermann stöhnte leise. Es würde ihm nichts anderes übrig bleiben, als die Reihe der Demonstranten abzuschreiten wie ein Feldwebel die Rekruten. Er gab sich einen Ruck und lief los. Seine Anwesenheit schien die Studenten anzustacheln. Die meisten wussten natürlich, dass sie einen Professor vor sich hatten. Der Sprechchor wurde lauter. Er grinste, nickte im Vorbeilaufen dem einen oder anderen bekannten Gesicht zu und blieb schließlich vor Tochter und Enkelkind stehen.

Unter den Demonstranten war Daniel einer der ältesten und Marion wirkte wie eine junge, attraktive Lehrerin inmitten einer Schülergruppe. Dass sie das nicht selbst merkte …

Daniels Begrüßungslächeln fiel etwas verlegen aus. Sie waren sich schon am Morgen kurz im Labor begegnet. Seinen Lehrverpflichtungen kam er weiterhin nach, und soweit Hermann das beurteilen konnte, kümmerte er sich in einer Art Notbetrieb auch um seine Forschungsarbeiten. In jeder freien Minute eilte er aber nach unten und stellte sich zu den anderen Demonstranten. Solange er seine Pflichten nicht vernachlässigte, war daran nichts auszusetzen. Mit der Demonstration und ihren Zielen hatte Hermann kein Problem, ja, in gewissem Sinne entlastete sie ihn sogar. Der Druck auf Frank Moebus ging nun nicht nur von ihm allein und seiner stummen Mitwisserschaft aus. Er machte sich nur Sorgen, wie Frank darauf reagieren würde. Schon vor den Demonstrationen war er in keiner guten Verfassung gewesen. Als sei er am Ende seiner Kräfte. Zum wiederholten Mal fragte sich Hermann, wie lange ein Mensch so etwas aushalten könnte.

Emil begann plötzlich, auf Daniels Schultern wild herumzuzappeln, weil er die Aufmerksamkeit seines Großvaters erregen wollte. »Opa, schreien«, forderte der Zweijährige ihn auf und kreischte dann mit der geballten Kraft seiner kleinen Lungen in einer derart schrillen Tonlage, dass sich die Umstehenden zu ihm umdrehten. Der Sprechchor schwächelte und brach dann ganz ab. Einige lachten. Andere begannen sofort, sich zu unterhalten. Fast alle warfen ihnen amüsierte Blicke zu.

»Komm, reih dich ein«, sagte Marion in die Unruhe nach Emils Urschrei. Sie rückte noch näher an Daniel heran, dem die Situation sichtlich unangenehm war, und bot ihm den Platz an ihrer Seite an.

Er schüttelte den Kopf. »Ich dachte, wir wollten einen Spaziergang machen.«

»Gleich. Das hat doch noch ein paar Minuten Zeit.«

Er sah sie schweigend an und konnte nicht verhindern, dass sein Gesicht dabei langsam versteinerte. War sie immer noch böse auf ihn? Warum brachte sie ihn derart in Verlegenheit? Vierzig studentische Augenpaare verfolgten gespannt, wie er reagieren würde. Sie konnte nicht ernsthaft von ihm verlangen, dass er sich hier hinstellte und Sprechchöre gegen Frank Moebus intonierte. Das war ausgeschlossen, obwohl ihm in jeder Sekunde bewusst war, dass er mehr Grund dazu hätte als jeder andere.

»Schade«, sagte Hermann leise und versuchte ihr mit einem eindringlichen Blick den Ernst der Lage zu signalisieren. Wenn sie jetzt nicht mitkäme, würde er alleine gehen.

Dann rief irgendjemand in der langen Menschenkette einen

anderen Zweizeiler und alle stimmten ein: »Moe-bus, rück die Zel-len raus, sonst gehn bald die Lich-ter aus!«

Endlich hatte Marion ein Einsehen. Einen Moment wirkte sie noch unschlüssig, dann flüsterte sie Daniel etwas ins Ohr. Der nickte und beugte sich leicht nach vorn, damit sie ihren Sohn von seinen Schultern heben konnte. Emil protestierte lautstark. Mit dem strampelnden Jungen auf dem Arm machte sie einen Schritt auf Hermann zu und sagte: »Komm, lass uns schnell gehen.«

Sie griff mit einer Hand nach dem Buggy, schob das wackelige Gefährt vor sich her, redete beruhigend auf Emil ein und marschierte sofort auf den futuristischen Neubau zu. Hermann war überrascht, dass es plötzlich so schnell ging. Er hob flüchtig die Hand, um sich von Daniel zu verabschieden, und folgte ihr. Unterhalb der Treppenstufen wollte Marion Emil in den Buggy setzen, aber der schrie und wehrte sich mit Händen und Füßen, wollte zurück zu Daniel und den anderen Studenten, die das Schauspiel grinsend verfolgten. Familie Pauli bot zweifellos eine nette Abwechslung im eintönigen Demonstrantenalltag.

»Der geborene Revoluzzer«, kommentierte Hermann und stand hilflos daneben, während Marion versuchte, ihren Sohn zu bändigen.

»Nimm du den Buggy. Ich behalte ihn auf dem Arm. Der beruhigt sich schon wieder.«

Sie liefen wortlos am Molekularen Zentrum vorbei und erreichten hundert Meter weiter den Eingang zum Botanischen Garten. Hier dämpfte der Neubau die Sprechchöre und Emil fügte sich in sein Schicksal. In den Buggy wollte er aber immer noch nicht. Als Marion ihn auf den Boden setzte, lief er sofort auf den Schwarzen Weg, der hier, von Bäumen und einem Gebüschstreifen gesäumt, linker Hand am Garten vorbeiführte.

»Emil!«, rief Marion streng.

»Lass ihn ruhig. Ich wollte ohnehin da lang«, sagte Hermann. Emil verschwand ein paar Meter weiter im dichten Gebüsch. »Ich dachte, vielleicht schaffen wir es bis zum Wildgehege. Wir waren früher oft dort. Erinnerst du dich? Ein schöner offener Wald mit vielen frei laufenden Wildtieren.«

»Ist das nicht viel zu weit?«

»Wir müssten ihn in den Buggy verfrachten. Vielleicht hat er sich ja bald ausgetobt.«

»Er ist schon den ganzen Tag so wild.«

Jetzt sah Hermann die Anstrengung in ihrem Gesicht. Während sie langsam weitergingen, legte er ihr seinen Arm um die Schulter und drückte sie an sich. »Danke übrigens, dass du gleich mitgekommen bist.«

»Du hast mir gar nichts von der Demonstration erzählt. Daniel sagt, sie wollen so lange durchhalten, bis ihre Forderungen erfüllt sind.«

»Welche meint er denn? Sie haben ziemlich viele Forderungen. Saubere Wissenschaft, keine Patente auf Leben, keine Synthetische Biologie.«

»Und wie denkst du darüber?«

»Ich finde, sie haben in vielen Punkten recht.«

»Dann unterstütz sie.«

»Das tue ich im Rahmen meiner Möglichkeiten. Gestern habe ich zum Beispiel versucht zu verhindern, dass Wiesheu die Polizei ruft. Leider hat es dann Moebus getan.«

»Dein Freund, der schöne Professor, hat eine Menge Ärger am Hals, was?«

»Ja, das hat er«, antwortete Hermann und dachte, dass all das hier erst der Anfang sein könnte.

»Geht es um den Brief in *Nature*?«

»Ja, er hat die von ihm entdeckten Zellen nicht an andere Labors weitergegeben, obwohl er dazu verpflichtet gewesen wäre.«

»Und warum nicht?«

»Das müsstest du ihn selbst fragen.«

»Hast du ihn gefragt?«

»Wir ...« Hermann blieb stehen. »Wir reden momentan nicht miteinander.«

»Habt ihr euch deswegen gestritten?«

»Bitte, Marion, frag nicht weiter«, sagte er gequält. »Ich kann dir dazu nicht mehr sagen. Vielleicht bald ...«

»Wann?«

»Ich weiß nicht, in ein paar Tagen oder Wochen.«

Sie schüttelte seinen Arm von ihrer Schulter.

»Bitte, vertrau mir«, bat er. »Das ist eine ziemlich komplizierte Angelegenheit und ich muss dir doch nicht über jede ...«

Ehe er den Satz beenden konnte, fiel sie ihm ins Wort. »Elisabeth hat übrigens angerufen.«

»Elisabeth? Was wollte sie denn?«

»Dich sprechen, was sonst? Du sollst sie bei Gelegenheit zurückrufen.«

»War es dringend?« Er dachte natürlich sofort, dass der Anruf etwas mit Frank zu tun haben könnte. Vielleicht machte Elisabeth sich Sorgen um ihren Bruder.

»Was könnte denn so dringend sein?«

Hermann überging ihre Frage. »Na ja, ich sehe sie ja wahrscheinlich am Sonnabend.«

Emil stand plötzlich am Wegesrand und warf ihnen mit einem Triumphschrei einen Kinderarm voll Herbstlaub entgegen. Im nächsten Moment war er wieder im Gebüsch verschwunden. Nur ein Rascheln verriet, wo er sich aufhielt.

»Versteckst du dich?«, rief Hermann, dankbar für die Ablenkung. »Soll ich dich fangen?« Kinderlachen antwortete aus dem Gebüsch. »Na, warte«, drohte der Opa scherzhaft und tat so, als wollte er ihm folgen. Zwischen den Sträuchern war für ihn aber kein Durchkommen, sodass er wieder zu seiner Tochter auf den Weg trat.

»Kind müsste man sein«, sagte er.

»Komm raus da, Emil«, rief seine Mutter. »Los! Opa will mit uns zu einem Wildgehege gehen. Da gibt es Hirsche und Wildschweine.«

Wieder lachte Emil. Sie hörten es rascheln, blieben stehen und warteten. Durch das dichte Geäst sahen sie hin und wieder seine rot-weiß gestreifte Mütze.

Es dauerte etwas, bis Emil ein paar Meter weiter wiederauftauchte. Diesmal hatte er keine Blätter in der Hand, sondern irgendein blaues flaches Ding, das er wie eine Trophäe vor sich hertrug.

»Lass das liegen, Emil. Das ist doch schmutzig«, ermahnte ihn seine Mutter.

Aber der Zweijährige dachte gar nicht daran.

»Hafunden«, sagte er stolz, »ich«, marschierte, das wertvolle Fundstück an die Brust gedrückt, an seiner ignoranten Mutter vorbei und brachte das Ding zu seinem Opa, der es schmunzelnd entgegennahm. »Was hast du denn da?«

Es war ein dickes Heft und hatte wohl schon länger im Gebüsch gelegen. Der blaue Umschlag war fleckig und feucht und wellte sich. An den Ecken war das Papier eingerissen. Hermann wischte Erdkrümel und Blätter ab. »Ist das etwa eine Schatzkarte?«

Emil strahlte ihn an. »Ich hafunden.«

»Was ist das?« Marion kam näher und sah auf das Heft herab.

»Sieht aus, als hätte es ein Tier in der Mangel gehabt. Hier«, Hermann zeigte auf einige kleine Löcher und Druckstellen auf dem Umschlag, »das könnten Bissspuren sein.«

»Vielleicht ein Hund.« Marion verzog das Gesicht. »Wirf es weg, Papa. Das ist eklig.«

»Warte doch mal.« Vorsichtig schlug er ein paar Seiten auf und erkannte chemische Formeln, Konzentrationsangaben, Laborprotokolle.

»Sieh mal hier, Emil.« Er zeigte ihm eine komplizierte Strukturformel. »Das sieht doch wirklich aus wie eine Schatzkarte, oder?«

»Meins«, sagte Emil.

»Ein Schulheft«, schlug Marion vor.

»Nein, das sieht mir eher nach einem Laborbuch aus.«

Sie sah ihren Vater fragend an.

»Jeder, der in einem Labor arbeitet, muss so etwas führen. Meine Leute auch. Darin werden alle Labortätigkeiten eingetragen, alle Versuche, welche Lösungen angesetzt wurden, wann ein Experiment gestartet und ob während der Durchführung etwas verändert wurde, die Ergebnisse. Einfach alles. Ein wichtiges Dokument.«

»So etwas wirft man doch nicht weg. Jemand muss es verloren haben.«

Hermann schlug das Buch zu und richtete sich auf. »Weißt du was?«, sagte er zu seinem Enkel. »Wir nehmen es mit.«

»Meins«, quengelte Emil und streckte die Hände danach aus.

»Ja, du hast es gefunden. Aber vielleicht gehört es jemandem und wir müssen es zurückgeben. Ich lege es hier unten in den Buggy rein, siehst du? Da ist es sicher.«

»Meins«, stellte Emil noch einmal fest und verfolgte mit Argusaugen, was Hermann mit seiner Fundsache anstellte. Jetzt, da das tolle Ding in seinem Buggy lag, wollte auch er im Buggy sitzen. Als sie weiterliefen, beugte er sich immer wieder hinunter, um nachzusehen, ob seine Entdeckung noch an Ort und Stelle war.

Bis zum Wildgehege schafften sie es an diesem Tage nicht. Sie gingen an der Laubenkolonie vorbei, unterquerten die Autobahn, schlenderten durch die Straßen auf der anderen Seite und redeten dabei über den bevorstehenden Einzug in Marions neue Wohnung und überlegten, was noch zu erledigen wäre. In den ersten Tagen würde sie improvisieren müssen, denn alles, was sie besaß, befand sich in München. Wenn Emil in den neuen Kindergarten eingewöhnt war, würde sie kurz hinfahren, um den Umzug zu organisieren, und Hermann würde sich für ein paar Tage um seinen Enkel kümmern müssen. Er versicherte ihr, dass er sich darauf freue. Emil bekam in einem Laden ein Kaktuseis und döste bald in seinem Wagen vor sich hin. Gegen halb sechs drehten sie um und liefen den gleichen Weg zurück.

Da sie sich einen erneuten Kontakt Emils mit den Demonstranten ersparen wollten – sie wussten nicht, ob die Studenten noch vor dem Zentrum standen –, lief Hermann vor, um sein Auto zu holen, mit dem Marion zum Institut gefahren war. Vor dem Botanischen Garten hielt er, sie setzten Emil in den Kindersitz, luden den zusammengeklappten Buggy in den Kofferraum und fuhren zu einem italienischen Restaurant am Hafen.

Als sie dort zu Abend aßen und danach auf der Hörnbrücke die Lichter des riesigen Fährschiffes bestaunten, das ein Stück weiter am Schwedenkai lag, hatte Hermann das Laborbuch schon wieder vergessen. Sie fuhren nach Hause und er hielt auf der Straße, damit Marion aussteigen und den bereits schlafenden Emil ins Bett bringen könnte. Die Parkplatzsuche war wie so oft mühsam. Er musste fast um den ganzen Schrevenpark herumfahren, bis er endlich eine Lücke entdeckte.

Hier irgendwo muss Frank wohnen, dachte er und sah sich unwillkürlich um. Er war noch nie in seiner Wohnung gewesen. Wenn sie samstags zusammen nach Lübeck fuhren, erwartete ihn Frank immer unten auf der Straße mit dem Instrumentenkoffer auf dem Rücken. Hermann schüttelte leicht den Kopf. Er hatte einen schönen Nachmittag mit seiner Familie verbracht und wollte jetzt nicht an Frank denken. Er dachte ohnehin viel zu oft an ihn. Unter alten Parkbäumen marschierte er zurück zu seinem Haus. Dann, er war schon im ersten Stock, fiel ihm ein, dass er vergessen hatte, den Buggy auszuladen. Sicher würde Marion ihn morgen brauchen. Er stöhnte und drehte um.

Erst als er das Gefährt unten im Hausflur neben den Treppenaufgang gestellt hatte, fiel ihm das Laborbuch wieder ein. Er nahm es kurz entschlossen mit nach oben und legte es in seinem Arbeitszimmer auf die Heizung. Es war seltsam, dass es da so im Gebüsch gelegen hatte, an einem Ort, an dem es eigentlich niemand verloren haben konnte. Ein Tier hatte es möglicherweise verschleppt. Trotzdem war es merkwürdig. Laborbücher enthielten wichtige Daten und Aufzeichnungen, die für die Auswertung einer Untersuchung eigentlich unverzichtbar waren. Er führte auch eins und griff, wenn er einen Aufsatz verfasste, immer wieder auf seine Notizen zurück. Man konnte ja nicht alles im Kopf behalten. Wer sein Laborbuch verlor, handelte sich damit große Probleme ein. Er würde sich später noch einmal damit beschäftigen. Vielleicht fand er heraus, wem es gehörte.

Marion war nirgends zu sehen. Offenbar hatte sie sich schon hingelegt. Kurz überlegte er, Elisabeth zurückzurufen, ging dann aber ins Wohnzimmer, um sich die Nachrichten anzusehen. Für einen Anruf war es ohnehin zu spät. Auf dem Sofatisch fand er einen Zettel. »Bin heute verabredet. Emil schläft tief und fest und ich kann nicht länger warten. Pass gut auf ihn auf. Es könnte spät werden. Liebe Grüße Marion«.

Seit sie bei ihm wohnte, war sie erst ein Mal abends ausgegangen, und er gönnte ihr das Vergnügen von Herzen. Das letzte Mal hatte sie sich mit einer Freundin getroffen. Aus irgendeinem Grunde war er sich aber sicher, dass sie heute Abend in Begleitung eines Mannes ausging. Und wenn er die letzten Tage und den heutigen Nachmittag Revue passieren ließ, kam dafür eigentlich nur einer infrage.

Seufzend ließ er sich aufs Sofa fallen. Vielleicht sah er ja auch Gespenster. Es könnte ja auch ein Freund aus alten Kieler Tagen sein. Er tippte auf die Fernbedienung. Ein Reporter stand vor dem Kanzleramt in Berlin und berichtete über den ewigen Parteienstreit um die geplanten Steuererleichterungen. Was soll's, dachte er. Daniel wäre mit Sicherheit keine schlechte Wahl und er konnte ohnehin nichts daran ändern.

Bis ins Fernsehen hatte es der Fall Moebus noch nicht geschafft. Das war wohl auch in der Zukunft nicht zu erwarten, selbst wenn die akademische Welt demnächst kopfstehen sollte. Vielleicht später einmal, in der Rückschau, als Vorlage für einen spannenden Fernsehfilm. Wissenschaft hatte im TV nur als Event eine Chance, wenn es knallte und rauchte und blitzte und spektakuläre, unerwartete Dinge inszeniert wurden. Noch gab es nichts als einen Brief, eine Antwort und maximal dreihundert protestierende Studenten. Und einen Protagonisten, der sich, entgegen seinen sonstigen Gewohnheiten, eigentümlich schweigsam verhielt. Ende offen. Zu wenig.

Hermann gähnte und beschloss ins Bett zu gehen. Er schaltete den Fernseher aus, stemmte sich mühsam in den Stand, ging kurz ins Gästezimmer, um nach Emil zu sehen, und dann weiter durch den Flur. Er war für seine Verhältnisse viel gelaufen und spürte seine Knochen.

Die Tür seines Arbeitszimmers stand offen. Er hatte die Schreibtischlampe angelassen, deren Licht auch auf die Heizung fiel. Dort leuchtete schmutzig blau Emils Fundstück.

Das Laborbuch.

Er blieb stehen. Eigentlich war er zu müde.

Ach was. Wenigstens einen flüchtigen Blick. Er schritt schnell durch den Raum, griff nach den Aufzeichnungen und legte sie unter die Lampe auf den Schreibtisch. Das Papier hatte sich durch die Heizungsluft noch mehr gewellt. Eigentlich müsste man es pressen. Das Umblättern war sehr mühsam. Er beschwerte die Seiten mit einer Schneckenschale, die er mal in Südaustralien aus dem Wasser geholt hatte.

Kein Name. Soweit er erkennen konnte, auch keine Jahreszahl. Im Buch standen zwar jede Menge Daten, aber ohne Jahresangabe. Vielleicht hatte er sie auf den ersten Seiten übersehen. Sie waren fleckig und so stark verdreckt, dass er kaum etwas entziffern konnte.

Der Anfang war enttäuschend, genau das, was man von einem Laborbuch erwarten durfte, das man nicht selbst geschrieben hatte. Massenhaft Abkürzungen, rätselhafte Zahlenkolonnen, Konzentrationsangaben, Geräteeinstellungen. Die Handschrift war schwer zu entziffern. Krakelig wie eine Kinderschrift, aber winzig klein. Insgesamt wirkte das Ganze pedantisch.

Einiges konnte er entziffern. Er blätterte schneller. Die Großbuchstaben RNA und DNA stachen ihm auf fast jeder Seite ins Auge. Es ging um die Isolierung und Reinigung von Nukleinsäuren. Später fand er eingeklebte Fotos von Elektrophorese-Gelen. Kein Zweifel: Der oder die Besitzerin des Laborbuchs war Biologe oder Biochemiker.

Es könnte aus dem Molekularen Zentrum stammen, überlegte Hermann. Dafür sprach auch die räumliche Nähe. Aber das neue Gebäude war erst vor Kurzem eingeweiht worden und es wäre erstaunlich, wenn dort jemand schon derart umfangreiche Laborarbeiten durchgeführt hätte. Hermann ließ die Seiten durch die Finger gleiten. Das Buch hatte sicher hundert Seiten, siebzig oder achtzig davon waren beschrieben.

Er blätterte weiter.

Plötzlich, es traf ihn wie ein Schlag in die Magengrube, nur ein einziges Wort, in dicken großen Buchstaben quer über eine ganze Seite geschrieben: SCHEISSE. Ausrufezeichen.

Was sollte das?

Vielleicht war das Buch doch absichtlich weggeworfen worden, fiel ihm ein. Aus Wut und Frustration. Von jemandem, der aufgegeben und die Schnauze voll hatte. Ein Abbrecher. Hoffentlich hatte er oder sie es sich inzwischen nicht anders überlegt.

Er schaute genauer hin. Lateinische Artbezeichnungen fielen ihm auf, sagten ihm aber nichts. Bei mehreren Millionen Organismenarten war das nicht weiter verwunderlich. Er schaltete seinen Rechner an und gab einige der Namen ein. Es handelte sich ausschließlich um thermophile Mikroorganismen, einige marin, andere stammten aus heißen Quellen auf dem Festland. Damit war im Zentrum eigentlich nur einer befasst.

Er wurde neugierig und suchte nach einer weiteren Art, deren Name oben auf einer Seite stand, doppelt unterstrichen. Der Verfasser hatte »interessant!!« an die Seite geschrieben.

Die Antwort kam prompt. Ein Archaebakterium aus der Tiefsee, das in heißen Quellen des Mittelatlantischen Rückens entdeckt wurde. Erst 2010 kultiviert und beschrieben. In einem Aufsatz von …

Hermann stockte der Atem: Barthelmess et al. 2010.

Er rief die Originalarbeit auf. Erstautor Barthelmess, Moritz, Alfred-Wegener-Institut, Bremerhaven. Dazu sechs Koautoren. Einer davon: Frank Moebus.

Das Laborbuch stammte aus Franks Arbeitsgruppe.

Hermann ließ sich schlaff gegen die Rückenlehne fallen. Nach allem, was geschehen war, fiel es ihm schwer, an einen Zufall zu glauben. Immer ich, dachte er. Warum ausgerechnet ich?

Er blätterte hastig durch die hinteren Seiten. Da, wieder ein einziges Wort, das regelrecht auf die Seite geritzt worden war. Das Papier war an einigen Stellen zerrissen, so heftig hatte der Verfasser aufgedrückt. SCHWEIN. Ausrufezeichen. Kurz darauf fand er noch eine dieser Seiten, die so gar nicht in ein Laborbuch passten. Diesmal waren es vier Worte: WO SIND DIE ZELLEN?

Um Hermanns Nachtruhe war es geschehen. Er ahnte nun, wem das Laborbuch einmal gehört hatte, auch wenn ihm völlig rätselhaft war, wie es in das Gebüsch gelangt sein könnte. Er begann, jede einzelne Seite genau anzusehen, machte sich Notizen und markierte Stellen, die ihm besonders wichtig erschienen, mit farbigen Papierstreifen. Anderthalb Stunden vergingen, bis er begriff, was er da vor sich hatte. Es waren Aufzeichnungen, die als nüchternes Arbeitsprotokoll begannen und sich dann schleichend, anfangs nur durch wenige versteckte Worte und Kommentare, in ein privates Tagebuch verwandelten. Auf Arbeitsroutine folgte Verwirrung, Ratlosigkeit, schließlich Wut und Enttäuschung. Das Dokument einer wachsenden Verzweiflung. Eine erschütternde Lektüre.

Und das Laborbuch lieferte noch mehr: den Beweis, dass alles weit schlimmer war, als er bisher angenommen hatte. Viel schlimmer. Ein Sturm würde losbrechen, wenn das publik würde.

Wenn er ehrlich war, hatte er hin und wieder sogar an diese Möglichkeit gedacht, zuletzt, als er herausfand, dass Frank die berühmte Arbeit nach dem Tod seines Kollegen allein verfasst hatte. Jetzt fügte sich plötzlich alles zusammen, jetzt lag alles auf der Hand. Noch gestern, noch vor wenigen Stunden waren diese Gedanken nichts als vage Spukgestalten gewesen, die gelegentlich durch seinen Kopf gehuscht waren und die er weder festhalten wollte noch konnte. Sie passten einfach nicht in seine Welt.

Frank hatte ihn belogen.

Er hatte alle belogen.

Alles war gelogen.

Hermann fasste einen Entschluss. Tut mir leid, Frank. Tut mir wirklich leid. Am liebsten hätte er sofort zum Telefon gegriffen, um diese Ungeheuerlichkeit loszuwerden, aber es war halb drei Uhr in der Nacht. Wen könnte er überhaupt anrufen? Und wo blieb eigentlich seine Tochter?

15

In der Schillerstraße, auf der anderen Seite des Schrevenparks, war auch Frank Moebus noch wach. Er saß auf seinem Sofa, starrte mit verbissenem Gesicht durch die offene Flügeltür in den dunklen Nachbarraum, in dem nur ein großer moderner Nussbaumtisch mit sechs nie benutzten Stühlen stand, und löffelte mechanisch ein Glas Mangojoghurt aus. Davor war er lange grübelnd durch die Zimmer gelaufen, vorbei an den unausgepackten Kartons, die sich im hinteren Teil der Wohnung stapelten, und den bis auf ein paar Festivalplakate kahlen weißen Wänden. Jemand wie Judy hätte diesen Räumen Leben einflößen können, ein Gedanke, der ihm sofort Tränen in die Augen trieb. Er hatte sie zur falschen Zeit und am falschen Ort kennengelernt und jemand anders ließ er nicht an sich heran. Es hatte einfach nicht sollen sein. So war aus dieser Wohnung nie mehr als ein großzügiges Schlafdomizil geworden.

Außer Elisabeth und ihrem Mann hatte sie kein Besucher je betreten und Bennie hatte damals nur Augen für die High-End-Stereoanlage und die schlanken, mehrere Tausend Euro teuren Lautsprechertürme gehabt, aus denen jetzt Saxofontöne und das leise Zischeln von Becken zu hören waren. Über alles andere, den Mangel an Sitzgelegenheiten, die Glühbirnen an den Decken und die gähnende Leere, hatte er großzügig hinweggesehen. Elisabeth natürlich nicht. Ob die Wohnung für ihn allein nicht zu groß sei, hatte sie nach ihrem Rundgang gefragt und dann grinsend hinzugefügt: »Viereinhalb Zimmer, du planst doch nicht etwa, eine Familie zu gründen?« Natürlich bot sie ihm an, ihm beim Einrichten der Wohnung zu helfen, aber er lehnte ab, mit dem Ergebnis, dass es hier, von Sofa und Esstisch abgesehen, die er kurz darauf in einem Möbelhaus in der Innenstadt gekauft hatte, noch genauso aussah wie vor zwei Jahren. Als hätte er immer schon geahnt, dass sich das Auspacken nicht lohnen würde.

Aber so war es nicht. Viele, die sich damals darüber wunderten, dass er den Ruf nach Kiel angenommen hatte, äußerten hinter vorgehaltener Hand die Vermutung, dass er die Stelle nur anträte, um sich für höhere Aufgaben eine bessere Verhandlungsposition zu verschaffen – in den Beratungen der Berufungskommission war die Befürchtung, dass er sich bei nächster Gelegenheit wieder verabschieden könnte, das einzige Argument, das gegen ihn vorgebracht wurde. In Wirklichkeit war er davon ausgegangen, in Kiel den Rest seines Arbeitslebens zu verbringen. Die Nähe zu Elisabeth spielte eine Rolle dabei, nach vielen Jahren des Umherziehens hatte er aber vor allem das Bedürfnis, endlich zur Ruhe zu kommen und sesshaft zu werden. Er wollte ein Zuhause, wollte Wurzeln schlagen – was ihm mit Judy passiert war, sollte sich niemals wiederholen. Deshalb hatte er sich eine repräsentative Wohnung gesucht, nach Jahren in Wohnheimen und Gästehäusern die erste eigene große Wohnung seines Lebens. Die Musik- und Literaturabende in Simons New Yorker Elternhaus waren ihm in lebhafter Erinnerung geblieben und er trug sich mit dem Gedanken, eine Art wissenschaftlich-philosophischen Salon ins Leben zu rufen, mit Vorträgen und Diskussionen. Platz genug hatte er ja. Aber dazu war es nie gekommen.

Sein Pakt mit dem inneren Teufel, wie er es heute nannte, lag damals erst wenige Monate zurück und belastete ihn nicht. Im Gegenteil, er begann sich auszuzahlen, und was er dafür erhielt, übertraf seine kühnsten Erwartungen. Warum hätte er sich Sorgen machen sollen? Was hatte er schon getan? Zukünftige Ereignisse vorweggenommen. Und die Welt hatte prompt mit überwältigender Bestätigung reagiert. Sie hatte nur auf jemanden wie ihn gewartet und überschlug sich vor Begeisterung. Sein Betrug war schlicht vollkommen und er selbst sein dankbarstes Opfer.

Bei Hwang war es ähnlich gewesen. Vermutlich hatte auch er den natürlichen Gang der Dinge nur ein wenig beschleunigen wollen, um dann, sobald er als Erster durchs Ziel gegangen wäre, Schein und Wirklichkeit im Nachhinein zur Deckung zu bringen. Der Koreaner war bereits ein berühmter Forscher, als er seine Stammzelllinien präsentierte, hatte als Erster einen Hund geklont, und in der ganzen Welt arbeiteten hochkarätige Forschergruppen auf das gleiche Ziel hin. Der Ausgang des Rennens war offen, aber der Durchbruch lag quasi in der Luft. Deshalb schöpfte niemand Verdacht, als Hwang vor die Presse trat und diesen spektakulären Erfolg verkündete. Die Welt jubelte, sah sich vom Krebs und von anderen Leiden erlöst, *Science* präsentierte die Arbeit auf dem Titelblatt, Hwang wurde zum Helden der koreanischen Nation, die sich endlich auf Augenhöhe mit den Amerikanern und Europäern wähnte. Aber er hatte sich zu dilettantisch angestellt. Sein Hochmut war ihm zum Verhängnis geworden, vermutete Frank, der sich das Schicksal des Koreaners immer wieder als warnendes Beispiel vor Augen hielt. Wie konnte Hwang nur so leichtsinnig sein, überlappende Fotos von ein und derselben Zellkultur zu verwenden, um damit die Existenz unterschiedlicher Stammzelllinien zu belegen? Jemand musste doch dahinterkommen. Er, Frank, war viel sorgfältiger vorgegangen. Seine Fotos waren in nächtelanger akribischer Kleinarbeit entstanden, Pixel für Pixel, echte Qualitätsarbeit, Fälschungen made in Germany.

Nein, über die Fotos würde er nicht stürzen, dachte Frank

bitter, während er die letzten Reste des Joghurts aus dem Glas kratzte. Doch auch er beging Fehler. Sein letzter könnte sich als der folgenschwerste erweisen. Nie hätte er versuchen dürfen, Resnais um eine Verschiebung seines Besuches zu bitten. Die Arbeitsüberlastung nach den beiden Todesfällen war das denkbar schlechteste Argument. Nicht schon wieder, hatte der Franzose erbost geantwortet, immer das gleiche Lied, damit halte er seine Kollegen nun schon seit zwei Jahren hin. Und dann hatte er nachgefragt und gebohrt und Frank hatte sich gewunden wie ein Wurm am Haken.

Jetzt würde Resnais genauer hinschauen und damit saß er, Frank, verdammt noch mal richtig in der Scheiße. Wutentbrannt sprang er auf, lief in die Küche, warf das Joghurtglas scheppernd in die Spüle und goss sich mit zitternder Hand einen Maltwhisky ein.

Selbst wenn es ihm gelungen wäre, Resnais zu überzeugen, was hätte er damit gewonnen? Nur einen Hoffnungsschimmer, eine neue Galgenfrist, der weitere folgen müssten, wenn er sich bis zur Rückkehr der *Polarstern* ins Ziel retten wollte. Er war es so leid, war so erschöpft …

Konnte er dem Franzosen mit derselben Geschichte kommen, die er Hermann erzählt hatte? Oder sollte er noch einmal versuchen, einen Einbruch vorzutäuschen, nachdem der erste Versuch ohne seine Schuld in einem Fiasko geendet war? Aber nein – wenn es keine lebenden Zellen gab, würde der Experte, den Resnais mitbrachte, natürlich die toten, fixierten Zellen sehen wollen, Sequenzdaten, Enzymanalysen, all das, was er vor vielen Monaten angekündigt hatte.

Frank schüttelte den Kopf. Sein Gehirn hörte einfach nicht auf, nach Auswegen zu suchen. Er war Wissenschaftler, seine Synapsen waren so programmiert. Plan A hatte nicht zum gewünschten Ziel geführt, also versuchte er auf andere Weise, sein Ziel zu erreichen. So funktionierte Wissenschaft. Hartnäckig bleiben. Immer wieder nach neuen Wegen und Methoden suchen. Wie in jener verhängnisvollen und traumatischen Nacht. Er hatte das offenbar mit der Muttermilch aufgesogen. Er konnte nicht anders.

Zurück auf dem Sofa nippte er an der goldbraunen scharfen Flüssigkeit und sah sich wieder in seinem dunklen Büro hocken, die Tür einen Spaltbreit geöffnet, damit er verstehen könnte, was die beiden Männer im Kulturenraum sagten …

Er hört, wie sie miteinander streiten und sich beschimpfen, und starrt dabei wie hypnotisiert auf die Zeiger seiner Armbanduhr, sieht zu, wie das ohnehin kleine Zeitfenster, das ihm bei seiner Ankunft noch zur Verfügung gestanden hatte, immer weiter zusammenschrumpft. Zuerst hat er noch gehofft, die beiden Männer würden bald aufbrechen, und hielt sich bereit, um sofort aus dem Zimmer zu stürzen, sobald die Etagentür ins Schloss gefallen wäre. Dann wurde ihm klar, dass die beiden gar nicht daran denken, zu gehen. Sie haben sich ineinander verbissen und können nicht voneinander lassen. Ausgerechnet hier und jetzt wollen beide etwas austragen, das schon lange in ihnen schwelt.

Mittlerweile stehen die Zeiger auf fünf vor halb zwölf und eigentlich müsste er sich schleunigst auf den Weg zu seinem Wagen machen, wenn er den Zug in Hamburg noch erreichen will. Aber er kann nicht.

Er weiß, mit wem er es zu tun hat. Barthelmess hat er sofort erkannt. Der Zweite ist Hilpert. Dieser Schwachkopf. Was hat er um diese Zeit noch im Institut verloren? Nach Brüssel wollte oder durfte er nicht, doch anstatt sich nun zu Hause um seine Familie zu kümmern, schlägt er sich hier die halbe Nacht um die Ohren.

Hilpert hat offenbar eine Code-Karte. Als ihm das klar wird, erschrickt er und tastet unwillkürlich nach der eigenen Karte, die er immer bei sich hat. Sie befindet sich an Ort und Stelle in der Tasche seines Jacketts. Was will der Kerl damit?

»Ist das etwa meine?«, fragt Moritz. »Woher hast du die? Wie kommst du dazu, hm?«

»Spiel dich nicht so auf«, antwortet Johannes aufgebracht. »Ist ohnehin ein Unding, dass ich bis heute keinen Zugang zu den Kulturen habe. Dass ich immer fragen muss. Die Karte lag da auf dem Tisch, wenn du es genau wissen willst. Pass doch besser auf, wenn kein anderer sie benutzen soll.«

Idiot, denkt Frank, lässt einfach seine Karte herumliegen. Er findet trotz seiner verzweifelten Lage fast ein wenig Gefallen daran, im eigenen Labor Mäuschen zu spielen.

»Und was hattest du mit meiner Karte vor?«

»Bist du Moebus' Aufpasser? Hat er dir gesagt, dass du mich im Auge behalten sollst, solange er weg ist?«

»Unsinn. Du leidest ja an Paranoia. Schlechtes Gewissen?«, fragt Moritz höhnisch.

»Ich arbeite in diesem Labor, falls dir das noch nicht aufgefallen sein sollte. Ich habe hier die gleichen Rechte wie du.« Hilpert klingt überraschend kämpferisch.

»Offenbar nicht. Sonst hätte er dir eine eigene Karte gegeben.«

»Was machst du überhaupt hier?«, braust Hilpert auf. »Du lässt dich doch sonst kaum noch blicken. Sitzt wohl schon auf gepackten Koffern, was? Bist froh, endlich hier rauszukommen.«

»Das geht dich nichts an. Du hast meine Frage nicht beantwortet. Was wolltest du mit der Karte?«

»Ich wollte sie benutzen, was sonst? Ich wollte da rein.« Frank sieht ihn vor sich, diesen schmalen, schüchternen Mann, wie er mit dem Kopf trotzig auf die gesicherte Tür zur Schatzkammer deutet.

»Um was zu tun?«, bohrt Moritz weiter.

Einen Moment herrscht Schweigen. Frank lauscht atemlos. Auch ihn interessiert brennend, was Hilpert vorhat. Hat er es früher schon mal versucht? Wenn Moritz so schlampig mit seiner Karte umgeht, ist das nicht auszuschließen.

»Ich will eine Antwort.«

Frank hat sich umgedreht und kniet jetzt hinter der Tür. Seine rechte Hand hält die Klinke fest, ein Ohr ist gegen den schmalen Türspalt gedrückt, um ja kein Wort zu verpassen. Er wundert sich über Moritz' Hartnäckigkeit. Mit ihm redet er kaum noch ein Wort. Warum interessiert ihn so, was Hilpert vorhat? Moritz ahnt etwas, das hat er schon die ganze Zeit befürchtet. Und Hilpert auch, was will er sonst in der Schatzkammer?

Er hält sein Handgelenk mit der Uhr rasch in den schwachen Lichtschein, der durch den Türspalt fällt. Zehn Minuten nach halb zwölf. Es ist zu spät. Er wird seinen Zug in Hamburg nicht mehr erreichen. Aus der Traum. Vorbei. Eine Katastrophe. Er kämpft mühsam gegen das Schwächegefühl an, das ihn zu Boden drückt. Er darf jetzt nicht schlappmachen. Es gibt immer einen Ausweg und er wird danach suchen, wenn das hier vorbei ist. Er kann jetzt nicht darüber nachdenken. Er muss zuhören, denn er erfährt Dinge, die ihm sonst nie zu Ohren gekommen wären. Er wird später eine Lösung finden, im Moment traut er sich ohnehin nicht aus dem Zimmer. Dass er den Zug verpasst, ist schlimm genug, aber wenn ihn jetzt noch jemand sehen würde …

Hilpert schweigt beharrlich.

»Und da wir schon mal dabei sind …«, nimmt Moritz den Faden plötzlich wieder auf. »Mich würde wirklich interessieren, was du überhaupt so treibst, Johannes. Man erfährt ja fast nichts davon. Mal eine RNA aus diesem, mal aus jenem Bakterium, das ist alles. Seit Monaten. Sind das Fingerübungen? Du müsstest doch die Sache langsam im Griff haben. Wann kommen endlich Sequenzdaten von den Moebus-Zellen?«

Hilpert lacht. »Das frage ich mich auch«, sagt er so leise, dass Frank es kaum verstehen kann. »Schon lange.«

»Was soll das heißen?«

»Das musst du Moebus fragen. Er lässt mich einfach nicht mit den Zellen arbeiten.«

»Du wirst lachen. Ich habe ihn gefragt. Er sagt, du produzierst zu viel Ausschuss, machst zu viele Fehler.«

»Dieses Schwein!«, schreit Hilpert gequält auf und im nächsten Moment scheppert es laut. Frank zuckt zusammen. Irgendetwas ist zu Boden gefallen.

»Hey«, ruft Moritz. »Hör auf zu randalieren. Reiß dich zusammen.«

Hilpert ist jetzt außer sich. »Wo habe ich Fehler gemacht?«, brüllt er. Seine Stimme überschlägt sich. »Wann? Wobei? Zeig sie mir.«

»Moebus sagt, die Zellen seien einfach zu kostbar, um sie in Untersuchungen zu verschwenden, die noch keine reproduzierbaren Ergebnisse liefern, und damit hat er zweifellos recht.«

»Er lügt. Dieser Mann ist ein Lügner und Sadist.«

»Er kann einem ganz schön auf die Nerven gehen, das stimmt, und falls es dich beruhigt, er wird für seinen Dickkopf vermutlich bald die Quittung bekommen. Aber glaub mir, ich kenne ihn gut. Ein Lügner ist er nicht. Du willst nur von deinen eigenen Fehlern ablenken.«

Hilpert stößt einen Schrei aus und wieder fällt irgendein schwerer Gegenstand auf den Boden. Er scheint am Rande eines Nervenzusammenbruchs zu sein.

»Hör auf damit, Johannes. Was soll das? Beruhige dich!«

Frank bleibt wie gebannt hinter der Tür. Täuscht er sich oder ist jetzt tatsächlich ein wenig Angst in Moritz' Stimme?

»Ich will mich aber nicht beruhigen, hörst du. Zum ersten Mal, seit ich hier bin, will ich mich nicht beruhigen. Ich werde dir mal was verraten über unseren verehrten Professor. Moebus ist ein Betrüger, wie ihn die Welt noch nicht gesehen hat. Ein Blender. Wenigstens darin ist er wirklich spitze. Ich glaube, es gibt überhaupt keine Moebus-Zellen. Ich glaube es nicht nur, ich weiß es.«

Frank hält die Luft an.

»Oha.« Moritz lacht schallend. »Das ist ja ein starkes Stück. Wolltest du deshalb da rein? Um dir die Zellen zu holen? Dir ist hoffentlich klar, dass du sofort deine Koffer packen kannst, wenn das rauskommt?«

»Ich will endlich Gewissheit, und dann werde …«

»Hör auf mit dem Blödsinn. Ich sag ja, du bist paranoid. Weißt du überhaupt, was du da sagst? Das ist doch grotesk.«

»Allerdings weiß ich das. Es wäre nicht das erste Mal, dass ich Proben entnehme. Frag dich doch mal selbst. Du kennst ihn doch so gut. Hat er dir die Zellen gezeigt, ich meine, das Original, nicht irgendwelche Fotos? Ha, ich sehe dir an, dass er es nicht getan hat. Es gibt nämlich nichts zu zeigen. Diese Apparatur da drinnen enthält nichts als Wasser.«

Einen Moment herrscht Stille, die fast noch bedrohlicher klingt als Hilperts Geschrei. Frank hat es aufgegeben, auf die Uhr zu schauen. Was er soeben erfahren hat, ist von immenser Bedeutung und drängt alles andere in den Hintergrund. Hilpert muss gehen. Er weiß zwar noch nicht, wie, aber er muss ihn sofort nach seiner Rückkehr vor die Tür setzen, bevor er zu einer Gefahr wird. Hoffentlich ist es nicht schon zu spät. Er stutzt. Nach seiner Rückkehr? Dazu müsste er erst einmal … Warum sagt Moritz nichts? Hat Hilperts Geschwätz ihm etwa zu denken gegeben?

»Lass das liegen«, sagt Hilpert plötzlich in die Stille.

»Warum? Was ist das?«

»Ich sage, du sollst es liegen lassen.« Die Drohung ist unüberhörbar. Frank kann diese kalte Stimme kaum noch mit dem Mann in Verbindung bringen, den er kennt.

»Ah, jetzt verstehe ich. Das ist dein Laborbuch. Lass mal sehen. Hmm, sieht sehr ordentlich aus.«

Vorsicht, denkt Frank in diesem Moment. Pass auf, was du sagst, Moritz. Reiz ihn nicht noch mehr.

»Zum letzten Mal, Barthelmess. Leg es hin. Lass deine Finger davon.«

»Komm, wir setzen uns in dein Büro und gehen das Laborbuch zusammen durch. Zeig mir, was du gemacht hast. Es interessiert mich wirklich. Vielleicht kann ich …«

Im nächsten Moment scheint der Kulturenraum zu explodieren. Frank hört einen furchtbaren Schrei, an dem kaum noch etwas Menschliches ist, etwas klirrt und dann ist da nur noch Stöhnen und Ächzen. Sie kämpfen. Mein Gott, ja, sie kämpfen. Was hat Hilpert nur mit seinem Laborbuch? Warum stellt er sich so an? Offenbar hat er völlig die Beherrschung verloren. »Johannes«, schreit Moritz kurz auf und diesmal spricht nackte Angst aus seiner Stimme, die in einem Würgelaut erstirbt. Dann ein Schmerzensschrei und noch wilderes Stöhnen. Poltern, Gegenstände fallen zu Boden. Was ist da los? Schreie und ein Lärm, der Frank bis ins Mark trifft, ein ohrenbetäubendes Klirren, Knirschen und Kreischen. Irgendetwas Schweres donnert zu Boden. Das ganze Gebäude scheint zu erzittern. Das Platschen von Wasser und ein dumpfer Knall. Sekunden später schießt ein Wasserschwall den Flur entlang. Frank schließt im letzten Moment die Tür, bevor es in sein Büro fließt.

Minutenlang steht er da, hält ein Ohr gegen das Holz gepresst. Nichts ist zu hören. Sein Atem geht stoßweise. Er weiß, irgendetwas Schreckliches ist passiert. Warum sagen sie nichts? Er müsste sie doch hören.

Er schaut auf die Uhr: 0:11. Dieser Tag, den er minutiös geplant hat und an dem er sich für die kommenden schweren Wochen Luft verschaffen wollte, ist vollkommen seiner Kontrolle entglitten. Nichts läuft so wie geplant. Nichts. In der Wut, die in ihm hochkocht, möchte er gegen die Tür hämmern. Er möchte das Brecheisen in die Hand nehmen und irgendetwas zertrümmern. Aber er muss seinen Zorn in sich hineinfressen, muss mucksmäuschenstill bleiben. Wenn er doch nur sehen könnte, was in dem Raum vorgeht. Wie lange soll er hier noch stehen und warten?

Irgendwann hält er es nicht mehr aus und öffnet mit angehaltenem Atem die Tür, vorsichtig, Millimeter für Millimeter. Immer wieder hält er inne und lauscht. Er hört nur Tropfgeräusche, Gluckern, irgendetwas zappelt auf dem Boden. Das Licht brennt noch immer und er sieht, dass der ganze Flur unter Wasser steht. Es darf nicht in sein Zimmer laufen. Nichts darf darauf hindeuten, dass er hier gewesen ist.

Langsam sinkt der Wasserspiegel. Die Tür steht bald zehn Zentimeter offen, dann zwanzig Zentimeter. Noch immer ist nichts zu hören. Wo sind die beiden? Was ist mit ihnen geschehen? Er muss nachsehen. Er kann nicht von hier verschwinden, ohne zu wissen, was passiert ist.

Er überwindet sich, tritt in den Flur hinaus und setzt vorsichtig einen Fuß vor den anderen. Fische zappeln auf dem Boden. Plötzlich meint er, ein anderes Geräusch zu hören, und erstarrt mitten in der Bewegung. Ein leises Wimmern, ja, eindeutig. Jemand weint. Ein Schluchzen.

Er setzt den linken Fuß, der noch in der Luft geschwebt hat, auf den Boden und geht langsam weiter. Bis zur Abzweigung des Ganges sind es nur wenige Schritte. Jetzt bewegt sich jemand, er hört das Schwappen des Wassers, Glasscherben knacken und knirschen, ein Fluch. Es klingt, als wäre nur noch einer der beiden im Raum. Wer? Er kann die Stimme nicht erkennen. Was ist mit dem anderen?

Jetzt hat er die Ecke erreicht und sieht vorsichtig in den im rechten Winkel abzweigenden Gang. Er ist leer. Aus der offenen Tür des Kulturenraumes fällt helles Licht. Frank zittert vor Anspannung, während er versucht, jede Einzelheit in sich aufzunehmen. War da eine Bewegung hinter der Tür? Sie versperrt ihm die Sicht, er kann nicht erkennen, was dahinter ist. Überall schlängeln sich, zappeln und hüpfen seine Labortiere herum. Was haben diese Idioten nur angerichtet …

Noch wagt er nicht, weiterzugehen. Das Schluchzen und Jammern ist lauter geworden. Es ist eindeutig nur eine Person, die sich durch den Raum bewegt. Gegenstände fallen ins Wasser. Er will abwarten, ob vielleicht jemand herauskommt. Dann hört er ein Knacken und im nächsten Moment ein gleichmäßiges Brummen, das von Schleifgeräuschen und leisem Quietschen begleitet wird. Was ist das?

Wieder das Knacken und dann erstirbt das Geräusch. Die Rollos, fällt ihm plötzlich ein. Jemand hat die Rollos hochgelassen. Wieder herrscht Stille. Direkt vor ihm hat sich eine dicke Geburtshelferkröte niedergelassen und glotzt ihn an, bis er sie mit einer Fußbewegung zur Seite wischt. Er wartet, aber dieses Warten, die Ungewissheit wird von Sekunde zu Sekunde unerträglicher.

Plötzlich ein Krachen, das ihm eine Gänsehaut über den Körper jagt. Dann noch mal und noch mal. Mit lautem Quietschen wird irgendetwas Schweres beiseitegeschoben.

Das Fenster, schreit es in Franks Kopf. Er öffnet das Fenster.

Warum? Was soll das? Ein kalter Luftstrom zieht an ihm vorbei und er spürt seine nassen Hosenbeine. Dann geht er auf Zehenspitzen den Gang entlang, bis er vor der offenen Tür steht. Er kann die Ungewissheit nicht mehr ertragen, will endlich sehen, was in dem Raum geschehen ist.

Zuerst blendet ihn die gleißende Helligkeit und er erkennt nur ein heilloses Durcheinander von verbogenen und umgestürzten Metallregalen. Es ist alles noch schlimmer, als er erwartet hat. Ein Bild der Verwüstung, ein Schlachtfeld. Wo sind Moritz und Hilpert?

Dann sieht er seinen Doktoranden gebückt auf der Fensterbrüstung stehen, die eine Hand am Rahmen, in der anderen hält er ein blaues Heft. Er blutet aus mehreren Wunden an Nase, Mund und Stirn und ist kaum wiederzuerkennen, ein Wahnsinniger, der mit weit aufgerissenen Augen in seine Richtung stiert. Jetzt hat er ihn entdeckt, sein Gesicht nimmt einen Ausdruck ungläubigen Staunens an, die Lippen bewegen sich und formen lautlos einen Namen: »Moebus.« Er wird diesen Blick nie vergessen.

»Nicht«, sagt Frank mit schwacher Stimme und will die Hand ausstrecken. Im nächsten Augenblick ist Hilpert verschwunden. Ohne den geringsten Laut. Er fragt sich, ob seine überreizten Sinne sich die gebückte Gestalt nur eingebildet haben. Da hört er von unten einen dumpfen Aufprall. Für ein, zwei Sekunden verharrt er, versucht zu begreifen, was geschehen ist, dann wendet er sich ab und rennt ohne Rücksicht auf das aufspritzende Wasser in sein Büro zurück. Er denkt nicht mehr daran, dass hier irgendwo noch ein zweiter Mann sein müsste. Er denkt an nichts, nur an Flucht.

Hastig schlüpft er in seinen Mantel, verwischt mit einem Papiertaschentuch die Fußspuren, die er hinterlassen hat, und will gerade das Büro verlassen, als sein Blick auf das Brecheisen fällt, das neben der Tür an der Wand lehnt. Es gibt einen Grund, warum er hier ist, warum er all das auf sich genommen hat. Bisher hatte er gar keine Möglichkeit, seinen Plan zu realisieren, aber nun … Die Werkzeuge, die er braucht, sind im Schrank. Und er scheint jetzt allein zu sein. Barthelmess ist offenbar geflohen, über die andere Etagenseite verschwunden, als die Tür geschlossen war, sodass er ihn nicht gehört hat. Er starrt das Brecheisen an. Noch könnte er seinen Plan vollenden und müsste sich nicht einmal besonders vorsehen. Die anderen haben ohnehin alles verwüstet. Er greift nach dem Brecheisen, ist kurz davor, es doch noch zu versuchen, da erwacht er plötzlich wie aus einem Traum. Hilperts blutverschmiertes Gesicht steht ihm vor Augen. Dass er überhaupt darüber nachdenkt, weiterzumachen, als wäre nichts geschehen, entsetzt ihn. Er ist doch niemand, der über Leichen geht. Kein Mensch überlebt einen Sturz aus dieser Höhe. Johannes Hilpert liegt jetzt da unten auf dem Dach, mit zerschmetterten Knochen. Und was ist, wenn Barthelmess schon die Polizei gerufen hat?

Er lässt das Brecheisen im Schrank verschwinden, wirft einen letzten Kontrollblick auf den Fußboden, schließt ab, stürzt aus seiner Etage und rennt in großen Sprüngen das Treppenhaus hinunter. Weg, nur weg von hier. Einmal rutscht er aus, schlägt lang hin, richtet sich mit schmerzverzerrtem Gesicht wieder auf und hetzt weiter, durch das Foyer hinaus in die ungewöhnlich kalte Oktobernacht. Er denkt noch daran, die Tür abzuschließen und den Knauf abzuwischen, bevor er auf den Schwarzen Weg und weiter durch die Nacht rennt. Hermanns Fahrrad, das noch immer vor dem Biologiezentrum steht, beachtet er nicht und er sieht weder den alten Mann, der im Schutz der Bäume neben einem Mülleimer steht, noch den Fuchs, der mit einem blauen Laborbuch in der Schnauze über die Leibnizstraße läuft.

In diesen Sekunden stirbt Moritz Barthelmess oben im Kulturenraum an seinem Blutverlust. In Hamburg schließt der City Night Line die Türen und verlässt ohne Frank den Bahnhof.

Irgendwo in der Olshausenstraße wird noch immer gefeiert. Der Wind weht Musikfetzen und lautes Gelächter in die Straße, aber Frank Moebus sieht sich nicht um, fällt keuchend in den Fahrersitz, startet den Wagen und fährt sofort los.

Ein paar Straßen weiter hält er an, brüllt die Anspannung der letzten Stunden aus sich heraus, hämmert mit beiden Fäusten auf das Lenkrad ein und schlägt dann schluchzend die Hände vors Gesicht. Was für ein Albtraum. Wieder sieht er Hilperts entstelltes Gesicht vor sich, das ihn vorwurfsvoll anschaut. Er wehrt sich dagegen, sagt sich, dass er nichts dafür kann, dass dieser Mann so schwach war, dass er völlig durchgedreht ist und seine Familie im Stich lässt. Aber es hilft nichts. Er weiß, dass er ihn auf dem Gewissen hat. Wie es wohl Moritz geht? Hat er die Polizei gerufen?

Es dauert Minuten, bis Frank sich mit dem beschäftigen kann, was nun vor ihm liegt. Ihm bleiben etwa zehn Stunden. Immerhin, er hat einen schnellen und bequemen Wagen, mit dem er es wahrscheinlich rechtzeitig nach Brüssel schaffen könnte. Er zieht sein Smartphone aus der Tasche, stellt eine Verbindung zum Internet her und macht sich an die Arbeit. Bis zur belgischen Hauptstadt sind es 679 Kilometer. Zu weit. Nach allem, was hinter ihm liegt, wäre es Wahnsinn, eine so lange Nachtfahrt auf sich zu nehmen.

Welche Möglichkeiten bleiben ihm? Der Night Line hätte ihn nach Köln gebracht, wo um 6:44 Uhr ein Zug nach Bruxelles-Midi abfährt. Schafft er es vielleicht nach Köln? Ja, aber er hätte über 500 Kilometer zu fahren. Zu riskant. Es muss eine andere Lösung geben.

Eine Viertelstunde später hat er sie gefunden. Da er keine Sekunde zu verlieren hat, wendet er sofort und fährt über leere Straßen Richtung Autobahn. Münster, Westfalen, ist sein neues Ziel. 368 Kilometer. Um 4:10 Uhr fährt von dort ein Regionalexpress über Duisburg nach Köln, wo er in den Anschlusszug umsteigen kann. Er wäre wie geplant um halb neun in Brüssel und könnte sich für das wichtige Gespräch mit Pierre Resnais noch etwas frisch machen. Der Routenplaner gibt drei Stunden und zwanzig Minuten Fahrzeit an. Er nimmt sich vor, es in höchstens drei Stunden zu schaffen, denn er braucht zwischendurch dringend einen Kaffee und etwas zu trinken. Als Proviant reicht ihm die Schokolade, die noch immer auf dem Beifahrersitz liegt.

Als er diesmal die Autobahn erreicht, lächelt er nicht. Wenn nichts dazwischenkommt, wird er sein Ziel erreichen. Er hat es wieder einmal geschafft, doch er weiß, dass nach dieser Nacht nichts mehr so sein wird wie zuvor. Die konzentrierte Suche nach einer Reisemöglichkeit hat ihn für ein paar Minuten abgelenkt, doch auf der Autobahn kehren die grauenvollen Eindrücke der letzten Stunden wieder zurück: Schuldgefühle, Angst, Entsetzen und die Enttäuschung darüber, dass er sich restlos verausgabt und nichts erreicht hat.

Er lässt das Radio spielen, um sich abzulenken, und als die Nachrichten kommen, hört er genau zu, aber von einem Toten an der Kieler Universität sagt der Sprecher nichts. Er fragt sich, was diese Katastrophe für Folgen haben wird, für ihn, für seine Arbeitsgruppe. Die Polizei wird kommen und Fragen stellen. Was wird Moritz ihnen sagen? Hat das, was er in Brüssel zu erreichen versucht, überhaupt noch einen Sinn? Er findet keine Antworten, fährt Kilometer um Kilometer durch die Nacht, während in seinem Kopf immer wieder der gleiche Film abläuft. Er wird müde und muss mehrmals kurz anhalten, weil ihm die Augen zuzufallen drohen. Auf menschenleeren Parkplätzen läuft er ein paar Schritte, dann fährt er weiter.

Am Ende hat er wohl eine Pause zu viel gemacht, denn seine Fahrt nach Münster wird doch zu einem Wettlauf mit der Zeit. Er folgt den Schildern, lässt den Wagen einfach auf dem Bahnhofsparkplatz stehen und muss rennen, um den Regionalexpress zu erreichen, der schon auf dem Gleis wartet. Es ist lange her, dass er in einem solchen Zug gesessen hat. Nur ein paar Pendler hocken auf den harten Sitzschalen, Schichtarbeiter vielleicht, unausgeschlafene Krankenschwestern, die in fernen Spitälern zum Frühdienst erscheinen müssen. Er versucht, nicht einzuschlafen, weil er Angst hat, den Halt in Köln zu verpassen, vertreibt sich die Zeit mit den idiotischen Spielchen, die sein Smartphone zu bieten hat.

Erst im Zug nach Bruxelles-Midi kann er sich für ein paar Minuten einem unruhigen Schlaf überlassen. Danach fühlt er sich erfrischt und empfindet sogar ein wenig Stolz darauf, dass er diese schier endlose Kette von Widrigkeiten gemeistert hat. Ein Taxi bringt ihn ins Hotel. Er atmet auf der Straße einmal tief durch, streicht sich durch die vom Schweiß klebrigen Haare und marschiert dann wie ein Geschäftsmann, der zwischen zwei Terminen kurz sein Zimmer aufsucht, durch das Foyer bis zum Aufzug. Ein Mann in Anzug und Mantel wie Dutzende andere auch. Die Damen an der Rezeption sind mit abreisenden Gästen beschäftigt und beachten ihn gar nicht, obwohl er das Gefühl hat, so zu stinken, dass man es bis in den letzten Winkel riechen müsste. Sie sehen nicht, wie dreckig seine Schuhe sind, die Hosenbeine und der Mantel. Er muss sich sofort umziehen und die Sachen in die Reinigung geben.

Im Zimmer fällt sein Blick auf den Koffer und den Laptop, den er gestern auf dem Schreibtisch abgelegt hat. Er ist tatsächlich zurück in Brüssel, wo heute ein Termin nach dem anderen auf ihn wartet. Er muss seine Folien noch einmal durchgehen, fällt ihm ein. Die beruhigende Routine eines geübten Vortragsreisenden umfängt ihn. Er hat es geschafft.

Ohne zu zögern, zieht er sich aus, duscht ausgiebig, wäscht sich die Haare und rasiert sich. Dann legt er sich aufs Bett, isst einen Schokoriegel, danach eine Tüte Erdnüsse aus der Minibar und blättert durch seine Antragsunterlagen. Bevor er kurz vor elf das Zimmer verlässt, kontrolliert er sein Aussehen in dem großen Spiegel neben der Garderobe. Ganz passabel, findet er, obwohl er die Strapazen dieser Nacht jetzt wieder in jedem Knochen spürt. Er wischt sich die frisch gewaschenen Haare aus der Stirn und versucht mühsam ein herzliches Begrüßungslächeln.

Um fünf Minuten nach elf Uhr schreitet er durch das Hotelrestaurant. Resnais sitzt am Fenster, winkt ihm zu und erhebt sich. Frank schließt für ein, zwei Sekunden die Augen, um sich zu sammeln. Er fühlt sich miserabel, aber er wird diesen Tag überstehen. Aus der Aufmerksamkeit, die ihm zuteilwerden wird, kann er viel Kraft ziehen. Alles hängt davon ab, welchen Eindruck er hier hinterlässt.

»Pierre, ich freue mich, Sie zu sehen«, sagt er, als er den Tisch erreicht hat, und bringt sein schönstes Lächeln zustande. An der Art, wie Resnais für einen Moment die Augen verengt, merkt er aber sofort, dass dem Franzosen sein Zustand nicht entgangen ist.

»Die Freude ist ganz auf meiner Seite. Ich hoffe, Sie hatten eine angenehme Reise.« Resnais deutet auf den Stuhl gegenüber und setzt sich.

»Danke«, antwortet Frank. »Ich bin schon gestern angereist und habe mir ein wenig die Stadt angesehen.«

Frank stand schwerfällig auf und ging in die Küche, um ein weiteres Mal sein Glas zu füllen. Die Whiskyflasche brachte er gleich mit.

Wenn er die heutigen Telefonate mit dem Gespräch verglich, das sie in Brüssel geführt hatten und das ihm noch lebhaft in Erinnerung war, wurde überdeutlich, wie dramatisch sich die Rahmenbedingungen verschoben hatten, um wie viel schärfer der Ton geworden war. Resnais war ihm in Brüssel wohlgesinnt gewesen, heute war davon kaum noch etwas zu spüren. Sein Kredit war aufgebraucht. Und noch etwas anderes ging ihm durch den Kopf: Er wäre kein zweites Mal in der Lage, sich derart zu verstellen.

Wenig später war der Anruf aus Kiel gekommen und er hatte erfahren, dass es nicht nur einen, sondern zwei Tote gab. Alles, was er an diesem Tag in Brüssel tat und sagte, war eine einzige große Lüge. Der Schock jedoch, der ihn nach diesem Anruf überfiel, war echt. Auch Moritz war tot und nicht er hatte die Polizei gerufen, sondern Hermann Pauli, der noch immer im Institut gehockt hatte, weiß der Teufel, warum. Wahrscheinlich wäre er ihm um ein Haar in die Arme gelaufen.

Vor zwei Wochen, abends im überfüllten Audimax der Brüsseler Universität, war er noch der bewunderte Star, heute sah er sich in einen Mehrfrontenkrieg verstrickt, der kaum zu gewinnen war. Er war in die Defensive geraten und seine Kräfte schwanden. Es wurde Zeit, den Realitäten ins Auge zu sehen. Er stand auf verlorenem Posten.

Vielleicht hat mir der Tod von Johannes Hilpert noch einen kurzen Aufschub gewährt, dachte Frank jetzt. Er hatte ihn unterschätzt und sich von seinem Phlegma täuschen lassen. Aber der Mann war ihm auf die Schliche gekommen, plante in aller Stille eine Palastrevolte. Und wer weiß, vielleicht hätte er losgeschlagen, sobald der Chef aus Brüssel zurückgekehrt wäre. Er hatte natürlich recht gehabt. In den Hochdruckapparaturen der Schatzkammer befand sich nie etwas anderes als totes, steriles Meerwasser.

16

Hermann musste an diesem Tag keine Vorlesungen oder Praktika abhalten und seine völlig übernächtigte Tochter, die noch später ins Bett gegangen war als er, hatte gleich nach dem Frühstück mit Emil die Wohnung verlassen, um einen Kindergarten in Augenschein zu nehmen. Glücklicherweise hatte Emil sein gestriges Fundstück vergessen und nicht mehr danach gefragt. Was hätte er ihm auch antworten sollen? Dass seine Entdeckung einen der berühmtesten Forscher des Landes endgültig des Betrugs überführte?

Er rief Charlotte an, um ihr zu sagen, dass er erst am Nachmittag ins Institut kommen würde. So hatte er Zeit, in Ruhe die in der Nacht unterbrochene Durchsicht des Laborbuchs fortzusetzen und sich Gedanken über sein weiteres Vorgehen zu machen.

Es dauerte nicht lange, bis ihn das, was er las, wieder in höchste Aufregung versetzte. Natürlich musste die Universität informiert werden, der Präsident, der Ombudsmann, das Dekanat, Wiesheu – mein Gott, der Arme hatte als Institutsdirektor zweifellos die turbulenteste Amtsperiode erwischt, die man sich nur vorstellen kann –, und Hermann fielen noch ein halbes Dutzend weiterer Persönlichkeiten des deutschen Wissenschaftsbetriebs ein. Der Fall Moebus war von einer Größenordnung, die alle anging. Er würde national und international eine Menge Staub aufwirbeln, und es wäre besser, wenn er die wichtigen Leute persönlich informierte.

All das wollte er allerdings erst in Angriff nehmen, wenn er sich selbst optimal im Bilde fühlte, und davon war er weit entfernt. Die Sache war einfach zu spektakulär. Vielleicht hatten andere Skandale für Eingeweihte eine ähnliche Dimension gehabt, für Hermann aber war der Fall Moebus beispiellos. Ein Erdbeben. Eine Ungeheuerlichkeit. Etwas, das er nie für möglich gehalten hätte. Er brauchte jemanden, mit dem er darüber reden könnte, jemanden mit … ja, mit kriminalistischem Gespür. Außerdem warf das Laborbuch ein neues Licht auf die beiden Todesfälle, die eindeutig in die Zuständigkeit der Kriminalpolizei fielen.

Also rief er Anne Detlefsen an und bat sie um eine Unterredung. Etwas, das möglicherweise auch für sie von Interesse sein könnte, sei zufällig in seine Hände geraten, und er brauche dringend ihren Rat. Sie zeigte sich hocherfreut. Das treffe sich gut. Auch sie habe dringende Fragen, bei denen er ihr eine große Hilfe sein könnte. Da er sie weder zu Hause empfangen noch in die Bezirksinspektion gehen wollte, würden sie sich um zwölf Uhr in dem gleichen Restaurant treffen, das er gestern mit Marion und Emil besucht hatte. Eigentlich mochte er die in ein einziges riesiges Einkaufszentrum verwandelte Innenstadt nicht, ein anderer Treffpunkt war ihm aber auf die Schnelle nicht eingefallen.

Um kurz nach elf steckte er das Laborbuch in seinen Rucksack, schwang sich aufs Fahrrad und fuhr Richtung Hautbahnhof. Im Grunde hatte es ihn selbst überrascht, dass seine Wahl ausgerechnet auf die Kommissarin gefallen war. Hatte er vielleicht nur auf einen Anlass gewartet, um ihren Zwist beizulegen und sie wiederzusehen? Die Aufregung und Vorfreude, die er während der ganzen Fahrt verspürte, hatte jedenfalls nicht nur mit dem Inhalt seines Rucksacks zu tun.

Wenn es so wäre, könnte er es doch auch zulassen, dachte er, als er den Bahnhofsvorplatz erreichte und zur Hörn hinuntersah, dem letzten Zipfel der Kieler Förde, wo etliche Segelboote an der Kaimauer lagen. Er war schließlich seit über drei Jahren verwitwet. Und wenn sich Marion mit seinem Assistenten die halbe Nacht um die Ohren schlagen konnte – sie hatte es ihm heute Morgen verschlafen grinsend bestätigt –, dann könnte er auch eine attraktive Erste Kriminalhauptkommissarin treffen, wenn ihm danach war. Er bückte sich, um sein Fahrrad abzuschließen. Darüber hinaus gab es natürlich jede Menge rationale Gründe für ihn, sich ausgerechnet mit ihr in Verbindung zu setzen.

Er war eine Viertelstunde zu früh dran und beschloss, über die Hörnbrücke auf das andere Fördenufer zu schlendern. Als er an dem Restaurant vorbeikam, sah er Anne Detlefsen aber schon am Fenster sitzen und in einer Zeitschrift blättern. Sie hatte ihm den Rücken zugekehrt, sodass er über ihre Schulter blicken und erkennen konnte, was sie las. Noch vor einer halben Stunde hatte er das Blatt selbst in der Hand gehabt. Es war die heutige *Nature*-Ausgabe, die unter anderem Franks Antwort auf den offenen Brief sowie einen Kommentar der Herausgeber enthielt, der kein gutes Haar am Verhalten des ehemaligen Starautors ließ. Zumindest darüber war die Kommissarin also schon im Bilde.

Er klopfte kurz gegen die Scheibe. Sie drehte sich mit gerunzelter Stirn um und antwortete, als sie ihn erkannte, mit einem breiten Lächeln.

»Offenbar haben Sie mittlerweile Gefallen an dieser Lektüre gefunden«, sagte er, nachdem sie sich begrüßt hatten. »Als wir uns das letzte Mal gesehen haben, hatten Sie auch eine *Nature*-Ausgabe dabei.«

Sie lachte. »Keine Angst. Ich habe nicht vor, Ihnen Konkurrenz zu machen.« Sie legte die Zeitschrift auf den kniehohen Tisch, an dem sie saß. »Ich lese aus rein dienstlichen Gründen.«

»Ich kann mir schon denken, was Sie interessiert.« Er stellte seinen Rucksack ab und sah sich um. Um kurz vor zwölf war in dem großräumigen Restaurant noch nicht viel los. Sie waren fast die einzigen Gäste. »Wollen wir hier vorn bleiben? Möchten Sie etwas essen oder trinken, einen Kaffee?«

»Gern. Einen Latte macchiato, bitte.«

Er ging zur Theke und bestellte.

»Ich dachte, ich sei viel zu früh«, sagte er, als er die Getränke auf den Tisch stellte.

»Ehrlich gesagt, ich habe die Gelegenheit genutzt, um mich schnell aus dem Kommissariat zu verabschieden.« Sie deutete auf die Zeitschrift. »Ich nehme an, Sie haben den Brief von Professor Moebus gelesen.«

»Ja, ich kenne ihn.«

»Wir sind gestern erst durch Zufall darauf gestoßen. Man hat ja nichts davon gehört. Wie wird diese Geschichte denn an der Universität diskutiert? Er ist ja wohl verpflichtet, die Zellen herauszugeben. Sie selbst haben mir das erklärt.«

»Ich erinnere mich.« Er zuckte die Achseln. »Tja, was soll ich sagen? Die Studenten demonstrieren. Das hätten sie wohl ohnehin getan, aber der *Nature*-Brief hat die Akzente ihres Protests noch einmal verschoben. Ansonsten …« Er stockte. Von offizieller Seite war ihm nichts zu Ohren gekommen. Jeder machte sich sicher seine Gedanken, aber es wurde nur im kleinen Kreise darüber gesprochen. »Ansonsten gibt es eigentlich keine Diskussion, bisher jedenfalls. Vielleicht ändert sich das ja noch. Ich bin sogar ziemlich sicher.«

»Haben Sie den Eindruck, dass man allzu große öffentliche Aufmerksamkeit vermeiden will?«

»Das ist nicht auszuschließen. Niemand dürfte glücklich über diese Entwicklung sein.«

»Das kann ich mir vorstellen.« Sie lehnte sich zurück und

schlug die Beine übereinander. »Worüber wollten Sie denn mit mir sprechen, Professor? Sie sagten am Telefon, etwas, das mich interessieren könnte, sei in Ihre Hände gelangt.«

Die Frau legte ein atemberaubendes Tempo vor. Er hätte mit dem Gespräch gern noch ein bisschen gewartet, um sie und sich selbst langsam auf das Thema einzustimmen. Es gab Momente, da erschien ihm die ganze Angelegenheit eine Nummer zu groß für ihn.

»Ja, das stimmt«, sagte er zögerlich und öffnete seinen Rucksack. »Es geht um das hier.« Er zog das Laborbuch heraus. »Ich habe es am Botanischen Garten im Gebüsch gefunden, besser gesagt, Emil, mein Enkel, hat es angeschleppt. Es muss schon eine Weile da draußen gelegen haben.« Er strich über den ramponierten Umschlag. »Sie sehen ja, es hat gelitten. Vielleicht hat ein Tier es verschleppt. Hier, erkennen Sie die Bissspuren? Glücklicherweise hat es wenig geregnet in letzter Zeit.«

»Und was ist das?«

»Ein Laborbuch.«

Das Wort schien irgendeine Seite in ihr zum Klingen zu bringen. Sie hob die Augenbrauen und beugte sich interessiert vor.

»Genauer gesagt: ein Laborbuch aus der Arbeitsgruppe Moebus.«

»Etwa von Johannes Hilpert?«

»Wie kommen Sie darauf?«, fragte er verblüfft. »Ja, es gehörte Johannes Hilpert. Ich konnte zwar nirgends einen Namen finden, man kann es aber aus dem Inhalt schließen.«

»Im Gebüsch.« Sie lachte kurz auf. »Sie haben ja keine Ahnung, wie wir danach gesucht haben.« Sie berichtete, dass dieses Buch als verschollen galt und dass es im Laufe ihrer Ermittlungen immer größere Bedeutung erlangt habe. »Jetzt habe ich fast das Gefühl, dass wir uns in derselben Sache sprechen wollten.«

Sein Gesicht wurde ernst. »Das kann ich mir kaum vorstellen. Es sei denn, Sie wüssten bereits, was hier drinsteht. Dieses Buch …« Er wog es in seinen Händen wie einen Ziegelstein. »Der Inhalt dieses Buchs ist purer Sprengstoff.«

»Sprengstoff? Wie meinen Sie das? Darf ich mal sehen?«

Seine linke Hand mit dem Laborbuch zuckte zurück. »Ich …« Er senkte den Kopf und rieb sich die Stirn. »Ich weiß nicht, wo ich anfangen soll. Sie denken sicher, dass Ihnen das Buch bei der Aufklärung der Todesfälle helfen könnte, und das wird es, da bin ich ganz sicher. Das ist einer der Gründe, warum ich Sie angerufen habe. Ich weiß ja nicht, was Sie über Johannes Hilpert herausgefunden haben, bestimmt haben Sie mit seinen Kollegen und Angehörigen gesprochen. Für mich war es jedenfalls erschütternd zu lesen, wie verzweifelt dieser Mann war, verzweifelt und einsam, sonst hätte er nicht ein solches Laborbuch hinterlassen. Aber …«, er sah sie an, »aus dem Buch geht noch etwas ganz anderes hervor.«

Er konnte ihr ansehen, wie sie seinen Gesichtsausdruck zu deuten versuchte. Er hätte selbst kaum zu beschreiben gewusst, wie ihm zumute war.

»Nämlich?«, fragte sie.

»Es geht um die Moebus-Zellen.«

»Ja?«

»Es gibt sie nicht.« Er musste sich räuspern, bevor er weitersprechen konnte. »Sie haben nie existiert.«

»Wie bitte?«

»Die Zellen sind eine Erfindung von Frank Moebus.«

Endlich war es heraus. Zum ersten Mal sprach er es laut aus und dabei verschlug ihm Franks kaum noch zu überbietende Dreistigkeit fast die Sprache.

»Eine Erfindung?« Die Mimik der Kommissarin verriet ihre Verwirrung. Sie lächelte und gleichzeitig erschienen Falten auf ihrer Stirn, gefolgt von ungläubigem Kopfschütteln. »Wie ... wie kommen Sie darauf? Das wäre ja ...«

»Das wäre einer der größten Fälschungsskandale, die die Wissenschaft je erlebt hat. Obwohl ... nach dem, was ich in den letzten Tagen erfahren musste, läge Moebus damit zwar in der Spitzengruppe der Betrüger, er stünde aber keineswegs allein da. Ich war meiner eigenen Zunft gegenüber grenzenlos naiv, eine ziemlich schmerzhafte Erkenntnis, das kann ich Ihnen versichern. Die Wissenschaft hat ihre Unschuld schon lange verloren. Skandale dieser Art stehen fast wöchentlich irgendwo auf der Tagesordnung, sie haben jedoch selten diese Dimension und gelangen fast nie an die Öffentlichkeit.«

»Entschuldigen Sie, aber ich kann das kaum glauben. Wie können Sie so sicher sein? Das Verhältnis zwischen Hilpert und Moebus war ziemlich gespannt. Vielleicht wollte er seinem Chef nur eins auswischen.«

»Mit dem hier?« Er hielt das Laborbuch hoch. »Nein, das war nie für die Öffentlichkeit bestimmt. Lesen Sie selbst. Es ist ein überaus privates Dokument, vor allem in der zweiten Hälfte. Ich konnte manchmal kaum weiterlesen.«

»Und wie ist Hilpert darauf gekommen, dass die Moebus-Zellen nie existiert haben? Vielleicht hat er sich geirrt.«

»Ich gebe zu, es ist meine Interpretation. Er schreibt das so nicht, aber seine Aufzeichnungen liefern ein paar brisante Hinweise. Man muss natürlich alles nachprüfen, und Sie können sicher sein, dass ich nicht eher ruhen werde, bevor das geschehen ist. Vielleicht ging es Hilpert wie mir. Man kann eine solche Ungeheuerlichkeit anfangs gar nicht denken. Warten Sie, ich zeige es Ihnen.« Er schlug das Laborbuch auf. Einige Seite waren mit roten Papierstreifen markiert. Anne rückte auf der gepolsterten Sitzbank näher an ihn heran, um besser sehen zu können.

»In den ersten sechs Wochen war er ausschließlich mit dem

Aufbau des Labors beschäftigt«, erklärte Hermann. »Er hat alles minutiös protokolliert, die Testläufe der verschiedenen Geräte, schließlich die ersten Analysen. Das füllt zwanzig, dreißig Seiten. Dann beginnt er mit ernsthaften Untersuchungen an verschiedenen Mikrobenarten. Er sequenziert und analysiert diverse RNAs und ist sehr zufrieden mit den Ergebnissen. Die Moebus-Zellen tauchen aber nirgends auf. Er kürzt sie mit MZ ab. Ich habe eine Ewigkeit gebraucht, bis ich das verstanden habe. Sehen Sie, hier unten auf dieser Seite, in der Mitte des Buches, steht das Kürzel zum ersten Mal: MZ Fragezeichen. Es sieht aus wie eine flüchtige Notiz und steht in keinerlei Bezug zum Inhalt dieser Seite. Achten Sie auf das Datum. Der Eintrag stammt aus dem Mai dieses Jahres, ist also etwa drei Monate, nachdem er hier in Kiel die Arbeit aufgenommen hat, entstanden. Er beginnt ein neues Projekt. Hier oben steht der Name des Bakteriums. Und vierzehn Tage später«, Hermann blätterte weiter zur nächsten roten Markierung, »als er fertig ist, schreibt er wieder: MZ Fragezeichen.«

»Was heißt das daneben?«

»Ich konnte die Schrift am Anfang auch nicht lesen. Es heißt: M. sagt wieder Nein. Wann?«

»Was meint er damit?«

»Ich kann es nur vermuten. Ich glaube, er wollte mit den Zellen arbeiten und Moebus hat es ihm verweigert. Das geht immer so weiter. Das Kürzel MZ taucht immer häufiger auf, an der Situation scheint sich aber die ganze Zeit nichts zu ändern. In seinen Laboruntersuchungen geht es nicht um die Moebus-Zellen. Dafür nehmen seine Kommentare immer mehr Raum ein. Sehen Sie hier.« Das Wort SCHEISSE! war quer über die Seite geschrieben. »Er ist zunehmend frustriert. Er ist nach Kiel gekommen, um diese berühmten Zellen zu analysieren, doch Moebus lässt ihn nicht. Er verliert kostbare Zeit. Irgendwann muss er Verdacht geschöpft haben. Oder er wollte nicht mehr länger warten. Hier unten, noch gibt er sich Mühe, es zu verstecken, steht es. Wir schreiben jetzt Ende Juli. Das ist wichtig, ich werde Ihnen gleich erklären, warum. Können Sie es lesen? In diesen Laborbüchern verwendet jeder seine eigene Kurzschrift. MZ Probe 1, mikrobDNA- und RNA-Nachweis negativ, steht da. Drei Fragezeichen. Er muss irgendwie an eine Probe der Moebus-Zellen gelangt sein und sie enthielt weder mikrobielle DNA noch RNA, also keine Organismen. Selbst wenn ihm bei der Probennahme ein Fehler unterlaufen wäre, hätte er RNA-Fragmente finden müssen.«

»Aber woher hatte er die Proben? Hilpert hatte doch gar keinen Zugang zur Schatzkammer, nicht mal eine eigene Code-Karte«, sagte Anne.

»Aha, das wusste ich nicht. Aber es passt ins Bild, oder? Wahrscheinlich hat er es heimlich gemacht. Vielleicht ist er irgendwie an die Karte eines Kollegen gekommen.«

»Und das ist alles?«

»Nein, er versucht es noch einmal. Zwischendurch finden sich Fragen und Überlegungen zum Ausgang der ersten Untersuchung vom Juli, und er gibt sich immer weniger Mühe, sie zu tarnen oder zu verstecken. Als hätte er mit der ganzen Sache schon abgeschlossen. Er fragt sich, ob er Fehler gemacht habe. Er kann das Ergebnis selbst nicht glauben und wartet auf eine Gelegenheit, es bestätigt zu bekommen. Die erhält er Ende August.« Hermann blätterte weiter, bis quer über einer ganzen Seite wieder dicke Lettern zu erkennen waren: Wo sind die Zellen? »Man kann erkennen, wie wütend er war. Da ist das Ergebnis: MZ Probe 2, mikrobDNA- und RNA-Nachweis negativ. Und er kommentiert: Was ist hier los?«

»Unglaublich.«

»Es hat mir den Schlaf geraubt.«

»Eben haben Sie gesagt, es sei wichtig, dass Hilpert die erste Probe im Juli untersucht hat. Warum?«

Hermann übergab ihr das Laborbuch und erhob sich. »Das hat mit einer Auseinandersetzung zu tun, die ich vor ein paar Tagen mit Frank Moebus hatte. Aber warten Sie, erst hole ich uns noch einen Kaffee. Ich habe heute Nacht kaum ein Auge zugemacht.«

Als er mit dem Kaffee zurück war, begann er von seinem zweiten abendlichen Ausflug in den Olymp zu erzählen.

»Er hat es zugegeben?«, fragte sie erstaunt.

»Er hockte inmitten der Einzelteile seiner Apparaturen und hat behauptet, dass die Zellen eingegangen wären. Vor ein paar Wochen. Schon das hat mich ziemlich geschockt, denn gleichzeitig hat er seine Antwort auf den *Nature*-Brief ins Netz gestellt. In der behauptet er, dass die Zellen noch leben. Vor ein paar Wochen, das hieße, dass sie vielleicht Ende August, ganz sicher aber im Juli noch gelebt haben müssen. Hilperts Ergebnisse sagen aber etwas anderes. Ich ziehe daraus den Schluss, dass die Zellen nie existiert haben.«

»Puh«, stöhnte Anne nach einem Moment des Schweigens. »Ich muss das alles erst einmal sacken lassen.«

»Sie glauben mir nicht?«

»Was heißt glauben? Was Sie mir da erzählen, fällt ohnehin nicht in unsere Zuständigkeit. Das müsst ihr Wissenschaftler unter euch ausmachen. Wir sind es aber gewohnt, nach gerichtsverwertbaren Beweisen zu suchen, wenn wir jemanden überführen wollen. Dieses Laborbuch, so eindrücklich es sein mag, ist kein Beweis. Was ist mit seinen Kollegen? Moebus hat diese Entdeckung doch nicht allein gemacht.«

»Sehen Sie, das ist auch so ein Punkt. Es gibt eine ganze Reihe von Merkwürdigkeiten, auf die ich gestoßen bin und über die ich mir endlos den Kopf zerbrochen habe. Wenn man annimmt, dass das Ganze von Anfang an ein riesengroßer Schwindel war, ergeben sie plötzlich einen Sinn.«

Er berichtete von seiner Suche nach den Koautoren von Franks berühmter Studie. Zwei waren keine Mikrobiologen und mit Sicherheit weder an den Laboruntersuchungen noch an der Abfassung des Manuskripts beteiligt. »Mich würde es nicht wundern«, sagte er, »wenn sie den Aufsatz erst in gedruckter Form zu Gesicht bekommen hätten und dann überaus geschmeichelt gewesen wären, dass ihr Name für alle Zeiten mit einer derart bedeutenden Entdeckung verbunden bleiben sollte. Nur der dritte Autor, Simon Gerstecke, ein Amerikaner, war vom Fach. Er und Moebus hatten schon in den USA zusammengearbeitet und ich nehme an, dass die Suche nach diesen Zellen, nach der Schattenbiosphäre, ihr gemeinsames Projekt war. Aber Gerstecke kam wenige Tage nach der Rückkehr des Forschungsschiffes bei einem Verkehrsunfall ums Leben. Moebus muss also alles allein gemacht haben. Er hat die Laborarbeiten durchgeführt, falls es die überhaupt gab, und er hat auch den Artikel geschrieben. Ich weiß nicht, was damals vorgefallen ist, aber irgendetwas muss furchtbar schiefgelaufen sein. Er war ein hervorragender Wissenschaftler, das hatte er bis zu diesem Zeitpunkt schon unter Beweis gestellt, und trotzdem …« Hermann schüttelte verständnislos den Kopf.

Anne tippte sich in Ermangelung eines Stiftes mit dem Kaffeelöffel gegen die Lippen. »Es würde erklären, warum er die Zellen nicht herausgegeben hat.«

»… und warum in der ganzen Zeit nicht ein einziger neuer Artikel über die Moebus-Zellen erschienen ist. Das ist überaus merkwürdig. Jedes Labor, das einen solchen Schatz hütet, würde alle Ressourcen bündeln und schnellstmöglich eine Arbeit nach der anderen herausbringen. Es würde nach Kooperationspartnern Ausschau halten, damit unter seiner Federführung die verschiedensten Aspekte bearbeitet werden könnten. Wissenschaft auf diesem Niveau ist heute immer internationale Teamarbeit. Nichts dergleichen ist geschehen.«

»Er hätte doch aber wissen müssen, dass er damit auf die Dauer nicht durchkommt.«

»Tja, das ist das große Rätsel. Aber eigentlich ist es bei all den großen Betrugsfällen so. Wieso greifen hochgebildete und angesehene Wissenschaftler plötzlich zu solchen Methoden, die sich im Nachhinein nicht selten als ausgesprochen primitiv erweisen? Ein Kollege hat die Fälschung von wissenschaftlichen Daten mal mit dem Doping im Spitzensport verglichen. Ich glaube, es ist ganz einfach: Fälschung und Original liegen heute nur noch ein paar Mausklicks auseinander. Man steht unter gewaltigem Druck, gerät in Versuchung, fängt klein an, kommt damit durch und hält sich dann irgendwann für schlauer als alle anderen. Moebus hat mir gesagt, dass ihm die *Polarstern,* die in diesem Moment im Nordpolarmeer unterwegs ist, neue, frische Zellen mitbringen wird. Vielleicht hat er auf Zeit gespielt und tatsächlich darauf gehofft, dass er im Nachhinein recht bekommt. Er hat gepokert.«

Hermann schüttelte wieder den Kopf. Das hier war mehr als ein Spiel, und er würde es nie verstehen. Frank erging sich in hochtrabenden Plänen, hatte aber rein gar nichts in der Hand. Das war wohl das, was man Realitätsverweigerung nennt. In seinen Augen war der Mann ein Fall für den Psychiater.

Sie saßen einen Moment schweigend nebeneinander und tranken ihren Kaffee aus. Hermann schielte über den Rand seiner Tasse und musterte das Gesicht der Kommissarin. Hatte er sie überzeugt? Ihre Miene gab darüber keinen Aufschluss.

»Ich muss jetzt in die Blume zurück«, sagte sie schließlich. »Die Kollegen geben sonst noch eine Vermisstenmeldung heraus. Vielen Dank, dass Sie mich informiert haben. Das Laborbuch bringt uns einen entscheidenden Schritt weiter. Wir haben mehrere Aussagen, die sehr gut zu Ihrer Theorie passen. Um es salopp auszudrücken: In der Gruppe Moebus herrschte zunehmend dicke Luft, zwischen Moebus und Barthelmess, zwischen Barthelmess und Hilpert und zwischen Hilpert und Moebus. Vielleicht wissen wir jetzt, warum.«

Sie legte ihre Hand auf das Laborbuch. »Das nehme ich mit, wenn Sie nichts dagegen haben. Es ist bei uns gut aufgehoben und wir haben jetzt ein paar Hausaufgaben zu erledigen.«

Hermann nickte. »Natürlich. Ich habe es mir auf dem Weg hierher kopiert. Ich dachte mir schon, dass Sie es haben wollen.«

»Was werden Sie jetzt tun?«

»Telefonieren«, antwortete er und versuchte sich nicht anmerken zu lassen, wie sehr er bedauerte, dass ihr Gespräch schon beendet war. »Die Sache duldet keinen Aufschub. Ich habe eine lange Liste von Leuten, die ich informieren muss.«

»Zum Beispiel Professor Schuster, den Ombudsmann?«

»Natürlich. Kennen Sie ihn?«

»Mhmh, ich hatte bereits das Vergnügen«, antwortete Anne vielsagend und erhob sich. Sie schüttelten sich zum Abschied die Hände. »Wir halten uns auf dem Laufenden, ja? Ich wünsche Ihnen viel Glück.« Sie wandte sich zum Gehen, hielt aber auf halbem Weg zur Tür inne und drehte sich um. »Ich bin froh, dass Sie mir nicht mehr böse sind. Grüßen Sie Ihren Assistenten und sagen Sie ihm bitte, dass ich seine Haltung und Initiative bemerkenswert finde und dass auch die Polizei vor Fehlern nicht gefeit ist.«

Hermann lächelte. »Ich werde es ihm ausrichten.«

Drei Stunden später lag das Laborbuch auf dem Schreibtisch von Jens Becker. Anne war zum Polizeidirektor gegangen, um mit ihm die neue Entwicklung zu besprechen. Vorher hatte sie sich selbst ein Bild gemacht und das lange vermisste Buch dann mit der Bitte an Jens weitergereicht, es gründlich durchzusehen, damit ihnen nichts entginge. Sollten sie Moebus zum Verhör vorladen? Mit welcher Begründung?

Aus der Sicht von Jens Becker hatte sich die Situation durch den wundersamen Fund des Laborbuchs eher verschlechtert als verbessert. Dass Moebus seine Leute terrorisierte, war für ihn keine Überraschung. Er hatte es von Anfang an vermutet. Jetzt konnte man es aus der Perspektive eines Opfers schwarz auf weiß nachlesen, das war der Unterschied. Umso mehr wurmte ihn, dass sie weiterhin nichts gegen diesen Mann in der Hand hatten. Auch das war ja nichts Neues. Tätern in Schlips und Kragen, egal, wo sie saßen, ob in Chefetagen oder Universitäten, kam man nur schwer auf die Schliche. Wenn sie ihm nachweisen könnten, dass er zur fraglichen Zeit vor Ort in Kiel war, sähe die Situation anders aus. Seine Versuche, Moebus auf den Passagierlisten von Flügen von und nach Brüssel zu finden, waren aber erfolglos verlaufen. Mittlerweile war ihm sein Vorstoß regelrecht unangenehm. Bock und Hollinger machten keinen Hehl daraus, dass sie seine Theorie von Anfang an für eine fixe Idee gehalten hatten. Seine Aufzeichnungen waren inzwischen irgendwo in den Tiefen des Schreibtisches verschwunden. Er wollte vorerst nichts mehr davon wissen.

Ohne großes Interesse blätterte er durch Hilperts Laborbuch und ärgerte sich über das unverständliche wissenschaftliche Kauderwelsch. Ab und zu blieb er hängen, wenn Fotografien von verschwommenen schwarzen Balken eingeklebt und mit kryptischen Beschriftungen versehen waren oder einzelne Worte aus dem Text herausstachen: Schwein! Wo sind die Zellen?

In gewisser Weise hatte Moebus diesen jungen Vater in den Tod getrieben. Darin bestand der eigentliche Skandal. Für den Wissenschaftsbetrug, den Anne angedeutet hatte, interessierte Becker sich nur am Rande.

Er war auf einer der letzten Seiten angelangt, als ihm ein handbeschriebener Zettel auffiel, den Hilpert in das Buch geklebt hatte. Er war zerknittert und schlecht zu lesen. Wahrscheinlich hatte ihn jemand zusammengeknüllt und dann wieder auseinandergefaltet. Becker konnte ein paar Zahlen erkennen, die tabellenartig untereinandergeschrieben waren, dahinter Namen und Abkürzungen, die ihm nichts sagten. In der vorletzten Zeile stand deutlich lesbar: 20:00 Vortrag Audimax. Darunter ein Datum und die Zahl 9:55, daneben das Wort Rückflug. Es handelte sich offenbar um Zeitangaben. Ganz unten folgte ein Gekritzel, das wohl eine Unterschrift sein sollte. Becker fluchte. Handschriften wie diese müssten verboten werden.

Hatte Hilpert Reisepläne gehabt? Vielleicht zu einer Tagung? Den Zettel hatte nicht er geschrieben, das war deutlich zu erkennen. Im Gegensatz zu Hilperts winzigem Gekrakel hatte der Schreiber mit großen, geschwungenen Buchstaben die ganze Breite des Papiers ausgenutzt.

Er blieb noch einmal bei dem Rückflugdatum hängen. Es war der Freitag nach den Ereignissen im Biologiezentrum, der Tag, an dem er mit Anne bei Moebus gewesen war und anschließend im Auto einen Korb von ihr bekommen hatte, der Tag vor seinem Zusammenbruch. Nur daran zu denken, wie sinnlos er sich betrunken hatte, bereitete ihm körperliches Unbehagen. Aber dieser Tag war für ihn ein Wendepunkt gewesen. Nie wieder würde er so tief sinken, das hatte er sich geschworen.

Das Datum weckte sein Interesse. Rückflug von wo? Seine Augen sprangen hoch an den Anfang der Tabelle. Ja, auch da standen ein Datum und eine Uhrzeit, 6:50. Daneben entzifferte er mit Mühe das Wort Abflug und … Hamburg, ja, das hieß Hamburg. Das Abflugdatum bezeichnete den Mittwoch vor der Tatnacht. In der nächsten Zeile folgten das Datum vom Donnerstag und eine Reihe von fünf, sechs Terminen.

Becker richtete seinen schweren Körper auf und starrte ungläubig auf den Zettel. Die Flugzeiten kamen ihm bekannt vor. War das möglich?

Er öffnete die Schreibtischtür und begann fieberhaft nach einem Fax der Fluggesellschaft zu suchen, auf dem man ihm die von Moebus benutzten Flüge bestätigt hatte. Tatsächlich, 6:50 Uhr und 9:55 Uhr, das waren exakt seine Abflugzeiten, einmal von Hamburg nach Brüssel und zwei Tage später zurück. Es war jeweils die erste Maschine der Brussels Airline, eines Partnerunternehmens der Lufthansa, das die einzigen Direktflüge anbot.

Er wandte sich wieder dem Zettel zu. Leider waren gerade die ersten Zeilen kaum zu lesen. Zur Not würden sie einen Schriftsachverständigen hinzuziehen müssen. Er kniff die Augen zusammen. Das letzte Wort könnte »Lust« heißen, dahinter folgte ein Fragezeichen. Langsam, für seine wachsende Ungeduld viel zu langsam, ergaben die Schnörkel und Linien einen Sinn. Zwischenzeitlich kam er sich vor wie ein Analphabet. Der Satz bestand nur aus drei Worten: *Hätten Sie Lust?*

Als Becker fünf Minuten später auch den ersten Satz entziffert hatte, saß er kerzengerade mit heruntergeklappter Kinnlade da und konnte sein Glück kaum fassen. Dieser unscheinbare Zettel hatte sich als Goldgrube entpuppt. Die ersten Sätze lauteten: *Hier der vorläufige Plan für Brüssel. Wir haben darüber gesprochen. Hätten Sie Lust?* Und er glaubte nun sogar zu erkennen, wer den Zettel unterschrieben hatte. Es war Frank Moebus selbst. Johannes Hilpert hatte ursprünglich also mitfliegen sollen nach Brüssel, jedenfalls hatte es von Moebus' Seite das durchaus freundlich klingende Angebot gegeben. Aus irgendeinem Grunde war Moebus dann aber allein geflogen.

Jens Becker hielt es nicht mehr am Schreibtisch. Er musste sich bewegen, sprang auf und lief in seinem kleinen Büro herum. Bisher hatte er alle Flüge überprüft, die am späten Nachmittag und frühen Abend in Hamburg landeten. Als er mit den Direktflügen nicht weiterkam, hatte er auch nach möglichen Alternativen gesucht, Flüge anderer Gesellschaften, die etwa in Amsterdam oder Stuttgart zwischenlandeten, sowie Flüge nach Bremen oder Hannover. Moebus hatte seinen Zettel zwar als vorläufigen Plan bezeichnet, möglicherweise hatte sich daran aber nicht mehr viel geändert. Am Donnerstag drängten sich die Termine beinahe im Stundentakt bis in den Abend hinein, für den Mittwoch war jedoch kein einziger vorgesehen.

Warum, fragte sich Becker, war dieser viel beschäftigte Mann schon am frühen Mittwochmorgen nach Brüssel geflogen, wenn sein erster Termin erst am späten Donnerstagvormittag lag? Das war doch merkwürdig. Wollte er sich eine kurze Auszeit gönnen, einen Tag Sightseeing in einer großen europäischen Metropole? Vielleicht hatte er auf dem Zettel nur die Termine aufgelistet, die auch für Johannes Hilpert interessant gewesen wären.

Angenommen, Moebus hatte am Mittwoch tatsächlich keine Verpflichtungen gehabt, dann wäre das Zeitfenster für eine mögliche Rückkehr nach Kiel viel größer gewesen, als er gedacht hatte. Moebus war kurz nach acht Uhr in Brüssel gelandet. Er muss dann in die Innenstadt gefahren sein, denn das Hotel hatte seine Ankunft bestätigt. Wenn er danach bald wieder zum Flughafen aufgebrochen wäre, kämen, großzügig gerechnet, alle Flüge infrage, die Brüssel ab etwa dreizehn Uhr verlassen hatten. Das vergrößerte die Zahl der Möglichkeiten ungemein. Becker seufzte und machte sich an die Arbeit.

Er schaltete seinen Computer an, rief ein Flugportal auf, gab Brüssel und als Zielflughafen Hamburg ein, wählte eine Startzeit zwischen zwölf Uhr und sechzehn Uhr, um ganz sicherzugehen, druckte sich die umfangreiche Liste aus und wiederholte die ganze Prozedur mit den Zielflughäfen Bremen und Hannover, alle anderen schienen ihm zu weit von Kiel entfernt. Flüge, die zu spät ankamen oder vier Stunden und länger dauerten, weil sie mit langen Zwischenstopps verbunden waren, strich er von den Listen. Moebus musste ja noch weiter nach Kiel, vermutlich mit der Bahn. Einen eigenen Wagen besaß er nicht, das hatte Becker schon überprüft.

In Gedanken war er dabei schon mit dem Rückweg nach Brüssel beschäftigt, der ihm ungleich größeres Kopfzerbrechen bereitete. Da Moebus am späten Donnerstagvormittag bereits Termine hatte, blieb eigentlich nur die Frühmaschine um 6:50 Uhr, mit der er aber definitiv nicht geflogen war. Wie war der Kerl zurück nach Brüssel gekommen? Jagte er einem Phantom hinterher? War all das, was er hier tat, wieder umsonst?

Als er die Listen durchgesehen hatte, blieben fünf Fluggesellschaften, die er der Reihe nach anrief. Zum Teil kannte man ihn dort schon. Jetzt hieß es warten. Die Antworten würden per Fax kommen.

Hermann knallte erbost den Hörer auf die Gabel und fluchte. Er hatte nicht erwartet, dass seine Anrufe Begeisterungsstürme auslösen würden, aber mit dieser Ablehnung, dieser auf die Einhaltung bürokratischer Vorschriften pochenden Sturheit hatte er nicht gerechnet. Nicht Moebus schien in den Augen seiner Gesprächspartner am Pranger zu stehen, sondern er, der Überbringer der schlechten Nachricht, der es wagte, einen der

Großen seiner Zunft anzugreifen. Wie Palmer es in seinem Blog beschrieben hatte. Sie sprachen es nicht aus, Hermann spürte es aber an der Art, wie ein höflicher Gesprächsbeginn in eisiges Schweigen mündete, sobald klar wurde, um wen und was es ging, und wenn sie sich endlich zu einer Antwort aufrafften, hörte er ein empörtes Zittern in ihren Stimmen.

Der Universitätspräsident war geradezu sprachlos vor Entsetzen. Er habe Frank Moebus bei verschiedenen Gelegenheiten kennen- und schätzen gelernt, erklärte er schließlich, und könne sich beim besten Willen nicht vorstellen, dass an diesen geradezu irrwitzigen Vorwürfen etwas dran sei. Die Sache müsse natürlich geklärt werden, eigentlich könne es sich aber nur um ein Missverständnis handeln. Er verwies ihn an den Ombudsmann. Bei Schuster, den er erst beim dritten Versuch erreichte und der vom Präsidenten bereits vorgewarnt zu sein schien, meinte Hermann dann am Ende eines langen Gesprächs regelrechten Abscheu herauszuhören, als wäre er ein Denunziant der schlimmsten Sorte. Nicht Lob und Dankesworte bekam er zu hören, sondern Kritik und langatmige Belehrungen über die Selbstheilungskräfte der Wissenschaft. Er war kaum noch zu Wort gekommen.

Nur aufgrund vager Angaben eines frustrierten Doktoranden erhebe er schwerste Anschuldigungen, entrüstete sich der Ombudsmann. Das sei nicht nur unredlich, sondern auch in höchstem Maße ungeschickt. Sie säßen doch alle in einem Boot. Ob er in seinem Furor etwa in Kauf nehmen wolle, dass die gesamte Wissenschaft und ihre Organisationen in Misskredit gerieten? Auch ohne diesen Fälschungsvorwurf sei die Studentenschaft doch schon in Aufruhr. Die Demonstrationen hätten bereits auf andere Universitäten übergegriffen. In Bonn sei die Geschäftsstelle der Deutschen Forschungsgemeinschaft heute Morgen mit Farbbeuteln beworfen worden und er habe nichts

Besseres zu tun, als weiteres Öl ins Feuer zu gießen. Der Fall sei mit Sicherheit komplexer, als er sich bislang darstelle, und man dürfe den Untersuchungen, die Wochen, wenn nicht Monate in Anspruch nehmen würden, nicht vorgreifen. Wissenschaftliches Fehlverhalten zu ahnden, so es denn überhaupt vorläge, obliege aus guten Gründen einer wissenschaftseigenen Gerichtsbarkeit. Oder vertrete er etwa die Auffassung, der Staat solle sich noch intensiver als ohnehin schon in die Belange der Forschung einmischen? Wo bliebe da die Freiheit und Unabhängigkeit der Wissenschaft? In Zeiten knapper Kassen warte die Politik doch nur auf eine Gelegenheit, die Geldströme umzuleiten. Und dass er dieses obskure Laborbuch der Polizei übergeben habe, sei ein schwerer, ja, unverzeihlicher Fehler gewesen. Da hätte er es gleich der Presse in den Rachen werfen könne.

Hermann glaubte sich verhört zu haben. Schuster verstand offenbar nicht, dass er der Kommissarin nur zuvorgekommen war. Das Buch war ein wichtiges Indiz in einem Tötungsdelikt und sie hätte es ohnehin mitgenommen, ob mit seinem Einverständnis oder ohne.

Begriffen diese Bürokraten denn nicht, worum es ging? Hatten sie ihm überhaupt zugehört?

Eine der spektakulärsten Entdeckungen der letzten Jahrzehnte im Bereich der Biologie entpuppte sich als Erfindung eines geltungssüchtigen Karrieristen. Es gab Beweise und sogar ein Teilgeständnis, das er bezeugen würde. Obwohl es wieder nur eine Lüge war, würde es ausreichen, um Moebus in größte Schwierigkeiten zu stürzen. Alle waren sie ihm auf den Leim gegangen, ohne Ausnahme. Nicht eine kritische oder skeptische Stimme hatte sich erhoben, als Franks Mär von der Schattenbiosphäre seinerzeit um die Welt gegangen war. Ein System, das in immer kürzeren Abständen solche Fehlleistungen produzierte, war durch und durch marode. Da halfen nur Offenheit und schonungslose Aufklärung. Der Öffentlichkeit musste deutlich gemacht werden, dass Scharlatane und Betrüger in der Wissenschaft keinen Platz hatten. Hermann erschrak, als er sich bei diesen Formulierungen ertappte, bei Sprüchen, die in ähnlicher Form bei jedem Skandal zu hören waren und sich im Nachhinein, wenn wieder einmal alles beim Alten geblieben war, allzu oft als hohle Worthülsen entpuppten.

Er stützte den Kopf auf beide Hände, versuchte sich zu beruhigen und musste doch wieder an das Telefonat mit dem Ombudsmann denken. Er bitte um einen ausführlichen schriftlichen Bericht, hatte Schuster gesagt. Er werde ihn prüfen und Professor Moebus zu einer Stellungnahme auffordern. Erst dann könnten gegebenenfalls weitere Schritte eingeleitet werden. Ein letztes Mal hatte Hermann aufbegehrt. Er könne beim besten Willen nicht verstehen, warum die Untersuchungen Monate dauern sollten. Um Moebus zu entzaubern, reiche doch ein einziger Besuch in seiner Schatzkammer. Der Fall sei sonnenklar. Er habe vor wenigen Tagen mit eigenen Augen gesehen, dass die Hochdruckapparaturen vollständig demontiert gewesen seien. Sie enthielten keine Zellen. Wenn das feststehe, habe man wirklich einen Grund, Moebus zu einer Stellungnahme aufzufordern.

Das sei leider unmöglich, antwortete Schuster in einem mitleidig bedauernden Ton, der Hermann endgültig auf die Palme brachte. Es gebe Regeln, ein vorgeschriebenes Prozedere. Ob er, Pauli, wolle, dass man sein Labor auf den Kopf stelle, nur weil ein beleidigter Doktorand irgendwelche Gerüchte in die Welt gesetzt habe. Nein, der Lauf der Dinge, an den sich alle zu halten hätten, sei nun mal ein anderer. Bis dahin bitte er um Zurückhaltung, vor allem gegenüber der Presse.

Nein, das könne er nicht versprechen, hatte Hermann aufgebracht geantwortet, nicht nach diesem Gespräch. Es sei die verdammte Pflicht eines Ombudsmannes, etwas zu unternehmen, und zwar schnell. Er beendete das Telefonat, bevor Schuster noch etwas erwidern konnte.

Hermann stöhnte auf bei dem Gedanken, was in den kommenden Tagen und Wochen auf ihn zukommen würde. Nun steckte er mitten in dem Prozess, den er vor wenigen Tagen noch hatte vermeiden wollen.

Als er wieder ruhiger wurde, begann er zu verstehen, dass die Männer, mit denen er gesprochen hatte, sich in erster Linie als Repräsentanten ihrer Institutionen verstanden. Während er sich ungebremst seiner Empörung hingab, stellten sie sich reflexartig schützend vor ihre Universität oder die Deutsche Forschungsgemeinschaft und taten damit ihren Job – vielleicht sogar das Richtige. Wem nützte es, wenn diese Affäre ein einziges Trümmerfeld hinterließe? Der Gedanke stimmte ihn etwas milder. Komm runter von deinem hohen Ross, ermahnte er sich. Sei nachsichtiger, nicht nur mit Schuster und dem Präsidenten, auch mit Frank. Hatte er nicht selbst erlebt, wie leicht und verführerisch es war, sich auf eine falsche Bahn zu begeben?

Hermann streckte sich, um die Müdigkeit aus seinen Knochen zu vertreiben. Er würde Geduld haben müssen und ein verdammt dickes Fell, wenn er das alles unbeschadet überstehen wollte. Plötzlich blitzte ein Gedanke in seinem Hirn auf, der ihn sogar leicht lächeln ließ. Zwar hatte er vorerst nicht die Absicht, es ihnen zu erzählen – aber wenn Marion und Daniel wüssten, was er getan hatte, wären sie sicher stolz auf ihn. Er staunte, wie viel Auftrieb ihm dieser Gedanke verlieh.

Das Telefon klingelte und er nahm sofort ab.

»Hermann«, hörte er Herbert Wiesheus aufgeregte Stimme. »Du bist meine letzte Hoffnung. Weißt du, wo Moebus steckt? Ein paar Studenten waren gerade bei mir. Er ist nicht zu seinem Seminar erschienen.«

»Nein, ich habe keine Ahnung.«

»Frau Schaumann weiß auch nichts. Er ist den ganzen Tag nicht im Institut erschienen, sagt sie, und hat sich auch nicht krankgemeldet. Bei ihm zu Hause nimmt niemand ab und ich erreiche ihn auch nicht auf dem Handy.«

»Tut mir leid, Herbert. Ich weiß nicht, wo er ist.«

»Das gibt es doch nicht. Ich verstehe, dass es unangenehm ist, jeden Tag Spießruten zu laufen oder das Haus über einen Hintereingang zu betreten, auf die Dauer ist das kein Zustand. Er kann doch aber nicht einfach verschwinden und seinen Lehrveranstaltungen fernbleiben. Das muss er aushalten. Oder wenigstens Bescheid sagen.«

»Natürlich. Du hast vollkommen recht.«

Es hatte etwas Rührendes, wie Wiesheu um einen reibungslosen Lehrbetrieb bangte. Offenbar hatte er keine Ahnung, was sich da über ihren Köpfen zusammenbraute.

»Hast du gesehen, wie viele es heute sind?«, fragte er. »Mindestens dreihundert, würde ich sagen. Ich dachte, sie würden bald die Lust verlieren, stattdessen werden es immer mehr.«

Die Sprechchöre waren seltener geworden, deshalb hatte Hermann die Demonstranten fast vergessen. Sie begnügten sich jetzt mit ihrer Anwesenheit und den zahlreichen Plakaten und Spruchbändern, aber sie waren immer noch da.

»Weißt du, dass deine Tochter auch vor dem Zentrum steht?«, fragte Wiesheu.

»Marion?«

»Ja, mit dem Kleinen. Ich habe die beiden eben gesehen. Findest du das nicht ein wenig, wie soll ich sagen …«

»Sie ist erwachsen«, sagte Hermann ungehalten. »Sie tut, was sie will.«

»Hm, sicher, natürlich, das müsst ihr wohl unter euch ausmachen. Übrigens, stell dir vor, ein Kollege aus Freiburg hat mich vorhin angerufen. Seit heute wird auch dort demonstriert. Das scheint sich auszubreiten.«

»Sie sind über das Internet vernetzt, nehme ich an. Und schwarze Schafe finden sich überall.«

»Schwarze Schafe?«

»Na ja, Leute, die mit unsauberen Methoden arbeiten. Ehrliche Wissenschaft – das ist doch jetzt zu ihrem wichtigsten Thema geworden. Mit Recht, finde ich. Ich habe mich diesbezüglich in den letzten Tagen ein bisschen schlaugemacht. Sieh dir die Charité in Berlin an, schau dir an, was in Göttingen oder am Leibniz-Zentrum für Medizin und Biowissenschaften in Borstel los ist. Ein Skandal jagt den nächsten. Anstelle der Studenten würde ich mich auch fragen, von welchen Leuten sie eigentlich unterrichtet werden und in was für einen Saustall sie da hineinwachsen.«

»Nun übertreib mal nicht.« Wiesheu war hörbar irritiert. »Ich kenne diese Fälle nicht im Einzelnen, aber da geht es doch wohl um Betrug, oder? Bei uns liegt der Fall doch ganz anders.«

Bist du dir da so sicher?, dachte Hermann, sagte aber nichts. Sollte er Wiesheu einweihen?

»Hast du ihren neuesten Spruch gehört?«, fragte der Direktor.

»Plagiat und Datenschmu sind bei uns der letzte Schrei,
macht bloß bald die Unis zu, ist doch eh nur Kungelei. Ganz schön böse, was?«

»Genau das, was ich meine«, sagte Hermann und lachte. Sie machten es richtig. Man musste es mit Humor nehmen.

»Du lachst. Dein Gemüt möchte ich haben. Wer weiß, wohin das noch führt«, jammerte Wiesheu. »Ich hätte nie gedacht, dass so etwas einmal von unserer beschaulichen Kieler Uni ausgehen könnte. Das haben wir ausschließlich diesem Moebus zu verdanken.«

Hermann hatte unwillkürlich die sorgenvolle Miene des Direktors vor Augen und zögerte einen Moment. Dann fällte er innerhalb eines Sekundenbruchteils eine Entscheidung. Er hatte es satt, der einsame Rufer in der Wüste zu sein. »Herbert.«

»Ja.«

»Hast du gerade einen Moment Zeit?«

»Jetzt ist es schlecht. In einer guten Stunde vielleicht. Ich muss erst mal Moebus' Studenten nach Hause schicken und dann noch ein paar Anrufe erledigen. Warum, was gibt's?«

»Ich möchte etwas mit dir besprechen. Persönlich, nicht am Telefon.«

»Du klingst so ernst.«

»Es ist wichtig, aber es hat Zeit bis nachher. Komm einfach rauf zu mir, wenn du fertig bist, ja? Ich bin im Büro. Dann trinken wir einen Kaffee zusammen.«

»Du machst mich richtig neugierig.«

Herbert Wiesheu war sicher keine Kämpfernatur, dachte Hermann, nachdem er aufgelegt hatte. Aber er war der Direktor dieses Instituts und ein langjähriger Vertrauter. Wenn man in die Schlacht zog, brauchte man unbedingt Bundesgenossen.

Dann fiel ihm der Grund von Wiesheus Anruf wieder ein.

Wo war Frank?

Das Faxgerät sprang an. Jens Becker stand auf, ging zu dem kleinen Beistelltisch und blickte gespannt auf den Ausdruck, der Zeile für Zeile sichtbar wurde. Scandinavian Airlines, sie boten eine Verbindung von Brüssel nach Hamburg mit Zwischenlandung in Kopenhagen an. Wieder ein Fehlschlag. Der dritte. Noch hatte er zwei Eisen im Feuer.

Er setzte sich wieder an den Schreibtisch und sah auf den

Bildschirm. Obwohl er noch nicht wusste, ob und wie Moebus am Mittwoch nach Kiel gekommen war, beschäftigte er sich schon mit der möglichen Rückreiseroute. Er hatte die Seite der Deutschen Bahn aufgerufen und dort tatsächlich eine Verbindung nach Brüssel gefunden, die noch dazu sehr bequem war. Um halb eins in der Nacht verließ ein City Night Line den Hamburger Hauptbahnhof und war früh am Donnerstagmorgen in Köln, von wo ein Anschlusszug direkt nach Bruxelles-Midi fuhr. Moebus wäre früh genug und ausgeruht in Brüssel gewesen, um dort seine Termine wahrzunehmen.

Leider passten die Zugzeiten nicht zur Aussage seines Zeugen. Er war schon vor Tagen noch einmal in der muffigen Erdgeschosswohnung des alten Hanns Mahler gewesen und hatte versucht, so viele Details wie nur möglich aus ihm herauszubekommen. Er hatte ihm sogar ein Foto von Frank Moebus gezeigt, erntete aber nur Kopfschütteln. Der Alte wusste nicht mehr genau, um welche Zeit er den Mann im Anzug gesehen hatte. Irgendwann zwischen Mitternacht und ein Uhr, keinesfalls früher. Angeblich war Mahler gegen elf aufgebrochen und dann die Olshausenstraße Richtung Campus hinaufgelaufen. Der Alte war nicht mehr der Schnellste, und wann er bei seinen Rundgängen den Schwarzen Weg und das Biologiezentrum erreichte, hing davon ab, wie viel er getrunken hatte, wie voll die Mülleimer waren, die er unterwegs inspizierte, und was er zu tragen hatte.

Doch selbst wenn er an diesem Abend besonders schnell unterwegs gewesen wäre und den Mann im Anzug schon kurz nach Mitternacht gesehen hätte, passte es nicht. Wie hätte Moebus in einer halben Stunde nach Hamburg kommen sollen? Selbst mit dem schnellsten Wagen wäre das nicht zu schaffen gewesen und mit dem Zug schon gar nicht.

Das war nur eines der Probleme, die Becker zu lösen hatte.

Ein anderes war die Frage, was Moebus damit bezweckt haben könnte. Eine solche aufwendig getarnte An- und Abreise machte nur Sinn, wenn er sich damit ein Alibi verschaffen wollte. Nur wofür, etwa um seine Mitarbeiter umzubringen? So weit wollte Becker nicht gehen. Hatte es mit den Betrugsvorwürfen zu tun, die Pauli erhoben hatte?

Wieder meldete sich das Faxgerät. Diesmal blieb er sitzen und wuchtete seinen schweren Körper erst hoch, als das Blatt fertig ausgedruckt war. Er machte es absichtlich spannend, indem er erst ein paar Schritte durch das Zimmer lief, bevor er auf das Papier sah. Es war seine vorletzte Chance und eigentlich glaubte er selbst nicht mehr an einen Erfolg. Dann blieb er vor dem Faxgerät stehen, sah hinunter und … seine Augen wurden größer und größer.

»Jetzt hab ich dich, du Arschloch«, sagte er leise, ballte seine Fäuste und schrie aus Leibeskräften: »Ich wusste es.« Ein Glücksgefühl, wie er es lange nicht mehr erlebt hatte, überschwemmte seinen Körper. Er kam sich vor, als würde er schweben. Fast ehrfürchtig nahm er den Faxausdruck in beide Hände und küsste ihn.

Rasch lief er um den Schreibtisch herum, griff im Stehen zum Telefon und tippte eine Nummer ein. »Anne, du wirst es nicht glauben. Ich hab ihn. Das Fax von der Swissair ist gerade reingekommen. Er ist am Mittwoch um fünfzehn Uhr von Brüssel nach Zürich geflogen und von da weiter nach Hannover. Ankunft 18:50 Uhr. Jetzt haben wir ihn am Haken.«

»Von wem redest du? Etwa von Moebus?«

»Ja, natürlich. Du hast doch gesagt, ich soll es weiter versuchen.«

Er hörte, wie sie nach Luft schnappte. »Mensch, Jens. Ich … nicht zu fassen. Du hast recht gehabt. Unglaublich. Komm sofort rüber, ich trommele die anderen zusammen.«

Schulterklopfen, Händeschütteln, Gratulationen – für Jens Becker waren die kommenden Minuten ein einziger Triumphzug und ein Labsal für seine Seele. Das Fax ging von Hand zu Hand. Niemand hatte mit einer solchen Entwicklung gerechnet. Sogar Grube ließ es sich nicht nehmen, ihm persönlich zu gratulieren. Dann hielt er vor versammelter Kommissariatsmannschaft eine kurze Ansprache, pries Hartnäckigkeit, Geduld und Unbeirrbarkeit als wichtige kriminalpolizeiliche Tugenden und hatte am Ende auch für Anne ein paar versöhnliche Worte.

»Vieles von dem, was Sie, Frau Detlefsen, in den letzten Tagen und Wochen vertreten haben, gegen nicht geringen Widerstand auch von meiner Seite, das räume ich hier ausdrücklich ein, hat sich als zutreffend erwiesen. Ich kann nur sagen: Respekt, und Dank an Sie alle. Jetzt heißt es: An die Arbeit. Es gibt noch viel zu tun.«

Als der Polizeidirektor das Besprechungszimmer verlassen hatte, erläuterte Jens Becker seine Überlegungen zur möglichen Rückreise von Frank Moebus. »Wir wissen definitiv, dass er am Donnerstag wieder in Brüssel war. Er besitzt kein eigenes Auto und Flugzeug und Bahn scheiden als Transportmittel aus, ich habe alle Möglichkeiten überprüft. Also bleibt meiner Meinung nach nur ein Mietwagen oder ein Taxi. Das würde auch erklären, wie er von Hannover nach Kiel gekommen ist. Oder fällt jemandem noch eine andere Möglichkeit ein? «

»*Wenn* er hierhergekommen ist«, kommentierte Sigmund Bock, der Einzige in der Runde, den die allgemeine Euphorie noch nicht angesteckt zu haben schien. Sein Einwand erntete Hohn und Spott. Becker grinste. So schnell konnten sich die Verhältnisse ändern. Vor wenigen Tagen waren es noch seine Vorschläge, die regelmäßig auf allgemeines Kopfschütteln stießen.

»Jemand könnte ihn abgeholt haben«, schlug Hollinger vor.

»Nein.« Becker lächelte. Er hatte jetzt eindeutig Oberwasser.

»Nicht schon wieder der große Unbekannte. Ich bin sicher, dass Moebus allein war.«

»Weißt du, wie viele Mietwagenunternehmen es gibt, Jens?«, fragte Arnie Schwarzenau. »Ein halbes Dutzend große und in jeder Stadt kommen noch etliche kleine und kleinste dazu.«

»Stimmt. Aber ich denke, vieles spricht dafür, dass er den Wagen von einer der großen Firmen direkt am Flughafen gemietet hat. An ein Taxi glaube ich nicht, aber ausschließen können wir diese Möglichkeit nicht. Er ist erst kurz vor neunzehn Uhr in Hannover gelandet und seine Maschine hatte sogar ein paar Minuten Verspätung. Von Hannover nach Kiel sind es zweihundertfünfzig Kilometer. Er konnte es sich eigentlich nicht leisten, erst in die Stadt zu fahren, um dort bei irgendeiner kleinen Klitsche einen Wagen zu übernehmen. Außerdem vermute ich, dass er sich ziemlich sicher gefühlt hat. Nein, ich glaube, er hat den Wagen direkt am Flughafen gemietet.«

»Und wie ist er wieder nach Brüssel gekommen? Glaubst du, dass er die ganze Strecke gefahren ist?«

»Möglich wäre es, wenn auch nicht sehr wahrscheinlich. Aber eins nach dem anderen.«

»Genau«, stellte Anne fest. »Jens hat recht. Wir sollten herausfinden, welche Mietwagenfirmen am Flughafen Hannover vertreten sind, und deren Kieler Niederlassungen einen Besuch abstatten. Dann sehen wir weiter.«

»Eine Frage noch«, sagte Sigmund Bock. »Ich gebe zu, ich habe Schwierigkeiten zu glauben, dass Moebus seine Brüssel-Reise dazu genutzt haben soll, heimlich nach Kiel zurückzukehren. Aber gut, was Jens herausgefunden hat, spricht eindeutig dafür. Nur frage ich mich, warum er das getan hat. Welchen Sinn hatte dieser ganze Aufwand?«

Achselzucken, Kopfschütteln. Auch Jens Becker musste passen.

Anne räusperte sich. »Ich habe da so eine Idee«, sagte sie. »Sie ist mir heute Mittag gekommen, als ich mit Hermann Pauli geredet habe.« Sie berichtete kurz von ihrem Gespräch, den Betrugsvorwürfen und von dem Laborbuch. Bei ihren Mitarbeitern, die den neuesten Stand noch nicht kannten, war das Erstaunen groß. »Pauli hat mir erzählt, wie er Moebus in seiner Schatzkammer überrascht hat. Er saß auf dem Boden inmitten der Einzelteile seiner Spezialapparatur, in der sich angeblich die Zellen befanden. Er hatte sie auseinandergenommen. Jens und ich haben diese Apparatur gesehen, eine komplizierte Konstruktion aus diversen dickwandigen Metallteilen.«

»Ja, und?«, fragte Becker ungeduldig.

»Diese Szene ist mir nicht mehr aus dem Kopf gegangen. Moebus muss sich darüber im Klaren gewesen sein, dass seine Kollegen nicht mehr lange stillhalten würden. Vielleicht hatte er die Absicht, einen Einbruch oder so etwas vorzutäuschen. Dann hätte er eine Erklärung dafür gehabt, dass er die Zellen nicht herausgeben kann.«

»Aber es gab keinen Einbruch«, wandte Bock ein.

»Richtig.« Anne nickte. »Wenn meine Theorie stimmt, muss irgendetwas schiefgegangen sein.«

Es dauerte Tage, wenn nicht Wochen, um Moebus' heimlichem Rückflug auf die Spur zu kommen, aber nur eine Stunde, um das Unternehmen zu finden, bei dem er sich einen luxuriösen Wagen gemietet hatte. Das Auto war vorab über das Internet reserviert worden. Das Netz um Frank Moebus zog sich immer enger zusammen.

Auffällig waren vor allem zwei Details: die enorme Strecke, die er mit dem Wagen zurückgelegt hatte, über sechshundert Kilometer, und der Ort seiner Rückgabe. Eigentlich hätte der Wagen am Hauptbahnhof in Hamburg abgegeben werden sollen, so stand es jedenfalls im Vertrag. Tatsächlich wurde der Firma aber am Donnerstag telefonisch mitgeteilt, dass der Wagen viel weiter südlich am Bahnhof von Münster in Westfalen stehe, was die vor Ort tätigen Mitarbeiter des Autoverleihers kurz darauf bestätigten. Der helle Polsterbezug des Beifahrersitzes sei stark mit Schokolade verschmutzt gewesen. Mit den Kosten für die Reinigung und die vertragswidrige Abgabe des Wagens sei die Kreditkarte des Kunden belastet worden.

Der Anruf von Anne Detlefsen erreichte Hermann, kurz nachdem er seine Wohnung betreten hatte. Marion und Emil waren nicht zu Hause. Er hatte noch nicht einmal seinen Mantel ausgezogen.

Sie kam sofort zur Sache. »Wissen Sie zufällig, wo Professor Moebus sich aufhält?«

Hermann lachte auf. »Sie sind schon die Zweite, die mir heute diese Frage stellt. Ich möchte mal wissen, warum alle Welt denkt, ich wüsste, wo Frank Moebus ist. Er pflegt sich bei mir nicht an- oder abzumelden.«

»Wir müssen dringend mit ihm reden und haben ihn weder im Biologiezentrum noch zu Hause angetroffen.«

»Wegen …«

»Nein, nicht wegen des Betrugsverdachts. Das ist nicht unsere Sache. Es geht um etwas anderes.«

Ging diese Geheimniskrämerei schon wieder los? Er wollte sich schon beschweren, da kam ihm die Kommissarin zuvor. »Im Moment habe ich leider keine Zeit, Ihnen die Hintergründe zu erklären. Ich rufe Sie im Laufe des Abends noch einmal an. Können Sie damit leben?«

»Vergessen Sie es nicht.«

»Ich verspreche es. Und wenn Sie etwas hören oder irgendeine Idee haben, wo er sein könnte, dann teilen Sie uns das bitte mit.«

»Natürlich, Sie können sich auf mich verlassen. Ich rufe sofort an.«

»Bitte mich persönlich. Zu jeder Tages- und Nachtzeit.« Sie gab ihm ihre Handynummer. Unter anderen Umständen hätte er sich darüber gefreut.

Hermann lief ein paar Minuten aufgewühlt von Zimmer zu Zimmer, dann schrieb er Marion einen Zettel und verließ die Wohnung.

Vor der Haustür blieb er kurz stehen, schlug gegen den kräftigen Wind den Kragen hoch und ging schräg über die Straße in den Park. Linker Hand kräuselte sich das Wasser des Schreventeichs, der eigentlich ein veritabler See war.

Er folgte dem Uferweg, lief um den See herum und hielt dabei den Kopf gesenkt. Der Park war dunkel und menschenleer, aber selbst wenn ihm ein Spaziergänger begegnet wäre, hätte er ihn wohl kaum wahrgenommen. Wo ist Frank?, dachte er. Hat er sich abgesetzt? Warum gerade jetzt? Von dem Laborbuch konnte er doch gar nichts wissen.

Schließlich stand er auf der anderen Seite unter den Kronen der windgeschüttelten Parkbäume und blickte auf die Häuserfassaden gegenüber. Er hatte vergessen, sich aus seinem Adressbuch Franks Hausnummer herauszusuchen, also würde ihm nichts anderes übrig bleiben, als sich die Klingelschilder anzusehen. Wahrscheinlich war er ohnehin nicht zu Hause. Es war nur ein Versuch und es war allemal besser, als untätig zu Hause zu sitzen und sich seinen Grübeleien zu überlassen.

Er ging von Hauseingang zu Hauseingang, bis er den Namen Moebus gefunden hatte. Frank wohnte in einem stuckübersäten

Altbau, dritter Stock rechts. Er klingelte. Keine Reaktion. Nach einem weiteren Versuch trat er ein paar Schritte zurück und blickte nach oben. Nirgendwo brannte Licht.

Hermann überlegte einen Moment, dann zog er sein Handy aus der Manteltasche und begann eine SMS zu schreiben. Da er darin nicht sehr geübt war, brauchte er mehrere Minuten. Es wurde die längste Nachricht, die er je auf diese Art geschrieben hatte:

> *Ich stehe vor deinem Haus und will mit dir reden. Frank, wo bist du? Ich weiß über die Zellen Bescheid. Die Polizei sucht dich. Bitte, melde dich, es ist dringend. Vielleicht finden wir zusammen eine Lösung. Gruß Hermann*

Er hatte nicht damit gerechnet und erschrak fast, als postwendend die Antwort kam. Er stand noch immer vor Franks Haus, das Telefon in der Hand.

> *Es gibt keine Lösung.*

Kein Ort, kein Hinweis, kein Gruß.

Er schrieb noch einmal: *Wo bist du?*

Keine Antwort.

Immerhin wusste er jetzt, dass Frank noch am Leben war. Er wartete noch ein paar Minuten, bevor er langsam in einem weiten Bogen um den Park herum nach Hause ging.

Nur wenige Meter von der Stelle entfernt, an der Hermann aus dem Park getreten war, stand ein dunkelblauer Pkw in einem der Parkhäfen. Am Steuer saß ein Mann, der leise in sein Handy sprach.

»Hier ist jemand, der von Haus zu Haus geht und sich die Klingelschilder ansieht. An unserem Objekt hat er geklingelt und dann nach oben geschaut. Jetzt steht er schon eine Weile vor dem Haus und fummelt an seinem Handy herum. Ich glaube, er schreibt etwas, vielleicht eine SMS.«

Eine Frauenstimme fragte: »Wie sieht er aus?«

»Um die sechzig, hageres, markantes Gesicht, groß, schlank, dunkler Mantel. Er ist aus dem Park gekommen.«

»Das könnte Hermann Pauli sein. Er wohnt auf der anderen Parkseite. Ich habe vor einer halben Stunde mit ihm telefoniert. Er hat erst bei Moebus geklingelt und schreibt jetzt eine SMS, sagen Sie?«

»Etwas Längeres jedenfalls. Er hat so ein modernes Teil mit Touchscreen und tippt mit dem Zeigefinger darauf. Sieht nicht so aus, als ob er das häufiger macht.«

»Das ist er«, sagte Anne. »Jede Wette. Er versucht, Kontakt mit ihm aufzunehmen.«

»Soll ich ihn ansprechen?«

»Nein, bleiben Sie, wo Sie sind. Ich fahre jetzt nach Hause und rufe ihn von dort aus an. Jens wird hier in der Blume noch eine Weile die Stellung halten.«

Den Entschluss, nicht nach Hause, sondern zum Schrevenpark zu fahren, fasste Anne, kaum dass sie in ihrem Wagen saß. Schon vor ihrem Treffen und erst recht danach hatte sie immer wieder an Hermann Pauli denken müssen, obwohl sich die Ereignisse in der Blume am Nachmittag überstürzt hatten. Sie machte sich Sorgen um ihn, weil er so müde und strapaziert ausgesehen hatte. Aber vor allem hatte sie Angst, dass es für einen solchen, quasi dienstlichen Besuch bald zu spät sein könnte. Sie war sicher, dass sie Frank Moebus finden würden, und ganz egal, was er ihnen zu erzählen hatte, sie würden den Fall in absehbarer Zeit zu den Akten legen, so oder so.

Welchen Grund hätte sie dann noch, Hermann Pauli zu treffen? Sie kannte sich und ihre Arbeit gut genug, um zu wissen, dass neue Fälle, neue Personen ihre ganze Aufmerksamkeit verlangen würden. In ihrem Job blieb nicht viel Zeit, um Luft zu holen. Die Dringlichkeit, die sie jetzt empfand, ihre Gefühle und dieses schon fast vergessene Verlangen nach Nähe, das er in ihr geweckt hatte, all das würde verblassen und an Bedeutung verlieren. Mit jedem Tag, der verginge, würde die Schwelle, die sie überwinden müsste, um ihn anzurufen, höher und höher werden, und irgendwann würde sie aufwachen und wissen, dass es zu spät war und dass sie nicht einmal den Versuch gemacht hatte, diesem Mann näherzukommen, der wie kein zweiter in den vergangenen Jahren ihr Interesse geweckt hatte. Sie hatte sogar von ihm geträumt, hatte sich ausgemalt, wie sie zusammen reisen und tauchen und ein völlig neues Leben beginnen würden.

Was sie sich von ihrem Besuch versprach, der gegen elementare Grundregeln der Polizeiarbeit verstieß, wusste sie nicht und vermied es, darüber nachzudenken, sie wollte sich später nur nicht vorwerfen müssen, eine Gelegenheit verpasst zu haben, die vielleicht nie wiederkommen würde. Sie hatte noch einmal Mut gefasst, hatte alle Bedenken und enttäuschenden Erfahrungen beiseitegeschoben und war bereit, einen neuen Versuch zu wagen. Oder sollte sie ihm noch ein wenig Zeit geben und warten, bis er sich meldete? Sie dachte an sein trauriges Gesicht, seine Fassungslosigkeit angesichts der Ereignisse. Sie mochte diesen Mann und er mochte sie – seine Enttäuschung, als sie ihr Gespräch beendete, um in die Blume zurückzufahren, war ihr nicht entgangen. Nein, sie musste die Initiative ergreifen. Er war nicht in bester Verfassung und wohl ohnehin nicht der Typ dafür.

Während der kurzen Fahrt durch die Stadt fühlte sie sich seltsam zweigeteilt. Ihr Körper drängte voran, steuerte den Wagen, während ihr Kopf damit beschäftigt war, ein Trommelfeuer von Ausreden und Widerständen niederzuringen, die sich ihr in den Weg stellen wollten. Wenn es jemals zu einem Verfahren kommen sollte, wäre Hermann Pauli einer der wichtigsten Zeugen. Alles, was sich zwischen ihr und diesem Mann entwickeln könnte, müsste zunächst im Geheimen geschehen. Willst du das? Deinen Job gefährden? Deine Kollegen verlieren? Dich und deine Gefühle über Wochen und Monate verstecken? Und abgesehen von den möglichen beruflichen Konsequenzen – willst du deinen alternden Körper wirklich noch einmal den prüfenden Blicken eines Mannes aussetzen? Die bohrenden Fragen setzten ihr zu, ließen sie schwanken, aber sie fuhr weiter.

Bei der Parkplatzsuche verlor sie viel Zeit, kontrollierte schnell im Rückspiegel ihr Aussehen, sprühte ein wenig Parfüm auf und rannte zu seinem Haus, in dem nur hinter einem einzigen Fenster Licht brannte, das noch dazu auf der falschen Seite lag. Müsste er nicht schon wieder zu Hause sein? Wie lange brauchte man durch den Park? Sie wagte es nicht zu klingeln. In der Nacht zuvor hatte er kaum ein Auge zugemacht. Was, wenn er schon schliefe oder gerade im Schlafanzug vor dem Badezimmerspiegel stünde? Trug er einen Schlafanzug? Sie stand eine Weile fröstelnd vor dem Haus, lief auf und ab, verlor mit jeder Sekunde ein wenig von ihrer Entschlossenheit, wandte sich zum Gehen und kehrte nach wenigen Schritten wieder um. Siehst du, sagte sie sich, diese Zweifel, dieses Auf und Ab, dieses Gefühlschaos, das ist der Preis. Willst du das wirklich?

Dann hörte sie knirschende Schritte, sah eine große dunkle Gestalt, die auf dem Bürgersteig näher kam, und endlich verstummten die Stimmen in ihrem Kopf.

Schon aus der Entfernung war Hermann eine Frau aufgefallen, die vor seinem Haus stand, doch er erkannte sie erst, als er nur noch wenige Meter entfernt war.

»Nanu, Frau Detlefsen, was machen Sie denn hier?«, rief er verwundert. »Wollten Sie zu mir?«

Sie zuckte die Achseln und lächelte ein wenig gezwungen. »Ich bin hier in der Nähe vorbeigekommen und … na ja, plötzlich dachte ich, dass ich Ihnen gern persönlich berichten würde, was sich heute bei uns ereignet hat. Sie werden staunen. Ihr Fund ist Gold wert.« Sie hatte schnell gesprochen und klang irgendwie erleichtert.

»Gute Idee«, sagte er und lächelte auch. Er schaute kurz hoch zu seiner Wohnung. Alle Fenster waren dunkel. Marion war noch immer nicht nach Hause gekommen. »Gehen wir nach oben. Da sind wir ungestört. Und ein Fläschchen Wein wird sich auch finden lassen.«

Er wartete nicht auf ihre Antwort, zog den Wohnungsschlüssel aus der Manteltasche, öffnete die Tür und hielt sie der Kommissarin auf. Wieder tauschten sie ein kurzes Lächeln. Sie trat dicht an ihm vorbei in den Hauseingang und er roch ihr Parfüm, spürte ihre Gegenwart so intensiv, dass ihm die Knie zitterten. Er fühlte sich wie ein Teenager beim ersten Date. War sie wirklich nur gekommen, um ihn auf den neuesten Stand der Ermittlungen zu bringen? Um diese Zeit? Das hätte sie zweifellos auch am Telefon tun können. Er versuchte sich zu erinnern, in welchem Zustand er die Wohnung hinterlassen hatte. Wäre dies ein vorher verabredetes Rendezvous, hätte er den halben Tag mit Putzen zugebracht. Sicher war sie gewohnt, dass alles sauber und ordentlich aussieht.

»Haben Sie einen Spaziergang gemacht?«, fragte Anne, als sie nebeneinander die Treppe hinaufstiegen.

»Ja und nein. Ich war bei Frank Moebus drüben. Er wohnt auf der anderen Parkseite. Aber er war nicht zu Hause.«

Sie nickte. »Das habe ich Ihnen ja gesagt. Wir sind ziemlich sicher, dass er die Stadt verlassen hat.«

»Sie meinen, er ist … geflohen? Warum sollte er …«

Sie legte den Finger auf die Lippen und deutete an, dass dies kein Thema war, das man im Hausflur besprechen sollte. Den Rest des Weges bis vor seine Wohnungstür legten sie schweigend zurück, der Lärm der wild durcheinanderjagenden Gedanken in Hermanns Kopf aber war ohrenbetäubend. Mein Gott, dachte er, wie lange ist es her, dass ich eine Frau mit nach Hause gebracht habe? Dreißig Jahre? Länger? Eine Erinnerung an Barbara, die Neuseeländerin, blitzte auf, aber das war etwas ganz anderes gewesen.

»Warum er ausgerechnet jetzt verschwunden ist, weiß ich nicht«, sagte Anne, als sie eingetreten waren und er die Tür geschlossen hatte. »Er antwortet weder auf Anrufe noch auf Mails und ist mindestens seit heute Nachmittag nicht mehr in seiner Wohnung gewesen.« Sie zog ihren Mantel aus und hängte ihn nach kurzem Zögern über andere Jacken und Mäntel.

Hermann kickte eins von einem halben Dutzend Spielzeugautos aus dem Weg, die auf dem Flurboden herumlagen. »Sie müssen entschuldigen, dass es hier so unordentlich aussieht. Meine Tochter und mein Enkel wohnen vorübergehend bei mir. Da kommt man mit dem Aufräumen kaum hinterher.«

»Ich habe auch Kinder«, sagte sie und fügte rasch hinzu: »Aber Ihre beiden sind nicht da, oder? Ich möchte nicht stören.«

Sie senkte den Blick, das erste kleine Zeichen einer Unsicherheit, das er an ihr bemerkte. Wieder fragte er sich, warum sie gekommen war. Vielleicht wusste sie es selbst nicht. Hatte sie vor dem Haus auf ihn gewartet?

»Sie haben mir nichts gesagt, aber ich glaube nicht, dass sie heute noch nach Hause kommen.« Und wenn doch, dachte er grimmig, dann müssen die beiden im Hausflur schlafen.

Die Tür zu seinem Arbeitszimmer stand offen. Anne sah neugierig hinein. »Darf ich?«

»Natürlich, sehen Sie sich ruhig um. Ich nehme an, das ist

keine heimliche Hausdurchsuchung.« Hermann ging zum Bad und raffte schnell ein paar von Emils dreckigen T-Shirts und Hosen zusammen, die hier den Boden bedeckten. Anne verfolgte seine Bemühungen mit einem Schmunzeln. »Machen Sie sich bloß keine Umstände, Herr Pauli. Es ist bei mir zwar schon eine Weile her, aber ich kenne das.«

Er hatte den Arm voller Kinderwäsche und grinste. »Na gut. Ich geb's auf. Es ist ohnehin hoffnungslos. Das Wohnzimmer ist da drüben. Fühlen Sie sich bitte wie zu Hause. Ich mache uns eine Flasche Wein auf. Rot oder weiß?«

»Rot«, rief sie aus seinem Arbeitszimmer. »Sie spielen Gitarre? Das ist eine elektrische, oder?«

»Ich spiele ab und zu mit ein paar alten Freunden, meist alte Blues- und Rocknummern.«

Sie kam schmunzelnd in den Flur zurück, ohne etwas zu sagen.

Als er wenig später eine Flasche Merlot und zwei Gläser auf den mit alten Zeitungen bedeckten Couchtisch abzustellen versuchte, saß sie schon auf dem Sofa und hatte die Beine übereinandergeschlagen. Der Teppich davor war mit großen bunten Legosteinen übersät. Warum bist du nur so nervös, fragte er sich. Nimm dir ein Beispiel an ihr. Sie ist ganz cool.

Er setzte sich, füllte die Gläser, und sie stießen an. »Zum Wohl. Ich hätte nicht gedacht, dass ich heute Abend noch so angenehme Gesellschaft bekommen würde«, sagte er. »Auch wenn die Umstände, nun ja … Ich werde wohl noch eine Weile brauchen, um diese Geschichte zu verdauen.«

Sie nickte mitfühlend. »Das glaube ich Ihnen. Sie sind ja auch von Anfang an darin verwickelt wie kein Zweiter.«

Er stutzte. »Verwickelt? Ich?«

»Unfreiwillig natürlich. Sie wissen, was ich meine.«

»Vielleicht versuchen wir zur Abwechslung mal zu vergessen,

dass Sie Kriminalkommissarin sind und ich ein ehemaliger Verdächtiger bin.«

»Darüber haben Sie sich geärgert, nicht wahr?«

»Nur kurz. Dass Sie meinen Assistenten festgenommen haben, hat mich mehr gewurmt.«

»Ich hatte das nicht allein zu entscheiden. Aber nach Lage der Dinge blieb uns eigentlich keine andere Wahl. Im Nachhinein tut es mir natürlich leid. Es scheint ihn aber nicht besonders beeindruckt zu haben.«

Hermann lachte. »Im Gegenteil, würde ich sagen. Es hat ihn angespornt. Er ist einer der Wortführer der täglichen Demonstrationen.«

»Ich habe sein Foto in der Zeitung gesehen.«

»Und er ist frisch verliebt. Ausgerechnet in meine Tochter übrigens. Ich nehme an, dass sie bei ihm ist.«

»Höre ich da die kritische Stimme eines besorgten Vaters?«

»Ach«, er winkte ab, »wenn Sie selbst Kinder haben, wissen Sie doch, wie das ist. Ich werde mich damit abfinden müssen.«

Sie lächelte, trank einen großen Schluck und wurde dann ernst. »Wir können gleich auf Ihren Vorschlag zurückkommen, der ganz in meinem Sinne ist.« Hermann traute seinen Augen kaum, als er sie leicht erröten sah. »Aber eines muss ich vorher noch loswerden, als Kommissarin, meine ich. Ich habe es Ihnen versprochen.«

Sie hatte ihr Glas schon ausgetrunken. Er schenkte nach und sah sie fragend an. »Und das wäre?«

»Ich sagte ja schon, das Laborbuch ist Gold wert für uns.« Bevor sie weitersprach, veränderte sie ihre Sitzposition und streifte ihn mit einem besorgten Blick. »Was wir herausgefunden haben, wird Ihnen allerdings nicht gefallen, fürchte ich. Möchten Sie es trotzdem hören?«

»Natürlich.«

»Also«, sie holte tief Luft und trank noch einen Schluck, »halten Sie sich fest: Uns ist mithilfe des Laborbuchs der Nachweis gelungen, dass Moebus noch am Mittwoch von Brüssel aus wieder nach Deutschland geflogen ist, nach Hannover. Von dort hat er einen Mietwagen genommen und war wahrscheinlich in der Nacht zum Donnerstag in Kiel und im Biologiezentrum. Wir haben seit Längerem einen Zeugen, der nach Mitternacht einen Mann in Mantel und Anzug gesehen hat, der über den Campus rannte.«

»Wie bitte?« Hermann sah sie fassungslos an. »Ich ... ich verstehe nicht richtig. Er ist am selben Tag zurückgeflogen?«

Sie nickte. »Es gibt nicht den geringsten Zweifel. Noch in der Nacht ist er mit dem Mietwagen nach Münster gefahren und wahrscheinlich mit dem Zug weiter nach Brüssel. Dort hat er am Donnerstag seine Termine wahrgenommen. Wir hätten es nie herausbekommen, wenn sich einer meiner Mitarbeiter nicht geradezu in diese Fragen verbissen hätte. Und wenn Sie das Laborbuch nicht gefunden hätten.«

»Das ist ja unglaublich. Hat Frank etwa ... war er ...«

»Was ich Ihnen gesagt habe, ist der Stand unserer Ermittlungen. Alles Weitere hoffen wir von Professor Moebus zu erfahren. Jetzt verstehen Sie sicher, warum wir ihn sprechen müssen.«

»Mein Gott, ich kann das gar nicht glauben. Warum hat er das nur getan?«

»Sagen Sie es mir. Ich bin gespannt, ob Sie auf dieselbe Idee kommen wie ich. Offenbar hat er seine Reise benutzt, um sich ein Alibi zu verschaffen. Die Frage ist nur, wofür.«

»Das muss ich erst mal verarbeiten.« Hermann rieb sich verwirrt über das Gesicht. »Er ist in Kiel gewesen ... Demnach hätte ich ihm in der Nacht ja begegnen können.« Frank war zwar ein Betrüger, aber war er auch ein Mörder oder Totschläger? Und hatte das Ganze kaltblütig geplant? Ausgeschlossen.

»Die Lage ist ziemlich ernst.« Ihre Stimme schien von weit her zu kommen. »Wenn wir ihn nicht bald finden, werde ich einen Haftbefehl beantragen. Es gibt keinerlei Hinweise darauf, dass er in den Streit der beiden direkt verwickelt war, aber er wird uns einiges erklären müssen.«

War Moebus fähig, einen Menschen zu töten? Hermann hatte den Kopf gesenkt und dachte an das schwere Metallstück in Franks Hand. Daran, wie er es hin und her geschwenkt hatte und die Knöchel seiner Hand hervortraten, weil er so fest zupackte. Und er erinnerte sich an diesen Blick …

Nein, Hass war das nicht. Was er in Franks Augen gesehen hatte, war die nackte Angst, die Angst eines Menschen, der sich so in die Enge getrieben fühlt, dass ihm kein Ausweg bleibt. Was hatte er vorgehabt? Wozu das alles? Und wo war er jetzt?

Sie hatten eine Weile geschwiegen, als er plötzlich ihre Hand spürte, die sich sanft auf seinen Arm legte. »Es tut mir leid«, sagte sie leise. »Aber ich dachte, du solltest es wissen. Ich wollte nicht, dass du es irgendwann aus der Presse erfährst.«

Er nickte, nahm ihre Hand von seinem Arm, legte sie an seine Wange und küsste sie. Sie war warm und trocken und roch nach ihrem Parfüm.

Sie sahen sich lange an.

Nimm mich in den Arm, halt mich fest, schienen ihre Augen zu sagen.

Er rückte näher an sie heran, breitete die Arme aus und zog sie an sich. Sie war leicht wie eine Feder, so zart und weich. Sie erschauderte und er, berauscht von der Wärme und dem Geruch ihres Körpers, hätte heulen können vor Glück. Es war so lange her.

»Dürfen wir das?«, fragte er leise, dicht an ihrem Ohr.

»Nein«, flüsterte sie. »Aber ich will es.«

Hermann war schon ins Bad gegangen und sie hatte gesagt, sie müsse sich noch einmal kurz in die Kriminalkommissarin zurückverwandeln. Sie komme gleich nach.

Jetzt stand sie am Wohnzimmerfenster, schaute auf den nächtlichen Park hinaus und spürte den Gefühlen nach, die ihren Körper durchströmten. Hinter ihr hörte sie, wie er die Badezimmertür öffnete und durch Flur und Wohnzimmer näher kam.

Er trat von hinten an sie heran und schlang die Arme um ihre Brust. »Kommst du?«

Sie lächelte und schloss die Augen. »Gleich. Nur eine Minute. Es muss leider sein.«

Wie unbegründet ihre Ängste gewesen waren, dachte sie, als er sich Richtung Schlafzimmer entfernte. Und wie wunderbar, dass sie sich nicht hatte beirren lassen und zu ihm gefahren war. Sie hatten lange geredet, über ihre Familien, ihr Leben und das, was auf sie zukommen könnte. Wie selten zuvor in ihrem Leben war sie sich sicher, dass es gut und richtig war, was sie taten. Sie würden auch die Herausforderungen der kommenden Wochen und Monate meistern.

Endlich riss sie sich zusammen und wählte die Nummer von Arnie Schwarzenau, der vor Moebus' Haus im Auto saß.

»Detlefsen hier. Na, alles ruhig?«

»Bisher hat sich nichts getan. Er ist nicht nach Hause gekommen.«

»Gut. Wir sehen uns dann morgen.«

»Schlafen Sie gut.«

»Das werde ich ganz bestimmt.«

Sie legte das Handy auf den Wohnzimmertisch, löschte die Kerze, die sie angezündet hatten, und ging ins Bad. Er hatte ihr ein Handtuch und eine neue Zahnbürste hingelegt. Sie zog sich bis auf die Unterwäsche aus, wusch sich, putzte die Zähne und huschte dann leise über den dunklen Flur ins Schlafzimmer, wo eine Nachttischlampe brannte.

Er lag mit dem Gesicht zum Vorhang gewandt auf der Seite und atmete ruhig und gleichmäßig. Schon bevor sie unter die Decke schlüpfte, wusste sie, dass er eingeschlafen war. Ihre Enttäuschung währte nur kurz. Sie schaltete die Lampe aus, schmiegte sich an seinen Rücken und dachte: Wir haben ja Zeit, viel Zeit.

17

Im Kellerstudio von Ben Bartelt herrschte an diesem Samstagnachmittag schon früh ungewohnte Ruhe. Etliche rote Lämpchen und das leise Brummen der Verstärker signalisierten zwar die Betriebsbereitschaft der Technik, keiner der drei Musiker machte jedoch den Eindruck, als wolle er die nach wenigen Songs unterbrochene Session wieder aufnehmen. Bennie und Hermann saßen nebeneinander auf dem Sofa, Pit hatte sich in einen Sessel gefläzt und die Füße auf den Tisch gelegt. Alle schienen ausschließlich mit sich und dem ersten Bier dieses Nachmittags beschäftigt zu sein.

»Ist Elisabeth eigentlich da?«, fragte Hermann scheinbar beiläufig in die Stille.

»Sie ist oben«, brummte Bennie. »Warum fragst du?«

»Nur so. Sie hat mich vor ein paar Tagen angerufen.«

»Geh doch hoch zu ihr und frag sie. Sie ist wahrscheinlich in der Küche.«

»Später«, murmelte Hermann. »Das hat Zeit bis nachher.«

Pit, der den Wortwechsel mit gelangweiltem Gesicht verfolgt hatte, erwachte plötzlich zum Leben. Er nahm die Füße vom Tisch, richtete sich auf und stellte die Flasche neben sich auf den Boden. »Also, Freunde, wenn ihr meine unmaßgebliche Meinung hören wollt: Sollte Frank auch in Zukunft nicht mehr kommen, müssen wir uns etwas einfallen lassen. Zu dritt finde ich es irgendwie öde.«

»Öde?« Bennie reagierte gereizt. »Erst hast du Angst vor Stress, weil er dir zu gut ist, und jetzt findest du es ohne ihn öde.

Du weißt auch nicht, was du willst. Wir haben doch vorher monatelang zu dritt gespielt und da fehlte uns gar nichts.«

»Jetzt schon.«

»Gute Musiker hinterlassen eben eine Lücke, wenn sie fehlen. Das ist kein Grund zur Panik. Wir sollten erst mal abwarten. Und ein paar Proben zu dritt können uns bestimmt nicht schaden.«

»Proben, wofür denn? Was ist eigentlich mit ihm? Hat er keine Lust mehr?«

Sie hatten bisher kein Wort über Frank gesprochen, doch Bennie schien irgendetwas zu wissen. Wahrscheinlich von Elisabeth, dachte Hermann. Standen die Geschwister noch in Kontakt miteinander? Er konnte es kaum abwarten, mit Elisabeth zu reden, am besten unter vier Augen. Vielleicht ergab sich später eine günstige Gelegenheit. Er würde mit der Familie essen und über Nacht bleiben. Anne war für heute Abend schon seit Langem verabredet und hatte nicht absagen wollen. Sie würden sich morgen sehen und dann den ganzen Nachmittag und Abend für sich haben.

Er schloss die Augen und gab sich kurz der Erinnerung an die letzten beiden Nächte hin. Anne wusste, wo er heute war, aber wie eng diese samstäglichen Besuche in Lübeck normalerweise mit Frank Moebus verknüpft waren, hatte er ihr verschwiegen.

Zwei Tage waren jetzt ohne jede Nachricht von Frank vergangen. Er hatte weder auf Hermanns Anrufe noch auf seine Kurzmitteilungen reagiert. Anne hatte ihm am Morgen gesagt, es sei nicht auszuschließen, dass Moebus sich ins Ausland abgesetzt habe. Seine Flucht, so müsse man es ja wohl nennen, werfe natürlich kein gutes Licht auf ihn. Man erwäge sogar, ihn international zur Fahndung auszuschreiben.

Herbert Wiesheu war außer sich gewesen. Da sich offenbar

mehrere Journalisten bei ihm vergeblich nach Frank erkundigt hatten, stand heute sogar in der Zeitung, dass Moebus' Aufenthaltsort unbekannt sei. Immer mehr Vertreter der Medien wurden aufmerksam auf das, was sich in Kiel vor dem Biologiezentrum und mittlerweile auch in vielen anderen deutschen Universitätsstädten abspielte. Jetzt schien es nur noch eine Frage der Zeit zu sein, bis das ganze Ausmaß der Affäre ans Licht käme. Besonders zu schaffen machte Wiesheu der lange Artikel in einer überregionalen Tageszeitung, der am morgigen Sonntag erscheinen sollte und ihnen heute vorab zugemailt worden war. Der Verfasser hatte für das kleine, aber besonders rührige *Laborblatt* schon länger zu dem Thema recherchiert und mit Wiesheu und Hermann gesprochen. »Götterdämmerung. Der Wissenschaftsbetrieb muss seinen Umgang mit Betrügern dringend überdenken, sonst droht ihm ein dramatischer Vertrauensverlust, mit unabsehbaren Konsequenzen«, lauteten Headline und Untertitel. Der Text nahm eine ganze Zeitungsseite ein, eingestreut waren Bilder von Hwang, Paul Kammerers Geburtshelferkröten, dem deutschen Physiker Jan Hendrik Schön und von Galileo Galilei. Obwohl Wiesheu seit zwei Tagen eingeweiht war, fand er die Darstellung heillos übertrieben. »Man bekommt fast das Gefühl, wir seien eine kriminelle Vereinigung«, empörte er sich. »Ich wage mir gar nicht vorzustellen, was der geschrieben hätte, wenn er wüsste, was hier wirklich los ist.«

Hermann hatte an dem Artikel eigentlich nichts auszusetzen. Nicht der Artikel war deprimierend, sondern die Realität in den Labors und derjenigen, die davor die Augen verschlossen. Frank Moebus wurde nur am Rande erwähnt, noch schwelte dieser jüngste und spektakulärste Betrugsfall im Verborgenen. Nur der Schlagabtausch zwischen ihm und seinen Kritikern in *Nature* wurde erwähnt, gefolgt von einem Zitat Wiesheus, der von »einem ernsten und überaus bedauerlichen Vorfall« gesprochen hatte.

»He, was ist los mit euch?«, brachte Pit sich in Erinnerung. »Wollt ihr mir nicht antworten? Ihr kennt Frank doch viel besser als ich.«

Bennie hob den Kopf und sah den neben ihm sitzenden Hermann an. »Willst du es ihm sagen?«

Hermann brummte unwillig, dann fasste er das Geschehen in einem einzigen Satz zusammen: »Frank hat Schwierigkeiten.«

»Schwierigkeiten? Dieser Überflieger? Was denn für Schwierigkeiten? Hat es mit den Todesfällen zu tun?«

»Es geht um Wissenschaft. Das interessiert dich doch normalerweise nicht.«

Pit zog die Augenbrauen zusammen und streckte den Kopf vor, als habe er sich verhört. Dann nickte er. »Okay, hab verstanden. Danke für die freundliche und erschöpfende Auskunft.«

Er leerte seine Bierflasche, stand auf, stöpselte seinen Bass aus dem Verstärker, legte ihn in den Instrumentenkoffer und klappte ihn zu. Die anderen beobachteten ihn wortlos. »Ich weiß nicht, was los ist«, sagte er, während er zum Garderobenständer ging und dann in seine Lederjacke schlüpfte, »aber die Stimmung hier, die gefällt mir überhaupt nicht. Kann ja mal passieren, aber für heute reicht's mir. Ich mach mich auf den Heimweg. Sagt mir Bescheid, wenn ihr wieder bessere Laune habt.« Er öffnete die gepolsterte Studiotür und war im nächsten Moment auf dem Weg nach oben.

»Pit, komm, spiel nicht die beleidigte Leberwurst«, rief ihm Hermann nach. »Ist doch so, oder? Es interessiert dich nicht. Das ist vollkommen in Ordnung.«

Bennie war aufgestanden und ging ebenfalls zur Tür. »Lass ihn. Vielleicht ist es heute besser so.« Er folgte Pit die Treppe hinauf. Hermann hörte, wie sie sich an der Eingangstür verabschiedeten.

Schon vor vierzehn Tagen, am Samstag nach Johannes Hilperts Todessturz, hatten sie zusammen einen enttäuschenden Nachmittag verbracht, ohne sich viel Gedanken darüber zu machen. Doch diesmal war es ernster und Hermann wusste, warum. Heute war auch Bennie, die unersetzliche Energiequelle ihrer kleinen Gemeinschaft, nicht bei der Sache gewesen. Für seine Verhältnisse war er lustlos und ungewöhnlich schlecht gelaunt. Pit hatte womöglich recht mit seiner Befürchtung. Eine Pause, dachte Hermann, vielleicht sollten sie wirklich eine kreative Pause einlegen. Auch er war mit seinen Gedanken nicht bei der musikalischen Sache.

Bennie kam in den Keller zurück. Er steuerte geradewegs den Kühlschrank an, nahm sich ein neues Bier heraus und ließ sich wieder neben Hermann aufs Sofa fallen. »Mich würde übrigens auch interessieren, was los ist«, platzte es aus ihm heraus. »Bei euch am Institut herrscht dicke Luft, oder? Elisabeth erzählt mir nichts und ich hasse es, wenn man versucht, irgendetwas vor mir zu verbergen. Wir haben uns deswegen schon heftig in der Wolle gehabt. Ich merke ihr an, dass sie beunruhigt ist, aber sie streitet es rundweg ab. Manchmal sitzt sie nachts noch stundenlang am Computer und ich höre sie weinen. Es kann nur mit Frank zu tun haben.«

»Hat sie Kontakt zu ihm?«

»Ich nehme es an. Sie hatte immer Kontakt mit ihm, warum sollte sie jetzt keinen haben? Aber ich weiß es nicht. Ich bin nicht dabei, wenn sie telefonieren. Sag mir, was los ist, Hermann. Ich habe das Gefühl, es fing mit diesem *Nature*-Artikel an, von dem Marion auf deinem Geburtstag gesprochen hat. Oder hat es etwa mit den beiden Toten zu tun?«

»Ich fürchte, das hängt alles miteinander zusammen.« Hermann erklärte ihm, worum es in dem *Nature*-Brief ging, und erzählte von den Studentendemonstrationen. »Um die Sache nicht unnötig zuzuspitzen, hat Frank das Haus über einen Hintereingang betreten. Seit Donnerstag ist er überhaupt nicht mehr im Institut erschienen. Wie es ihm geht, kann ich dir nicht sagen. Ich habe ihn seit einer Woche weder gesehen noch gesprochen. Er … er ist verschwunden.«

»Verschwunden?«

»Ja. Er ist nicht in seiner Wohnung, jedenfalls öffnet er nicht die Tür und geht nicht ans Telefon. Ich habe alles versucht. Er reagiert weder auf Handyanrufe noch auf Mails.«

»Du meinst, er ist abgehauen?« Bennie verzog ungläubig das Gesicht und schüttelte dann den Kopf. »Das glaube ich nicht. Ich kenne Frank auch ein bisschen und das passt überhaupt nicht zu ihm. Der ergreift doch wegen ein paar demonstrierender Studenten nicht die Flucht. Und wo ist der Zusammenhang mit den Toten? Da müssen noch andere Dinge eine Rolle spielen.« Er sah seinen Freund misstrauisch an.

Hermann senkte den Kopf und überlegte. Was konnte, was durfte er Bennie erzählen? Schließlich sagte er: »Es gibt tatsächlich noch mehr«, und berichtete von dem Laborbuch.

»Hilpert? Ist das der, der aus dem Fenster gesprungen ist?«

»Ja. Aus seinem Laborbuch geht hervor, dass es mit dem Verhältnis zwischen ihm und Frank nicht zum Besten stand, und irgendwie hat dieses Buch die Polizei darauf gebracht, dass Frank in der Todesnacht im Institut war.«

»Was? Ich denke, er war verreist, als es passierte. Er war doch in …«

»In Brüssel, ja, das dachten alle. Offenbar ist er aber auf Umwegen heimlich nach Kiel zurückgefahren.«

»Na, hör mal. Warum hätte er das tun sollen?«

»Ich weiß es nicht.«

Bennie lachte. »Also, das ist die verrückteste Geschichte, die ich je gehört habe. Mit der Kieler Polizei scheint ein bisschen die Fantasie durchzugehen, was?«

»Sie sind ganz sicher. Es gibt Beweise. Sie suchen ihn.« Er konnte diese verrückte Geschichte selbst kaum glauben und wollte seinen Freund mit den Einzelheiten verschonen. Auch die Geschichte mit Franks Betrug behielt er für sich. Bennie war das Lachen auch so vergangen.

»Mannomann«, sagte der nur und schüttelte den Kopf.

»Meinst du, Elisabeth weiß das alles?«

»Ich habe dir doch gesagt, sie spricht nicht darüber. Brüderchen hier, Brüderchen da, das geht mir schon seit Längerem auf die Nerven.«

»Wollen wir nach oben gehen?«

»Du willst mit ihr reden?« Bennies runder Kopf schwankte hin und her. »Ich weiß nicht … Sie war nicht begeistert, als ich ihr gesagt habe, dass du über Nacht bleibst. Du kannst es ja versuchen, vielleicht hast du mehr Glück als ich, aber ich warne dich. Du hast sie noch nicht erlebt, wenn sie ihre Krallen ausfährt. Ich möchte nicht, dass die Kinder etwas davon mitbekommen. Für die Kleinen hat ihr berühmter Onkel Frank schon den Rang eines Jedi-Ritters erreicht. Mehr geht fast nicht.«

Als Hermann die Küche betrat, wo Elisabeth gerade den Salat wusch, sah er sofort, dass Bennie nicht übertrieben hatte. Sie war erschreckend blass und schien geweint zu haben. Normalerweise begrüßten sie sich herzlich, umarmten sich und gaben sich Wangenküsschen, heute würdigte sie ihn keines Blickes.

»Hallo, Elisabeth«, sagte er freundlich.

»Habt ihr schon aufgehört?«

»Ja.«

Sie machte sich schreckliche Sorgen, das war nicht zu übersehen, aber was wusste sie? Kannte sie das ganze Ausmaß der Probleme? Er beschloss seinen Vorstoß zu verschieben.

»Das ist doch immer mein Job«, sagte er sanft und nahm ihr die Salatschleuder aus der Hand. »Bitte, Eli, lass mich das machen.«

Sie sah ihn noch immer nicht an, hielt den Kopf gesenkt, sodass ihr Gesicht von den herabfallenden Haaren verdeckt war. Erst wollte sie nicht weichen, dann trat sie doch zur Seite und überließ Hermann wortlos den Platz an der Spüle. Sie öffnete den Hängeschrank und nahm das Geschirr heraus.

»Wie geht es Marion und dem Kleinen?«, fragte sie.

»Gut, danke. Sie wird bald ausziehen. Außerdem ist sie verliebt, glaube ich.« Dass es auf seine alten Tage auch ihn, den Vater, erwischt hatte, behielt er für sich.

Bei Marion war Verliebtsein schon immer wie der Einschlag eines Meteoriten gewesen, der ihr Leben völlig durcheinanderwirbelte. Vergleichbares würde ihm natürlich nicht passieren. In einer langen SMS hatte sie ihm mitgeteilt, dass sie bei Daniel auf dem Land weile und sich mit dem Gedanken trage, von dem gerade erst unterzeichneten Mietvertrag wieder zurückzutreten. Emil liebe das Landleben und auch ihr gefalle es, von Hahnengeschrei geweckt zu werden. Es gebe sogar eine Scheune, in der sie ihre Werkstatt einrichten könnte.

»Verliebt?« Jetzt hielt Elisabeth inne, ein kleines Lächeln auf den Lippen.

»Ja, ausgerechnet in meinen Assistenten.«

»Ach.« Für einen kurzen Moment sah sie ihm direkt in die Augen. »Von dem war doch schon bei deinem Geburtstag die Rede.«

Für einen Moment lächelte sie, aber die tiefe Traurigkeit, die in ihr steckte, war nicht zu übersehen. Hermann hatte den Eindruck, sie sei um Jahre gealtert. Etwas musste geschehen. Er konnte nicht länger warten.

»Elisabeth?«

Ihre Gesichtszüge verhärteten sich. Sie wusste sofort, was er wollte. »Nein, nicht jetzt«, sagte sie und verschwand mit dem Tellerstapel im Esszimmer nebenan. Er folgte ihr.

»Wir müssen reden, Elisabeth. Frank ist in großen Schwierigkeiten und ich muss wissen …«

»Nicht jetzt, habe ich gesagt.«

So fühlten sich also die Krallen an, von denen Bennie gesprochen hatte. Im Vergleich zu Marions waren das Samtpfötchen.

Während des Essens war die Stimmung angespannt. Bennie und Elisabeth schwiegen und vermieden jeden Blickkontakt. Der Große schaufelte stumm sein Essen in sich hinein und schaute immer wieder auf die Uhr. Hermann versuchte mit den jüngeren Kindern zu plaudern. Die Situation entspannte sich erst, als Finn, der Jüngste der drei, ihn zum wiederholten Mal aufforderte, die Geschichte von der Entdeckung des Roten zu erzählen. Er und seine Schwester Luisa wollten daraufhin die genauen Ausmaße des Kolosskalmars wissen, Länge, Gewicht, die Größe seiner Augen. Ob er ihn lebend gesehen habe. Waren seine Krallen größer und schärfer als die eines Löwen? War er stärker als ein Weißer Hai oder ein Killerwal?

»Nun reicht es«, sagte Bennie ungewohnt streng, als sie beim Nachtisch die blutigen Details seines Kampfes mit dem Pottwal hören wollten. »Ab in eure Zimmer, los. Wir haben noch etwas zu besprechen.«

Aber daraus wurde nichts.

Elisabeth brachte einen Teil des Geschirrs in die Küche und tauchte danach nicht wieder auf. Nach ein paar Minuten stand

Bennie auf, um sie zu suchen. Sie hatte sich in ihrem Zimmer eingeschlossen und weigerte sich, die Tür zu öffnen.

Den Abend verbrachten die beiden Freunde im Wohnzimmer, hörten Musik und tranken Wein. Einmal ging Bennie noch zu Elisabeths Zimmer, um nach ihr zu sehen, kehrte aber kurz darauf mit einer Miene zurück, die Bände sprach.

»Sie will nicht?«, fragte Hermann vorsichtig.

Bennie schüttelte den Kopf. »Ich habe nichts anderes erwartet. Ich glaube, sie telefoniert. Verstehst du, dass ich sauer bin? So kann das jedenfalls nicht weitergehen.«

Am nächsten Morgen wurde Hermann von einem leisen Klopfen geweckt. Jemand war an der Tür.

»Ja?«, fragte er verschlafen und warf rasch einen Blick auf seine Armbanduhr. Es war erst kurz nach sieben.

»Ich bin's.« Das war Elisabeths Stimme. Er war sofort hellwach. »Kann ich einen Moment hereinkommen?«

»Natürlich, ja.«

Die Tür öffnete sich und sie trat in das kleine Gästezimmer. Offenbar hatte sie wenig geschlafen, denn obwohl sie sich geschminkt und zurechtgemacht hatte, sah Hermann ihr an, wie übernächtigt sie war.

Sie setzte sich auf die Bettkante. »Hast du heute Vormittag etwas vor?«

»Äh, nein. Wieso?«

»Er will mit dir sprechen.«

»Wer? Frank?«

Sie nickte. Der Hauch eines Lächelns war auf ihrem Gesicht. Täuschte er sich oder wirkte sie tatsächlich entspannter als gestern?

»Ist er hier?«

»Nein, wir müssen den Wagen nehmen.«

»Gut, sehr gut. Ich brauche fünf Minuten.«

Sie stand auf und er schlug die Decke zur Seite. Einen kurzen Moment stand er in Unterhosen neben ihr, dann fiel sie ihm um den Hals. »Ich mache mir große Sorgen um ihn«, sagte sie und schluchzte. »Ich wünsche mir so sehr, dass alles bald ein Ende findet.«

Er sagte nichts, strich ihr nur sanft über die Haare.

»Was ist mit Bennie?«, fragte er.

»Wir lassen ihn schlafen. Ich lege ihm einen Zettel hin.«

Sie nahmen seinen Wagen. Elisabeth hatte nicht gesagt, wohin sie fahren würden, aber kaum hatte sie ihn in östlicher Richtung aus der Stadt gelotst, glaubte er, das Ziel zu kennen.

»Er ist draußen in eurem Haus«, sagte er und wunderte sich im Stillen, warum er nicht schon eher darauf gekommen war.

Kurz nach der Wende hatte Bennie in Boltenhagen, einem Seebad an der Mecklenburger Bucht, ein altes, heruntergekommenes Strandwaldhaus gekauft und über die Jahre in ein Schmuckstück verwandelt. Hermann hatte dort schon mehrere Wochenenden verbracht.

Sie nickte. »Was hätte ich machen sollen? Er rief mich an und sagte, er brauche dringend einen Ort, um für ein paar Tage ungestört zu sein.«

Um unterzutauchen, traf die Sache wohl besser, dachte Hermann, ohne sich etwas anmerken zu lassen.

Sie wischte sich mit einem Taschentuch über die Augen. »Er hat einen großen Fehler gemacht, nicht wahr?«

»Ich fürchte, ja. Nicht nur einen.«

Sie schwiegen, fuhren durch Dörfer und an gepflügten Ackerflächen vorbei. Als ihr Blick linker Hand auf die Wasserfläche der Trave traf, seufzte Hermann und sagte: »Ich bin sehr froh, dass er es sich anders überlegt hat. Ich habe ihn unzählige Male angerufen, aber er hat nicht reagiert. Seit wann weißt du, dass er mich sprechen will?«

»Wir haben gestern lange telefoniert und er hat mir endlich alles erzählt. Der Wunsch, dich zu sehen, kam von ihm. Ich musste ihn nicht überreden.«

»Weißt du auch, dass er von der Polizei gesucht wird?«, fragte er.

Ihr Kopf fuhr herum und sie starrte ihn mit weit aufgerissenen Augen an.

»Von der Polizei? Warum? Was hat er denn getan?«

Von wegen, alles erzählt. Sie hatte offenbar keine Ahnung. Frank führte jeden an der Nase herum, sogar seine geliebte Schwester.

»Es ist wegen der beiden Toten in seinem Labor«, sagte er.

»Damit hat er nichts zu tun«, zischte sie.

»Ich hoffe, dass du recht hast.«

Nach einer knappen Stunde hatten sie Boltenhagen erreicht. Sein Herz begann zu klopfen. Er fürchtete sich ein wenig vor dem, was nun kommen würde.

An einem Kreisverkehr bog er rechts in die Ostseeallee ein, fuhr weiter durch den um diese Zeit wie ausgestorben wirkenden Ort, bis sie in ein Waldgebiet kamen, in dem zwischen Straße und Strand vereinzelt mehrere Häuser standen. Über einen breiten sandigen Weg gelangten sie schließlich zu dem gelb gestrichenen Holzhaus.

Frank war draußen auf der Veranda und winkte ihnen zu, als erwarte er nette Frühstücksgäste. Sie stiegen aus. Elisabeth lief auf ihren Bruder zu und umarmte ihn. Hermann blieb neben seinem Auto stehen.

»Was ist? Willst du da Wurzeln schlagen?«, rief Frank ihm zu, den Arm um Elisabeths Schulter gelegt. »Komm, ich habe Kaffee gekocht. Wir haben viel zu besprechen.«

Als Hermann langsam näher trat, sah er, dass Frank sich verändert hatte. Sein Lächeln wirkte offen, ohne jeden Hinterhalt. Er sah angeschlagen aus, aber irgendwie auch erleichtert.

»Danke, dass du gekommen bist«, sagte er und streckte Hermann die Hand zur Begrüßung hin, doch der ergriff sie nicht. Frank nickte und senkte den Blick. »Keine Angst«, sagte er. »Ich habe dir eine ganze Menge zugemutet, ich weiß, aber mit der Lügerei ist Schluss. Wir bringen diese Geschichte jetzt zu einem guten Ende.«

Ein gutes Ende?, dachte Hermann. Konnte es das überhaupt geben?

Ein dunkelblauer Wagen, der Hermann und Elisabeth aus Lübeck gefolgt war, hatte im Schutz eines dichten Gebüschs unter alten Kiefern geparkt.

»Sie sind zu einem Haus in einer Waldsiedlung gefahren«, sagte Bertram Hollinger in sein Mobiltelefon. »Er hat vor dem Haus auf sie gewartet. Ich habe ihn gesehen.«

»Wir sind schon unterwegs«, sagte Anne. »Unternimm bitte nichts, bis wir da sind. Wenn Moebus sich entfernen sollte, folge ihm unauffällig. Wir beeilen uns.«

Anderthalb Stunden dauerte es, bis der Dienstwagen von Anne und Jens Becker hinter dem dunkelblauen Wagen hielt. Sie stiegen sofort aus und gingen zu ihrem Kollegen.

»Und?«, fragte Anne gespannt.

»Nichts. Alles ruhig. Sie sitzen in der Küche und reden. Von da vorne«, er zeigte auf einen Baum neben der Auffahrt, »kann man sie durch das Fernglas sehen.«

»Gut. Wir warten. Ich setze darauf, dass Pauli ihn zur Vernunft bringt.«

Sie warteten fast zwei Stunden. Dann öffnete sich die Haustür und Hermann Pauli, Elisabeth Bartelt und Frank Moebus traten heraus. Die beiden Geschwister umarmten sich.

»Jetzt«, sagte Anne zu Jens Becker und zog ihn am Ärmel. Sie liefen über die Zufahrt auf das Haus zu. Pauli sah sie zuerst und erstarrte. Er sagte etwas zu den anderen und zeigte in ihre Richtung.

»Sie sind mir gefolgt, Frau Kriminalhauptkommissarin«, rief Hermann, als sie nur noch wenige Meter entfernt waren. Es klang ein wenig vorwurfsvoll, doch wirklich erbost schien er nicht zu sein. Sie war erleichtert.

»Wir wären miserable Polizisten, wenn wir es nicht getan hätten, Herr Professor«, sagte sie schmunzelnd und nickte den Geschwistern Moebus zu. »Frau Bartelt, Professor Moebus.«

Elisabeth klammerte sich an den Arm ihres Bruders und musterte die Kommissarin und ihren hünenhaften Begleiter mit einer Mischung aus Angst und Abscheu. Frank ergriff ihre Hand, löste sie von seinem Arm und nickte ihr aufmunternd zu. »Mach dir keine Sorgen, Eli. Es wird alles gut.«

»Lassen Sie in Zukunft bitte den Professor weg«, sagte er dann an die Kripobeamten gewandt. Seinem Gesicht war nicht anzusehen, was in ihm vorging. Er holte tief Luft. »Ich hasse es zwar, alles zweimal erzählen zu müssen, aber bitte …«, er deutete auf die offene Haustür, »bringen wir es hinter uns.«

Hermann hatte Elisabeth untergehakt. »Wir gehen solange am Strand spazieren«, rief er. Anne nickte und warf ihm in einem unbeobachteten Moment eine Kusshand zu. Zumindest was diesen Fall anging, hatte das Versteckspiel hoffentlich bald ein Ende.

EPILOG

Rasant wie sein Aufstieg zum international gefeierten Forschungsstar verlief auch sein Fall, und nicht seine Kollegen, nicht Wissenschaftsorganisationen, Fachzeitschriften, Geldgeber, Politiker, Blogger, Presse oder demonstrierende Studenten waren dabei die treibende Kraft, sondern Frank Moebus selbst. Obwohl er hinter den Kulissen gedrängt wurde, sich Zeit zu lassen und zu überlegen, ob es nicht Mittel und Wege gäbe, das Problem auf andere Weise zu lösen, bestand Moebus auf einem schnellen und radikalen Schnitt. Nicht einmal eine Woche nach seinem Boltenhagener Gespräch mit Hermann Pauli lud er, zusammen mit der vor Schreck nahezu paralysierten Universitätsleitung, zu einer Pressekonferenz in den Hörsaal des Kieler Biologiezentrums.

Einige Optimisten glaubten, Moebus werde eine neue wissenschaftliche Sensation verkünden, etwa die seit Langem erwarteten Sequenzdaten seiner Zellen. Andere gingen davon aus, dass er sich auf Druck der Kollegen und der andauernden Studentendemonstrationen bereit erklären werde, die Moebus-Zellen herauszugeben. Nur wenige Eingeweihte ahnten, was Moebus an diesem Freitagvormittag vor überfülltem Auditorium mitzuteilen hatte.

Wie gewohnt ganz in Schwarz gekleidet, betrat er in Begleitung eines auffallend blassen und nervös wirkenden Universitätspräsidenten den Saal, nahm schwungvoll die Stufen auf das Podium, setzte sich, scheinbar unbeeindruckt von den vielen Menschen, hinter das bereitstehende Mikrofon, räusperte sich, wartete, bis die Unruhe im Saal sich gelegt hatte, faltete ein Blatt Papier auseinander und gab in das Blitzlichtgewitter der Fotografen folgende vorformulierte Erklärung ab:

»Sehr geehrte Damen und Herren. Nach wie vor bin ich felsenfest davon überzeugt, dass irgendwo auf dieser Welt primitive RNA-Organismen existieren, die seit Urzeiten überlebt haben, vielleicht an Orten, wo niemand sie erwartet. Irgendein glücklicher Forscher wird sie finden. Ich habe sie nicht gefunden. Was ich vor nunmehr zwei Jahren in meiner Arbeit *A Second Life: A New RNA-Organism from the Gakkel Ridge* der Öffentlichkeit präsentiert habe, war reine Erfindung. Moebus-Zellen in der beschriebenen Form haben nie existiert. Sämtliche Abbildungen meiner Arbeit sind am Computer entstanden, die diesen Zellen zugeschriebenen Eigenschaften habe ich von anderen Mikroorganismen aus demselben Lebensraum übernommen. All das wurde von mir und nur von mir geplant und ausgeführt. Die noch lebenden Koautoren meines Aufsatzes wissen bis heute nichts davon. Was ich getan habe, ist weder zu erklären noch zu rechtfertigen, und der entstandene Schaden ist auch durch eine Entschuldigung meinerseits nicht wiedergutzumachen oder aus der Welt zu schaffen. Deshalb werde ich keine weiteren Erklärungen abgeben und auch keine Fragen beantworten. Ich trete mit sofortiger Wirkung von meinem Lehrstuhl an der Christian-Albrechts-Universität zurück.«

Kaum war das letzte Wort verklungen, erhob er sich, bedachte das Publikum, das sich in einer Art Schockstarre befand, mit einem Blick, den manche Kommentatoren später als demütig-ängstlich, andere als schelmisch beschrieben, und lief schnell auf einen Hinterausgang zu. Ein mit Milchkaffee gefüllter Plastikbecher traf ihn noch am Kopf, den Tumult, der kurz darauf losbrach, die wütenden Rufe, das Zischen nahm er nur noch als dumpfes Raunen wahr.

Am darauffolgenden Sonnabend fuhr ein Möbelwagen vor, den drei Männer mit den schon vorher in Kisten verpackten persönlichen Gegenständen aus Moebus' Büro beluden. In der Schillerstraße geschah das Gleiche mit den Kartons und Möbeln aus seiner Wohnung. Kurz darauf verließen beide Wagen mit unbekanntem Ziel die Stadt.

Die Staatsanwaltschaft Kiel erhob keine Anklage gegen Frank Moebus. Der von ihm begangene Betrug war ohnehin kein Straftatbestand und eine Beteiligung an dem tödlich verlaufenen Streit von Johannes Hilpert und Moritz Barthelmess war ihm nicht nachzuweisen, obwohl außer Frage stand, dass er in der Tatnacht im Biologiezentrum gewesen war – er selbst hatte das zugegeben.

Ob er die Forschungsmittel, die ihm unter falschen Voraussetzungen bewilligt worden waren, zurückzahlen oder ob er mit strafrechtlichen Konsequenzen rechnen müsste, war lange Gegenstand intensiver Prüfung, auch aufseiten der Deutschen Forschungsgemeinschaft. Es stellte sich aber heraus, dass in den von ihm eingereichten Anträgen nie auf die Moebus-Zellen abgehoben worden war, sondern ausschließlich auf seine Forschung an »normalen« extremophilen Mikroorganismen, die nach bisherigem Wissensstand nicht zu beanstanden waren. Moebus hatte sich abgesichert. Allerdings wurde eine Untersuchungskommission eingesetzt, die seine früheren Arbeiten unter die Lupe nehmen sollte. Mit einem Ergebnis rechnete man frühestens in einem halben Jahr. Weiterhin wurde geprüft, ob man ihm wegen »Unwürdigkeit« seinen Doktortitel aberkennen könnte. In einem anderen Betrugsfall hatte der Verwaltungsgerichtshof dies gerade für rechtens erklärt.

Im Internet, in der Tagespresse und auf den Straßen deutscher Universitätsstädte entluden sich in den Tagen nach der Pressekonferenz Wut und Enttäuschung. Wie schon in früheren Fälschungsfällen wurde den Wissenschaftsorganisationen Trägheit und Unvermögen vorgeworfen, den Fachzeitschriften und dem von ihnen praktizierten Gutachterwesen Ineffektivität, Kungelei und mangelnde Sorgfalt. Allen Beteiligten wurden der Wille und die Fähigkeit abgesprochen, an den Strukturen, die diese Zustände ermöglichten, etwas zu ändern. Die viel beschworenen Selbstreinigungskräfte der Wissenschaft, sie seien, wenn sie überhaupt existierten, zu schwach. Es dauerte Wochen, bis sich die Unruhe gelegt hatte. Von kosmetischen Reparaturen abgesehen lief alles so weiter wie bisher. Gegen schwarze Schafe, die es in allen gesellschaftlichen Gruppen und Schichten gebe, sei eben kein Kraut gewachsen.

Hermann Pauli hörte lange nichts von Frank Moebus. Manchmal fragte er sich, was wohl aus ihm geworden war, besonders an Samstagen, wenn er in Lübeck war und gelegentlich Elisabeth sah. Sie war offensichtlich wieder ganz die Alte, deshalb ging er davon aus, dass es ihrem Bruder nicht schlecht ginge. Aber er fragte sie nicht. Ihm war viel wichtiger, dass die Electric Hookers die von Frank verursachten Turbulenzen unbeschadet überstanden, und sein neues Leben mit Anne, seine Arbeit und die bevorstehende Hochzeit seiner Tochter füllten ihn mehr als genug aus. Dank Franks freiwilligem und schnellem Rückzug gelangte seine Rolle in dieser Affäre nie an die Öffentlichkeit.

Irgendwann, nach vielen Monaten, erhielt er eine Mail aus Singapur. Er kannte niemanden dort und wollte sie schon ungelesen löschen, als ihm im Absender das Wort »frankm« auffiel. Sofort öffnete er sie und las: »Hallo Hermann, ich habe gerade *Georgia on My Mind* gehoert. Erinnerst Du Dich? Das war das erste Stueck, das wir zusammen gespielt haben. Gibt es die Hookers noch? Wenn ja, gruess Bennie und Pit von mir. Mir geht es gut. Biopolis bietet mir alles, was ich brauche, nur (fast) keinen Jazz. Dein Frank«.

Biopolis, das fand er schnell heraus, war eine moderne Hightech-Forschungsstadt in Singapur mit Schwerpunkt Medizin und Biotechnologie, die Wissenschaftler aus der ganzen Welt anzog. Frank war also auf die Füße gefallen, wenn auch weit weg von zu Hause. Die Mail machte Hermann ein wenig ratlos. War das nun eine gute oder schlechte Nachricht?

Anfang Dezember, in einer Zeit, als sich die Wogen im Fall Moebus bereits zu glätten begannen, fanden Mitarbeiter der Straßenreinigung frühmorgens den steif gefrorenen Kadaver eines Fuchses auf der Leibnizstraße. Erst dachten sie, das Tier sei von einem Auto angefahren worden, aber es wies keine äußerlichen Verletzungen auf. Einer der Arbeiter dachte an Tollwut und benachrichtigte die zuständigen Behörden. Ein Veterinärmediziner untersuchte den Kadaver, konnte aber weder Tollwuterreger nachweisen noch eine Verletzung oder andere Krankheiten feststellen. Vermutlich war das hochbetagte Tier schlicht an Altersschwäche gestorben. Seine sterblichen Überreste wurden zu einer Tierkadaverbeseitigungsanlage gebracht.

SCHLUSSBEMERKUNG UND DANK

Die in diesem Buch erzählte Geschichte ist frei erfunden. Ähnliche Betrugsfälle haben sich aber zugetragen – einige werden im Text genannt –, und zweifellos wird es sie auch in Zukunft geben.

Natürlich ist das kein deutsches Phänomen. Die Geschichte hätte auch an jeder anderen Hochschule oder wissenschaftlichen Einrichtung spielen können. Die Stadt Kiel und ihre Universität mussten nur deshalb als Schauplatz herhalten, weil ich Hermann Pauli schon in meinem früheren Roman, *Der Rote,* dort angesiedelt habe, ohne zu ahnen, was ihn nach seiner Rückkehr aus Neuseeland erwarten würde.

Der Kieler Kriminalpolizei und der mikrobiologischen Arbeitsgruppe von Professor Johannes Imhoff vom Leibniz-Institut für Meereswissenschaften, IFM-Geomar, danke ich für wertvolle Hinweise.

Natürlich ist mir bewusst, dass die Mehrzahl der vielen Tausend Wissenschaftler in aller Welt sich keiner fragwürdigen Methoden bedient. Oder etwa doch? Einer auch im Text erwähnten Studie nach sagen neunzig Prozent aller befragten Wissenschaftler, dass ihnen aus anderen Labors unsaubere Praktiken zu Ohren gekommen seien. Drückt sich in dieser erschreckend hohen Zahl »nur« wachsendes Misstrauen aus, oder nehmen es tatsächlich fast alle Forscher mit der Wahrheit nicht so genau? Das dazu passende Zitat auf Seite 332 stammt übrigens von dem Berliner Medienwissenschaftler Norbert Bolz.

Wie sagt Hermann Pauli an einer Stelle: »Man steht unter gewaltigem Druck, gerät in Versuchung, fängt klein an, kommt damit durch und hält sich dann irgendwann für schlauer als alle anderen.« Liebe Leute, liebe Forscher und Forscherinnen, ihr wisst doch, Hochmut ist eine der sieben Todsünden und sie kommt vor dem Fall. Lasst einfach die Finger davon.

DER ERSTE HERMANN-PAULI-ROMAN:

**EIN ATEMBEKLEMMENDES SZENARIO,
DAS JEDEN MOMENT WIRKLICHKEIT WERDEN
KÖNNTE ...**

Kaikoura, Neuseeland: Der deutsche Kalmar-Experte Hermann Pauli ist auf Whale-Watching-Tour. Plötzlich beginnt das Meer zu kochen. Das Touristenboot tanzt wie ein Spielzeug auf den Wellen. An Bord bricht Panik aus. Hermann Pauli allerdings ist von der entfesselten Natur gebannt. Doch er ahnt nicht, dass dies nur der Anfang eines dramatischen Geschehens ist, in dem er die Hauptrolle spielen wird. Denn das Meer befördert hier etwas zutage – etwas, das noch nie ein Mensch zu Gesicht bekommen hat.

»Bernhard Kegel ist der deutsche Michael Crichton.«
Die Welt

»Es gibt heute keinen anderen Schriftsteller in Deutschland, der den Alltag des Forschers gleichzeitig so verständlich und innerhalb einer spannenden fiktiven Handlung so packend zu präsentieren versteht wie Bernhard Kegel.«
Jüdische Zeitung